雅
理

作茧自缚

人类早期国家的深层历史

Against the Grain

A Deep History of the Earliest States

［美］詹姆斯·C.斯科特 著

田雷 译

中国政法大学出版社

2022·北京

献给我的孙子女辈

莉莉安·路易莎

格雷姆·奥威尔

安雅·朱丽叶

以斯拉·戴维

温妮弗蕾德·黛西

他们更深地扎进了“人类世”

于是，克洛德·列维-斯特劳斯写道：

对于中央集权且层级分明的国家来说，如要实现自我的再生产，文字看起来实乃必需的条件……文字，其实是一种异象……还有一种现象总是与文字相伴而生，这就是城市和帝国的形成：也即一个政治系统的出现，它将相当数量的个体整合进入一个等级和阶级的结构中……看起来，它所促成的，与其说是人类的启蒙，不如说是对人类的剥夺。

前 言

诸位在此将要读到的，是一份越界者的“勘探报告”。首 ix
先容我解释此中缘由。2011 年，我接到邀请，要在哈佛大学举办两场塔纳系列讲座。收到邀请令我倍感荣幸，不过当时我刚刚完成一部耗费心力的书，正处在学术的休整期——“自由阅读”，眼前并无具体目标可言。四个月的时间，我究竟能做出什么有趣的东西呢？先要找到一个可以处理的主题，开动脑筋，我想到过去二十年来，在一门讨论农业社会的研究生课程中，我习惯用两讲作为课程的开场白。这两次课，内容涵盖了人类驯化动植物的历史以及初民国家的农业结构。虽然这两讲也曾不断更新调整，但我知道，其中内容可能早已过时。于是我想到，不妨让自己浸淫在讨论驯化问题以及初民国家的近期著述中，至少写出两篇讲稿，一方面跟进学界最新的研究成果，另一方面也能应对我课上那些目光如炬的学生。

接下来的经历，可说是一路惊奇！讲座的准备过程，颠覆 x
了许多此前我自以为是的东西，也让我接触到一系列新的学术辩论和发现，由此我意识到，要适当地处理这个题目，我务必尽可能充实自己。故而，最终完成的塔纳两讲，充其量不过是表达出我自己的震惊——原来，需要彻底重审的老生常谈是如此之多，而距离真正开启重新检讨，尚有一段距离。讲座的主持人是霍米·巴巴（Homi Bhabha）教授，他为我精心挑选了三位敏锐的评议人——凯博文（Arthur Kleinman）、帕沙·查特吉（Partha Chatterjee）和微依那·达斯（Veena Das）——在紧随讲座的研讨会上，他们让我心悦诚服：我的论证远远未到公开发表的程度。等到五年过后，我才拿出了一部书稿，自认为有理有据，且能激起学界的兴致。

因此，这本书反映了我尝试再挖深一些的努力。然而在很大程度上，它仍是一位“外行”的作品。虽然我的名片上印着政治学家的头衔，且承蒙学界好意，也有人类学家和环境问题专家的名头，但要完成这项工作，就必须在史前史、考古学、古代史和人类学的交合处进行钻研。在上述这些领域内，我压根没有任何个人的专业知识，有鉴于此，我若被指责为狂妄自大，其实也并不为过。对于这次越界行径，我的辩护（可能谈不上正当理据）包括如下三重：第一，天真者亦有天真者的优势！不同于沉浸在各自领域的专家们，喋喋不休于针锋相对的论争，我的论述起始于大多数未经检视的理论预设——关于动植物的驯化，关于从迁徙到定居，关于早期人口中心，关于初民国家——若是未能跟踪过去二十年间的新知，这些预设就很容易被不假思索地奉为真理。就此而言，我的无知，以及在认清自己此前无知后的“大跌眼镜”，反而构成了 xi 某种优势，毕竟本书所预设的读者群想来可能也持有相同的误解。第二，作为一名“消费者”，我兢兢业业，凡同本书议题有涉，无论是生物学、流行病学、考古学、古代历史、人口学，以及环境史，我都设法去跟踪其中最新的学识和争论。第三，就我的学术背景而言，过去二十年来，我都致力于去理解现代国家权力的逻辑［参见《国家的视角》（*Seeing Like a State*）］，以及非国家族群的诸多惯习，尤其是在东南亚地区，那里的“化外民众”直至近期还在逃避国家的吸纳［参见《逃避统治的艺术》（*The Art of Not Being Governed*）］。

所以说，本书是一个自觉的衍生项目。它并未开创出任何属于自己的新知，但仍怀有自身的雄心壮志，希望能将现存的知识“整合出新的图景”，以期带来或明或暗的启示。过去数十年间，我们的理解取得了惊人的进展，从根本上修正甚或完全颠覆了我们此前关于美索不达米亚冲积平原以及别处初民“文明”的认知。我们认为（至少大多数学者如此），动植物的驯化直接导向了初民的定居生活和定点农业。然而事实却证明，定居现象之存在，远远早于现已发现的动植物驯化之证据，而且要等到定居以及驯养动植物存在至少四千年后，才有了某种农业村落的出现。通说认为，从迁徙转向定居以及市镇的首次出现，乃是由于灌溉农事以及国家的作用。但事实却证

明，两者通常都起因于湿地的丰富物产。我们曾经认为，定居
以及作物栽培直接导向了国家的形成，然而事实却是，要等到
xii 定点农业出现许久过后，国家才突然间冒出头来。各种学说也
通常设定，走向农业是人类向前迈出的伟大一步，无论福祉、
营养，还是生活之闲适，都随之进步。但最初的历史情况却恰
恰相反。国家以及早期文明经常被视为吸引力极强的中心，凭
借其奢华、文化和种种机会，吸引人口归附。但事实上，早期
国家却不得不动用奴役的手段，捕获人口并且控制其中的大
部分，更何况，因居住拥挤，先民们还要承受流行病的肆虐。
早期国家是脆弱的，且易于崩溃，但继之而起的“黑暗时代”
却常常标志着人类福祉真切的改善。最终，还有一个非常重大
的史实要予以正视，自外于国家的生活——也即“蛮族”的
生活——就物质层面而言，常常过得更轻松，更自由，也更健
康，至少相较于文明社会内的劳苦大众是如此。

当然，我很清醒，关于动植物驯化，关于早期国家形成，或者关于早期国家与其腹地人口之间的关系，我在本书里所写的根本谈不上盖棺论定的学说。我的目标是两重的：第一个目标，是要凝聚起我们对这些问题已有的远见卓识；在此基础上，就以下论题进行推演——关于国家形成，关于国家出现对人类和生态所造成的后果。这本身已是一个艰巨的任务，我设法仿效先贤，如查尔斯·曼恩（Charles Mann）和伊丽莎白·科尔伯特（Elizabeth Kolbert），他们的《1491》和《第六次大

灭绝》（*The Sixth Extinction*）树立了这类文体的标杆。我的第二个目标，是要提出更宏观，也更有论断性的命题，在我想来，它们或能“激发起后继的思考”——就此目标而言，无论我的推断对或错，我在各个领域内的“文献引路人”都没有责任可言。故而，我建议应对“驯化即对再生产之掌控”（domestication as control over reproduction）这一命题进行尽可能广义的理解，其所适用的，不仅包括火、植物和动物，甚至 xiii
可以把“驯化”的对象扩展至奴隶、国家属民，以及父权制家庭中的女性。我在书中还提出，谷类作物有其独具的特征，也因而使得它们成为几乎世界各处的主要课税物品，这对于早期的国家建构而言是不可或缺的。我也认为，早期国家之所以在人口结构上非常脆弱，常常要归因于聚居生活所引发的（传染）疾病，对此，我们此前可能存在严重的低估。不同于许多历史学家，我总在想象，早期国家中心频繁遭到废弃，对其人口的健康和安全而言，很可能时常构成一种福祉，而非那种标志着文明崩溃的“黑暗时代”。最后，我提出一个问题，在最初的国家成立之后，仍有无数人口选择自外于国家中心，时间长达千年计，而他们之所以不愿意待在国境之内（或者逃逸出国家的范围），是否是因为他们也在追求宜居的生境呢？所有这些推论，都是基于我对现存证据的解读，它们意在激发争论。我希望它们可以促成进一步的反思和研究。凡是我感到困惑的地方，我在行文中会如实交代。而凡是证据薄弱，我进入脑补模式的地方，我也同样据实以告。

在此还要说明一下本书的地理背景和历史分期。我的关注几乎完全落在了美索不达米亚，特别是在当今巴士拉以南的“南部冲积平原”。之所以聚焦于此，原因在于，这一区域处在底格里斯河和幼发拉底河之间（苏美尔文明），是**世界上最初“原始”国家的中心地带**——尽管这里并不是人类最早定居、有证据最早栽培农作物、最早的原始市镇的发端地。至于我所探讨的历史时期（若不包括“驯化”的远古史），则起始于欧贝德时期（Ubaid Period），最早可追溯至约公元前
xiv 6500 年，一直到古巴比伦时期（Old Babylonian Period），终结于大约公元前 1600 年。通常而言，更细的历史分期如下（某些较早期的年代尚有争议）：

◇欧贝德时期（Ubaid，公元前 6500 年至公元前 3800 年）

◇乌鲁克时期（Uruk，公元前 4000 年至公元前 3100 年）

◇杰姆代特·奈斯尔时期（Jemdet Nasr，公元前 3100 年至公元前 2900 年）

◇埃及早王朝时期（Early Dynastic，公元前 2900 年至公元前 2335 年）

◇阿卡德时期（Akkadian，公元前 2334 年至公元前 2193 年）

◇乌尔第三王朝时期（Ur III，公元前 2112 年至公元前

2004年）

◇古巴比伦时期（Old Babylonian，公元前2004年至公元前1595年）

到目前为止，我据以思考的大部分证据都存在于这一时段，从公元前4000年起，到公元前2000年止，因为这个两千年，既是国家形成的关键阶段，也构成了当前学术研究的重中之重。

我间或也会提到其他的早期国家，比如中国的秦汉、古埃及、古希腊、罗马共和与帝制时期，甚至远及新世界的早期玛雅文明。在有些问题上，来自美索不达米亚地区的证据很薄弱，或者尚有争议，这时“发散”的意义就显现出来了——即能在比较的基础上补充案例，以便于做出更有根据的模型推测。当涉及早期国家奴役劳力之功用、疾病对国家的冲击、国家崩溃的后果，以及国家和其周边“蛮族”的关系时，这种补足尤其重要。

本书里的许多惊奇曾是我经历的，而我相信也在等待着我的读者们去发掘，在解释这些惊奇时，我凭靠的是大量值得信任的“本地引路人”，他们散布在我谈不上熟悉的诸多学科领域。问题不在于我是否偷师他们；我所要做的**就是**要偷师！ xv
问题毋宁说是从哪些引路人那里去偷师，他们是否是最有经验、谨慎细致、见多识广且值得信任的本地引路人。在这里，我要列出一些对我而言最重要的向导，因为我确实希望能让他们也加入到这一探讨中，毕竟他们的智慧指引我摸索出了本书的道路。在致谢名单中，排在最前的是专攻美索不达米亚冲积平原的考古学家和专家，他们不吝付出时间，慷慨地给出批判性的建议，他们是：珍妮弗·普尔内勒（Jennifer Pournelle）、诺曼·约费（Norman Yoffee）、大卫·温格罗（David Wengrow）和塞斯·理查森（Seth Richardson）。还有许多学者，他们的著作曾给我以启示，排名无分先后：约翰·麦克尼尔（John McNeill）、爱德华·梅利洛（Edward Melillo）、梅琳达·泽戴（Melinda Zeder）、汉思·尼森（Hans Nissen）、雷斯·葛鲁伯（Les Groube）、吉列尔莫·阿尔加兹（Guillermo Algaze）、安·波特（Ann Porter）、苏珊·波洛克（Susan Pollock）、多利安·富勒（Dorian Q. Fuller）、安德烈·塞利（Andrea Seri）、塔特·保莱特（Tate Paulette）、罗伯特·麦克亚当斯（Robert Mc. Adams）、迈克尔·迪特勒（Michael Dietler）、戈登·希尔曼（Gordon Hillman）、卡尔·雅各比（Karl Jacoby）、海伦·利奇（Helen Leach）、濮德培（Peter Perdue）、白桂思（Christopher Beckwith）、塞普里安·布拉德班克（Cyprian Broodbank）、欧文·拉铁摩尔（Owen Lattimore）、托马斯·巴菲尔德（Thomas Barfield）、伊恩·霍德（Ian Hodder）、乔·曼宁（Joe Manning）、K. 席瓦拉玛克理希南（K. Sivaramakrishnan)、弗里曼（Edward Friedman）、道格拉斯·史托姆（Douglas Storm）、詹姆斯·普罗赛克（James Prosek）、安妮凯特·雅加（Aniket Aga）、莎拉·奥斯特胡特（Sarah Osterhoudt）、帕德里亚克·肯尼（Padriac Kenney）、加德纳·波温登（Gardiner Bovingdon）、蒂莫西·佩可拉（Timothy Pechora）、斯图尔特·施瓦茨（Stuart Schwartz）、罗安清（Anna Tsing）、大卫·格雷伯（David Graeber）、马格纳斯·菲斯克修（Magnus Fiskesjo）、维克托·利柏曼（Victor Lieberman）、王海城（Wang Haicheng）、萧凤霞（Helen Siu）、贝内特·布朗森（Bennet Bronson）、亚历克斯·利希滕斯坦（Alex Lichtenstein）、凯茜·苏富罗（Cathy Shufro）、杰弗里·艾萨克（Jeffrey Isaac）和亚当·T. 史密斯（Adam T. Smith）。我还要特别感谢理查德·曼宁（Richard Manning），我关于谷物和国家之关系的论述，很大一部分早已为他所预见，而且他还大度地允许我借用他的书名，也就是 *Against the Grain*，作为我这本书的第一块基石。

虽然思之令人生畏，但我还是抛出了自己的论述，面对考古学家和钻研古代历史的专家学者，接受考验。对于他们的包 xvi
容忍耐以及所提出的有益批评，我必须表示感谢。在写作初期，引导我修改书稿的最初一批听众，就包括我此前在威斯康星大学任教时的许多同事。2013 年，我故地重游，发表了希尔代尔讲座。我还要感谢克里福德·安多（Clifford Ando）和他的同事们，承蒙他们邀请，我参加了2014年在芝加哥大学举行的“古代国家的基础权力和专制权力”的研讨会；还要感谢大卫·温格罗和苏·哈密尔顿（Sue Hamilton），承蒙他们邀请，我在2016年到伦敦考古研究院发表了戈登·柴尔德讲座。本书的部分论述还曾在如下学术机构做报告（且得到细致的解剖！）：犹他大学（O. 梅雷迪斯·威尔逊讲座）、伦敦大学东方与非洲研究学院（百年纪念讲座）、印第安纳大学（帕滕讲座）、康涅狄格大学、西北大学、法兰克福大学、柏林自由大学、哥伦比亚大学的法律理论工作坊，特别要致谢丹麦奥胡斯大学，它为我提供带薪休假的奢侈待遇，以供我未来进一步的研究和写作。我尤其要感谢我在丹麦的同道们，他们是尼尔斯·布班特（Nils Bubandt）、迈克·葛拉维斯（Mikael Gravers）、克里斯蒂安·隆德（Christian Lund）、尼尔斯·布林姆内斯（Niels Brimnes）、普雷本·卡尔斯霍姆（Preben Kaarlsholm）和博迪尔·弗雷德里克森（Bodil Frederickson）；感谢他们在学术上的慷慨大度，他们的高见卓识对我来说无异于一种再教育。

无论何时何地，我相信再也无法找到如安妮基·赫拉南（Annikki Herranan）这样卓越的研究助手了，现如今，她也已经开启了自己作为一位人类学家的学术生涯。回望从前，安妮基每一周都能搭配好极其丰盛的文献“套餐”，且附有精准的试吃指南，让我可以品尝到最甜蜜多汁的“美味”。法伊沙·

札卡利亚（Faizah Zakariah）为本书所用图片取得了使用授权， xvii
而比尔·尼尔森（Bill Nelson）则绘制了书里的图表和“直方图”，有图有真相，读者可以借此获得时空的定位。最后，我要感谢我在耶鲁大学出版社的编辑珍·汤姆森·布莱克（Jean Thomson Black），看到她，就可以理解我以及许多作者为何对耶鲁大学出版社保持如此的忠诚；她就是品质、态度和效率的标杆，只可惜这样的人才在现实中可遇不可求。编辑的最后环节是要确保最终的书稿可以尽可能地没有错误、失当和矛盾，丹·希顿（Dan Heaton）就是这一阶段的“执法者”。他幽默的性格缓冲了他对完美无瑕的坚持，让精益求精也变得令人愉悦。而读者理当明白，在上述所有工作都完成之后，本书若还留有什么缺失，那就不可避免是我的过错了。

目　录

导　论 1

一个支离破碎的叙事：那些我曾一无所知的

现代智人究竟是如何出现的——在人类物种的历史上，他们是如此晚近，生活在拥挤的定居群落中，里面随处可见驯养的禽畜和谷物堆垛，由最原始的国家形态所统治？这曾是一种新奇的生态和社会复合体，却在自此后智人物种几乎全部有记录的历史中，成为模板。人口增长、水力和风力的应用，以及航海和远洋贸易的出现，都曾极大扩展这种“模板”，在长达六千多年的时间里，这种形态都占据主流，直至化石燃料作为能源登上历史舞台。接下来的叙事乃是一段源自好奇心的探索——说到底，这么一个农业的、生态的复合体，它如何起源，呈现出何种结构，又导致了什么后果？

按照通说的叙述，上述过程都是一种进步，人类走向了文明，实现了公共秩序，身体更健康，也有了更多的闲暇。而根
据我们现在掌握的知识，这种叙述在很大程度上都是错误的，2
对世人产生了严重的误导。本书的目的就是要去挑战这种叙述，我所依据的，乃是我对过去二十年来考古学和历史研究最

前沿的阅读。

如果把我们人类在地球上的物种史作为一个尺度，那么初民农业社会和国家在美索不达米亚的出现，只落在这段历史最近的 5%。而再取这个尺度加以衡量，那么化石能源时代，起始于 18 世纪的末端，在人类物种历史上所占不过最末端 0.25% 的尾巴而已。然而，由于某些显而易见的原因，我们现在却只盯着这最后一个时代，精力越来越专注于我们人类在此期间留在地球环境上的足印。人类所带来的冲击到底变得有多大，从围绕着“人类世”（Anthropocene）一词的激烈辩论中即可见端倪，人类世作为一个概念的创造，是用以指称一个新的地质纪元，进入此阶段，人类的活动开始对世界的生态系统和大气层产生决定性的影响。[1]

人类活动可以对生态圈产生即时的决定性影响，这一点早已无人质疑，但这种决定性的影响究竟起始于何时，此问题仍然聚讼纷纭。有学者主张人类世起始于核试验出现的日子，因为此类活动已在全世界范围内留下了永久的、可检测出的放射性物质层。还有些学者则提议，人类世应上溯至工业革命以及化石能源的大规模使用。还有一种观点也能自成其说：人类世之开始，在于工业社会已经掌握了某些工具，诸如炸药、推土机、钢筋混凝土（特别是用于水坝建设的），有能力以此彻底改变地球之地貌。在上述三种候选观点中，即便工业革命也不过是区区两个世纪前的事，至于其他两个选项，甚至可以

说仍停留在我们鲜活的回忆里。我们人类这个物种的历史跨越已经大约二十万年，若是以这个尺度来衡量的话，那么人类 3
世就如同几分钟前才开始的样子。

就此问题，我在这里提出另一说，在更纵深的历史轴线上挖掘“人类世”的起点。首先，我认可人类世的立论前提，它意味着我们对环境的冲击力发生了某种质与量的飞跃，在此基础上，我建议，我们可以把人类世前溯至火的运用，这是原始人类第一次掌握某种重要的工具，可以用于改变地貌景观，或者生态位的构建。原始人类用火的证据，可以追溯到至少四十万年前，甚至还能往前提早更多，其历史远早于智人的出现。[2]定居、农业和畜牧，大约出现在一万二千年前，标志着人类在改造地貌景观上的又一次长足进步。如果我们的关注扩展至人科动物留在历史上的足印，那么就能够发现，在近期改天换地的“深”人类世出现之前，还存在着一段“浅”人类世；之所以说它浅，很大程度上是因为当时运用这种景观改造工具的原始人类实在少之又少。直至公元前10,000年前后，全世界的人类总数不过只有区区200万到400万，实在是微不足道，还远不及今天全球人口的千分之一。在前现代的发明中，另一个决定性的是制度创新——国家。在美索不达米亚冲积平原上，出现了人类最早的国家，追溯它们突如其来的显现，不会早于距今六千年之前，而较之于此地区出现农业和定居生活的最早证据，国家出现已经是数千年之后的事了。说起根据自身利益动员起技术的运用，进行地貌景观的改进，在历史上没有哪个组织在能力上可以赶得上国家。

这么说来，我们人类是如何从迁徙走向定居，开始种植谷物，驯养家畜，变为属民，生活在我们现在所谓“国家”这种新奇机构的统治下，要理解这一问题，就要求我们开启一趟“深层历史”的旅行。在我看来，最好的历史学，应当是一门最具颠覆力的学科，因为它可以告诉我们，那些我们认为天经地义的事情究竟是如何形成的。而“深层历史”的魅力即在于，它能揭示出历史进程中的许多偶然，这些偶然聚在一起，就塑造出诸如工业革命、末次冰盛期（the Last Glacial Maximum）或者秦帝国的出现，在此基础上，深层历史响应了法国“年鉴学派”早期历史学家的呼吁，要研究“长时段”（la longue durée）的历史，以此取代公共事件编年史的方法。然而，当前的“深层历史”追求又比年鉴学派更胜一筹，因为它所呼吁的经常呈现为一种物种的历史。这就是时代精神，我在其中也找到了自己，而这种时代精神也阐释了那句格言，“密涅瓦的猫头鹰，只有在黄昏的时候才起飞”。[3]

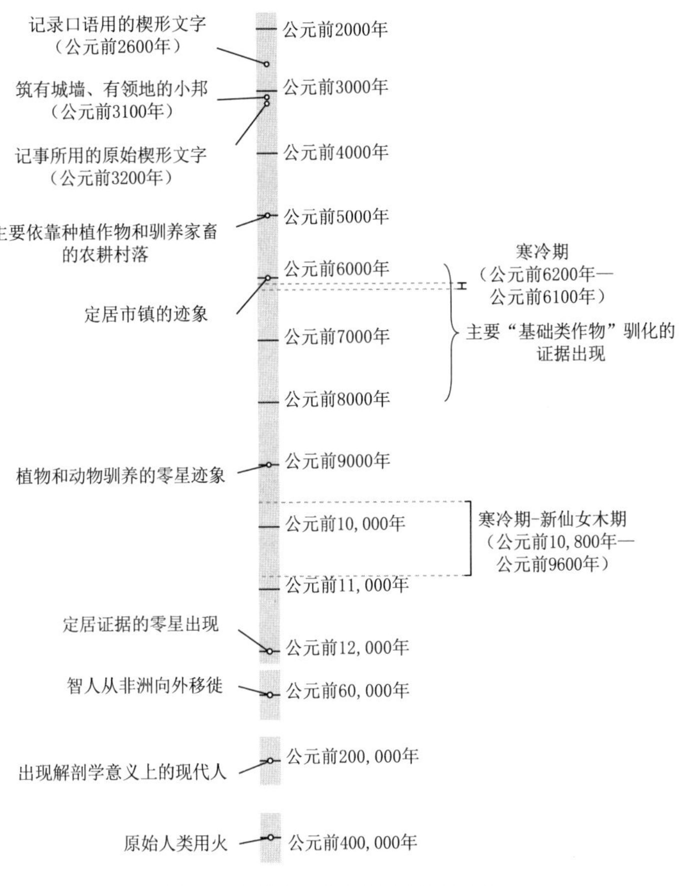

图1　时间轴：从用火到楔形文字

国家和文明叙事的悖论

在思考国家形成时，一个更根本的问题可表述为：我们作为智人，是如何开始生活在国家之中的，也即史无前例的驯化植物、动物和人口的聚居环境内的。由此大历史的广角视野出发，国家作为一种形式绝非自然的，也非规定的。大约二十万年前，智人作为人类的一个亚种开始出现，并且最早也要等到六万年前，才出现在非洲和地中海东岸以外的地区。至于植物栽培和定居群落，最早的证据则出现在大约一万两千年前。一直到那时——换言之，占据人类在地球上 95% 的历史经验，我们都生活在小型的、移动的、分散的、相对平等的、依靠狩
7 猎和采集为生的群落之中。而对于那些对国家形式感兴趣的人士来说，有一个事实更是应当留意：若以筑有围墙、有征税能力、社会分层而论，最早的小型国家要等到公元前 3100 年前后才突然出现在底格里斯河和幼发拉底河谷地，而这时距离最早的作物驯养和定居生存，已经是四千多年**之后**了。这一时间上的巨大迟滞就是一道大难题，对于那些将国家形式自然化的理论家们来说，按照他们的预设，农耕和定居分别构成了国家形成的技术和人口条件，只要条件满足，则国家/帝国就将立即崛起，作为在逻辑上必然且最有效率的政治秩序单位，他们必须回答这道难题。[4]

一旦认真对待这些坚硬的事实，那么我们大多数人（这里也包括我自己在内）曾不假思索即全盘接受的人类史前史版本就有了麻烦。一开始，最初的强大农耕王国编织出一整套进步和文明的叙事，而此后历史上的人类就沉迷于这种叙述。他们是新的、强大的社会，故而要毅然决然地将他们自己区隔出来，对于那些与他们出自同源且至今仍在边缘地带召唤或威胁他们的群落，要鲜明地区分彼此。归根到底，这就是一种“人类崛起”的故事。根据它的叙事，农业取代了狩猎、采集和游牧，而后者是一个野蛮的、原始的、无法无天的暴力世界。反过来说，安居之后的作物收成，则是定居生活、正规宗教、社会，以及法律和政府的源起和保障。至于那些拒绝从事农耕的群落，不是出于愚昧无知，而是因为难以适应新的生活方式。我们可以看到，在几乎所有早期的农业文明中，农耕之伟大都有一套精心构建的神话所传颂，在这样的神话里，总有一个伟大的男神或女神，将神圣的谷物交托给某个被选中的族群。

此处存在着一个基础的假设，就是定居农耕要比此前所
有的生存方式更优越，也更有吸引力，而一旦这一设定遭遇质
疑，我们就能发现，这一设定本身即依附于一个更深层也更内 8
在的假设——后者几乎从未受到挑战。而这个假设可表述如
下：定居生活本身就要比迁徙的生存形式更优越，也更具吸引
力。在有关文明的叙述中，住地和固定居所的地位可谓是根深

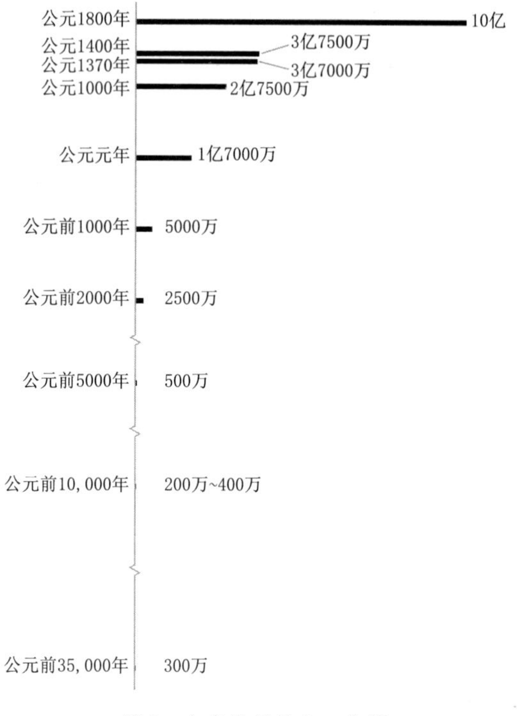

图 2　古代世界的人口估算

蒂固，反而使得它们平常不可见了；就好像鱼儿不会意识到水一样！追根究底，这不过就是一种条件假设：智人已经疲惫不堪了，他们迫不及待，终于能定居下来了，他们也迫不及待，终于能结束数十万年来的漂泊和季节性的迁徙了。然而，大量的证据已然表明，在世界各地，都曾有流动族群坚决抵抗定居生活的史实，即便后者意味着相对更有利的环境。游牧族群以及以狩猎采集为生的聚落都曾拿起武器，反抗定居的生活方式，在他们眼中，这样的生活就等同于疾病以及国家的控制——而这种认知也常常是正确的。在美洲，许多原住民族群之所以能被限定在保留地，也是要先遭遇军事上的失败。还有一些原住民的族群，则抓住与欧洲人接触所带来的历史机缘，进一步增加了它们的机动性，如苏族和科曼奇族变成了马背上的猎户、商人和掠夺者，而纳瓦霍人则变成以放羊为主的牧民。大多数族群一方面遵循流动的生存方式——放牧、采集、狩猎、捕捞海产，甚至从事迁移农耕，另一方面则欣然适应现代性的贸易，然而无论如何，他们都强烈地抵抗定居的生活。最起码，我们压根没有任何证据去做出如下的假定：现代生活的定居“规定性”乃是人类历史上的一种普遍渴望，能据此倒过来推演人类的历史进程。[5]

关于定居和农业，虽然其基本叙述追根溯源都出自上述
的神话，但神话已逝，而叙事却长存。从托马斯·霍布斯到约 9
翰·洛克，从詹巴蒂斯塔·维科（Giambattista Vico）到路易斯·亨利·摩尔根（Lewis Henry Morgan），从弗里德里希·恩格斯到赫伯特·斯宾塞，再从奥斯瓦尔德·斯宾格勒（Oswald Spengler）到社会达尔文主义者对一般性社会进化的各种叙述，进步皆是有序的——从狩猎采集到游牧再到农业（或者从游群到村落到市镇再到城市），都是不可撼动的学说。诸如此类的观念与恺撒大帝的进化构想几乎如出一辙，也即从家户到

亲族到部落到民族再到国家（生活在法律管辖下的某个民族），在整个构想中，罗马是进化的顶点，而凯尔特人和日耳曼人则位居其后。此类叙述记录下文明的进程，虽然在细节处多有差异，但仍在凝练后成为大多数社会的口耳相传，深深印刻在全世界学童的脑海中。从一种生存模式到下一种模式的变迁，被认为是清晰可辨的。也就是说，只要见识过农业的技术，任谁也不想继续此前游牧或采集的生活。而在进化中的每一步，都被认定为代表着人类追求幸福过程中的划时代飞跃：更多的闲暇，更好的营养，更长的寿命预期，久而久之，实现一种安居的生活，催生出某种家政管理以及文明的发展。要将这种叙述从世人的脑海中驱除出去，几乎是不可能的；即便真有能够完成这一目标的什么还原法，也需穷尽我们的想象力。不过在本书中，我还是要迈出最初的一小步。

事实证明，只要同不断累积的考古证据相对照，在我们所称的标准叙述中，大部分的内容都站不住脚。同早先的假设恰恰相反，以狩猎采集为生的部落——即便是现如今仍集中居
10 住在偏远保护区的狩猎者，也绝非传说中那般走投无路、饥肠辘辘、生活在挨饿受冻的边缘。事实上，根据当前可见的考古证据，就他们的饮食、健康和闲暇而论，狩猎采集者从未像现在看来过得如此之好；而反过来说，看**他们的**饮食、健康和闲暇，务农人口的生活则显得非常糟糕。[6]当前风靡一时的“旧石器时代”膳食搭配，也就反映出考古学知识对大众文化的

渗透。人类从狩猎采集到农耕的转变，作为一个过程而言是缓慢的、间断的、可逆的，有时甚至是不完整的，它能带来多少好处，也能导致至少同样多的代价。所以说，虽然根据标准的叙述，作物栽培看上去就是迈向美好当下的关键一步，但是对于最初经历这一过程的先民们而言，情况就并非如此了：有些学者发现，在《圣经》故事中，亚当夏娃被逐出伊甸园，所反映的就是这一事实。

在我看来，遭逢近期的考古学研究，此前的标准叙述早已是伤痕累累，难以为继。比方说，从前我们假定，从迁徙到定居的生活，乃是农耕出现后的结果。庄稼可以让人们集中起来，并安定下来，由此也创造出国家形成的一项必要条件。然而，下面的事实却让传统的叙述颇感头疼，现在我们知道，农业未出现之前，在生态资源丰富且多样的环境中，特别是毗邻鱼类、鸟类和大型兽类季节迁徙路径的湿地中，定居生活实际上是非常常见的。例如，在古代的美索不达米亚南部（也即希腊语所说的“两河之间”），就出现了定居的群落，甚至是市镇，居住人口最多可达五千，但却没有或者几乎没有农业的迹象。同时，我们还能发现相反的异常：虽从事作物种植，但除了短暂的收获季节之外，其余时间仍处在流动和散居的状态。最后的这个悖论再次警醒我们，不能忽视这一事实：传统叙述所隐含的前提设定，即人类迫不及待地要完全放弃流动， 11
要“安顿下来”，可能也是错误的。

也许最令人困惑的，还要说位于整套叙述之核心的文明创生：到底什么是“驯化”，归根结底是难以解释的。毕竟，早在智人出现前，原始人类就已经开始塑造植物的世界了，其主要手段在于用火。这么说来，当我们谈“驯化”时，其本质的标准究竟是什么呢？是照管野生植物？是为它们去除杂草？是把它们移植到新的地方？还是把一捧种子撒播在肥沃的淤泥中？或者用树的枝条在地里挖出凹沟，然后将一两颗种子放进去？也可能是用犁耕田？在这一过程中，看起来找不到“搞定了”的神奇时刻——“你们看，爱迪生的灯泡亮了”。即便在今天，安塔托利亚地区也还有大片的野生小麦，如杰克·哈兰的研究所示，只要用燧石镰刀，三周时间所收割的谷物就足以养活一家人达一整年之久。早在有意识的犁田播种之前，觅食群落就已经开发出全部必需的收获工具：筛谷篮、磨刀石和杵臼，以便处理野生的谷物和豆类。[7] 对于外行来说，将种子放入准备好的沟或洞里，看起来是决定性的。但设定你知道种子会成长发芽，于是把水果的果核丢入帐篷附近的烂叶堆中，这种行为算不算是“栽培”呢？

对于植物考古学家来说，要找到谷物栽培的证据，关键在于要能发现不断穗（因谷穗不会破裂，而是“静待前来的收割者”，故而为初期种植者自觉或在无意间所选择）和大谷粒的作物。而现在，证据表明，要等到谷类作物实现栽培后**许久**，上述的形态变化才出现。此前，关于绵羊和山羊完全驯养

的骨骼证据，曾经被认为是无可置疑的，现在也遭遇到了挑 12
战。这些含糊带来了双重的结果：第一，现在看来，非要认定出驯化的单一起源事件，这种努力势必既专断，又毫无意义。第二，它进一步支撑了如下命题，人类历史上曾存在一段非常非常漫长的“低阶食物生产”（low-level food production）的阶段，在此时期的植物既非全然野生，也未能实现完全的驯化。关于植物的驯化，最出色的分析都已经放弃了单一事件起源论，在此基础上，基于强有力的遗传学和考古学的证据，转而主张栽培化的过程在许多地区绵延长达三千年之久，也由此导致了多数主要作物（小麦、大麦、稻米、鹰嘴豆、扁豆）多样且零散的驯化过程。[8]

如果说这些考古发现颠覆了传统的文明叙述，使其支离破碎，那么我们也可以继续摸索，不妨把这一早期阶段视为某个漫长过程的一部分，且整个过程至今仍在继续，从始至终，对于那些我们感兴趣的植物和动物，我们人类就想方设法加以干预，在更大程度上掌控它们的繁殖功能。我们会有选择地培育、保护并掠夺它们。这种观点甚至也可作进一步的延伸，适用于早期的农业国家及其宗法控制，也即对妇女、俘虏和奴隶的人口再生产。说到这里，吉列尔莫·阿尔加兹的惊人之论可谓一针见血：“早期的近东村落驯化植物和动物。而乌鲁克的城市形态驯养的则是人类。”[9]

摆正国家的位置

任何对国家形成问题的深入探究，包括本书在内，都难以摆脱一种风险，这就是赋予国家一个显赫的地位，超过了它在
13 一部均衡的人类演化史上本应占据的位置。我希望可以避免这种偏差。根据我所理解的事实，在一部公允持平的人类物种史中，国家的角色是平凡的，较之于它被通常安排的位置，要低调很多。

国家成为考古和历史记录的主宰，这一现象其实不难理解。对于我们这些智人来说，最习惯的思考单位不过是一代或数代人的生命周期，相较之下，国家及其管制空间的恒久，就看似一种无法逃避的常态，规定着我们的境遇。就今日而言，不仅国家这种形式完全压倒其他政治可能，而且世界各地的考古和历史研究大都受国家资助而开展，这往往等同于国家在自恋地绘制自画像。而考古学的传统又进一步加剧了上述制度性的偏颇——直至晚近，考古工作就是对大型历史遗址的挖掘以及分析。因此，假如你用石料建起恢宏的工程，并且恰好将断壁残垣都留在某一位置，那么你就很有可能“被发现”，从此主宰古代历史的篇章。反过来说，假如你的建筑用料是木头、竹子或芦苇，那么你出现在考古记录里的可能性就会大大降低。假如你是狩猎采集或游牧部族，只是在地表浅层

丢弃可生物降解的垃圾，那么即便你的部族人多势众，你的命运大致也只能是在考古记录中完全消失。

而在文字与文档现身于历史记录后，最早如象形文字或楔形文字，前述的偏颇就变得甚至更显著。这些文献千篇一律，都是以国家为中心的文本：税收、单位、贡品清单、王室谱系、建国神话、法律，等等。历史中找不到与之争辩的其他声音，面对这些国家中心的文本，别出心裁的反向解读需要极大的勇气，同时又极其艰难。[10]一般说来，留存下来的国家档案越多，则在历史上重建该王国及其自画像的篇章 14
就越多。

最早的国家出现在美索不达米亚南部、埃及和中国黄河淤泥地带，那里的冲积平原终年被风吹拂，形成之初，无论是人口规模还是地理面积，此时的国家都是微不足道的存在。在古代世界的地图上，原初国家就像是一个又一个的小斑点而已，据估算，公元前 2000 年全球总人口大约为 2500 万，在这一总盘子中，生活在国境内的民众近乎可以忽略不计。它们只是微小的权力节点，而在四围广阔无垠的地带上，居住的都是非国家的部族，也即所谓的“蛮族人”。在一段相当漫长的时间里，虽说苏美尔、阿卡德、埃及、迈锡尼、奥尔梅克/玛雅、哈拉帕、中国秦朝在地表如星星之火，但世界上大部分人口此时仍继续生活在国家的直接掌控之外，也无纳税之负。非要找到一个精准的历史分水岭，自此后国家决定性地主导了地球表面的政体，这个问题实在难下定论，或者说提问本身即很武断。在大历史的视野内，直至四百年前，地球三分之一的地方仍由游猎部族、游耕者、牧民以及独立的农艺群落所占据，而当时的国家仍是以农业为本的，基本上只能局限在地球表面适于耕作的一小部分土地上。世界上的大多数人可能从来就没有遇到过国家的代表——税吏。许多人口，甚至可能是大多数，都能自由地进出国家空间，并随之转变生存模式；他们尚能有光明正大的机会，逃避国家的高压举措。这么看来，如果我们要找到国家真正取得霸权的时刻，那么属于国家的时代不过起始于约公元后的 1600 年，换算到人类这个物种的政治生活的历史中，国家所主导的时段不过只是最近千分之二这个“瞬间”而已。

由是观之，凡是初民国家出现之处，其实反而是例外之地，当我们将注意力集中在这些“例外”时，也就很可能会忽略一个关键的事实：直至相当近期，世界上大部分地区根本不存在什么国家。在东南亚地区，古典国家大致也就出现在欧洲的查理大帝统治时期，那时距离农耕的“发明”已是六千年有余了。而再看作为“新世界”的西半球，除了玛雅帝国这一例外，国家甚至是更晚近的创造。更何况，早期国家所占据的领土也相当小。在它们鞭长莫及的化外之地，其实聚集着大量的“无政府治理”的群体，聚集在历史学家笔下的部落、酋邦或团伙之中。在他们居住的区域内，主权的概念是不存在的，或者说只有名义上的统治权，弱到几乎看不见。

关于“利维坦”的描述传达出最强有力的国家统治，然而，早期国家作为利维坦的存在，却是极少见的，即便偶尔会有，存在时间也极短暂。在多数情形中，更常见的是政权的中断、分裂或“黑暗时代”，而不是统一的、有效的统治。如前所述，我们——甚至也包括历史学家，都沉迷在王朝之初创或其全盛的经典时代所留下的记录中，相较之下，该王朝的解体和动乱岁月，则极少或根本没有形诸文字，不可见于记录中。以古希腊为例，长达四个世纪之久的“黑暗时代”，随着语言读写能力的丧失，所留下的近乎就是一大片空白，与之形成鲜明对比的是，在后来的古典时代，戏剧和哲学的繁荣产生了庞大的文献。若是说一部历史的目的就是要审视我们所尊崇的文化成就，那么上述偏颇是完全可理解的，但问题在于，这种“历史”忽略了国家形式的脆弱和易于瓦解。在世界很多地区，即便在强盛的年代，国家也只是一个季节性的组织。在东南亚地区，当每年的季风降雨到来时，国家权力的辐射能力便会收缩，几乎退回到王室的宫墙以内。虽然在大多数正统历史书写内，国家的自我形象位居中心地位，但我们仍要认识 16
到，自最早期国家出现后的数千年中，国家并非一个常数，而是一种变量——在人类生活的大部分历史中，一路走来跌跌撞撞。

而在另一层意义上，本书所要完成的是一部“非国家”

的历史（nonstate history）。就国家的形成和国家的崩溃而言，许多方面此前要么是消失于史册中，要么不过是留下只言片语，而本书的目的就是要把注意力引向这些面向。虽说在载录气候变化、人口变动、土壤质量和饮食习惯方面，早期国家取得了巨大的进步，但关于最早期的国家，还是有很多面向难以在物质遗存或早期文本中找到记录，原因在于这些都是隐伏的、缓慢的过程，很可能只不过是风险的预兆，甚至被认为不值一提。比方说，在早期国家，人口由其统治地带逃往远处的边陲，可谓司空见惯，然而，由于这种现象背离了正统的国家叙述——也即将国家讲述为用文明教化其臣民的力量，故而就只能隐藏在晦涩难懂的法典之中了。我和很多学者都近乎确信，早期国家之所以脆弱，疾病乃是一项主要原因。但是，由于疾病往往来得迅猛，而且先民对其知之甚少，所以其影响很难被记录下来，更何况，许多传染性的流行病也不会在骨骼上留下什么明显的痕迹。同样地，奴隶制度、奴役行为，以及大规模的强制性迁徙，也很难找到具体的证据，因为若下葬时不戴镣铐，奴隶和自由民的骸骨是很难区分开来的。所有的国家，都被国家之外的群落所包围，但是由于它们分散在四面八方，关于它们从何处来，到何处去，关于它们与国家之间变动频仍的关系，关于它们的政治结构，我们能知道的实在少得可怜。当一座城市在大火后被夷为平地，到底发生了什么，究竟是一场意外的火灾——这种灾难困扰着所有由易燃材料建成的古代城市，还是一场内战或暴动，抑或是一次外敌的洗掠，通常是很难分辨原因的。

在本书中，我将尽我所能，努力避开国家自我呈现出的光 17
芒，转而去探索那些隐藏起来的历史力量——尤其是那些从性质上难以见于王朝之成文历史，并且无法被考古学的标准技术所挖掘出来的力量。

本书各章概要

在第一章中，我们将探讨人类如何用火，如何栽培植物，又如何驯养动物，而在这一系列的驯化完成后，食物和人口是如何集中起来的。在我们可以成为国家建构的对象之前，一个必须的前提是，我们要聚拢起来——或者说被聚拢在一起，一方面保持相当的人口数量，另一方面要有一种合理的期待，至少眼下不会忍饥挨饿。前述的每一种“驯化”，都以某种方式重新整饬了自然世界，极大地缩减了为一餐饭而四处寻觅的半径范围。火，一直是我们手里握有的一张王牌，最初掌握用火技术的，是我们要感谢的前辈亲戚“直立人”，有了火之后，我们就可以重新塑造地表景观，以支持结实作物的生长（如坚果或水果果树、浆果灌木），也能开辟出草地，吸引我们想要捕捉的猎物。在经过火的烹饪后，相当多原本难以消化的植物就变得既可口，又更有营养。较之于其他哺乳动物，包括灵长类在内，我们人类的脑容量更大，而消化道却更短，据说这就得益于烹饪已经在人体外部帮助我们进行了预先的消化。

谷物（在本书中尤指小麦和大麦）和豆类的培植，就进一步促成了人口聚居的过程。可以说，人类是同他们培育的植物品种协同进化的，在选择时，先民尤其看重作物能结出硕大的果实（或种子），有其固定的成熟期，脱粒后的完整度（也
18 即不会被打碎）。围绕着农庄（包括农舍及其周边），每一年，先民们栽种下农作物，它们就担当着相当可靠的卡路里和蛋白质的来源——或者作为荒年的备粮，或者作为平日的基本主食。而被驯养的动物，在此尤其是绵羊和山羊，也可作如是观。它们可以说是为我们人类所奴役的觅食者，长着四只脚（换成鸡鸭鹅的话，就是两只脚），卖力地到处寻觅。由于动物肠道内的特殊菌种，它们可以消化掉我们找不到或无从分解的植物，然后用它们的方式“烹制”成脂肪和蛋白质——而这两种营养物质则是我们人类需要并且可以消化的，对我们而言，这是一种创造性的转化。而人类有选择性地繁育这些驯养动物，追求我们所欲求的品质：快速的繁衍、可适应圈养、性情温顺、其肉可食、能产出奶和毛。

我在前文中已经指出，严格说来，植物和动物的驯养绝非定居生活的必要条件，但驯养确实创造出某种条件，让食品和人口以史无前例的密度聚集起来，在最有利于农业发展的生

态环境中尤其如此，比如肥沃的泛滥平原，或者四季不缺水的黄土地。也正是因此，我将这些地点称为“新石器时代晚期多物种混居营”（late-Neolithic multispecies resettlement camps）。事实证明，虽然这种地方构成了国家形成的理想条件，较之于狩猎采集的生存方式，新石器时代晚期多物种混居营却需要更多更高强度的苦力活，这丝毫无助于人口的健康。若非为饥饿、危险或强制力所迫，怎么可能有人自愿放弃狩猎采集或游牧，转而从事要求起早贪黑的农耕，其中原因着实令人费解。

“驯化”作动词用时，通常是表示主动语态，后接直接宾语，诸如“智人驯化了稻米……驯化了绵羊”，等等。如此一 19
来，被驯化对象的积极能动力就被忽略了。比方说，在某种程度上，到底是我们驯化了狗，还是狗在驯化我们，细究起来并非一清二楚。接下来，再想一想那些“共生物种”呢，比如麻雀、老鼠、象鼻虫、蜱虫、臭虫，当它们发现这里环境适宜，食物充沛，于是就不请自来，如不速之客一样闯入了这个混居营。甚至是智人这种“首席驯化官”呢？某种程度上，他们不也是反过来成为被驯化的客体吗？身不由己地陷入犁耕、种植、除草、收割、脱粒、磨粉的轮回之中，所有这些都是为了他们喜欢的谷物粮食，还要照顾所养家畜的日常所需？到底谁是谁的仆役，至少在食物下肚之前，这几乎就是一个玄学问题。

紧接着，在第二章中，我们将探讨驯化对于植物、人类和野兽来说究竟意味着什么。如同有些学者，我也主张，驯化应作一种广义的理解，它指的是智人持续不断的努力，按照自己所好去塑造整个环境。由于我们人类对自然世界如何运作知之甚少，在有些人看来，“驯化”的努力会导致更多的**预期外**后果，而非预期中的效应。一方面，根据某些判准，**深版本的**人类世起始于第一颗原子弹的空投及其造成的放射性物质全球扩散；而另一方面，我还发掘出一个“浅版本的”人类世，它可以追溯到大约五十万年前直立人开始用火，且自此向后延伸，包括为了农耕和放牧的整地，还包括由此所导致的森林滥伐和河道淤积现象。随着全世界的人口在公元前 2000 年膨胀到大约 2500 万，上述早期人类世的冲击力度和速度都在与时俱增。在我看来，没有什么特别的理由非要坚持使用“人
20 类世”这个标签——这个概念虽然流行，但在我写作本书时，也颇有争议；然而从很多方面都能看到，使用火、栽培植物并驯养食草动物导致了全球范围内的环境影响。

“驯化”改变了农庄周边庄稼和动物的基因组成和生理形态。当植物、动物和人类集中在农业聚落中，也就创造出一种在很大程度上属于人为的新环境，在这中间，达尔文意义上的自然选择压力也会造就新的适应性。新的庄稼作物变成了“废物”，若是没有人类持续的照看和保护，就不可能存活下去。被驯养的绵羊和山羊也大致如此，它们变得体型更小，性

情更温驯，对周围风吹草动缺乏感知，且两性之间的差异也不凸显。在此语境内，我也提出一个问题，是否有可能存在着某种类似过程，也曾影响过我们人类自己。从迁徙到定居，是否我们也被驯化了，从我们聚集的农庄，到我们受限的活动范围，生活环境的密集，以及我们不同以往的身体活动和社会组织模式，都在驯化着我们自己？最终，我比较了狩猎采集者的生境和农耕者的生活，后者需要配合某种主要谷类作物的生长周期，在此基础上，我得出自己的结论，相比较而言，农耕的生命在其经验维度上狭隘出许多，而在文化和仪式意义上，也相对更为贫乏。

第三章的主题集中于最早期国家内非精英阶层的生活重负，而在我看来，相关的负担是非常吃重的，不得不考虑在内。如前所述，首要的负担就是农耕所要求的辛苦劳作。毫无疑问，较之于狩猎和采集，农耕是一种繁重许多的苦力活，唯一的例外也许只有在洪泛区沃土上的耕作。以埃斯特·柏塞拉普为代表的许多学者都曾观察到，在大多数的环境中，在迁徙中采集食物的部族实在没有任何理由转而从事农耕，除非是为人口压力所迫或者遭遇到某种形式的强制。农业所带来 21
的第二种负担非常严重，而且完全在意料之外：聚居生活所集中的不只是人口，还包括牲畜、庄稼，以及跟随它们来到农庄或就在农庄滋生的大量寄生物，由此就直接引发了各种流行病。我们现在非常熟悉的许多疾病——比如麻疹、腮腺炎、白喉以及其他由密切接触所感染的疾病——追溯它们最初的踪迹，都出现于人类历史上的早期国家。现在我们几乎可以确定，大量的初民国家之所以瓦解，都是由来势凶猛的流行病所致，这也能让我们联想到发生于公元后第一个千年里的安东尼瘟疫和查士丁尼瘟疫，还有在14世纪爆发于欧洲的黑死病。接下来，早期国家的民众还要承受另一种灾祸：不仅被繁重的农活所压迫，还要承担起国家所征收的税收重负，通常表现为粮食、徭役和征兵的形式。各种状况如此恶劣，早期国家怎样才能聚集起其下辖的人口，并且维持住现状进而不断扩张呢？有些学者甚至主张，只有在人口被沙漠、高山所阻断，或者敌人于四周环伺的环境中，早期国家的形成才是可能的。[11]

进入第四章，我提出了“谷物假说”的理论。历史总有惊人之处：追溯古典国家的源起，几乎全部都是立基于谷物的，这里也包括小米。遍寻历史记录，我们也找不到以木薯、西谷米、山药、芋头、大蕉、面包果或红薯为基础的国家。（“香蕉共和国”在这里可不算数！）我的猜想是，只有谷物庄稼最适合于集中作业、税收评估、征收转运、地籍勘查，以及储存和配给。小麦若种植在适宜的土壤上，它所造就的农业生态就可容纳人口的密集群居。

相较之下，木薯（又名树薯、丝兰）的块根生长于地下，不需要什么照管，且易于隐藏，块根在一年内成熟，但最为重要的是，它能安全地留在地底，在成熟后的两年里都仍可食用。如果国家想要你的木薯，那么“它”就必须亲临田间，将成熟的块根一个接一个地挖出来，然后即便装满一车也没有多大价值可言，运输起来反而笨重不便。假设我们就是前现代的“税收官”，站在这个立场对农作物进行评估，则主要的谷类作物（尤其是水稻）将位居首选之列，而对根茎类作物则避之唯恐不及。

于是在我看来，一个结论就出现了：只有当先民依靠栽培谷物作为食物来源，且没有其他选择时，国家方才可能形成。换言之，只要生存资源能跨越多个食物链，就像狩猎采集、刀耕火种、靠海吃海的部族那样，国家就不太可能出现，因为在这样的环境里，没有易于评估和收取的物品作为征税的基础。说到这里，有人可能会想，就拿古代栽培的豆科作物来说，如豌豆、大豆、花生或扁豆，它们不但营养丰富，而且在脱去水分后也能干燥储存，那么这些作物能否作为税收作物呢？然而，就上述情形而言，最大的障碍在于大多数豆科作物都没有固定的成熟期，也就是说，其在成长的任何时候都可进行采摘；这样的作物没有一个固定的、可一次性采摘的收获期，而这是税吏们所要求的一种作物习性。

我们不妨认为，某些农业生态环境，由于富有淤泥且水源充沛，就相当于进行了“先期的改造”，能够更好地适应粮田和人口的集中；进而言之，这些区域正是有利于国家建构的位置。很可能，诸如此类的环境构成了早期国家形成的必要条件，但却够不上充分条件。一种学说就认为，国家偏向于选择这种地方作为立国的根据地。推翻了某些早先的假设，我们现在发现，国家并非为了聚拢人口而发明了农业灌溉，更谈不上为此发明了作物栽培；这两项“发明”，其实都是前国家时期的先民们所取得的成就。然而，一旦国家建立，对于作为其国
23 力基础的农业生态环境，国家却经常性地进行维护、强化并扩张，关于这种举动，我们在此不妨称为“国家的地景塑造”(state landscaping)。这方面的工作包括疏浚淤塞的水渠，挖掘新的水道支流，将战俘安置到可耕种的土地上，惩罚不事耕作的属民，开垦新的耕地，禁止无法课税的营生活动（比如烧荒垦种和采集觅食)，设法阻止下辖属民的外逃。

我相信，存在着某种生态农业模式，规定着大多数早期国家的特征。无论所基于的谷物到底是小麦、大麦，还是稻米或玉米——时至今日，这四种作物仍供应了全世界一半以上的卡路里消耗，相应的模式都显示出某种家族类似。早期国家都在大力营造出一种易辨识的、可测量的，同时又相当整齐划一的地貌景观，上面种植着可征税的谷类作物，同时又在这片土地上维系着为数众多的人口，可用于征发徭役、征兵、当然也包括农耕。由于许许多多的原因，包括生态的、流行病的、政治的各种因素，国家往往无法实现这一目标，但这仍是国家眼中的光亮，过去曾是，现在也是。

敏锐的读者到此就会发问，如此说来，“国家”究竟是什

么呢？在我看来，早期美索不达米亚的某些政体就正在逐渐演变为国家。也就是说，根据我的观点，“国家性”，其实是一道制度意义的连续谱，它所呈现的，与其说是一种“是或否”的二元对立，不如说是“多还是少”的判断。某个政治体，如果有一位君主，配置了专业化的行政人员，发生了社会结构的分层，建筑有宏伟的纪念碑以及城墙，能实现税收的征缴和分配，那么即便在严格意义上，它也是“国家”无疑。这种国家形成于公元前第四个千年的末尾数世纪；最迟在公元前2100年前后，位于美索不达米亚南部，崛起了乌尔第三王朝这个强大的领土政治体，即为这种国家的明证。而在此之前， 24
也曾有政治体占有相当多的人口，出现了商业和工匠，甚至看起来还召开过市镇会议，但究竟这些特征能在何种程度上满足强版本的国家定义，目前尚有争议。

到此应是显而易见的，美索不达米亚南部的冲积平原，乃是我所关注的核心地带，理由非常简单，人类历史上最早的小国，即出现在这里。在描述这些国家时，“原始的”（pristine）是人们通常所用的形容词。虽说定居部族和谷物栽培在其他地方出现得更早，比如在耶利哥、黎凡特以及冲积平原以东的“丘陵侧翼”地带，但它们并未演变为国家。历史反而是，美索不达米亚的国家形式影响到后来的国家创建方式，从埃及到美索不达米亚北部，甚至远至印度河河谷地区。基于这个原因，再加上楔形文字泥板的遗存以及关于该地区的丰富学术研究，我将注意力集中在美索不达米亚的国家。若比较的方法是符合规范，且能打开脑洞，无论是求同，还是求异，我也会提到其他地区的早期国家建构，比如中国北方、克里特岛、希腊、罗马，以及玛雅文化。

有种推论认为，当国家出现时，它们出现在生态资源丰富的地区。但这恰恰是一种误解。国家出现所必需的财富有形式上的要求，首先是一种能征收、可度量且占据主导的谷类作物，其次是相对容易管理并动员的种植谷物的人口。就拿湿地来说吧，这样的地方资源丰富且复杂多样，可以为一支流动人口提供各种各样的生存方式选择，也正是因为它们的不易识别，且变化多端的多样性，像湿地这样的地方并不是国家建构的成功之处。作物和人口既要可度量，又要能征税，这
25 个逻辑也同样适用于较小规模的识别和控制尝试，比方说西
班牙在美洲殖民地的“社区”、传教士的聚集地，以及单一作物农场（且附带供劳力居住的营房），后者可以说是可识别的典范了。

在本书第五章，我将处理一个更大的问题，因它牵涉到强制力在建立和维系古代国家过程中的角色，故而非常重要。虽然这个题目总是聚讼纷纭，但问题却直接指向关于文明进步
27 之传统叙述的核心。也就是说，如果说证据可以表明，国家的
最早形成主要依靠强力的手段，那么霍布斯和洛克的社会契约理论都必须要重新检视——作为他们理论内核的国家观，

将国家视为一块“磁石”，象征着内部和平、社会有序、拥有免于恐惧的自由，以其魅力吸引四方民众前来归附，这套论述就很难站住脚了。

事实上，也正如我们所将要看到的，早期国家经常无法保持住它的人口；无论冲击是因为流行病的、生态的，还是政治的，早期国家都可以说是异常之脆弱，很容易崩溃或者瓦解。 29
然而，若说早期国家时常分崩离析，原因并不是它未曾动用其所能掌握的各种强制力量。早期国家曾普遍使用没有人身自由的劳力——战俘、契约奴役制、寺庙奴隶制、奴隶市场、强制迁移的苦力营、罪犯苦役、公社奴隶制（比如斯巴达的农奴制），例证可以说是铺天盖地。强迫的劳役在以下活动中尤其重要：修筑城墙和道路，开挖沟渠，采矿，采石，伐木，营造宏伟的建筑工程，羊毛纺织，当然还有农事劳作。要“善用”包括妇女在内的隶属人口，视之为一种形式的财产，就好像牲畜一样，鼓励他们多生育以维持高“繁殖率”——国家的用意可谓是昭然若揭。这个古代的世界显然是认同亚里士多德的判断的，奴隶就是一种“劳动工具”，如同拖犁耕地的动物。甚至远在早期文字记录上出现“奴隶”一词之前，考古发掘出的记录早就说明了一切：从胜利的战场上带回来的战俘奴隶衣衫褴褛，在浅浮雕上被刻画得栩栩如生；而在美索不达米亚出土了成千上万相同式样的斜边碗，它们极有可能是供大规模的集体劳动所用的，是配给大麦或啤酒的容器。

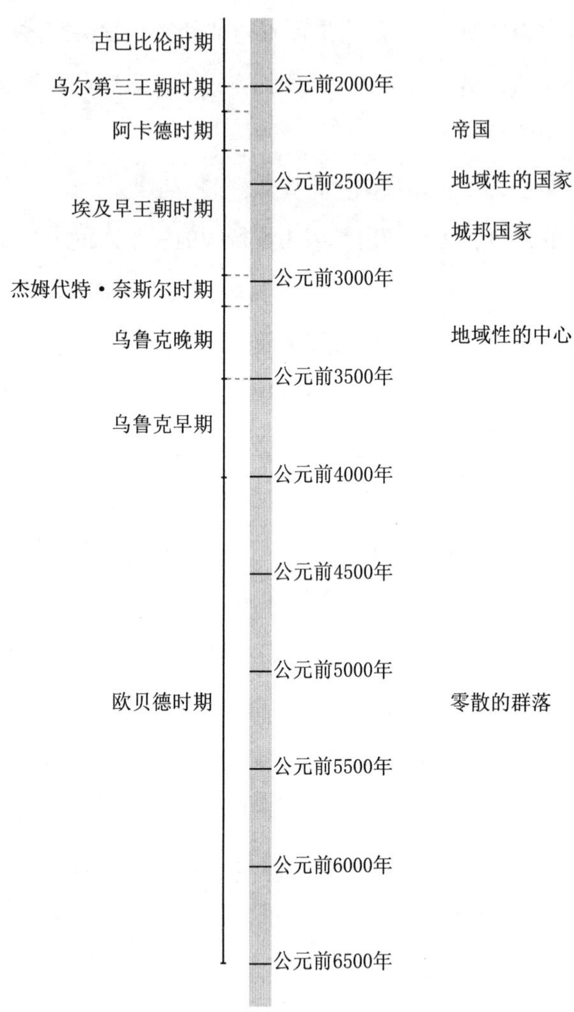

图3　年表：古代美索不达米亚

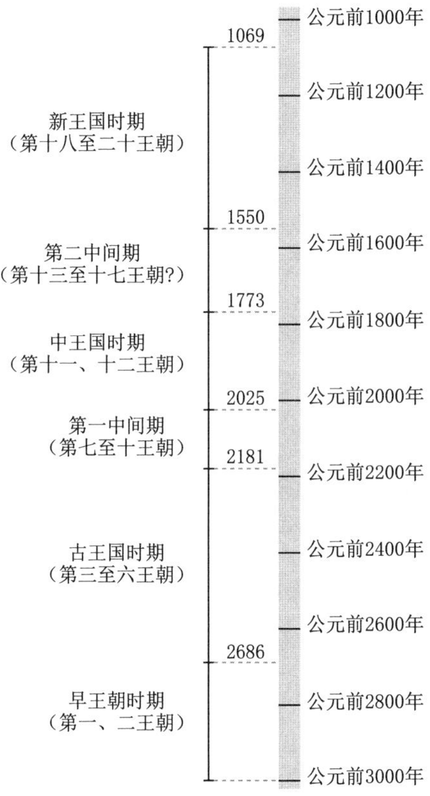

图4　年表：尼罗河文明——古埃及

在古代世界，正式的奴隶制到古希腊和罗马帝国早期发展到了它的极致，它们是完全意义上的奴隶制国家，就好像南北战争之前的美国南方。在此意义上，奴隶制在美索不达米亚和早期埃及虽然并未缺席，但较之于其他形式的强制劳动，尚且称不上主流，后者如在乌尔王朝的大型作坊中，数以千计的

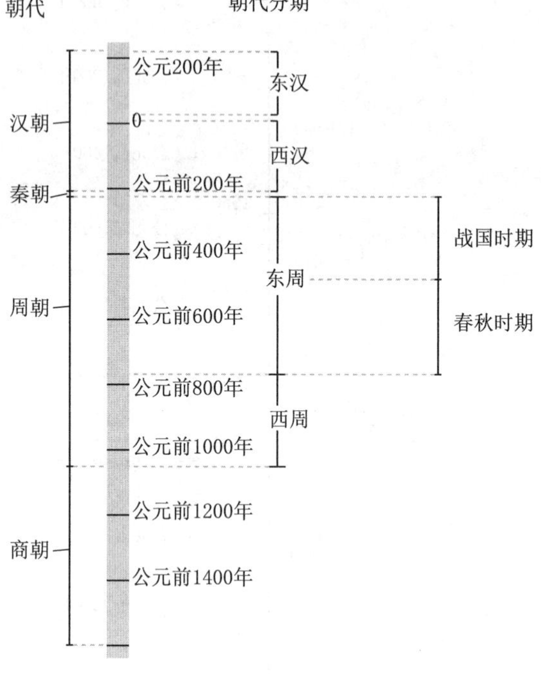

图5　年表：黄河文明——古代中国

妇女生产纺织品，供出口之用。在古希腊和罗马（意大利半岛），相当比例的人口被剥夺了自己的意志，这一点可见于意
30 大利和西西里岛的奴隶叛乱，战争时期许诺自由的举动（如斯巴达对雅典的奴隶，或者雅典人对斯巴达的农奴），还有美索不达米亚记录中经常提及的逃逸或消失人口。在此语境内，我们也可以想到欧文·拉铁摩尔的论断，中国之所以修筑起长城，不仅是为了抗御蛮族于**外**，还要聚拢国人纳税者于**内**。

劳力的奴役在历史行程中可谓各式各样，且很难进行量化处理，但无论如何，驱使一部分人口进行非自由的劳作，看起来乃是维持古代国家存续的一个条件。早期国家当然并非奴隶制度的发明者，但它们把奴隶制作为一种国家工程，用法典做出规定，并且使之组织起来。

在历史长河里，早期国家在出现之初时可说是新奇的制度；没有治国术的手册可供参考，也没有马基雅维利可让统治者咨询，故而国祚短暂也就不足为奇了。拿中国的秦代来说，虽然因众多的治理创新而著称，但延续却不过短短十五年。可以这么说，那些促发国家形成的农业生态相对而言是固定的因素，不过那些偶然出现在这些位置上的早期国家，却如同失灵的交通信号灯，明灭不定。早期国家脆弱性的成因，以及我们该如何理解其中更深广的意义，构成了本书第六章的主题。

诸如玛雅文明的“崩溃”、古埃及的“第一中间期”还有古希腊的“黑暗时代”，当前考古学在解释其原因时从不吝于笔墨。通常而言，我们所掌握的证据无法提供任何决定性的线索。一般而言，国家崩溃的成因都是多重的，如果后人单独挑出其中一个，断言其为决定因素，那么这就是读史者的专断了。就好比一位病人，身上患有许多种潜在的疾病，我们就很难明确他的死因。比方说，当时是一场旱灾导致了饥荒，随后又引发民众的抗争和逃亡，接下来，邻国又利用这次机会，大
举入侵，将物资洗劫一空，还掳走大量人口，在这种情形下， 31

上述哪一个原因才是我们所应挑出来的关键呢？书面的记录通常是一星半点的，难以据此下结论。当某个王国因外敌入侵、突袭、内战或叛乱而倾覆时，灭国的史官很难坚守岗位，记录下这场灾祸。个别时候，我们能发现证据，表明宫殿建筑群是被焚毁的，但是到底是谁干的，又是基于什么原因，则很难搞清楚。

在本书中，关于早期国家的脆弱，我要特别强调的是因其农业生态所导致的诸种成因。相比之下，外部的因素，比方说干旱或气候变化（若是某个区域范围内出现多个国家同时期"崩溃"，则显然要涉及外因），事实上构成了导致国家崩溃的更重要的成因，但是内在的因素却能为我们透露出更多的早期国家局限。为此，我推测出早期国家可能的三种裂隙，它们恰是国家形成本身所导致的附随结果：第一种是疾病的出现，原因在于农作物、人口和牲畜史无前例的密集杂居，再加上跟随而至的寄生虫和病原体。根据我和许多学者的推想，种种类型的流行病，包括作物病害在内，可能导致了相当数量的国家突然崩溃。但问题是，我们现在很难找到相关的证据。余下两种则更为隐蔽，它们分别是市镇化和密集灌溉农业所导致的生态后果。在临河而建的国家里，市镇化会导致在流域内的森林滥伐，且步步向上游进逼，随后就造成河床淤积和洪水灾害。而密集灌溉则会导致土壤盐渍化，然后农业歉收，最终迫使农民放弃可耕种土地，这些往往有较充分的记录。

说到这里，我还想呼应有些学者，质疑能否用“崩溃”
一词来恰当地描述此类事件。[12]在使用“崩溃”这个词时，我
们从来未经反思，就径直拿这个概念来表示文明的悲剧——
某个伟大的早期王国及其文化成就从高处坠落。但在采纳这
个用法之前，也许我们应该停顿下来。事实上，许多王国只是 32
多个较小聚落的联盟而已，在此意义上，所谓“崩溃”，所指
的不过是国家又一次化整为零罢了，或许来日还能重整河山。
有些时候是雨量减少导致作物歉收，在这种情形下，“崩溃”
所指的可能是某种相当常规性的离散，以应对周期性的气候
变化。有些时候则发生了大规模逃亡，或者是抗拒苛捐杂税、
徭役征兵的叛乱，但即便在如此情形中，难道我们不应该庆祝
一番，一个充斥着压迫的社会秩序已经被埋葬了，又为何为之
悲叹呢？最后，当所谓的蛮族兵临城下时，但即便是在这种情
形中，我们也不应该忘记，蛮族虽然驱赶走了旧的统治者，却
会采用他们的文化和语言。国家是一时的，文明才是长久的，
故而文明从来都不能同国家混为一谈；而且，我们也不应不加
反思，就认定较大的政治秩序单位一定优于较小的。

最后，我们还要再说一说“蛮族”——在早期国家开辟的纪元内，就人数而言，他们远远多于隶属于国家的人口，虽然四散如星火，但却占据了地表的大部分宜居地带，他们的情况究竟如何呢？我们知道，“barbarian”（蛮族）这个词最初源自希腊，是希腊人用以标签所有不讲希腊语的部众的，不仅指

称被俘虏的奴隶，甚至还包括某些“文明程度”相当高的邻
族，比如埃及人、波斯人和腓尼基人。“Ba-ba”本来就是一
个拟声词，是对非希腊语发音的一种滑稽模仿。所有的早期国
家都以自己的形式再造了这个词，用以区分“我们”和国家
之外的非我族类者。故而，我把本书的最后一章也即第七章留
给了“蛮族”，下一个朴素的定义，他们就是生活在不受国家
控制的广阔空间内的庞大人口。深知文明人的偏见，我仍将继
续使用“蛮族”一词，部分原因在于，我希望做出如下论证：
33 在先民们开创最初的脆弱国家时，对于蛮族人来说，这实在是
一段静好岁月。这个阶段到底有多长，是因地而异的，端视国
家力量和军事技术；然而从始至终，这一时期都可称为蛮族人
的流金岁月。归根到底，我们可以认为，蛮族的地域就是国家
农业生态的反面。在那里，蛮人狩猎采集，刀耕火种，逐水草
而居，挖掘植物的根茎和块茎，偶尔能见零星的谷物庄稼。在
那里，人口是流动的，多种生存策略混杂在一起，且要随时而
变：一句话，其生产是“不可识别的”。如果说蛮族的领地是
多样且复杂的，那么就农业经济的意义而言，国家的疆域则是
相对简单的。蛮族这个概念说到底并不是一种文化的范畴；所
谓“蛮族”，乃是一种政治性的分类，用于指称（尚且?）未
由国家管理的人口。边境地带总有一条分界线，对内而言，税
收和谷物到此为止，对外而言则蛮族自此起。中国人使用
“生”和“熟”在蛮族之间进行区分。即便在具有相同的语言、

文化和亲属系统的族群之间，仍能进行“生”“熟”之辨——那些家户已经登记在册，并且为国家地方官员所管辖的部族，即便只是名义上的统治，也都是“熟的”或者比较“开化”的部分。按照正统的说法，这部分人“已经进入了国家的版图”。

早期国家是定居下来的社群，故而非常容易受到化外蛮族的攻击，后者的移动性强，来无影去无踪。在此，我们可以设想，在寻找和利用食物来源这件事上，狩猎采集的部族都可谓是专家，而反过来说，早期国家作为静态的聚合，把人口、谷物、牲畜、纺织品和部族的金属器物集中起来，就构成了相对容易的掠夺对象。既然一个部族可以从“粮仓”直接掠取谷物（就好像国家那样！），那么它为何还要劳心劳力，承受
农耕的苦楚呢？北非柏柏尔人说得理直气壮：“掠夺就是我们 34
的农活。”无论何地，定居农业点都是早期国家的根基，在不断发展之后，在化外蛮族的眼中，这些农业基地简直就是得来全不费功夫的“仓储”——如同一站式的购物体验，一次光顾就能备齐所需。就好像美洲的原住民一早就发现，较之于白尾鹿，温驯的欧洲牛更容易“捕猎”。早期国家也因此承受了相当繁重的负担。它们要么必须在防御工事上耗费巨资，将蛮族拒于门外；要么必须向潜在的掠夺者交纳贡赋，作为保护费，换取边界的安宁——甚至经常要两方面兼顾。无论采取何种策略，早期国家都因之背负了非常沉重的财政负担，也加重

了它们的脆弱。

由于掠劫行为在视觉上是壮观的，故而相关的记载往往主导了早期国家和蛮族的关系叙事，然而就重要性而言，更有意义的其实是贸易。早期国家大多位于冲积平原肥沃的低洼地带，这种地理条件让它们与附近蛮族成为自然的贸易伙伴。蛮族分布广泛，处在一个更为多元的环境内，也因此，只有蛮族能够供应某些早期国家所必需的物品，没有这些经贸易而得的必需品，早期国家不可能长期存续，它们包括：金属矿石、木材、兽皮、黑曜石、蜂蜜、药材，以及香料。在长时段的历史视野内，对于蛮族来说，低地王国更重要的价值在于贸易，而非劫掠。国家就代表着一个庞大的、有丰厚利润可图的新市场，在这里，蛮族可以用来自内陆腹地的风物，交换低地出产的物品，后者如谷物、纺织品、枣子和鱼干。而随着沿海航运的发展，更大规模的远程贸易得以可能，上述发生在蛮族和国家之间的贸易也随之出现爆炸式的增长。这种效应不难理解，只要我们想一下，欧洲海狸皮毛市场的一举一动，就能影响到美洲土著人口的狩猎行为。随着贸易的扩展，对于蛮族
35 人来说，无论采集还是狩猎，早已不再是单纯的生计维持，而是首先成了贸易和经营的事业。

前述蛮族与国家的共栖，就导致了一种文化的杂合，其间的复杂性，远非“开化-野蛮”的典型两分法所能涵盖。我们现在可以看得很清楚，每个早期国家或帝国，通常都会有一个

“孪生的蛮族”，与之如影随形，兴衰命运与共。[13]在罗马帝国的边陲地带，凯尔特人就筑有设防的寨堡，与罗马人进行贸易，这正是前述依存关系的实例。

因此，在这一漫长的历史阶段，一方面是相对较弱的农业国家，另一方面则是未开化的、为数众多的马背上的部族，对于蛮族人来说，这一阶段真可谓是某种黄金年代；平时，他们在同早期国家的贸易中获益丰厚，而在必要时，他们又能加大掠夺的力度，然后索取更多的“保护费”；他们避开了纳税和农耕的种种繁文缛节；同时还享受着更有营养，且更丰富多样的饮食，且来去自由如风。

然而，在蛮族和早期国家的交流中，两方面的“贸易”既是残忍的，又在某种程度上决定了蛮族人的命运。很可能，经贸易输入到早期国家的最大宗商品，正是奴隶人口——货源则通常是蛮族人就地捕获。古代国家一般通过两种方式来补充它们的人口：首先是发动战争，捕获战俘；其次是从某些专门做人贩子的蛮族那里大批量购买奴隶。不仅如此，早期国家也会在防御中动用蛮族的雇佣兵，而鲜少有例外。蛮族人一方面将他们的同胞卖给早期国家为奴，另一方面出售它们的军事服务，在此意义上，蛮族人亲手埋葬了自己短暂的黄金年代。

37 第一章

“驯化”的长历史：从用火、栽培植物、驯养动物，最终是……人类自己

火

火，对于原始人类来说意味着什么，最终对于整个自然世界来说又意味着什么？南非的一个洞穴考古发掘可以给我们提供生动的线索。[1]在该洞穴最深也是最早的堆积层中，我们找不到积碳，也就是说还没有用火的证据。在这一层中，考古工作者发现了大型猫科动物的完整骸骨，还有许多动物零散的骨头碎片，上面带有牙齿的咬痕，其中就包括直立人的骨骼残骸。往上走，到了较后期的堆积层，考古工作者发现了积碳，这是用火的证据。而在这一堆积层，所发掘出的是直立人完整的骸骨，还有其他各种哺乳类、爬行类和鸟类动物的零碎残骸，其中包括大型猫科动物被啃咬过的骨头，为数尚且不

少。由是观之，洞穴“所有权”的转移，以及谁在吃、谁又被吃的角色逆转，生动地证明了火的威力，最早学会用火的物种也就把这种威力据为己有。最起码，火能提供温暖、光亮，以及相对安全的小环境——免于夜行野兽的侵害，同时，火也构成了迈向家庭或农庄生活的先兆。

在原始人类的历史中，用火可以说是**最具**决定性的时刻，
人类命运由此一变——令人信服的证据已然证明了上述观点。 38
火可以说是人类最古老又最伟大的工具，使用它就可以重塑自然世界。然而，“工具”也许不是非常准确的字眼；不同于一把没有生命的刀具，火有自己的“生命”。即便时至今日，火至多是一种“部分驯化物”，经常不请自来，若不加谨慎看管，随时可能脱离控制，变得异常凶险。

回到历史上，原始人类对火的运用不仅非常古远，而且可见于世界许多地点。人类用火的证据，至少可追溯至四十万年之前，远远早于我们智人物种登上历史舞台。多亏了原始人类，现如今的植物和动物世界才多是耐火的物种——火势改造了它们，或者说，它们适应了火。人类生火和用火造成巨大的影响，若是要公允地叙述人类对自然世界的改造史，可以认定，用火的意义远非驯化植物或动物所能及。人类手中的火才是地貌景观的“设计师”，但为何这一观点在我们的历史叙述中并未留下应有的记录呢？原因很可能在于火的力量是在数十万年的历程中扩展开来的，而完成这一过程的又是“未开

化”的原始人——众所周知的“野蛮人”。现在，我们已经进入了炸药和推土机的时代，相比之下，火对地表环境的塑造实在是一种非常缓慢的过程。但是，延续数十万年之久，火的力量也能改天换地。

在漫长的历史中，我们的祖先一定能注意到，自然界的野火会以自己的方式改造地貌景观：野火清除了旧有的植被，火势熄灭后，各种杂草和灌木就迅速繁衍开来，其中很多品种生长有人类所要的种子、浆果、水果和坚果。我们的祖先也一定会注意到，火势汹涌，就会逼得逃命的猎物夺路而逃，暴露出小型猎物原本隐藏起来的洞穴或窝巢，最重要的是，野火熄灭后，新生长出的草地和蘑菇又会吸引食草动物前来觅食，而它们正是人类的猎物。北美的原住民懂得用火去整饬地貌景观，招引麋鹿、野鹿、海狸、野兔、豪猪、披肩榛鸡、火鸡和鹌
39 鹑，最后将这些猎物手到擒来。也就是说，人类首先精心创造出一片“栖息地”，引诱猎物前来，成功后，当人类把猎物收入囊中时，也就代表着某种“丰收”，只不过对象是他们有意识吸引而至的被捕食者。[2]如此看来，早期的人类不仅是狩猎场地的设计师，用火力整饬出真正的猎苑，而且，他们还懂得用火去捕捉大型的猎物。证据表明，早在弓箭未出现之前，大约距今两万年时，人类就知道用火驱赶动物的兽群，逼迫它们最终摔落悬崖，还懂得用火将大象赶进沼泽地，陷入泥淖后，大象动弹不得，只能乖乖等死。

人类之所以能不断加强对自然世界的统治，火是其中关键——火为人类物种所垄断，且在全世界都成为一张王牌。在亚马孙雨林，人类用火清理土地，打开树冠遮蔽的天空，留下了不可磨灭的痕迹；在澳大利亚，遍地桉树的地貌景观在很大程度上也是人类用火所导致的；在北美，原住民用火来整饬森林景观，原是司空见惯的活动，然而，欧洲人的到来带来了毁灭性的流行病，原住民用火改造森林的行为也因此戛然而止，结果就是森林植被不受控制地蔓延开来，覆盖了大地，由此导致白人殖民者产生出一种错觉，认为北美大地就是一片几乎无人涉足的原始森林。根据某些气候学家的判断，大约从公元1500年到1850年，地球上出现小冰河期，寒潮之所以到来，很可能就是由二氧化碳这种温室气体排放减少所致，而追根究底，则可归因于原在北美大陆的土著火耕者的群体消亡。[3]

站在我们的角度来观察，用火虽然是一种慢动作的地貌景观工程，但经年累月，却也大有所成——最终在越来越小的范围内集中起越来越多的生存资源。在火的帮助下，人类成为实用的农艺师，以居住地带为核心，重新配置对人有益的植物和动物，将它们集中安排在更紧凑的环状带里，狩猎和采集也 40
因此变得更容易。我们不妨说，用火重塑地貌后，人类为张罗一餐所要奔波的半径范围，也就大大缩小了。现在，生存资源近在眼前，而且更丰富，也更可预期。在此意义上，凡在人类为了狩猎采集之便而用火形塑地貌的地方，就很难发展出营养物稀缺的“顶极”森林群落。说起那时候的人类，我们的祖先还压根不懂得耕牛或耕犁，也未见过农庄中温驯的家畜，但即便如此，他们也早已把目光投向系统性的地貌优化以及大规模的资源管理——由此起，还要再等上数十万年，人类才能完全驯化农作物和牲畜，开始种植庄稼并养殖家畜。根据最优觅食理论（optimal foraging theory），自然世界的配置都是规定好了的，所需探讨的问题只不过是，一个理性的行动者在获取食物时将如何分配自己的气力，然而，上述种种情状已经颠覆了这一理论，在我们看来，人类所处的生态系统存在着有意识的“扰动”，即便是原始人类，也会在历史演化的长期过程中，创造出某种生物多样性的组合以及某种更优化的资源配置，从而使得自然世界更适于他们的欲求。这样的活动将位置的选定、资源的重新配置，以及人身的安全结合在一起，进化生物学家将这种人类活动命名为生态位的构建（niche construction）：若是还不清楚，那就想一想海狸吧。原本，在经典的文明叙述中，植物和动物的驯化乃是划时代的里程碑事件，然而，当我们追溯人类用火的远古历史，由此去审视资源集中时，生态位的构建就变成了一种长时段的连续进程——总是没有最好，只有更好，在此视野内，动植物的驯化也就降格为诸多环节中的要素而已。[4]

火可烹饪，将生食煮熟——这是使人口聚集起来的另一种方式。在人类进化的过程中，用火烹饪的意义再怎么强调都不为过。用火去烹制生食，就等于将一部分消化过程转移到体外进行；在火的作用下，淀粉开始糊化的过程，蛋白质也会发生变性作用。黑猩猩摄入生食，进入体内后消化需要一个很长的肠道——大约为人类肠道的三倍；而烹饪所导致的化学分解，则使得智人所需的食物更少，从食物中提取营养也只需要 41
消耗较少的热量。用火烹饪，意义重大。有了火，早期人类就可以收集并且进食各种食物，其范围远非早前所能及：有些植物长有棘刺、褶皱，或者厚厚的外皮，现在通过火的烹制，就可以将它们打开、去皮、解除毒性；那些坚硬的种子和纤维性的食物，消化它们需要惊人的热量成本，对人类而言甚至得不偿失，现在经过火的作用，就变成了可口的美味；小鸟和啮齿类动物的肉和内脏都可以用火来杀菌。甚至早在懂得用火烹饪之前，智人就已经是涉猎广泛的杂食动物，知道通过击打、碾磨、捣碎、发酵、腌制的方法来处理生肉和植物，而一旦学会用火，智人可消化的食物范围更是连番扩大。考古学家在东非大裂谷发现了一处两万三千年前的遗址，在那里发掘出的证据就能证明，先民的日常饮食已经跨越了四种食物网（分别是水生、林地、草原和旱地），所包括的有至少 20 种大型或小型的动物、16 种鸟类，以及多达 140 种的水果、坚果、种子和豆类，此外当然还有用于入药以及做手工（篮子、编织、陷阱、鱼梁）的植物。[5]

就促使人口集中而言，烹饪之火的意义丝毫不亚于地景设计之火。如果说用火来设计地貌，就是把更多能填饱肚子的食物安置在更易触及的范围内，那么人类烹饪所用的火，就是把各类此前无法消化的食物变得既营养，又美味。到此为止，为一餐饭而四处觅食的半径范围，就进一步得到缩小。不仅如此，经烹饪后，食物变得更柔软，作为一种人体外的预先“咀嚼”，一方面让婴儿更容易断奶，另一方面也能让老人或没了牙齿的族人有东西可吃。

早期人类掌握了火，既能改造环境，又可以找到更多可食用的东西，如此一来，他们就有了作为生活中心的家户，与此
42 同时，也能在此前条件绝不允许的环境中建立起新的家户。尼安德特人对北欧的“殖民”就是一个现成的例子；若是不懂用火，无法生火来取暖、狩猎和烹饪，这一切都是不可想象的。

人类懂得火可以改变食物，少说有了五十万年的历史，由此导致的基因和生理影响可以说是巨大的。若同我们在灵长类的“表兄弟”进行比较，人类肠道的长度还不到它们的一半，牙齿更是小得多，而在咀嚼和消化时，我们消耗的热量也少得多。理查德·兰厄姆认为，正是因为营养效能的强化，很大程度上可以解释人类大脑的一个现实：即我们的大脑为什么这么大，其体积是按哺乳动物来计算的三倍之多。[6]在考古记录中，人类大脑的激增，与家户灶台和剩餐的遗迹是同时发生/出现的。据我们所知，这种规模的形态变化也发生在其他

动物身上——只要饮食和小的生态环境发生大的转变，那么最短只需不过两万年的时间，动物就会出现相当大的形态变化。

作为这个世界上最成功的“入侵者”，我们在繁衍上的成功，很大程度上要拜火所赐。[7]好像某些树类、植物或真菌，我们人类也是一个因火而演化的物种，也就是说，人类物种是“耐火”的。为了适应火的特点，人类调整了自身的习惯、饮食和身体，而在此之后，人类就同火捆绑在一起了，再也无法摆脱火的照护和“喂养”。按照某种学说，一种植物或动物是否得到驯化，检验标准在于若失去人类的协助，它能否自我繁衍，那么继续采用这个标准，我们可以认为，为了用火，人类已经做出了极大的改变，以至于现在若是没有了火，人类物种也就没有未来可言。陶工、铁匠、烘焙工、制砖工、玻璃工匠、金属工匠、金银匠、酿酒工、木炭工匠、食品熏制工、石膏工匠……这些后来出现的手工艺都离不开火，然而即便完全忽略这些行当，我们仍可得出一个没有半点夸张的判断：人类已经完全依存于火。事实上，火已经驯化了我们人类。举一 43
个很小的例子就可以证明我所说的——生食主义者坚持食物的原本状态，反对用火烹制，所以这群人无一例外都会减轻体重。[8]

群聚和定居：湿地命题

在新月沃土地区，得益于那里温暖潮湿的气候条件，人口曾一度出现增长和定居下来的趋势，然而在大约公元前10,800年前后，这一趋势却戛然而止。随之而来的是持续千年之久的寒潮，根据部分学者的推断，这是因为北美（阿加西湖）大量的冰川融化，突然转由我们现在所称的圣劳伦斯河，向东排入大西洋。[9]人口减少后，余下的人也从边缘的高地蜷缩回去，退回到某些宜居区——那里气候更适宜，也因此还有更多样的动植物群。接下来，到了公元前 9600 年前后，寒潮退散，气候变得再度温暖湿润起来——且恢复速度相当之快。平均温度一度增长迅猛，最快时可能在 10 年内上升了 7 个摄氏度。到了这时，树木、哺乳动物和鸟类都冲出了先前的“避难所”，移居至大环境突然友善起来的地带——当然，跟随它们的还有这些动植物的伙伴物种：智人。

也是在大约同期，考古学家发现了持续终年的居住证据，零星分布在许多地点——黎凡特南部的纳吐夫文化，或者位于叙利亚、土耳其中部以及伊朗西部的新石器时代村庄的“前陶器”阶段。一般而言，这些居住点出现在水源充沛的地区，人口主要以狩猎采集为生，当然，考古学家也发现了谷物培植和牲畜饲养的证据，只是至今尚存争议，还未有定论。但是，下述论断已是无可置辩的：在公元前 8000 年至公元前 6000 年之间，全部所谓的“基础作物”，也即谷物和豆类，包 44
括扁豆、豌豆、鹰嘴豆、野豌豆、亚麻（用于织布），都已开始种植，只是规模通常很有限。同样是在这两千年的跨越中，驯养的山羊、绵羊、猪和牛也出现了。有了这一系列的驯养，完整的“新石器时代群像”也就到位了，在考古学家眼中，它被认为是决定性的农业革命，标志着文明的开端，也包括最初的小规模市镇聚落。

大约在公元前 6500 年前后，原初的定居市镇出现在波斯湾附近冲积平原南部的湿地上。说起来，南部冲积平原既不是最早出现终年居住的地点，也不是发掘出谷物栽培最早证据的地方。就这些方面而言，这里其实是姗姗来迟的。而在本书中，我集中关注这些后起的地区，是基于两项重要的理由：其一，这些位于幼发拉底河河口的市镇集群，如埃利都、乌尔、乌玛和乌鲁克，经过很久之后，都变成了世界上最早的“小型国家”。其二，虽说在埃及、黎凡特、印度河流域、黄河流域，甚至于新世界的玛雅文明也都出现了古代社会，而且都发生了各有不同的新石器革命，但是，美索不达米亚南部不仅是最先出现国家系统的地方，而且它还直接影响了后来的国家建构，包括中东其他地区，甚至埃及和印度。

即便只是基于这份草就的年表（其中很大一部分尚存相当争议），我们也能发现，它所绘制的历史图景，多处悖逆了

我所谓的标准文明叙事。在那个叙事图景中，一个核心命题认定，谷物的栽培乃是人类常年定居生活的基本前提，进而言
46 之，也构成了市镇、城市和文明的基本前提。上述命题又基于一个至今信徒众多的设定：狩猎采集的生活要求极高程度的流动和分散，而定居生活是绝无可能如此灵动的。然而现实却是，人类定居生活之出现，远早于动植物的驯养，而且即便是在未见或极少有谷物种植的地区，定居仍可经常坚持下去。还有一个发现可谓是板上钉钉：按现在所知，谷物和家畜的驯养要远早于任何形态的农业国家，其中的时间间距要远超我们此前的想象。根据最新发现的证据，从植物和动物的驯化，到以庄稼和家畜为基础的最初农业经济体出现，其间的时间跨越依据现在的估算，可能长达四千年之久。[10]很显然，我们的祖先并不急于一头栽进新石器革命，或者投入初民国家的怀抱。

说起那些编织传统叙述的人们，他们还在另一方面犯下根本的错误。在他们的叙述中，立论的出发点就是两河流域一直以来异常干旱的环境，但殊不知这只是近期历史的变动而已，于是乎，他们就想当然地把这种干旱条件投射到农业初现的时刻。按照他们的推定，分布在局促的绿洲和河谷地带，一旦人口增长，先民们就不得不强化他们求生的能力，既然可耕土地是极其有限的，就要从有限中索取更多的资源。而唯一可行的强化策略，就是灌溉——关于这个判断，有考古证据可证。在降雨量少得可怜的区域，也只有灌溉才能确保丰收。进

而言之，如此庞大的地表改造工程，就必须要调动起劳动力，开挖灌溉水渠并加以维护，这也就意味着一个公权力当局的存在，可以调动并规训为数众多的劳动力。灌溉工事造就了一种密集的农牧经济体，而最终他们论定，这种农牧经济体促成了国家的形成，以国家作为经济存续之前提。 47

湿地和先民定居

按照流俗的观点，灌溉农业“让沙漠变为绿洲”，因此构成了最早的成规模定居社群的基础，但事实证明，这种观点在几乎每个细节上都是错误的。正如我们将要看到的，最早期的大型定居点涌现在湿地，而与干旱环境绝缘；而维持居民生活的，绝大部分都是湿地资源，而非谷类作物；当然，他们也压根不需要我们通常所理解的那种灌溉。在湿地环境中，若是说还必需什么人工的地表整饬，那么更有可能的非但不是灌溉，反而是排水。我们从前认为，古代的苏美尔文明创造了奇迹，在一处干旱区域，由国家组织起伟大的灌溉工事，现在证明，这一经典立论是完全错误的。说到这里，我们要感谢珍妮弗·普尔内勒的开拓研究，聚焦于公元前7000年至公元前6000年之间的美索不达米亚南部冲积平原，她在上述方面对经典理论进行了全面且理据充分的修正。[11]

在那个时候，美索不达米亚南部一点也不干旱，反而更像

是食物采集者的湿地天堂。由于海平面的大幅升高，再加上底
格里斯河和幼发拉底河三角洲地势平坦，在现如今的干旱地
区，当年都曾发生过大面积的海洋“入侵”。普尔内勒的研究
基于遥感技术、早期的航空测量、水文历史 、对古代水道和
沉积的判读、气候史，以及考古遗址，重现了这片巨大的三角
洲湿地区域。在此之前，大多数（并非所有）观察者都犯有
48 两方面的错误：其一是把此地区的普遍干旱推到一万年之前，
其二是忽略了一个事实，也即当时冲积平原还未经沉积物经
年的堆积，所以比起现在水平面要低十米以上。由于这些条
49 件，当时波斯湾的浪花终日拍打着古乌尔城的大门——如今
该地点早已深入内陆；涨潮时，带盐的海水一路向北，最远可
以漫到纳西里耶和阿马拉。

现在让我们设想一下：为数众多的人口，没有灌溉之利，没有大面积的谷物庄稼，主要依靠野外的野生植物和海产资源为生——即便只是简单描述上述情形，也能阐明两个议题，供我们做进一步分析。其一，它告诉我们，某种生存若是基于多个多元的食物网，那么这种生存方式就比较稳定，回报也比较丰厚。在欧贝德时期（从公元前 6500 年至公元前 3800 年，因某种流行的陶器风格而得名），日常饮食的大部分都来自鱼类、鸟类和龟类，它们都可大量见于湿地环境。其二，再往后，它还有助于解释一处关键，先民若是能在非常多元的生态环境中狩猎、捕鱼、采集、觅食，那么生存网络的宽阔就会造

成无法克服的障碍，使得单一政治权威难以扩展开来。

想当年，南部冲积平原可不是今天这般模样——现在的这里，是夹在两河之间的一块干旱地域，而当时则是一块地貌复杂的三角洲湿地，数百条河道支流在此纵横交错，随着每一季的洪水涨退，它们时而合并，时又分开。冲积平原就好像是一块巨大的海绵，在每年高水位时进行吸纳，提升地下水位，然后等到了五月开始进入枯水季，就慢慢把水释放出来。幼发拉底河下游的泛滥平原非常平坦：论其坡度变化，从北部每公里大约 20 厘米到 30 厘米，到了南部陡降至每公里仅仅 2 厘米到 3 厘米，结果就造成幼发拉底河在历史上的河道非常不稳定。[12]在每年洪泛的高峰期，河水往往就会冲出天然形成的防洪堤（由较粗颗粒的沉积物经年累月堆积而成），然后漫过背坡，淹没了邻近的低地和洼地。由于河床在许多地方高出沿河 50
地面，水位升高时，只要在堤坝上打开一处缺口，就能够实现灌溉的功效——也许我们可以把这最后不得已要用的技术称为“天公作美灌溉法”。[13]于是，谷物的种子就散播在大自然准备好的沃土里。冲积层富含营养物质，在缓慢干透后，还能形成充足的饲料，供野生的食草动物以及家养的山羊、绵羊和猪食用。

这些沼泽地的居民们生活在所谓的“龟背”（turtlebacks）上，它们是地势略高的小块土地，就好像密西西比河三角洲地带的湿地滩脊，地面往往超过高水位线不到一米。栖息在龟背上，对于触手可及的湿地资源，居民们几乎开发了一遍：芦苇和莎草，可用于建材和食物；各种各样的可食用植物（蒲草、香蒲、睡莲、芦荟）；还有龟类、鱼类、软体动物、甲壳纲动物、鸟类、水禽、小型哺乳动物，以及迁徙的瞪羚，它们提供了主要的蛋白质来源。两条大河携带大量的营养物——有死的，也有活的，它们的河口地带到处都可见淤积土壤，由此造就了一个极其丰茂的河滨生活，吸引了数量巨大的鱼类、龟类、鸟类和哺乳动物（人类不过是其中一员！），捕食食物链上更低阶的生物。大约从公元前 7000 年至公元前 5000 年，这里的环境温暖湿润，野生的生存资源也是多样的、充足的、稳定的，而且是可迅速恢复的——对于身兼猎人、采集者和渔民的群落来说，这里真可谓是天堂了。

尤其是，位于食物链低阶的资源越丰富，越密集，就越有可能促发从迁徙到定居的转变。比方说，有些狩猎采集的部落
51 专门捕猎大型猎物（海豹、野牛、驯鹿），不同于他们，有些部族则主要靠食物链中的低阶营养级生物，比如植物、贝类、水果、坚果、小型鱼类——在同等条件下，较之于大体格的哺乳动物和鱼类，这些小型生物分布更密集，缺乏移动力，最终，后一类部族就变得安定下来，较少迁移。在美索不达米亚的湿地，位于食物链低阶营养级的生存资源可谓用之不竭，对于成规模的定居社群的早期创设，这种条件应当是非常有利的。

当最早的定居村落出现在南部冲积平原上时，它们并不
只是位于某一个物产丰富的湿地区；一般来说，它们处在数个 52
不同生态区的接缝处，这让村民可以左右逢源，从不同生态环境内收获资源，同时构成了某种生存保障，免于只依靠某一生态所导致的风险。他们生活在交界处，一边是海岸和河口的海水环境及其资源，另一边是上游河流环境的淡水生态，两边状况迥然相异。事实上，这条淡盐水和淡水的分界线，乃是一条移动的边界，会随着潮汐涨落而前后移动，在如此平坦的地势上，这就意味着边界会移动很远的距离。所以说，对于非常多的群落来说，两种生态区在地表位移交错，而他们只需要待在原地不动，就能坐享其成，在两种生态里讨资源。而洪涝和干旱的季节交替，连同各自所属资源的更迭，甚至表现得更为明显。从雨季的水生资源到旱季的陆生资源，这之间的过渡可以说是该地区在一年之中主要的节奏变化。冲积平原上的人口无需迁移营地，从一个生态区转到另一个，事实上，他们可以留在同一个地方，结果就是不同的生境就会主动找上门来。[14]农业生产难免有种种风险，若与之相比，在美索不达米亚的南部湿地，先民赖以生存的生态位可以说更稳定，也更有恢复能力，每年只需一点儿劳力即可使其再生。

对于狩猎采集的部落来说，居于适宜的位置，且能掌握时机，在另一重意义上也是至关重要的。猎人和采集者如何获得他们的“丰收”，当然不是靠日复一日的碰运气，说到底是一

种精细计算后的出击——诸如瞪羚和野驴，猎物都有大致可预测的群体迁徙（四月下旬到五月），当它们成群结队出现在冲积平原上时，就要预判好时间和地点，予以截杀。狩猎需要事先精心的准备。猎人要设计出狭长的通道，将兽群引诱或驱
53 赶至它们的“屠戮场”，在那里将猎物宰杀并用风干和腌制的办法进行加工保存。对于这里的猎人来说，同样也包括其他地方的狩猎群落，他们每年的动物蛋白质供给，很大一部分都来自大约一周的高强度劳动，其间不分昼夜，争分夺秒，尽可能多地捕捉迁徙中的猎物。环境不同，迁徙途中的猎物也不相同，其中包括大型的哺乳动物（驯鹿、瞪羚）、水禽（鸭、鹅）、停在休息处或栖息地的迁徙候鸟，还有洄游途中的鱼类（鲑鱼、鳗鱼、灰西鲱、鲱鱼、河鲱、胡瓜鱼）。在很多情形中，“蛋白质产量”之所以大打折扣，原因并不是猎物稀缺，而是劳力的稀缺，以至于还未来得及处理，肉质就已经腐坏变质了。简言之，多数猎人的生活节奏，取决于猎物迁徙的自然变奏，后者供应着猎人最看重的那部分食物。有些猎物之所以进行群体迁徙，也可能是要躲避人类的捕杀——正如赫尔曼·梅尔维尔在小说《白鲸》里所描写的抹香鲸，但有一点是无可置疑的，渔猎部族的生活因此被规定了一个非常不同的节奏，迥异于把种子埋在地里的农耕部族——而在农夫看来，猎人的节奏经常会被误读为懒散度日。

野生动物迁徙时，最常见的路径是取道湿地、河口以及大

型河道的谷地，原因很简单，沿途能供给丰厚的营养资源。鸟类在迁徙时喜欢取道沼泽和河谷，至于种类众多的洄游鱼类，在此仅举两例，鲑鱼是洄游溯河产卵，而鳗鱼则恰好反其道而行，洄游入海产卵，较之于鸟类，其特征更明显。任何河道本身即构成了一种资源丰富的营养槽，有着自己的泛滥平原、漫灌沼泽以及冲积扇。对于河滨的水生动植物来说，它们的繁殖和生长所依靠的并非河道，而是河道周期性对泛滥平原的入
侵（如同洪水的“脉冲”）——如此一来，河滨地带对迁徙 54
的候鸟就更有吸引力了。所以说，假若某个族群定居在一处丰饶的湿地上，此地位于多种生态的交错地带，又赶上了一个气候宜人的历史阶段，同时还控制着猎物迁徙路径的交汇地区，当上述条件具备后，他们在冲积平原上的繁盛也就不在话下了。至于其他地方的先民定居生活，很多解释也都强调水生资源的重要性，认为这些资源创造出对先民生存最有利的环境条件。

但是，若只一味地强调沼泽和河流环境的资源极大丰富，也就忽视了海岸和沿河位置的另一种关键优势：运输。对于先民早期的定居，湿地很可能构成了一种必要条件，然而后来发展出的大型王国或贸易中心，则要依靠一个有利于水路贸易的区位选择。[15]较之于陆路的车载或驴驮，水路运输的优势怎么夸大都不为过。罗马皇帝戴克里先曾颁行一道敕令，按照规定，一货车的小麦在运输 50 英里之后，价格应翻一倍。因为

可以显著减少摩擦，水路运输就效能而言远非陆路所能及。[16]以木材为例，在铁路或全天候道路出现之前，大量的原始资料都建议，一车木材若陆路运输距离超过 15 公里，在销售时就无利可图了——若是地势崎岖，能承受的路途就会更短。正是因此，虽然烧制木炭会平白消耗大量的木材，但木炭在运输上的便利也就决定了它的优势；以每单位重量和体积的热值来算，木炭远远高于“生柴”。在前现代的历史阶段，大宗的散装货物，诸如木材、金属矿石、盐、谷物、芦苇、陶器，进行长距离运输都是得不偿失的，除非是走水路。

在这一方面，美索不达米亚的南部冲积平原也是得天独
55 厚的。每年都有长达半年之久，这里是一片水乡泽国，利用芦苇船进行运输是很便利的，再加上湿地人口居住在下游，他们必需的许多物质材料就可以从上游产地顺流而下。我们千万不可以想当然，就认为这些早期的定居村落不过是自给自足的经济体，所消耗的仅限于自家出产的东西。进而言之，即便是他们靠狩猎采集为生的祖先也并非与世隔绝的——也会跨越相当的距离，进行黑曜石和某些“名牌”产品的交易。在南部冲积平原的大部分地区，水路贸易的便利扩张了以物易物的交换，其范围之广，搁在内陆环境里是压根不可想象的。

为何湿地成为“盲区”？

到这里，有人可能会问，为什么我们视而不见，近乎全然忽略了早期定居村落和早期市镇化的湿地起源呢？当然，一部分可归因于老旧的文明叙述，认为文明源自旱地的灌溉，基于论者眼下所看到的当代地貌景观，这一叙述倒是严丝合缝的。但是，在我看来，这种历史目光的短视还有更大的语境，也即在文明和主要谷物种类（如小麦、大麦、稻米、玉米）之间近乎无法切割的联系。（想想歌曲《美哉美国》中那句“谷穗如浪金黄”的歌词吧。）在这种文明论的视域内，低地、沼泽、湿地一般被视为文明的反面——这个区域是难以驯服的自然，无法涉足的荒野，也是危及健康和安全的禁地。当文明的光照耀至沼泽湿地时，首要的工作就是**把水排出去**，把沼泽改造为规整的、可生产谷物的粮田和村庄。旱地的文明初步是灌溉；而沼泽的文明初步则是排水；但无论给水还是排水，目 56
标都是辟出新的可耕土地。霍尔曾如此描述早期的美索不达米亚：“在文明开始动手排水或挖渠之前，南巴比伦的冲积扇都处在一片混沌中，一半是水面，一半是地面。”[17]接下来，我们将会看到，文明的工作，更确切说是国家的工作，即在于消灭“泥泞”，取而代之以更纯粹的成分：地面和水面。[18]无论在古代中国、荷兰、英格兰的沼泽地带，还是最终由墨索里尼征服的蓬蒂内沼泽，又或者由萨达姆排干的伊拉克南部残余沼泽，我们都可以看到国家的努力——通过对地貌景观的重新设计，将不可统治的湿地变为可征税的粮田。

还有一点值得顺带一提，湿地资源如此关键的作用，并非只在美索不达米亚的案例中被我们忽略了。耶利哥是尼罗河下游最早期的定居点，在此附近的早期定居社群，就是靠湿地资源为生，即便偶有谷物种植，充其量不过是锦上添花。中国的杭州湾地带大致也是如此，这里是新石器早期河姆渡文化的遗址，它位于中国东部沿海水资源最丰沛的区域，出现在公元前 4500 年前后，此处生长未经驯化的野稻，也是一种水生植物。而早期印度河流域的定居点，比如哈拉帕和哈利奔猜，也非常符合这一描述，而在东南亚地区，和平文化时期的大多数重要遗址亦复如此。甚至海拔更高的古代定居遗址，诸如墨西哥城附近的特奥蒂瓦坎或者秘鲁的的的喀喀湖，也都坐落在宽广的湿地上，因位于多种生态环境的交界地带，家门口就能收获丰富的鱼类、鸟类、贝类和小型哺乳动物。

57 定居群落的湿地起源论之所以仍然较少为人所知，还有其他原因，在此略述之。毕竟，我们在这里所讨论的基本上是口传文化，它们没有留下任何书面记录可供我们查询。通常，他们的建筑往往使用易腐烂的材料，诸如芦苇、莎草、竹子、木材、藤条，这就进一步导致了这些文化的默默无闻。即便是某些后起的小型社会，虽然我们能从有文字的邻国文献中略知一二，但仍无法绘制出它们确切的时空坐标，比如苏门答腊的室利佛逝王国，因为它们的遗存早已被时间遗忘，埋藏在地底，或者被流水冲刷干净。

关于湿地社会被埋藏在历史中，我所给出的最后一个原因带有更多臆测的成分：湿地社会的环境使得它们始终抗拒集中化以及从上而下的控制。聚集于湿地，它们社会的基础大致是我们现在所说的“公共财产资源”——野外生长的植物、动物和水生生物，整个社群都有权利去取用。在这样的社会里，并不存在某一种主导性的资源，可以由某个中心去垄断或控制，继而轻易地征收赋税。在这些区域内，生存是多姿多彩的，且千变万化，其底色就是杂多的节奏，因此不可能由某个中心进行任何简单化的核算。湿地社会有别于我们接下来要探讨的早期国家，这里不存在任何中央的权威，可以垄断并分配耕地、粮食和灌溉用水。也正是因此，在此类社群中，几乎找不到社会分层的证据（通常可由墓葬品的丰俭加以区分）。在这样的地区可能会孕育出某种文化，但指望着此类相对平等聚落内的复杂社群有朝一日能变为强大的“酋邦”或王国，甚至是王朝，可能性就微乎其微了。要成为一个国家，即便只是雏形初现的小邦国，也需要相对整齐划一的生存环境，相形之下，我们以上探视的湿地生态就过于斑斓复杂了。

58

注意四千年的缺口

从谷物和动物驯养的初次出现，到农牧社会聚合而成——后者被我们视为早期文明的曙光，其间存在着惊心动魄的四千年缺口，对此我们不能视而不见。如此漫长的一段历史延伸，在这期间，古典农业社会的全部构成要素均已齐备，但却迟迟无法聚合起来，这种异常需要一个解释。根据标准的“文明进步”叙述，一个隐含的假定是，一旦谷物和牲畜到位后，它们就会自动且迅速地形成一个整全的农业社会。当然，就好像任何新技术在上手阶段都要经历一番反复，当人类需要适应新的生存方式时，想必也需要一段瞻前顾后的犹疑期——甚至很可能长达千年之久，但是四千年，或约合 160 代人，就很难用纠结来解释了。

有考古学家将这一漫长的历史阶段概括为某种“低阶食物生产”。[19]然而，分析这个概念的用语，其实是非常不恰当的，因为它所强调的在于“生产”一词，也就隐含着该社会被“困在”某种无法令人满意的低层次均衡之中。梅琳达·泽戴是一位杰出的理论家，专门研究驯化问题，她对这个问题的解释就回避了上面的目的论——较之于“生产”论，泽戴的观点很大程度上是一种逆向思考，在她看来，在满足自身的热量需求时，那些部族避免完全依赖定点生长的谷物庄稼，他们实际上知道自己在做什么，也明白为何要这么做。泽戴写道："在中东地区，基于野生的、受照管的以及完全栽培的谷物资源，这种'三合一'的生存经济是稳定的，而且极具持续能力，看起来延续长达四千年甚至更久，在这之后，才出现
了主要基于驯化谷物和牲畜的农业经济形态。"[20]在泽戴看来， 59
在此问题上，近东区域并没有任何独特性。她引用了关于亚洲、中美洲以及北美东部的研究成果，在此基础上断言："一方面，栽培植物和驯养动物被纳入了生存策略的大循环，此过程有时长达数千年，但另一方面，传统上狩猎采集的生活方式基本上也未受干扰。"

准确地说，驯养的动植物所充当的只是补充性的食物，通常说来都不会非常重要，它们"与野生资源的区别只有一点，也即它们需要持久的培植，而不是靠狩猎或者采集……因此，无论是可驯养资源甚至是驯养品种的出现，还是食物生产技术的散播，均不足以让先民采纳生产食物的策略，以之作为生存经济的指导原则"。[21]

说起历史中的行动者，我们首先给出一个最谨慎的假设：给定他们的资源以及他们对世界的认知，他们所做的乃是合理的行动，是为了确保自己眼下的利益。本着这一精神，还要做语境化的考虑，也即先民们不可能直接发出自己的声音，那么最合乎情理的解读方式，乃是把他们视为机敏且狡猾的"游击队员"，穿行在一种复杂多样、变动不居，甚至处处隐

藏危险的环境中。正如狩猎采集的部族乃是早期定居生活的先驱——既然处在参差多样的湿地生态内，那就利用好环境提供的多项生存策略选项，我们也可以将这段漫长的历史视为一种持续的过程——不断尝试对这一环境进行试验和管理。先民们并不满足于狭小范围内的食物资源，他们看起来像是机会主义的战略家，掌握了大量的生存资源选项，范围跨越了多个食物网。

从美索不达米亚冲积平原，到地中海东岸的黎凡特地区，
60 一个特征就是短距离内降雨量和植被的极大变化，几乎可谓是世界之最了。此外，降雨量的季节差异也高得异乎寻常。虽说这种多样性使得不同的资源都近乎唾手可得，但也不要忘记，为了应对各种各样的变化，先民们还是要在手中预备有大量的生存策略，可以随机应变。而且在这长达数千年的历史中，在最早的农业王国于公元前 3500 年兴起之前，想必还发生了震天动地的大气候事件，在“大洪水”的民间记忆中打下了它们的烙印。从大约公元前 12,700 年持续到公元前 10,800 年，是一段温暖且湿润的时期（当然，其间也有许多次温度变动），继之而起的，是一段极冷时期（新仙女木期），大约从公元前 10,800 年持续到公元前 9600 年，在此期间，先民遗弃了此前的定居点，余下的人口则退回到更温暖的河边低地和海岸地区。在新仙女木期结束后，虽说气候条件整体上有利于狩猎采集群落的扩张，但时而还会有气候的回寒，诸如大约

从公元前 6200 年开始，气候又转入了一个持续一个世纪的干冷周期，其严酷程度甚至超过了发生在早期现代欧洲的那次小冰河期（公元 1550 年至 1850 年）。在公元前 10,000 年后的五千年历史中，先后有过许多次人口增长和定居生活的交替，这是研究这一长时段的考古学家所得出的一致结论：在干燥寒冷的时期，所谓定居生活，很可能是拥挤在残存避难地带而形成的结果；而到了温暖潮湿的时期，就转到了人口增长且向四处分散的阶段。考虑到这些变化以及种种风险，早期的先民若是自我设限，仅依靠狭窄范围内的生存资源，反而是毫无道理的。

行文至此，我们所考虑的只是气候和生态的因素，也推断
了它们对人口分布和定居生活的影响。然而，我们完全可以想
到，上述变化中的一部分甚或大部分还可归因于广义上的人
文因素：疾病、流行病、人口迅速增长、本地资源和猎物的枯 61
竭、社会冲突以及暴力——而就上述因素而言，它们并非全部
都能在考古记录中留下清晰的痕迹。

说起生活在前国家时代的祖先们，我们总是会低估他们的敏捷和适应能力。而这种低估又是根基于文明叙述的，根据这套叙事，狩猎采集部落、游耕部落、牧民都近乎成为智人的亚种，每一种生存方式就标志着人类进步的一个阶段。然而，历史证据已然显示，在新月沃土地带和其他地区，先民们在各种各具特色的生存模式之间可以切换自如，甚至可以将它们

结合起来，形成许多独具创意的复合模式。比方说，现有的证据可以证明，在美索不达米亚冲积平原上，当新仙女木期的寒潮袭来，随着生存资源在一时一地的凋零，原本准定居的聚落就转而采用更机动的生存策略，这就好像在那很久之后，到了大约五千年之前，中国台湾地区的农耕者迁徙到东南亚地区，当他们身处丰饶的森林生境后，往往就会放弃耕作，转而过着采集和狩猎的生活。[22]回到 20 世纪之初，在呼吁以地理的视野去重审历史的风气中，就有一位影响力深远的学者，他拒绝在狩猎采集、放牧和农耕的部族之间做出任何界限分明的区别。在他看来，为了安全之故，多数先民聚落都倾向于跨越至少两种资源的生态位——“做好两手准备，以备不时之需”。[23]

所以说，在谈到关于文明发轫和国家兴起的历史叙述时，对于构成这些叙述的基本元素，我们应当保持一种积极的不可知论——不知为不知。无论是知识的怀疑论还是近期发现的证据，都指向这一方向。比方说，在讨论植物栽培和定居生
62 活时，大多数学者都不假思索地认为，先民们早已是迫不及待，要在一个地点安顿下来。事实上，这样的假定只不过是一种毫无根据的解读，究其实质，根源在于后起的农业国家标准叙述，将流动的群体污名化为原始人。“安定下来的社会冲动”，不应不加检讨就接受。[24]进而，“牧民”“农人”“猎人”或“采集者”，这样的概念术语也不可拿过来就用，至少在其

存在的意义上是如此。如何理解这些概念？更好的办法是把它们视为界定出了古代中东地区生存活动的谱系，而不是各不相同的族类。在同一个亲族或村落里，可能有人放牧，有人打猎，还有人种植谷物，他们结合在一起就构成了统一的经济。对于某个家庭或村落来说，当庄稼歉收时，就可能全体或部分转而从事放牧；而牧民若失去了他们的畜群，也会转入农耕。气候变化时，如进入了干旱或过于潮湿的季节，整个地区就有可能全盘改变他们的生存策略。也就是说，先民们其实是在从事不同的活动，但从前的解读却把他们认定为从根本上就各不相同的人群，居住在不同的生活世界里，究其实质，这又是一次在历史的后视镜中进行审判的解读——不假思索地接受了农业国家对牧民的污名化，将这种后起的叙述适用到一个与其全然不相干的时代。安妮·波特比较了《吉尔伽美什史诗》的许多版本，在她富有洞察力的解读中，我们可以从版本差异中找到一个惊人的示例。[25]在最早期的版本中，恩奇都，也即吉尔伽美什的灵魂知交，还是一个牧民，他所象征的是一个农夫和牧人相融合的社会。而在一千年后的许多版本里，恩奇都却被描绘成一个半人半兽的角色，在野兽群中长大，必须同女人交合才能完全变成人。换言之，在后来的版本中，恩奇都变成了一个危险的野蛮人，他不知道谷物、房屋或城市为何物，也不知道如何“屈膝行礼”。我们将会看到，这个“晚期”恩奇都，正是成熟农业国家意识形态的产物。

63 在美索不达米亚冲积平原上，在先民们着手驯养山羊和绵羊，并栽培某些谷物和豆类之后，他们就开始身兼多职了，既是狩猎采集者，又是农夫和牧民。说起来也很简单，只要还有充足的野生食物供他们采集，只要还有水禽和瞪羚在每年迁徙路线上供他们狩猎，我们实在也看不出任何现实点的理由，能让他们冒险转换生存方式，开始主要甚至完全依赖需要密集劳作的农耕以及家畜饲育。事实上，正是因为周遭分布着丰富繁茂的资源，故而先民们也有能力不专攻于某一技术或食物资源，这才最大限度地保障了他们的安全以及相对而言的宽裕。

那么，为什么还要种植？

然而，在许多新石器时代早期的遗址中，我们还是能找到证据，首先可以确证野生谷物在当时的种植，其次也大致可以证明存在一定范围内的植物栽培。既然区域内存在密集的野生作物和其他资源，那么我们所要问的，就不是我们的祖先缘何未曾一头栽进农耕模式，而是为什么他们还要大费周章，春种秋收呢？我们经常听到一种回答：谷类作物在收获后经过脱粒，放进谷仓里可以储藏数年之久，这就等于淀粉和蛋白质的压缩储存，若是遇上野生资源的突然短缺，这些储藏就派上了用场。所以前述的理论认为，对于狩猎采集的部族来说，虽然农耕需要投入劳动力，但只要他们还懂得怎么种植，那么谷物种植就好像他们手里握有一张生存的保险单。

如此看来，这种解释相当粗糙，很难经得起检验。首先，它有一个隐含的前提预设，一种庄稼所得的收获必定比野生 64
谷物的产量更可靠。然而，果真要琢磨，事实很可能正好是相反的，因为什么才是野生的“种子”——只有在种子可以生根发芽的地方，我们才可能发现原来这里有种子。其次，这种观点存在一个很大的盲区，那就是完全忽略了定居生活以及播种、照管和保护庄稼势必会招致的生存风险。从历史上看，狩猎采集的部族之所以实现了生存的安全，正在于他们的流动并由此从周遭环境中索取各种各样的食物。千万别忘记，美索不达米亚的冲积平原是一块罕见之地，只有这里才能聚齐如此参差多样的生态资源——到了其他地方，无论在时间还是空间意义上，资源都呈现出更加分散的分布，当然，也只有在这里才见到了最初的先民定居现象。我们不妨设想，定居已然限制了狩猎采集部族的流动能力，若是农耕又进一步限定了可能的活动范围，先民们的迅速反应能力就会大打折扣，比方说，无法及时赶往拦截提前迁徙的鸟儿或鱼儿，那么最终，他们的食物安全非但没有得到强化，反而是减损了。在相当漫长的一段时期内，每隔一段时间，都会出现放弃定居、重返游牧或流动觅食的证据，这就能证明定居只是一种生活的策略，而不是它后来所变成的那种意识形态。

不仅如此，粗枝大叶的“食物储藏假说”还存在另一处令人费解的盲区，这一解释几乎没有看到出现在美索不达米亚冲积平原和其他各地的诸多食物储藏技术。[26]再明显不过的就是家养牲口，它们可谓是“活着的”仓储。“牛群就是豪萨人的谷仓”，这句俗话就淋漓尽致表达出这一点。当需求出现时，手边就有现成的脂肪和蛋白质供给，在这种情况下，小规模的农作物种植试验看起来就不存在太高的风险；事实上，有些研究早期农业的理论家也做出推断，正是因为驯养家畜的相对稀缺，才造成了作物种植推广的长时期延迟，原因很简单，若是没有某种可靠的“备胎”，贸然指望着庄稼地里长出
65 食物实在是太冒险了。更何况，其他的食物也可以轻易保存，只是时间长短不同而已：鱼和肉可以盐腌、风干或烟熏；豆类如鹰嘴豆和扁豆可以干燥后储存；水果和谷物可以发酵然后蒸馏。证据表明，乌鲁克的神庙劳力每天都可领到一碗大麦发酵酿成的啤酒。在此，我们不妨代入采集觅食者的角色，用他们的眼睛去看，将会发现一个更宽阔的世界，他们眼中的地貌景观应当是一个巨大的、多变的、生长着的储物地带，到处都是鱼类、软体动物、鸟类、坚果、水果、根茎、块茎、可食用的蔺草和莎草、两栖动物、小型哺乳动物，还有大型猎物。如果某一种食物来源在某个年份歉收，那么另一种食物也可能喜获丰收。在这个生长着的大型“仓储”中，资源各种各样，时节此起彼伏，也就造就了食物供应的稳定性。

在研究社会进化的学者中间，还有一种理论化的思路曾一度备受青睐，它将农业描述为一次关键的文明飞跃，因为农业是一种“延时回报”（delayed-return）的活动。[27]这种理论断言，农耕者乃是一种全新的人，因为他们必须目光长远，规划远期的未来，首先要备好一块可播种的田地，然后必须除草，并在作物生长期间加以照管，直至（如农人所期）庄稼最后获得收成。但问题是这种理论是错误的，要我说，甚至是大错特错；至于错在何处，与其说在于它对农耕者的描述，不如说是它对狩猎采集者形象的漫画。这种理论在两种生存策略之间制造了一种隐藏的对比，由此让人觉得，狩猎采集者不过是一种冲动型的生物，他们毫无远虑，也没有规划，整日四处游荡，就想着能撞上什么倒霉的猎物，或者从灌木丛或树上搜刮到什么好东西，这就是所谓的“即刻回报”（immediate return）。以上的素描，距离事实真相可谓相差十万八千里。所有大规模的捕猎行动——无论对象是瞪羚、鱼类，还是候鸟，都需要精心设计、合作无间的事前准备工作：建造狭长的“走廊通道”，把猎物驱赶到它们丧命之地；搭建鱼梁、猎网
和陷阱；挖掘或修筑烟熏、风干或腌制猎物的设施。想一想， 66
这些活动又何尝不是经典的延时回报呢！完成它们，必须动用到一整套的工具和技术，所要求的协调和合作程度甚至远高于农业。进而言之，狩猎采集部落所做的，又何止这些壮观的大规模捕猎活动呢？如我们所见，长期以来，他们从无间断地

塑造着地貌景观：照看可以结出果实或能作为原料的野生植物；用火整地，催生丰茂的草料以吸引猎物前来；为野生谷类和块茎作物除草。事实上，除了不必犁地和播种，农民为伺候庄稼所要做的工作，他们在照看野生谷物时统统都要做。

由是观之，无论是“食物储存”说，还是“延时回报”论，都是非常蹩脚的解释，对于我们在历史记录中所见到的小范围谷物栽培，它们所提供的理由压根站不住脚。关于为什么要播种庄稼，在这里，我基于火和水之间的简单类比，提出一个完全不同的解释：农耕，尤其是犁耕农业，普遍存在一个难题，就是需要投入大量的高强度劳力。但是，有一种农业形式却能减省大部分的高强度劳作：“洪退”农耕。在“洪退”农业中，洪水一年一度漫出河道，沉淀后积存成肥沃的淤积土壤，种子就撒播在这样的土地上。当然，肥沃的淤泥之所以能形成，靠的是来自上游营养物质的“通过侵蚀的转移”。现在几乎可以确定，这种耕作方法，是两河流域泛滥平原上最早出现的农业形式，当然，尼罗河河谷地带也是如此。时至今日，洪退农耕仍很普遍，经验证明，无论种植什么作物，它都是最能节约劳力的农耕方法。[28]

讲到这里，我们可以认为，此处的洪水就如同狩猎采集或刀耕火种部落手中的火，它们所完成的，都是对地貌景观的雕
67 塑。一场洪水浩荡袭来，“清野”的过程就开始了——那些能与农作物争夺养分的植被，不是被卷走就是淹死，在此过程

中，当洪水退却时，还会沉积出一层松软的、易于耕作且养分丰富的淤积土。条件得天独厚，先民们得到了天赐的良田，不需要任何劳作，大自然已经完成了松土和施肥的工作，就等着播种呢！我们的祖先一定注意到了，一场大火可以清空一片土地，由此开始了一轮新的生态演替，各类（所谓的 r 型植物）作物迅速占领地面；同样，他们也一定留意到，洪水也能导致同样的生态演替。[29]而且，因为早期谷类作物均为草本的（也即 r 型植物），种子只要撒播在这块淤泥上，它们就会茁壮成长，在与杂草的竞争中占得先机。更何况，先民们也完全有可能在天然堤坝上掘开一个小缺口，主动引来一场小规模的泛滥，洪水退却后，他们开始优哉游哉地种植——已如此前所见，这也绝非天方夜谭。快瞧啊！对于一个聪明但却想躲懒的狩猎采集部族，这便是他们会采取的农耕大法。

68 第二章

世界的地景改造：先民的农庄系统

传统叙述又一次出了错，在人类的历史长河里，根本没有什么神奇的时刻，智人一下子就跨越了某个决定命运的分界线，昨天还是狩猎采集，今天就迈入了农业时代，就好像从史前史到历史，从野蛮到文明，有且只有这一步之遥。在准备好的土地上，埋进种子或块茎——怎么恰当地认识这一时刻，最好还是要回到地貌景观改造的长时段，且深层次的谱系中，在由直立人及其用火开始的进程中，上述将种子埋进土里的一刻只不过是一次事件，且对于当事人而言也绝非意义重大。

好多物种都懂得为了生存要改造环境，在这方面，我们人类并非唯一。虽然海狸大概是最吸引眼球的例证，但是大象、土拨鼠、熊，事实上几乎全部哺乳动物都可包括在内，也都参与“生态位的构建”，既改变地貌景观的物质属性，也会导致周遭植物、动物和微生物群的重新分布。昆虫，尤其是蚂蚁、
69 白蚁、蜜蜂这些“社会性的昆虫”，也会做同样的事。若是站在更广远、更深层的历史视野，即便植物都在积极地忙于大规

模的地貌景观改造。我们可以说，在末次冰期结束后，“橡树地带”不断扩张，久而久之也就形成了它自己的土壤、荫蔽生态，以及伴生类的植物，而橡树所结出的果实，对于许多哺乳动物（其中包括松鼠和智人）也是一种美味。

在许多专家所界定的农业“本业”出现之前，智人其实早已开始有意识地重整他们周遭的生物世界，因此造成的结果有些正是本意，有些则出乎意料。这是一种低强度的农艺活动，但一开始就持续了千年万年，在很大程度上多亏了火的帮助，其对自然世界造成了重大的影响。目前证据已经可以确凿地显示，最早在一万一千甚至一万两千年前，新月沃土地区的先民就已经动起手来，他们根据自己的利益，改造当地的“野生”植物群，此时距离在考古记录中发现谷物栽培的形态学证据，还有数千年的间隔。[1]谷物栽培到底出现在何时，在确定这个时间点时，我们可以根据如下的信号体系：首先是在开垦过的土地上出现了羸弱的作物物种，需要主动的耕作和照管，与此同时，若无法适用这种环境管理，原有的土著植物群就会出现明显衰退。[2]

说起地貌景观塑造的证据，影响最显著的例子要数亚马孙河泛滥平原地带的森林区及其早期居民。关于那个地方，现如今的研究表明，该流域曾经人口稠密，而且适于居住，在很大程度上，这要归功于棕榈树、果树、巴西坚果树和竹子的地貌景观管理，在此过程中，逐渐开创出了属于人的森林。若是

70 假以足够的时间，就能见证自然的巧夺天工，这种森林的“园艺化”虽然过程缓慢，但终能形成一个生存资源丰沛的生态位及其土壤、植物和动物群。[3]

在此语境下，将种子或根茎埋进土里，这一行为不过是数以百计的技术中的一种而已，其目的都在于想要获得在形态上仍属野生的植物，要提升其生产率、种植密度和健康。关于这些技术，在此略举数例，它们包括烧死不想要的植物；为所选中的植物或树木的野生株除草，消灭它们的竞争者；整枝、疏伐；有选择的采收；修剪、移植、护根；益虫的重新安置；环剥、矮林平茬、浇水和施肥。[4]而说到动物，在相当长的一段时期内，猎人虽然还做不到完全的驯养，但仍懂得各种“照看”技术，其中包括：用火清野，开辟鲜嫩的草地以吸引猎物；不宰杀育龄母兽；宰杀并淘汰病弱野兽；根据动物的生命周期和数量进行狩猎；按季设休渔期；管理溪流和其他河道，促使鱼类产卵和贝类繁殖；转移鸟类和鱼类的蛋卵或幼儿；照管动物的栖息地，偶尔甚至会养育幼弱的野生动物。

上述种种活动构成了深层的历史，也产生了巨大的影响，基于此来审视“驯化”，就必须要看得更为深远，不能只局限于植物栽培和动物养殖。自其物种出现起，智人就一直在驯化整个外部环境，而非仅仅是植物或动物的物种而已。在工业革命发生之前，人类最有力的驯化工具，并不是犁，而是火。继而，整体环境的驯化又加强了我们人类物种的适应优势，包括高生育率，最终使得我们成为世界上最成功的入侵性哺乳动物。无论我们怎么说——生态位建构、环境的驯化、地貌景观的改造、抑或人类对生态系统的管理，但在长时段历史的视野 71 内，有一点是显而易见的，这就是世界上很多地区都受到人类人为活动的塑造，而此后还要经过很久，最早的基于完全驯化之小麦、大麦、山羊和绵羊的社群才出现在美索不达米亚。传统叙述将生存模式分为四个“亚种”，分别是狩猎、采集、游牧和农耕，由上可知，这种做法在历史的意义上总是不着边际的。一群先民可能会四种方式并用，有些阶段甚至一辈子都要这么做；这些活动可以混用，且在长达数千年的时间内也一直在混用，在人类改造自然世界的漫长连续谱中，一种方式的消退往往不着痕迹，而下一种方式的到来也经常悄无声息。

从新石器时代的种植到“植物园”：农耕的结果

如前所述，要在谷物驯化的初期中找到一个决定性的时刻，这努力实在毫无意义，但即便如此，一个没有争议的事实也摆在面前：到了公元前 5000 年，新月沃土地区已经出现了数以百计的村落，居民种植着完全驯化的谷物，以其作为主食。为什么会有上述的发展，至今仍是一个争执不休的问题。直到相当晚近，主流的解释仍可追溯至丹麦伟大的经济学家埃斯特·柏塞拉普，根据她的理论，犁耕农业实乃“走投无路”后的不得已。[5]她的论述起始于一个无可置疑的前提，也即，为了换取同样的热量，犁耕农业所要求的劳作往往远超过狩猎采集，由此出发，柏塞拉普得出自己的结论，先民之所以转而全身心投身农耕，并不是把栽培农业视为一个机会，而是在别无选择或出路时的救命稻草。人口在增长，可供狩猎的野
72 生蛋白质却在减少，可供采收的野生植物也在凋零，或者还有强力的逼迫——上述变动以某种形式纷至沓来，先民们即便万般不情愿，也不得不更努力劳作，从他们可以支配的土地里获取更多的卡路里。根据有些学者的解读，先民不得不开始卖苦力，在田里讨生活，这一转变在《圣经》故事里也有隐喻的表达，如亚当和夏娃被驱逐出伊甸园，下到了一个劳苦的世界。

问题在于，“走投无路”的命题虽然很讲经济学的逻辑，但至少在美索不达米亚以及新月沃土地区，这个观点无法匹配现有的证据。根据这个理论，最初的农耕应出现在何处，答案就在于采食已经达到周围环境承载极限的地域。然而，事实却相反，如果看农耕最初出现的地区，那么当地的特点并不是资源稀缺，而是物资丰饶。在前文中，我们已经讨论了“洪退”农耕，如果先民们所实施的就是这种农作，那么柏塞拉普论证的核心前提，也即农耕必需大量的辛苦劳作，就很可能站不住脚了。最后，现在看起来也没有确切的证据，能将早期农耕和猎物或牧草的消失联系起来。这么说来，农业出现的

“走投无路”论可以说是支离破碎了（至少对中东地区而言是如此），然而关于农耕扩展的问题，确实还没有另一种令人满意的解释出现，将“走投无路”说取而代之。[6]

农庄：一种进化的模块

就此问题本身来说，其实并未如想象中那般重要。既然农耕在当时并不是劳作密集型的，那么在早期的定居社群中，它也许只是众多环境工程技术中的一种而已。现在，较之于为什么播种、耕作变得越来越普遍这个问题，另一个问题显得更为重要，这就是谷物和动物的驯化一旦完成后，到底会出现什么深远的影响——现在，就让我们转到这个题目。

要生存，先民们必须越来越依赖驯化的谷物和动物，在这 73
里姑且不论到底原因为何，这一结果，都代表着地貌景观改造的一次巨变。育成品种被改变了；牲畜被改变了；它们所赖以维生的土壤和饲料也被改变了；最后，但或许最重要的是，智人这个物种也被改变了。“domestication”（驯化）这个词本身就源自“domus”（农庄），也即家户，在这里，我们就从字面意义上理解这个词。农庄是一个非常独特且前所未见的空间，它将耕地、种子和谷物仓储、人口以及家畜聚集在一起，所有的元素协同进化，所带来的后果是任何人都无法预见的。同样重要的是，农庄作为一种进化的模块，还散发着不可抗拒的吸引力，成千上万的“食客”不请自来，它们依附这里的小生态系统，繁衍生息。位于食客群顶端的是所谓的共生物种：麻雀、家鼠、田鼠、乌鸦，以及（也算受邀而至的）狗、猪、猫，对于它们来说，这个新的“方舟”简直就是一个名副其实的饲养圈。不仅如此，上述每一种共生物种还会带来自己一大群的微型寄生物——跳蚤、蜱虫、水蛭、蚊子、虱子、螨虫，同时也招来了捕食它们的动物；狗和猫之所以现身农庄，主要就是冲着老鼠和麻雀才上门的。在这个新石器时代晚期多物种混居营中，只要有曾在此逗留或旅居的生物，就没有不受影响的。

植物考古学家最关注小麦和大麦，把大多数精力都用于分析这两种主要谷物的形态和基因变化。早期的小麦（“一粒种”和“二粒种”），连同大麦以及大多数的“基础”豆类（扁豆、豌豆、鹰嘴豆、苦野豌豆，甚至亚麻），都可以说属于广义的“谷物”家族，因为它们都是自花授粉的一年生植物，而且不容易与自己的野生原品种杂交（这一点不同于黑
74 麦品种）。很多植物对生长的地点和时间也非常挑剔。到底哪些植物品种最合适做驯化，当然要具有食物价值，关键还要是“多面手”，既能在被翻动过的土壤（所谓“耕地”）中茁壮成长，还能密集栽植，并且能轻易储存。然而，对于跃跃欲试想成为农夫的先民们来说，他们面临着一个严重的问题，野生植物在自然选择的压力下所强化的品种特征，就好像有一只

看不见的手在精心设计，非要让农夫迈不过去这个坎儿。野生谷物的穗通常都很小，而且易于破裂散落——由此才能自我繁殖。野生谷物成熟的时间也不一致；它们的种子可以长期处于休眠状态，但在结束休眠后仍会发芽；它们还长出了许多附属组织，如芒、壳或者厚实的保护皮，所有这些都是为了防备食草动物和鸟儿。以上所述的品种特征，在野外环境中，都来自物种的自然选择，然而对于农夫来说，却好像是要故意作对。总有些大型的野草纠缠着小麦和大麦，如同自然界的搭便车，这些凶猛的共生作物，也恰好具有这些特征。这类野草也喜欢翻耕过的土壤，但也同样可以逃过食草动物和收割者的取用。在农学的谱系中追溯燕麦的进化，它显然最早就是耕地里的一种野草（善于伪装成庄稼的害群之草而已），只是最终变成了次要的农作物。

田地在经过翻耕、播种、除草之后，就成为一处全然不同的地方，这里的选择压力也迥异于自然界的物竞天择。农夫想要不会破散的（也即“果皮不开裂的”）谷穗，这样在收割时就不会有耗损，而且还希望作物能有确定的生长和成熟期。现在看来，某一种栽培谷物之所以具有许多特征，其实纯粹是播种和收获在长时期的作用。所以说，什么样的植物才是优选？它要能结出数量更多、体格更大的种子，种子的外皮要够薄（这样的话，它们在播种后才能快速发芽，先于竞争营养的杂草），要有集中的成熟期，易于脱粒，发芽率高，谷壳以

及附属组织要更少些，这样的品种才能为先民带来丰收，也正
75 因此，在来年种植时，这些品种也将会得到优选。年复一年，那些持续被优选出来的培育品种就发生了形态上的变化，时间久了，它们与其野生的原始品种就有了极大的外观差异。就小麦属来说，野生和驯化品种之间的区别已经非常明显，但尚且赶不上玉米与其原始品种也即大刍草之间的差异，现在让我们去看，事实上已经很难想象它们竟属于同一物种。

早期的农业用地，若同其外面的世界相比，已经有了极大的简化，适于“培植”。但如果较之于今天产业化农业的用地，早期的农地却又复杂得多——在现如今的农业产业用地上，生长着的都是没有繁殖能力的杂交种或“克隆种”，栽培主要就是为了收成。早期农业可以说是培育品种和土生品种的一种组合，先民种植它们时，脑子里想的并非只有一个目的，而在进行品种选择时，所考虑的与其说是作物平均的年度收成，不如说是看作物能否抵抗各种压力、疾病和寄生虫，能否可靠地满足他们对生存资源的需求。所以说，在生态和气候更复杂的自然环境里，农作物及其亚种的多样性也达到了最大，反之，在冲积平原的低地上，有了更为可靠的水资源和成长条件，农作物及其亚种的多样性就可以压缩到最小。

为什么要开辟出耕地以及园地，目的正是要尽可能地消除会与培育品种相竞争的“变量”。这是一个由人开创，也由人守护的环境，在这个小天地里，其他的植物都不复存在，要

么是通过水、火、犁、锄将它们消灭，也可能就是用手连根拔起；而对于鸟类、啮齿动物和食草动物，要么用篱笆将它们挡在外面，要么就用什么办法吓跑它们，简言之，我们人类创造了一个几近完美的小生境，在这里面，我们种下挑选出来的品种，小心呵护，浇水施肥，见证作物长势喜人。通过近乎娇惯的照管，我们一步步地创造出了完全驯化的植物。所谓“完全的驯化”，就是指这一作物实际上是我们所创造的；也就是说，若是失去了我们的照顾，它就无法继续生长。在进化的意
义上，一种完全驯化的植物就变成了植物中的“残次品种”， 76
功能极其单一，这种作物的未来，全然取决于驯化者的未来。如果哪天它无法继续取悦我们，它就会被抛弃掉，接下来的命运几乎是死路一条。[7]也如我们所知，有一些驯养的植物和动物（如燕麦、香蕉、水仙、金针菜、狗和猪）拒绝了完全的驯化，故而即便是在农庄之外的环境中，它们也能生存下来并且开枝散叶，当然程度各有不同。

从猎人的猎物到农民的畜栏

我们当然可以理解，因为那里的食物、温暖，以及群集的猎物，狗、猫甚至包括猪是如何被吸引至农庄，主动敲开了猎人的家门。当这些动物出现在农庄时，至少就其中某些来说，它们更像是志愿服役，而非被征召入伍。家鼠和家雀的情况也

大致如此，虽然它们受欢迎程度不可能高，但也不请自来，同时还避免了完全被驯化的命运。然而，就拿绵羊和山羊的例子来说吧，它们是中东地区最早的非共栖的驯养物种，它们的驯养构成了哺乳动物活动中的一次深层革命。毕竟，数千数万年以来，这些动物都是猎物，而智人则是猎人。然而，到了这时候，新石器时代的村民不再是继续把猎物杀了完事，而是抓获它们，关进围栏，保护它们免受其他食肉动物的侵害，必要时还会喂养它们，培育它们繁衍更多后代，在它们活着的时候，利用它们的奶、毛、血，也会像猎人一样屠宰它们，食用畜体。从原本的猎物，到现在“受保护”或“被驯养”的物种，这一转变产生了巨大的影响，对于这场“交易”的双方而言
77 都是如此。如果智人果真是历史上最成功，且数量最庞大的入侵物种，那么这个难以简单评说的成就到底是如何取得的，恐怕要归功于由驯化的植物和牲畜所组成的联军，无论智人走到地球的哪个角落，都把它们带在自己的身边。

并非所有的猎物都是适合驯化的候选物种。关于这个问题，进化生物学家和自然历史学家都强调，某些物种已经进行了“预先适应”，也就是说，当它们在野外生存时，就演化出某些特征，使得它们适宜农庄的生活。专家们列举了许多特征，其中最重要的包括：兽群效应以及附随的内部分层，[8]耐受不同环境条件的能力，不挑食，能适应拥挤状态以及疾病的传播，圈养状态下仍可繁殖，还有最后一点，就是受到外界刺

激时反应相当平静，不至于碰到惊吓就逃跑。虽说大多数的常见驯养动物，如绵羊、山羊、牛和猪，都是群居动物，而大多数的驯养役畜，如马、骆驼、驴、水牛、驯鹿，也是如此，但反过来并不成立，也就是说，动物群居的行为并不能确保其被驯养。瞪羚就是一个例子，数千年来，它们都是最常被猎杀的动物。在美索不达米亚的北部，我们能发现蜿蜒成漏斗状的石墙（也就是我们所称的“沙漠风筝”），这种设计就是为了截杀一年一度走在迁徙路线上的瞪羚群。然而，不同于绵羊、山羊或者牛，这种理想的蛋白质来源在驯养状态下无法存活。

但是，上述动物一旦被驯化，就进入了一个崭新的生活世界，它们在其中所经受的进化压力，迥异于从前被人类狩猎时的自在生存。首先也是最重要的，就拿最常见的早期驯化动物来说，如绵羊、山羊和猪，它们失去了自由，没办法想去哪儿
就去哪儿。作为圈养物种，它们受到限制的不仅是活动范围， 78
还包括平日的食物，大多时候只能一群群拥挤在围栏、洼地或洞穴之内，就密集程度而言，在它们进化的历史中是前所未见的。我们将会看到，圈养的拥挤会影响到动物的健康和组织形态。对于驯化动物的饲主来说，他们的一个主要目标便是最大限度地促进动物的繁殖。至于怎么做到这一点呢，办法可谓是古今皆同，驯养者会挑选出年轻公畜和超过育龄的母畜，将它们淘汰掉，从而尽可能地增加育龄母畜及其幼仔的数目。当考古学家发现一处大规模的绵羊或山羊骸骨堆，想要判定究竟

来自野生兽群或者驯养的家畜时，最好的办法就是分析遗骸的年龄和性别分布，它们是最强有力的证据，可以证明是否存在人类主动施加的管理和选择。人类成为驯养动物的主人，他们保护并照顾着这些动物，久而久之，这些动物就好像庄稼地里的作物，一方面免除了许多野生状态下的自然选择压力（如捕食者天敌，觅食时的竞争，求偶搏斗），但另一方面却要面对新的选择压力，后者来自它们的“所有者”，有些是有意识的施加，有些则是无意的结果。[9]

说起这一新的选择域，并不仅限于智人所做出的设置，还应做更广义的理解，将整个农庄系统内的微生态以及微气候也包括在内，这是指一个农庄的田地、它的庄稼、它的宅院或栖身棚户，还有一支作为共生物种在那里聚集起来的庞大队伍，其中包括动物、鸟类、昆虫、寄生物，甚至于细菌。证据现已证明，农庄系统能有自生的演化作用，完全不受制于人类的直接管控，比如说，某些共生物种如老鼠、麻雀，甚至猪（它们也很可能是主动投靠的，人类定居点对它们可谓是觅食胜地），它们所经历的某些外观形态变化，同完全驯化物种的演化可谓一模一样。[10]

79 生活在农庄，最常见的驯养动物面对着几乎全新的选择压力，无论在生理上，还是在行为特征上，它们都经驯化而变成了不同的动物。更进一步说，这些变化，在进化史的尺度内，不过是一眨眼的工夫就发生了。我们之所以能弄清这一点，一方面是通过比较，考古学家对比了在美索不达米亚所发现的驯养动物骨骼残骸与其野生同源物种的遗骸，另一方面也考察了更为现代化的动物驯化实验。俄罗斯人驯化银狐的著名实验，就是一个惊人的例子。他们首先从130只银狐中间挑选出若干只最不具有攻击性的（也即最温顺的），然后让这些选出来的银狐彼此之间反复交配，实验结果显示，只需仅仅10代，实验银狐后代中的18%都表现出极其温顺的行为——呜呜撒娇，摇尾乞怜，也会像家犬一样，对于抚摸和摆弄都有讨喜的回应。经过20代的饲育繁殖，极度温顺的银狐又增加了几乎一倍，占比到了35%。[11]行为上的变化还伴随着形态的改变，比如垂耳、花斑、再加上翘起来的尾巴，有人认为，这在基因上是同肾上腺素分泌减少有关系的。

在驯养动物和它们的野生同种之间，标志性的行为差异就是，驯养动物对外部刺激的反应更迟钝，而且整体上对其他物种（包括智人在内）较少戒心。[12]此类特征在某种程度上乃是一种“农庄效应”，不能完全归因于有意识的人类选择，这种论断的合理性再一次可见诸如下事实，我们看到，那些不请自来的共生物种，如鸽子、家鼠、耗子和麻雀，也表现出大致相同的特征，即警觉和反应都有减弱。比方说，自然选择会偏爱体型更小，也不那么搅扰的家鼠，因为它们更适应以人类的废弃物为生，也能更少被发觉和捕捉。本人作为绵羊饲主已有 80
二十多年了，每次听到有人拿绵羊来比喻怯懦的从众行为，或是缺乏个性，我总会觉得愤愤不平。这是因为在过去长达八千年的时间里，我们人类都一直基于温顺来选择绵羊——对于那些胆敢冲出畜栏的鲁莽家伙，先下手宰掉了事。既然如此，我们又怎么好意思掉过头来，转而诽谤优秀的绵羊呢？作为一个物种，它们只不过是结合了正常的群体行为和我们所选择的某些特征而已！

与上述行为改变过程相关联的，还有一系列身体形态的变化。它们通常包括雄性和雌性之间差异（也即所谓的性别二态性）的某种减弱。比方说，公绵羊的角会变小，甚至完全消失，因为它们在进化中不再需要用角抵御捕食者，或者竞争求偶。较之于野生亲戚，驯养动物的繁殖能力也要强大许多。说起驯养动物，另一种普遍但惊人的形态变化，就是我们所知的幼态延续（neotany）：对于许多驯养动物来说，它们会更早进入成年期，与此同时，在成年后，它们又会保留野生祖先在未成熟期的某种身体形态（尤其是头骨结构）以及未成熟期的行为。脸部以及颌骨的缩短，会导致臼齿变短，也会造成头骨空间更加拥挤。

脑容量的缩小及其可能的后果，似乎在某种程度上决定了驯养动物的“温顺”。较之于它们的野生祖先，在经历了长达一万年的驯养史后，绵羊的脑容量减少了 24%；雪貂（驯养的历史要短很多）的脑容量，较之于野生臭鼬要少了 30%；
81 同它们的祖先相比，猪的大脑也小了不止三分之一。[13] 水产养殖，在眼下已经成为驯养的新前沿，在这一行业中，就连人工饲育的虹鳟也比不上野鳟鱼的脑容量。

相比于脑容量的普遍减小，更关键的是大脑各区域间受影响的不均衡。以狗、猪和绵羊为例，最受影响的大脑区域是边缘系统（海马体、下丘脑、脑垂体、杏仁核），这部分所负责的，正是在面临威胁和外部刺激时激活荷尔蒙和神经系统的反应。大脑边缘系统的缩小，也就意味着触发攻击、逃跑和恐惧的门槛相应提高。进一步说，它还有助于解释几乎所有驯养物种都表现出的特征：也就是情感反应的普遍钝化。诸如此类的情感迟钝，可以被视为是生活在拥挤农庄，并处于人类监控下的状态，在那里，它们无需面对捕食者，也不必寻找猎物，故而实时的迅疾反应已经不再是自然选择所施加的压力了。对于驯养的动物来说，现在它们有了更加可靠的安全保护和营养供给，就可以不必如生存在野外的亲戚那样苦逼，时刻要对周围环境保持高度警惕。

人类从迁徙到定居，也就意味着流动在减少，拥挤在村落和宅院里，越来越密集；而同理，家畜被圈养起来之后，拥挤在一起，对健康也会造成直接的影响。圈养所造成的压力以及创伤，食物种类的单调，再加上当同一物种聚集在一起时，传染病就很容易在个体之间传播，以上因素混杂在一起，就会导致各种疾病屡屡发生。由于重复感染、缺少运动且饮食贫乏，骨骼症状是特别普遍的现象。在分析古代家畜的遗骸时，考古

82 学家会遇到慢性关节炎的病例、牙龈炎的证据，还有圈养禁闭在骨骼上留下的痕迹，这当然也都在预期之中。还有一个后果，就是在驯养动物的新生幼崽中间，死亡率要高出许多。比方说，在圈养骆马中，新生幼崽的死亡率高达接近50%，远高于野生骆马。其间的差异基本上要归因于圈养及其对动物活动范围的限制——畜栏里满地泥泞，到处是排泄物，在这样的环境中，如梭状芽孢杆菌这样的毒性细菌会滋生繁殖，就好像寄生虫一样，它们在近在咫尺的地方就能找到成群的宿主。

驯养动物新生幼崽的死亡率是如此之高，似乎已经挫败了人类的管理，就好像人类要尽可能提升谷物庄稼的产量一样，人类驯养动物，其主要目的也在于尽可能加大动物蛋白质的生产。然而，由于驯养动物的生育率也有了显著增加，其幅度足以弥补因死亡率所导致的损失。虽然其中的原因至今仍未完全弄清，但是，驯养动物通常会更早进入生育年龄，排卵以及受孕也更频繁，同时生育期也延续得更长。在上述俄国人的实验中，温驯的银狐一年会发情两次，而相比之下，未加驯养的野生狐狸每年只会发情一次。老鼠所展示出的模式就更惊人了——即便作为仍属野生的共生物种，老鼠不同于驯化物种，我们只能下推测式的结论。在刚被抓获时，野生老鼠的生育率是非常低的，然而只要经过（短短的!）8代的囚养，我们发现，它们的生育率就有了大幅增加，从原来的64%提高至94%，而到了第25代时，囚养老鼠的生育期竟是“非囚养”同类的两倍长。[14]整体而言，囚养老鼠的繁殖力近乎是原生态的三倍之多。对于驯养动物来说，一方面是相对糟糕的健康状况，以及新生幼崽高得惊人的死亡率，但另一方面则是在生育率上更大幅度的提升，足以弥补前述问题所造成的耗损，83
其间也就形成了一个很大的悖论——在下文中，我们还将重返这个悖论，它还直接涉及农业人口数量爆炸式的增长，而为之付出代价的则是从事狩猎采集的部族。

关于人类境况的推测

于是问题就来了，随着智人日渐适应定居生活、拥挤的环境以及谷物为主的日常饮食，我们能否发现他们在体质和行为方面也发生了类似的变化？沿着这一思路的探究，既要求我们做大胆假设，但又务必要小心求证。然而，我相信，思考一定会结出硕果，因为它将支持如下观念：就好像农庄里的其他物种成为人类驯化的产品，我们在相当程度上也是自我驯化的一种结果，其中有些方式是有意为之，有些方式则在意料之外。

现在有一位死于九千年前的女性，如果要确定她生前究竟生活在一个种植庄稼的定居村落，还是一个四处觅食的游群，一种方法非常简单，就是去检查她背部、脚趾和膝盖的骨头。生活在农耕村落里的妇女，通常都会脚趾弯曲、膝盖变形，这是因为在研磨谷物时，她们必须长时间跪地，身躯前后摇摆。虽然事情很小，却能以小见大：对于先民来说，这些新的生存劳作——搁在今天就是通常所说的重复压力损伤，已经塑造了我们的身体，使之适于新的目的，就好像后来驯养的一些役畜，如牛、马和驴，也因为它们的日常劳作而在骨骼上留下痕迹。[15]

这种类比很可能可以做更深远的延伸。我们也可以认为，定居生活的扩散改造了智人，将先民变成一种群居动物，远甚于此前的游群状态。同其他物种群一样，当人口以史无前例的
84 密度群聚在一起时，也就提供流行病和寄生虫肆虐的温床。然而，这种聚集还不是单一物种的群落，而是许多种哺乳动物的群体杂居，它们有一些共同的病原体，而且就是历史上首次围绕农庄聚集起来的这一事实，也造成了全新的人畜传染疾病。因此才有了这个称谓，“新石器时代晚期多物种混居营”。也许可以这么说，我们所有物种都挤进了同一艘方舟，都要共同面对它的微环境，传播着我们的病菌和寄生虫，呼吸着它的空气。

这么说来，根据考古证据显示，无论是人类，还是兽类，农庄里的生活可谓是极其相似的，也就不足为奇了。比如说，“圈养”绵羊在体型上通常都要小于它们的野生祖先；此外，它们还呈现出驯养生活的某些标志性特征：典型的骨骼病，起因于圈养的拥挤和单调饮食以及营养稀缺。同样，较之于狩猎

采集者的骨骼，“圈养”智人的骨骼也有一番特点：他们的体型较小；骨骼和牙齿经常显示出营养匮乏的迹象，特别值得一提的是，育龄妇女往往都有标志性的缺铁性贫血，这是因为谷物日益占据了她们的餐盘。

当然，人畜之间的相似，归根到底还是起因于人畜共同的环境，其主要特征包括：活动范围受到更大的限制；拥挤及其造成的交叉传染可能；更单调的饮食（对于食草动物来说，食物品种在减少，而对于如智人这样的杂食动物来说，不仅食物种类在变少，蛋白质的摄入也在下降）；因无需面对农庄外游荡的捕食者，也就放松了某些自然选择的压力。然而，在智人的例子中，自我驯化的过程在很早之前就开始了（某些方面甚至出现在“智人”之前），可追溯至火的使用、烹饪以及谷物的驯化。这么说来，牙齿变小、脸部缩短、身高变矮、骨 85
骼更脆弱，以及性别二态性的弱化，追寻这些特征的进化过程，其历史远早于新石器时代。但即便如此，定居生活、拥挤环境、日渐以谷物为主的饮食结构，才是革命性的变化，它们能在考古记录中留下直接且清晰的印迹。

若对驯化作最广义的理解，则我们可以发现，这一过程不仅可见于动植物，甚至也包括人类自身——关于这一论题的可能性，迄今为止最令人信服的阐释来自海伦·利奇。[17]利奇指出，自更新世以降，人类和驯养的动物都表现出了类似的趋势，身型以及身高变得矮小（凡是谷物主导饮食的，通常也是身材较矮小的），牙齿在缩小，脸部和颚部在缩短；在此基础上，她提出了一个问题，由于所处的环境日趋相同，是否可能存在着一种独特的“驯化综合征”。所谓“共同的环境”，利奇所指的不仅是定居和谷物，而包括了整个农庄系统。我们不妨将它设想为一种“农庄模块”——最终，这种模块将占据世界上大部分的地区。[17]

对驯化作最广义的理解，它所指的是对家户生活的适应，而延伸家户的概念，将房屋以及附属搭建、庭院、菜园果林也都包括在内，在此基础上，我们就可以重新理解驯化的某些指标，将它们处理为生物学上的变化——身处在某种经由文化改造的人为环境，我们所说的“农庄”生活就会带来上述的改变。

> 有屋子有院子，到了冬季最冷的时候，这些设施就能保护定居点内所有的居客，包括受邀而来和不请自来的共生物种。将植物捣烂磨碎后加工成食物，偶尔的美味、
> 86 残羹冷炙或者发馊的东西，最早吸引来的是狗，然后在新石器时代，猪也来了，圈养在家户的围栏里。既然人类、狗和猪在同一块地里求食，其吃的东西一般而言也变得更松软，这或许可以解释这些物种共同出现的某些问题，如骨质流失，颅骨、面部和牙齿的缩小。[18]

对于人和动物来说，驯化的后果首先是外形和生理层面的，不过除此之外，还存在着行为和情感层面的变化，后者甚至更难破译。身体的和文化的领域从来都是紧密相连的。举个例子来说，当先民们定居下来，开始种粮，有了宅院可以遮风避雨，他们会不会像自己的驯养家畜一样，也出现情绪反应的下降，对自己周遭环境丧失专注和警觉呢？如果确实如此，这种变动是否也同驯养动物一样，关联着大脑边缘系统的变化，该区域负责的是恐惧、进犯以及逃跑的反应？就我所知，关于这一问题，现在没有任何直接的证据，而且到底这个问题应当如何以某种客观的方法去处理，也很难想出个所以然来。

至于说到与农业相关联的生物学变化，我们更要加倍谨慎。自然选择的运转，是通过变异和遗传来进行的，然而，自人类开启农耕，至今不过240代人的历史，若是从农业扩散起算，大概不会超过160代人。所以说，我们现在也许还没有走到这一步，可以就此下决定性的结论。[19]当然，虽说这一范围的议题超出了我们的解决能力，但是，关于定居、动植物驯化、谷物为主的饮食如何塑造了我们的行为、生活的日常，以及我们的健康，我们多少可以发表一些看法。

87

驯化我们自己

我们人类作为一个物种，在讲述驯化的历史时，往往将我们自己视为一个“行动主体”。“我们”驯化了小麦、稻米、绵羊、山羊和猪。但如果我们能换用一个稍许不同的视角，重新审视这件事，我们也不妨认为，究竟是谁在被驯化，其实是人类自己。有一次，迈克尔·波伦正在园中种植，突然之间就悟到了这一番道理。[20]当时，波伦正在为园子里的马铃薯除草和松土，看着植株日渐繁茂，他猛地意识到，自己不知不觉间就变成了马铃薯的奴隶。毕竟是他，要匍匐在地里，日复一日，除草、施肥、清理、保护，简而言之，他要改变周遭的环境，他种植的马铃薯期待什么，他就要满足什么。若是从这一角度来看，到底是谁在服务，又是谁在发号施令，就近乎变成了一个玄学的问题。诚然，若是失去了我们的帮助，那些为人类所驯化的植物就无法成长，但是我们也同样可以认为，我们人类作为一个物种能否存续下去，同样也要依赖品种屈指可数的育成作物。

关于动物的驯化，也同样可以作如是观。人类饲养牛和其他牲畜，牵引它们到草场，喂它们饲料，且要保护着它们，在这一过程中，究竟是谁在为谁服务，并不是一个简单的问题。埃文斯-普里查德曾有一部名著，专述以牛为生的努尔人，在讨论努尔人和牛的关系时，作者的洞察让我们联想到波伦关于园地里的马铃薯的思绪。

> 有种论述认为，努尔人是以牛为生的。但这种观点反过来说也同样有说服力，也即，牛是寄生于努尔人，想一想吧，努尔人生活的全部都耗损在牛的福利上：为了牛的安逸，努尔人建造牛棚，生火取暖，清理畜栏；为了牛的 88
> 健康，努尔人从村庄搬到放牧点，然后又从一处牧区搬到下一处，最后再从放牧点回到村庄；为了牛的安全，努尔人还要同凶猛的野兽为敌；为了打扮牛，努尔人还要制作装饰品。牛的岁月静好，全靠努尔人的奉献。[21]

当然会有人反对上面这种推理，他们的着眼点是，到了最后，波伦还是吃掉了他的马铃薯，努尔人也吃了他们的牛（或者是将牛卖出，或用于以货易货，或是剥皮制革）。它们最终的命运当然不必怀疑。但是，这么说却也忽略了一个基本的事实：只要活着，无论马铃薯，还是牛，它们每一天都在接受某种高标准、严要求的日常服务，所迎合的就是它们的安全和舒适。

所以说，一方面，我们的大脑及其边缘系统是如何被驯化所塑造的，这种大问题目前尚且未有定论，但另一方面，关于新石器时代晚期的先民生活，特别是先民与农庄中的驯养物种的关系是如何塑造他们生活的，我们倒是有话可说。

首先，让我们进行宽泛的比较——看一看狩猎采集者的生活世界与农民（无论是否饲养家畜）的世界有何不同。细致观察狩猎采集者的生活，我们不免会大吃一惊，原来他们的生活是如此有节律，不断会爆发出集聚于短时段的高强度活动。说起活动，其本身是各式各样的——狩猎和采集、捕鱼、采摘、挖陷阱或筑鱼梁，而且就其设计方式来说，也要最充分地利用食物供给的自然节奏。在我看来，此处的关键词是“节奏”。构成狩猎采集者生活的节奏的，是自然界的一系列律动，关于这些规律，他们必须时刻进行观察：猎物（鹿、瞪羚、羚羊、猪）群的移动；鸟类的季节性迁徙，特别是水禽，在它们休息或筑巢的地方就可以进行拦截并捕捉；鱼儿游
89 向上游或者下游；水果和坚果成熟的周期，赶在其他竞争者到来或者果实腐烂之前，它们必须尽快收获；还有些不那么容易预测的猎物现身，如鱼儿、乌龟和蘑菇，就需要当机立断的捕获。以上列举，几乎可以无休止地进行下去，但我们更应关注的，是这类活动的如下数个面向：第一，每一种活动都必需一种不同的“工具箱”，都要求必须熟练掌握的捕捉或采集技术。第二，我们不应忘记，长期以来，采集部族就从自然界的野生谷类植株收获粮食，也因此早就已开发出镰刀、脱粒垫和脱粒篮、簸箕、捣臼和磨石……这些工具，构成了我们所说的新石器时代工具箱的几乎全部。第三，在这些活动中，每一种都包括了其所特有的协调问题，故而每一种活动的协作群体

和劳动分工都是不一样的。第四，如同美索不达米亚冲积平原上最早期的村落，这些活动都横跨数个食物网——湿地、森林、草原，以及旱地，每一种食物网都有它自己独特的时节。一方面，狩猎采集者要依靠这些自然界的律动，另一方面，他们也是多面通才，是始终警觉的机会主义者，时刻准备着收取大自然零散在各处的馈赠。

对于周遭的自然世界，狩猎采集者的知识不仅深刻，而且广博，某种意义上，这让当今的植物学家和博物学家思之不免惊叹。他们对植物的分类，当然并不属于林奈开创的系统，然而他们的方法却更为实用（可以食用的、可治创伤的，可制染料的），且同样详尽。[22]相比之下，在北美的传统中，农耕知识的体系化，是体现在《农民年鉴》（*Farmers' Almanac*）
中的，它指示各种时节，包括玉米该于何时播种。在这一语境 90
中，我们不妨这么想，狩猎采集部族所拥有的，乃是一个完整的“年鉴”图书馆：其中一个书架是关于自然界的野生谷物的，又可再细分为小麦、大麦和燕麦；另一个书架是关于森林里的坚果和水果的，又可再细分为橡果、山毛榉以及各种浆果；还有一个书架是关于捕鱼的，又可再分为贝类、鳗鱼、鲱鱼、鲥鱼；里面还有其他各排书架。说到这里，还有一点同样令人思之惊叹，如此货真价实的知识百科，也包括其过往经验的历史纵深，就是靠着先民游群的集体记忆和口述传统，竟能完整地世代相传。

再回到“节奏”这个概念，我们可以想到，狩猎采集的部族都会格外关注方方面面的自然律动，在他们眼中，种种律动组合成独特的节奏。反过来说，农民，特别是经年累月耕作同一片土地、种植谷物粮食的农民，基本上局限在单一的食物网之内，而这一作物的成长节奏，也就规定着农民日复一日的劳作。可以想见，要伺候地里的那点儿庄稼，看护它们到最后的丰收，当然是一种吃力且繁杂的活动，但另一方面，其节奏怎么展开，通常是由某一种主要的淀粉作物的需求来主控的。因此，我们可以并无夸张地说，仅就复杂程度而言，狩猎采集要远甚于种植庄稼的农耕，而农耕则又远甚于在现代工厂流水线上的重复动作。不妨说，从狩猎采集到农业耕作，再到工业装配，人类每迈出一步，就意味着他们的关注变得更狭隘，任务本身也在简化。[23]

这么说来，植物的驯化最终发展为守着一块土地的农耕，也使得我们陷入了一套年复一年的常规，以此组织起我们的劳作节奏、定居模式、社会组织、农庄的结构环境，以至于我们生活中大多数仪式。从整地（用火、犁或耙），到播种，到
91 除草，到浇水，包括庄稼成熟期间不敢懈怠的警觉，最主要的育成作物规定着农耕者的时间表。当收获到来时，又启动了另一序列的常规劳作：以谷物粮食为例，就必须要收割、绑捆、打谷、拾穗、分离秸秆、簸除谷壳、筛分、干燥、分类——在历史上，这些工序大多成为妇女的活儿。接下来，每一天，在

食用谷物前还需一番操作——舂谷、磨粉、生火、烹煮、烘烤，从年头忙到年尾，设定了农庄生活的节奏。

这些常规劳作不可马虎，也不能懈怠，相互牵动，近乎生活的命令，在我看来，它们日复一日，年复一年，在任何关于“文明化进程”的系统叙述中，劳作的日常都占据着中心的位置。它们管束着耕作者，步伐要跟得上一套精致编排的常规舞步；它们塑造着耕作者的身体，它们塑造农庄的建筑和布局；它们要求坚持某一种特定的合作和协调模式。在此意义上，这些常规劳作，仿佛就是农庄的背景音乐节拍。当智人迈出农耕这一步时，其命运也就决定了，我们这个物种就如同走进了一座苦行的修道院，里面的监工就是少许几种植物，具体到美索不达米亚则主要是小麦或大麦，它们基因里的发条装置对我们发号施令，我们除了服从别无他法。

诺伯特·伊莱亚斯的研究令人信服，在他的笔下，先是中世纪欧洲的人口密度越来越大，由此造成了不断增强的依存链，催生出相互之间的适应和克制，他将上述经过称为“文明化的过程”。[24]但是，远早于伊莱亚斯所描述的社会变革，准确地说在该阶段的数千年之前（也姑且不论人类大脑边缘系统的变化假说），人类这个物种在很大程度上就已臣服于我们亲手种植的庄稼，它们的节奏也规训着我们的生活。

在古代中东地区，当谷物作为主食的地位得以确立之后， 92
农事历法即开始主宰大部分的公共仪式生活：比方说，由祭司和国王主持的犁耕仪式；收获仪式和庆典；为丰收而进行的祈祷和献祭；每种谷物都有自己的神祇。再看人们在论理时所用的各种比喻或隐喻，越来越常见的就是驯化的谷物和动物：比方说“播种有时，收获有时”，或者做个“好牧人”。在《旧约》中，对此类意象的运用可谓比比皆是。围绕着农庄，先民们各式各样的生存和仪式生活，就是强有力的证据，它们足以证明，在智人学会驯化后，他们交出去的是种类繁多的野生植物和动物，所换回的却不过是三五种谷物和家畜。

新石器时代晚期的革命，虽然促进了大规模社会的形成，但我却更愿意强调它的另一面，把这次革命视为某种技能消失（deskilling）。通过劳动分工可以实现生产率的提升，亚当·斯密曾有一个经典的例子，就是生产别针的工厂，在那里，别针制作的每一个细小步骤都被分解为一项任务，交由一位不同的工人来执行。在阅读《国富论》时，托克维尔虽所见略同，但他还是提出一个问题，“花费生命中的二十年光阴，只是在安装别针头，对这样的一个人还能期待些什么呢？”[25]

无论如何，对于这一场据称让文明得以可能的大突破，若是说前述的观点显得太过凄惨，那么我们不妨就事论事，至少可以这样判定，这一突破也代表着某种收缩，从此后，我们人类这个物种就收缩了对自然世界的关注，相关的实用认知也因此窄化，我们的饮食在窄化，我们的空间也在窄化，很有可能，就连仪式生活也在变得更贫乏。

第三章 93

人畜共患病：流行病的“暴风雨”

农业劳作及其历史

农牧并重的生存方式，既耕田犁地，又放猪喂羊，很早就主宰了美索不达米亚以及新月沃土的很多地区，在历史发展的行程中，远远早于国家的出现。但其中只有少数地区可以靠天吃饭，实施前述的“洪退”农作，除此之外，农业扩散的这一事实本身就是一种悖论，且在我看来，该悖论迄今仍未得到满意的解释。设想一下，原本靠采集食物为生的部族，但凡他们神志清楚，为什么会选择日复一日的农耕和喂养，这毕竟就意味着早出晚归的劳作，除非是被逼到走投无路的绝境？我们都知道，即便是现如今的狩猎采集部族，哪怕生活在资源贫瘠的环境内，从事在我们看来是为了生存的劳作，仍然只需花一半的时间。阿布胡赖拉（Abu Hureyra）是美索不达米亚一处罕见的考古遗址，在这里，可以追踪出先民们从狩猎采集过渡到成熟农业的全过程，而发掘该遗址的考古学者曾写道："假若占据一处丰饶之地，一年四季都能提供花样繁多的野生食物，没有哪个狩猎采集的部族会心甘情愿地转向农耕，开始种植为他们提供热量的粮食。毕竟，每单位能量回报所要求的
94 能量投资，实在是太高了。"[1]于是，考古学家得出结论，在上述情形中，"逼得他们走投无路的"是新仙女木期（公元前10,500年至公元前9600年）的寒潮，野生植物不再充裕，还有附近敌对的部族，也限制了他们的流动范围。当然，如前所述，无论就证据还是逻辑而言，这种解释都聚讼纷纭。

到底是什么驱使先民们跨越数千年，走向以农业作为主导的生存模式，相关的争议，我没有资格评判对与错，更别说一锤定音，解决争议。长期以来，有一种解释广为接受，近乎正统，根据这种极富智识的叙述，走向农业就是不断集约化地利用生存资源的过程，其先后跨度长达六千年。第一波的集约化，也就是我们所知的"广谱革命"（broad spectrum revolution），它所指的是，对较低营养水平的生存资源，进行更大范围的开发和利用。以新月沃土地区为例，这一转变之所以发生，是因为那些提供野生蛋白质的大型猎物资源变得日益稀缺（原因可能是过度捕猎，但此处存有疑问），比如野牛、野驴、马鹿、海龟、瞪羚，对于早期狩猎者来说，它们就如同"容易采摘的果子"。或许还要加上人口增长所带来的压力，结果就是，先民们不得不去开采新的食物资源，它们虽然

数量充裕，但需要投入更多的劳作，很可能也不那么可口或不那么有营养。关于这一场广谱革命，相关的证据在考古记录中随处可见：大型野生动物的骨头在减少，转而开始逐渐占据主导地位的，是淀粉类的植物、甲壳类动物、小型鸟类和哺乳动物、蜗牛和贻贝。对于这一正统学说的奠基人来说，广谱革命背后的逻辑，其实就是转向农业的逻辑，两者是相同的，而且是放之四海皆准的。人口数量在普遍增长，尤其是在公元前 95
9600 年之后，气候的改善又有利于先民繁衍，同时却赶上大型猎物的减少（在中东地区和美洲均有考证），在这种情况下，狩猎采集的部族不得不加强他们对食物的搜寻。他们搜刮周遭的环境，不断施压接近到资源承载的极限，为了生存被迫进行更辛苦的劳作。所以说，在这种观点中，广谱革命只是第一步，在漫长的历史行程中，人类不断加重劳作的负担，直至逻辑上的终点，就是犁耕农业和家畜饲养，可谓日复一日、从早到晚、一刻不得喘息的辛劳。而在大多数版本的叙述中，广谱革命和农业也会造成营养的损失，导致更糟糕的健康状况和更高的死亡率。

作为对广谱革命的一种解释，前述观点，也即人口增多造成环境难堪重负，似乎在许多地方都与现有的证据相互矛盾。考察这一场“革命”所发生的地点，其环境看上去几乎未见人口对资源的压力。进而言之，在公元前 9600 年之后，气候条件更加湿润温暖，这就会造成更为繁茂的植物生长，如我们在美索不达米亚冲积平原上所能看到的，食物采集也因此变得更容易——当然，上述现实确实无法解释在考古记录中可观察到的营养不足现象。广谱革命的存在已是板上钉钉的事实，但在理解其成因或后果时，却仍然未见权威的定论。

但是，说到在大约三四千年之后，农业"本业"的发展，学界已有公论。首先是人口不断增长所导致的压力；狩猎采集的部族在定居下来后，经常发现难以行动自如，因此不得不从自己的周围去汲取更多的资源，哪怕这要付出更大的劳动成本，与此同时，大多数的大型猎物要么数量减少，要么就压根
96 消失不见。如此说来，这不是什么辉格学派讲述的故事，谈不上人类的发明和进步。种植的技术早已为先民所知，并且偶尔也有应用；先民也会习惯性地采摘野生植物，并将它们的种子储存起来；谷物处理的所有工具也已经到位，偶尔还会将一两只捕获的动物圈养起来。但即便是如此，种植和饲养作为主要的生存方式，还是能躲一天是一天，能拖多久就拖多久，因为对先民来说，这种生活就意味着干苦力活。而说起必需的苦力活，大部分都是要维护某一种简约化的、人工改造的地貌景观，以防自然力量在被驱走之后又卷土重来：比如说，其他植物（杂草）、鸟儿、食草动物、啮齿动物、昆虫，还有会威胁单一作物农田的锈病和真菌感染。翻耕的农田，不仅是劳动力密集的，而且还很脆弱，易受伤害。

新石器时代晚期多物种混居营：流行病的“暴风雨”

根据一项细致的估算，公元前10,000年时，全世界的总人口大概是400万。而经过了整整五千年，到了公元前5000年时，世界总人口也不过上升至500万。尽管新石器革命带来文明的成就，一是定居，二是农业，但人口从400万增加至500万，这可谈不上什么人口爆炸。相比之下，在随后的五千年时间里，世界人口增加至20倍，总数超过了一个亿。所以说，这个五千年之期的新石器转型，就好像人口增长的某种瓶颈，它所反映出的人口繁衍曲线，近乎一条静止的水平线。我们在此可假设，即便是人口增长率仅仅略高于生育更替水平（比方说，超过了0.015%），那么经历了五千年的时间，世界 97
总人口数仍能翻一番还要多。为什么会出现这种悖论，一方面人类在生存技术上出现明显进步，另一方面则是长时期的人口数量停滞？一种可能的解释就是流行病，这段时间很可能是人类历史上流行病杀伤力最强的时期。在美索不达米亚的案例中，这种解释主张，正是因为新石器革命及其影响，此地成为各种慢性和急性传染病的温床，一次又一次地摧毁这里的社群。[2]

因为流行病不同于营养不良，极少在人体骨骼上留下标志性的痕迹，所以我们在考古记录中很难找到相关的证据。然而我相信，流行病可以说是在新石器时代考古记录中“最高声”的沉默。考古学所能评估的，当然不外乎它可以恢复的东西，而在谈到流行病时，我们必须超越硬证据，必须要进行推断。尽管如此，我们还是有充分的理由去做出如下假定：许多最初的人口中心之所以突然崩溃，原因就在于流行病的毁灭。[3]证据一次又一次地出现，先前还是人口众多的定居点，却在突然之间被遗弃，如若不归结到流行病的肆虐，这种现象是根本无法解释的。在出现气候条件恶化或者土地盐渍化时，人口减少也在预期之中，但基于这种原因，其减少更可能波及一整个地区，而且变动应当是渐进的。当然，关于某个人口稠密地区的突然撤离或者消失，还可能存在其他解释：内战、洪水或者被外族征服。但是，考虑到新石器革命造成了史无前例的人口聚集，流行病就是最有嫌疑的祸首了——在书面记录出现后，上面关于流行病及其惨痛历史的记载可谓俯拾皆是，新石器时代的状况，由此也可见一斑。在此语境中，流行病的
98 概念并不仅仅局限于智人。流行病蔓延时还会影响到家畜和庄稼，毕竟，它们也群聚在新石器时代晚期多物种混居营中。一场疾病肆虐了农庄的羊群或者庄稼地，就可能轻易地毁灭那里的人口，其威力并不亚于一场直接冲人而来的瘟疫。

然而，一旦书面记录出现在历史中，我们就有了关于致命流行病的充分证据，由此可以去推演不存在文字记录的历史

更早期，只是要谨慎一点。在《吉尔伽美什史诗》中，当史诗中的英雄宣称他的声名将会长存，不会与肉身一起消亡，他描绘了一幕场景，瘟疫肆虐，大量尸体顺着幼发拉底河漂流而下，这也许是最强有力的证据了。如此看来，致命的流行病困扰着美索不达米亚人，似乎他们就生活在危险永不消退的阴影中。他们设计出护身符、特别的祈祷文、驱邪人偶，以及“能治愈瘟疫”的女神和神庙，其中最著名的位于尼普尔城，以求能躲开来势汹汹的大规模疾病。当然，先民们在当时很难理解此类事件。流行病到来时，它们被视为某位神祇降下的“毁灭”，或者因逾矩行为所招致的惩罚，必须举行包括牺牲献祭在内的悔过仪式。[4]

最早的书面原始资料表明，美索不达米亚的先民们已认
识到流行病传播的“接触感染”原理。只要条件允许，他们
就会采取措施，对最初观察到的病例进行隔离，把他们限制在
住处，不许人员进出。他们也认识到，长途跋涉的旅客、从事
交易的商人、士兵都是可能的病毒携带者。先民们所采取的隔
离以及避免接触的做法，到了文艺复兴时期就成为港口普遍
设立的“检疫所”，在上面执行隔离的程序。他们也懂得，要
防止传染，不仅要避免接触染病的人，还不能触碰他们的杯
子、餐具、衣服、被单枕套。[5]士兵们从战场返回，若被怀疑 99
携带疾病，则在他们进城之前，就被要求先烧掉他们的衣物和
盾牌。当隔离和检疫措施失败后，城里的居民是能逃的就逃，

抛下死者和垂死的病人，然后要等疫情彻底结束之后，他们才可能返回城市。逃离时，他们也往往将疫情传播到更外围的地区，然后触发了一轮新的隔离和逃难。按照我的思路，几乎可以确定，很多人口聚集地区之所以遭到放弃，且又未见于史册，原因在于疾病，而非政治。

若要探寻在人类、驯养动物和农作物的疾病中病原体的踪迹，那么早于公元前 3500 年的证据都必定是推测性质的。但是，随着书面记录的激增，关于流行病的证据也越来越多。凯伦·瑞亚·内梅特-内扎特指出，古代文本曾提到过肺结核、斑疹伤寒、淋巴腺鼠疫和天花。[6]公元前 1800 年，幼发拉底河畔的马里曾爆发过一场摧毁性的流行病，这是迄今为止年代最早同时证据最充分的疫情。各种各样的疫情足以列出一份长长的清单，只是到底是什么病，一般都已说不清楚。亚述王辛那赫里布是老国王萨尔贡二世的儿子，公元前 701 年，他所率领的大军为一场流行病所摧毁，关于此次疫情，在《旧约》对瘟疫连篇累牍的记载中也曾出现，现在判断应为斑疹伤寒或者霍乱，传统上即危害出征军队的灾难。再往后，公元前 430 年，雅典发生了一场大瘟疫，伤亡惨重，在修昔底德笔下曾有如亲临现场的描述，还有罗马皇帝安东尼和查士丁尼在位时爆发的瘟疫，都在早期“帝国”历史的构成中起到决定性的作用。到了相对晚近的希腊、罗马时期，由于人口数
100 量增加，长途贸易繁荣，几乎可以肯定，各种各样的流行病会

触及更多的人、更多的地区，威力远甚于从前。但即便如此，公元前3000年之前，美索不达米亚成为历史上前所未见的流行病温床。大约在公元前3200年，乌鲁克已经是当时世界上最大的城市，其居民总数估计在两万五千人至五万人之间，再加上他们饲养的牲畜和种植的庄稼，与乌鲁克相比，更早的欧贝德时期的人口聚居点可谓相形见绌。作为人口最稠密的地区，美索不达米亚南部冲积平原尤其无法抵御流行病的侵袭；在阿卡德语中，流行病这个词“从字面意思上就意味着‘必死无疑’，它既可以用于人类，也同样可用来指动物的流行病”[7]。人口的集中以及前所未有的贸易交换，造就了一种近乎全新的脆弱环境，难以抵御那些越拥挤越传播的疾病，接下来，我们就将讨论这个问题。

早在广泛种植农作物之前，单单从迁徙转向定居，先民们就开启了拥挤的生活，对于病原体来说，这样的条件简直就是理想的“觅食处”。在美索不达米亚的冲积平原上，大村落和小市镇的出现以及增多，就意味着人口密度增加了大致十倍到二十倍之多，这种情况是智人这个物种此前从未经历过的。拥挤和疾病传播之间的逻辑关系，是非常直接的。举个例子，设想围栏里养着十只鸡，其中一只鸡被粪便里传播的寄生虫感染了。那么，一段时间后（这段时间到底多长，部分取决于围栏的面积、家禽的活动以及疾病传播的能力），另一只鸡也会被传染。现在，让我们再设想一下：在相同大小的围栏里，现在关的不是十只鸡，而是五百只，那么在这种情况下，另一只鸡被迅速传染的机会也就增加了至少五十倍。假设现在有两只鸡的粪便里出现寄生虫，那么新的感染可能性也会加倍。还要记着，当我们把家禽的数量增加五十倍后，所增加
101 的不只是多少只鸡，它们粪便的量也会增加五十倍，这样一来，假设围栏很小，那么其他鸡避免接触病原体的可能性也就微乎其微了，基本上等于不可能。

就目前而言，我们要做的就是将拥挤和疾病传播的逻辑应用于智人，当然，前文的例子亦可表明，这一逻辑同样适用于任何易患疾病的微生物、植物或动物，只要它们也“拥挤”在一起。也就是说，这种因拥挤而导致疾病传播的现象，同样发生在成群结队的鸟类、鱼类、绵羊、驯鹿、瞪羚，甚至是谷物庄稼地里。简言之，基因相似度越高，也即基因差异越小，则群体感染同一病原体的可能性也就越大。在人类还无力进行说走就走的旅行之前，在迁徙途中栖息在一起的候鸟，就结合起长途旅行和拥挤这两个因素，它们很可能构成了疾病远距离传播的主要载体。早在人类发现疾病传播的真正载体之前，先民们就懂得了拥挤与传染之间的关联，并善加利用。见到大型的定居点要避开走，狩猎采集的部族对此可谓再清楚不过，而且长期以来，他们也知道，为了避免某一流行病传染开来，分散开来是生存之道。到了中世纪晚期，牛津和剑桥大学都在乡间设有“瘟舍”，只要看到有瘟疫的迹象，学生就会

被遣送到该处。人口拥挤之处，有时竟成为要命的地方。所以说，在第一次世界大战结束时，战壕、遣散营地、运兵舰都为公元1918年大流感的传播提供了理想条件。从历史上看，那些拥挤的社会场所，如市集、军营、学校、监狱、贫民窟、宗教朝圣地，比如麦加，想来都是流行病大传染并紧接着向外传播的地方。

说起定居生活及其所包容的人口拥挤，其重要性怎么强 102
调也不为过。它可以告诉我们，有些传染病来自经进化后容易感染智人的微生物，而追溯这类流行病的历史，几乎全部都是在过去的一万年中才出现的，其中很多甚至可能不过是最近五千年的产物。说真的，这些流行病正是“文明结出的果实”。这些在历史行程中新出现的“怪病”——霍乱、天花、腮腺炎、麻疹、流感、水痘，或许还有疟疾，追溯它们的发端，都脱离不了市镇和农业的出现。直至非常晚近的时期，此类疾病一直是人类死亡的主要原因。当然，这并不是说人类在转入定居之前就不会感染寄生虫或疾病，但那时候感染的都不是因拥挤而传播的疾病，而是潜伏期长或者由人类以外的储存宿主所导致的疾病：比如伤寒、阿米巴痢疾、疱疹、沙眼、麻风病、血吸虫病或者丝虫病。[8]

那些因拥挤而传播的疾病，也被称为“密集条件下生成的疾病”，或者用当代公共卫生的行话来说，就叫作“急性社群传染”。许多病毒性的疾病最终必须要以人类为宿主，对于这类疾病，如果知道了其传播模式、传染力持续的时间以及在传染后获得免疫的持续时间，我们就可以做出推算，如要让病毒继续感染，不至于因缺少新的宿主而消失，那么至少需要多大规模的人群。关于这个问题，流行病学家非常喜欢引用一个例子，就是在孤悬海外的法罗群岛上，18 世纪、19 世纪曾爆发过的麻疹疫情。最初的麻疹病毒是由水手们带上岛的，在1781 年肆虐了法罗群岛，接下来，由于幸存者能够获得终身的免疫，法罗群岛的麻疹就绝迹了，一直持续了 65 年的时间，直到 1846 年，而当麻疹病毒又卷土重来时，疫情感染了除了
103 在当年麻疹大流行中幸存下来的老人外的其他人。又过了 30 年，另一波麻疹疫情来势汹汹，然而感染的只是 30 岁以下的人口。就麻疹这个具体病例而言，流行病学家已经做出了估算，如要麻疹一直维持住它的转染力，则每年至少 3000 例新感染宿主就是必需的，进而言之，要提供如此众多的宿主，则必须要大约 30 万的人口数目。法罗群岛的人口总数远低于上述的门槛，故而每一波麻疹的流行都必定来自重新“进口”的病毒。当然，基于同样的理由，我们也能做出判断，在新石器时代之前，此类疾病都不可能在人群中流行开来。由此也可以解释，为什么美洲“新世界”的人口普遍身强体壮，健康状况良好，但后来一接触“旧世界”输入的病原体，竟显得不堪一击。大约在公元前 13,000 年，他们的祖先成群结队渡过白令海峡，其间形成数次迁徙潮，此时距离大多数流行病出

现还隔着一段漫长岁月，更何况话说回来，这些迁徙者的队伍也实在太小了，根本就无法支撑起要靠拥挤才能传播的疾病。

在讲述新石器时代的流行病时，如果忘记了驯化物种的关键角色，那故事必定是残缺不全的。也就是说，千万不可忘记家畜、种植的谷物和豆类，还有不请自来的共生物种。言及此，拥挤这一原则又一次发挥着关键的作用。新石器时代所见证的，不仅是史无前例的人口聚集，还包括全无先例的物种大混居，包括绵羊、山羊、牛、猪、狗、猫、鸡、鸭、鹅。既然它们都已成为“群体”动物，“成群结队”地存在着，它们必定都携带着某些物种特有的病原体，因拥挤而传播出来。以农庄为中心，这些物种在历史上第一次聚集起来，相互之间不断近距离接触，很快就“互通有无”，成为大范围的感染性微生物的宿主。虽然估算各有不同，但在目前所知的 1400 种人类病原微生物中，大约有 800 到 900 种是**动物传染的**疾病，起源
于人类之外的宿主。对于大多数此类病原体来说，智人作为宿 104
主都是最终的“死胡同”：也就是说，人类不会再进一步将病毒传染给人类以外的宿主。

这么看来，我们所说的多物种混居营，不仅是哺乳动物历史性的大聚会，就数量以及密集度而言都是前所未见的，它还把所有寄生于哺乳动物的细菌、单细胞原生动物、蠕虫、病毒都集合在一起。事实也证明，在这么一场“害虫”的竞赛中，如要获得胜利，就要求病原体能迅速地适应农庄中的新宿主，

并开始繁殖。当时所发生的，就是病原体跨越物种障碍的第一波浪潮，由此也确立了一种全新的流行病秩序。关于病原体防御的大失守，现有的讲述自然都是基于智人的（恐惧）视角的。然而，即便是站在比如山羊或绵羊的角度来看，这也是同样悲伤的故事，毕竟它们可不是心甘情愿走进农庄的。现在假设有一只无所不知的超常山羊，它会如何叙述发生在新石器时代的疾病传播历史，我将这个问题留给读者去脑补。

说起人类与农庄中的驯养以及共生物种共患的疾病，数量可谓相当惊人。根据一张已经过时的清单（现在必定更长了），我们人类与家禽共有的疾病为 26 种，与老鼠共有的为 32 种，与马共有的为 35 种，与猪共有的为 42 种，与山羊和绵羊共有的为 46 种，与牛共有的为 50 种，而至于狗这种我们研究透彻且最古老的驯养动物，我们人类与它们的共患疾病则高达 65 种。[9]根据专家判断，麻疹大概起源于绵羊和山羊所携带的牛瘟病毒；天花则来自驯养的骆驼以及某种啮齿动物祖先所携带的牛痘；至于流感，则可追溯至大约四千五百年前水禽驯养。随着人口和牲畜数量不断膨胀，远距离的接触也日
105 渐频繁，跨物种的人畜共患病也在更新换代。今天，这一趋势仍在继续。

若从生态的视角去理解新石器时代晚期的疾病秩序，其所牵涉的并非只是人口及其驯养物种在定居点的拥挤。毋宁说，它是整个农庄系统作为一种生态模块所导致的效应。无论

是农耕，还是放牧新近驯养的动物，都需要清理土地，这就创造出一种全新的地貌景观，也是一种全新的生态位，有了更多的阳光，更多无遮挡的土壤，此前的生态模式受到侵扰，而植物、动物、昆虫和微生物也就随之迁入进来。就这一转变而言，有些是有意为之的，比如农作物的种植，但更多的则是农庄出现后所引发的第二波甚至第三波连带效应。

关于这种农庄所连带的生态效应，最有标志性的当属动物和人类的废弃物聚集，尤其是粪便。人类和家畜一旦定居也就失去了流动性，这种相对静止的生活，再加上废弃物的堆积，使得先民们会反复感染相同种类的寄生虫。蚊子和节肢动物，经常是疾病的载体，在它们看来，农庄产出的垃圾堆正是繁殖和觅食的理想之地。相比之下，狩猎采集的部族是流动的群体，他们只要转移到一处寄生虫无法繁殖的新环境，通常就等于把这些致病因素抛在了后面。人类一旦驻扎下来，农庄及其居民、牲畜、谷物、粪便以及各种废弃物，就共同形成了一处吸引力十足的饲养场，许多共生物种也就不请自来了，从老鼠和麻雀，顺着捕食链往下走，到跳蚤和虱子，后面还跟着细 106
菌和单细胞原生动物。而对于那些开创出这种全新生态的先民们来说，他们无意之间竟打开了充斥着病毒的盒子，当然就是这些先驱者不可能知道的事了。事实上，一直等到 19 世纪末，在罗伯特·科赫和路易斯·巴斯德开创了微生物学之后，人们才根据他们的发现而清楚地认识到，在历史上，由于缺乏干净用水、卫生设施、污水排放系统，人类付出了惨痛的代价，大面积患有慢性或致命的传染疾病——多么痛的领悟！面对着骇人的新疾病，先民们懵懂无知，搞不清楚毁灭他们的究竟是什么，故而衍生出各种民间理论和救治偏方。但其中只有一种招数，也就是“疏散”，可隐约表明，先民将拥挤认定为致病的基本原因。

“密集条件下生成的疾病”，当它们折磨着新石器时代晚期多物种混居营的人口时，就代表着一种新的、残酷的自然选择压力，其来自他们祖先从未经历过的病原体。我们不难想象，某些疾病袭来时，定居下来的先民可能全无招架之力，不少早期的聚居点或许就为疫情所团灭。对于较小规模且没有文字的社会，到底流行病在何种程度上影响了死亡率，我们在任何意义上都很难做出确定的判断，而从早期墓地中发掘出的大部分证据也无法做定论。然而，如下关系应当是成立的，因拥挤所传播的疾病，尤其包括人畜共患病，在很大程度上导致了新石器时代早期的人口数量瓶颈。经过一段时间——到底有多长，并不确定，而且会因病原体的不同而异，拥挤的群体会对许多病原体发展出一定程度的免疫，这些疾病也因之变得难以摆脱，在病原体和宿主之间呈现出一种稳定的、不那么致命的关系。毕竟，只有那些从疫情中存活下来的人，才可能生育后代！有些疾病——比如说百日咳和脑膜炎，仍会危及
107 幼儿的生命，还有一些疾病，如果在幼年时感染，相对来说就

没有杀伤力，且获得终身免疫，后者如脊髓灰质炎、天花、麻疹、腮腺炎和传染性肝炎。[10]

一旦某疾病在某一定居群落中流行开来，其杀伤力也就会大大下降，通常来说，大多数携带者并不会表现出明显的临床症状。而这时候，未接触过该疾病的其他群落就无法形成对病原体的免疫力，故而当他们与经历过疫情的群落相接触时，就很可能脆弱得不堪一击。所以说，战俘、奴隶，或者来自遥远或偏僻村庄的移民，只要他们此前不属于群体免疫的范围，也就没有什么抵抗能力，面对相同的疾病，大型的定居群落慢慢形成了免疫，而他们就很可能病来如山倒。当然，也正是出于这个原因，在旧世界和新世界相遇后，对于在免疫力上如同一张白纸的美洲原住民，简直就是一场灾难，毕竟他们独处于世界一隅，同旧世界的病原体相隔绝已超过了万年之久。

在新石器时代晚期，因定居和拥挤所传播的疾病，又遭遇到另一种恶化因素，这就是一种日渐农业化的饮食摄入，导致缺乏许多必需的营养物质。其他条件保持不变，一个人在疫情中染病后又能存活下来的机会，特别是婴儿或者孕妇，很大程度上取决于这个人的营养状况。在大多数早期农耕群落中，初生婴儿的死亡率之所以高到离谱（40%～50%），就是两种因素交汇的结果，首先是饮食让弱者更弱，然后则是新的传染病夺去他们的性命。

关于早期农耕者饮食的相对单调和匮乏，考古学家的证

据主要来自遗骨残骸的比较，他们会对比农耕者与同时期生活在附近的狩猎采集者的骨骼。平均而言，狩猎采集者要高出
108 好几英寸。据此可以推论，身高反映出他们更加多样，也更为充足的饮食。对此我们在前文中已有阐释，狩猎采集部族在饮食上的多样性，只有我们想不到，没有他们做不到。说起他们的食谱，不仅横跨了多个食物网——海洋、湿地、森林、热带草原、旱地，且每种食物网都有其季节性的差异，而且即便是仅就植物类的食物而言，较之于农业的标准，其多样性也是惊人的。比如说，在阿布胡赖拉的考古遗址中，在其狩猎采集阶段，共发掘出 192 种不同植物的残存，其中 142 种植物可以鉴定出品种，据我们目前所知，其中 118 种为当时的狩猎采集者所食用。[11]

关于新石器时代革命对全世界范围内人口健康的影响，考古学界曾召开过专题研讨会进行评估，与会人员基于古生物病理学的数据，做出如下判断：

> 看起来，[营养] 压力是更晚近的现象，要等到在定居、人口密度，以及以农业为本都有了高度发展之后，营养压力才扩展开来，变得更普遍。在这一阶段……体质压力的发生率大幅度增加，人口平均的死亡率也有显著的增幅。在这些农业部族中，大多数都常见多孔骨肥厚[因为营养不良，尤其是营养不良所导致的缺铁，就会造

> 成骨骼不规则的增生］和筛状眶［发生在眼眶位置的骨骼增生］；此外，牙齿釉质发育不全以及其他传染病相关的异常，也变得更为常见，同时在症状上更严重。[12]

至于女性，因为月经所导致的失血，是受影响最严重的，而在我们可以称为“农妇”的身上，所检测出的营养不良大都可以归因于缺铁。生活在前农业时代，女性在日常饮食中就能摄入大量的 omega-6 和 omega-3 脂肪酸，它们来自野味、鱼类和某些植物油。这些脂肪酸非常重要，因为它们能促进铁
的吸收，而没有铁，也就无法生成携氧的红细胞。相比之下， 109
谷类膳食不仅缺乏必需的脂肪酸，而且还会抑制铁的吸收。所以说，到了新石器时代的晚期，小麦、大麦和小米这些谷类粮食日益主导了先民的餐桌，由此导致的结果就是出现了缺铁性的贫血，在先民骨骼上留下了法医学可以确证的特征。

之所以出现大面积新奇的疾病感染，在相当程度上，先民们的脆弱根自他们的日常饮食——碳水化合物的比重越来越高，相比之下，野生食物和肉类则少得可怜。这种饮食很可能缺乏一些基本的维生素，也会导致蛋白质的欠缺。虽说他们偶尔也能开开荤，把家畜煮来饱餐一顿，但驯养动物肉里的关键脂肪酸含量，是远远低于野生猎物的。在这些可归因于新石器时代饮食的疾病中，有些会留下骨骼特征，比如说佝偻病，这就等于遗留下证据；还有一些则仅仅影响到身体的软组织，也

就是说更难采证了（极个别保存良好的木乃伊除外）。尽管如此，基于我们对饮食和营养的认识，同时包括某些疾病的早期书面记述——根据今天的认识，基本可以推定这些疾病在更早前的历史阶段即已出现，以下与营养有关联的疾病都起因于新石器时代的饮食方式：脚气病、糙皮病、核黄素缺乏，以及夸休可尔症/恶性营养不良。

农作物的情况又如何呢？它们所要面对的，首先也是固定在一块田地上的某种“定居”以及植株密集的状况，同时也要经历一种新的、由耕作者所驱动的选择过程，为了培育出人类所欲求的特征，它们失去了原本的基因多样性。如同任何一种有机体，农作物只要密集存在，就一样要面对密集条件下生成的疾病——关于这个问题，我们在下文中将会看到。尼森和
110 海涅主张，只要条件允许，早期的农民其实更愿意以狩猎、捕鱼和采集为生，原因在于，“无论是放牧，还是农耕，都经常受到流行病、作物歉收，或其他灾祸的打击”[13]。在这个问题上，考古记录也很难帮上忙。举个例子，考古证据可以显示出，某个一度人口稠密的地区却在突然之间遭到遗弃；但问题在于，在书面记录出现之前，要探究该地被遗弃的原因，就殊非易事了。真菌、锈病、虫害，甚至一场暴风雨，都会把待收的庄稼毁坏掉，然而就像软组织的疾病，这些灾害极少留下痕迹，对我们来说，甚至是完全无迹可寻。即便偶有书面的记载，但通常所记录下的不过是一场“作物歉收”或者饥荒，

而非具体陈述原因之所在，话说回来，在许多情况下，包括受害者自己也搞不清楚到底是为什么。

农作物也会形成自己的“植物群”流行病风暴。想象一下，在一种病原体或昆虫的眼中，新石器时代的农业地貌到底散发出多大的吸引力。农地不仅作物植株拥挤，而且与荒野草地相比，基本上就种植着两种主要谷物：小麦和大麦。进而言之，农地一经开垦，就会连续耕种下去，年复一年，这就不同于刀耕火种时代的游耕，那时候一块地只利用一年或两年，然后即休耕十年甚至更长的时间。事实上，对于害虫和植物病害来说，当然也包括寄生杂草，年复一年的持续耕作就等于提供了一种永久的觅食胜地，它们也因此不断繁殖，数量达到历史的新高，在定点种植单一作物之前，这一量级都是不曾存在的。只要有大规模的定居社群，也就必定意味着附近存在大片的可耕种土地，上面生长着同种类的作物；这就会催生出数量规模相当的害虫群。人类拥挤起来，就会引发流行病，同理，我们也可以合乎逻辑地做出如下假定：在困扰新石器时代农耕者的作物病害中，许多都根源于新的病原体，它们之所以进化出来，就是为了更好地享用农业生态的滋养。“parasite”（寄 111
生虫）这个词的字面含义，从最初希腊语的词根来说，所指的就是“在谷物旁边”。

农作物要面临方方面面的威胁，首先如人类一样，它们也无法摆脱由细菌、真菌和病毒所感染的疾病；除此之外，农作物还要面对一众大大小小的掠夺者，包括蜗牛、蛞蝓、昆虫、鸟类、啮齿动物以及其他哺乳动物，还有各种各样的野草，它们不断进化，与地里培育的品种争夺着营养、水分、阳光和生长空间。[14]种子埋到地里，就随时可能成为昆虫幼虫、啮齿动物和鸟类的美食。到了作物生长、谷粒发育的时期，上面提到的病害一刻也不会消停，还有蚜虫会吮吸汁液，传播疾病。在这一阶段，真菌性的病害破坏力尤其严重，包括霉病、黑穗病、腥黑穗病、锈病和麦角病（人类吃下感染的粮食后，就会出现“麦角中毒”，也就是欧洲历史上大名鼎鼎的“圣安东尼之火”）。再说，即便作物能躲过上面提到的各种掠夺者，它们也躲不开各种各样的野草，后者经过演化，已经适应于翻耕过的土壤，并且在外形上近似于某些培育作物，足以以假乱真了。最后，即便在收获后存储在谷仓内，粮食仍然会有象鼻虫、啮齿动物和真菌的光顾。

在当代中东地区，接连几茬的农作物都会因昆虫、鸟类或病害而歉收，实在是再常见不过了。科学家曾在北欧做过一项实验，种植一季大麦，如果只是施肥，但不用现代除草剂或杀虫剂进行保护，则该季的产量会减少一半：其中 20% 的损失是作物病害的因素，12%是动物掠食，18%是野草竞争。[15]植株拥挤和单一作物种植会滋生并传播各种病害，受此威胁，农作物如要获得收成，就必须要它们的人类监护者不间断的保护。很大程度上，正是出于这个原因，早期农业才要求如此大

量的劳动力投入，令人望而生畏。农耕者之所以设计出各种技
术，就是为了减少所需的劳作，并且提高产量。农田要分散开
来，避免田块相互毗邻；休耕和农作物的轮作也见诸实施；避 112
免就近获取种子，以减少基因的一致性。即将成熟的庄稼更是
会受到严密的保护，上阵的不仅是农民，还有他们的家人以及
稻草人。然而，由于栽培作物易染病害的农业生态，考虑到这
一大的环境因素，农田里的作物究竟能否躲过各路掠食者，落
入农夫这个终极守护者兼掠食者的口中，一切仍是未定之数。

关于文明的演进，传统的叙述在一个基本问题上无疑是正确的。首先是植物和动物的驯化，由此一定程度的定居得以可能，而以定居为基础，又形成了最早期的文明和国家以及它们的文化成就。但问题在于，这种叙述所凭借的，其实只是一种极其单薄且脆弱的基因根据：三五种农作物、七八种家畜，再加上一种极尽简化之能的地貌景观——虽然自然生态已遭驱逐，但为了防止其反扑，农耕者仍要做不间断的防御。与此同时，农庄从未实现过真正的自给自足，甚至远远未曾达到这一目标。事实正是，它们一方面将大自然驱逐出去，另一方面又必须从自然界获得经常性的补给：木材用作燃料和建筑、鱼类、贝类、林地牧草、小型猎物、野菜、水果，以及坚果。饥荒来临时，农耕者就必须求助于农庄生态外的各种资源，原本这是狩猎采集部族所依靠的生存之本。

话说回来，对于那些不请自来的共生物种以及病害来

说——它们大小各不相同，最小一直到病毒，农庄可谓是一场名副其实的盛宴，也是一处朝圣地。农庄的集中以及单调，导致这种模式极其脆弱，易于崩溃。为了尽可能增加为数不多的动植物驯化物种的产量，先民们要发展出各种技术，而在这一过程中，新石器时代晚期的农业可以说是先民迈出的第一步。一场疾病——可能是庄稼的，家畜的，或者先民自己的，一场
113 大旱，一场暴雨，一场由蝗虫、老鼠或鸟类所造成的天灾，都可能在一眨眼的工夫将整个村庄夷平。新石器时代的农业建立在一种狭窄的食物网之上，它将劳作集中起来，能够形成更大的生产力，但它的另一面就是过于脆弱，远不及狩猎采集甚至迁移农业，后者既有流动能力，也维持着食物资源的多样性。所以说，考虑到农庄农业形态的脆弱，这一模式究竟如何成为一种支配性的农业生态和人口架构，以其形象为模板改造了全世界大多数地区，这不能不说是一种奇迹。

关于生育力与人口的随记

目光停留在流行病侵袭下的农庄，很难想象这一新石器时代的谷物系统最终取得了胜利。读到这里，跟随本书思路的读者很可能满怀困惑，既无法理解农业文明何以崛起，同时也不免诧异，既然新石器时代的农耕者要面对种种病原体，那么农业生活的新形式究竟是如何存续下来的，更不必说竟兴旺

发达了起来。

我相信，答案简而言之，就是定居下来的生活。一方面，虽说与狩猎采集者比较起来，农耕者的健康状况通常说来要糟糕一些，且婴儿和产妇的死亡率也高得惊人，但另一方面，事实表明，农耕者定居下来之后，其生育率之高是史无前例的——足以弥补了同样史无前例的高死亡率所造成的人口损失。转入定居生活会在多大程度上影响到生育力，对于这一问题的研究已经得出了令人信服的证明，其中很有代表性的就是理查德·李对当前时代的研究，以非洲的昆族布须曼女性为样本，比较了新近定居者和仍维持迁移传统者，此外还有其他的研究，就农耕者和觅食者的生育力进行了更全面的比较。[16]

游动群体居无定所，故而通常会有意识地限制生育。不断 114
择地安营需要大量后勤劳作，对于流动中的队伍来说，若在同一时候携带两个婴儿游走，虽说并非不可能，但也是费力的活。结果就是，在狩猎采集的群落中，孩子之间的年龄差大约为四岁，而为了达到这一间距，就要通过延迟断奶、堕胎流产、遗弃甚至杀婴。而且，紧张的运动，再加上富含蛋白质而低脂肪的饮食结构，结合起来也就意味着青春期较晚到来，女性排卵不规律，绝经年龄更早出现。而反观定居下来的农耕者，孩子年龄间距太近，于流动的觅食者而言是一大负担，但对于他们来说就不是难事了，更何况，如我们所将看到的，在农业形态中，孩子作为劳动力的价值也得到了提升。由于定居生活的安定，女性的初经期会来得更早；饮食以谷物为主，婴儿就能早些断奶，开始吃松软的食物；高碳水的饮食既会刺激排卵，也会延长女性的生育期。

然而，考虑到农业社会的疾病负担及其脆弱的面向，农民相较于狩猎采集者的人口繁衍“优势”应当是非常之小的。但是，在此语境内，务必要记住一点：经过上下五千年的一段历史时期，就好比利滚利的“奇迹”，最终的差距就会变得相当巨大。比方说，如果我们用计算机来计算，不同的生育率下人口翻倍所需的不同时间，结果表明，假设人口数量的年增长率为 0.014%，那么五千年后人口会翻一倍，而假如年增长率在 0.028%——仅就数字而言仍微不足道，那么人口翻番所需的时间就少了一半（两千五百年），而经过五千年后，人口总数又会再翻一番，增加至最初人口的四倍之多。也就是说，只要时间够长，农民那点微弱的生育优势，最终也会变得势不可挡。[17]

115 从公元前 10,000 年到公元前 5000 年，在这五千年的时间里，全世界的人口从 400 万增加至 500 万（这里使用的数量级看似粗略，但却需精确的估算），看起来实在微不足道。然而，考虑到这五千年的历史阶段，新石器时代农耕者在总人口中的比例越来越高，而狩猎采集者的比例则越来越低，那么我们也可以做出一个可能的判断，即便是在这一人口增长的瓶颈期，种植谷物的农民也后来居上，在人口数量上赶上了狩猎采集的群落。除此之外，还有两种其他的可能：一是许多原来狩猎采集的部族或出于自主选择，或因为强力迫使，转而从事农业；另一种可能则是，对于农耕者来说，某些病原体早已伴生在农业生态里，杀伤力也大为减弱，然而当他们接触到狩猎采集的群体时，后者在免疫力上仍如一张白纸，轻易之间就遭遇到灭顶之灾——试想一下，这就好比来自欧洲的病原体屠杀了美洲新世界的大多数人口。[18]关于上述种种可能，我们找不到确切的证据去证实其中某一种，或者否决某一种。但事实就摆在面前，无论在黎凡特、埃及，还是中国，方式如何姑且不论，新石器时代的农耕社群都正在向冲积平原低地扩张，很显然，为之付出代价的则是狩猎采集的游群。对于身处历史行程中的当事人而言，其中的征兆虽仍晦暗不明，然而悲剧的命运却已然注定。

116

第四章

谷物立国：早期国家的农业生态

谁有银器，谁有珠宝，谁有牛群，
谁有羊儿，他们就应该坐在有谷物的人家门前，
在那里打发他的时间。
——苏美尔文本：《绵羊与谷物之辩》

最终，众人都要低下头，听命于一个人或一群人，
因为他们可以并且敢于接管货藏、粮仓，
以及财富，然后再一次分配给民众。
——D. H. 劳伦斯*

如果要先有国家，然后才能成就其文明，如果古老文明所指的就是定居、耕作、农庄、灌溉、市镇，那么历史发展的次序显然就出现了根本的错误。在美索不达米亚，新石器时代的先民早已达成了上述这些成就，然而此时我们连国家的影子还没见着呢。历史的真实次序，却是恰好相反的。基于我们现

在的考古所知，国家之所以破胎而出，就是利用了新石器时代晚期的谷物和人力模块，以之作为控制和占取的基础。正如我们在本章中将读到的，对于国家的设计来说，这种模块可以说是唯一可利用的“脚手架”。

人口定居下来，种植驯化的谷类作物，接着出现小规模的 117
市镇，生活着千余居民，作为贸易交流的节点，上述的过程，乃是新石器时代自生自发的成就，这一成就达成之后，还要再等待接近两千年，大约到了公元前 3300 年前后，才出现了最初的国家。[1]珍妮弗·普尔内勒提醒我们，关于这些最早期的市镇，“就像是镶嵌在湿地平原中的岛屿，它们位于交界地带，处在广阔的三角洲沼泽区的中心”。“说起它们水道的功能，更多的在于运输路线，而不是灌溉沟渠。”[2]虽说追根溯源，在美索不达米亚南部冲积平原之外，我们还发现了更早期的先民定居点，呈现出原始市镇的格局，但很显然，在南部冲积平原上，市镇化的历史是最持续、最长久，也最有生命力的，这多亏了湿地丰富的物产资源。[3]

然而，这一系统却代表着一种新异的模块，它将劳动力、可耕作的土地，以及营养补给都集中在一起，只要被“夺取”——即便说“寄生”，可能也并不夸张，这种资源密集的模块就可以被改造为一种强大的节点，发散出政治力量和威望。所以说，新石器时代的农业系统，对于国家的形成来说，就构成了一种必要但非充分的基础；在此基础上，国家的形成得以可能，但却并非必然。如果用韦伯的术语来说，我们在这里所处理的是某种“选择性的亲和”，而非因果关系。因此，先民定居下来，从事农耕，在冲积土壤上实施灌溉，在此过程中，却连国家的影子都没有，这种情形是可能的，而且并不罕见。[4]而反过来说，国家出现，但却并没有在冲积平原上种植谷物的人口，这种情形则是闻所未闻的。

在这一语境内，国家的定义到底是什么？当我们在历史中寻觅时，我们如何才能知道现在所看到的就是最初的原始国家？这个问题，其实并不存在板上钉钉的现成答案；在我看
118 来，所谓的“国家性”，往往是一个程度多或少的问题，而不应作严格的有或无的回答。按理说来，国家应当具有许多属性，某一特定的政治体生长出的相应属性越多，则我们越有可能称其为国家。觅食者、耕作者以及放牧者定居下来，管理他们的集体事务，并与外界进行贸易——这样小规模的市镇雏形，就事实而论，当然不是国家。而根据韦伯的标准，所谓国家就是某一政治单位占据一定地域范围，垄断了强制暴力的运用，这一定义也谈不上充分，因为它只集中于一点，而忽略了其余，并没有言及国家的许多其他特征。我们认为，国家乃是组织机构，其包括各个层级的官员，专职从事税收的评估和征收，无论是谷物、劳役或铸币税收，并且对一位统治者或一个统治集团负责。我们认为，国家行使着行政权力，其要面对着一个相当复杂的、分层的、等级化的社会，且出现了相当明

显的劳动分工（织工、手工匠、祭司、金属工、文员、士兵、农民）。有些学者会采纳更严格的标准：所谓国家，应当拥有一支军队、用于防御的城墙、一处气派的典礼中心或宫殿，或许还要加上一位国王或女王。[5]

考虑到前述纷繁复杂的国家属性，非要精确地查明早期国家的诞生年代，必定是一种充斥着主观臆断的工作——更何况，考古遗址，尤其是能为我们提供可信的考古和历史证据的遗址少之又少，也让为国家诞生进行精准断代的工作难上加难。在国家所具有的诸多特征中，我建议应特别关注那些指向领土以及某种专业国家机器的特征：城墙、征税、官员。根据这些标准，我们可以确信，到了公元前 3200 年，乌鲁克的“国家”已经稳稳当当地出现了。在尼森看来，从公元前 3200 年至公元前 2800 年的历史阶段，是近东地区“文明高光的时代”，在此期间“毫无疑问，巴比伦尼亚地区已经发展出最复杂的经济、政治和社会秩序”[6]。追溯苏美尔人创建其政治体 119
的开端，标志性的奠基行为就是建造城墙，这一点绝非偶然。事实上，乌鲁克城建造城墙的行为，早在公元前 3300 年至公元前 3000 年之间就已经出现，根据某些学者的判断，此时大概就是吉尔伽美什统治的阶段。在此意义上，乌鲁克可以说是国家形式的开创者，在整个美索不达米亚冲积平原上，大约二十来个同期的城邦或“相伴的政治组织”都在复制乌鲁克的模式。这些政治体就领土而言都非常小，大多数从中心走到最外的边界只要一天时间。

在公元前第四个千年即将结束时，苏美尔人所建立的城市乌鲁克，在政治和经济上支配着一块面积适中的农业腹地，形成了一个组织有序的城市政府，故而达到了城邦的标准。起初，无论是面积，还是力量，乌鲁克都是独一无二的。然而，我们有充分的证据可以证明，最迟到公元前第三个千年的上半叶，主要的城市，诸如基什、尼普尔、伊辛、拉格什、埃利都，以及乌尔，都已经发展起来，也加入到了乌鲁克所领衔的行列。[7]

在对早期国家建构的各种评估中，如果乌鲁克看上去尤其耀眼，那原因不只是乌鲁克看起来确是史上第一国，同样还因为它在考古学上留下了最丰富的记录。与乌鲁克相比，关于美索不达米亚的其余早期国家中心，我们的知识都是零碎的。在它所属的时代，无论是疆域还是人口，乌鲁克都几乎可以确定是世界上最大的城市。根据估算，其人口数量大约在两万五千至五万人之间；而且在短短两百年期间，其居民总人数增加到三倍，考虑到那时候居高不下的死亡率，这种幅度的增长不太可能归因于人口的自然繁衍。现在看来，“乌尔”“乌鲁克”和“埃利都”的地名都不是源自苏美尔语，这或许就透露出，
120 曾有人口迁入取代或吸收了本地先前的居民。浅浮雕上，战俘颈部戴着枷锁，这也暗示出增加人口的另一种方式。

在乌鲁克城墙的四围，是一块 250 公顷的土地，以面积而

论，是近三千年后雅典城邦的两倍。根据波斯特盖特对另一座苏美尔城市阿布·萨拉比赫的估算，假设其人口总数大约为一万，则其控制的农业腹地要至少达到方圆十公里，我们据此可以想象，乌鲁克所辐射的腹地至少应是二到三倍的范围。[8]除此之外，考古学家现已挖掘出大量的证据，证明此处曾动员起规模庞大的苦力队伍，从事神庙的农耕以及农业以外的任务，还曾出土了数以千计的定制碗，大多数学者判断，这是用来定量分发食物或啤酒的。国家存在的其他印迹还包括一个专业的书吏阶级、身着盔甲的士兵（也许是全职?）、度量衡标准化的努力。所以说，我对早期国家的讨论，除非另作说明，大多都是基于以乌鲁克为研究对象的大量文献，偶尔也会提到一千年后邻近的乌尔第三王朝，其记录充分但却短暂而逝。

如上所述，国家之形成，要依靠冲积平原上谷物和人口集成模块的出现、持续和扩张，既然如此，那么问题就来了，早期国家究竟是如何开始控制这些“人口和谷物”模块的。别忘记，在国家出现之前，在先民还未变为国家属民时，他们可以不经任何中介，直接取水用水，生活依靠“洪退”农业，在种植以外，还有各种各样获取生存资源的选择。关于这种耕作聚落是如何被编整为国家人口的，一种令人信服的解释就是气候的变化。尼森已经做出演示，从最晚公元前3500年到 121
公元前2500年，这一历史时期的显著变化就是海平面急剧下降，同时幼发拉底河的水量也在衰减。干旱越来越严重，也就意味着河流在收缩，退回到它们的主干，而人口也抱团拥在一起，蜷缩在剩余的水道沿岸，与此同时，缺水地区的土壤盐渍化又大幅减少了可耕土地的总量。在此过程中，人口以惊人的趋势变得集中起来，也因此更为“市镇化”。灌溉也变得更重要，同时又要投入更密集的劳力——因为现在经常必须要人力汲水，在新的条件下，能否接入挖掘而成的灌溉沟渠，就变得至关重要。为了争夺适于耕种的土地，为了控制灌溉农田的水源，城邦国家（例如，在乌玛和拉格什之间）开始干仗。久而久之，靠着苦役或奴隶的挖掘，一个纵横交错的沟渠网络出现了。在尼森的推演中，无论是气候干旱，还是干旱所导致的人口集中，都是建立在可靠证据之上的，而如果尼森所描述的场景获得接受，它就提供关于国家形成的一种合理叙述。一开始是灌溉用水的短缺，然后就是先民的活动范围日益受到限制，只能驻留在水资源丰沛的地方，再接着是原本许多可替代农耕的生存方式，比如采集和狩猎，现在就走不通了。正如尼森所描述的：“我们在此前的时期已见过这种情形的发生，先民的定居开始出现新的趋势，集中在大江大河干道的周围，而河流之间的区域则日益人迹罕至。”[9]这么看来，气候的变迁强行推动了一种市镇化，也即90%的人口都生活在30公顷或者更大面积的定居区内，在此基础上强化了“谷物和人口”的模块，对于国家形成来说，这就可谓万事俱备了。事实证

明，干旱乃是国家建构必不可少的推动力，在一块孕育国家的空间里，干旱使得人口聚拢起来，谷类作物集中起来，在当时 122
的条件下，其他任何手段都不可能将上述条件一并呈现。

不仅在美索不达米亚，也近乎世界各处，早期国家之所以兴旺起来，所汲取的就是这种新的生计根源。在冲积平原或黄土土壤上——只有这样的土地能养活如此众多的人口，谷物和人口密集地聚拢起来，也在最大程度上增加了征用、分层和不平等的可能。国家这种形式征服了这个核心地带，将它作为自己的生产基地，增加它的规模，强化它的能力，偶尔还会增添基础设施——比如用于运输和灌溉的水渠或河道，国家之所以这么做，其利益在于养肥并保护这只能下金蛋的“鹅”。用此前用过的概念，我们可以将这些集约化的方式看作精英的生态位构建：改造地貌和生态，以提升这块栖息地的生产力。当然，只有在土壤肥沃以及水源充沛之地，其生态环境才可能容纳进一步的农业发展和人口增长，因此也只有在这样的环境中，最早的官僚国家才有可能出现。

在美索不达米亚，国家的发展远非线性的。冲积平原上出现的小邦，就好像其下辖的居民一样，只有非常短暂的预期寿命。更常见的并不是“治”，而是其间的“乱”，长时段的崩溃和解体也是司空见惯。正如前文所述，在新石器时代晚期，即便是在风调雨顺的年份，原始市镇系统的存续也都如履薄冰。它要面临着各方面的威胁，诸如降雨量的多变、洪水、害

虫的攻击，以及好多种传染作物、家畜或人类的疾病——它们
123 可以彻底摧毁一处定居点，或者导致另一种更可能的情形，为了生存下去，此处的居民不得不分散开来——狩猎的狩猎，觅食的觅食，放牧的放牧。

对于新石器时代拥挤起来的农庄模块来说，原本就已经危险重重，现在又有了国家叠加于其上，就更增添了一重脆弱和不稳定。为什么国家会导致更严重的脆弱，税收和战争可以说是个中缘由。国家开征实物税（谷物或牲口），或者劳役税，也就意味着农民不仅要为家户而生产，他们还必须要负担起某种“租金”——精英阶级挪用过来，维持他们的生存，还要炫富；当然在饥荒到来时，这些精英阶级偶尔也会打开粮仓，用储粮来救济灾民，以确保他们的人口没有折损。当时的税负到底有多重，我们现在很难做出准确的判断，更何况，税收总是因时而异的，政权变更后，税负也会发生变化。若基于整部农业史下判断，以谷物缴纳的税赋不太可能低于收成的五分之一。事实上，农民过的是如履薄冰的日子：在没有税收的时候，歉收的年份就要忍饥挨饿，而在国家征税之后，歉收的农民就没有活路可言了。

大量的证据显示，在美索不达米亚的南部冲积平原上，敌对国家之间的战争是非常频繁的。早期的战争到底有多血腥，现在已很难做出细致的分辨，但是考虑到人口对于所有的早期国家来说都是无比宝贵的资源，我们大致可以判定，那时候

的战争不只是流血，还甚至会导致灭国。关于冲积平原上列国之间的战争，曾有叙述者主张，平日的生活仅限于糊口的水平，然而当军队凯旋，带回战利品和贡品时，一切就不一样了。[10]胜利者的收获，说到底就是被征服者的损失。所谓战争，本身就意味着烧毁庄稼、占取粮仓、洗劫牲畜和家庭物资——对于生计而言，本国的军队同敌军一样构成巨大的威 124
胁。早期国家就像天气一样，对于先民的生存而言，它往往是一种灾难，而非福报。

国家建构的农业地理

观察古老国家的物质生产，可以说从头到脚都是农业的，为了养活非生产群体，诸如文员、工匠、士兵、祭司和贵族，其农牧产品就必须要有一定量的可占取剩余。考虑到古代世界运输的舟车不便，这就意味着要在尽可能小的半径范围内，聚集起尽可能多的可耕种土地和劳动力。位于肥沃的冲积平原上，新石器时代晚期多物种混居营，就构成了某种现成的人口和谷物的核心地带，国家可以在这里经营起来。

关于国家建构的地理条件，我们可以说得再具体些。只有最肥沃的土壤，才能有足够的单位面积生产力，既能养活聚集在一个紧凑区域内的大量人口，又要生产出一定量的剩余可充作税收。实际上，这所指的就是黄土（由风力搬运）或冲积土（由洪水淤积）。底格里斯河、幼发拉底河以及它们的支流一年一度的流水冲刷，历史积淀而成的赐予就是冲积土，这里正是美索不达米亚地区国家形成的位置所在：可以说，没有冲积土，也就不可能有国家。[11]如果河流泛滥尚算温顺，不会造成大的灾难，那么在营养丰富且易于耕作的淤泥软土上，条件就允许“洪退”农业的开花结果（在埃及的尼罗河沿岸也是如此），在这种情形下，人口密度甚至会更大些。大致相同的情形也发生在中国（秦汉时代），当时最早的国家中心都位于黄河沿岸的黄土地上，那里的人口密度达到前工业社会中
125 罕见的水平。如要梳理中国国家的演进，其关键就在于梳理使国家得以可能的农业生态。诚如欧文·拉铁摩尔所言：“在古代中国的黄土核心地带，土质松软，易于耕作，不掺杂石块，气候也适宜许多种不同的作物，灌溉所能得到的回报可以说是非常壮观的——只要土地条件适合，这种农业系统就不断向外传播出去。”[12]

当然，水是攸关生死的。如我们在前文所见，湿地水资源丰沛，正是以此类地区为基地，最早的成规模定居社群才得以形成。只有在水源充足的冲积平原——无论是降雨量可靠，还是灌溉用水近在咫尺，才是国家建构的可能地点。不仅如此，水在其他方面也是至关重要的。说起美索不达米亚的早期国家中心，它们位于或靠近某一处泛滥平原，专门从事粮食作物的生产，故而它们在经济上压根做不到自给自足。木料、柴

薪、皮革、黑曜石、铜、锡、金银、蜂蜜，这些源自其他生态区的产品，都是为早期国家批量所需的。以物易物，这些小国家所能拿出去交换的是陶器、布料、谷物和手工艺品。[13]就这些物品而言，它们大多数都必须走水路，而不可能通过陆路来运输。在这里，我忍不住说一句，“没有水路运输，也就无国家可言”——哪怕有所夸张，程度也不过是一星半点。[14]在前文中，我们早已做过强调，用轮船或者小驳船来载货的水路运输，比起以驴子或马车的陆路运输，其经济效能不知道高到哪里去了。如要感受两者间的差异，我们不妨看一下这一惊人的事实，一直到公元 1800 年（在汽船或铁路出现之前），一个人乘坐马车从伦敦到爱丁堡的时间，另一个人若乘船，可以从英格兰的南安普顿抵达南非的好望角。[15]更何况，船运所载重的货物当然还要多得多。通过水运可以消除掉如此多的摩擦力，对于先民来说可谓“奇迹”，这也就意味着，几乎从未见
过有早期国家可以不依赖附近可航水道的，无论是沿海还是 126
临河，靠着水运，它们才能用贸易换取来各类必需品。正是因为位于底格里斯和幼发拉底两河流域的低地，最早期的国家建立在冲积土之上，可以利用河道来漂流诸如木材这样的大宗货物，这样一来，就可以最大限度地减少劳力的付出。《吉尔伽美什史诗》中段记载了一个情节，在杀死守卫大森林的巨人后，英雄将雪松装在木排上，顺流而下，用它们来打造新城的大门，现在看来，这种讲述想必不是纯粹的巧合。

对于国家建构来说，摩擦力的避免一般说来是非常重要的。河流在一年大部分时间里可以通航，水波不兴，通常而言可以说是必要的条件。地形平坦，同样构成有利的条件。所谓泛滥平原，就其定义而言，平坦就是应有之义，而相较之下，崎岖的地势就会导致运输成本翻番增长。伊本·赫勒敦领悟到国家形成的隐形生态，故而他指出，阿拉伯人在平地上所向披靡，然而碰到高山或沟壑就一筹莫展。[16]

展示国家建构的基本条件，可以帮助我们把握其反面：也即在什么样的条件下，国家不太可能或者根本不可能形成。如果说人口的集中有助于国家建构，那么人口分散就会妨碍国家出现。既然肥沃湿润的冲积平原促成了人口集中，那么反过来，我们可以认为，非冲积平原的生态就不太可能成为早期国家的发源地。在干旱的沙漠和山区（不包括地力肥沃的山间盆地），疏散开来几乎是不得不如此的生存策略，所以这样的地方不太可能成为国家的核心地带。这些地区是“国家之外的空间”，由于他们独特的生存模式以及社会组织——放牧、
127 采集、刀耕火种的原始农业，故而在国家的话语中经常被污名化，被贴上“蛮族”的标签。

国家作为一种“模块”，要求密集的人力——尤其是农业劳动力，聚居于一地，进行精耕细作的农业。然而，仅仅人口密集还是不够的。以美索不达米亚冲积平原南部为例，那里是中东地区最早出现成规模定居的地方，当地的湿地生态就很

能说明问题。[17]该地区人口固然密集，也生长着一些农作物，
然而，其最早期的市镇却没有形成任何定期翻耕土地的遗迹，
在考古发掘中找不到确切的证据。如前所述，当地的生活来源
是异常多样的：湿地采集和狩猎，收获野生芦苇和莎草，放牧
绵羊、山羊和牛。所以说，尽管人口密集且富足，但他们算不
上农耕人口。“这个复原出来的城市中心地带说明了什么？它
并没有支持某种由灌溉农作物所驱动的社会转型，而是意味
着一种定居的演进，起始于……对沿海生物资源的投机以及
所形成的依赖……”[18]湿地能出产财富和市镇，而至于国家的
出现，则要再等上一千年甚至更久。湿地包含有丰富多彩的生
存方式，同犁耕农业的地貌不同，湿地的条件并不有利于国家
建构。而说到这里，尼罗河三角洲也提供了一个可比较的案
例，又一次证实了我们的猜测，大河的三角洲地区并不适宜早
期的国家建构。埃及的早期国家出现在三角洲的上游，而至于
三角洲，虽然人口众多，生存资源丰富，但却并非国家形成的
基地。正相反，三角洲地区反而被视为一个对国家存有敌意、
抗拒国家的地带。就好像美索不达米亚湿地的居民，尼罗河三 128
角洲地带的人口生活在“龟背”上，他们打鱼、收割芦苇、
食用贝类动物，即便偶尔农耕，最多也只是一星半点；简言
之，他们并不是埃及王朝的一部分。

说起中国，沿着黄河，早期国家的心脏地带也同样位于中上游，而不是在水势汹涌、变动频仍的三角洲地区。对于中国

的国家建构核心区来说，作物种植也是生死攸关的，只不过中国的主要作物是小米，而美索不达米亚国家则是小麦和大麦。可以说，中国的国家建构工程是跳跃式的，从一处肥沃的黄土地带跳跃到下一处，其间留下了大片的空白区，一是黄土地带之间的丘陵地块（“境内”蛮族），另一则是复杂的、多样的黄河三角洲区域。

谷物造就国家

说起最早期的成规模农业国家，无论是出现在美索不达米亚，还是埃及、印度河流域、黄河流域，它们的生存基础都存在着值得关切的相似。简言之，它们都是谷物国家：小麦、大麦，中国的黄河流域则种植小米。后来出现的早期国家也都遵循了相同的模式，当然又有新的谷物加入了这张粮食作物的清单，比如水稻和“新世界”的玉米。就谷物国家这一通例来说，某一局部的例外可能是印加人的国家，他们靠的是玉米和马铃薯，当然，玉米作为税收实物还是最主要的农作物。[19]在所谓的谷物国家中，一两种谷物就能提供主要的食物淀粉，也构成了实物税收的征缴单位，且基于它们编制出支配整个社会的农业历法。对于此类国家而言，冲积土壤和可用的
129 水源构成了它们的生态位，而它们也受限于此。在这里，重点应再一次落到吕西安·费弗尔提出的地理环境“可能论”

（possibilism）的概念；对于国家形成来说，这样的生态位（通过挖沟渠或建梯田这样的地貌管理，还可加以扩张）是必需的，但尚且不是充分的。[20]在这种情形中，人口的集中并不等于国家在形成，两者必须要区分开来；正如我们所见，湿地物产丰富，故而可以形成原初的市镇和商业，然而如若没有大规模的谷物种植，就不可能导致国家的形成。[21]

于是问题就来了，谷物为何在最早期的国家中担当起如此举足轻重的角色呢？毕竟，先民们所驯化的并非只有谷类作物——其他农作物，在中东地区尤其是扁豆、鹰嘴豆和豌豆等豆类作物，在中国则是芋头和大豆，也早就完成了驯化。为什么它们无法构成国家形成的基础呢？放宽我们的视野，为什么遍寻历史记录，我们找不到“扁豆国”“鹰嘴豆国”“芋头国”“西米国”“面包果国”“山药国”“木薯国”“马铃薯国”“花生国”或“香蕉国”呢？在上述的培育品种中，就单位面积所能提供的卡路里来说，很多都超过了小麦和大麦，有些甚至不需要投入那么多的劳动力，它们搭配起来或即便是单个品种，就能提供与谷物大致相当的基本营养。换言之，在人口密集条件下提供相应的食物营养，谷类作物所能做到的，许多非谷物的培育品种也能做到，故而也能满足人口密集状态下的农业要件。就土地单位面积所能聚集的热量值而言，在各种农作物中，只有灌溉水稻是远高于其他品种的。[22]

我坚信，要理解谷物和国家之间的关联，关键在于一个事实，即只有谷物可以充当征税的基础，因为它们看得见、可分割、可估价、耐存储、易运输，并且“可定量配给”。其他农作物——如豆类、块茎或淀粉植物，虽然也有某些适于国家所需的品质，但没有哪种作物能像谷物那样，一身兼具所有的优
130 势。如要理解谷物何以独步于农作物界，不妨设身处地地想象你穿越到古代，成为一名收税的官员，你所最在意的，不就是轻松并快捷地占取物资吗？

谷物生长于地上，且大致在同一时间成熟，仅仅这一事实，就会大大减轻收税人员的工作负担。假设军队或者负责收税的官员找准了时间，那么他们在到来之后，就可以一次性地对全部收成进行收割、脱粒，然后打包运走。假如来的是一支敌军，对谷物执行焦土政策也变得轻而易举；敌军可以放一把火，烧光马上就要收获的庄稼，逼得农民要么逃亡，要么饿死。还有更高明的招儿，收税的官员或者敌军可以等着，等到农民把谷物脱粒并且储存之后，再现身把粮仓洗劫一空。比方说，中世纪欧洲实行什一税制，收获时节，农民最好在田地里把尚未脱粒的谷物扎成捆，这样一来，收税官从每十捆中取走一捆就可以了。

在此，我们可以做一比较：前文讲述的是谷物情境，但如若主要种植块茎类的作物，如马铃薯或木薯，农民的情况又会如何呢？块茎类的作物会在一年内成熟，然而块茎在成熟后还可以安全地留在地下，再过一年甚至两年都可以。需要时，农

夫可以把它们挖出来，剩下的还就储藏在它们生长的地方，存于地面以下。如果来了一支军队或者收税的官员，想要你的块茎果实，那么他们就得像农夫一样，把地下的果实一块块挖出来，一番操作之后，他们终于收集到一车的马铃薯，但其价值（无论是提供热量还是市场交易）却远低于同样一车子的小麦，而且还容易迅速腐坏。[23]普鲁士的腓特烈大帝就明白这一点，他命令自己的子民都种植马铃薯，因为田地里种的是块茎类的作物，那么敌军到来时，驱散农民就不那么容易了。[24]

谷物“长在地面上”，同时成熟，在国家的收税官员看 131
来，其优势是不可估量的，不仅一览无余，而且易于估价。正是这些特征，让小麦、大麦、稻子、小米和玉米成为首选的政治作物。在评估税负时，官员通常会按照土壤品质对地块进行分类，而在知道了某种谷物在相应等级田地上的平均产量之后，他们就能估算出一块地的税额。如果每年的税额都必须要做动态调整，那么就可以对田地进行测量，在即将收成之际选取一块典型的地块，根据这小块地上的庄稼收成来得出该作物年度的预估产量。在下文中，我们也能看到，国家官员还会强制实施某些耕作技术，想要以此来提升作物产量以及实物税额；在美索不达米亚，就有国家要求反复多次的犁耕和反复多次的耙土，前者是为了弄碎土壤里的大土块，后者则是为了利于作物生根，并改进养分输送。归根到底，谷物生长在翻耕后的土壤里，其植株的栽培、庄稼的状况以及最终的产量都更能看得到，也便于评估。在此，我们可以进行比较，一种情形是对谷物庄稼征税，另一种则是对市场上买卖双方的商业活动进行估价和征税。在古代中国，国家之所以不信任商人阶层，甚至败坏他们的名声，一项理由就在于如下简单的事实：商人的财富不像农民地里的稻子，前者往往是难以识别、易于隐藏，甚至便于出逃的。国家可以对一处市场进行征税，也可以在道路或河流的交汇处收取通行费，因为在这些地方，货物和交易是比较透明的，但问题是，想到要对商人课税，那可就是税吏的一场噩梦了。

谷物的收成最终就是一粒粒细小的粮食，去壳或者未去壳，这是一个我们都知道的事实，然而对于计量、分割和评估来说，却有着巨大的行政优势。谷类作物的粮食，就好像砂糖或沙粒一样，几乎可以无限分割下去，一直到越来越小的颗
132 粒，其重量和体积都可以进行精准的度量，从而符合核算的需要。这样一来，谷物单位就可以充当度量和价值的标准，无论是在贸易还是进贡，都可以以谷物单位为标准，计算其他物品的价值，包括劳动力的价值。在美索不达米亚的乌玛王国，最底层的苦力每天所能领取的口粮，就是用斜边碗按量配给的大约两公升大麦，也正因此，这种容器是考古发掘中最常见的一类出土物品。

图 6　斜边碗（供定量配给之用？）

（照片由苏珊·波洛克提供）

但问题是，为什么世上没有“鹰嘴豆国”或“扁豆国”呢？毕竟，它们也是可以集中种植的营养作物，其收成也是小颗粒的种子，在干燥后易于保存，而且同谷物一样，也很容易细分为小的份额，然后按量配给。说到这里，谷类作物具有一种决定性的优势，就是它们生长期是确定的，也因此几乎是同时成熟。假设你是一位税务官，那么大多数豆类作物在你眼中都有一个问题，它们会不断地开花结荚，持续一段相当长的时间。就拿大豆或豌豆来说，它们可以随时成熟随时采摘，实际 133

情况也是如此。收税的官员如果来得太早，只能看到多数作物尚未成熟；反过来说，如果他们来得太晚，需要纳税的农夫很可能已经处理了大部分的产量——吃到肚子里，隐藏起来，或者卖了出去。在各种农作物中，哪些能让收税官员实现“一站式购物”，最搭配的当然是有确定成熟期的作物。在此意义上，我们可以认为，谷类作物在美索不达米亚早已进行了预先的演化，就在等待国家的形成。至于美洲大陆——除了玉米这个混杂的例子，它既可以随时成熟随时采摘，也可以任其在田间成熟并自然干燥，那里几乎没有生长期确定、可以全场同时成熟的作物，故而也根本见不到欢庆收获的节日传统，而对于旧世界的农业日历来说，这种节日是支配性的。说到这里，我们也不由得推测，为什么会有确定的成熟期，这种作物特性是否源自新石器时代早期农耕者有意识的选择，更进一步，若确实如此，为什么先民们不对鹰嘴豆或扁豆进行类似的选择，以形成确定成熟期的特性呢？

即便如此，谷物税负的征收也不可能做到万无一失。虽说同样一种谷类作物，一次性栽种，就会同期成熟，但问题在于，季节因素经常会导致种植日期的差异，于是不同地块的庄稼，其成熟日期也会略有差异。为了逃避税收，农民赶在谷物尚未完全成熟前，就偷偷摸摸地收割了一部分庄稼，这种情况也并非罕见。只要有可能，早期国家就会做出尝试，为一个地区规定统一的种植时间。以灌溉水稻为例，国家会选择大约相同的时间，在所有邻近的稻田里放水，只要做到这一点，就等于规定了种植（或者移栽）的时间表，当然更不要忘记这一事实，在水漫田地的条件下，稻米就是唯一可以生长的作物了。

更何况，谷物也很适合进行大宗运输。即便是在如此古老的条件下，运载一车谷物到很远的地方也能有所盈利，其距离 134
能够超过几乎其他任何食物类的货品。而在有水运的地方，大宗的谷物就可以进行长距离运输，如此一来，早期国家所能主宰的农业核心地带也就大大扩展了，国家也因此能从更大的范围内索取税收。在公元前第三个千年的晚期，乌尔第三王朝的一段记载曾提到，驳船载得满满当当，将乌尔地区大麦全部收成的一半都运往王室的仓库。[25]我们在此重申，对于早期美索不达米亚的收税官员来说，甚至相关状况一直延续到 19 世纪，农业国家如能搭配一段通航的河川或者海岸线，那就可谓是天作之合了。比如说，罗马人曾发现，运输谷物（通常来自埃及）和葡萄酒穿过地中海，其成本大约等于相同货物用马车陆运 100 英里。[26]

就每单位体积和重量所具有的价值而言，谷物几乎胜过了所有其他的食物品种，而且又相对容易储存，也正因此，谷物是一种理想的税收和生存作物。它可以收割后就放在一边，直到需要时再进行去壳脱粒。它是理想的作物，可用于向劳工和奴隶分配盘中餐，可用于索取贡品，可用于为士兵和驻军提供补给，可用于救济粮食短缺或者饥荒，也可用作敌军围城时的军民口粮。简言之，谷物对于早期国家而言就是其肌体的基础，有国家出现却无谷物的供给，是难以想象的。

在地图上，谷物种植以及农业税的地域，也就是在国家权力的治下，而在谷物不继的地方，也就标志着国家权力由此开始衰退。在早期中国，国家的权力只是存在于黄河和长江流域内可耕种的地点。这些田地里种植着灌溉水稻，构成了早期中国的生态和政治核心地带，包围着这些中心地区的，是四散分布的游牧、狩猎采集以及游耕的群落，他们居无定所，当然很
135 难对他们课税。他们被定义为“生番”蛮族，是“尚未进入国家版图”的人。罗马帝国纵然野心勃勃，其疆域也从未越过谷物线太多。在阿尔卑斯山以北，罗马人的统治只集中在“拉坦诺”文化区域（考古学家为之命名，所根据的是率先发现该文化器物的瑞士地名），那里人口密度更高，农业生产相对更发达，市镇（所谓的“奥必达”文化）规模也更大；只要走出这一区域，就是“欧洲的亚斯托夫文化”，人烟稀少，或放牧，或刀耕火种。[27]

对于我们来说，上述的对比就构成了一种提醒：原来，最早期的谷物国家就好像是孤岛，在它们的外面是世界上大部分的地区以及人口。谷物国家的四至，只能局限在一种狭小的生态位，偏好精耕细作的农业。越出它们的地界，就是各种各样可谓“无法占取”的生存活动，其中最重要的，要数狩猎采集、捕鱼以及海产捕捞、园艺、游耕或者专事畜牧业。

假设你是一位负责收税的国家官员，那么在你眼中，诸如此类的生存形式，在财政上都是徒劳无益的；控制它们所需要付出的成本，可能要远远大于从它们那里所能占取的税收。无

论是狩猎采集的人口，还是靠海吃海的群落，他们在分布上都是零零散散，而且来去不定，同时他们的“捕获”又是各种各样，且容易腐坏，故而掌握他们的行踪就几乎是不可能的了，更谈何对他们征税。说起从事原始园艺农业的先民，早在人类开始种植谷物之前，他们很可能就驯化了根茎和块茎类的作物，对于他们来说，在森林里偷着辟出一小块地，将他们大部分收成留在地下，等到需要时再挖出来，这可不是什么难事。再看看刀耕火种的先民，他们经常会种植一些谷类作物，但在他们的农田上，通常都生长着数十种不同的作物品种，成熟期各不相同。更何况，每隔几年，刀耕火种的先民就会转移 136
他们的土地，时不时还会易地而居。还有专门从事畜牧业的人口，这种生存方式被认为是由农业发展出的一种分支，他们也是分散且流动的，对于收税官员来说，这是难以解决的问题。奥斯曼帝国是由游牧部落所建立的，统治者就发现，对放牧者征税是极其困难的。于是，他们选择一年一度对放牧者进行征税，就是当牧民停顿下来，照料刚生的羊羔并剪羊毛的时候，但即便是这么做，后勤上也面临着各种困难。鲁迪·林德纳是一位研究奥斯曼帝国统治的学者，他就曾得出结论：“奥斯曼人梦想着找到一块能安居下来的乐土，从温顺的农夫那里汲取稳定的收入，但对于流动的游牧部落来说，无异于天方夜谭。”“游牧部落必须要依循气候的微小变动而游移，这样才能找到最丰美的牧草和淡水；结果就是他们总在不断地迁移。”[28]

如此看来，说起不以谷物为生的族群——当时包括的是世界大多数的人口，他们都以各自的方式实践着各种谋生和社会组织的形式，将税收屏蔽在外：身体的流动、分散、多变的群体和社群规模、繁多且不可见的生存物资、极少的不动产资源。然而，这并不是说他们各自构成了不相往来的小世界。恰恰相反，也如我们在前文中所述，他们之间有着频繁的交流和贸易。只不过此类往来并非以强力为后盾，主要是以物易物，将所需的物品从一个生态区交换到另一生态区，追求双方的互利。虽然是交易时的伙伴，但这些依靠特别方式谋生的群落，就经常被看作是不同种类的人。比方说，在罗马人看来，所谓蛮族，让其得以区别开来的关键特征就是他们吃奶制品和肉，而不像罗马人那样吃谷物粮食。对于美索不达米亚人来
137 说，“野蛮的”阿摩利人实在让人忍无可忍，原因是据称他们“五谷不分……茹毛饮血，也不埋葬死者”[29]。

以上所述的各种生存形式，不应当被认为是自给自足、完全隔绝的类别。许多群体都能在不同生存方式之间切换，且他们确实也转变自如，很多时候，他们还会将各种方式混杂起来，故而无法做出简单的归类。而且，我们也不应忽略这种可能性，生存方式的选择经常是一种政治的选择——也就是说，面对着国家，决定将自己摆在什么位置上。

城墙造就国家：保护以及封闭

在美索不达米亚冲积平原上，最晚到公元前第三个千年的中期，大多数的市镇就修筑起把自己围起来的墙。历史上首次可见，国家长出了防御性的躯壳。虽说市镇的面积通常不大——平均而言就在10公顷至33公顷，但是建造并维护如此规模的防御环线，即便开始时只是零碎工事，也要求投入大量的劳动力。一堵墙的存在，即便在最显白的意义上，也能告诉我们，那里有某种贵重的东西被保护或者控制起来了，让墙外的人无法染指。墙体的存在，就是一种绝对可靠的指标，证明这里曾出现过定居耕作和食物储藏。而且，只要这样的城邦国家轰然倒塌，其城墙彻底毁弃，常年坚持的农耕也大概会从该地区消失，这好像又反过来进一步确证了上述关联。在打垮一个市镇后，征服者的通常做法就是要拆除它的城墙。很显然，正是因为存在着贵重的、可掠夺的、集中放置在某处的资源，
才会形成保卫这些资源的强烈动机。这些资源在空间上集中 138
在一起，也因此让保护它们变得更容易些，而它们的价值也对得起保护者的劳心劳力。我们看到，农民会想尽一切办法，保护他们的田地、果园、家户、粮仓和牲口，将它们作为生死攸关的问题，其中的逻辑是完全合乎情理的。这么说来，在《吉尔伽美什史诗》中，立国之君要筑起城墙，保护他的民

众，也就不足为奇了。单凭这一前提，我们是否可作如是观，国家的创建其实是一种联合的所造——是否也可说是一种社会契约？——其一方是种植农作物的臣民们，另一方则是他们的统治者（及其战士和工匠），目的在于保护他们的收成、家庭和牲畜，免遭其他邦国或蛮族掠夺者的攻击？

但问题其实更复杂。就好像农民必须保护他们的庄稼，防范人类或动物界的掠食者，国家的精英统治阶层也是如此，他们最为紧要的利益也在于守护手中权力的根基：在田里种粮的农业人口，还有他们粮仓内的储存、权益和财富，以及在政治和仪式上的权力。关于中国的长城，欧文·拉铁摩尔还有其他观察者都曾指出，长城之修筑，其目的不仅在于把蛮族（游牧部落）拒于墙外，还同样是要将内部交税的农耕者阻隔在墙内。所以说，修建城墙，其目的就在于把国家存续所必需的资源围在墙之内。在底格里斯河和幼发拉底河之间，曾修筑起据称是为了防御阿摩利人的城墙，而看城墙的设计，与其说是为了将阿摩利人拒于外（无论如何，他们当时已经在冲积平原上大量定居下来了），不如说是要把农耕者留在国家“区域内”。曾有学者指出，这些城墙之修造，其动力还在于乌尔第三王朝大规模的中央集权，现在有了城墙，一方面可以控制住流动人口，防止他们逃脱国家的控制，另一方面则是要对抗那些此前被强行驱逐的人员，以防他们卷土重来。归根到底，
139 城墙“意在划定出政治控制的边界”[30]。建造城墙的理由和

功能，是为了控制人口，将人口限制在“墙之内”，这一判断很大程度上要基于一个前提，就是民众的逃匿乃是让早期国家苦不堪言的软肋——而展示这一现象，就是第五章的主题了。

文字造就国家：纪录保留以及可识别

所谓被统治，
指的是每一种经营，每一次交易，
都必须被记录、被登记、被统计、被征税、被盖章、
被度量、被编号、被评估、被授权、
被警告、被预防、被修改、被纠正、被惩罚。
——皮埃尔-约瑟夫·蒲鲁东

农民这个群体长期同田间地头的国家统治打交道，故而向来都明白，国家就是一个记录、登记和测量的机器。所以说，当政府的土地测量员来到家里，手里拿着测绘板，或者走过来的是人口调查的工作人员，他们带着自己的书写板以及问卷，前来登记家户信息时，国家统治下的民众也就心知肚明，征兵、劳役、土地征用、人头税，或者对农田开征新税，这些麻烦事也就为期不远了。他们隐约地感知到，在这一套以强力为基础的机制背后，是成堆的文书工作：清单、文件、税

册、人口名册、规章、征用书、订单——总之，大都是使他们困惑，在日常生活中见不到的东西。他们思来想去，坚定地认为文书文件乃是他们被压迫的根源，也正是因此，许多农民起义要做的头件大事就是把当地的档案保管处付之一炬，烧毁其中保存的各类文件。农民这个群体领悟到这一事实，正是通
140 过记录的保存，国家才能**看见**它的土地和人口，故而他们也就断定，蒙上国家的眼睛，让国家**看不见**，就能结束他们的悲惨命运。古代苏美尔人有句话说得好：“你上有国王，有领主，但你真正要怕的是上门收税的。”[31]

大约从公元前3300年到公元前2350年前后，美索不达米亚南部成为一处核心地带，这里正在进行着的，是多个相互关联的国家建构的试验。在这一阶段，南部冲积平原就好像中国的战国时代，或者古希腊后期的城邦阶段，存在着相互敌对的城邦政治，见证了它们的兴衰成败。在这些国家中，最著名的是基什、乌尔，其中又以乌鲁克最广为人知。在这个地方，当时正在发生的是在人类历史上真正开创新局面，也非同凡响的大变动。一方面，由祭司、强人和地方首领所组成的集团正在扩大其权势范围，原本以亲族关系为基础的权力结构，现在正在制度化。在历史上第一次，他们的制度创造都出现在最终通向国家的路径之上，当然，他们不可能用国家的概念来理解所发生的一切。另一方面，成千上万的农耕者、工匠、商贩和劳工都正在接受“改造”，成为被统治的属民，且因此

正在被统计，被征税，被招募，被用工，臣服于一种新的控制形式。

大约正是在这个时候，文字在人类历史上首次登场了。[32]原始国家和原始文字的同时出现，让人不由得出简略的功能主义结论：国家的创造者也发明了记事的符号形式，对于治国而言，这些形式上的符号是不可或缺的。但是，做出如下的判断应当不算太狂放——如果没有某种数字记录保存的系统技术，哪怕就像印加人那样采取结绳记事的形式（*quipu*），即便是最早期的国家都是几乎不可想象的。无论出于何种目的，国家只要想占取资源，第一个条件必定是掌握可得到资源的 141
“详目”——包括人口、土地、作物产量、牲口、仓库物资等。但是，这一套信息就好像是地籍勘察一样，只是对现状的一次“抓拍”，很快就会过时。国家如要持续占取资源，就必须要不间断的记录保存——关于所交付的粮食数量，所履行的强制劳役，征调单、收据等。只要某个政治体管辖众多人口，即便只是数千属民，那么只靠记忆和口述传统就是不够的，还必须要有某种符号化的计数和记录形式。

如要确立文字与国家行政之间的关联，我们找到了一个强有力的证据：在美索不达米亚，自文字出现后，这套符号最初就是被用于记账，而至于那些我们通常与文字相联系的文明成就，要等到至少五百年之后，才开始反映出来：比如文学、神话、赞美诗、王表与王室谱系、编年史，以及宗教文本。[33]以《吉尔伽美什史诗》为例，这部恢宏壮阔的作品可追溯至乌尔第三王朝时期（大约公元前2100年），然而，此时距离楔形文字最初出现，被用在国事和贸易领域内，已经过了整整一千年。

楔形文字泥板的宝藏被发掘出来，被翻译出来，我们从中可以推断出什么，能否由此洞悉苏美尔人真实的治理状况呢？至少，这些记录透露出某种巨大的努力，通过一套符号系统，让一个社会及其人力和生产可以为统治者以及神庙人员所识别，并从社会中汲取粮食和劳力。当然，关于相当晚近的官僚体制，我们所知甚多，由此也意识到，一方面是书面的记录，另一方面是实践中的事实，两者之间没有必然的关系。出于私利，或者为了取悦上级，文件可以是伪造的，或者被篡改过。
142 很多规则和规章，写在文件里的时候是字斟句酌，然而到了现实中可能就变成了僵死的文字。关于土地的记录，可能有营私舞弊，可能有所缺失，也可能就是太过模糊。国家记录上的井井有条，就好像阅兵场上的秩序井然，往往掩盖了在真实行政和战场上随处可见的混乱。记录所能告诉我们的，大致只是某种乌托邦式的治国秩序，其隐藏在做记录的逻辑、记录所用的分类、度量的单位，尤其是记录所关注的事项里。在这方面，不妨以我所认为的“军需国家”为例，它们“眼中的一亮”是最有启发的。作为这种期望的一个标志，苏美尔文明中的王权象征就是“尺子和绳子”，几乎可以肯定，这是土地测量员所用的工具。[34]只要简要讨论美索不达米亚和早期中国的行政实践，我们就可以看到这种国家想象的运作。

有关行政事务的楔形文字泥板，最早期的来自乌鲁克（第四期），大约在公元前3300年至公元前3100年，而这些泥板，除了清单还是清单——基本上都是记录粮食、人口和税收的。统计现存泥板，其主题按出现频率依序为大麦（作为口粮配给和税收实物）、战俘、男女奴隶。[35]无论是乌鲁克第四期，还是此后在其他的中心地带，重中之重都是人口名册。所有古代王国都有一个心头执念，就是要尽可能地增加人口数量，人口的扩充经常高于开疆拓土。人口——无论是作为生产者、士兵，还是奴隶——都代表着国家的财富。乌玛城，是乌尔的属国，在其原址发现了大量的楔形文字泥板，时间可追溯至大约公元前2255年，乌玛是非常早熟的政体，占地面积达一百公顷，下辖居民大致在一万至两万名之间——对于管理者来说，人口不可谓不多。而在乌玛城的“识别”工程中， 143
关键的就是一项基于地点、年龄和性别的人口调查，以此调查作为基础，分配人头税和劳役，征召士兵。它原本是“无所不包”的项目，然而很可能除了庙宇经济和依附型的劳动力，从未在现实中得到落实。无论是神庙所有，还是私人所有，土地都要标明它们的面积、土壤质量，以及预期的作物产量，以此为基础进行税收的评估。在苏美尔人所建立的政治体中，以乌尔第三王朝为代表，有一些很像是命令和控制模式的经济——

高度集权（至少在纸面上，其实是在泥板上是如此），规划严
格，高度军事化，看起来如同我们所知的古希腊城邦中的斯巴
144 达。一块泥板上记录着 840 份的大麦口粮，其分发十之八九是
通过（批量生产的?）斜边碗，可以盛放两公升的大麦。关于
定量供应，泥板记录中提到的还有啤酒、谷粒和面粉。成群结
队的苦力，无论是战俘、奴隶，还是服劳役者，在记录中更是
随处可见。

图 7　楔形文字泥板，上面记录着仓库的储备和支取

（照片由大英博物馆提供）

在早期国家形成的过程中，为了处理劳力、谷物、土地和配给的计量单位，某种方式的标准化和概念化就是必须的，且构成了一整套的操作。要实现上述的标准化，早期国家必须发明出一套标准的命名法，将所有基本的类别包括进来，比如收据、施工指令、劳役通知等——而这一过程，是通过书写或文字来完成的。起草一部成文法典，并适用于整个城邦境内，就取代了地方上口头的裁判，而且成文立法本身就是一种消弭距离的技术，其力量可以支配早期国家并不广远的国土范围。针对耕田、耙地或播种这些农业劳作的任务，国家发展出了劳动的标准，某种类似“工分”的设计也被创造出来，显示出工作分配中的任务履行或拖欠。对于鱼、油和纺织物来说，分类和质量的标准也有了详细的规定，以纺织物为例，就是通过重量和密度来进行区分的。至于牲畜、奴隶和苦工，也通过性别和年龄加以分类。即便国家此时仍处在“襁褓”之中，它的占取之心就已显露出来，总在设法从所占有的土地和人口处汲取更多的资源，而对于国家而言至关重要的“统计学”也已经浮现出来。这种严格控制的努力虽思之令人惊叹，但至于它在田间地头又要如何落实，就是另外一回事了。

至于文字出现在中国的黄河沿岸，还要再等上至少一千年。中国的文字可能始于二里头文化区，只是没有证据遗存下来。举世闻名的中国文字出现在商代（约公元前1600年至公

元前 1046 年），考古学家发现了用于占卜的甲骨文。从那时
145 起，经过战国时期（约公元前 475 年至公元前 221 年），中国人一直在使用文字，尤其是用于国家管理的目的。不过只有等到声名显赫、锐意改革但却昙花一现的秦代（公元前 221 年至公元前 206 年），才能最清楚地看到文字和国家建构之间的联结。中国的秦，就像美索不达米亚的乌尔第三王朝，作为一个政权，它追求系统化，迷恋秩序，展示出一种宏大至极的愿景，要实现国家资源的总动员。至少在书面上，秦的雄心壮志一览无余。无论是在中国，还是美索不达米亚，追究文字的起源，它从一开始就不是表达语音的某种方式。

对于秦来说，要追求标准化和简略化，就要先完成一项工作，通过改革将书写文字统一起来——最终，秦政权删消了四分之一的表意文字，使字的笔画更为平直，并将其推行到国土的全境。由于中文的书面文字并不是某种方言语音的抄录，所以中文与生俱来就有某种普遍性。[36] 如同别处的早期早成国家，秦所推动的标准化的过程，也适用于铸币以及度量衡的单位，以之丈量土地，称重谷物。之所以这么做，目的在于废除大量原属地方的、各国间不相容的度量衡惯例，如此一来，中央的统治者才能史无前例地看清楚他的国家，知道他手中掌握的财富、物产以及人力资源。秦的理想不只是成为一个强大的邦国——只要偶尔向周围一些半独立的卫星市镇索取贡品，也就心满意足了，而是创造出一个大权集于中央的国家。到了

汉代，宫廷历史学家司马迁回望历史，就赞赏了商鞅在秦的成就，将秦王国变成了一部质朴的战争机器：“为田开阡陌封疆，而赋税平。平斗桶权衡丈尺。”[37]后来，就连劳作的规范 146
以及工具也被标准化了。

早期国家处在列国的包围中，所面对的环境是区域性的军事竞争，故而当务之急就是在自己的领土上压榨出尽可能多的资源。这就意味着，要尽现有技术条件之可能，建立起一份尽可能完整的资源详目，并随时更新。对于国家来说，能象征其权势的，不仅是为数众多且不断增长的人口，还包括细致的家户登记，后者便于征收人头税以及征兵。战争中抓来的俘虏，都被安置到距离宫廷不远处，各种管理也限制人口的流动。说起早期农业王国，它们招牌式的治国之道就是让人口留在原地，防止任何未经授权的迁徙。对于税务人员来说，人口的流动和分散是件头疼的事。

让收税官员欣慰的是，土地幸好不会移动。然而，由于秦承认私人对土地的所有，国家就要进行详尽的地籍调查工作，在每一块庄稼地与某一位所有者/纳税人之间建立起联结。根据土壤质量、播种作物以及降雨量的差异，国家对土地进行分类，这样一来，税收官员就能估算出一块地预期的产量，然后得出它的税率。按照秦的税制，还规定了对生长中的作物进行年度的评估，如此就可以根据实际的收成来调整税负，至少在理论上是如此。

行文至此，我们都在关注国家官员的标准化努力，他们意图通过书写、统计、普查和度量衡，摆脱此前纯粹的掠夺行径，转而以更理性的方式去汲取属民的劳力和食物资源。早期
147 国家总在进行种种努力，塑造所辖国土的地貌，使其更富饶、更可识别，也更适于资源占取，在种种举措中，度量工程或许是最重要的，但却不可能是唯一的政策。虽说灌溉以及治水并非早期国家的发明，但国家出现后，确实扩展了灌溉和沟渠系统，以促进运输并扩大种粮土地的面积。只要情况允许，早期国家也会对下辖属民以及战俘进行强制的重新安置，以增加生产人口的数量并加强国家对他们的识别。在很大程度上，秦之所以有“均田”的概念，就是为了保证所有的子民都有足够的土地，这样才有收成可征税，才能形成征兵所需的人口基数。有秦一代，国家非常重视人口，这表现在国家不仅禁止民众弃地而逃，还推行鼓励生育的政策，对于生育的妇人及其家庭有税收宽减的优惠。新石器时代晚期多物种混居营，是最早期国家得以发端的“内核”，但说起早期国家的治国之道，很多都是某种巧妙的、政治性的地貌改造，目的就在于促进对资源的占取：比方说，更大面积的粮田，数量更多、密度更大的人口，还有某种“信息软件”，其编码就是书写的成文记录，有了它，国家就能获取更多更广的信息。然而，成败或在一线间，这种政治性的雄心壮志，追求地貌景观的彻底改造，也导致了最有野心的早期国家在弹指间灰飞烟灭。乌尔第三王朝

痴迷于各项事务井井有条，其延续不过一个世纪，而秦代更是十五载而亡。

既然早期的文字是附随于国家建构的，两者之间密不可
分，那么当国家消失时，文字会发生什么变化？对此，我们所
握有的证据着实不多，然而呈现出的迹象都是，如果没有了官
员体系、行政记录以及层级间的交流，文字的读写能力就算不
会完全消失，也会大大减弱。其实，我们对此不必讶异，毕
竟，在最早期的国家中，能读写文字符号的，仅限于人口中的
凤毛麟角——其中大多数都是官员。从大约公元前 1200 年至
公元前 800 年，古希腊的城邦联盟崩溃，进入了我们所知的
“黑暗时代”。当读写能力再度出现时，文字所采取的不再是 148
“线性文字 B”的旧形式，而是一套从腓尼基人那里借来的全
新书写字母。当然，在那个过渡期，并不是说希腊文化已经消
失得无影无踪。准确地说，文化转成了口头的形式，我们今天
所读到的《奥德赛》和《伊利亚德》，最初就形成于这一阶
段，只是后来转录为文字。就文学的传统来说，罗马帝国有着
更为广远的辐射，但即便是罗马帝国，当它在 5 世纪分崩离析
后，拉丁语的读写也近乎绝迹，只有在一些宗教机构内还留有
星星之火。在此不妨推测，在最早期的国家中，文字最初的发
展，乃是作为一种治国的技术，既然如此，文字作为一种成
就，也就同国家本身一样，脆弱且短暂易逝了。

说到这里，我们能否换个想法，是否可以把最早的文字读

写视为一种交流沟通的技术，就好像作物种植一样，也是众多生存技术中的一种？就作物种植的技术而言，在它们获得广泛运用之前，早已为先民所知，而且即便推广后，也仅限于特定的生态和人口环境。同理，整个世界在文字发明之前也并非“万古如夜”，而在文字出现后，也并非所有的社会都采用或者渴望采用文字的形式。最初的文字书写之所以出现，就是因为国家建构、人口集中，以及国土规模扩大。换到其他的环境中，文字也是没用的。一位研究美索不达米亚早期文字的学者曾尝试推断其中的奥秘，在他看来，文字之所以一到别地就受到抵制，正是因为文字与国家以及税收之间有着抹不去的关联，这就好像在田间的耕作之所以长期受到抵制，就是因为一分耕耘就是一分劳苦，两者之间的关联压根无法遮掩。

> 根据考古发掘，许多处在边缘地带的文化都曾接触过美索不达米亚南部社会的复杂，但为什么每一个各有
> 149 不同的社群都会拒绝使用文字呢？一个可能的回答是，这种对复杂的拒绝乃是一种自觉的行为。这么做的理由何在呢？……很有可能，边缘的群落并不是在智力上不够格，无法应对那种复杂，而是他们实在太聪明了，他们是在设法避开这种沉重的命令结构，事实证明，他们躲过了至少五百年，直至最终在军事征服后被接管……在任何

一个例子中，我们都能看到，边缘社群即便在感知到外部的复杂后，一开始仍会拒绝采纳这种复杂……正是因为这么做，他们才能躲开国家的牢笼，又自在地过了五百年。[38]

150 第五章

人口控制:奴役与战争

国王的荣耀在于子民众多，君主的败落始于属民寡少，

——《圣经·箴言》14：28

民众四散且无法遏制，城邦终将变为一堆废墟。

——中国早期政治智慧

确实，我要承认，[暹罗王国] 的范围大于我国，

但你也必须承认，我戈尔康达国王统治的是人，

而暹罗国王统治的只有森林和蚊子。

——戈尔康达国王与暹罗访客对话

大约公元 1680 年

大房子里仆人多，房门可以敞开；

小屋子里没仆人，门扇必须关上。

——暹罗谚语

我在上面之所以不厌其烦地罗列引文，就是为了让读者
能够感受到，在早期国家治理的问题上，人口的获取和控制实
在是重中之重。在冲积平原上，控制了一方肥沃土地，水源充 151
沛，这算不得什么，如果没有众多的农耕人口在土地上耕作，
让田地里结出果实，空有良田毫无意义。这么看来，将早期国
家理解为“人口机器”并不算离谱，当然，在做出上述判断
时，我们也要意识到，这部“机器”没有适当的养护，甚至
动不动就出故障，而究其原因，也并不仅是治国理政的失败。
国家总是盯着“驯化”属民的人口数和生产力，这就好像牧
羊人看管他的羊群或者农夫照料地里的庄稼。

聚集人口，将他们安置在靠近权力中心的地带，把他们控制在那里，让他们生产出多于自身所需的剩余，上述过程实乃国家之必需，也在很大程度上驱动着早期国家的治理之道。[1]如果当地原本并没有适量的定居人口作为立国的基础，那么为了国家的形成，就必须要聚集起一定量的人口。当西班牙在美洲“新世界”、菲律宾以及世界各地进行殖民时，这就是指引他们的原则。围绕着一个西班牙势力向外辐射的核心区域，将原住民们聚拢到“传教区”或者集中营（经常以强制力为后盾），这些地点就被视为文明传播计划的一部分，当然，它们还承担着为西班牙征服者提供食物和服务的功能——这也不是小事情。在人口分布零散的地区，教会建立起“传教站”——在此不论属于哪个教派，也是以同样的方式开始运

作的：首先在站点周边聚集起一定量的从事生产的人口，然后从这里出发，向外辐射，传播教义。

在这种情况下，关键不在于手段，而在于结果，也就是说，人口如何聚集起来，并且生产出剩余，其中的方法并不重要，重要的是现实的结果，也即他们确实生产出了剩余，可供不从事生产的精英取用。在原始国家将所谓剩余创造出来之前，“剩余”其实并不存在。换个更好的说法则是：在国家开始把这个“剩余”提取并占用之前，即便可能存在任何多余
152 的生产力，也会在闲暇时光或文化活动中被“消费”掉。在国家这种更为集权的政治结构还未创生时，流行的是马歇尔·萨林斯所描述的家户生产模式。[2]只要隶属于某个群体——无论是部落、游群、亲族或家庭，而该群体又控制着相关的资源，可以是土地、牧草或猎物，那么资源的取用就是对所有人开放的。一个人只要没有被所在群体驱逐出去，那么他就可以直接并且独立地取用该群体所控制的任何生存资源以及手段。只要不存在强制，也没有所谓资本主义积累的机会，那么只要达到了本地普遍的生存和舒适标准，先民们根本没有动机去多做生产。换言之，说起先民的生活，只要实现了某种自足，他们压根没有理由再去加重农业生产——苦上加苦。关于这种不同的农民经济，其逻辑到底是如何运转的，查亚诺夫曾给出了令人信服的经验材料，根据他的研究，我们可以看到，在一个家庭里，当干活的家庭成员在人数上多于不干活的家人时，

只要能保证一家人生活的自足，这样的家庭就会减少整体的劳作。[3]

对于我们来说，务必要做观点上的强调：设想有一群农民，假设他们的生产已经足以满足基本的需求，那么这些农民根本不会自动生产出一定量的剩余，提供给精英占取，换言之，要让他们生产出剩余，只有对他们施以强制。基于早期国家构成的人口状况，当传统生产的手段仍然丰富且尚未被垄断时，如要形成一定量的剩余，就只有通过某种形式的不自由的、受强制的劳动——比如说，服徭役、强制运送粮食或其他产品、债务奴隶、农奴制、社群奴役，以及形式繁多的奴役制度。正如我们将要读到的，最早期的国家各有各自的方式，将诸多形式的强制劳动混杂成一体，但在人口管理时，国家必须 153
要维持一种微妙的平衡，一方面要最大限度增加国家的剩余，另一方面则要避免人口大规模逃逸的风险，边境开放的地带尤其要做好防范。一直要到很晚以后，等到世界上连块空地也找不到，生产资料也成为私人所有或者为国家精英所掌控，只有到了这个时候，仅仅控制生产资料（土地）就足以产生一定量的剩余，而不需要借助奴役制度。埃斯特·柏塞拉普曾在她的经典著作中写道，只要还存在着其他的生存选项，“就不可能阻止下层阶级的成员去寻找其他的生存手段，除非是剥夺他们的人身自由。然而，当人口越来越密集，以至于土地尽在控制时，奴役下层阶级就不再是必要的手段；这时候，只要剥夺劳动者从事独立耕作的权利，即已足够”，也就是堵上他们觅食放牧、狩猎采集、刀耕火种的生存路径。[4]

在最早期国家的情境中，所谓剥夺下层阶级的人身自由，就意味着将他们绑缚在出产谷物的核心区，防止他们为了躲避劳苦或奴役而逃走。[5]这些原始国家虽然想方设法去防范并惩罚人口逃逸——看最早期的法典，也随处可见诸如此类的禁令，但即便如此，这时候的国家也无法把自己围成水泄不通，即便在正常年份，也总难免一定程度的人口流失。而到了苦日子来临时，比如某一次作物歉收、异常沉重的税负，或者战争，平时的流失会很快变成某种大出血。对于大多数原始国家来说，它们无力阻止人口的外流，也就只能想方设法，通过各种手段来填补人头的损失，比如发动战争以俘虏奴隶，从抓捕奴隶的贩子那里购买奴隶，以及强行搬迁整个社群，移居到核心产粮的地带。

假设一个谷物国家控制了充裕的肥沃土地，那么该国共
154 有多少人口，也就代表着它占有多大的财富，拥有多强的军事实力，人口数量作为一个指标即便不是绝对可靠，也是相当可信的。在此不考虑地理位置或统治者的偶然状况，比如说某国地处贸易通道和水路的有利区位，或者出现了一位天才的国王，农业技术以及战争科技都是相对静态的，基本上要仰赖人力。一般来说，人口最多的国家也是最富有的国家，在军事力量上通常也能够凌驾于规模较小的敌国。关于这一基本的事

实，一种表象就是战利品更常是战俘，而非土地，这就意味着战败这一方能够保住自己的性命，尤其是妇女和孩子更能逃过一劫。许多个世纪过后，修昔底德也发现了这种人口资源的逻辑，他称赞了斯巴达将军布拉西达斯，他愿意同放下武器的投降者进行谈判，从而不费本方兵卒即扩大了斯巴达人力以及税收的基数。[6]

从乌鲁克晚期（公元前3500年至公元前3100年）开始，延续至紧随其后的两千年历史，在美索不达米亚冲积平原上，战争的目的也并非开疆拓土，而是要把人口都聚集在国家的核心产粮地带。要感谢塞斯·理查森，得益于他极细致的开创性研究，我们才知道，在冲积平原的战争中，绝大多数都并非发生在众所周知的较大城邦之间，而是这些城邦政治体所发起的小规模战争，意在征服位于其腹地的小规模独立群落，从而增加可从事劳动的人口数量，以之为强国之道。[7]这些政治体想要聚集起“尚未招抚”且“零散的”人口，并且“通过强力或者劝服，软硬兼施，驱使化外之民走入国家的秩序”。理查森指出，只要国家不断地失去“原在它们治下的人口——这些原本来自化外的人员却又逃离国家”，那么上述的补给过程就必须要同时进行。虽说国家可以有所表现，看上去将属下 155
人口都纳入了某种精微管理的系统，但事实上，它却陷入了可谓不可间断的斗争，总是要对外发动强有力的军事行动，从那些迄今“免于税收和管理”的人口捕捉到新的属民，只有这样，才能弥补因逃跑和死亡而折损的人口。读古巴比伦古老的法典，让统治者忧心忡忡的就是逃亡者或者擅离职守者，而立法者也在努力想出各种办法，让这些人重新回到他们被指定的工作和居住点。

国家与奴役制度

奴役制度并非国家的发明。即便在并非国家的群落中，也普遍存在着各种形式的奴役现象，既有针对个体的，也有以社群建制为单位的。费南多·桑托斯-格拉纳罗斯用丰富的材料向我们展示出，在哥伦布时代之前的拉丁美洲，曾存在着许多形式的社群奴役，即便在欧洲人征服后，此前的许多奴役形式也留存下来，同殖民奴役并行无碍。[8]一般来说，同化和社会流动会构成对奴役体制的某种调和，但即便如此，在人力稀缺的美洲原住民的群落中，以人为奴的现象也是普遍存在的。毫无疑问，在古代中东地区，早在最初的国家出现之前，人奴役人的现象就已经存在了。对于早期国家来说，奴隶制同定居生活、驯化谷物可谓是异曲同工的，它们均先于国家而出现，而早期国家则是将奴役制度悉心经营，发扬光大，唯有通过这种对人的管理，才能实现生产人力的最大化，也就意味着国家占取剩余的最大化。

奴役的形式也许各不相同，但说起国家的发展，直至相当晚近，奴役体制的重要性可以说如何强调都不夸张。按照亚当·霍克希尔德的观察，一直到公元1800年，在全世界的总人口中，仍有大约四分之三可以说生活在某种奴役状态中。[9] 156
在东南亚地区，所有的早期国家都是出产奴隶也蓄奴的国家；在自成一体的东南亚世界里，马来商人最有价值的货物就是奴隶，一直到19世纪末都是如此！时至今日，遇到生活在马来半岛的所谓土著“原始人”或者泰国北部的山民，那里的老人仍能记起祖辈留下的掳人为奴的恐怖故事。[10]

在历史的行程中，奴役的形式繁多，变化多端，如若记住这一点，我们不妨在此断言：“没有奴役制度，也就没有国家。”摩西·芬利曾做出过著名的一问，“希腊文明是建立在奴隶劳动的基础上吗?”然后，他自问自答，以充分的记录，给出了响亮的回答：“是的。”[11]在雅典社会的总人数中，奴隶占据了一个明显的多数，很可能高达三分之二，更何况，奴隶制度被认为是天经地义的；故而废除奴隶制的议题就从未出现过。亚里士多德就曾判定，有些族群因缺乏理性的能力，所以它们天生就要为奴，就应当被当作工具来使用，就好像役畜一样。而在斯巴达，奴隶在总人口所占的比例甚至更大。在雅典和斯巴达之间的区别，我们随后还会回到这个问题，现在仅作简要交代：在雅典，大多数的奴隶都是战争俘虏，来自不讲希腊语的部落；而在斯巴达，奴隶主要是“希洛人”(helots)，他们是斯巴达人征服地区的土著农耕者，以整个社群为单位进行耕作和生产，听命于“自由的”斯巴达人。在斯巴达的模式中，我们能够看得更清楚，国家建构者动用军事化的手段，征服某个谷物种植的定居模块，占取这个现存的系统。

再说一下罗马帝国，作为一个政治体，同时期可媲美其规模的，仅有欧亚大陆“东极”的中国汉代，在罗马帝国的统治下，地中海流域的大部分地区都变成了一个大型的奴隶买卖市场。罗马人每一次发起军事行动，都有奴隶贩子尾随在
157 后，还有普通的士兵，他们自己掳获战俘后，也想着卖出去或者勒索赎金，以之作为生财之道。根据某种估算，高卢战争制造了总数接近一百万的新奴隶人口，而在奥古斯丁时代的罗马，奴隶占总人口数的比例大致在四分之一到三分之一之间。如要理解奴隶作为一种商品的无所不在，我们只要想一下如下事实，在古典世界中，一个“标准的”奴隶已成为某种度量单位——在雅典，曾有一段时间，两头能干活的骡子的价值就是三个奴隶，当然市场也是在不断变动的。

美索不达米亚的奴隶制度与奴役

较之于古希腊或罗马，美索不达米亚的那些城邦政体规模更小、时代更早、记录也更少，但在那些早期国家中，奴隶制以及其他奴役形式的存在也是无可争辩的。芬利的判断令我们深信不疑：“前希腊的世界，也即苏美尔人、巴比伦人、

埃及人和亚述人的世界……在非常深层的意义上，是一个没有自由人的世界——自由在此处是按照西方文化后来对这个概念的理解。”[12]但是，我们在此需要提问的是：奴隶制本身的范围，它所采取的形式，以及它在何种程度上决定了政治体的运作。[13]关于上述问题，一个大体上的共识是，虽然奴隶制的存在是毫无疑问的，但在整个经济体中，它只是一个相对次要的组成部分。[14]虽然所能见到的证据不可谓不稀少，但基于我对这些证据的解读，我还是要对以上共识提出异议。在美索不达米亚的世界里，奴隶制虽然不及古希腊、斯巴达或罗马时代作为国之中枢的存在，但仍是非常关键的，理由包括如下三点：其一，它为纺织品的生产提供了劳动力，而纺织品是最重要的出口贸易商品；其二，它为最艰苦的工作提供了可随意处理的“贱民”阶级，例如挖沟渠、修城墙；其三，奴隶的占有既是精英地位的象征，也可作为对精英的赏赐。论及奴隶制 158
在美索不达米亚国家中的重要性，情况是令人信服的，至少我希望做出自己的展示。如果把其他形式的不自由劳动也考虑进来，比如说债务奴役、征调徭役、强制性的重新安置，那么对于作为国家中枢的谷物-人力模块来说，无论是它的维系，还是扩张，都离不开带有强制性的劳役，这一观点基本上是无法否认的。

关于奴隶制在古代苏美尔是否居于某种中枢地位，相关的争执一定程度上不过是语词问题。意见之所以各有不同，部分原因在于许多语词的多意，它们既可以指“奴隶”，但也可能指的是“仆人”“下属”“手下”或者“佣工”。即便如此，人口买卖也即奴隶交易市场的零散案例也能得到确证，只是我们还不知道它们是否普遍的存在。

在各种奴隶中，最没有争议的类别就是在战争中所抓获的俘虏。考虑到国家对劳动力的需求可说是永无止境，大多数的战争其实都是抓捕战争，在这种军事行动中，成功的衡量标准是所获俘虏的数量和质量，包括男人、女人和儿童。格尔布曾辨析了强制劳役的多种来源，其中包括生而为奴的奴隶、债务奴隶、在市场上从奴隶贩子手里购买的奴隶、被征服的部族（整体迁徙并作强制性的安置）、战争中的俘虏，而在这许多类型的来源中，后两种看起来是最重要的。[15]这两个类别也都可视为战利品。在一张列着 167 位战俘的清单上，我们几乎找不到苏美尔人或阿卡德人（也就是本地人）的名字；绝大多数都是从山区抓来的，或者来自底格里斯河以东的地区。在公元前 3000 年后的美索不达米亚，一个指称“奴隶”的形意
159 字，是由“山”和“女人”的符号结合而成的，它所表示的，就是在侵入山区的军事袭击中所带回的妇女，也有可能是奴隶贩子用贸易物品交换来的妇女。还有相关的形意字，比如“男人”或“女人”搭配上“他乡之土”的符号，也被认为指的是奴隶。如果战争的目的主要在于捕捉俘虏，那么把这些军事征伐视为寻获奴隶的行为，而不是常规的战争，应当更合

乎情理。

在乌鲁克，唯一有记录可查的大规模奴隶机构，看起来只有国家管理的纺织品生产工场，其佣工最多时达到九千名妇女。这些女工，在大多数原始资料中都被描述为奴隶，但也很可能包括债务人、穷人、弃儿以及寡妇——也许看起来就像是英国维多利亚时代的济贫工厂。多位研究这一时期的历史学家都认定，主要是从战争中俘虏而来的妇女和青少年，再加上一部分无力偿债者的妻子以及儿女，搁在一起构成了纺织工场的主力军。在分析这个大规模的纺织“工业”时，学者都会强调指出，对于身居高位的精英而言，这种生产是至关重要的，因为精英要保持他们的权力，就必须依靠某种稳定的金属（尤其是铜）和其他原材料供应，而这些资源大都来自冲积平原以外的世界。这种“国有企业”提供了关键的贸易商品，可用来交换前述的必需物资。这些作坊就像是与外界隔离起来的“古拉格”集中营，里面挤满了俘虏而来的苦力，他们供养着一个由宗教、政府和军事精英所组成的新阶层。而且，他们在人口数量上也并非无关紧要。根据各种不同的估算，在公元前3000年这一年，乌鲁克的人口约在四万至四万五千之间。这样看来，单单是九千名纺织工，就占了乌鲁克居民总数的至少20%，这还没有计算在其他经济部门中的战俘和奴隶
数量。这么多工人，再加上其他依附于国家的劳力，即便只是 160
为他们提供定量的口粮，也必须要一整套规模庞大的评估、集

成和储藏设施。[16]

还有一些乌鲁克的文献，也经常提到没有人身自由的劳力，尤其是来自异域的女奴。根据吉列尔莫·阿尔加兹的观点，他们是可由乌鲁克国家随意处置的劳动力的主要来源。[17]说起这些出苦力的群体（无论外来的，还是本地的），书吏在概括他们的时候，所用的年龄和性别范畴与对“国营牲畜”的分类是一模一样的：“所以说，如此看来，在乌鲁克书吏的心中，在雇佣他们的机构的眼里，这样的苦工可以被认为是‘已驯化’的人，就地位而言，完全等同于驯养的动物。”[18]

关于这些囚徒和奴隶，特别是他们的组织、工作和待遇，我们还能知道些什么？大约在公元前1805年，也即利姆阿努统治的时期，469名奴隶和战俘被带回乌鲁克，关押在一处“囚犯营”，虽然原始资料仍是零碎的，但细致辨析之后，还是能提供一幅绝无仅有的详尽情景。[19]而且“很有可能，此类囚犯营在美索不达米亚的其他地方，甚至在古代中东地区的其他位置也都存在过”[20]。所谓“营房”，在功能上接近某种劳工供应所。关押在此的人员有着广泛的技能和经验，他们被分派给个人、神庙或者军队官员，充当船夫、园丁、采收工、牧工、厨师、艺人、动物管理员、织工、制陶工人、手工匠、酿酒工、道路修理工、谷物研磨工。这种营房很显然并不是工
161 场所在地，它对外提供劳动力，也获得面粉作为回报。而管理方也格外留心，经常会把下辖的苦力小团体转移到别处，不断

地重新安置，希望可以尽可能地减少反抗或逃跑的危险。

关于奴隶和战俘，还有证据表明他们要承受相当恶劣的待遇。记录显示，许多奴隶或俘虏要在脖子上戴上枷锁，或者用器具制伏他们的身体。“在出土的滚印上，我们经常能看到一幕大同小异的场景，在画面中，统治者正在监督着他们的从属，看着他们用棍棒殴打戴着镣铐的囚犯。”[21]还有很多记录，提到战俘被故意弄瞎眼睛，只是已经不可能知道这种做法究竟有多普遍。关于奴隶所遭受的野蛮对待，也许最强有力的证据就是学者普遍认可的一个结论，被奴役的人口无法生育他们的后代。而在囚犯的名单中，令人触目惊心的是，上面很多人已经被列为死者——至于死因为何，是因为跟着返程大军的强制迁徙，还是干活太重再加上营养不良，现在就不得而知了。[22]为什么如此宝贵的劳动力资源会如此漫不经心即遭摧毁？我相信，问题并不出在某种轻慢战俘的文化态度，归根到底还在于这一事实，即通过战争就可以相对容易地劫掠到大量的新奴隶资源。

就复原奴隶和战俘所处的环境来说，最强有力的证据出现在较晚的时期，其时乌尔第三王朝已经结束，这也符合我们的期待，到了这个时候，用楔形文字书写的文本变得更加丰富。当然，我们是否可以用这些证据去溯及乌尔第三王朝，或者认为它们也能适用于我们对乌鲁克时期（大约公元前 3000 年）的理解，这是高度存疑的。在较晚期的阶段，奴隶“管理”的大部分机制显然已经到位。当时已有赏金猎人，其专长就是找出、抓获并遣返逃走的奴隶。逃亡者还有类别的细分，包括有“近期”逃亡者、失踪已久者、“已死的”逃亡
162 者，还有“被遣返的”逃亡者，当然整体看来，极少有逃走的奴隶还能被抓回来。[23]遍览这些原始资料，我们能看到关于人口逃离一座城市的种种叙述，其原因更是各有差异，比如饥饿、压迫、流行病，还有战争。毫无疑问，许多在战争中抓获的奴隶，也夹杂在这些逃亡人群中，当然我们不可能知道，他们究竟是逃回了自己原来的家园，还是另一处市镇，那里想必会欢迎他们的到来，抑或是成了游牧民。但不管怎样，人口逃逸确实是冲积平原上政治的要紧事；再往后，到了众所周知的《汉谟拉比法典》，针对帮助或教唆奴隶逃跑，里面到处都有严厉的惩罚。

图 8　颈部戴着枷锁的囚犯

（图片由位于巴格达的伊朗博物馆的艾哈迈德·卡莫博士提供）

图9　公元前2000年前后，埃勃拉城一处宫殿的房间，用于研磨谷物（复制自 Postgate, *Early Mesopotamia: Society and Economy at the Dawn of History*）

关于奴隶以及债务奴隶在乌尔第三王朝的处境，从一首充满空想色彩的赞美诗中，我们“反转思路”进行解读，就能得到某种奇异的证明。在开始建造一座大型神庙（埃尼努）之前，“常规”社会关系要经历某种礼仪性的悬停，迎接一个 164
彻底的平等时刻。下面这篇诗文所描述的，就是在这一作为例外的仪式上那些**并未**发生的事情：

女奴同她的女主人平起平坐

男奴同他的男主人并肩而行

孤儿没有被送到有钱人家

寡妇也没有奉献给有势者

债主没有走进穷人的家里

他［统治者］收起了鞭子和刺棒

男主人没有猛击奴隶的头

女主人没有掌掴女奴的脸

他［统治者］取消了所有的债务[24]

上面所描述的是一处乌托邦一样的空间，借着否认穷人、弱者和奴隶在生活中常见的苦难，为我们展示出一幅日常生活的真实图景。

埃及和中国

在古埃及，至少是在公元前 2686 年至公元前 2181 年的古王国时期，奴隶制究竟是否存在，是一个辩论激烈的问题。我当然没有资格来解决这个问题，归根结底，答案取决于我们如何定义“奴隶制”，以及我们所要探讨的是古埃及的哪个历史时期。[25]正如一位评论者近期所述，既然摊派给属民的劳役和工作都已是繁重不堪，那么在属民和奴隶之间，与其说是实际上的差异，不如说是形式上的区分了。下面这段告诫，建议大家努力成为书吏，就生动展示出属民们所要承担的重负：“做一位书吏吧。这样你就可以远离苦难，闪避各种各样的劳作。这样你就可以不用扛着锄头和石镐，你也不用再携带篮子。这样你还能省去舟车奔波，不受痛苦折磨，因为你并非听命于许多上司和主子。”[26]

在埃及古王国时期的第四王朝（公元前 2613 年至公元前 165
2494 年），就进行了美索不达米亚模式的“捕奴”战争，“外国的”战俘都被烙上印记，然后被强行安置在王室的“种植园”或者庙宇和其他国家机构里，那里有大量的劳动力需求。根据我所能收集到的材料，虽然早期奴隶制的规模仍无法确定，但大致可以判定，到了中王国的历史时期（公元前 2155 年至公元前 1650 年），某种把奴隶当作财产的制度已经有了较大规模的存在。经由军事行动，国家把战俘带回来，他们为奴隶贩子所有，且被奴隶贩子售卖。“对枷锁的需求量是如此之大，甚至就连庙宇都经常要下单订制才行。”[27]看起来，奴隶也可以作为遗产而继承，因为继承财产的清单上会列明牲畜和人口。此外，抵债为奴也是非常普遍的。再往后，在新王国统治期间（公元前 16 世纪至公元前 11 世纪），埃及在黎凡特地区发起了大规模的军事行动，打击所谓的“海民”，掳获成千上万的战俘，其中许多都被带回到埃及，集体安置在危险的采石场和矿山上，他们在那里耕种或劳作，经常有性命之虞。他们中有些人也许被分派至王室的陵墓建造，当宫廷官员未能按时发放口粮时，他们饥肠辘辘，发动了可见于历史记录的第一次罢工。“我们实在是精疲力竭了……每一顿饭都吃不饱……说真的，我们就要饿死了，我们活得根本不像个人”，以他们的名义，有一位书吏写下上面的话。[28]还有其他被征服的族群，则必须每年生产并缴纳贡品，其中包括金属、玻璃，看起来甚至还有奴隶。在我看来，对于古埃及的古王国和中王国来说，真正存疑的并不是某种奴隶制是否存在，而是奴隶制对于埃及的国家统治到底重要到什么程度。

166 说起国祚短暂的秦代以及承接于后的汉代早期，我们现在的所知进一步加深了我们对早期国家的印象，也即最早期的国家都是人口机器，它们通过各种可能的手段，最大限度地拓展其人口的基数。[29]而奴隶制，也不过只是那些手段中的一种而已。秦之所以声名显赫，就在于它在如此早期即尝试了将一切纳入的极权统治。秦设有买卖奴隶的市场，其运转同牛马市场是一模一样的。在王化之外的空间内，匪徒见到人是能抢则抢，然后在奴隶市场上出售他们，或者拿他们勒索“赎金”。有秦汉两代，首都随处可见由国家、将军或士兵个人所捕获的战俘。如同大多数的早期战争，秦汉中国的军事行动也混杂着“私掠”的举动，其中最有价值的战利品就是一定数目待价而沽的俘虏。现在看来，在秦治下，相当一部分农耕活是由战俘奴隶、债务奴隶和被处以劳役刑罚的“罪犯”完成的。[30]

然而，如要多多益善地聚拢人口，主要的技巧还是征服某地，然后强制迁徙那里全部人口，不过尤其需要妇女和孩子。

摧毁失败族群的仪式中心，然后在秦都咸阳照原样仿建，象征着一个新的符号中心。一位统治的领袖到底有没有才能和魅力，就看他能否在宫廷周围聚集起众多子民，如此看来，这一逻辑也普遍存在于亚洲以及其他地方的早期治国术。

作为“人力资源”策略的奴隶制度

> 终于，战争促成了一项重要的发现：不仅动物可以驯
> 化，人同样可以被驯化。在打败敌人之后，与其杀死他，
> 不如把他奴役起来；要报答不杀之恩，他就必须要干活。 167
> 就其意义而言，这一发现堪比动物驯养的出现……在历
> 史的早期阶段，奴隶制是古代工业的基础，也是资本积累
> 中的强有力的工具。
>
> ——戈登·柴尔德：《人创造了他自身》

现在，设想你是一位军需官，专门负责人力的供给，纯粹站在你的策略角度去看，我们就能更好地理解，当奴隶制度呈现为其惯常采取的战俘形式时，较之于其他形式的剩余占取，它为何能获得多项优势。其中最明显的优势在于，征服者大多挑选正当年的俘虏，这样一来，原来的社会负担了他们的养育成本，而征服者则只管压榨他们最具生产能力的壮年时光。在很多情况下，征服者还会想尽各种办法，挑选出那些具有特殊

技能的俘虏，压榨并剥夺他们——比如造船工、纺织工、金属工、军械士、金银匠，当然还包括画师、舞者和乐师。在这种意义上，占取奴隶就代表着某种对人力和技能的掠夺和强占，换言之，蓄奴国家也就节约了自行培育这些资源的成本。[31]

还要考虑到，通常情况下，战俘从四面八方抓获而来，背景又五花八门，同他们原来的家庭相隔甚远，在此意义上，他们已经失去了社会动员能力，或者说就是原子化的个体存在，因此也非常容易被掌控和吸收。假如在征服者的眼中，战俘原来所在的是非我族类的群体，那么他们也就不配获得相同的社会体恤。这些外来的奴隶不同于本地的民众，他们几乎没有任何本地的社会关系，故而也就不太可能召集起任何成规模的反对。对于统治者来说，围绕在他们身边的奴仆——比如亲
168 兵、太监、宫廷犹太人，应与社会脱离开来乃是一项原则，长期以来，也就由此形成了一项统治术，统治者周围都是有技能但在政治上中立的人员。但说起来，如果奴隶人口足够多，且集中分布，相互间还存在族群的联结，统治者所追求的原子化状态可能就无法继续了。在古希腊和罗马时代，就发生过很多起奴隶叛乱，不过在美索不达米亚和古埃及（至少在新王国时期之前），奴隶制看上去似乎还没到这种规模。

作为奴隶，妇女和儿童是尤其受欢迎的。妇女经常被带进当地的家庭，充作妻、妾或仆役，而孩子则有可能很快同化，当然在社会地位上仍低人一等。不出一两代人，他们及其子孙

就可能融入当地社会——到了这时候，近期抓获的奴隶就构成了一个新层级，在社会秩序上比他们更低一等。以美洲的原住民群体或马来人的社会为例，观察这类渴求人力的政治体，我们可以发现，一边是普遍的奴隶制，另一边就是迅速的文化吸纳和社会流动，两者的共存在历史上是很常见的。比方说，一位男性被抓捕到马来人的社会，他会娶当地女子为妻，不用多久，就会组织起他自己的抓捕行动，上述这种情况并不少见。只要持续不断地获取奴隶，这样的社会就仍是奴隶社会，但是如果看得长远，过了几代人之后，原先的俘虏就变得同当初的捕捉者没什么区别了。

对于女性俘虏来说，她们的价值不仅在于劳动力，至少同样重要的是她们的生育。由于早期国家中婴儿和产妇的高死亡率，再加上父权制家庭和国家对农业劳动力的需求，女性俘虏构成了一种人口意义上的红利。可以说，正是因为她们的生育，才在很大程度上对冲了聚居以及农庄生活对健康的破坏。 169
在这里，我不由得就想起一个很类似的现象，就是家畜的驯养——所谓驯养，也就要求掌控家畜的繁殖。在驯养的羊群中，母羊很多，而公羊很少，因为这样的配比才能将羊群的繁殖能力最大化。同理，育龄女奴之所以特别宝贵，基本上是因为她们是“繁殖者”，因为她们对早期国家这台人力机器的运转功不可没。

社会的分层，可以说是早期国家的一项标志，而在社会分层的过程中，持续不断的奴隶吸收，用于填充社会秩序的最底层，也可谓是其中关键。一方面，早先俘虏来的奴隶及其后代已经融入了社会，另一方面，在这一过程中，新抓获的奴隶又不断补充进来，填充上了底端的社会等级，这样一来，也就凝固了在“自由”民和被奴役者之间的分界线，当然时间久了，社会流动可以穿透这种分层界线。至于那些没有被分派至苦役的奴隶，我们也不难想象，他们大多则为早期国家的政治精英所占有。观察古希腊或罗马时代的精英门阀，他们所谓的卓尔不群，很大程度上就是炫耀家里的仆役、厨师、工匠、舞者、乐师和艺妓。可以这么说，在最早期的国家里，如果没有战争捕捉的奴隶居于社会底层，没有压榨这些奴隶的浮华精英位于最顶层，最初的复杂社会分层是很难想象的。

当然，在统治者精英的家户之外，还有为数众多的男性奴隶。在古希腊罗马的世界里，敌军战士在被俘虏后，特别是他们曾做过顽强抵抗，可能会被处死，但相对来说，更多的还是被赎回，或者作为战利品一道凯旋。一国既然要依靠人数向来稀缺的生产者，就不太可能如此挥霍早期战争所赐予的珍贵
170 礼品。虽然对于美索不达米亚地区男性战俘的处置情况，我们所知甚少，但在希腊罗马的时代，男性战俘往往被当作某种可随意驱使的贱民阶级，被安排到最严酷、最危险的工作中：采石、伐木、开采银矿和铜矿、在大帆船上划桨。其中占有的人数是非常可观的，但因为奴隶都在资源所在地干活，较之于劳

作在国家核心地带的同类，他们相对来说就是一种很难看见的存在，故而对于公共秩序来说也形成不了大的威胁。[32]即便把此类劳作想象为一种古代的“古拉格”，表现为集体劳动以及非常高的死亡率，也丝毫不夸张。说起这种奴隶劳动的部门，有两个方面应当予以强调：第一，挖矿、采石和伐木是极其重要的，没有这些劳作，国家精英在军事和仪式建筑上的需求就无法得到满足。美索不达米亚的城邦虽然规模更小，此类需求在量上也相应减少，但却丝毫没有削弱它们的意义。第二，现在有了一支可以随意摆弄且不断替换的贱民苦力，可以说是一种奢侈，正因为有了这些奴隶，本国的民众才能免于承担最低贱的苦活，而此类劳作很可能招致的暴动也因此消弭于无形，与此同时还能满足统治者的军事以及修造不朽建筑的野心。采石、开矿、伐木——若是仅凭自愿，恐怕只有走投无路或者报酬丰厚才会找到劳力，现在有了战俘奴隶，不仅这几种苦工有人做，我们还可以加上货运、放牧、烧砖、挖河、清淤、制陶、烧炭以及在大小船只上划桨。看起来很有可能，某些最早期的美索不达米亚国家通过贸易来换取此类货品，在此意义上，它们等于是把苦活以及劳力控制都“外包”给其他群落了。尽管如此，我们还是要记住，国家建构所需的相当一部分物质资料，基本上都要靠这些劳作，就此而言，究竟是哪些人承担起这些苦活，是奴隶，还是属民，也是很重要的。贝尔托·布莱希特（Bertolt Brecht）曾有一首诗《一位工 171

人读书时的疑问》，如他在诗中问道：

谁建造了七座城门的底比斯城？
书里写着的尽是国王们的名字。
难不成是国王扛起那些岩石吗？
还有巴比伦，那么多次被摧毁，
又是谁一次又一次地将它重建？

掠夺式资本主义与国家建构

无论在新月沃土地区、古希腊或者东南亚，遍寻早期国家的记录，它们极少炫耀开疆拓土的功绩，对我们而言，这象征着早期国家最执着追求的乃是人力。在那里，非要寻找如 20 世纪德国对“生存空间”（*lebensraum*）的诉求，必定是徒劳无益的。读关于某次成功军事行动的凯旋叙述，在表彰了将军和士兵的英勇之后，就记录下战利品的数量和价值，希望借此给读者留下深刻印象。公元前 1274 年，在卡迭石战役中，埃及击败黎凡特地区的诸王，这场胜利所留下的不仅有对法老王英勇的赞歌，还有一份掠夺品的记录，特别是牲口和战犯——那么多匹马，那么多只羊，那么多头牛，那么多的人。[33]很多时候，征服者会根据战俘的技能和手艺而对这些囚犯做三六九等的区别，我们不妨设想，关于征服者所获得的人才，也曾编制过详细目录一类的文件。征服者所搜寻的，不仅是普通的劳力，他们同时也渴求专门的工匠和艺人，可以为统治者的宫廷增光添彩。通常说来，战胜一方会摧毁失败群体的市镇和村落，这样一来也就断了战俘们返乡的念想。在理论上，掠夺物 172
品归属统治者，但实际上，掠来的战利品却是共同瓜分，将军和士兵都会占据他们自己的牲口和战俘，自己保留，勒索赎金，或者放在市场上出售。在修昔底德对伯罗奔尼撒战争的历史书写中，他就数次描述了这样的征服，他还特别提到，这类战争大多在谷物成熟时开打，这样就可以占取谷物作为部队补给和战利品。[34]

马克斯·韦伯有一个概念，叫作“掠夺式资本主义”（booty capitalism），现在看来，可以适用于大量的此类战争，无论对方是相互竞争的邻国，还是居于周边的非国家群落。在战争的情形中，所谓“掠夺式资本主义”，指的就是一场军事行动，其目的就是要获利。比方说，一群军阀可能在一起谋划出一个方案，入侵另一个小国，这时候他们的双眼都盯着战利品，那些可以占取的金银、牲口或战俘。这就好像一家“股份制的公司”，它主营的业务就是抢劫。每一位参与谋划的军阀都要向这一共同事业进行投资，根据所投入的士兵、马匹和武器，预期的收益将按照每位参与者的投资进行合乎比例的分配。当然，每一位谋划者（除非他们只出资而不出力）都是冒着生命危险而踏上征途的，就此而言，这一行动本身也令人忐忑。说起来，此类战争可能也有其他的战略目标，比如说控制某个贸易路线或者摧毁某个敌手，但是对于早期国家而言，掠夺战利品，尤其是把人俘虏为奴隶，可不是战争的附带功能，而是发起战争的关键目标。[35]在地中海地区的最早期国家之间，之所以战争频频发生，就是为了抓捕奴隶，以此来满足国家对人力的需求。在许多情形中，比如在早期的东南亚和罗马帝国时期，战争被视为通向财富和安逸的一条道路。上到将
173 官，下到士兵，所有的人都期待着能在战争中有所得，在战利品分赃时能占有他的份额。以罗马帝国时期为例，男性一到从军年龄，就投身于这种抓捕奴隶的远征，这种情况越是普遍，也就会导致国内在粮食种植和牲畜养殖上的劳动力短缺。幸好大量奴隶及时涌入，地主以及务农的士兵就可以把大部分农耕活交给奴隶，后者毕竟不会被征召入伍。

关于奴隶制在美索不达米亚和早期埃及的范围问题，尽管硬性证据相对稀缺，我们还是要做出如下推断，在早期国家的谷物生产模块之上，存在着奴隶人口，即便规模并不大，对于一个强大国家的建设来说，却也属于根本的部件。对于一个本来人力资源吃紧的国家，现在掠夺的奴隶一波又一波到来，也就缓解了许多劳动力的需求压力。也许最关键的是如下事实，除了少数的能工巧匠，奴隶都集中在最低贱也最危险的工种里，经常远离农庄，远离国家权力的经络核心地带。对于早

期国家来说，如果它们不得不压榨作为核心力量的属民，把这些苦难劳作的压力全部摊在他们身上，那么国家势必会陷入某种严重的危险，激起逃亡或叛乱，甚至是祸不单行。

美索不达米亚奴隶制度的特性

历史学家和人类学家总喜欢说——而我们在前文中也已
指出："证据的不存在，并不能证明证据所指的不存在。"关
于美索不达米亚的奴隶制和各种奴役行为，我们所检讨的相
关证据很难说不存在，但是也确实太过稀疏，因此导致许多学
者坚信，奴隶制和奴役行为在当时是无足轻重的。下文将聚焦 174
于一个问题，为什么在美索不达米亚的证据中，奴隶制看起来
不像古希腊或罗马那么紧要，那么残酷，对此我会尝试给出我
的理由。这些理由涉及方方面面，比如美索不达米亚政治体较
小的规模和地理范围，其奴隶人口的来源，强制劳作有"外
包"的可能，由本国民众承担苦役的意义，群体奴役形式的
可能。在检视有关美索不达米亚劳作的学术著述的过程中，我
发现，至少在某些纪念碑工程的建造项目中，对本国属民
（而非奴隶人口）所要求的劳力可能没有通常想象的那么多，
而且在纪念碑建筑完工之时，甚至还可能一道举办欢宴
仪式。[36]

现在看来，在公元前第三个千年的美索不达米亚，其社会

的奴隶制成分要少于古代雅典或罗马，为什么会如此，在此可以列出三种显而易见的原因：分别是早期国家的人口更少；早期国家所留下的文献记录相对更稀缺；早期国家的地理疆域相对更小。说起雅典和罗马，都是力量极其强大的海军国家，它们所输入的奴隶来自当时已知的整个世界，也就是说，它们的奴隶人口几乎全部来自辽阔的远方，来自那些不说希腊语或拉丁语的社会。这是一种社会的和文化的现实，以此为基础，也就产生出一种标准的认知，一方面将国家之下的族群与文明联结起来，另一方面则认为国家以外的族群就是蛮族。而美索不达米亚的早期城邦国家则与之不同，它们是从自家不远处俘获奴隶。也正因此，这些俘虏往往在文化上更接近他们的掠夺者。从这一假设出发，我们可以推测，只要不为国家所禁止，这些被俘获的苦力可能会更快地融入主人的文化和风
175 俗。而说起年轻的女性以及儿童，通常是最宝贵的俘虏，经过通婚或纳妾，也许不用两三代，她们本来的社会出身也就消失不见了。

战俘具体从哪儿来，作为一种因素，也让问题变得更为复杂。翻阅关于美索不达米亚奴隶制度的文献，关于战俘的讨论，大多是既不讲阿卡德语也不讲苏美尔语的族群。但显而易见的是，冲积平原上城邦间的战争是很普遍的。故而现实就是，在当时的俘虏中，很大一部分都来自互相抓捕属民的城邦间战争，或者来自仍保持独立的本地社群，这样一来，既然战

俘和主人有着共同的文化，那么战俘在进入掠夺者的城邦后，也许不必太多折腾，就能成为那里的普通民众——甚至可能不必经过正式的奴役阶段。而在奴隶和主人之间，其文化和语言的差异越大，就越容易划分并执行社会和法律意义上的隔离，由此也就形成了奴隶社会典型的森严界线。

比如说，在公元前 5 世纪的雅典，曾存在着一个规模不小的人口类型，占总人口的比例超过 10%，他们被叫作“外邦人”（*metics*），一般可以翻译为“可居留的外来人”。他们可以自由地在雅典生活，从事贸易，要承担公民的义务（例如缴税和服兵役），却不享有公民的权利。在这类“外邦人”当中，有很多是奴隶出身的。说到这里，我们不禁要问，当美索不达米亚的城邦国家要满足它们对劳动力永无止境的需求时，从文化相仿的族群中吸收俘虏或难民，是否构成一种重要手段？而在这种情形中，这样的俘虏或难民很可能不是成为奴隶，而是作为“属民”的一种特殊类型，或许不用太久，他们就会完全被同化。

西方消费者享受物质的生活，但他们的消费品是在什么 176
条件下生产出来的，大多数西方人对之从未有过直接体验；同理，生活在雅典的希腊人也是如此，在奴隶人口中，大约半数劳作在采石场、矿山、森林或船舱中，对于雅典人来说，这些苦力基本上也是看不见的。而美索不达米亚的早期国家也需要男性的劳动力（虽然人数远小于后世的希腊时代），役使他们去开采石料，挖掘用于制造军备的铜矿，砍伐木材用于建筑、生火或烧炭。说起这些劳作，它们的场地距离泛滥平原都有一段很长的距离，也正因此，这些奴隶的苦难，对于生活在国家核心地带的属民来说，就是相对不可见的，当然国家精英对之则心知肚明。考古学家发现，乌鲁克的文化器物出现在广阔的内陆地区和扎格罗斯山脉，这一现象被称为“乌鲁克的扩张”，现在看起来，它所呈现的是一种军事上的侵袭，要为在冲积平原上不出产的关键战略物资开辟或守卫贸易通道。[37]我们可以确定，在这个扩张区域曾出现过奴隶的占取，但进一步来说，我们现在就无法弄清，乌鲁克人究竟是将奴隶和战俘直接投入第一线的生产，进行初次占取，还是向这些被征服的群落索要贡物，榨取这些物资——又或者通过贸易的形式，用谷物、布匹或奢侈品来换取战略物资。但无论是哪种情形，这种奴役劳动的发生，都与乌鲁克城相距甚远——也有可能就是转包给某些贸易伙伴，因此不太可能留下什么楔形文字的记录。

最后，还有两种形式的族群奴役，它们在许多早期国家中都被广泛实施，且非常近似于奴隶制度，但在我们所认为关于奴隶制的文本记录中，却不太可能留下踪迹。第一种形式是以整个社群为单位的大规模迁徙和强制安置。关于这种奴役形式，我们所见的最详尽描述出自新亚述帝国（公元前 911 年至
177 公元前 609 年），在那里，它曾有广泛的运用。当然，较之于

本书聚焦的历史阶段，新亚述帝国的存续要晚出许多，但即便如此，还是有些学者主张，这种奴役形式有着早得多的起源，在美索不达米亚、埃及的中王国以及赫梯帝国都曾出现过。[38]

在新亚述帝国时期，只要征服某个地区，就会有组织地启动大规模迁徙和强行安置。在被征服之后，当地的全部人口和牲畜会由军队押送，从位于王国之边缘的某个区域出发，行进到更接近核心地带的一个位置，就在那里，他们在征服者的强力下重新安置下来，整个族群通常在此开荒种地。当然，在所有的捕奴战争中，总有些俘虏被“私人”占取，也有些俘虏被编入劳工团队，而关于这种迁徙和强行安置，其与众不同之处就在于俘虏社群基本上保持完整，并且被迁移到某一地点，在那里，统治者可以很容易地监视并占取他们的生产。如此说来，谷物基地的人力机器已经运转起来了，不过是在一种“大批量”的规模上——以成建制的农业社群作为模块，迫使它们为国家耕田种地。即便考虑到记录有可能言过其实，人口转移的规模也是史无前例的。比如记录显示出，超过20万的巴比伦人被移徙到新亚述帝国的核心地区，整个规模和过程看起来相当惊人。[39]在押送过程中，还有专业化的官员来管理。这些官员会精心编制出俘虏人口的清单，上面载明他们的财产、技能和牲口，且负责在迁徙途中为他们提供食物等补给，直至安置地点，务求损失减至最小。在某些情形中，安置俘虏的土地，看起来就是更早前为本国属民遗弃抛荒的位置，

178 由此可见，之所以进行大规模的群体迁徙和安置，可能就是为了补充因人口逃亡或流行病所造成的损失。许多俘虏被称为“萨克奴图”（saknutu），字面意思就是“用以固土的俘虏”。

纵观历史，新亚述帝国的政策并不新奇。虽然我们无法知晓这种做法在美索不达米亚是否普遍，但考诸历史，这是征服者政权惯常的操作——尤其是在东南亚和美洲“新世界”。但是，对于我们来说，务必要理解的是，当这些迁徙安置的人口出现在历史记录中时，他们的面目并不一定是奴隶。在他们安顿于异地之后，假若这些俘虏原本就没有文化上的显著区别，他们很可能就变成了普普通通的属民，时间一久，也就难以分辨出哪些是原先的俘虏，哪些是其他的农耕属民了。在早期的苏美尔语中，有些词语（比如 *erin*）到底应该翻译成“属民”“战俘”或“军事移民”，还是就翻译成“农民”，之所以总是存在某种混淆，很可能就是因为属民也包括不同的类型，反映出的是他们“属民身份”的不同源头。

奴役制度的最后一种类型，就是斯巴达的“希洛人”模式，这种制度在历史上很常见，只是并非总以奴隶制的面目出现在历史记录中。希洛人是农耕的社群，生活在斯巴达所统治的拉科尼亚和麦西尼亚。他们一开始是怎么臣服于斯巴达人的，这一问题至今争执不休。麦西尼亚地区看起来是在战争中被征服的，但有些学者主张，这些希洛人，要么是那些在历史上拒绝参与战事的族群，要么就是因叛乱而集体受到惩处的族群。但无论何种情况，希洛人都是有别于奴隶的。他们以完整的社群为建制，仍留在原地；每年都要在斯巴达人的仪式上遭受羞辱；也像所有原始农业国家的属民一样，必须上缴粮食、油料和葡萄酒给他们的主人。除了不必像战俘一样接受强 179
行迁徙，希洛人在其他各个方面都是被驱使的农业奴隶，生存在一个彻底军事化的社会中。

这么看来，斯巴达人的农奴制就是另一种古老的模式，由此聚集起必要的人力-谷物模块，其功能在于为国家建构进行剩余生产。我们可以做如下的设想，只是迄今为止仍无法确知，在美索不达米亚早期的城邦国家中，有一些即起源于军事征服，或一批外来的军事精英在原地将农业人口取而代之。正是在此语境中，尼森规劝我们，对于那些将非国家族群污名化的修辞，最好不要太当回事，同时也敦促我们，切莫忘记了在山区和低地之间持续不断的交流。尼森主张："即便是在公元前第四个千年的中期，美索不达米亚平原上的大规模定居，也可能是这一过程的一部分。"

"受书面记录的诱导，我们……已经接受了低地居民的立场。"[40]诸如乌尔、乌鲁克或埃利都这些地名，都并非源自苏美尔语，这一历史事实也透露出军事入侵的可能——或者是某个军事化的集团夺取了对既存农业社会的控制。我们还可以设想，当来自偏远内陆或其他城邦的战俘被迁徙至此，国家的谷物核心地带就能有区域的扩张，也获得了人力补给。在上述这些情形中，仅看此类早期社会的表象，看不出它们是奴隶社会。而事实上，它们也从不是雅典或罗马意义上的奴隶社会。但归根到底，在创造并维持早期农业国家的谷物-人力基地时，奴役制度以及强制力所具有的核心作用，可说是显而易见的。

180 关于驯化、苦工与奴隶制度的一点推断

我们知道，就奴隶制以及人对人的奴役而言，国家并非始作俑者；在无数的前国家社会中，都可以发现奴役制度。然而，大型社会，有组织地用强制力支配俘虏劳动，这的确是国家的发明。即便是在美索不达米亚时代，奴隶的比例远低于雅典、斯巴达、罗马或新亚述帝国，对于维系国家权力而言，俘虏奴役以及奴隶制仍是至关重要的，而且具有战略地位，如此说来，这些国家若是没有奴隶制度，也就很难长期存续。

亚里士多德曾说过，奴隶就是一种能干活的工具，如此看来，就好像是如耕牛一样的家畜，若我们认真对待亚里士多德的论断，能否得出什么猜想呢？毕竟，亚里士多德在做上述论述时是很严肃的。我们能否接着亚里士多德往下讲，把奴隶制、用于农业的战俘、斯巴达的希洛人等奴役形式理解为国家的工程，目的在于通过暴力去驯化出一个奴仆的阶级，究其实质而言，就如同我们在新石器时代的祖先对羊和牛的驯化？当

然，这一国家工程从未贯彻到底，但从这个角度去看待问题却并非牵强附会。托克维尔也曾做出过上述的类比，当时他所审视的是欧洲日益强大的世界霸权：“我们几乎可以认为，欧洲人之于其他种族，就好像人类自己之于低等的动物；人驱使动物为己所用，当人无法制伏动物时，就毁灭之。”[41]

我想，如果我们用“早期国家”去替换“欧洲人”，用“战俘”去替换“其他种族”，也不至于太过扭曲事实。无论是在个体还是集体意义上的俘虏，都已成为一种必备的部分， 181
构筑起国家的生产以及人口再生产的手段，在此也不妨这么看，这些俘虏作为一种要素，其意义不亚于国家自身农庄的牲畜和粮田。

我相信，这一类比还能继续向前推，以从中获取更多的启发。就以人口再生产的问题为例。所谓“驯化”，其核心就在于人类要掌控植物或动物的繁殖，这就要求圈养，并且关注选择育种以及繁殖率。而在掠夺奴隶的战争中，对育龄女性的强烈偏好就能折射出她们的价值，不仅在于她们的劳动能力，至少同样看重她们的生育功能。即便不可能知晓确切的答案，我们还是不妨去提出问题，考虑到早期国家的核心地带总难免流行病的肆虐，对于国家人口数量的稳定和增长来说，育龄妇女奴隶的生育意义到底有多大。在早期的谷物国家中，对于并非奴隶的妇女的驯化，也可以由此角度来加以理解。土地所有权的出现、父权制的家庭、农庄内部的劳动分工，还有国家追求人口最大化的核心利益，所有这些因素结合在一起，通常就会导致对妇女生育的驯化。

有些动物在驯化后会拉犁耕田，或者能载重，它们也就从主人的肩上分担了许多苦役。很显然，上述的判断基本上也适用于奴隶。对于新国家来说，不仅是农耕的艰辛劳作，其核心地带在军事、仪式和市政上的需求还要求各种形式的劳作，就质与量来说都是史无前例的。采石、掘矿、划船、修路、伐木、挖河以及其他种种卑贱的苦役，都作为任务安排给罪犯、契约劳工或者某种走投无路的贱民阶级，甚至直到非常晚近
182 的历史时期都是如此。这种类型的劳作都是远离农庄的，“自由的”人们，包括农民在内都避之唯恐不及。然而，对于最早期国家的生存来说，这类危险且繁重的劳作却是必需的。对于统治者来说，要驱使他治下的农业人口去承担这种苦役，就势必会加重逃跑或叛乱的危险，那么他所必须要做的，就是要俘获众多的外来人口，将他们安置并驯化，把必需的苦役转交给他们。要想获得上述的人口，也仅有奴隶制这一条道——而历史上出现的种种奴役现象，也不过是对亚里士多德把人当作工具的奴隶观的实践，它们长期存在，只是最终归于失败。

第六章 183

早期国家的脆弱：形为崩溃，实为解体

关于人类最早期的国家，我们知道越多，惊讶也就越多，既能看到治国的宏图大业，也能发现这些伟业往往不过转瞬即逝。对于世人而言，早期国家的缺陷和脆弱都是显而易见的，也正因此，真正必须要做出解释的，反而是早期国家罕见的出现以及更罕见的存续。要理解早期国家的建构，我们不妨在脑海中想象这样一幅画面：孩子们在叠罗汉，他们想要架起四层或者五层的人体“金字塔”。通常说来，等不到叠到最高层，整个结构早就散架了。如果孩子们克服万难，终于搭到了最上层，观众这时莫不屏住呼吸，看着整个阵形不断颤抖、摇晃，也知道散架是迟早的事。如果孩子们非常幸运，最后一位队员，也即登上塔顶的那个人，就能享受稍纵即逝的光荣时刻，面对观众摆出胜利者的姿态。再用这个比喻，在叠罗汉的金字塔结构中，每一位成员单个说来都是非常稳定的；我们可
以将他们称为基本单元或者构件。但是，他们所拼凑的这个精 184
致结构却是松散不稳、摇摇欲坠的。它在转瞬之间就散架了，

这一点也不令人惊讶；真正值得关注的是，它竟然还曾完成过。

国家作为一种政治结构，其形成要依附于某一定居的农耕社群之上，也因此，种植谷物的定居社群所存在的缺陷，国家通常也都在所难免。如我们在前文中所指出的，定居下来，并不是某种不可逆的成就。根据考古学家的研究，在国家出现之前，曾有大约五千年的漫长时间，人类的定居都是星星点点的，而考古学家也已经发掘了数百个地点——一开始有人定居，后来遭到遗弃，然后再有人定居，最终还是遭遗弃。至于为什么遭遗弃，又为什么出现二度定居，原因一般来说是晦暗不明的。各种可能的因素包括气候变化、资源枯竭、疾病、战争，以及迁移至资源更丰富的地区。在公元前10,500年前后，当时存在的小规模定居现象普遍出现了衰退，现在几乎可以肯定，这次衰退是因为新仙女木期的寒潮，也即所谓的“大冰冻”。大约在公元前6000年，似乎在突然间，一处存在定居生活的文化系统全面熄火（遗址在约旦河河谷，处于“前陶新石器文化阶段B”），在寻找原因时，学者的答案各种各样，包括气候变化、疾病、土壤养分耗竭、水源枯竭或者人口压力。关键在于，国家既然依附于生产谷物的定居社群，那么定居社群所经受的解体危险，国家无一例外都要面对，同时还要承受国家作为政治实体所特有的脆弱。

人类最初的古老国家都是脆弱的，这个判断看起来没什

么异议；但若论及这种脆弱的原因所在，却无共识可言，而且
我们所掌握的证据也不过一星半点，对任何问题几乎都不可
能形成定论。要说对美索不达米亚早期国家的认知，罗伯特· 185
亚当斯可谓第一人，对于乌尔第三王朝，他就曾表达过某种惊
讶，在此阶段，竟能见证五位国王依次轮替，时间跨越一百年
之久。虽说它此后也陷入崩溃，但乌尔第三王朝还是代表着政
治稳定的某种纪录，与之形成鲜明对比的，是其他王国你方唱
罢我登场，令人眼花缭乱。亚当斯发现了一种兴替，先是一轮
资源的集中化，紧接着就是一段无规则但却不可逆转的衰落，
根据亚当斯的研究，衰落往往伴随着去中心化以及对“地方
性的自给自足”的争取。[1]诺曼·约菲、帕特里夏·麦克安娜
尼和乔治·考吉尔，重新检讨了“崩溃”这个概念，基于卓
越的研究工作，他们坚信：“在早期文明中，权力的集中通常
是脆弱且短暂的。”[2]西普里安·布拉德班克的研究视野更广
宽，他考察了美索不达米亚、黎凡特和地中海地区的政治体，
然后得出了相同的结论：“所呈现的模式令人困惑——奠基、
放弃、扩张和萎缩，都是由当地或更广大地区的机会和灾祸所
规定的。”[3]

大约公元前2000年，“乌尔第三王朝崩溃”；大约公元前2100年，“埃及古王国崩溃”；大约公元前1450年，克里特岛上的“米诺斯王权崩溃”——在诸如此类的表述中，“崩溃”究竟指的是什么？最起码的，崩溃意味着宏伟的宫廷中心遭到

遗弃甚或摧毁。通常说来，这代表的不仅是某种人口的重新分配，还表示社会从复杂返回到简单——其程度之深，即便谈不上返璞归真，也是非常实质性的简化。如果说人口依然存在，他们可能已经分散开来，进入更小规模的定居点或村落。[4]曾经高高在上的精英，现在消失了；宏伟工程的修筑活动，现在
186 停止了；在行政和宗教事务上，原本使用的书写文字，现在也中断了；较大规模的贸易和再分配，现在急剧压缩；那些特供精英消费和贸易的工艺品生产，现在是能减则减，能撤则撤。上述这些变化叠加在一起，根据学者的通常理解，就是某种开化的文明现在发生了令人悲叹的退步。就这一问题来说，我们不如把提问的逻辑翻转过来，我们现在所要探讨的是，诸如此类的事件既已发生，但它们并不必定导致什么。它们并不必然导致地区人口的减少。它们也并不必然意味着先民在健康、福祉或营养上的某种恶化，正如我们所将看到的，反而可能代表着某种进步。最终，发生于国家核心地带的一场“崩溃”，与其说意味着某个文化的解体，不如说是这个文化的重构，更准确地说，是去中心化。

“崩溃”这个词的历史以及它所唤起的忧思，应该予以反思和批判。关于早期国家，我们最初的认识以及惊叹，都源出于考古学的那段英雄年代，也就是在 19 世纪到 20 世纪之交，当时的考古学家精准探明并发掘了诸早期文明的核心区域。面对这些早期文明在文化、审美和建筑上的成就，赞叹发自由

衷，但与此同时，还出现了某种帝国的抢占，要接续至这些古文明的伟大谱系，并将它们的文物据为己有。最终，通过学校里的教科书和社会上的博物馆，这些早期国家的“标准像”流行起来，变成了为世人崇拜的偶像：古埃及的金字塔和木乃伊、雅典的帕特农神庙、位于柬埔寨的吴哥窟、中国西安的兵马俑。所以说，当这些考古发掘所塑造出的超级巨星消失时，看上去仿佛文明世界整个的终结。但事实上，真正失去的只是
古典考古学所钟爱的物件：历史上相对罕见的集权王国所集 187
中留下的遗址，还有它们的文字记录以及奢侈品。如果再闪回那个叠罗汉的比喻，这就好像是人体金字塔的顶点突然消失一样，只是恰好所有人的目光都凝聚在那个焦点位置。

当那个“顶点”一角消失后，令人心存感激的是，越来越多的考古学家开始转移他们的关注点，不再聚焦于顶层，转而考察基底及其构成单元。关于定居模式、贸易和交流的形态、降雨量、土壤结构以及生存策略的混合，这些考古学家在经年累月的研究中已经形成了厚重的知识，我们脚踏“基底”——较之于紧盯着违逆重力规律的“顶点”，反而可以看到更多的东西。根据他们的发现，我们不仅可以分辨出“崩溃”的某些可能原因，更重要的是，我们还可以去探寻，在具体的场景中，当我们谈到“崩溃”时，我们所指的到底是什么。通过对“基底”的研究，这些考古学家做出了一个重大的判断，所谓的崩溃过程，就是原本是更大规模但也更脆弱

的政治体，现在分解为较小规模但通常更稳定的构成单元。虽说“崩溃”代表着社会复杂程度的降低，但正是这些更小的权力内核——比方说，位于冲积平原上的某个紧凑的定居点，才有可能长久存续，相比之下，它们所拼凑起的王国或帝国其实是短暂的，治国术的奇迹往往只能昙花一现。从行政学的理论大师赫伯特·西蒙那里，约菲和考吉尔精准地借用了“模块化”（modularity）这个概念——它所指的是如下这种状况：某个较大的聚合体是由诸多单元所组成的，而这些单元通常各自独立，且可拆卸——用西蒙自己的话来说，就是“基本上是可以分解的”[5]。在“模块化”的情境中，顶层核心的消失并不必定意味着秩序的崩坏，也未必见得生灵涂炭，因为基本的单元是更为稳定持久的，也能做到自给自足。汉斯·尼森
188 呼应了约菲和考吉尔的观点，他警告我们，切勿将“集权阶段的终结误判为一种‘崩溃’”，“而当曾经统一的区域分裂为较小的部分时，也无需将此类阶段视为政治上的混乱时期”。[6]

无论是从迁移到定居，还是依附于定居社群的国家建构，作为一种过程，它们都不是那种不可逆的成就。历史上曾有许多时期，甚至是漫长的时期，大规模聚居的人口消失了，甚至就连定居生活本身也被打散，退回到可能提供庇护的隐蔽处。从大约公元前 1800 年至公元前 700 年，在这段超过一千年的历史时期内，美索不达米亚定居点所覆盖的面积，与从前相比

连四分之一都不到，而市镇定居的发生频次，较之于此前的一千年，只剩下大约十六分之一。上述的结果出现在整个地区，所以它不可能只是肇因于纯粹地方性的偶发事件，比如某个暴虐的统治者、某一场小规模的地区冲突，或者某一处某一季的农作物歉收。出现如此大规模的人口离散，必定是发生了笼罩整个地区范围的大变动，比如说气候变化、游牧民族的入侵和统治、大宗物品贸易的中断，或者整个区域的环境恶化，此前都是缓慢地变化但却在某时刻触及临界点。在上述原因中，哪些才是幕后的推手，眼下看来并无共识，但毋庸置疑的是，在游牧民入侵导致乌尔第三王朝崩溃之后，主导着美索不达米亚的并不是市镇化，而是相反的村落化，此历史时期长达一千年之久。[7]

气候学中曾有一些改天换地的大变动，诸如新仙女木事件、起始于公元前 6200 年历时两个世纪到四个世纪的寒潮，或者小冰河时期，这些事件在很大程度上规定了生态的可能范围，但即便不考虑这些大事件，我们还是必须要承认，作为所有早期国家据以建立的基础，谷物模块就其基本结构而言也是非常脆弱的。说起先民的定居，其实仅出现在非常特别也 189
因此很有限的生态位中，尤其是在冲积土或黄土地带。后来，事实上要等到很久之后，最早的集权国家才开始出现，它们对生态环境的要求甚至更苛刻，在其核心地带要有广阔的肥沃土地，水源充沛，水道发达、通航便利，能够养活为数众多的种粮人口。归根到底，这些有助于国家创建的地带是非常罕见的，在这星星点点之外，更大的世界为采集、狩猎、放牧群落所占据，他们依旧自在地生活着。

国家形成的地点，在结构上都是脆弱的，首要的致命打击就是生存资源的歉收，而至于丰收还是失收，基本上无关乎国家统治者到底是精明强干还是昏庸无能。在这些结构性的脆弱中，首先要指出的就是，他们过于依赖一、两种谷物主食每年一茬的收获。也就是说，假如主食作物歉收，无论原因是干旱、洪涝、虫害、暴风雨的破坏或者作物病害，这个国家的人口就有可能饿死——至于统治者，他们还要靠属民们生产出的剩余，当然也要受到牵连。再者，我们此前亦已提及，因为生活在早期国家就意味着拥挤——至少相对于到处游走的觅食群落来说是如此，传染病就更容易冲击到他们及其家畜，也因此生活在国家中的人口就处于更大的危险中。最后，正如我们在下文中将要探讨的，精英阶级对剩余的依赖，再加上运输的逻辑，也就意味着治国的地理偏向，对于越靠近其核心地带的人口和资源，国家就越是依赖，而这种就近的依赖，也可能破坏国家的稳定。

这么看来，人类最早期的国家就是一种脆弱的平衡艺术；必须要万事俱备，它们才有昙花一现的可能。比方说，在早期的东南亚，绝大多数王国都是两三任君主而亡，极少能延续更久的——只要有什么风吹草动，很多时候问题也追究不到国

家的头上，就能轻易地把国家推倒。大多数王国之所以动不动 190
就覆亡，是“由多种因素决定的”，正是因为它们所面临的困境是多重的，当考古学家作为法医官来为早期国家“验尸”时，他们实在很难挑出一个具体的致死原因。

早期国家的病状：急性的和慢性的

在中东地区、中国以及美洲“新世界”，最早出现的原始国家，跋涉在完全未知的领域内。对于立国者及其子民而言，在未来路上，还有什么生态、政治和疾病的危险等待着他们，是完全无法预料的。既然没有先例可循，这些将要面临的难题就是难以捉摸的。当书面记录出现后，偶尔有几次，某个国家灭亡的原因可以为后世所洞悉，比如说，被另一种文化入侵和占据，国家之间的毁灭性战争，或者国家内部的内战或叛乱。但更常见的情况却是，有些原因隐藏在国家消失的背后，更为隐蔽，暗中搞破坏，或者就是大规模的灾难事件，如洪水、干旱或作物歉收，当然这些灾难又有更深远、日积月累的成因。在我看来，这些更深层的原因应当引发我们特别的兴趣，理由至少有如下两点：第一，这些深层原因不同于更为偶然的事变，比如说一次军事入侵，它们在整体上的性质也许直接关联着国家的过程。如此说来，它们就给我们提供了一个独特的窗口，从中可以看见古代国家在结构上的矛盾。第二，这些原因

在大多数历史分析中都未能得到重视，因为它们在历史上找
不到直接的行动主体，通常也没有留下明显的考古标志，以追
191 踪它们的来龙去脉。至于这些原因在多大程度上造成国家灭
亡，证据都是间接的，要靠推测，但仍有理由相信，它们的重
要性现在被大大低估了。

疾病：定居生活、流动和国家

在第三章，我们已经用相当的篇幅探讨了传染病的问题，它们的肆虐同农庄的拥挤以及家畜驯养是分不开的。我们有非常充分的理由相信，国家依附于新石器时代的谷物和动物模块，而国家在出现后，生活在早期国家中的人口接触致命流行病的危险也就大面积增加了。这里面的原因包括规模、贸易和战争。

在没有国家的时候，当最初的市镇出现在冲积平原的湿地边缘时，那里聚集的人口在最繁荣时可达五千左右。相比之下，早期国家的人口数量通常能达到四倍之多，偶尔甚至接近十倍之多。随着规模的增大，也就造成了风险量级的加大。某些学者相信，前陶新石器文化阶段 B 之所以在公元前 6000 年前后突然衰退，就是因为流行病的冲击，确实如此的话，两千多年后，早期国家覆盖了更大的规模，也因此导致了它们面对流行病时更是漏洞百出，防不胜防。人口的规模越大，也就意味着传染病找到了一个更充分的人畜载体；首先是密度更拥

挤，其次是数目更庞大，在疾病传播的几何增长模型中，流行病就会迅速蔓延开来。

人口和动物在流动，病菌和寄生虫也会跟着一起走。虽说小规模的远程贸易先于国家而出现，但只有在国家精英出现并崛起之后——他们要实现财富的最大化，要炫耀自己的权势，贸易体量以及地理范围才开始急剧扩张。国家之出现，就 192
意味着需要大量的资源，远远超出早先定居社群的需求量，而且是不同类型的资源。正因此，陆运尤其是水路贸易出现了爆炸式的增长。吉列尔莫·阿尔加兹和大卫·温格罗是研究早期贸易的学者，他们步子迈得很大，甚至提出了“乌鲁克世界体系”的观点，也即在大约公元前3500年至公元前3200年，出现了一个由贸易和交流整合在一起的完整世界，北起高加索地区，南至波斯湾，东起伊朗高原，西至地中海的东岸地区。[8]乌鲁克以及与之竞争的邦国都需要产自远方的资源，它们在冲积平原上是没有的：铜与锡（用于制造工具、武器、盔甲、其他装饰性或实用的物件）；木材和木炭；石灰岩以及开凿出的岩石块（用于营造建筑）；金、银和宝石（用于展示奢华）。为了换取这些物资，冲积平原上的小国要把纺织品、谷物、陶器和手工艺品交给它们的贸易伙伴。这样一来，贸易范围有了极大的扩展，实际上也就相应扩展了疾病传播的范围——此前很多相互隔离的疾病序列，现在第一次发生了接触和流通。就此而言，虽然“乌鲁克世界体系”的名字听起来霸气，但规模由小变大，它如同一场预演，最终在公元前后完成了中国、印度和地中海地区疾病序列的合流，由此引发了世界上最有摧毁力的流行疫情，以6世纪的查士丁尼瘟疫为例，就夺去3000万至5000万人的性命。反讽的是，贸易一方面成就了冲积平原邦国的流光溢彩，然而在另一方面也加速了它们的消失。

193 众所周知，国家还热衷于战争，而战争也会导致难以估量的流行病后果。仅就整体的人口状况而言，战争对人员大规模流动和迁移的影响是无与伦比的。无论是军队，还是大规模的逃亡难民或战俘，都是一种移动的传染源，许多传统上与战争相关的疾病，就由他们感染并传播开来，这些疾病包括霍乱、斑疹伤寒、痢疾、肺炎、伤寒症等。长久以来，人们都知道，军队行进或难民经过的路线，都标出了一条传染病的路线，平民往往避之唯恐不及。而说起古代的战争，主要的战利品就是俘虏，当胜利的大军将战俘押送回王国时，他们也就带来了传染病，其规模丝毫不亚于贸易的结果，甚至可能更严重。当然，夹杂在俘虏中间的，还有敌人四只脚的牲畜，它们也会携带自身的疾病和寄生虫，一路直到凯旋者的国都。

在早期国家的消逝过程中，贸易和战争所导致的流行病到底是多重要的因素呢？关于这个问题，我们现在不可能得出确切的答案，因为考古记录所提供的证据实在寥寥无几。而我的判断就是，在古代世界中，总有些人口中心突然遭到遗弃，没有留下证据，也很难去解释，就这种类型的“崩溃”而言，很多案例的原因可能就是因贸易和战争所传播的流行病。如果基于我们对古罗马和中世纪的流行病的认识，向前去追溯早期国家的状况，也许上述的判断就更显得合理。这些因拥挤而传播开来的疾病在当时是新奇的，故而先民们也绝无可能搞清楚疾病传播的机制。但是，他们很早就能感知到，致命流行病的爆发，往往总是与贸易航运、陆路商队，以及军队及其俘虏有关联。[9]当某市镇受到威胁时，其居民最先的本能反应 194
就是把感染病例隔离起来，并且断绝市镇与可能感染源的任何进一步接触。检疫以及对海上航行者执行隔离的措施（后来制度化为检疫所）最初之所以出现，想必是对新发的恐怖流行病的反应。在这一过程中，即便是最早期的市镇居民也必定搞得清楚，当某地出现致命流行病时，逃离并疏散才是避免被感染的上策。所以说，他们的本能反应就是尽快如鸟兽散，逃到乡间地带（当然，在那里他们也受到防范），到了这时候，最早期的国家基本上就是束手无策，阻止不了汹涌的人潮。

在流行病袭来时，早期国家的民众做如何反应，如果上述的理解大致是正确的，那么我们就可以勾勒出一幕合理的场景，大型定居点是如何因疾病肆虐而消失的。只要流行病开始了传染，并假设人口的大部分仍留在市镇，那么一场疫情很可能导致大量人口的死亡，最终也摧毁了作为国家中心的市镇。

如果调整一下设定，现实一些，居民中的大多数都会想方设法，逃离市镇，这样一来，虽然死亡的人数会减少，但依旧会清空市镇，国家也就失去了它所赖以存续的核心地带。无论上述哪种场景，都可以在短时间内毁掉国家的核心地带，消除这个权力的节点。然而，说起第二种场景，它并不必然导致总人口的大幅耗损，只是让人口四散开来，转移到更安全，也更乡野的位置。在此举一个有据可查的例子，公元前 1320 年前后，一场毁灭性的瘟疫从赫梯帝国扩散到埃及，在当地引发了大饥荒，在那个时候，幸存下来的农民拒绝缴税，经常不顾他们的土地而去，而拿不到酬劳的士兵则变为盗贼。[10] 对于我们来
195 说，流行病到底曾以多么密集的频率去夷平最早期的国家，是压根没办法搞清楚的问题，但是，在罗马帝国晚期和中世纪的欧洲，因为战争、侵略和贸易，疾病频发，成为市镇衰退的显著原因。公元 166 年，罗马军队结束了一场在美索不达米亚的军事行动，班师回朝，随军而至的还有一种传染病，最终夺走罗马城四分之一至三分之一人口的生命。[11]

生态破坏：森林滥伐与土壤盐渍化

最初的国家都是原始时代的创造物，在分析这些国家的兴起和衰亡时，这一点务必谨记在心。如前所述，在早期国家中，无论大众还是精英都不可能预见到，在他们亲手推动下，谷物、人口和动物形成了前所未见的聚合，但也正是这种聚合

所造成的密集，导致了他们所经历的流行病疫情。同样，也没有人可以预见到，上述的聚合一旦形成，就产生了前所未见的需求，周遭环境因此而承受的负担是史无前例的，时间一长也就难堪重负了。就环境而言，诸多的限制都有可能威胁到国家的存续，而本节主要检讨其中两种最重要的因素：森林滥伐和土壤盐渍化。[12]在古代世界，这两种因素从开始的时候就有据可考。大致而言，它们之所以区别于流行病的传染，就在于它们发生在更久长的时间进程中；它们并不是突然袭来，而是一步一步地，或者说得更确切些，是日积月累却不知不觉地。我们不难想象，一波流行病可以在数周内毁掉一座城市。但因为森林的乱砍滥伐，导致薪柴的短缺，或者河流沟渠缓慢的淤积，其对一处聚居市镇的扼杀，就好像是在经济上逐步窒息而死，虽然结果同样致命，但看上去却少了些悲壮惨烈。

美索不达米亚的南部冲积平原之所以形成，是因为底格 196
里斯河和幼发拉底河天然的冲蚀作用，两条大河将土壤从上游流域携带而来，堆积在泛滥平原之上。在此意义上，构成早期农业社会之根基的，乃是河流数千年来滔滔不绝，运送到下游并储存起来的营养物质。但是，随着大型定居点的扩张，这一过程就进入了一个新阶段，此时对木材的需求量大大增加，但冲积平原的湿地却恰恰不出产这类物资。充分的证据可以表明，在公元前3000年前后，从马里一地开始，幼发拉底河上游就出现了森林滥伐的现象，不仅是为了获取木材和薪柴而砍伐森林，还存在着过度放牧的问题。[13]

说起早期国家对木材的欲求，几乎达到了贪得无厌的地步，比较规模大致相当的早期国家和定居社群，国家对木材的需求量要高得惊人。对于定居社群来说，它们需要清理土地来进行农耕和放牧，而做饭和取暖、建筑房屋、烧制陶器，也需要木材；而对于国家来说，除了上述消耗，它们还需大量木材进行冶金、炼铁、制砖、煮盐、矿坑支架、造船、营造宏伟的建筑、制造石灰石——最后这项工程尤其消耗木材。考虑到当时的运力，运输木材超过一定距离实在是困难重重，对于国家来说，其核心定居地带的周边所能供应的木材着实有限，很快就会消耗殆尽。由于早期国家几乎都位于某个通航水道上——通常是河流，它就可以在远离中心的上游河岸砍伐木材，然后借助木头的浮力，通过河道顺流而下。

砍伐和运输木材的种种现实因素，也就决定了应首选最
197 靠近河道的树木，这样一来才能最大限度节约劳动力。然而，时间一久，附近上游河岸的树木也就所剩无几了，到了这时候，要获得木头，要么就要往上游的上游走，距离越来越远，要么就要选择那些小一些的树木，能够相对轻松地转运到河岸，在那里顺流而下。充分的证据可以表明，古典世界里也出现过森林滥伐，从雅典人在马其顿地区搜寻海军所用的木料，到罗马共和国时期木材的短缺，记录比比皆是。[14]再向前追溯，远

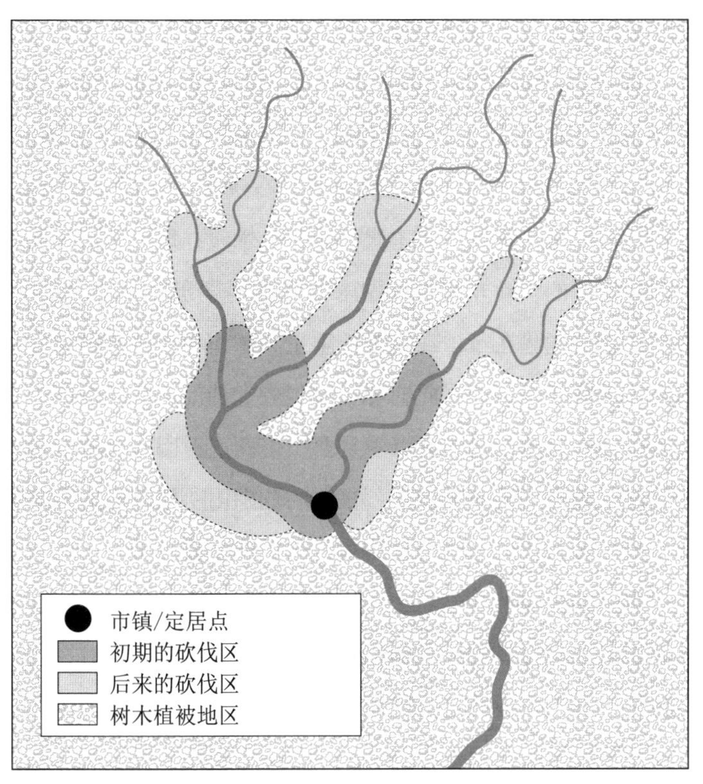

图 10　上游地区森林滥伐的模式，基于一个假想的国家中心

至公元前 6300 年，在处于新石器时代的艾因加扎尔市镇，以 198
定居点为中心，在步行可达到的半径距离内都见不到树木的影了，薪柴变得非常稀缺。结果就是整个社群向四面八方分散，成为零零星星的小村落，而在约旦河河谷地带，还有非常多的新石器时代的定居点，当它们所消耗的木材超出附近林

地的承载容量时，也会解体成为小的群落。[15]

若一个城邦国家行将耗尽可就近轻易获得的木柴，几乎可以断定，它就会表现出如下的迹象：在满足其热量需求时，木炭的比例开始增大。从烧制陶器、石灰熟化，到金属冶炼，这些高温的操作都缺不了木炭，然而，木炭在居家生活方面却是极少使用的，除非是附近的木柴都已消耗干净。说起木炭，其最特别的优势在于，在每单位重量和体积中，木炭所包含的热值远远高于原木，因此即便运输到较远的地方，在成本上也是经济的。当然，它的缺点就是要燃烧两次，因此非常浪费木头。这么说来，某一个地方，在便利范围内所能获取的木柴越少，则它转而使用远道而来的木炭的可能也就越大。

木柴的短缺可能会制约一个城邦的扩张，但市镇的上游流域如果出现森林滥伐，就会造成其他更严重的问题。在这些问题中，首先要说的是侵蚀和淤积。人类最早期的国家都奠基于冲积平原及其淤积土之上，而在国家出现后，假设其所在流域植被流失，或者就是为了耕作而清空植被，河流淤积速度一旦变化，就可能导致时人无从知晓的危险。因为最初的国家都建立在坡度极缓的冲积平原上，所以每年的大部分时间，其水流都是缓慢经过的；这就意味着，随着水流速度放缓，淤泥就
199 开始沉淀下来。这时，灌溉沟渠就很可能被淤泥阻塞，这样就进一步减慢了河水的流速，若是城邦还指望着灌溉，那么就至少需要大量的苦力来疏浚河道，祈求他们平时伺候的田地不

至于失收。

森林滥伐所导致的另一种危险，并不是缓慢渐进的，而毋宁说是突然降临的灾变。在古代的美索不达米亚，森林树种主要有橡树、松树和山毛榉，说起森林，它的一个作用就是保持住冬末的雨水，然后从次年五月开始通过渗流而缓慢地释放出水分。因为滥伐森林或者为农耕而清理植被，流域就会更迅速地释放出降雨及其携带的淤积，这样一来，就容易形成更急速也更凶猛的洪流。[16]城邦国家的生存因此会受到多个方面的威胁。现实常见的是，淤积的过程会不断抬高河床，致使其水平面已经接近了周围的地面，在这种情况下，河流就会变得异常不稳定，现有的河道一旦淤塞，就会冲决出另一条新河道。河床逐渐淤积，水位越来越高，如若再遭遇水量猛涨，洪水的浩劫也就一触即发了。在人类历史上，中国的黄河便是一个教科书般的例子，洪水滔天，入海河道急剧变动，曾经夺走了数百万计中国人的生命。在前国家的新石器时代，耶利哥曾是规模最大的定居点之一，现在看起来，到了公元前第九个千年的中期，正是流域横遭破坏，压垮了耶利哥城。“洪水和泥石流让耶利哥如临大敌，”史蒂文·米森写道，“耶利哥无时无刻不处在危险中——当时经由附近的山谷，巴勒斯坦群山一直延伸到了村落的边缘，既然植被已经被清理干净，只要降雨量增加，就很可能冲垮山区的沉积物。”[17]一场大洪水的浩劫可
能会冲毁大半个城邦，淹死庄稼，但即便不是滔天的洪水，只 200

要水量高涨，河流也有可能改道而行，这样一来，就会“搁浅”某个现有的市镇，使得它无法连接到运输和贸易的主动脉。

说起森林滥伐以及河川淤积，最后一个结果带有更多的推测性质，也即它们很可能会加速疟疾的传播。有人曾指出，疟疾是一种“文明病”，之所以这么说，是因为疟疾总是与农耕时清理土地相伴生。麦克尼尔曾指出，这可能同森林滥伐以及河流的形态有关系。一条携带泥沙的河流，当穿越一片坡度低缓的沿海平原时，其流速会变慢，也就会沉积下更多的泥沙。随着泥沙的日积月累，河水流经处就会自然形成自己的堤坝或者屏障，阻隔水流注入大海，导致河水倒灌，大水漫过周边土地，形成适宜疟疾滋生的沼泽湿地——人类自己动手，创造了不适宜人居的地带。[18]

土壤的盐渍化和养分枯竭，是谷物-灌溉国家人为导致的环境后果，但反过来也威胁着国家的存续。所有的灌溉水都含有溶解盐。由于植物并不吸收盐分，故而盐分会留在土壤里，一直累积下去，就会令作物枯萎，除非通过冲刷过滤出盐分。但冲刷只是一种短期的解决方案，它反而会抬高地下水位，因为盐分依然有留存，冲刷最终会让盐分接近地表，到了这个位置，盐分就能渗入植物的根部。较之于小麦，大麦更耐盐，故而当盐渍化越来越严重时，一种应变手段就是种植大麦，舍弃在其他方面往往更受欢迎的小麦。但问题在于，即便种植大麦，如果地下水位以及盐分更接近地表，大麦的产量也会显著降低。[19]在美索不达米亚南部，冲积平原坡度低缓，再加上相对稀缺的降雨量，使得盐渍化的问题更加严重，作为这些问题的专家，亚当斯就坚信，这个地区之所以在公元前 2400 年之
后出现生态的衰退，土壤盐渍化的问题实乃祸首。[20]也正因 201
此，美索不达米亚的农民不得不实行休耕制，每隔两年或三年就让庄稼地休养生息，只有这样，谷物产量才能填饱肚子。我们可以看到，在乌尔第三王朝的农业文献中，为了解释可怜的作物产量，在提到附近的田地时，时人就记录着，它们“浸在盐水之中”、位于“一片盐地”、覆盖着“含盐的土壤”，或者地里到处是“盐堆”。[21]

而在肥沃的冲积平原上，灌溉所导致的土壤盐渍化并不是要命的问题，但即便是在这些地方，时间久了，谷物产量也可能出现下降的趋势。毕竟，那个时候，在同一块土地上，年复一年不间断地耕耘收获，人类几无经验可言。即便是在最初的国家出现之前，艾因加扎尔作为一个聚居社群，就经历过作物的减产；至于早期的谷物国家，由于其核心地带势必密集栽种着粮食作物，我们也可以判断，那里的平均产量也会出现大致相同的下降。同样，草地也存在过度放牧的问题，降低了单位面积上容纳牲口的能力。

要理解早期国家的脆弱及其消失原因，我们有必要区分两种类型的“死亡”，一类是“突然的猝死”（例如拉尔萨城

邦在公元前 1720 年的消失)，另一类则是缓慢衰落、最终消亡。前一类的例子，就好像流行病或大洪水——当然究其原因，也有潜在的日积月累。在此种情形中，国家之消失，犹如光源之熄灭，虽然其大部分人口可能幸存下来，只是逃的逃，散的散。至于河流淤积、作物产量减少或者土壤盐渍化的案例，当它们出现在历史记录上时，通常表现为某种稳定或无规则可循的衰退——比如说人口向外流失，或者更常见于史册的作物歉收。在这种情形中，未必有那种惊天动地的大转折，而是要经历某种几乎觉察不到的慢性凋零。如要形容这种过
202 程，“崩溃”这个词实在有些装腔作势了。这样的“崩溃”，也许不过是生活的日常，对于牵涉其中的国家民众来说，只是再熟悉不过的离散，是某种生存策略的重新调整而已。恐怕只有对于国家的精英来说，他们才能体验到一种作为悲剧的“崩溃”。

政治体的消灭：战争与核心地带的过度开发

然而，“崩溃”终究还是成为一个议题，归根到底，这是因为围有城墙的定居点在历史中的崛起——连同在其核心地带所能见到的宏伟建筑，而我们又普遍错误地认为，所谓“文明”，也就是这样的核心地带。如前所述，在前国家的时代，出于某种原因，先前定居的社群暂时或永久地放弃它们的基地，例子可谓比比皆是。考古学家指出，诸如此类的事件可

能牵涉到数量庞大的人口，但问题在于，只要那个社群尚未形成由城墙围起的国家中心，这种离散就不太可能跻身“历史上的新闻”。对于考古学家来说，断瓦残垣才有意义；只有这些东西才能形成一处令人叹为观止的考古发掘遗址，找到陈列于博物馆的展品，并且经常作为某种符号谱系，述说着一个民族光辉灿烂的过往。若是文明如苏门答腊岛上的室利佛逝那样，以易腐坏的原材料建筑而成，现在近乎无迹可寻，那么它们在历史书本上也就找不到自己的容身地，而反观吴哥窟和婆罗浮屠，它们至今屹立不倒，散发着光芒。

并非国家发明了奴隶制度，同样，也并非国家发明了战争。然而，务必要指出，正是国家的出现造成战事的规模升级，使战争成为国之大事。在没有国家的时代，抓捕奴隶的行动虽然常见，但规模毕竟有限，而在国家出现后，如要掠夺奴隶，通常意味着一国与其邻国开战。而在两个国家因争夺奴隶开战后，战败的一方也就等于从地图上被抹除了。你快看，
“崩溃”发生了！对于胜利的一方来说，惯常的做法就是杀死 203
或掠走大部分人口，摧毁神庙，放火烧掉房舍和庄稼：简而言之，就是要把战败国清除干净。例外发生在某一方交出武器和平投降时，这往往就意味着投降的国家要交纳贡品，偶尔也会由胜利一方派出殖民者，占领失利方的土地——这种方式不那么残暴，但也同样可以去人之国。有些时候，交战的国家有很多，规模旗鼓相当，又共处在同一片疆域内，比如美索不达

米亚的冲积平原、中国先秦时代的“战国”、希腊诸城邦、玛雅各国——也就是所谓的“列国体系”，小国兴也勃焉，亡也忽焉。崩溃是司空见惯的。

无间断的战事及其对人力的调配，进一步加重了早期国家的脆弱。首先，也是最明显的，国家会调遣人力资源，派他们去修筑城墙，建造防御工事，或者发起进犯行动，然而对于刚过温饱线的人口来说，这些人力原本是可以用来生产粮食的。其次，在这种情况下，对于建国者来说，无论是为城邦选址，还是谋划布局，军事防御的考虑就必然凌驾在物质追求之上。如此一来，下述情形就不难想象了——国家虽然在军事上易于防守，但在经济上却朝不保夕。

战事一起，胜利的一方自然能赚个盆满钵满，但战死或被俘的危险也不能不考虑。我们可以想象，在那种列国体制下，大量的属民都会想方设法，躲避征兵，甚至不惜逃离国家。当一个国家眼看着要在战争中失利，其疆域内的人力就难免流失。（我们不妨想一想，公元 1864 年，当美国内战打到最后的
204 阶段时，南方邦联就出现了贫穷白人大规模逃亡的现象。）修昔底德曾经写道，当征伐叙拉古的战役行将失败时，雅典联盟也开始分崩离析：“敌方与我们旗鼓相当，僵持不下，我们的奴隶开始逃亡。至于在我方服役的外邦人，那些此前被征召入伍的士兵，现在都返回到他们的城邦，能多快就有多快。”[22]由于人力是这些国家的血脉，那么一场决定性的军事失败很

可能就预示着国家的崩溃。[23]

最后，发端于内的冲突也可以将城邦轻易摧毁：内战、叛乱或者争夺王位继承的战斗。说起内部冲突，特别应予指出的也许是，国家出现后，新的战利品价值连城，值得放手一搏：一个有城墙环绕的谷物核心地带，能生产出剩余，在土地上还有其人口、牲畜和仓储。为了控制某一优势地点，武力的冲突从未休止，也向来不是小事，即便是在国家出现前的社群之间，亦是如此，但随着早期国家的到来，也就加重了赌注，这基本上是因为国家本身就代表着大批储量的固定资产——灌溉沟渠、防御工事、文字记录、仓库，经常还坐落于一块风水宝地，土壤肥沃、水源充沛、地处贸易路线之上。这些资产也就构成了权力的节点，它们不会轻易投降或屈服，如此一来，我们可以想象，为了谋求地区性的霸权，也就会激发起更残忍、更无节制可言的战争了。

无论是国家间战争，还是内战的场景，作为一种战利品，谷物-人口的生产系统始终构成了政治权力的核心区块。只是在前一种情形中，国家间的战争或者非国家部族的袭击，胜利者就会想办法摧毁这个生产系统，把能移动的资产转移到自己的基地，即便做不到这么彻底，也要让失利方成为纳贡的附庸国。而在内部战争的情形中，之所以要打仗，就是为了争夺某种垄断权，可以独家占用核心地带的各种资源。

对于早期国家来说，它们若过度开发宫廷周边的核心地 205

区，经常无异于自掘坟墓，如要理解何以如此，我们不妨重新回到一个基本的问题，也就是运输和占用所受到的制约条件。如前所述，由于木柴稀缺以及连带的成本激增，就会导致木炭使用更为常见，由这个例子可以说明，大宗货物经陆路运输，其成本会翻番增加，陆运距离稍远一些，很快就成为不可接受之重负。只要运输技术没有出现突破，根据这个逻辑，基本上就可以划出最早期国家在现实中所能到达的范围。设定在一块平坦的冲积平原上，使用役畜和货车来运输，那么最早期的国家如要征用谷物粮食，其所能到达的极限不太可能超过大约 48 公里的半径范围。当然，经由水路的运输，却构成了至关重要的例外，水路能最大幅度地减少摩擦力，也就极大扩展了国家可汲取大宗物品如谷物的面积。这么说来，我们不妨下一个定义，所谓早期国家的农业核心地带，就是如下界定的区域，出产自那里的大宗物品可以运送到中心点，而其运输成本还不至于变得不可承受之高。然而，关键事实却在于，最能汲取利益的控制区域，就是那些距离宫廷最近或者经通航水道可轻松到达的地区。所以说，正是在这个区域内，我们可以发现权力的象征和资源：谷物存储、大型神庙、行政人员、宫廷护卫、中央市场、最肥沃也水源充沛的农业用地，以及要特别强调的，这里还有王室和宗教精英的居所。

正是这个核心区域，是国家权力以及聚合力的关键所在。但它也是国家的薄弱环节，说到底，无论发生什么危机，这个区域都是统治者最先要压榨，也下手最重的地方。[24]正是因为这个区域就在眼皮底下，最为富足，且各种资源密集，所以到了紧要关头，这里能供应最多的人力和粮食。一位胆大鲁莽的 206
统治者，一位在军事上野心勃勃的统治者，一位想要建立不朽功业的统治者，或者一位遭遇外敌入侵或内部叛乱的统治者，他们都会忍不住从这个核心区域汲取资源，以那里为抗阻最小的地带。因为两个现实，这一举动无异于一场非常危险的赌博——赌输了，就可能导致国家的垮台。第一个现实是，降雨、天气、虫害，以及人类和农作物疾病变幻莫测，既然农业王国总会受到这些因素的影响，那么即便是在最可靠的农业生态中，农作物的年度产量也会存在极大的波动。在常态环境中，精英从这一区域可以汲取的“产出”存在着相当大的变动。但是，如果精英不知变通，坚持从这一区域征收一定量的粮食和人力，甚至逐年加码——对产量的常规波动视而不见，不闻不问，那么这些核心地带的农业人口，即便自己的生存都已经不求温饱了，还要承担起农作物收成波动所可能造成的毁灭性打击。如同在所有的农业经济中，阶级关系的关键议题在于，荒年到来时，究竟是哪个阶级承担了作物歉收所必然导致的冲击——或者换言之，究竟是哪个阶级要确保其经济安全，又是哪个阶级要为此做出牺牲？

在原始国家的情形中，第二个应予指出的现实是：以小麦和大麦为例，从一个地区到另一个地区，究竟种植了多少面积，预估产量是多少，真实产量又是多少，关于以上问题，早期国家所能掌握的情况着实非常粗浅。虽说较之于边远地区，国家对其关键核心地带的把握已经多出许多，但在荒年到来时，它往往还是会搜刮走太多的粮食，下面民众只能忍饥挨饿。这倒不是说国家贪得无厌，而是最早出现的国家实在缺乏精准的知识，使得它们难以根据属民的支付能力来调整它们
207 的索取。诚如我的一位同事所言，早期国家是“强干弱枝的，没有能力进行精准的调节”。[25]不仅是统治阶级的误判，还有田间地头的收税官员在下面中饱私囊，而上面也没有能力去监控这种巧取豪夺，结果也就更为严重了。

事态紧急时，税收之多寡关系到国家的生死存亡，压榨核心地带就是几乎不可避免的操作了，即便这么做可能激起属民的逃亡或叛乱。边远的地区，在现实中构不成一种选项。较之于核心地带的产粮区，边远地区的农业生产没有规模可言，其产量更低，更谈不上稳定；即便能从它们那里汲取到一些物资，相当部分也要折抵运输的成本；更何况，国家对于所辖资源的信息掌握，以及对于占取资源之行政设施的掌控，越是偏离中心，越是鞭长莫及。假设国家的精英阶层认定已到了生死存亡之秋，或者胸怀开创一番伟业的雄心，他们就会理直气壮地采纳各种求生的策略，即便这么做可能会牺牲下金蛋的鹅——这里指的是种植谷物的核心地带，也在所不惜。按照我的推测，在今人对历史的回溯中，那些被解读为“崩溃”的

事例，经常就是在上述情境中，国家核心地带的属民已经走投无路，不得不站起来抗争，或者俯身逃亡。

对于公元前第三个千年的美索不达米亚国家来说，“崩溃”究竟意味着什么？在研究这个问题时，学者进而又提出一个问题，到底是谁承担起了风险的重负：“对于国家的中央权威来说，即便它从社会某些部分所能获取的收入有所降低，也不太可能去相应削减其开支，如此一来，最有可能就是增加税收负担，转嫁到其他人的头上。”[26]大约在公元前 2200 年，到了阿卡德王朝较晚的历史阶段，相关的证据就一再表明，每过一段时间，王国的核心地带就会受到压榨，因为那里是最有油水且近在眼前的收入来源。在产粮的核心区，官员命令种植 208
更多的谷物，要求缩短休耕期，希望能实现眼前产量的最大化，而把长期的生产力抛在脑后。两个世纪后，当阿摩利人入侵，乌尔受到威胁之时，守城的将军拼命从当地农民那里压榨每一颗粮食，搞得他们不是群起反抗，就是溜之大吉。人力-谷物国家的崩溃场景，在著名的《乌尔哀歌》的一个段落中就有生动的描述：“饥饿如流水，充盈着这城市……国王在宫殿里哀叹，孤身一人，民众放下了他们的武器。”[27]

到了公元前第三个千年的晚期，比起美索不达米亚冲积平原上二十多个相互竞争的国家，古埃及作为一个王国，其规模要大得多，政治也更稳固，但即便是埃及，它的国家机器显然也在压榨核心地区的农业人口，残酷无情地逼他们交出粮食，征调徭役，不断降低生存的水准。[28]沿着尼罗河，狭长的肥沃地带在两边都被沙漠所封锁，这种地形让统治者可以更严酷地压榨治下人口，他们之所以有恃无恐，就是看到了农民无处可逃。有些学者在评论时特别强调，古埃及农耕人口食不果腹，衣不蔽体，还制定了限制奢侈的法令，这些法律将埃及人口的90%都包括在内，禁止他们穿着某些材质的衣服或拥有贵重的物品，某些仪式是精英阶层专享的，普通人也无权庆祝。[29]

由于缺乏人口数据，无法据以追踪人口流动的状况，我们也就无从发现，当国家从其人口那里榨取出越来越多的粮食和劳役时，逃离国家核心地带的运动是否也在加剧。假设农民逃亡是可能的，也是常见的，那么现在有一个国家，它一方面
209 抓捕战俘，并将这些俘虏带回国家核心地带，加以强行安置，而另一方面由于过度压榨属民，导致人口逃离核心地带，形成了或慢或快的人口流失，那么这一进一出之间，能否相抵呢？

“崩溃”赞歌

为什么要为“崩溃”而悲伤呢？毕竟，崩溃一词所描述的情境，大多只是一个聚合而成的模块又复归解体而已，从一个复杂的、脆弱的、以压制为己任的国家，分解成为规模更小、没有中心的多个片段？[30]那么为什么崩溃总是令人悲从中

来，一个简单却并非肤浅的回答是，对于那些志在记录古代文明的学者以及专业人士来说，崩溃一旦发生，他们所必需的原始材料也就中断了。对于考古学家来说，可供挖掘的重要遗址变少了；对于历史学家来说，记录和文本变少了；对于博物馆工作人员来说，可供展览的大小件出土器物也越来越少。说起古希腊、古埃及“古王国时期”以及公元前第三个千年中期的乌鲁克，相关的记录洋洋洒洒，蔚为大观，而到了继之而起的古希腊“黑暗时代”、古埃及“第一中间期”，以及阿卡德帝国统治下的衰败乌鲁克，这些历史阶段就是晦暗不明的，要为它们画像，考古学家难免徒劳无功。然而，到底该怎么理解诸如此类的“留白”阶段，在我看来，应予证明的，正是这样的时代，反而见证了许多原来在国家治下的属民向自由的纵身一跃，也发生了人类福祉的改善。

在这里，我所要挑战的，是一项极少被检验的历史偏见，由其观之，一方面，在国家核心地带这个“塔尖”之上，聚集起大量的人口，此乃文明的胜利；另一方面，当国家分解为规模较小的政治单元时，这种去中心化就意味着政治秩序的崩溃或失败。我坚信，我们应当用平常心去看待崩溃，将崩溃加以“常态化”，如此看来，所谓“崩溃”，经常开创了某种政治秩序的重组，它每隔一段时间就会发生，甚至可能是有益的。而在更为集权的案例中，诸如乌尔第三王朝、克里特文 210
明，以及中国秦代，经济以命令和定量配给作为基础，相关的问题就更为复杂，而集中、分散、然后再聚合的循环看起来相当普遍。[31]

当我们说某个古代国家中心“崩溃”时，言下之意就指向了许多人世间的悲剧，比如尸横遍野，但这种联想经常是错误的。当然，一次入侵、一场战争，或者一波流行病，都可能导致人口大规模的死亡，但是放弃国家核心地带而四散逃亡，通常说来不会造成什么人口的损失。后面这种情形，其实更像是一种人口的重新分配，如果是在战争进行时或者流行病肆虐，放弃城市，转移到乡野，其实经常是救死扶伤，许多原本将会丧失的生命，现在得到了挽救。我们之所以对“崩溃”想象不止，很大程度上发端于爱德华·吉本的《罗马帝国衰亡史》。但即便是在这一经典案例中，也有学者指出，人口并没有损失，只不过是重新分配罢了，在此过程中还吸收同化了多个不讲拉丁语的族群，比如哥特人。[32]放宽历史的视野，罗马帝国的“衰亡”其实是一种回归，帝国原本就是由其各个组成单元拼凑而成，现在不过是回到曾经主导这个地方的“旧时代区域拼盘”。[33]

如此说来，当一个大型国家的核心区遭到遗弃或者被毁坏时，文化上会失去些什么，就是一个经验性的问题。可以想见，无论是劳动分工、贸易规模，还是宫室建筑的营造，都会受到影响。然而话又说回来，文化也同样会存续下来，甚至继续发展，只是转移到了许多小区域的中心，到了这时候，它们就不再继续唯此前的中央马首是瞻。我们绝不能将文化和国家中心混为一谈，在国家模块的金字塔中，宫廷文化是顶点，然而还有更宽广的基础，两者亦不可混为一谈。最重要的是， 211
一国民众的福祉，永远不能等同于统治者或国家核心的权力。对于早期国家的属民来说，为了逃避纳税、征兵、疫情或暴政，而主动离弃农耕以及市镇中心，这样的情形也并非罕见。站在某个常见的角度，他们这么做，仿佛是倒退回了更原始的生存形式，比如觅食或放牧。但站在另一个角度，而我深信这是更宽广的视角，他们可能因此逃脱了徭役和谷物税，躲过了疫情，他们所付出的只是一个受压榨的农奴身份，换来的却是更大的自由以及人身流动，很可能还能避开在军事冲突中丧生的命运。在上述情形中，逃离国家就如同经历了某种解放。在此应予强调，以上所述并非否认国家之外的苦难，远离国家的生活也经常要遭遇其他方式的掠夺和暴力；准确地说，我们在此所主张的是，考古学家并没有确凿的证据，可据以判定，只要离弃了某个市镇中心，也就堕入了暴力肆虐的残酷状态。

这种人口聚合又分散的不定期循环，可以回溯至先民久远的生存模式，甚至远早于原初国家的出现。比如说，在新仙女木期，因为气温陡降，气候也变得异常干燥，在那种条件下，原本散居四处的先民不得不向更温暖也更湿润的低地聚集，集中到那里，他们有更多的食物资源可以利用。而到了公元前 7000 年的美索不达米亚（大约在前陶新石器文化阶段 A

的末期），因作物收成减少，很可能还有流行病的问题，这一次反过来了，人口开始往各处流散。季节轮替，降雨的时间以及雨量也极不均衡，考虑到这一点，我们更是有充分的理由相信，既然饥荒长年不断，农业部落必定会发展出某种天性技
212 能，每到歉收的年份，就离开大规模的定居点，等待环境的改善。[34]有一位专注于美索不达米亚研究的学者曾指出，有些农民是“两栖”的，原来存在于农耕者和游牧者之间的那条神圣且不可逾越的分界线，对于“两栖农民”来说，是可以轻易穿越的。欧文·拉铁摩尔在论述中国内部的汉蒙边界时，也持有类似激进的观点，而这样的判断在亚当斯那里也有共鸣，他相信：“在游牧民和定居群落之间的联结，是一条双行线，沿着相交的连续地带，随着环境和社会压力的变化，个体和群体有时走过来，有时退回去。”[35]在许多人眼中，这是文明的歧路，是开历史的倒车，但只要进一步端详，这其实不过是因环境多变而长期摸索出的审慎应对之举。

为了应对变动频仍的环境，比如说干旱，在那个时候，任何定居的农业社群都要发展出各种调整举措。在此，我们不妨称它们为“与国家无关的震荡”（non-state related oscillations），这样一来，就可以把它们与“国家的效应”区别开来。我相信，在国家最早出现的时代，之所以某个定居的核心地带被放弃，通常都可以直接或间接追溯至国家的形成。因为国家出现，农作物、人口、牲畜以及市镇经济活动史无前例地聚集在

一起，也就导致了一连串的后果频频发生——土壤枯竭、泥沙淤积、洪水、盐渍化、流行病、火灾、疟疾，等等，在国家出现之前，它们从未有如此规模的存在，而在国家出现后，其中任何一种力量都可以缓慢甚至在转瞬之间夷平一座城市，摧毁一个国家。

最后的，而对我们的讨论而言也许是最重要的，是导致国家灭亡的直接政治原因：也即政治体的消灭！苛捐杂税、内战以及宫廷政变、城邦之间的战争、残忍的肉刑以及各种侮辱践 213
踏的举措，凡此种种都可以称为“国家的效应”（state effects），它们单独一种或者叠加起来，都能导致一个国家的崩溃。在困难时期，人口逃离国家的核心产粮地带，再加上屡禁不止的“往山里跑”和回归游牧的模式，对于把人力作为天大的事的国家来说，这种人口流失可能充当着某种自我调节的机制。可以想见，当国家得知属民正在大批潜逃时，统治者就会采取积极的措施，减轻民众的负担，阻止人口的逃亡潮。然而，即便如此，崩溃还是频繁发生，这也就表明，国家发出的信息要么是没有被下面接收到，要么就是被当作耳旁风。

崩溃只是插曲，通常而言，紧跟着到来的就是历史上所知的“黑暗时代”。当然，正如崩溃一词的含义需要细致的检讨以及批判，“黑暗时代”这个词也要首先打个问号：所谓“黑暗”，究竟是对谁而言的，又指的是哪些方面？在历史上，一如王朝鼎盛的高光时刻，黑暗时代也是无处不在的。很多时候，“黑暗时代”这个词只是一种宣传手段，大权集于中心的王朝用它指称自己的前朝，用此前的不统一和无中心的状态来凸显本朝的成就。但无论如何，仅仅因为国家核心地带人口减少，不再营造大型建筑，也缺失了宫廷记录，就扣上一个黑暗时代的帽子，仿佛是文明之火焰一下子就被熄灭了，这就像是欲加之罪了。当然，历史上确有很多阶段——外敌入侵、疫情肆虐、洪水干旱，动辄夺走成千上万的生命，幸存者也不免颠沛流离（或者沦为奴隶）。在此类情形中，“黑暗时代”这个词也只是一个便利的概念工具而已。无论如何，时代的“黑暗程度”都要经过经验性的探讨才能下判断，而不是一种可以随意派发的标签。对于历史学家或考古学家来说，当他们
214 尝试着去阐释某个黑暗时代时，最大的困难就是我们所知的实在太过有限——也别忘了，这一阶段为何得名“黑暗时代”，不正因如此吗！在我们视线里，至少有两重障碍：首先要说，某个政治构造自命不凡的“顶尖”板块，现在已消失不见。如果想要知道究竟发生了什么事，对于我们来说，所能做的只有侦察外围边缘，考察那些更小的市镇、村落以及牧区营地。其次要说，地下埋藏的书面记录以及浅浮雕即便没有完全消失，也已大幅减少，如此说来，我们即便不是“身处一片漆黑之中”，说得乐观些，也是进入了难以追踪和断代的口传文化领域。对于历史学家和考古学家来说，宫廷中心的自我记录提供的是便利的“一站式购物”，现在则让位于一个“黑

暗时代”，它是破碎的、零散的，且基本上无记录可循。

通说认为，公元前第三个千年即将结束之时，乌尔第三王朝陷入“崩溃”，而在此之后，苏美尔人繁衍生息的冲积平原就进入了一个“黑暗时代”，至于这一阶段持续了多久，现在存有争议。许多此前定居的基地，现在遭到遗弃。“这个时候，定居的生活已经接近消亡，而原本应当记录下这一过程的当地史书和档案，也在此时消失得无影无踪。”[36]说到人口减少的幅度之巨，现在已经取得了学界共识：“根据一项估算，在黎凡特的南部地区，人口数量锐减，大致只剩从前水平的十分之一甚至二十分之一，”布拉德班克这样写道，“此前大规模的定居点现在大都空空荡荡，取而代之的是零散分布的聚落，它们规模小得可怜，也存在不了许久。”[37]

关于这一次崩溃，常见的解释是起因于阿摩利人的“入侵”，而这支游牧民族之所以远道而来，大概是干旱降临在他们原来的家园，让他们不得不向外迁徙。但是，虽有入侵，却看不到大规模的血腥屠杀——这也符合我们关于人力重要性的理解——而阿摩利人霸权的建立，看起来也经过了一个渐 215
进的过程。当地人口到底遭遇到什么，迄今仍是个谜。有可能，此地的原住民四下逃散，流动到很远的地方，但至少没有找到人口被屠杀的证据。还有一种可能，就是干旱或流行病疫情夺走了许多人的生命，幸存者也不得不散居开来。如此看来，阿摩利人的统治要比乌尔第三王朝更温和。阿摩利人的统治者似乎废除了大部分的税收和徭役——也许这么做只是为了阻止人口的大规模外逃——他们所鼓励的，是一个由众多农民、商人以及自由民所组成的社会。但无论故事怎么讲，这段历史都不牵涉到蛮族的掠夺和暴行。

关于美索不达米亚的历史，我们所承袭的大部分都来自前后三个世纪的“强国”阶段，也即乌尔第三王朝、阿卡德以及巴比伦短暂称霸的时代，它们留下了更充裕的历史记录。然而，塞斯·理查森也告诫我们，这一历史阶段实乃异常，从公元前 2500 年至公元前 1600 年，在长达九个世纪的历史进程中，竟有七个世纪都是割据以及去中心化的历史阶段。[38]说起这七个世纪的历史，称之为“黑暗”，只能说是缺乏一个光彩夺目的、留存下编年史的国家，没有任何证据可以表明，它是因为饥荒或暴力而黑暗的。

再说埃及，其第一个“黑暗时代”被称为“第一中间期”，持续时间略长于一个世纪（公元前 2160 年至公元前 2030 年），介于古王国和中王国之间。在此期间，似乎没有发现人口的陡降，甚至连定居形态的零散化都没有出现。准确地说，这一阶段所经历的，只是中央统治无法维持其连续性，因而出现了一次间断而已。见诸史册的结果就是“诺马尔赫”（*nomarchs*）——也即盘踞地方的省级统治者——的崛起，当时，对于中央朝廷，他们只需保持名义上的效忠。税负可能有
216 所降低，而诸省的精英甚至擅自做主，原本只能由中央统治者

享用的仪典，他们也开始仿效。在此意义上，这一时期代表了一波小规模的文化民主化。总而言之，第一中间期看起来与其说是一段黑暗时代，不如说是一段短暂的插曲，其主基调在于去中心化——现在几乎可以确定，追根溯源，这是由于尼罗河水位降低，导致农作物庄稼歉收，中央国家也因之放松了对其属民的掌控。细看这一时期的铭文，所讲述的不仅是一般意义上的物质匮乏，还多有提到社会关系的革命——比如掠夺、洗劫粮仓、穷人翻身、富人潦倒。[39]

古希腊文明的黑暗时代，大约从公元前 1100 年开始，到公元前 700 年结束。在这一时期，许多壮观的宫室建筑遭到焚烧和毁坏，核心地带被遗弃；贸易大幅度缩减，而用线形文字 B 的书写也消失了。学者给出了许多原因，但均无法证实：多利亚人的入侵、地中海上神秘“海洋部落”的入侵、旱灾，也可能是疾病。在文化意义上，这一时期被看作是一段黑暗时代，继之而起的就是希腊文明古典时代的光辉灿烂。但如前所述，无论《奥德赛》，还是《伊利亚德》，口述史诗都可追溯至希腊文明的黑暗时代，只是后来才抄录为我们现在所知的文字形式。事实上，我们也可以认为，这种口述史诗如要存续下来，就要通过反复不断的表演和记诵，在此意义上，它们构成了一种更为民主的文化形式，远远超出了用文字写成的文本，后者的传承并非通过表演，而是要依靠受过教育、能识字辨文的精英，他们只是人数很少的阶级。在希腊的黑暗时代，

此前的城邦经历了一段漫长且毫无起色的黯淡时光，即便有
217 些城邦幸存下来，也变得更小，零星分布，自给自足，其中的生活到底是什么样子的，我们现在几乎可以说是一无所知，而它们到底做了什么，竟奠定了古典希腊随后的繁盛景象，我们也不得而知。

这么说来，若要代表这些古典的黑暗时代而发声的话，我要说，它们对人类福祉或许是大有裨益的。每当进入黑暗时代，就会出现人口的离散，而其中大多应当是一种逃离，躲避战争、税收、疫情、作物歉收、征召入伍。若是这样，原本在国家统治之下因密集的定居生活所可能导致的最严重的损失，也就可能有所挽回。在此阶段所存在的去中心化，不仅可以减轻国家所强加的负担，甚至可能引入某种适度的平等主义。最后，只要我们打破偏执，不再认定文化的创造必定来自光彩夺目的国家核心地带，那么去中心化以及人口的离散也会促成文化生产的重组以及多样态。

终于到了本书的最后，我还希望再去探索下另一种真切的“黑暗时代”，它们在空间上远离国家的核心地带，从未得到承认，也没有留下记录。在早期国家的历史阶段，世界上的大多数人口并非生活在国家之内，而是不属于国家的狩猎者和采集者。威廉·麦克尼尔曾推测，那些由核心产粮区的大聚居所生出的疾病，对于生活在市镇中的人口来说，他们慢慢发展出适应能力，而病毒的伤害也就有所减弱，但对于狩猎采集

部族来说，只要他们一接触到这些新异的疾病，就有可能被消
灭个干净。[40]果真如此的话，这些群体生活在国家之外，即便
他们大批量的死去，既未见于史册，也无法获得关注——在有
记录的历史里没有他们的容身之处；流行病也就是这么摧残
美洲“新世界”人口的，欧洲人登陆后，病毒深入内陆的速
度远快于殖民者的脚步，当原住民一批批染病死亡时，欧洲人
距离现场还远着呢，甚至连惨状都无法目睹。一直持续到 19 218
世纪，文明世界都在掠夺国家之外的人口，将他们作为奴隶，
如果把因流行病而丧命的人数加上奴隶的人头数，我们也就
有了一部史诗级别的“黑暗时代”，领衔主演的是那些“没有
历史”的部族，然而在历史本身的进程中，他们却处在隐蔽
的角落，无人关注。

219

第七章 蛮族人的流金岁月

农民的历史，是由市民写成的，
游牧民的历史，是由定居者写成的，
狩猎采集者的历史，是由农耕者写成的，
化外之民的历史，是宫廷文士写成的，
到哪里寻找这些历史呢？
它们存在于档案中，编目为“蛮族人的历史”。

假设我们回到公元前 2500 年，从外太空俯瞰地球，在美索不达米亚、古埃及和印度河流域（比如哈莱潘），虽已出现了人类最早期的国家，但它们几乎是肉眼看不到的。到了比方说公元前 1500 年，地球上又多出了一些国家核心地带（比如玛雅文明和中国的黄河流域），然而它们的地理范围加在一起却可能有所收缩。即便是在“超级国家”罗马和汉初的鼎盛时期，国家有效控制的区域依然小得可怜。而就人口数量而言，在上述的整个历史时期（大概可以一直延续到至少公元

后的1600年)，地表上绝大多数人仍然生活在国家之外：他们 220
狩猎采集，捕捞海产，刀耕火种，围篱栽培，还有大量从事农耕的先民，他们不受任何国家的有效统治，也无需纳税。[1]即便是在“旧世界”，对于那些希望远离国家的人们，还有一个辽阔的“前方”在召唤他们。[2]

国家主要是一种农业现象，故而除了少数山间谷地的例外，绝大多数国家看起来就像是“群岛”一样，它们分布于冲积平原，地域范围狭小，坐落在大河泛滥所形成的地势低平的湿地上。国家虽然可以变得非常强大，但它们的统治力在生态意义上非常有限，只能被限定在水源充沛、地力肥沃的土壤上，也只有这样的条件才能支持劳力和谷物的集中，形成国家权力据以存在的基础。一旦走出了这种生态“宜居地点”，到了干旱地带、沼泽地或者山区，国家也就是鞭长莫及了。国家可以发起征讨行动，宣示自己的威严，并且打赢一两场遭遇战，但说到统治，那就是另一回事了。大多数早期国家，只要能持续一段时间，无论长或短，大概都由三个部分组成：首先是一个国家直接统治的核心区域，其次是周边伴随的各部族，它们的归附程度要看国家的权力大小以及财富多少，最后则是国家鞭长莫及、无力染指的地方。多数情况下，只要越出了国家的核心地带，统治者并无意愿要经营在财政上贫瘠的区域，一般而言，国家从那里所能汲取的，还赶不上治理当地所要耗费的成本。对于国家来说，面对广阔的内陆腹地，它们会寻求军事结盟或者扶植代理人，并且通过贸易来获得它们所需的稀缺原材料。

所谓内陆腹地，并非说就是一个无人统治或者尚且未有人统治的地带，而是一片属于“蛮族”甚至“野人”的地块，站在国家统治者的角度来说，就是如此。到底怎么区分“蛮族人”和“野人”，虽然无法做到林奈分类法那般精准，但所谓“蛮族人”（barbarians），通常指的是敌对的游牧族群，它
221 们对国家构成了军事威胁，但在某些特定情况下，也可能融入国家；至于提到“野人”（savages），则被认为是以狩猎采集为生的游群，是不堪文明教化的“生番”，对于这些人，可以无视之，屠杀之或奴役之。亚里士多德写过，奴隶就是工具，我们可以推断，当他这么写时，心里想的应该是“野人”，而不是要把所有的蛮族人一网打尽（比如说波斯人）。

站在国家的立场来看，广义的“驯化”作为一种视角，有助于我们去理解“蛮族”。定居在国家核心地带的种粮者，是被驯化的属民，而觅食者、狩猎者和游牧群落，就是野蛮的、残忍的、未经驯化的人口：简而言之，就是蛮族人。在“驯化”的视角下，蛮族人之于被驯化的属民，就好像野兽或害虫之于驯养的家畜。简单地说，他们就像是未被擒获的野兽，而说得严重些，他们就象征着威胁和乱源，必须加以消灭。接着说，耕地里的野草之于栽培的庄稼，也就像野蛮人之于文明生活。野草是一种祸害，当丰收盛宴来临时，它们和鸟

儿、田鼠一道，不请自来，出现在田地里，对于国家和文明而言就构成了一种危险。野草、害虫、害兽、野蛮人，都是“未经驯化”的，它们威胁着谷物国家中的文明。对于这些祸害，要么是驯化和控制，如若做不到，那就干脆消灭之，或者将这些“害虫”彻底驱赶出农庄。

我应当再一次地澄清，在使用“蛮族人”这个词时，我毋宁是在反讽，并没有遵照其字面意思。“蛮族人”这个词，还有它的许多近似，如“野人”“蛮人”“生番”“山地人”“森林野人”，其实都是国家所发明出的词语，用以形容那些尚未归化国家的人口，给他们一个污名的标签。在中国的明代，“熟”这个词，意思是对于蛮族人的吸纳，而“熟番”所
指称的人口就是已经定居下来，已经登记在纳税清册上，而且 222
在原则上接受汉人地方官的统治——简言之，就是那些据称已经“进入国家版图”的人口。一个族群，在语言和文化上完全相同，但经常还是被分割为“生”和“熟”两部分，所根据的就是他们到底处在国家行政的外头，还是内里。无论在罗马人的眼中，还是在中国人看来，税收和主权无法前行的地方，也开始进入了蛮族人部落的地盘。这么说来，请各位读者务必理解，在本书中，当我使用“蛮族人”这个词时，它仅仅是对“国家以外的部族”的简称——蛮族人，并不野蛮。

文明以及如影随形的蛮族

在前文中，我们已经进行了非常详细的探讨，也可以看到，由于内部结构、流行病和政治的原因，早期国家是极其不稳定的。与此同时，早期国家还很容易受到其他国家的掠夺。但行文至此，我想要指出，若放宽我们的视野，进入以千年而非百年来计量的历史时空，那么由蛮族所构成的威胁，也许是限制国家发展壮大的最重要的因素——绝无仅有之重要。从阿摩利人入侵美索不达米亚，到古希腊的“黑暗时代”以及罗马帝国的分崩离析，再到中国的蒙元时代，甚至可能更晚近，蛮族之存在一直是国家存续的最大危险，最保守地说，蛮族也构成了决定性的因素，制约着国家的扩展。[3]在这里，我所说的还并不完全是蛮族中的“超级巨星”——蒙古族、满族、匈奴、莫卧儿、奥斯曼，还包括无数的部落游群，他们不属于任何国家，动辄对国家发动袭击，无情地消耗着种植谷物
223 的定居族群。而在这些擅长突袭的非国家部族中，许多至少也过着半定居的生活：例如帕坦族人、库尔德人、柏柏尔人。

如何认识这种掠夺行为，我相信，最好的方法还是视之为一种更高阶、能有丰厚收益的“狩猎采集”。对于流动的觅食者来说，定居社群就代表着一处难以抗拒的存在，那里汇集着各种物品供采集。下面有一份掠夺物品的清单——该次突袭

发生在殖民时代末期的印度西部地区，是由山地部落对某个低地定居点发起的一次大规模（但根本不算成功）的洗劫，清单上列着 72 头公牛、106 头母牛、55 头小牛、11 头雌性水牛、54 口铜锅、50 件衣服、9 条毯子、19 张铁犁、65 把斧头，外加各种装饰品和谷物，由此也可大致理解这种“狩猎采集”的收获之丰。[4]

从国家最早出现，到它们可以完全主宰国家以外的群落，这中间的历史时期，在我看来，可谓是一段“蛮族人的流金岁月”。怎么理解呢，我的意思是，**正因为**国家出现了——只要国家还没有做大做强，做一个蛮族人在许多方面会变得“更好”。早期国家实在是一榨就出油水的所在，源源不断地提供着掠夺品和贡品。既然国家之存续需要种植谷物的定居人口，占取他们的剩余，那么人口一旦定居下来，连同他们的谷物、牲畜、人力和货品都集中在一块，对于更为机动灵活的掠夺族群来说，就构成了一块理想的搜刮宝地。有了骆驼、战马、马镫或者吃水浅的快船之后，掠夺者的机动能力得到提升，如此一来，他们突袭的范围大大扩展了，效率也大为进步。客观讲，若是缺失了这些将资源汇聚起来的采集中心，战利品锐减，蛮族人生活也就少了很多吸引力。如果我们考虑到蛮族所处生态环境的承载能力，我的观点就是，因为周边小国的存在，蛮族人的生活得到了改善，这就如同因为附近一块土地上能收获野生谷物，或者猎物在迁徙过程中途经此地，也能

224 改善蛮族人的生活一样。不妨这么说，较之于定居群落里的微型寄生虫，蛮族人在发动袭击时就像是巨型的“寄生物种”，那么就其对国家及其人口的发展限制上，究竟是前者更可怕，还是后者，实在是难以分辨。

非要为“蛮族人的流金岁月”给出精准的断代，当然是一件徒劳无益的事。具体到每一个区域，基于它的历史和地理，其所形成的国家-蛮族关系格局都可能大不相同，而且这种关系也从来不是静止不变的，它不断发生变动。大约在公元前2100年，阿摩利人“入侵”美索不达米亚，在蛮族“祸害”的历史中，这显然代表着一次高峰，但说起美索不达米亚各城邦国家所面临的来自内陆腹地的侵扰，这当然不可能是仅有的一例。说到这里，我们千万不能忘记，关于蛮族的“威胁”，我们的全部所知几乎都来自国家形成的资料——而就这些原始资料而言，国家很可能基于自身利益的考虑，讲到蛮族威胁时，或者轻描淡写，但更多时候可能是极尽夸张，同时对“蛮族人”这个词的界定也会过窄或过宽。

巴里·坎利夫意识到其中的复杂，他勇敢地给出了一个论断，至少在地中海地区，蛮族人对古代国家的侵扰前后持续超过了一千年，一直到公元前200年才消停。而在这一漫长的历史时期，坎利夫特别挑出了为期一个世纪的阶段，也就是从公元前1250年至公元前1150年，在他看来，在这一时期，“整座大厦都崩塌了，里面集中的、由官僚执行的、基于宫廷

的交流体系不复存在”。[5]这时候，许多国家的核心地带遭到
遗弃，通常认为罪魁祸首是所谓海上族群的侵略者，大概来自
迈锡尼和腓力斯丁，关于他们，我们现在知之甚少。[6]连同来
自尼罗河西岸沙漠地带的游牧民，他们在公元前1224年袭击
了埃及，然后又在公元前1186年发动了第二次袭击。大约在
同一时期，地中海北岸出现了大量的防御工事和塔楼，可以推 225
测是为了加强防御，对抗经陆路或海上而来的袭击者。在这漫
长的千年历史进程中，地中海地区相当一部分的人口都过着
颠沛流离的生活，他们要离弃原来的家园，不是一次，而是多
次。根据坎利夫的判断，只有等到公元前的第二个世纪，“原
本到处弥散的袭击风气才大致消退下去”，然而在此前不久，
凯尔特人还曾发动袭击，一直打到了古希腊的德尔斐。[7]

在这一历史时期结束时，欧亚大陆的另一端，匈奴的部落联盟构成了秦汉中国的大患，在黄河广阔的“河套”地带，双方争夺着对土地的控制。而在欧亚大陆的中部，贝内特·布朗森主张，印度次大陆之所以未曾出现过任何盛极一时的国家，主要原因就在于有太多强大的游牧族群，他们接连不断的侵扰使得任何国家都无法巩固壮大。从公元前的4世纪一直到公元后的1600年，“整个北方地区，占印度次大陆面积的三分之二，仅出现过两个相对而言较为持久，并且跨越地区的国家：(旃陀罗）笈多王朝和莫卧儿王朝，”布朗森写道，“但无论是这两个国家，还是其他规模更小的北部国家，存续时间都

没有超过两个世纪，到处都是国家崩溃，然后就陷入了无休止且极混乱的无政府时期。”[8]

欧文·拉铁摩尔开创了中国语境内的边疆研究，通过观察中国本部与其北方强大的军事游牧民族之间的关系，他看到了一种更为广远的大陆形态。拉铁摩尔指出，为了防御化外蛮族，国家修筑城墙以及防御工事，这种做法源自西欧，经过中亚传入中国，在时间上一直延续到 13 世纪蒙古人入侵欧洲。这种观点看起来相当夸张，但既然它出自拉铁摩尔的论述，也
226 就值得我们深思。“东起太平洋，西至大西洋，在古代文明世界的北方边境，筑有一条连接起来的防御链。最早的边界城墙目前出现在伊朗境内。而西罗马帝国也在边界上筑起城墙，从不列颠到莱茵、多瑙河岸，外面所对的就是森林、山地以及草原部落，现在则是逐水草而居的游牧民族。”[9]

然而，国家出现后，蛮族人因之得到的最大福利，与其说是有了掠夺的对象，不如说是获得了贸易伙伴。因为国家所占据的是极其狭窄的农业生态，所以要存续下来，它们所必需的大量物资都来自冲积平原之外。国家与其外部的部族可以说是天然的贸易伙伴。若一个国家人口不断增长，财富不断增加，那么在这一过程中，它与临近蛮族的商业交往也会越来越频繁。在公元前的第一个千年里，地中海地区的海运贸易突然发生了爆炸式的增长，无论是交易的规模，还是商品的价值，都不断翻番。在这一语境内，所谓“蛮族经济”，大部分都是

对接至低地国家的市场，供应那里所需要的原材料和物品，其中相当部分接下来还会进口转出口，转运到其他的贸易口岸。在蛮族所能提供的物品中，相当部分都是“牲口”——在这里使用这个词的最广含义：包括牛、羊，以及奴隶，后者往往是最重要的。作为交换，蛮族人获得了纺织品、谷物、铁器、铜器、陶器，以及奢侈的手工艺品，其中相当部分也来自“国际”贸易。这么说来，某些野蛮部族若能控制一条或多条主要的贸易路线（通常是一条通航的河流），连接到某一低地国家的广阔核心地带，它们就能收割丰厚的利润，摇身变为受世人瞩目的地方，物资丰富，人才辈出，如果你愿意的话，这里也可称为“文明”之所在。

如此说来，一手掠夺国家，另一手与国家做贸易，这使得国家边陲地带的经济生活既可以自足，也有利可谋。但是，无 227
论掠夺，还是贸易，都无法简单地替代占取；正如我们在下文中所将看到的，它们还能有效地结合起来，看上去蛮族人也学会了国家治理。

蛮族的地理，蛮族的生态

所谓“蛮族人”，指的当然并不是一种文化，或者文化的深渊。他们也不是历史或进化过程中的一个“阶段”，在整个进程中，最高级的阶段就是在生活在国家中，成为纳税人——

无论是罗马人，还是中国人，他们不约而同地信奉着这套关于吸纳的历史叙述。对于恺撒来说，所谓吸纳，就意味着从部落（友好的或敌对的）进展到“行省”，或许最终就成了罗马人。而对于汉人来说，吸纳就意味着进步，由“生”（敌对的）到“熟”（友好的），最终成为汉人。作为中间的过渡步骤，无论“行省”还是“熟番”，都是行政和政治吸纳中的具体类型，而若各种条件具备，则接下来还要进行文化上的同化。从结构上判断，“蛮族人”作为一个群体，构成了一个相对于国家或帝国而言的位置。也就是说，蛮族人是一个毗邻国家但却不在国家之内的族群。诚如布朗森所言，蛮族人“身在国家外，但眼睛盯着国家内”。[10]蛮族人不纳税；如果说他们与国家有什么一丁点的财政关系，那就是在国家的期待中，他们作为一个集体能交纳贡品。

在古代世界，国家的形成需要严格的农业和人口条件，故而，要描述古代国家的地理和生态，相对而言更容易些。观察早期国家，似乎只可能出现在位于河谷低地、水源充沛的肥沃
228 土壤上。一直要等到公元前第一个千年的后半段，才出现了由风帆驱动的较大型船只，它们可以运载更多的货物，去往更远的地方，而在此之前，国家所能做的，就是紧紧守着它的谷物核心地带。相比较而言，如要简明描述蛮族的地理和生态，几乎是件不可能的任务，因为它所构成的是一个庞杂的剩余范畴；大体上说，它们包含了各种各样的地理区域，凡是不适于

国家建构的环境，都曾出现过蛮族的踪迹。说起蛮族人活动的区域，最经常被提到的是山区和草原。事实上，任何一个地区，只要交通不便，难以进行辨识也无法抓取痕迹，不适宜进行精耕细作的农业，基本上就有条件成为蛮族人活动的区域。所以说，未经清理的茂密森林、沼泽、水洼、河流三角洲、荒野、沙漠、旱地甚至海洋，在国家的话语体系中，统统都会被归入这一类别。大量的称呼，带有明显的种族色彩，但如果按字面意义翻译过来，其实是对某一族群所处地理环境的描述，是由国家话语扣在他们头上的："山地人""沼地民""森林部落""草原民族"。而在国家的话语中，之所以草原游牧民族、山地人以及海上来的人表现得如此显赫，唯一的理由就是诸如此类的族群不仅居于化外之地，而且对于国家来说，它们是最有可能构成某种军事威胁的。

国家统治力所能到达的范围，往往有一个象征并且经常也是实际的边界，很多时候，这个界限是由国家竖立的一道物理分隔所标示的，由此分别出"文明的"和"野蛮的"区域。这种类型的第一堵"长城"，是长约250公里的"大地之墙"，它是由苏美尔的国王舒尔吉下令建造的，时间约在公元前2000年，位于底格里斯河和幼发拉底河之间。按照通常的描述，之所以要修筑这道墙，是为了将野蛮的阿摩利人屏蔽于外（当然，它最终还是未能完成这项任务），但安妮·波特以及其他一些学者也相信，这堵长墙还有附加的目的，就是要将美

229 索不达米亚南部从事农耕的纳税人口留置于内。[11]对于早期的罗马帝国来说，从莱茵河的东岸“开始”，就变成了蛮族人的地盘——在公元9年，罗马军团在条顿森林战役中遭遇灾难性的惨败，自此后就不再敢越过这道边界而造次。至于巴尔干半岛，这是“一块多山的土地，山谷地带又为无数的溪流所切割，几乎见不到大面积的平坦地带”，故而将这一地区标示出来的，也同样是一道由防御工事连成的边界。[12]

对于蛮族人来说，他们处于什么样的地理环境，也就有着什么样独特的生态和人口状况。作为一种剩余范畴，各种各样的生存以及居住模式，凡是国家核心谷物地带所不为的，就都在它的范围内。在苏美尔人的一则神话中，女神雅尼歌齐杜曾受到劝诫，不要同游牧民族的守护神马尔图成婚，理由如下，“他居住在山里……介入了太多的争斗……他不懂得什么是谦恭，他吃的是未煮过的生食，他居住不在屋子里，死之后也无人将他埋葬……”这里所描述的，再对比国家人口的生活——他们种植谷物，定居在农庄里，不正构成了最鲜明的反差吗？[13]中国周代的典籍《礼记》，也对比了野蛮的部落和开化的文明人，前者吃肉（无论生吃还是熟食），而后者则以谷物为主食。而对于罗马人来说，他们以谷物为日常主食，而高卢人的饮食却以肉奶制品为主，这中间的反差，正是他们自命为文明人的关键标志之一。蛮族人散居在四面八方，来无影去无踪，居住在小规模的群落里。他们可能是游耕者、放牧人、渔民、狩猎采集者、觅食游群，或者做些零碎的贸易。他们甚至还可能种植一些谷物，收获一些粮食，但无论如何，对于他们来说，与生活在国家疆域内的人口不同，谷物不可能成为他们的主食。正是因为他们的流动不居，分布的高度散落，以及丰富多姿的生存方式，所以蛮族人作为一种基础资源，既不便于占取，也不适于国家建构；也正是因为这些原因，他们才被 230
称呼为野蛮人。当然，在做出文明和野蛮的区分后，野蛮还存在着程度上的差异，对于国家来说，程度上的差异至少可以区分出两种蛮族，一种是还可以被文明教化的对象，而另一种则是完全无药可救的。在罗马人的眼中，凯尔特人因为懂得清理土地，种植一点谷物，建造有贸易市镇（罗马人称之为“奥必达”），所以他们可以算作“高端”的蛮族；至于那些没有组织、到处流动的狩猎游群，则是无法挽救的。有些蛮族的社会，就好像居住在贸易市镇里的凯尔特人那样，也可以形成一定的等级体系，但是，他们的社会分层通常而言并非基于财产的继承，较之于能在农业王国内所发现的分层，一般来说要更扁平一些。

地理环境之变化多端，经常就意味着，即便是国家的核心产粮地带，也会因比如山川与河泽而切割开来，在这种情形下，国家的核心地带可能就包容着多个“尚未吸纳进来”的蛮族区域。假设有一个国家，在它将周围可耕土地的区域编织起来的过程中，经常会绕开或者跳过某些负隅顽抗的位置。以古代中国为例，中国人会区分两种蛮族，一种是“境内蛮族”，他们就存在于某些隔离区域内，另一种是“境外蛮族”，处在国家的边界附近。按照早期国家的文明叙事，即便没有明说，也至少隐含地认为，有一些原始部落，或是因为聪明或者纯运气，他们驯化了农作物以及动物，建立了定居社区，并在此基础上创建了市镇和国家。他们将原始生活抛在后面，搭上了国家和文明的列车。根据上述的叙事，所谓的蛮族，也就是不愿意做出改变，自甘于落后的那部分人。而在经过了这次大分流之后，世界也就一分为二：一边是文明开化的区域，分布着定居社群、市镇和国家；而另一边则是原始的领域，猎人、
231 觅食者和游牧民不断迁徙，散居在四面八方。当然，将这两个区域分隔开来的那层膜是可以渗透的，只不过只能进行单向的流动。也就是说，原始人可以走进文明的领域——这也就是所谓的大叙事，但反过来说，“已经开化”的人口要退回到原始状态，则是想都不敢想的。

我们现在知道，根据历史的证据来检验，这种观点可以说是大错特错的。之所以错误，至少有如下三点原因：第一，数千年来，从定居的生存方式到非定居的方式，相互间保持着持续不断的双向交流和转化，而且还存在着许多介于两者之间的混合选项，然而上述观点对之却视而不见。对于国家建构来说，定居下来的生活以及犁耕农业都是必要条件，然而，作为生存的某种选项来说，它们不过只是各样可能中的一种组合

而已，随着环境条件的变化，可以拿起，也可以放下。第二，建立起一个国家，再加上立国后的疆域扩张，通常说来，立国的行为就意味着人口的大量迁徙变动。某些先前居于此地的人口可能为国家所吸收，但还是有些人，很可能构成了多数，大概就要逃离国家的控制范围。事实上，在与国家毗邻的各色蛮族人中，许多很可能就是因国家建构而逃亡出来的难民。第三，正如我们所见，在国家创立之后，通常而言，如果说有多少理由要归附国家，也就会有多少的理由要逃离国家。根据主流的叙事，先民们向往着国家，希望得到国家所提供的机会和安全保障，然而，高死亡率所造成的人口损失，再加上逃离国家所带来的人口流失，可以说完全抵消了国家对人口的吸引，也正因此，早期国家为了满足其人力需求，看起来就不得不借重奴役制度、奴隶战争以及强制性的群体重新安置。

对于我们来说，关键是要看到，在国家形成之后，国家作为一个系统，不仅在吸收人口，也会同时吐出原先的属民。人口之所以逃离，原因各种各样，且差异极大——流行病、作物
歉收、洪灾、土壤盐渍化、苛捐杂税、战争以及征兵——它们 232
所引发的，既有持续不断的人口流失，偶尔也会形成大规模的逃亡潮。在逃亡者中间，有些人跑到了邻国，但更多的人，尤其是俘虏和奴隶，则逃至国家的边陲，转而采用其他的生存方式。实际上，转变为野蛮人，对他们来说是自觉自愿的。时间久了，在化外之民之中，越来越大的比例并不属于“与生俱

来的原始人”，也就是说，他们并非顽固地拒绝尝试农庄的生活，其实他们原本是国家属民，尽管经常是由环境所迫，但对于他们来说，同国家保持距离仍属自觉的选择。许多的人类学家曾详细描述过这一过程，其中最著名的当推皮埃尔·克拉斯特，在他看来，这个过程可以称之为“后天的原始化”(secondary primitivism)。[14]国家存在的时间越长，国家流失到边缘地带的逃亡者就越多。久而久之，这些人口在有些地区越积越多，由此形成的避难所也就变成了“裂碎地带”(shatter zones)，那里语言和文化构成都非常复杂，而这所反映出的，恰恰是这里所居住的人口是在许多轮逃亡潮中迁徙而来，经历了一个相对漫长的历史时期。

说起这个后天原始化的过程，或者也可以称之为“投奔蛮族而来”，其实是非常普遍的，可以说完全突破了任何一种主流的文明叙事。在国家崩溃的时期，或者在以战争、流行病和环境恶化为标志的政权空档期，这一过程更是频频发生。在上述的情形中，后天的原始化并不是什么退步和损失，故而也不必加以惋惜，对于亲身经历的先民而言，这个过程很可能会带来安全、营养和社会秩序的显著改善。在很多时候，成为一个蛮族人，就好像是一次逆天改命的努力。

白桂思就曾指出，游牧民

> 较之于大型农业国家的居民来说，一般而言，营养状

> 况要好得多，生活更容易，寿命也更长。在古代中国，总 233
> 是持续不断有农业人口逃离中国本部，跑到周边草原部族的地盘，到了那里，他们从来不吝于宣扬游牧生活方式的优越。同样，也有很多希腊人和罗马人，他们加入了匈奴部落或者其他欧亚大陆中部的部落，在那里，他们过上了更好的生活，而且比起此前在故土时，所得到的待遇也更高。[15]

这种心甘情愿的自我游牧化，既非罕见，也不是一时一地的孤例。如前文所述，在谈及中国与蒙古的边境时，欧文·拉铁摩尔就曾雄辩地给出证明，长城之目的，不仅是要阻隔蛮族的入侵，还同样考虑到如何防止中国本部的纳税人外逃，然而问题在于，即便是如此，还是有大量从事农耕、承担税赋的汉人逃离国家空间，“让自己躲得远远的”——特别是在政治和经济动荡的时期，并且“非常轻易就归顺了蛮族的统治者”。[16]拉铁摩尔作为一位学者，还曾讨论过一般意义上的边境问题，他引用过一位研究西罗马帝国晚期历史的学者，按这位学者所述，那儿也出现过相同的模式，“苛捐杂税多如牛毛，而在违法犯禁的豪强面前，普通公民手足无措”，环境所迫，罗马公民转而寻求匈奴王阿提拉的庇护。[17]拉铁摩尔又补充指出：“换言之，历史上曾有如此的时期，蛮族人的法律和秩序是优越于文明世界的。”[18]

可以说，这种投奔蛮族而来的现实做法，实在是打了文明世界的脸，揭穿了他们所讲述的“如此”的故事，也正因此，在朝廷的编年史和官修的史书中，我们很难找到关于这种现实的记录。某种意义上，这是最深层的颠覆。到了公元后的 6 世纪，哥特人的吸引力至少不亚于此前的匈奴部族。从公元 541 年到 552 年，东哥特王国在位的国王托提拉，不仅接纳奴隶以
234 及佃农进入哥特人的军队，甚至许诺给他们自由以及土地所有权，策动他们反抗原来高高在上的主人。“这么一来，对于罗马的下层阶级来说，他不仅发了一个通行证，也提供了一个理由，自 3 世纪以来一直跃跃欲试的事情，现在终于到时候了”，这就是“因经济处境所迫，走投无路而成为哥特人”。[19]

如此看来，在蛮族人中间，相当大的比例并不是冥顽不灵或者未能跟上时代进程的原始人，而是政治或经济上的逃亡者，为了躲避由国家所引发的贫困、税收、奴役和战争，他们逃到了边缘地带。时间久而久之，国家数量增多，规模扩大，逃离国家、用脚投票的人员也就越来越多。边境地带天高地阔，其存在就提供了一种不那么危险的救济通道，而不必挺身造反，这就好像是生活在 19 世纪到 20 世纪初期的欧洲穷苦人，他们的一条出路就是移民至“新世界”。[20]从拉铁摩尔、白桂思到其他一些学者，他们并非浪漫地想象边疆地带的蛮族生活，而是搞清楚了一个问题：离开国家空间，投向边缘地带，对于亲身经历者来说，与其说是委身于无穷尽的黑暗，不

如说是一种处境的缓和，甚至不妨称之为一种解脱。当国力衰落且国家存在受到威胁时，统治者就会经不起诱惑，为了弥补损失，要更严苛地压榨核心地带，这样一来，就会形成一种恶性循环，很可能导致更进一步的叛逃。现在看来，大约在公元前 1100 年，克里特以及迈锡尼的集权王国之所以崩溃，一部分原因就在于上述的恶性循环场景。“官僚不断施压，追求产量的增加，农民陷入绝境，只有逃离才能找到活路，于是在王权主导的领地上，人口大量减少，这些大都有考古证据为证，”坎利夫曾这样写道，“崩溃也将很快跟随而来。”[21]

到这里，我们迅速地重返人力问题。对于早期国家来说，
所谓成功，就在于它能够控制一块可汲取资源的区域，在肥沃 235
的土地之上，聚集着种植谷物的农耕人口。让农业人口依附在土地上——如果做不到这一点，那就退而求其次，不断补充人口的损失，可以说是治国的关键所在。限制人身自由能够有所帮助。“如要避免人口、力量和财富流失到欧亚大陆中部，唯一的方法就是建造高墙，把贸易限制在边境城市，必要时就对草原部落发起攻击，消灭他们或者把他们驱赶到远方。”[22]

“部落”这个词起初是怎么出现的，追根究底，部落是国家所给出的一个行政虚拟概念；走到国家的尽头，就是部落开始处。“部落”的反义词就是“农民”：也就是国家的属民。所谓部落，首先是一种与国家的关系，如要理解这一点，我们可以观察一下罗马人的做法，当行省的人口脱离帝国或者造

反时，统治者就会重新用他们此前的部落名称来称呼这些族群。有些蛮族因为对国家或帝国构成威胁，由此被载入史册，获得了一个族群所专有的名字——阿摩利人、斯基泰人、匈奴人、蒙古人、阿勒曼尼人、匈人、哥特人、准噶尔人，这一事实可以传达出一种印象，认为这些部落是凝聚在一起的，且有同一个文化身份——但通常而言，这种印象与真相相去甚远。说起这些团体，它们都是松散的联盟，由许多不同的部族所构成，只是为了军事目的才短暂地聚集在一起，这个时候，对于那个受到威胁的国家来说，这个联盟却呈现为一个“部族”。牧民的亲属结构尤其灵活，对于他们来说，能随时吸收或放弃团队成员是非常重要的，在增减决策上，他们要考虑很多的因素，比如可用的草地、牲畜的数量，以及手头的任务，包括军事任务。就好像国家一样，这些团体通常也缺乏人力，因此会很快将流民或俘虏吸纳到他们的亲属关系结构中。

对于罗马人和中国唐代来说，部落是行政管理上的领土
236 单位，从它的名称，基本上看不出它所指称的族群到底有什么特征。很多部落的名称，其实只是地名而已：某一处山谷、某一段山脉、某一条河流、某一片森林。在有些情形中，部落名所用的词语，可能反映出所指称群体的特质——例如，罗马人称呼一个群体为辛布里人，这个词的原意就是“强盗”或“土匪”。无论是在罗马，还是在中国，统治者的目的都是要发现——实在找不出来，那就指派——一位领导或者首领，之

后就由他来管理本部族的行为，行使权力也履行职责。而根据中国古代的土司制度，以夷治夷，朝廷任命附属国的行政长官，授予头衔和特权，再由汉人官员责成土官去治理土民。当然，时间久了，这种原本属于行政上的虚拟建构，也可能发展出自身独立的存在。这种虚构一旦有了外在的形式，就会得到制度化——设置属国宫室朝堂，缴纳贡物，吸收低阶的本地官员，建立地籍档案，推动公共工程，总而言之，土民生活中要与国家有所接触的那部分，现在都被组织起来。一个“部族”，追根溯源其实是由行政命令所凭空想象出来的，然而到了后来，这个群体就会把此前的虚构内化于心，作为一种自觉的甚至是反叛性的身份认同。如前所述，在恺撒所设想的进化图景中，部落是先于国家而存在的。然而，据我们现在所知道的，更准确的说法是，国家先于部落而存在，事实上，大致是国家发明了部落，部落是国家统治的手段。

掠　夺

某个来自冲积平原之外的部族对乌尔发起了一次突袭，洗劫一空过后，乌尔城中一位富翁写下了如下这段哀叹：

> 他从高地来，把我的财产都带到了高地……沼泽吞
> 没了我的财产……他们不懂得银器，手里捧的却都是我 237

的银子。他们不认识宝石，却用我的宝石缠绕住他们的脖子。[23]

在国家的治下，从谷物、牲畜到人口，都在空间上密集地聚拢起来，这一方面可以说是国家力量的根源，但另一方面也导致国家难免一个致命缺陷，在面对来去自如的袭击者时，脆弱经常暴露无遗。[24]确实，在很多时候，较之于毗邻的部族，国家也富裕不到哪儿去，但如我们所见，两者之间的一个区别是决定性的，对于国家或者任何定居下来的群体来说，便利的方式是将财富堆积在一起，然后守卫起来，但对于边陲的游牧民来说，他们的财产却是四散分布的。来去自如的袭击者，尤其是当他们骑在马背上时，就掌握了军事上的主动权。他们在什么时间到达什么地点，都可以是自己选择的，也可以集中优势力量，在袭击某一定居社群时，专门攻击其最薄弱的环节，或者是拦截某个贸易商队。如果人数够多的话，他们还能拿下没有防御工事的社群。他们的优势在于闪电般的突袭；反过来说，他们一般不会围攻一座防御坚固的城市，原因也很简单，他们停驻的时间越长，被攻击的国家也就有了更长的时间，能够动员起来以对抗他们，如此一来，蛮族人在战术上的优势也就荡然无存了。在前现代的条件下，甚至很可能直到加农炮时代到来之前，游牧民族的移动部队通常都能战胜国家由贵族和农民组成的军队。[25]有些地区没有马，也没有游牧民，但即便是在那些地区，所能见到的普遍规律依然是，更灵活的族群，比如狩猎采集或刀耕火种的部落、船民，往往会凌驾在定居耕作者的头上，支配他们并且索取贡品。[26]

在本书导论章中，我曾引用柏柏尔人的一句名言，“掠夺
就是我们的农活”，这句话可说是意味深长。我认为，它指向 238
了关键的真相，揭示了袭击掠夺的寄生性。对于定居的社群来说，殷实的粮仓需要长期的农事劳作，两年甚至更久，然而一眨眼的工夫，突袭者就能洗劫一空。在此意义上，那些关在围栏或畜圈里的家禽和牲口，也可以说是活的粮仓，可以查封掠走。而且既然奴隶通常也是突袭行动的战利品，抓住他们后可以勒索赎金，留存自用或者出售，那么他们也代表着价值和生产力的集中存储，养大奴隶总归要花费一定成本，但突袭者却能用一天工夫把他们悉数掳走。然而，再放宽我们的视角，这不妨说是一种寄生取代了另一种而已——你们想想看，突袭者确实是在掠夺并散财，然而他们所夺取的财产起初是如何积聚起来的，其实在他们到来之前，是国家通过自身专属的权力，占取了这些财富，集中在一起进行管理。[27]

对于蛮族的掠夺者来说，即便国家发起报复行动，他们也是相对安全的。因为他们来去自如，且零星分散，所以他们总是能够说消失就消失，经常进入到山地、沼泽或者无迹可寻的草原，而国家的军队到了这些地方，反而是置身险境。在攻击定点目标或者定居的社群时，国家的军队往往可以大显身手，

但轮到征伐专事突袭的游群时，基本上就是无可奈何了，对手连个首领势力都没有，既无法与之谈判，也很难在战斗中击败他们。

国家反击时，掠夺者往往觉得无关痛痒，还有一项原因如拉铁摩尔所指出的，蒙古掠夺者之所以不怕汉地的军事反击，就在于草原上没有“神经中枢”。[28]在希罗多德的笔下，有一位斯基泰人的对话者曾这么说，“因为我们斯基泰人没有市
239 镇，也没有种植作物的土地，所以我们总是战斗的发起方，我们从来不必担心这一处的市镇被攻取了，或者另一处的庄稼被破坏了”，如果我们相信上面希罗多德以斯基泰人之口所说的话，那么就可以看到，游牧部落的掠夺者也非常清楚，没有不动产对他们来说就是军事上的优势。[29]

回到公元前第二个千年的晚期，在地中海地区，国家所面临的危险，与其说来自草原或沙漠，不如说是从海上来。说到这里，适于航行的海洋，也就好像是草原或沙漠，对于经海路而来的掠夺者来说，海洋就是得天独厚的遮蔽，可以突袭沿海的社群，把那里洗劫一空，或者在有些情形中，还可以征服那里，作为统治者接管下来。在地中海地区的贸易繁荣发展后，在海洋上漂泊的部族还会变身海盗，掠夺贸易商品，这就相当于游牧族群拦截经陆路而来的商队。乌加列，位于今日叙利亚的拉塔吉亚附近，那里的国王曾描述过一次战斗，在他自己的战车和船只都不在身边时，王国受到了一次袭击：“看呀！敌

人的船舰已到这里；我的城市一片火海，他们在我的国家里坏事做尽”；“敌人的七艘船开到这里，给我们造成了极大的破坏。”[30]说起从海上来的掠夺者，他们对古埃及和黎凡特地区的攻击可以说是众所周知，除此之外，从克里特岛的宏伟宫殿到赫梯帝国的心脏地带，文明之所以被摧毁，罪魁祸首很可能也是他们。[31]他们可以说是先行者，在他们之后，历史上还有其他赫赫有名的海上掠夺者，比如北欧的维京人和东南亚的“海洋吉普赛人”（罗越人）。时至今日，阿拉伯海上的海盗行动也能表明，即便是当下，速度、灵活和突袭在战术上还是可以胜过“准定居”的货柜船，至少可以打它一个措手不及。

关于“从海上来的盗匪”，我们知之甚少。很有可能，他们平常活动在塞浦路斯岛以西的海域，在长达一个多世纪的时间内，他们发动了许多波的侵犯活动。如同陆上的游牧掠夺者，海盗这个群体也是一个极为混杂的团队，就他们的文化和
语言背景来说，可说是五花八门。在国家的文献和编年史中， 240
他们一出现，就带来了恐怖和灾祸。然而，当代的学术研究已经为他们正名，他们不仅是海上来的掠夺者，还在许多占领地区修建起城市。

然而，这种袭击抢掠的行为，必定无法摆脱一种深层的根本矛盾，只要抓住这一关键环节，也就能理解，为什么这种行为不可能构成一种稳定的生存模式，在大多数情况下，它会演变为某种非常不同的状况。这种袭击抢掠，若推演到逻辑的极

致，可以说是某种杀鸡取卵。比方说，掠夺者攻击了一处定居的社群，抢走了那里的牲畜、谷物、人口以及一切有价值的物件，这个定居点就等于被摧毁了。知晓了这一命运，哪里还会有人愿意再到这里定居呢？也就是说，如果掠夺者要发起突然攻击，若是成功的话，就等于杀死了附近所有的"猎物"，或者说得再准确些，就是"杀死了下金蛋的鹅"。对于攻击陆上商队的掠夺者，或者在航线上打劫的海盗来说，情况也亦复如此。如果他们把财富洗劫一空的话，要么就是贸易就此中断，要么就是另一种更有可能的结果，商人开辟出另一条更安全的路线。

对于掠夺者来说，在搞清楚这层道理之后，他们往往就会调整自己的策略，现在看起来，其新的所作所为就更像是在"勒索保护费"。掠夺者收取一部分的贸易商品、农作物收成、牲畜，或者其他有价值的物件，作为回报，他们也会"保护"贸易旅途中的商人或者定居的社群，使他们免遭其他袭击部落的掠夺，当然也要节制他们自己，切勿竭泽而渔。这种关系如同是疾病在某地的传播——病原细菌要依附宿主而获得稳定的生存，而不是杀死宿主同时让自己无处寄生。由于在某个地区往往都会存在多个掠夺群体，故而每一个群体都最好要找到若干特定社群，一方面"收税"，另一方面加以保护。袭击仍会发生，通常也破坏力十足，但在"勒索保护费"的新策略下，由掠夺者所发动的攻击，基本上都指向由另一个掠夺

群体所保护的社群。从形式上看，诸如此类的攻击就像是一种 241
间接的战争，发生在敌对的掠夺群体之间。“勒索保护费”若能坚持下去，形成惯例，那么较之于一次性的劫掠，就构成了一种着眼于长远的策略，也正因此，它的执行，需要一种相当稳定的政治和军事环境。这种保护费的模式一旦确定下来，掠夺群体一方面要从定居社群那里汲取某种可持续的剩余，另一方面也要保护它的生产基地，阻挡外来的侵犯，如此一来，索取保护费的群体也就同原始国家难以区分了。[32]

总的说来，古代国家不仅要修筑城墙，征募他们自己的军队，还经常贿赂兵强马壮的蛮族，以此换取不进犯的允诺。由国家向蛮族的支付可以采取很多种形式。有些时候，为了保住上国的颜面，保护费会被美化为“礼物”，换来的是表面的服从以及装点门面的贡品。有些时候，国家会把贸易权交给某个掠夺群体，让他们垄断某一指定地点的贸易，或者是垄断某一种商品的贸易。在很多情况下，这种交付也可以伪装为对某支地方武装的犒赏，以此确保边关的安宁。而对于掠夺群体来说，在完成交付后，他们也就同意，今后不再进犯盟国，掠夺对象只限于盟国的敌人，而从国家这一方来说，经常也会承认袭击群体在某个区域内的独立。久而久之，如果上述的安排延续下来，那么掠夺集团的保护区看起来就很像是一家准自治的行省政府了。[33]

而在欧亚大陆的另一端，大约在公元200年，东汉面对着周边游牧民族的袭击，东汉统治者和匈奴集团所结成的关系，也能生动地说明什么是政治协调。匈奴经常会发动闪电袭击，等到国家集结兵力，想要展开报复行动时，他们早已退回到草原地带。不久以后，匈奴就会派遣使者，前往大汉朝廷，他们会做出和平的承诺，以此为条件，换取边境贸易的优惠或者直
242 接的补助金。接下来，双方签订条约，把相应的安排写在条款里，盖印封存——根据条约，游牧族群常甘居附庸，还会表现出适当的效忠姿态，以此换取数额巨大的补助金。这种“反向给付的”贡品经常要耗费巨资：最严重时，政府每年三分之一的支出都用于买通游牧部落。七个世纪之后，唐代的统治也有类似的安排，政府每年要交付五十万匹丝绸给回纥人。从纸面上看，仿佛是游牧部落是附庸，面对大唐天子俯首称臣，但若观察岁入和物品的实际流向，就能发现相反的真相。实际上，游牧部落是在对大唐索贿，而国家换来的则是不再攻击的允诺。[34]

我们不难想象，诸如此类的保护费勒索可能远远不止于文件的记载，从某种意义上来说，它们构成了国家的机密，一旦和盘托出，国家经营出来的无所不能的公共形象也就摇摇欲坠了。希罗多德曾写道，波斯国王每年都要把贡品交付给塞西亚人（他们是苏萨城的居民，位于美索不达米亚冲积平原边缘、扎格罗斯山脉的山麓地带），以免他们会突袭波斯的心脏地带，破坏波斯的陆路商队贸易。说到罗马人，当他们在公

元前 4 世纪连吃败仗之后，就向凯尔特人支付一千磅的黄金，换取对方不再进犯的允诺，我们可以看到，日后罗马人也用同样的办法去应对匈人和哥特人。

如果我们再回收一步，放宽自己的视野，蛮族和国家的关系就可以被视为一种竞争，发生在两方之间，他们所争夺的是一种权利，获胜方将有权从定居的谷物-人力模块那里占取剩余。要说这个谷物-人力的模块，它一方面是国家形成的基地，而另一方面，对于蛮族积蓄力量也是必不可少，甚至同样重要的。简言之，它就是胜利者的奖品。那种一次性的洗劫，243
烧光抢光，只不过是杀鸡取卵，相比之下，保护费的模式则更稳定，它是对国家汲取过程的模拟，也不会破坏谷物核心地带长期的生产力。

贸易路线与可征税的核心产粮区

从一开始，成规模的社群一旦出现，就要依靠与其他生态区的贸易和交换。而在较大规模的国家完成吞并巩固后，这种对贸易的依赖只会进一步的加重。考虑到交通运输在当时受到各种制约，那么在美索不达米亚和新月沃土地带，高原、山间谷地、山麓草原、冲积平原的并存，且由通航水道联系起来，这种得天独厚的条件也就形成了一种“垂直型的经济”，彼此之间可以进行互惠的交换。[35]乌尔和乌鲁克之所以繁荣一时，没有来自高海拔地带的产品，当然是不可想象的，这些物品包括石头、矿石、燃油、木材、石灰石、皂石、银、铅、铜、磨石、宝石、黄金，以及相当重要的奴隶和俘虏。这些产品大部分借水道漂流而下。河流越长，通航状况越好，那么可预期下游流域的政治体就能越扩大。而在地中海地区，规模更小的城邦可以说是这一模式的缩微复本。一般说来，这些早期国家位于某条大河的冲积平原上，靠近海岸，也有毗邻的高地，处在这个位置上，它们就能控制整个流域的贸易和交换。“时间久了，这样的地理组合就会脱颖而出，因为海陆并存，在利用并整合食物调度和财富获取的机会时，这里的能力可以说是无与伦比的。”[36]

历史上家喻户晓的“明星”蛮族，若较之于更早期、规
244 模更小的化外野蛮人，比如狩猎采集者、刀耕火种者、海岸觅食者、牧民，在类型上并无不同，他们都会突袭小国，也同它们做生意。不同之处在于，那些历史上的“明星”，他们行动的规模之大，往往是史无前例的：无论是马背上战士的联盟数，低地国家财富的规模，还是贸易体量以及所能到达的范围，今时已经不同往日。当然，至于为什么大多数历史都在大书特书蛮族人的洗劫，其实并不难理解，我们只要想一想，蛮族兵临城下时，受威胁国家的精英心中会激起多大的恐慌，也别忘记，到底是谁为我们提供了书写而成的资料，不就是那些惊恐不已的精英吗？但问题是，这一视角却忽略了至关重要的

贸易交流，也遮蔽了在很多时候，袭击只是手段，而非目的本身。在这个问题上，白桂思对贸易路线的强调是很有洞察力的：

> 无论是中国，还是希腊或阿拉伯，各处的历史资料都指出同样的现象，草原部族感兴趣的，首先要数贸易。当欧亚大陆中部的族群发起军事征服时，他们的方式通常是小心翼翼的，这就很能说明问题。他们尽量避免冲突，设法让城市和平投降。只有当对方顽抗或者反叛时，报复才是必要的……欧亚大陆中部的军事征服，其目的在于控制贸易路线或沿线作为贸易点的市镇。但是，之所以控制这些地区，就是为了从占据的领地上征税，以此支付统治者在社会政治基础设施上的开支。如果这一切听起来好像是边境地带小邦国的所作所为，原因也很简单，它们确实也就是同一件事。[37]

无论是早期的农业国家，还是蛮族政权，它们的目标是大致相似的；双方都试图控制谷物和人力的核心地带，占取那里的剩余。游牧部族在抢掠时，经常会将农耕人口比作“兽群”，比如蒙古人用的就是“*ra' aya*”（牧群）这个词。[38]双方还都会想方设法，控制在其势力范围内的贸易。作为政权组织，它们还都推行奴役制度并且从事突袭抢掠，无论是战争的

245 主要战利品，还是贸易中的主要商品，都是人口。就此而言，双方其实是在竞争着保护费。

如要理解在掠夺和贸易之间的关联，我们只要看看罗马帝国与凯尔特人的交界地带，尤其是在高卢地区。如前所述，在罗马共和国时期，罗马人经常用黄金笼络凯尔特人，以此换取边界地区的和平。久而久之，凯尔特人的市镇（“奥必达”）实际上成了多种族的贸易站点，分布在通往帝国的河道沿岸，主导着所处区域的贸易。它们输入谷物、燃油、葡萄酒、细布以及各种贵重物品，同时将原材料、羊毛、皮革、腌肉、奶酪以及驯犬源源不断地输出给罗马人。[39]

随着贸易量的不断增长，在主导陆路和水路贸易之后，由此而来的收益也会连番增加。贸易之扩展，部分在于技术的缘故，比如造船、帆缆，以及远海航行的进步。当然，归根到底，在地中海、黑海，以及注入它们的大河的流域内，人口的大量增长以及政治体的大规模扩展，才是贸易繁荣的基础。非要为贸易发展确定具体的年代，总是难免主观臆断，不过根据巴里·坎利夫的考证，到了大约公元前1500年，来自远方市场的产品都已进入埃及、美索不达米亚和安纳托利亚，而那里的大型人口中心也成为这些物品的主要消费区域，正是借助这种远距离的贸易，克里特文明成长为地中海地区的海军霸权。[40]三百年后，在历史上恶名远扬的“海贼”大概是控制了塞浦路斯岛沿岸的市镇中心，较之于这些新崛起的海上力量，

此前主导贸易的古老农业国家可以说黯然失色。起初，在力所
能及的地理空间内，农业国家的精英垄断了珍贵商品的贸易，
诸如黄金、白银、铜、锡、宝石、精细织物、雪松木以及象
牙。但是，到了公元前1500年，此前的垄断状态就已被打破， 246
而且无论就贸易商品的体量，还是种类，都有了大幅度的增
长，从前的贸易可谓相形见绌。

远距离的贸易很难说是新鲜事了。甚至早在新石器时代之前，只要体积小，重量轻，贵重的商品就已经开始了远距离的交换：比如，黑曜石、宝石以及半宝石、黄金、玛瑙。究竟什么是新的发展，与其说是贸易范围的扩展，不如说是一种全面的发展，也即越来越多的大宗商品可以远距离运输，跨越整个地中海地区。埃及成为地中海东部的“粮仓”，将谷物运送到希腊，后来是运到罗马。同样重要的是，有些物品，即便其养殖、种植或者采集是发生在农业核心地带**之外**，现在也有了不断扩大的市场。从前，物品若出产自山区、高原、海边和沼泽，则只能在当地流通，而现在则能进行“世界范围内”的交易。蜂蜡和沥青，可用作船舶的防水填料，当时的需求量就相当大。而芳香木料如樟木和檀木，再加上芳香树脂如乳香和没药，都是备受推崇的珍品。提到这种转变的意义，可说是怎么强调也不为过。仿佛是突然之间，早期国家的边陲和准边陲地带，现在成了珍贵商品的出产地，而当时它们的需求市场也是相当可观的。搜寻、狩猎和海产捕捞，当时都成了有利可图

的商业活动。

为了理解这一转变的意义，我们在这里简述一些可类比的案例。到了9世纪，中国和东南亚地区的贸易交流越来越频繁，婆罗洲森林里的狩猎和搜寻活动也在一时间激增。有学者
247 认为，那个岛此前几乎不见人烟，现在则住满了森林资源的采集者，他们寄望能利用贸易带来的机会，搜索樟木、黄金、盔犀鸟嘴、犀牛角、蜂蜡、稀有香料、羽毛、燕窝、玳瑁等物品。第二个可类比的例子，年代在此后很久，就是象牙在全世界范围都有需求，尤其是在北大西洋地区，需要用象牙来制作琴键和台球——为了控制象牙贸易，部落之间发生了无数次的战争，果不其然，相当一部分大象也遭到屠杀。另一个案例是北美海狸皮毛的贸易。今天，由于中国和日本有着对人参、松茸和冬虫夏草的市场需求，采集这些珍贵食材，业已变成了商业性质的活动，看起来就像历史上克朗代克的淘金热。[41]回到早期农业国家的时代，它们的边陲竟然变成了商品的“富矿”，在有些方面甚至比冲积平原地区更有价值，完全嵌入在整个地中海地区的贸易网络中——虽然规模比起后世而言要小一些，但同样是一场深刻的革命。对于猎人、觅食者以及海产捕捞者来说，他们的生活从未曾有过现在这么多的可能。

欧亚大陆的中部地区是一块富饶之地，那里的许多物产可用来交换来自农业国家的产品，而在船运打开了远方的市场之后，情况更是如此。根据早期旅行者的记录，白桂思整理

出了一份广泛的产品清单。我们在这里无法一一列举，但即便是一个精简版，也能显示出其丰富：铜、铁、马、骡子、毛皮、兽皮、蜡、琥珀、刀剑、盔甲、织物、棉花、羊毛、地毯、毛毡、帐篷、马镫、弓、细纹木、亚麻籽、坚果，最后还有一个，在这份清单上从不会缺席，就是奴隶。[42]游牧部落所发动的突袭，就像是农业国家的战争，在理解这种行动时，最好视之为一种手段，目的在于拿下几个进贡的社群，或者控制 248
相应地界的贸易。之所以要这么做，并不是因为游牧部落的贫困，更谈不上某种对奇技淫巧的渴求。所有的游牧社会都是复杂的——这里的“复杂”，我指的是他们不仅放牧，也会从事一些农作，而且还有一个规模可观的工匠阶级，如此说来，来自农业国家的粮食或者专门技巧，对它们来说通常并非必需的。

如此广义理解的蛮族人，也许在地理位置上可说是得天独厚的，他们也因此在贸易的激增中获得红利，在很多情形中甚至就是贸易发展的直接推手。毕竟，蛮族人来去自如，分布跨越数个不同的生态区，正是这个特点让他们成为“结缔组织”，连接着许多精耕细作的定居国家。贸易在不断扩张，借着这个过程，那些外在于国家的流动族群控制了贸易的大小通路，然后开始索要买路钱。而说回到穿越地中海的海路贸易，流动能力只能说更加重要。根据一种考古学的解释，这些海洋上的“游牧部落”多半是水手海员，一开始他们受雇于早期的农业王国，在“官方贸易”中提供他们的服务。然而，随着贸易规模的扩大，机会也越来越多，这些从前的海员也就成为一支独立性越来越强的力量，他们可以自立为沿海的政权，而内陆的邦国就是眼前的榜样，他们也学会了掠夺、贸易和勒索贡物。[43]

暗黑孪生子

一边是国民、农耕者、“文明人”，另一边是化外之民、觅食者、“蛮族人”，两边其实是孪生子，无论在现实还是符号意义上，皆是如此。两边的构成可以说是相互匹配，彼此对应。但问题在于，无论国民、农耕者，还是“文明人”，固然有大量的历史证据指向相反的方向，然而他们向来都自居为
249 “进步”这边的群体，因此认为本方的身份才是根本的、永恒的、高级的。而在上述比对中，感情色彩偏向最重的是文明和野蛮的对比，但它们恰如孪生子那样，是携手而来的。关于“暗黑孪生子”的命题，拉铁摩尔表述得最清楚：

> 主要古代文明的兴起及其在地理上的扩展，不仅造就了文明和野蛮之间的分界，甚至就连蛮族社会自身，很大程度上也是由文明社会所创造的。只有在很久很久之前——当时连文明的曙光还未露头，而文明族群的祖先

> 还是原始人，只有在那个遥远的过往，称呼蛮族人是“原始人”才是恰当的。事实上，从文明开始演进的那个时刻起……那个“文明”的社会就吸纳了某一些占有土地的群落，同时驱逐了另一些群落，对于那些被抛弃的群落来说，效果就是……他们改变了自己的经济行为，试验了新形式的专业技能，在此基础上，他们还进化出了新形式的社会团结和政治组织、新的战斗方式。简言之，正是文明自身，造就了纠缠着它们的蛮族。[44]

在以上的论述中，拉铁摩尔忽视了并非游牧民的蛮族——在化外之境，生活着数以百万计的觅食者、游耕者和靠海吃海的捕捞者，虽然如此，但他确实捕捉到了在游牧部落和国家之间的平行演进。如何理解这些游牧部落，尤其是那些骑在马背上、“祸害”国家核心地带的部落，其实很简单，最好把他们视为是国家最强有力的竞争者，都在争取对农业剩余的控制。[45]狩猎采集或者刀耕火种的部落所能做的，对于国家来说不过是蚕食，然而，当马背上的游牧民在政治上动员起来，形成了大规模的部落联盟，这时候就是要鲸吞了，目标就是要从定居国家那里汲取财富；它们可以说是“国家的 B 角”，或者如巴菲尔德所言，是“影子帝国”。[46]而说起历史上声名显赫的蛮族，比如成吉思汗在马背上建立的国家，也是 250
世界历史上占据陆地疆域最大的帝国，或者印第安人的“科曼奇帝国”，或许将它们视为“马背上的国家”，对我们来说才是更好的理解。[47]

在居于边界的游牧部族和相毗邻的国家之间，双方的关系形态可能采取好些形式，而无论呈现为哪种情形，都是高度不稳定。站在掠夺这一端来看，主旋律是偶尔发起的袭击，期间也会夹杂着国家军队所展开的报复性征讨。恺撒远征高卢的残酷战争，在历史上的国家征伐中，可以说是罕见的成功案例，即便此后反叛层出不穷，但罗马人的统治还是得到了扩张。而在另一些情形中，比如匈奴、回纥和匈人部族，双方之间的关系还可能涉及贿赂、补贴，以及某种反向纳贡。根据这种安排，蛮族人占取了定居农耕系统的一部分收获，同时应允不再进犯，诸如此类的关系形态，不妨可理解为是国家和蛮族事实上的联合统治。如果条件相对稳定的话，这种均衡就比较接近在边界地带勒索保护费的模式，具体操作已如前述。但问题在于，条件很难保持稳定，国家这边的治理是如此，而游牧部族的政权更是经常分裂，喜怒无常。

还有两个可能的“解决方案”，就其效果而言，这两种方案都能瓦解文明和野蛮的分野。先说第一个方案，就是游牧的蛮族征服了国家或帝国，变成了一个新的统治阶级。在中国的历史上，上述情况至少发生过两次——一次是元，另一次是清；而由奥斯曼一世所创建的奥斯曼帝国也是如此。在这种情形中，蛮族人变成了定居国家的新精英，居住于国都，操控国

家机器。正如中国先贤有言，“居马上得之，宁可以马上治之 251
乎?”第二种可能的方案，虽然更为常见，但却少有人评述，那就是游牧部族成为国家的骑兵或雇佣兵，在边界地区巡逻，节制其他蛮族。事实上，未曾从若干蛮族中招募军队的国家或帝国，在历史上屈指可数，作为回报，这些蛮族获得了贸易特权和地域性的自治。恺撒之所以能够平定高卢，战功很大程度上是由高卢人的军队所完成的。在这种情形中，不是蛮族征服了国家，而是他们变为某个现存国家的军事机器的一部分，比如说哥萨克人或廓尔喀人。而在殖民主义的语境内，这种模式就被称为“本土的次生帝国主义”(indigenous sub-imperialism)。[48]然而，若某一定居国家大规模地使用蛮族雇佣兵，也可能会引火烧身——唐朝统治者曾雇佣回纥兵镇压安禄山的叛乱，如他们发现，这也无异于引狼入室。

在“蛮族研究专家”这个群体中，多数学者之间存有一个共识，他们认为，游牧部族必须要有对应的定居社群才能存续下来，对于前者来说，后者不仅是做生意的出口，还是人力和财富的仓库。在历史上，游牧部族曾动用强制力，重新安置农业人口，为的就是开辟出这种人力以及财富的基地。根据这种观点，我们还能进一步发现，蛮族联盟就好像是“影子帝国”一样，它们与大型的定居政权毗邻而居，也寄生在其机体上。蛮族的状态基本上是派生的，如果他们的宿主国家崩溃，他们往往也从历史中消失，这一事实也就显现出其寄生属性。尼古拉·克拉丁曾指出，“对于游牧部族来说，他们集中化到哪个程度，取决于毗邻农业文明的发展程度，两者之间直接成正比……”

252 在欧亚大陆上活动的游牧部族，追溯他们的帝国或准帝国组织的最初形成，要等到自公元前第一个千年中期开始的“轴心时代”的终结之时，当时也是诸多强大农业帝国登上历史舞台的时期（中国的秦代、印度的孔雀王朝、小亚细亚的希腊化国家、欧洲的罗马帝国），而且在这些地区……游牧部族邻接高度组织化的、市镇化的农业社会，故而不得不与它们发生接触。[49]

克拉丁等一批学者列举出了兴衰与共的双生政权，包括匈奴和汉朝、突厥汗国与唐朝、匈人和罗马人、“海上部族”和埃及人，而阿摩利人和美索不达米亚的城邦国家大概也能列入其中。

关于蛮族国家以及它们不断滋扰的帝国，历史学家从不吝笔墨，虽说如此的写作最符合思维定式，但仍难免令人遗憾。就好像国都总出现在新闻的头版，大型政权也往往主导着历史中的“新闻报道”。然而，历史书写如何才能公允，就不能只是抓大放小——数以百计的小规模国家，再加上数以千计的邻近蛮族部落，它们相互间是什么关系；还有这些蛮族部落之间，它们相互间又构成了什么样的掠夺和结盟的关系，以上所述，都应予以记录。比如说，在《伯罗奔尼撒战争史》中，修昔底德在讲述雅典时，就讨论了数十个居于不同山地和山谷的部落：其中有些有国王，有些没国王，而说起它们与雅典的关系，有些是盟友，有些是附属国，还有些则是敌人。关于这些双生形态，若是能把它们的历史逐一厘清，那么我们对于国家与其蛮族邻居之间关系的理解，就可以取得难以估量的扩展。

一段流金岁月？ 253

我相信，历史上曾有一段“蛮族人的流金岁月”——光泽普照，所有生活在国家之外的部族都雨露均沾，从时间上讲，这一时期相当漫长，并非以世纪而是以千年来计算的，它起始于国家的最初出现，然后一直延续到距今四个世纪之前。在这一漫长的人类纪元中，现代民族国家尚不存在，由它们所发起的政治“圈地运动”尚未开始。在此数千年，从始至终，时代的特征都表现为人口迁移、流失、开放的边界以及混杂的生存策略。在此漫长纪元内，也曾偶有例外，出现了短暂存续的帝国（罗马、中国的汉代和明代以及“新世界”的玛雅诸国和印加帝国），但即便是这些名垂青史的帝国也无法阻挡大规模的人口流动，面对人口涌进或涌出它们的政治地盘，往往束手无策。还有难以尽数的小型国家，它们形成了，也曾经历转瞬而逝的繁华盛世，最后分崩离析，又回到了它们的基础社会单元，也就是村落、家族或者游群。一旦环境有变，当时的人们非常擅长调整他们的生存策略——舍弃犁耕而进入森林，走出森林而转向游耕，或者放弃游耕而转为游牧。虽说人口增长这件事本身就会激发更集约的生存策略，但即便如此，国家的脆弱、流行病的肆虐，再加上蛮族人广泛分布于国境的边陲，所有这些使得国家从来未曾取得某种霸权地位，而我们读史当然也找不到这种国家霸权的模式，而历史的转折最早说也要等到公元后的 1600 年。在这个时间点之前，世界上多数人口在生活中就从来不会遇上国家的收税官，或者说，即便是收税的官员真的来了，他们还是能够想方设法，使得他们自己在财政意义上不为国家所见。

严格说来，公元 1600 年也是一个难免任意的断代，故而
254 也不是说非得要坚持这个具体的时间点。大致说来，之所以确定在这一年前后，只是欧亚大陆蛮族兴风作浪的岁月自此宣告终结：从 8 世纪到 11 世纪的海上维京人、14 世纪末的帖木儿帝国，还有奥斯曼一世及其继承者的军事征服。他们摧毁、掠夺或征服的政权数以百计，规模有大有小，数以百万计的人口也因此远走他方。为了掠夺奴隶，他们还发起了大规模的远征；而说起此类军事行动的主要战利品，就包括贵金属和作为商品的奴隶。以公元 1600 年作为新纪元的起点，倒不是说这

种掠夺加贸易的模式在此之后就完全消失了，它只是变得更为分散零碎。爱德华·吉本拥有一种相对罕见的美德，他总能站在异教徒的角度发出一些声音，比如他就曾提出问题，到了18世纪末期，欧洲境内是否还有任何“蛮族人”的残余（关于这个问题，吉本应当考虑过巴巴里的海盗、马其顿人、苏格兰高地人，而且也应当留意到，欧洲人也曾效仿阿拉伯人，洗劫非洲大陆的贩奴港口，占取奴隶人口。）而走出非洲和地中海地区，到了马来人的世界以及东南亚高地的山民部落中间，这种掠夺、贸易和奴役的模式仍是主要的活动。一方面是国家在发展，掌握火药技术的帝国不断增强实力，此消彼长，生活在国家外的部族也就变得更弱，它们此前掠夺并控制小国的能力在下降，其衰落的步伐很大程度上取决于所在地区以及具体的地理状况。

对于国家外的蛮族部落来说，最早期国家的出现，就为他们打开了一扇贸易之门，再加上掠夺所得以及保护费收入，国家在他们眼中就代表着一种新的环境，此前不曾见过。现在，看一看周围的世界，蛮族人发现大量有价值的物资；这样一来，他们可以充分参与贸易，利用这些新机会，而又不必归属
国家，变成政权统治下的属民。历史上一定反复出现过这样的 255
时期，原属国家的人口现在放下手上的耕犁，转向采集、放牧或者海产捕捞，而这种调整代表的是一种理性的经济计算，也是奔向自由的举动。在这样的历史时刻，因为边缘地带的生活

变得更有吸引力，所以很有可能，蛮族人数就会增多，相对于国家人口的比例也是彼消此长。

总的说来，“晚期蛮族人”的生活应当是相当不错的。他们的生存资源仍跨越数个食物网；因为分散居住，所以当某一种食物来源出现问题时，他们也不必吊死在一棵树上。很可能，他们身体更健康，寿命也更长——如果是女性的话，可能性就更大了。此外，贸易越是有利可图，蛮族人就有越多的闲暇——关于闲暇－劳作的时间比，觅食者原本就优越于农耕者，现在差距则更进一步拉大。最后，这一点也绝非细枝末节，定居农业和国家必定会出现社会秩序的等级分化，蛮族人就用不着这一套，当然也不必受其规训。可以说，自耕农虽然名声在外，然而在几乎所有的面向上，蛮族人其实比自耕农更自由。按理说，历史的浪潮早就该把蛮族人拍在沙滩上，但事实上，蛮族人手里所拿的，向来不是一张糟糕的收支平衡表。

然而，即便是在蛮族人的流金岁月，两种忧伤的旋律也令人悲从心来。受制于生态环境，蛮族人的生活在政治上必定是散裂的，而悲剧也就由此展开。在从蛮族到国家的交易物品中，可以想见，很多当然是其他野蛮部族的人口，等他们被运到国家核心地带，就成为奴隶市场上的商品。在东南亚的大陆地区，贩奴活动可以说是随处可见的，我们甚至能够发现某种捕食链一类的存在，某些族群居于战略要冲，实力强大，他们
256 就会袭击更弱小也更分散的邻人。时间久了，他们的一举一

动，就会强化国家的核心地带，而为之付出代价的却是他们的蛮族同胞们。此乃第一种悲剧。

有了国家，蛮族在边陲地带也有了新的生计，由此也产生了第二种悲剧，如前所述，蛮族人会充当雇佣兵，将自己的军事技能出售给国家。遍寻早期历史，我们很难找到不曾招募蛮族人口当兵的国家，有些甚至是将整个部族收编在军队里，用他们去抓捕逃跑的奴隶，用他们去镇压本国乱民的造反。蛮族人的兵力既可以掠夺国家，也能用来建设国家。首先是通过有组织地输送奴隶人口，不断补充国家的人力基础，其次是提供军事服务，保护国家甚至助其开疆拓土，通过这一番番自愿的操作，蛮族人所掘开的，其实是他们自己的坟墓。

注 释

导 论 一个支离破碎的叙事：那些我曾一无所知的

〔1〕“人类世”这个概念，最早是由荷兰的气候科学家保罗·克鲁岑（Paul Crutzen）在2001年提出的。

〔2〕关于用火的时间追溯，正文所述，根据的是我和大卫·温格罗（David Wengrow）的个人交流。

〔3〕写到这里，有个问题也就难以回避了，“我们到底在什么地方走错了路，才落到今天这步田地?”这是一个大问题，远非我个人所能处理。然而，至少我们能看清楚一件事——我们今天的困境，很大程度上是作茧自缚。人类医疗的经验在这里可以作类比：有一种说法认为，在当今的工业国家中，超过三分之二的住院治疗病例都是患上了医源性的疾病，也即因先前的医疗干预和治疗所导致的身体状况。我们也不妨认为，人类当今的环境问题在很大程度上也是医源性。果真如此的话，我们的当务之急也许就是梳理出一段漫长且深层的医疗历史，这么做可能有助于我们去挖出当前弊病的根源。

〔4〕在公元前的第一个千年——比起我所关注的历史时期要更晚一些，游牧部族开始懂得驯养马匹，这时候一种新型的、不以定居为前提的草原帝国成为可能，如蒙古人所建立的帝国，很久之后还有在美洲科曼奇人的帝国。关于此类特殊的政治体，参见 Pekka Hämäläinen, “What's in a Concept? The Kinetic Empire of the Comanches,” *History and Theory* 52, no. 1 (2013): 81–90, and Mitchell, *Horse Nations*。

〔5〕在我阅读的范围内，关于这个主题，唯一有着自觉理解的探讨者是布鲁斯·查特温，参见他关于澳大利亚的精彩著作，Bruce Chatwin, *The Songlines* (London: Cape, 1987)。罗姆人，也即吉普赛人，是延续到现代的一个例子，他们仍坚持流动的生活——甚至连著名的挪威外交家弗里乔夫·南森也在第一次世界大战之后提议给他们发放护照——现在看来也许可称为最早的一批“欧洲”护照。

〔6〕卫生设施的革命发生在19世纪的中叶（城市里有了下水道以及清洁用水），然后是疫苗以及抗生素的出现，而在此之前，城市人口的死亡率一般说来都居高不下，完全是依靠乡村进城的大规模移民，才使得城市人口有所增加。

〔7〕事实上，此类地点看起来是很常见的——上面生长着野生植株或者未完全驯化的谷类作物，先民们还会定期聚集在那里，收获谷物并进行储存，所以后世的学者经常会做出错误的判断，认为那里是长期定居的社群，种植着完全驯化的庄稼。关于其中的关联，一个细致的论证，可参见 Asouti and Fuller, "Emergence of Agriculture in Southwest Asia"。

〔8〕关于这个问题的认知，最好也最详细的综述，也许可参见 Fuller et al., "Cultivation and Domestication Has Multiple Origins," and Asouti and Fuller, "Emergence of Agriculture in Southwest Asia"。

〔9〕Algaze, "Initial Social Complexity in Southwestern Asia."

〔10〕许多游牧部族也确实有文字（通常偷师自定居社群），然而他们一般写在易腐蚀的材料上（比如树皮、竹叶、芦苇），而且与国事无关（比如记录下咒语或者爱情诗）。而在美索不达米亚南部冲积平原所发掘出的厚黏土泥版，毫无疑问是定居族群的书写技术，也正是因此，它们才能大量留存下来。

〔11〕Carneiro, "A Theory of the Origin of the State."

〔12〕参见 McAnany and Yoffee, *Questioning Collapse*.

〔13〕参见 Thomas J. Barfield, *The Perilous Frontier*: *Nomadic Empires and China* (Oxford: Blackwell, 1992)。

第一章 "驯化"的长历史：从用火、栽培植物、驯养动物，最终是……人类自己

〔1〕C. K. Brain, *The Hunters or the Hunted? An Introduction to African Cave Taphonomy* (Chicago: University of Chicago Press, 1981), 引自 Goudsblom, *Fire and Civilization*。

〔2〕Cronon, *Changes in the Land*.

〔3〕这一主张目前仍有争议，参见 William Ruddiman, "The Anthropogenic Greenhouse Era Began Thousands of Years Ago," *Climatic Change* 16 (2003): 261-293, and R. J. Nevle et al., "Ecological-Hydrological Effects of Reduced Biomass Burning in the Neo-Tropics After AD 1600," *Geological Society of America Meeting*, Minneapolis, October 11, 2011, abstract。

〔4〕Zeder, "The Broad Spectrum Revolution at 40." 虽然我在这里的讨论集中于地景改造、狩猎和烹饪，然而火作为一种工具，还可以被用于硬化木制工具，开裂石头，铸造武器，袭击蜂巢，这些活动远早于新石器时代。参见 Pyne, *World*

Fire。

〔5〕Jones, *Feast*, 107.

〔6〕Wrangham, *Catching Fire*, 40-53.

〔7〕说到这里，读者可能会问，为什么智人成为更成功的入侵者，而不是尼安德特人，毕竟他们也懂得用火，也知道吃熟食。关于这个问题，帕特·希普曼给出了一种回答，不同于智人更能生育的论述。她指出，两者之间的决定性差异其实在于另一种工具——智人驯化了狼，也因此成为一种效率高得多的狩猎者，善于捕捉大型猎物，而摆脱了食用腐肉的命运。她做出了令人信服的解释，至少在三万六千年之前，“狼狗”就为智人所驯服——也可能是自动依附于智人，而在这一时期，两种原始人类的居住地靠得非常近。她还主张，也正是在这一历史时期，由于智人有了狗作为狩猎助手，大多数大型猎物在这时出现数量急剧减少，甚至物种的灭绝。而希普曼论证的前提在很大程度上是有争议的，也即人类的两个亚种在时间和空间上到底有多少交叠，以及他们对狩猎场地的争夺，都仍聚讼纷纭。为什么尼安德特人在当时不跟着驯化野狼呢，对我来说，这是一个不解之谜。参见 Pat Shipman, *The Invaders*。

〔8〕关于用火与烹饪，参见 Goudsblom, *Fire and Civilization*, and Wrangham, *Catching Fire*。

〔9〕Anders E. Carlson, “What Caused the Younger Dryas Cold Event,” *Geology* 38, no. 4 (2010): 383 - 384, http://geology.gsapubs.org/content/38/4/383.short? rss = 1&ssource=mfr. 考证起来，新仙女木期开始的时间点，同阿加西湖脱离密西西比河的排水系统，转向东排入大西洋的年代并不太吻合，但即便如此，冰川溶解形成水势注入大洋，然后造成了这次寒潮，看起来是非常可能的。

〔10〕Zeder, “The Origins of Agriculture.”

〔11〕Pournelle, “Marshland of Cities.” 普尔内勒近期的发现反而显得更平面，可参见 Pournelle, Darweesh, and Hritz, “Resilient Landscapes”; Hritz and Pournelle, “Feeding History”。普尔内勒的命题就结论来说也可见于他人的作品，只是硬性证据相较之下要薄弱许多，比如参见 Pollock, *Ancient Mesopotamia*, 65-66; Matthews, *The Archaeology of Mesopotamia*, 86。关于在历史上更有纵深的地质学视野，同时亦构成了对戈登·柴尔德“文明绿洲论”的一种重塑，可参见 Rose, “New Light on Human Prehistory”。

〔12〕例如参见 Pollock, *Ancient Mesopotamia*, 32-37。

〔13〕关于这一过程，阿扎姆·阿瓦什曾有精彩的描述：“环绕着沼泽的，是草地，这里可以说是大自然所赐予的可持续生产的沃土，人类农业最初在此发展起来，可以说并不是巧合的。苏美尔人的功劳是创造出了一套精巧的灌溉系统——此后来自沼泽地带的阿拉伯人继承这块土地后，也把这套灌溉法延续下来了。待洪

峰过去后，苏美尔人就会在较高的土地上撒播种子，洪水退却时，高处也是最先露出地面的。因为波斯湾的潮汐作用，这些最初播种的高地每天都会被河水覆盖两次，同时底格里斯河和幼发拉底河的水流速度也会减缓，形成了某种水的‘储备’。这样说来，播下的种子就得到了自动的灌溉，而无需开凿水渠或引水。当然，随着幼苗的生长，水会越退越远，也就无法形成灌溉，故而苏美尔人这时就会移植幼苗，将它们从高地移栽到低洼地带或草地上。在这里，灌溉系统还能继续每天供水两次，一直到夏初的日子。等到了洪水完全退去之时，幼苗的根已经扎到土地，能接触到地下水，也就不需要辛苦的灌溉劳作了。”参见“The Mesopotamian Marshlands：A Personal Recollection，” in Crawford，*The Sumerian World*，640。

〔14〕对于研究拉丁美洲的专家来说，他们想必会承认，看到正文所述的多种生态区邻接的生存保障模式，会让他们想到在安第斯山脉地区的国家中的生态区“垂直群岛”的概念，后者因约翰·穆拉的论述而广为人知，例如可参见 Rowe and Murra，“An Interview with John V. Murra”。

〔15〕Sherratt，“Reviving the Grand Narrative，” 13.

〔16〕Heather，*The Fall of the Roman Empire*，111.

〔17〕H. R. Hall，*A Season's Work at Ur*，*Al-Ubaid*，*Abu-Shahrain*（*Eridu*）*and Elsewhere*…，引自 Pournelle，“Marshland of Cities，” 129。

〔18〕关于这一过程以及逻辑的深刻分析，参见 D'souza，*Drowned and Dammed*。

〔19〕Smith，“Low Level Food Production.”

〔20〕Zeder，“The Origins of Agriculture，” S230-S231.

〔21〕Zeder，“After the Revolution，” 99.

〔22〕Endicott，“Introduction：Southeast Asia，” 275. 恩迪科特和杰弗里·本杰明称这种转变为“再专门化”。

〔23〕Febvre，*A Geographical Introduction to History*，241.

〔24〕所谓“安定下来的社会冲动”，可参见 Ian Hodder，*The Domestication of Europe*。虽然我发现霍德的“农庄”概念有助于思考，但已故的安德鲁·谢拉特的观察也是非常正确的，在他看来，“某种定居下来的意愿”，并不能被设定为人类发展过程中的原动力。参见 Sherratt，“Reviving the Grand Narrative，” 9-10。

〔25〕Porter，*Mobile Pastoralism*，351-393.

〔26〕关于“储藏”问题，包括“社会性的储藏”和互惠作为应对多变环境的一种手段，一个多角度的检视，可参见 Halstead and O'shea，*Bad Year Economies*。

〔27〕一个细致的分析，参见 Rowley-Conwy and Zvelibil，“Saving It for Later”。

〔28〕Park，“Early Trends Toward Class Stratification.”

〔29〕我也发现，这个观点并非我所原创，本书中的许多观点亦是如此！参见

Manning, *Against the Grain*, 28。

第二章 世界的地景改造：先民的农庄系统

〔1〕Zeder, "Introduction," 8. 泽戴认为，有证据表明，"大约在公元前15,000年至公元前13,000年，也即到了旧石器时代即将结束时，在阿布胡赖拉和穆赖拜特附近，人类开始积极地照管单粒小麦和黑麦的野生植株。" 关于从狩猎采集到定居农耕的转变，一个扎实且很有启发的论述，参见 Moore, Hillman, and Legge, *Village on the Euphrates*。

〔2〕Moore, Hillman, and Legge, *Village on the Euphrates*, 387. 三位作者指出，三叶草、苜蓿、野生葫芦巴、大麦草、小种牧草、偃麦草和紫草，"目前来说，它们构成了旱地谷物栽培中的主要野草"，然而在中东地区的古代种子遗存中，却大量出现，作者认为这就是种植的确切信号。

〔3〕千万不要认为这种聪明的举动仅限于智人，在北极地区，以小型鱼类为食的海雀大量繁衍，"殖民了" 格陵兰岛的北部，它们用自己的排泄物当作土壤，创造出了一个有吸引力的栖息地，受到小型哺乳动物的青睐，而它们的存在又招来了大型的食肉动物，如北极熊。

〔4〕参见 Catherine Fowler, "Ecological/Cosmological Knowledge and Land Management Among Hunter-Gatherers," in Lee and Daly, *The Cambridge Encyclopedia of Hunters and Gatherers*, 419-425。

〔5〕Boserup, *The Conditions of Agricultural Growth*.

〔6〕关于农业的起源，有一种解释指向了贸易，其中最精彩且例证丰富的考察，可参见 Sherratt, "The Origins of Farming in South-West Asia"。

〔7〕在正文的语境中，我忽略了某些逃逸的杂草类作物，它们就像猪一样，在农庄之外的环境中也能生存下来，比如说燕麦、黑麦、野豌豆、亚麻草、胡萝卜、萝卜和向日葵。

〔8〕Diamond, *Guns, Germs, and Steel*, 172-174.

〔9〕在最早为人类驯化的四足动物中，猪和山羊都可以比较容易地从驯养回到野生状态，事实上也是如此，且相当成功。

〔10〕关于农庄在欧洲语境内更长期的发展，参见 Hodder, *The Domestication of Europe*。

〔11〕关于贝利亚耶夫的实验，参见 Trut, "Early Canine Domestication"。

〔12〕Zeder, "Pathways to Animal Domestication."

〔13〕Zeder et al., "Documenting Domestication," and Zeder, "Pathways to Animal Domestication."

〔14〕R. J. Berry, "The Genetical Implications of Domestication in Animals," in

Ucko and Dimbleby, *The Domestication and Exploitation of Plants and Animals*, 207–217.

〔15〕参见 T. I. Molleson, "The People of Abu Hureyra," in Moore, Hillman, and Legge, *Village on the Euphrates*, 301–324。

〔16〕Leach, "Human Domestication Reconsidered."

〔17〕伊恩·霍德是一位杰出的理论家，他将农庄视为农业社会的关键社会单元。参见 Ian Hodder, *The Domestication of Europe*，在这本书中，霍德认为，在驯化过程中，农庄居于核心地位，而其理论的先导可参见 Peter J. Wilson, *The Domestication of the Human Species*。

〔18〕Leach, "Human Domestication Reconsidered," 359.

〔19〕关于人类在生物学意义上的适应，两个形成共识的例子分别是：①人类对耕地的开发造成了地貌的改观，疟疾也因此流行开来，而镰状细胞症的出现就可以抵抗疟疾；②乳糖耐受，尤其是出现在游牧族群身上。还有一个例子则在解释上存在较大的争议，也即人类的血型 A、B 和 AB 型是从何时开始的，而它们所提供的保护又是为了应对什么样的流行病。一般可参见 Boyden, *The Impact of Civilisation and the Biology of Man*。

〔20〕Pollan, *The Botany of Desire*, xi–xiv.

〔21〕Evans–Pritchard, *The Nuer*, 36.

〔22〕参见 Conklin, *Hanunoo Agriculture*, and Levi–Strauss, *La Pensee savage*。

〔23〕欧文·拉铁摩尔比较过蒙古的游牧族群和汉人的农耕者，他的阐述远远胜过我——毕竟，我只是一个平庸的农夫，我所能理解的复杂注定不会太复杂。"事实上，对于蒙古人来说，从孩提时代就要接受训练，学着要独立，要能独自完成各种各样不同的事情，要懂得制作皮革和毛毡，要学会驾驭马车和篷车，在任何气候下都能外出，且再远也能找到路，且最重要的是，在任何一种情况下都能迅速地独立做出他自己的决定，这样的游牧民在与农民的竞争中当然占得了优势，后者终其一生都生活在泥土屋子里，他们的劳作是一成不变的春种秋收，他从不做决定，而是听从地主和日历的指挥，自发性从未经历过任何训练。"参见 Owen Lattimore, "On Wickedness of Being Nomads"，引文在第 422 页。

〔24〕Elias, *The Civilizing Process*.

〔25〕Tocqueville, *Democracy in America*, 2：1067.

第三章　人畜共患病：流行病的"暴风雨"

〔1〕Moore, Hillman, and Legge, *Village on the Euphrates*, 393. 这本书作为对美索不达米亚最富庶遗址的勘测，其范围之广以及价值之高都令人惊叹。

〔2〕Burke and Pomeranz, *The Environment and World History*, 91，引用了 Peter Christensen, *The Decline of Iranshahr*。克里斯滕森所关注的时期要更晚一些，但他

认为，此类疾病的起源可以追溯至向新石器时代的转型，参见其书的第七章和第75页及其后。

〔3〕很有可能，随着基因恢复在技术上的进步，很快就能提供更为坚实的证据，支持正文中的假定。

〔4〕可参见 Porter, *Mobile Pastoralism*, 253–254; Radner, "Fressen und gefressen werden"; Karen Radner, "The Assyrian King and His Scholars: The Syrio-Anatolian and Egyptian Schools," in W. Lukic and R. Mattila, eds., *Of Gods, Trees, Kings, and Scholars: Neo Assyrian and Related Studies in Honour of Simo Parpola*, *Studia Orientalia* 106 (Helsinki, 2009), 221–233; Walter Farber, "How to Marry a Disease: Epidemics, Contagion, and a Magic Ritual Against the 'Hand of the Ghost,' " in H. F. J. Horstmanshoff and M. Stol, eds., *Magic and Rationality in Ancient Near Eastern and Graeco-Roman Medicine* (Leiden: Brill, 2004), 117–132.

〔5〕Farber, "Health Care and Epidemics in Antiquity." 这里的证据大多来自公元前第二个千年之初的乌鲁克时代，来自幼发拉底河畔的马里。

〔6〕Nemet-Rejat, *Daily Life in Ancient Mesopotamia*, 80.

〔7〕同上注，第146页。内梅特-内扎特接着写道，"凶兆预示，瘟神随大军而出征，很可能指的就是伤寒"。

〔8〕尤其可参见 Groube, "The Impact of Diseases"; Burnet and White, *The Natural History of Infectious Disease*, 特别是该书的第四到六章; McNeill, *Plagues and People*。

〔9〕McNeill, *Plagues and People*, 51.

〔10〕脊髓灰质炎作为流行病的一个例子，可以说是太过卫生所导致的问题。在亚非拉国家的大城市里，就比如说印度的孟买吧，其五岁以下的儿童绝大多数在体内都有了脊髓灰质炎的抗体，这表明这些孩子都已经接触过这一疾病——其借由粪便传播开来，而在婴幼儿身上罕见致命病例。但是，如果不在小时候获得接触免疫，年龄一大，感染这一疾病就会变得非常严重。

〔11〕Moore, Hillman, and Legge, *Village on the Euphrates*, 369.

〔12〕Roosevelt, "Population, Health, and the Evolution of Subsistence."

〔13〕Nissen and Heine, *From Mesopotamia to Iraq*.

〔14〕Dark and Gent, "Pests and Diseases of Prehistoric Crops."

〔15〕同上注，60。

〔16〕参见 Lee, "Population Growth and the Beginnings of Sedentary Life."

〔17〕参见 Redman, Human Impact on Ancient Environments, 79 and 169, 在书中，作者指出，只要最低受孕年龄发生一个微小的变化，或者是受孕的间隔期缩短三四个月，那么只要时间足够久，人口增长率就有出现巨大的差异。现在假设

有一个游群，人数只有100人，其人口增长率为每年1.4%，这就是说，每经过50年，其人口就会翻倍，这么一来，只需要850年的时间，其人口就能达到1300万！

〔18〕即便是在欧洲，恢复那里早期农民的DNA，似乎也只有20%~28%可以追溯至由近东农业摇篮的迁徙。这么说来，其实就意味着欧洲早期农民大部分是当地狩猎采集者的后裔。参见Morris, *Why the West Rules-for Now*, 112。

第四章　谷物立国：早期国家的农业生态

＊苏美尔文本引自Tate Paulette, "Grain, Storage, and State-Making," 85；劳伦斯引自Lawrence, Preface to Dostoevsky's "The Grand Inquisitor"。

〔1〕Pournelle, "Marshland of Cities," 255.

〔2〕Pournelle, "Physical Geography," 28.

〔3〕Pournelle and Algaze, "Travels in Edin," 7-9.

〔4〕在苏美尔文明中，凡是出现人力灌溉的地方，按照现在的判断，其集中实施的程度要远低于我们此前的想象，只要是相对较短的沟渠工程，都是当地社群因地制宜地组织起来，进行施工的。参见Wilkinson, "Hydraulic Landscapes and Irrigation Systems," 48。

〔5〕究竟什么可算是构成了一支军队，这个问题并不简单。在早期的美索不达米亚，文本曾记录有战斗、武器、盔甲，当然也包括因军事行动而来的战利品和战俘。而且从文本中也能清楚地读到，当时既有国家的征兵，而躲避兵役的行为也相当普遍。然而，在文本上首次明文提到常备军，却出现得比较晚，要等到阿卡德王朝的萨尔贡王时期（公元前2334年至公元前2279年）。参见Nemet-Rejat, *Daily Life in Ancient Mesopotamia*, 231。

〔6〕Nissen, *The Early History of the Ancient Near East*, 127. 关于精英阶级的墓葬，确切的考古证据出现得更晚，要到大约公元前2700年，而关于国王和常备军的证据还要等到大约公元前2500年。因为在公元前2700年之前的墓葬可作为证据的屈指可数，"证据的不存在，并不能证明证据所指的不存在"，这句话在此也适用。

〔7〕Nissen and Heine, *From Mesopotamia to Iraq*, 42.

〔8〕Postgate, "A Sumerian City," 83.

〔9〕Nissen, *The Early History of the Ancient Near East*, 130.

〔10〕Nemet-Rejat, *Daily Life in Ancient Mesopotamia*, 100.

〔11〕到了公元前的第二个千年期，随着贸易的发展，以此为基础，在陆路和水路贸易路线上的战略节点，即便那些地方没有适宜农业的广阔腹地，仍成了国家形成的地带。很久之后，当大宗商品的海运兴起后，在诸如威尼斯、热那亚和阿姆斯特丹这样的重要贸易节点之上，海权国家从原初的城市脱胎而来，经由水

路转运，这样的城市国家可以从相当远的区域获得大部分的粮食供应。

〔12〕Owen Lattimore, “The Frontier in History,” 475.

〔13〕因为冲积平原缺乏冶炼所必需的高品质燃料，所以铜和锡的处理只能做到半成品。

〔14〕如果要说有例外，那比较明显的就是陆上贸易路线的天然“咽喉要道”，比如山间隘口、关塞或者沙漠绿洲。在东南亚地区，马六甲海峡是国家形成的重要节点，它构成了一个经典的案例，位于水路运输的路线之上，又构成了一处咽喉通道，借此控制了中国和印度之间的早期海上商路。

〔15〕正文中的论断，我确切记得是在一本讲述19世纪英国历史的著作中读到的，就在开篇的段落，不过我的一位审读者却对此提出挑战，认为这很可能是一种“城市的迷思”。虽然我无法找到原初的引文，但我可以更扎实地呈现这一论断。一辆相对快速的马车（在碎石子路面出现之前！），平均每天能走20英里。从伦敦到爱丁堡，距离大约是400英里；所以说这段旅途要花去大约20天的时间。而在公元1800年，快速帆船一天之内最快能航行460英里。从南安普顿到开普敦，距离大概是6000英里；所以说这趟旅程，如若顺风相送，所需不过13天多一些。而假设是一艘稍微慢些的帆船，平均每天行驶300英里，则需要20天的时间。根据一位权威学者的估算，在前工业时代的欧洲，水运的成本仅为陆运的二十分之一。例如，在16世纪，煤块如经陆路运输，则每过一英里就要损耗其价值的10%，这样算来，煤块的运程只要超过10英里，贸易也就无利可图了。至于谷物，因为其每单位重量和体积的价值更大，所以运输一英里，价值损耗仅为0.4%，如此一来，谷物运输只要保持在250英里以内，就不会变成赔本的买卖。当然，运输途中有抢劫的风险（拦路强盗、土匪或者海盗），也因此要加上武装护送的成本，考虑到这一因素，原本经过抽象经济学运算得出的数据，还要再打折扣。参见Meir Kohn, “The Cost of Transportation in Pre-industrial Europe,” chapter 5 of *The Origins of Western Economic Success: Commerce, Finance, and Government in Pre-industrial Europe*, January 2001, http://www.dartmouth.edu/~mkohn/origins.html, 50-51; http://ports.com/sea-route/port-of-southampton, united-kingdom/port-of-cape-town, south-africa/。

〔16〕地理上的屏障在另一层面也是非常重要的。既然国家需要大量的人口——驱使他们成为农夫、劳工、士兵、纳税人，那么对于国家来说，当属民心生不满时，若是他们压根找不到地方可以逃逸，这样的地理条件就是有益的。在讨论美索不达米亚时，罗伯特·卡内罗曾指出，因为由沼泽、海洋、荒漠和高山所组成的边界，那里的人口就被限制在里面了，或者用卡内罗的话来说，就是“被包围了”，我们当然也可以说是被关进了陷阱，在这种地理条件下，种植谷物的农民要逃离国家，实在找不到轻易的道路。卡内罗主张，若要建国，统治者就

要掌握一支近乎俘虏的人口才行。对于古埃及以及中国早期出现在黄河流域的国家，他也有类似的论证，这里的早期国家有沙漠作为边界的屏障，相比之下，南美则是亚马孙盆地，而北美的东部则是林地。当然，关于人口从农业转向游牧、游耕、渔民甚至狩猎采集，诸如此类的证据在历史上从不稀缺，但即便如此，对于原始国家来说，既然存在着地理兼生态上的屏障，也许还要加上敌对族群在周边环伺，它们就能相对容易地把属下的人口控制在冲积平原上。而对于美索不达米亚的早期国家来说，它们面临的难题之一就是，农耕者按照自己的意愿转向游牧，相对来说要容易一些，他们可以沿着底格里斯河或幼发拉底河的谷地迁移到冲积平原的北部。Carneiro,“A Theory of the Origin of the State.”

〔17〕需要再一次指出，我在正文中所说的，并不是人类最早的定居现象，而指的是最早的在人口上有一定规模且相对持续存在的定居聚落，正是它们后来形成了最初的国家。无论是在美索不达米亚，还是世界别处，最早出现在冲积平原地带上的人类定居，都和农业没什么关系，而是基于狩猎和采集的，他们定居在多个毗邻的生态系统的接缝地带，那里有着丰富的资源。说起世界上最早的定居群落，这个桂冠很可能属于日本东北部沿海的绳文文化，时间大概在公元前12,000年，与新月沃土地区的纳吐夫文化同时期，或许还要更早些。如同普尔内勒笔下描述的生态系统，对于绳文人来说，当他们需要觅食时，资源丰富的海洋和林地环境，可以说是近在咫尺，与他们运气相仿的是生活在北美西北地带、靠近太平洋海岸的原住民。

〔18〕Pournelle,“Marshland of Cities,” 202.

〔19〕在安第斯山脉地带，先民所种植的苋菜和藜麦，都属于“仿冒谷物”的品种，看上去并没有成为主要的税收作物，原因很可能是它们的种子没有规律的成熟时节。同阿尔德·凯莱曼（Alder Keleman）的个人交流，2015年9月。

〔20〕Febvre, *A Geographical Introduction to History*, part III, 171-200.

〔21〕参见 Manning, *Against the Grain*，该书的第一章和第二章也有类似的论述。

〔22〕说起灌溉水稻，其所需要的大部分植物养分来自灌溉水，而不是土壤，也正因此，较之于小麦或玉米，水稻的长期种植并不依赖于休耕或动物粪肥。

〔23〕正文所述，区分了根茎块茎类作物和谷物的种植，关于两种作物不同的政治意涵，我曾有详细的阐释，参见 *The Art of Not Being Governed*, 64-97, 178-219。在书中，我区分了两种不同作物，一种是属于“国家”的作物，如稻米，另一种则是“可以规避国家”的作物，如木薯和马铃薯。进而我主张，一方面，生长在农田里的谷类作物，是国家赖以存在的基础，另一方面，先民如希望逃避征税和国家控制，他们就会种植根茎作物，四处游耕，或者狩猎采集，采用此类生存策略就可以让他们自外于国家的控制。前几年，我留意到一种类似但并不完全

一样的论述，参见 J. Mayshar et al.，“Cereals，Appropriability，and Hierarchy”。根据这些作者的论述，他们也留意到在谷物和块茎类作物之间的关键区别，一种可占取，另一种就很难，然而他们却未能进一步发现这一现实，在许多环境中，种植什么可能是一种政治的选择，当国家处在形成阶段时，它们会鼓励甚至经常强制要求谷物的种植。梅沙尔等人的正确之处在于，他们将谷物和国家以及社会分层联系在一起，同时将根茎类作物和平等主义的、非国家的社会相对接，然而他们也有错误，就是他们将生存策略理解为是某种给定的前提，而未能发现这些策略其实是政治制度和政治选择的结果。只要在水源充沛、土壤适宜的地带，许多选择都是可能的。该文的作者还进一步断言——很显然完全是制度经济学关于公共物品供给理论的翻版，国家之所以创立，乃是由精英发起的一项善意发明，为的是保卫社群的粮食储存免于“强盗”的掠夺。而我的观点则形成鲜明之对比，在我看来，追溯国家的起源，就是某种对保护费的竞争，而在此过程中，某一强盗团伙胜出了。对于我来说，一方面，我很高兴地看到，还有其他学者也发现了在作物品种和国家之间的重要关联，但另一方面，即便这么做显得斤斤计较，我还是要坚持自己对这种论述的“监护权”，尤其是看到这些作者并未意识到我在2009年（也即六年前）对这一论述的表达。

〔24〕McNeill，“Frederick the Great and the Propagation of Potatoes.”

〔25〕Adams，“An Interdisciplinary Overview of a Mesopotamian City.”

〔26〕Lewis，*The Early Chinese Empire*，6.

〔27〕Heather，*The Fall of the Roman Empire*，56.

〔28〕Lindner，*Nomads and Ottomans in Medieval Anatolia*，65.

〔29〕Yoffee and Cowgill，*The Collapse of Ancient States*，49. 塞斯·理查森也在同我的个人交流中指出，正文中所引的文本出自一篇献给众神的文学作品，因此很可能没有代表性。

〔30〕Porter，*Mobile Pastoralism*，324. “墙”这个字眼可能会产生误导，因为它也可能指一连串的定居点，可以有防御工事，也可以没有，这道“墙”也就标志着政治控制所能及的极限，也可以被视为国家的边界或半径范围。

〔31〕Wang Haicheng，*Writing and the Ancient State*，98.

〔32〕很显然，在国家形成之前，就曾有一套原始的楔形文字，在规模较大的市镇机构中使用了多个世纪，这种机构估计就是神庙，当时主要用于记录交易和分配。我与大卫·温格罗（David Wengrow）的个人交流，2015年5月。

〔33〕Nissen，“The Emergence of Writing in the Ancient Near East.”尼森还有所补充：“发现某种复杂文字的出现，我们切不可因此就宣称，认为文字的发明乃是人类智识发展历程中的伟大一步。梳理文字对人类智识生活的冲击，并非突然之间降临的，文字还不足以作为历史的分水岭，以其为标志来区分黑暗的“史前”

时代和此后的光辉历程。事实上，等到文字出现的时候，就人类对某种更高级，也更文明的生活形态的演进来说，大多数的步骤都已经完成了。人类当时正在快速发展，趋向某种市镇和国家内的复杂生活，而文字的出现不过是这一历史进程的一种副产品罢了。Nissen, 360。还可参见 Pollock, *Ancient Mesopotamia*, 168。波洛克也主张，楔形文字用于写作神庙颂诗、神话、谚语以及给众神的献辞，至少要等到公元前2500年。

〔34〕Crawford, *Ur*, 88.

〔35〕Algaze, "Initial Social Complexity in Southwestern Asia."

〔36〕正文中关于中国早期文字的叙述，主要参考 Wang Haicheng, *Writing and the Ancient State*, and Lewis, *The Early Chinese Empires*。

〔37〕Lewis, *The Early Chinese Empires*, 274.

〔38〕Algaze, "Initial Social Complexity in Southwestern Asia," 220-222, 引用了 C. C. Lambert-Karlovsky。还可参见 Scott, *The Art of Not Being Governed*, 220-237。

第五章　人口控制：奴役与战争

〔1〕Steinkeller and Hudson, "Introduction: Labor in the Early States: An Early Mesopotamian Perspective," *Labor in the Ancient World*, 1-35.

〔2〕Sahlins, *Stone Age Economics*.

〔3〕Chayanov, *The Theory of Peasant Economy*, 1-28. 而在我们经常可以观察到的"后弯劳动供给曲线"（backward bending supply curve for labor）的背后，所隐藏也是大致相同的逻辑，根据这一模型所述，在前资本主义的时代，人们之所以投身于工作，经常心里想着一个具体的目标（结婚费用、购买一头骡子，有时也称之为"目标收益"），而当工资增加的时候，因为他们的所得能更快地实现其目标，那时的人们就会减少工作量，这当然和标准的微观经济逻辑是相背离的。

〔4〕Boserup, *The Conditions of Agricultural Growth*, 73.

〔5〕在农业社会中，宗法制的家族就是这种情景的一种缩影。族长就像是一个家族的CEO，一个家族如要发展壮大，一位族长要能取得成功，就要求其能控制子女的劳动，控制家族内妇女的劳动，既干体力活，又要生儿育女。

〔6〕Thucydides, *The Peloponnesian War*, 221.

〔7〕Richardson, "Early Mesopotamia," 9, 20. 在我看来，"to herd"（驱赶）这一动词短语并不是随便说说，逃亡中的人口也就好比"散乱的牛群"（29）。即便是大型国家之间的战争，也是以消灭敌方有生力量为目标的，因为人口正是成功治国之道的关键所在（21-22）。

〔8〕Santos-Granero, *Vital Enemies*.

〔9〕Hochschild, *Bury the Chains*, 2.

〔10〕关于国家建构和奴隶制以及掠夺奴隶之间的关系，可参见我的著作 *The Art of Not Being Governed*, 85–94。

〔11〕Finley, “Was Greek Civilization Based on Slave Labour?”

〔12〕同上注，164。

〔13〕正文接下来的叙述，我主要参考了如下文献：Yoffee, *Myths of the Archaic State*; Yoffee and Cowgill, *The Collapse of the Ancient States and Civilizations*; Adams, “An Interdisciplinary Overview of a Mesopotamian City”; Algaze, “Initial Social Complexity in Southwestern Asia”; McCorriston, “The Fiber Revolution”。

〔14〕但还是有学者的观点更接近我基于阅读的论断，参见 Diakanoff, *Structure of Society and State in Early Dynastic Sumer*。

〔15〕Gelb, “Prisoners of War in Early Mesopotamia.”

〔16〕塔特·保莱特比较详细地考察这一评估、集成和储藏的过程，尤其关注公元前第三个千年的冲积平原上的定居点法拉。参见 Paulette, “Grain, Storage, and State-Making in Mesopotamia”。

〔17〕Algaze, “The End of Prehistory and the Uruk Period,” 81. 阿尔加兹在文中主要依靠的文献是 R. K. Englund, “Texts from the Late Uruk Period,” in Josef Bauer, Robert K. Englund, and Manfred Krebernik, eds., *Mesopotamian: Spaturuk-Zeit und fruhdynastische Zeit* (Freiburg: Universitats-verlag, 1998), 236。

〔18〕Algaze, “The End of History and the Uruk Period,” 81.

〔19〕该楔形文字的术语转成罗马字母来写，大致是“［e2asĩrĩ］”。

〔20〕Seri, *The House of Prisoners*, 259. 时间是在乌尔第三王朝结束的两个世纪后，环境也构成某种例外，然而我还是推定，书里描述的许多做法同此前存在着某种家族类似；本段接下来的描写就转自她的叙述。

〔21〕Nissen and Heine, *From Mesopotamia to Iraq*, 31.

〔22〕Gelb, “Prisoners of War in Early Mesopotamia,” 90；时间上更晚但可能相关的论述，参见 Tenney, *Life at the Bottom of Babylonian Society*, 114, 133。

〔23〕Tenney, *Life at the Bottom of Babylonian Society*, 105, 107–118.

〔24〕Piotr Steinkeller, “The Employment of Labor on National Building Projects in the Ur III Period,” in Steinkeller and Hudson, *Labor in the Ancient World*, 137–236. 还应补充指出，在理解大型仪典建筑工程时，斯坦凯勒和其他一些学者显然带上了一副玫瑰色的眼镜，在他们看来，修筑这些“纪念碑式”的工程时，就好像是平常生活中插入了节日的欢庆，苦力在此期间可以酒足饭饱，还有很多娱乐活动——就好像是人类学文献中的合作丰收庆典。

〔25〕例如参见 Menu, “Captifs de guerre et dependance rurale dans l' Egypte du Nouvel Empire”; Lehner, “Labor and the Pyramids”; and Goelet, “Problems of Authority, Compulsion, and Compensation"。

〔26〕引自 Goelet, "Problems of Authority, Compulsion, and Compensation," 570。

〔27〕Nemet-Rejat, *Daily Life in Ancient Mesopotamia*, 188.

〔28〕该事件发生在拉美西斯三世统治的期间。引自 Maria Golia, "After Tahrir," *Times Literary Supplement*, February 12, 2016, p. 14。

〔29〕正文接下来所述，主要参考 Lewis, *The Early Chinese Empires*; Keightley, *The Origins of Chinese Civilization*; and Yates, "Slavery in Early China"。

〔30〕例如参见 Yates, "Slavery in Early China"。

〔31〕本书的读者很可能也将留意到，欧洲北部地区以及北美洲现在承接了大量的移民，当然基本上是自愿的，也能取得大致相同的效果，也就是说，这些移民人口的成长和受训都是在别处的，但他们的生产力却属于定居的国家。

〔32〕Taylor, "Believing the Ancients." 不同的学术观点，参见 Scheidel, "Quantifying the Sources of Slaves"。

〔33〕现在看起来，这场战役算不上一场胜利，实际上很可能是一场僵局对峙，虽然《圣经》中"哈米吉多顿［也即末日审判］"（Armageddon）这个词就出自这场军事冲突。

〔34〕Thucydides, *The Peloponnesian War*, 173.

〔35〕Cameron, "Captives and Culture Change."

〔36〕特别可参见 Steinkeller, "The Employment of Labor on National Building Projects"; Richardson, "Building Larsa"; Dietler and Herbich, "Feasts and Labor Mobilization"。理查森证实了自己的观点，在他看来，修造比如说一道城墙所需的劳动量，其实远少于我们普遍的设想。然而，我们还要思考另一面——神庙竣工之日，统治者发出豪言壮语，设盛宴款待"民众"，仅凭这夸张的一面之词不可能推断出日常的劳动条件。诸如此类的论证都有一个社会基础，就是认为属民若不满，逃跑并不难。然而这种观察忽略了两个现实，首先是通过战争或交易，统治者可以轻易取得补充苦力，其次是为了预防逃跑，统治者也有诸多举措。

〔37〕Algaze, "The Uruk Expansion."

〔38〕Oded, *Mass Deportations and Deportees*. 关于早期美索不达米亚的做法，参见 Gelb, "Prisoners of War in Early Mesopotamia"。

〔39〕Oded, *Mass Deportations and Deportees*, 20. 按照文字记录，在三百年的时间里，移徙人口高达四百五十万，当然这些数字看起来只不过是帝国好大喜功的夸夸其谈。

〔40〕Nissen and Heine, *From Mesopotamia to Iraq*, 80.

〔41〕Tocqueville, *Democracy in America*, 544; 引自 Darwin, *After Tamerlane*, 24。托克维尔还接着写道，"几乎在顷刻之间，压迫就落在了非洲人后裔的头上，剥夺

了他们人之为人的几乎所有权利。”关于在动物和人类驯化之间的类比分析，还可参见一本精彩的著作，Reviel Netz，*Barbed Wire*，15。关于驯化动物和美国内战前南方奴隶的类比分析，参见 Jacoby，“Slaves by Nature”。

第六章　早期国家的脆弱：形为崩溃，实为解体

〔1〕Adams，“Strategies of Maximization，Stability，and Resilience.”

〔2〕Yoffee and Cowgill，*The Collapse of Ancient States and Civilizations*，and McAnany and Yoffee，*Questioning Collapse*.

〔3〕Broodbank，*The Making of the Middle Sea*，356.

〔4〕大卫·斯莫尔认为，说起迈锡尼文明时代的希腊，所谓的“崩溃”，其实只是一种“权力的下放”，转移到了规模更小但却更稳定的社会单元，而这些小型组织体将此前的谱系保留下来，后来也成为更大规模政治构建的基石；Small，“Saving the Collapse”。

〔5〕Yoffee and Cowgill，*The Collapse of Ancient States and Civilizations*，30，60.

〔6〕Nissen，*The Early History of the Ancient Near East*，187.

〔7〕Brinkman，“Settlement Surveys and Documentary Evidence.”

〔8〕Algaze，“The Uruk Expansion，” and Wengrow，*What Makes Civilization*，75-82.

〔9〕关于检疫的历史，可参见 Harrison，*Contagion*。

〔10〕Morris，*Why the West Rules- for Now*，217.

〔11〕也就是我们所知的“安东尼瘟疫”，参见 Cunliffe，*Europe Between the Oceans*，393。

〔12〕关于其间的联系，参见 Radkau，*Nature and Power*；Meiggs，*Trees and Timber in the Ancient Mediterranean World*；and Hughes，*The Mediterranean*。

〔13〕McMahon，“North Mesopotamia in the Third Millennium BC.” 关于幼发拉底河上游的林带，参见 Moore，Hillman，and Legge，*Village on the Euphrates*，51-63。

〔14〕Deacon，“Deforestation and Ownership.”

〔15〕Mithen，*After the Ice*，87.

〔16〕关于降水冲刷和土壤流失的比较数据，分为“裸土”“粟田”“草地”以及“未经放牧的灌木林”，可参见 Redman，*Human Impact on Ancient Environment*，101。

〔17〕Mithen，*After the Ice*，50.

〔18〕McNeill，*Mountains of the Mediterranean World*，73-75.

〔19〕Artzy and Hillel，“A Defense of the Theory of Progressive Salinization.”

〔20〕Adams，“Strategies and Maximization，Stability，and Resilience.”

〔21〕Nissen and Heine，*From Mesopotamia to Iraq*，71.

〔22〕Thucydides, The Peloponnesian War, 485. 在修昔底德的笔下，还提到了士兵在幻想破灭后的叛逃，他们本来满心以为，根本不需要打仗，就可以从军事征讨中发财。

〔23〕也有一种观点认为，雅典联盟之所以陷入危险的处境，其实是因为十多年前某些铤而走险的举措。公元前 425 年，雅典人调整附属城邦的物资和人口贡赋，增加达三倍之多，此举也激化了逃亡的可能。

〔24〕正文中的观点，受益于维克托·利伯曼，参见他的著作 *Strange Parallels*, I：1-40。

〔25〕这是我已故同事林德布卢姆（Ed Lindblom）的一个著名比喻。

〔26〕Yoffee and Cowgill, *The Collapse of Ancient States and Civilizations*, 260.

〔27〕引自 Morris, *Why the West Rules-for Now*, 194。

〔28〕David O' Connor, "Society and Individual in Early Egypt," in Richards and van Buren, *Order, Legitimacy, and Wealth in Ancient States*, 21-35.

〔29〕同上注，以及 Broodbank, *The Making of the Middle Sea*, 277。

〔30〕在这里，我将此前学者表达的怀疑立场做更详细的阐述，关于这种怀疑论的萌发，可参见 Yoffee and Cowgill, *The Collapse of Ancient States and Civilizations*, and McAnany and Yoffee, *Questioning Collapse*。

〔31〕Tainter, *The Collapse of Complex Societies.*

〔32〕参见 G. W. Bowersock, "The Dissolution of the Roman Empire," in Yoffee and Cowgill, *The Collapse of Ancient States and Civilizations*, 165-175。鲍尔索克主张，只有到后来阿拉伯人的入侵，罗马帝国才算消失于历史舞台。

〔33〕Cunliffe, *Europe Between the Oceans*, 364.

〔34〕Riehl, "Variability in Ancient Near Eastern Environmental and Agricultural Development."

〔35〕Adams, "Strategies of Maximization, Stability, and Resilience," 334.

〔36〕Adams, *The Land Behind Bagdad*, 55.

〔37〕Broodbank, *The Making of the Middle Sea*, 349.

〔38〕Richardson, "Early Mesopotamia," 16.

〔39〕"土地的流转，就好像陶工的转盘。强盗拥有了财富……" 参见 Bell, "The Dark Ages in Ancient History," 75。

〔40〕McNeill, *Plagues and People*, 58-71. 根据我和大卫·温格罗的个人交流，他相信，正是因为人口聚落的相互隔离，使得他们的免疫力如同"一张白纸"，故而流行病才可以在不同群落之间传染开来，而通过跨区域的贸易和交换，由此形成的接触实际上会改变此前的隔离分布。然而在我看来，温格罗的观点只适用于大规模的人口中心以及连接它们的贸易路线，至于那些生活在国家之外的部落来

说，它们距离主要的贸易通道还有距离，其所在聚落的人口数量又非常之少——甚至许多常见的传染病都无法流行起来，对于他们来说，温格罗的观点就不太好用了。而麦克尼尔的推断也仍然是推断，有待更进一步的调查。

第七章　蛮族人的流金岁月

〔1〕在我看来，所谓“征税”，就是针对属民的生产、劳动或收入而进行的某种常态索取。在早期国家，“税收”主要采取的是实物形式（比如从农耕者的收成按比例收取）或者是服劳役的形式（比如强制征用苦役）。

〔2〕我的同事濮德培（Peter Perdue）是一位中国边疆问题的专家，根据我同他的交流，他将正文所述的年代推迟到18世纪末，按照他的观察，到了这个历史时期，“在全球范围内，几乎所有的边界地带都有开拓者和商人定居下来，而无论世界各处，商品交易者所汲取的资源都来自地球上所有的大陆”。

〔3〕在美索不达米亚的案例中，波斯特盖特还区分了“山民”的掠夺和“游牧者”的掠夺，并且认为后一种袭击更有可能导致国家的毁灭。参见 J. N. Postgate, *Early Mesopotamia*, 9。

〔4〕Skaria, *Hybrid Histories*, 132.

〔5〕Cunliffe, *Europe Between the Oceans*, 229.

〔6〕关于“海上族群”，我们现在可知的，以及仍有争议的，一个有价值的概括，可参见 Gitin, Mazar, and Stern, *Mediterranean Peoples in Transition*。

〔7〕Cunliffe, *Europe Between the Oceans*, 331.

〔8〕Bronson, “The Role of Barbarians in the Fall of States,” 208.

〔9〕Lattimore, “The Frontier in History,” 486.

〔10〕Bronson, “The Role of Barbarians in the Fall of States,” 200.

〔11〕Porter, *Mobile Pastoralism*, 324. 按照波特的论证，阿摩利人与其说是“蛮族”，更像是美索不达米亚社会的一个分支。当然，他们确实是挑战者和占取者，但很难说他们是“外来者”（第61页）。

〔12〕Burns, *Rome and the Barbarians*, 150.

〔13〕引自 Coatsworth et al., *Global Connections*, vol. 1, 76。

〔14〕Clastres, *La Societe contre l' Etat.*

〔15〕Beckwith, *Empires of the Silk Road*, 76.

〔16〕Lattimore, “The Frontier in History,” 476-481.

〔17〕同上注，引用了 E. A. Thompson, *A History of Attila and the Huns* (Oxford: Oxford University Press, 1948), 185-186。

〔18〕Lattimore, “The Frontier in History,” 481.

〔19〕Herwig Wolfram, *History of the Goths*, trans. Thomas J. Dunlap (Berkeley: University of California Press, 1988), 8, 引自 Beckwith, *Empires of the Silk Road*, 333。

〔20〕应当指出，斯巴达克斯所领导的起义军曾试图离开意大利半岛，但终究因为内部的变节以及苏拉的大军而未能成功。关于东南亚高地上逃离国家的历史，可参见我的著作 *The Art of Not Being Governed*。

〔21〕Cunliffe, *Europe Between the Oceans*, 238.

〔22〕Beckwith, *Empires of the Silk Road*, 333-334.

〔23〕Wengrow, *What Makes Civilization*, 99.

〔24〕在此，大体格的群居动物可做类比；有学者主张，这类大型动物相对而言是"静止的"，而且每年的某些时段都会大量聚在一起，因为这样的特性，它们是尤其脆弱的，当智人带着猎犬，手持长矛和弓箭前来狩猎时，它们通常躲不过人类的"掠夺"，也正因此，当"装备精良"的猎人越来越多，它们就可能是最早面临灭绝危机的物种。

〔25〕Beckwith, *Empires of the Silk Road*, 321.

〔26〕Santos-Granero, *Vital Enemies.*

〔27〕濮德培提醒我，在流动的掠夺者和定居生物之间的关系，其实在动物或昆虫王国内也有类似存在。它们可以说是不同的、某种程度上相互竞争的生存策略。

〔28〕Owen Lattimore, "On the Wickedness of Being Nomads."

〔29〕引自 Beckwith, *Empires of the Silk Road*, 69。

〔30〕Paul Astrom, "Continuity and Discontinuity: Indigenous and Foreign Elements in Cyprus Around 1200 BC," in Gitin, Mazar, and Stern, *Mediterranean Peoples in Transition*, 80-86，所引文字在第 83 页。

〔31〕Susan Sherratt, "'Sea Peoples' and the Economic Structure of the Late Second Millennium in the Eastern Mediterranean," in Gitin, Mazar, and Stern, *Mediterranean Peoples in Transition*, 293-313.

〔32〕关于这一逻辑的精彩演绎，参见 Charles Tilly, "War Making and State Making as Organized Crimes"。

〔33〕William Irons, "Cultural Capital, Livestock Raiding."

〔34〕Barfield, "Tribe and State Relations," 169-170.

〔35〕Flannery, "Origins and Ecological Effect of Early Domestication."

〔36〕Broodbank, *The Making of the Middle Sea*, 358. 正文所述的逻辑，还可用于分析马来人世界中传统的沿河小国，一个系统的适用，可参见 Bronson, "Exchange at the Upstream and Downstream Ends"。

〔37〕Beckwith, *Empires of the Silk Road*, 328-329. 还可参见 Di Cosmo, *Ancient China and Its Enemies*。

〔38〕Fletcher, "The Mongols," 42.

〔39〕Cunliffe, *Europe Between the Oceans*, 378.

〔40〕同上注，尤其是第七章。

〔41〕Tsing, *The Mushroom at the End of the World.*

〔42〕Beckwith, *Empires of the Silk Road*, 327–328.

〔43〕Artzy, "Routes, Trade, Boats and 'Nomads of the Sea,' " 439–448.

〔44〕Lattimore, "The Frontier in History," 504.

〔45〕弗莱彻将游牧族群分为两类：一类是"草原"游牧族群，相比之下，他们与定居群落以及农业国家的互动较少，对于他们来说，贸易很重要，而掠夺也同样重要；另一类则是"沙漠"游牧族群，他们更可能同定居群落以及市镇社会形成常规性的贸易关系。参见 Fletcher, "The Mongols," 41。

〔46〕Barfield, "The Shadow Empires."

〔47〕就这一关联，可以参见 Ratchnevsky, *Genghis Khan*, and Hamalainen, *Comanche Empire*。

〔48〕Ferguson and Whitehead, "The Violent Edge of Empire," 23.

〔49〕Kradin, "Nomadic Empires in Evolutionary Perspective," 504. 一个类似的观点，还可参见 Barfield, "Tribe and State Relations"。

参考文献

Adams, Robert McC. "Agriculture and Urban Life in Early Southwestern Iran." *Science* 136, no. 3511 (1962): 109–122.

——. *The Land Behind Bagdad: A History of Settlement on the Diyala Plains*. Chicago: University of Chicago Press, 1965.

——. "Anthropological Perspectives on Ancient Trade." *Current Anthropology* 15, no. 3 (1974): 141–160.

——. *Heartland of Cities: Surveys of Ancient Settlements and Land Use on the Central Floodplain of the Euphrates*. Chicago: University of Chicago Press, 1974.

——. "Strategies of Maximization, Stability, and Resilience in Mesopotamian Society, Settlement, and Agriculture." *Proceedings of the American Philosophical Society* 122, no. 5 (1978): 329–335.

——. "The Limits of State Power on the Mesopotamian Plain." *Cuneiform Digital Library Bulletin*1 (2007).

——. "An Interdisciplinary Overview of a Mesopotamian City and Its Hinterland." *Cuneiform Digital Library Journal* 1 (2008): 1–23.

Algaze, Guillermo. "The Uruk Expansion: Cross Cultural Exchange in Early Mesopotamian Civilization." *Current Anthropology* 30, no. 5 (1989): 571–608.

——. "Initial Social Complexity in Southwestern Asia: The Mesopotamian Advantage." *Current Anthropology* 42, no. 2 (2001): 199–233.

——. "The End of Prehistory and the Uruk Period." In Crawford, *The Sumerian World*, 68–94.

Appuhn, Karl. "Inventing Nature: Forests, Forestry, and State Power in Renaissance Venice." *Journal of Modern History* 72, no. 4 (2000): 861–889.

Armelagos, GeorgeJ., and Alan McArdle. "Population, Disease, and Evolution." *Memoirs of the Society of American Archaeology*, no. 30 (1975), *Population Studies in Archaeology and Biological Anthropology: A Symposium*, 1–10.

Armelagos, George J., et al. "The Origins of Agriculture: Population Growth During a Period of Declining Health." *Population and Environment: A Journal of Interdisciplinary Studies* 13, no. 1 (1981): 9–22.

Artzy, Michal. "Routes, Trade, Boats and 'Nomads of the Sea.'" In Gitin et al., *Mediterranean Peoples in Transition*, 439–448.

Artzy, Michal, and Daniel Hillel. "A Defense of the Theory of Progressive Salinization in Ancient Southern Mesopotamia." *Geoarchaeology* 3, no. 3 (1988): 235–238.

Asher-Greve, Julia M. "Women and Agency: A Survey from Late Uruk to the End of Ur III." In Crawford, *The Sumerian World*, 345–358.

Asouti, Eleni, and Dorian Q. Fuller. "A Contextual Approach to the Emergence of Agriculture in Southwest Asia: Reconstructing Early Neolithic Plant-food Production." *Current Anthropology* 54, no. 3 (2013): 299–345.

Axtell, James. "The White Indians of Colonial America." *William and Mary Quarterly* 3rd ser. 32 (1975): 55–88.

Bairoch, Paul. *Cities and Economic Development: From the Dawn of History to the Present*. Trans. Christopher Braider. Chicago: University of Chicago Press, 1988.

Baker, Paul T., and William T. Sanders. "Demographic Studies in Anthropology." *Annual Review of Anthropology* 1 (1972): 151–178.

Barfield, ThomasJ. "Tribe and State Relations: The Inner Asian Perspective." In Philip S. Khoury and Joseph Kostiner, eds., *Tribes and State Formation in the Middle East*, 153–182. Berkeley: University of California Press, 1990.

——. "The Shadow Empires: Imperial State Formation Along the Chinese Nomad Frontier." In Susan E. Alcock, Terrance N. D'Altroy, et al., eds. *Empires: Perspectives from Archaeology and History*, 11–41. Cambridge: Cambridge University Press, 2001.

Beckwith, Christopher. *Empires of the Silk Road: A History of Central Eurasia from the Bronze Age to the Present*. Princeton: Princeton University Press, 2009.

Bell, Barbara. "The Dark Ages in Ancient History: 1. The First Dark Age in Egypt." *American Journal of Archaeology* 75, no. 1 (1971): 1–26.

Bellwood, Peter. *First Farmers: The Origins of Agricultural Societies*. Oxford: Blackwell, 2005.

Bennet, John. "The Aegean Bronze Age." In Scheidel et al., *Cambridge Economic History*, 175–210.

Berelov, Ilya. "Signs of Sedentism and Mobility in Agro-Pastoral Community During the Levantine Middle Bronze Age: Interpreting Site Function and Occupation Strategy at Zahrat adh-Dhra 1. *Journal of Anthropological Archaeology* 25 (2006): 117–143.

Bernbeck, Reinhard. "Lasting Alliances and Emerging Competition: Economics Developments in Early Mesopotamia." *Journal of Anthropological Archaeology* 14 (1995): 1–25.

Blanton, Richard, and Lane Fargher. *Collective Action in the Formation of Pre-Modern States*. New York: Springer, 2008.

Blinman, Eric. "2000 Years of Cultural Adaptation to Climate Change in the Southwestern United States." *AMBO: A Journal of the Human Environment* 37, sp. 14 (2000): 489–497.

Bocquet-Appel, Jean-Pierre. "Paleoanthropological Traces of a Neolithic Demographic Transition." *Current Anthropology* 43, no. 4 (2002): 637–650.

——. "The Agricultural Demographic Transition (ADT) During and After the Agricultural Inventions." *Current Anthropology* 52, no. S4 (2011): 497–510.

Boone, James L. "Subsistence Strategies and Early Human Population History: An Evolutionary Perspective." *World Archaeology* 34, no. 1 (2002): 6–25.

Boserup, Ester. *The Conditions of Agricultural Growth: The Economics of Agrarian Change Under Population Pressure*. Chicago: Aldine, 1965.

Boyden, S. V. *The Impact of Civilisation on the Biology of Man*. Toronto: University of Toronto Press, 1970.

Braund, D. C., and G. R. Tsetkhladze. "The Export of Slaves from Colchis." *Classical Quarterly* new ser. 39, no. 1 (1988): 114–125.

Brinkman, John Anthony. "Settlement Surveys and Documentary Evidence: Regional Variation and Secular Trends in Mesopotamian Demography." *Journal of Near Eastern Studies* 43, no. 3 (1984): 169–180.

Brody, Hugh. *The Other Side of Eden: Hunters, Farmers, and the Shaping of the World*. Vancouver: Douglas and McIntyre, 2002.

Bronson, Bennett. "Exchange at the Upstream and Downstream Ends: Notes Toward a Functional Model of the Coastal State in Southeast Asia." In Karl Hutterer, ed., *Economic Exchange and Social Interaction in Southeast Asia: Perspectives from Prehistory, History, and Ethnography*, 39–52. Ann Arbor: Center for South and Southeast Asian Studies, University of Michigan, 1977.

——. "The Role of Barbarians in the Fall of States." In Yoffee and Cowgill, *Collapse of Ancient States*, 196–218.

Broodbank, Cyprian. *The Making of the Middle Sea: A History of the Mediterranean from the Beginning to the Emergence of the Classical World*. London: Thames and Hudson, 2013.

Burke, Edmund, and Kenneth Pomeranz, eds. *The Environment and* World History. *Berkeley: University of California Press*, 2009.

Burnet, Sir MacFarlane, and David O. White. *The Natural History of Infectious Disease*, 4th ed. Cambridge: Cambridge University Press, 1972.

Burns, Thomas S. *Rome and the Barbarians*, 100 *BC–AD* 400. Baltimore: Johns Hopkins University Press, 2003.

Cameron, Catherine M. "Captives and Culture Change." *Current Anthropology* 52, no. 2 (2011): 169–209.

Cameron, Catherine M., and Steve A. Tomka. *Abandonment of Settlements and Regions: Ethnoarchaeological and Archaeological Approaches*. New Directions in Archaeology. Cambridge: Cambridge University Press, 1996.

Carmichael, G. "Infection, Hidden Hunger. and History." In "Hunger and History: The Impact of Changing Food Production and Consumption Patterns on Society," *Journal of Interdisciplinary History* 14, no. 2 (1983): 249–264.

Carmona, Salvador, and Mahmoud Ezzamel. "Accounting and Forms of Accountability in Ancient Civilizations: Mesopotamia and Ancient Egypt." Working Paper, Annual Conference of the European Accounting Association, Goteborg, Sweden, 2005.

Carneiro, R. "A Theory of the Origin of the State." *Science* 169 (1970): 733–739.

Chakrabarty, Dipesh. "The Climate of History: Four Theses." *Critical Inquiry* 35 (2009): 197–222.

Chang, Kwang-chih. "Ancient Trade as Economics or as Ecology." In Jeremy Sabloff and C. C. Lamberg-Karlovsky, eds., *Ancient Civilization and Trade*, 211–224. Albuquerque: School of American Research, University of New Mexico Press, 1975.

Chapman, Robert. *Archaeology of Complexity*. London: Routledge, 2003.

Chayanov, A. V. *The Theory of Peasant Economy*. Ed. Daniel Thorner, Basile Kerblay, and R. E. F. Smith. Homewood, Ill.: Richard D. Irwin for the American Economic Association, 1966.

Christensen, Peter. *The Decline of Iranshahr: Irrigation and Environments in the History of the Middle East*, 500 *BC to AD* 1500. Copenhagen: Museum Tusculanum, 1993.

Christian, David. *Maps of Time: An Introduction to Big History*. Berkeley: University of California Press, 2004.

Clarke, Joanne, ed. *Archaeological Perspectives on the Transmission and Transformation of Culture in the Eastern Mediterranean*. Levant Supplementary Series 2. Oxford: Oxbow, 2005.

Clastres, Pierre. *La Société contre l'État*. Paris: Editions de Minuit, 1974.

Coatsworth, John, Juan Cole, et al. *Global Connections: Politics, Exchange, and Social Life in World History*, vol. 1, *To* 1500. Cambridge: Cambridge University Press, 2015.

Cockburn, I. Aiden. "Infectious Diseases in Ancient Populations." *Current Anthropology* 12, no. 1 (1971): 45–62.

Conklin, Harold C. *Hanunoo Agriculture: A Report on an Integral System of Shifting-Agriculture in the Philippines.* Rome: Food and Agriculture Organization of the United Nations, 1957.

Cowgill, George L. "On Causes and Consequences of Ancient and Modern Population Changes." *American Anthropologist* 77, no. 3 (1975): 505–525.

Crawford, Harriet, ed. *The Sumerian World.* London: Routledge, 2013.

——. *Ur: The City of the Moon God.* London: Bloomsbury, 2015.

Cronon, William. *Changes in the Land: Indians, Colonists, and the Ecology of New England*, rev. ed. New York: Hill and Wang, 2003.

Crossley, Pamela Kyle, Helen Siu, and Donald Sutton, eds., *Empire at the Margins: Culture and Frontier in Early Modern China.* Berkeley: University of California Press, 2006.

Crouch, Barry A. "Booty Capitalism and Capitalism's Booty: Slaves and Slavery in Ancient Rome and the American South." *Slavery and Abolition: A Journal of Slave and Post-Slave Studies* 6, no. 1 (1985): 3–24.

Crumley, Carol L. "The Ecology of Conquest: Contrasting Agropastoral and Agricultural Societies' Adaptation to Climatic Change." In Carol L. Crumley, ed., *Historical Ecology: Cultural Knowledge and Changing Landscapes*, 183–201. School of American Research Advanced Seminar Series. Santa Fe, N. M.: School of American Research Press, 1994.

Cunliffe, Barry. *Europe Between the Oceans: Themes and Variations*: 9000 *BC–AD* 1000. New Haven: Yale University Press, 2008.

Dalfes, H. Nüzhet, George Kukla, and Harvey Weiss. *Third Millennium BC Climate Change and Old World Collapse.* NATO Advanced Science Institutes Series, Series I, Global Environmental Change 49 (2013).

Dark, Petra, and Henry Gent. "Pests and Diseases of Prehistoric Crops: A Yield 'Honeymoon' for Early Grain Crops in Europe?" *Oxford Journal of Archaeology* 20, no. 1 (2001): 59–78.

Darwin, John. *After Tamerlane: The Rise and Fall of Global Empires*, 1400–2000. London: Penguin, 2007.

Deacon, Robert T. "Deforestation and Ownership: Evidence from Historical Accounts and Contemporary Data." *Land Economics* 75, no. 3 (1999): 341–359.

Diakanoff, M. *Structure of Society and State in Early Dynastic Sumer*. Malibu, Calif.: Monographs of the Ancient Near East, 1, no. 3 (1974).

Diamond, Jared. *Guns, Germs, and Steel: The Fates of Human Societies*. New York: Norton, 1977.

Dickson, D. Bruce. "Circumscription by Anthropogenic Environmental Destruction: An Expansion of Carneiro's (1970) Theory of the Origin of the State." *American Antiquity* 52, no. 4 (1987): 709–716.

Di Cosmo, Nicola. "State Formation and Periodization in Inner Asian History." *Journal of World History* 10, no. 1 (1999): 1–40.

——. *Ancient China and Its Enemies: The Rise of Nomadic Power in East Asian History*. Cambridge: Cambridge University Press, 2011.

Dietler, Michael. "The Iron Age in the Western Mediterranean." In Scheidel et al., *Cambridge Economic History*, 242–276.

Dietler, Michael, and Ingrid Herbich. "Feasts and Labor Mobilization: Dissecting a Fundamental Economic Practice." In M. Dietler and Brian Hayden, eds., *Feasts: Archaeological and Ethnographic Perspectives on Food, Politics, and Power*, 240–264. Washington, D. C.: Smithsonian Institution Press, 2001.

Donaldson, Adam. "Peasant and Slave Rebellions in the Roman Republic." Ph. D. diss., University of Arizona, 2012.

D'souza, Rohan. *Drowned and Dammed: Colonial Capitalism and Flood Control in Eastern India*. New Delhi: Oxford University Press, 2006.

Dyson-Hudson, Rada, and Eric Alden Smith. "Human Territoriality: An Ecological Reassessment." *American Anthropologist* new ser. 890, no. 1 (1973): 21–41.

Eaton, S. Boyd, and Melvin Konner. "Paleolithic Nutrition." *New England Journal of Medicine* 312, no. 5 (1985): 283–290.

Ebrey, Patricia Buckley. *The Cambridge Illustrated History of China*. Cambridge: Cambridge University Press, 1996.

Elias, Norbert. *The Civilizing Process: Sociogenic and Psychogenic Investigations*, rev. ed. Oxford: Blackwell, 1994.

Ellis, Maria de J. "Taxation in Ancient Mesopotamia: The History of the Term Miksu." *Journal of Cuneiform Studies* 26, no. 4 (1974): 211–250.

Elvin, Mark. *Retreat of the Elephants: An Environmental History of China*. New Haven: Yale University Press, 2004.

Endicott, Kirk. "Introduction: Southeast Asia." In Richard B. Lee and Richard

Daly, eds., *The Cambridge Encyclopedia of Hunters and Gatherers*, 275 - 283. Cambridge: Cambridge University Press, 1999.

Eshed, Vered, et al. "Has the Transition to Agriculture Reshaped the Demographic Structure of Prehistoric Populations? New Evidence from the Levant." *American Journal of Physical Anthropology* 124 (2004): 315-329.

Evans-Pritchard, E. E. *The Nuer: A Description of the Modes of Livelihood and Political Institutions of a Nilotic People*. Oxford: Clarendon, 1940.

Evin, Allowen, et al. "The Long and Winding Road: Identifying Pig Domestication Through Molar Size and Shape." *Journal of Archaeological Science* 40 (2013): 735-742.

Farber, Walter. "Health Care and Epidemics in Antiquity: The Example of Ancient Mesopotamia." Lecture, Oriental Institute, June 26, 2006, CHIASMOS, https://www.youtube.com/watch?v=Yw_4Cghic_w.

Febvre, Lucien. *A Geographical Introduction to History*. Trans. E. G. Mountford and J. H. Paxton. London: Routledge Kegan Paul, 1923.

Feinman, Gary M., and Joyce Marcus. *Archaic States*. Santa Fe, N. M.: School of American Research, 1998.

Fenner, Frank. "The Effects of Changing Social Organization on the Infectious Diseases of Man." In Boyden, *Impact of Civilisation*, 48-68.

Ferguson, R. Brian, and Neil L. Whitehead. "The Violent Edge of Empire." In R. Brian Ferguson and Neil L. Whitehead, eds., *War in the Tribal Zone: Expanding States and Indigenous Warfare*, 1-30. Santa Fe, N. M.: School of American Research, 1992.

Fiennes, R. N. *Zoonoses and the Origins and Ecology of Human Disease*. London: Academic Press, 1978.

Finley, M. I. "Was Greek Civilization Based on Slave Labour?" *Historia: Zeitschrift fur alte geschichte* 8, no. 2 (1959): 145-164.

Fiskesjo, Magnus. "The Barbarian Borderland and the Chinese Imagination: Travelers in Wa Country." *Inner Asia* 5, no. 1 (2002): 81-99.

Flannery, Kent V. "Origins and Ecological Effect of Early Domestication in Iran and the Middle East." In Ucko and Dimbleby, *Domestication and Exploitation*, 73-100.

Fletcher, Joseph. "The Mongols: Ecological and Social Perspectives." *Harvard Journal of Asiatic Studies* 46, no. 1 (1986): 11-50.

French, E. B., and K. A. Wardle, eds. *Problems in Greek Prehistory: Papers Presented at the Centenary Conference of the British School of Archaeology at Athens*. Manchester: Bristol Classical Press, 1986.

Friedman, Jonathan. "Tribes, States, and Transformations: An Association for Social

Anthropology Study." In Maurice Bloch, ed., *Marxist Analyses and Social Anthropology*, 161–200. New York: Wiley, 1975.

Fukuyama, Francis. *The Origins of Political Order: From Prehuman Times to the French Revolution*. New York: Farrar, Straus and Giroux, 2011.

Fuller, Dorian Q., et al. "Cultivation and Domestication Has Multiple Origins: Arguments Against the Core Area Hypothesis for the Origins of Agriculture in the Near East." *World Archaeology* 43, no. 4, special issue, Debates in World Archaeology (2011): 628–652.

Gelb, J. J. "Prisoners of War in Early Mesopotamia." *Journal of Near Eastern Studies* 32, no. 12 (1973): 70–98.

Gibson, McGuire, and Robert D. Briggs. "The Organization of Power: Aspects of Bureaucracy in the Ancient Near East." *Studies in Ancient Oriental Civilization*, no. 46. Chicago: Oriental Institute of the University of Chicago, 1987.

Gilbert, Allan S. "Modern Nomads and Prehistoric Pastoralists: The Limits of Analogy." *Journal of the Ancient Near Eastern Society* 7 (1975): 53–71.

Gilman, A. "The Development of Social Stratification in Bronze Age Europe." *Current Anthropology* 22 (1981): 1–23.

Gitin, Seymour, Amihai Mazar, and Ephraim Stern, eds. *Mediterranean Peoples in Transition: Thirteenth to Early Tenth Centuries BCE*. In Honor of Professor Trude Dothan. Jerusalem: Israel Exploration Society, 1998.

Goelet, Ogden. "Problems of Authority, Compulsion, and Compensation in Ancient Egyptian Labor Practices." In Steinkeller and Hudson, *Labor in the Ancient World*, 523–582.

Goring-Morris, A. Nigel, and Anna Belfer-Cohen. "Neolithization Processes in the Levant: The Outer Envelope." *Current Anthropology* 52, no. S4, The Origins of Agriculture: New Data, New Ideas (2011): S195–S208.

Goudsblom, Johan. *Fire and Civilization*. London: Penguin, 1992.

Graeber, David. *Debt: The First 5,000 Years*. London: Melville House, 2011.

Greger, Michael. "The Human/Animal Interface: Emergence and Resurgence of Zoonotic Infectious Diseases." *Critical Reviews in Microbiology* 33 (2007): 243–299.

Grinin, Leonid E., et al., eds. *The Early State, Its Alternatives and Analogues*. Volgograd: "Uchitel," 2004.

Groenen, Martien A. M., et al. "Analysis of Pig Genome Provides Insight into Porcine Domestication and Evolution." *Nature* 491 (2012): 391–398.

Groube, Les. "The Impact of Diseases upon the Emergence of Agriculture." In

D. R. Harris, ed., *The Origins and Spread of Agriculture and Pastoralism in Eurasia*, 101–129. Washington, D. C.: Smithsonian Institution Press, 1996.

Halstead, Paul, and John O'shea, eds. *Bad Year Economics: Cultural Responses to Risk and Uncertainty*. Cambridge: Cambridge University Press, 1989.

Hämäläinen, Pekka. *Comanche Empire*. New Haven: Yale University Press, 2009.

Harari, Yuval Noah. *Sapiens: A Brief History of Humankind*. London: Harvill Secker, 2011.

Harlan, Jack R. *Crops and Man*, 2nd ed. Madison, Wis.: American Society of Agronomy, Crop Science Society of America, 1992.

Harris, David R. *Settling Down and Breaking Ground: Rethinking the Neolithic Revolution*. Amsterdam: Kroon–Voordrachte 12, 1990.

Harris, David R., and Gordon C. Hillman, eds. *Foraging and Farming: The Evolution of Plant Exploitation*. London: Unwin Hyman, 1989.

Harrison, Mark. *Contagion: How Commerce Has Spread Disease*. New Haven: Yale University Press, 2012.

Headland, T. N., "Revisionism in Ecological Anthropology." *Current Anthropology* 38, no. 4 (1997): 43–66.

Headland, T. N. and L. A. Reid. "Hunter-Gatherers and Their Neighbors from Prehistory to the Present." *Current Anthropology* 30, no. 1 (1989): 43–66.

Heather, Peter. *The Fall of the Roman Empire: A New History of Rome and the Barbarians*. Oxford: Oxford University Press, 2006.

Hendrickson, Elizabeth, and Ingolf Thuesen, eds. *Upon This Foundation: The Ubaid Reconsidered*. Copenhagen: Museum Tusculanum Press, Carsten Niebuhr Institute of Ancient Near Eastern Studies.

Hillman, Gordon. "Traditional Husbandry and Processing of Archaic Cereals in Recent Time: The Operations, Products, and Equipment Which Might Feature in Sumerian Texts." *Bulletin of Sumerian Agriculture* 1 (1984): 114–172.

Hochschild, Adam. *Bury the Chains: Prophets and Rebels in the Fight to Free an Empire's Slaves*. New York: Houghton Mifflin, 2015.

Hodder, Ian. *The Domestication of Europe: Structure and Contingency in Neolithic Societies*. Oxford: Blackwell, 1990.

Hole, Frank. "A Monumental Failure: The Collapse of Susa." In Robin A. Carter and Graham Philip, eds., *Beyond the Ubaid: Transformation and Integration of Late Prehistoric Societies of the Middle East*, 221–226. *Studies in Oriental Civilization*, no. 653. Chicago: Oriental Institute of the University of Chicago, 2010.

Houston, Stephen. *The First Writing: Script Invention as History and Process*. Cambridge: Cambridge University Press, 2004.

Hritz, Carrie, and Jennifer Pournelle. "Feeding History: Deltaic Resiliene Inherited Practice and Millenniascale Sustainability." In H. Thomas Foster II, David John Goldstein, and Lisa M. Paciulli, eds., *The Future in the Past: Historical Ecology Applied to Environmental Issues*, 59-85. Columbia: University of South Carolina Press, 2015.

Hughes, J. Donald. *The Mediterranean: An Environmental History*. Santa Barbara: ABC-CLIO, 2005.

Ingold, T. "Foraging for Data, Camping with Theories: Hunter-Gatherers and Nomadic Pastoralists in Archaeology and Anthropology." *Antiquity* 66 (1992): 790-803.

Irons, William G. "Livestock Raiding Among Pastoralists: An Adaptive Interpretation." In *Papers of the Michigan Academy of Science, Arts, and Letters*, 383-414. Ann Arbor: University of Michigan Press, 1965.

——. "Cultural Capital, Livestock Raiding, and the Military Advantage of Traditional Pastoralists." In Grinin et al., *The Early State*, 466-475.

Jacobs, Jane. *The Economy of Cities*. New York: Vintage, 1969.

Jacoby, Karl. "Slaves by Nature? Domestic Animals and Human Slaves." *Slavery and Abolition* 18, no. 1 (1994): 89-98.

Jameson, Michael H. "Agriculture and Slavery in Classical Athens." *Classical Journal* 73, no. 2 (1977): 122-145.

Jones, David S. "Virgin Soils Revisited." *William and Mary Quarterly* 3rd ser. 60, no. 4 (2003): 703-742.

Jones, Martin. *Feast: Why Humans Share Food*. Oxford: Oxford University Press, 2007.

Kealhofer, Lisa. "Changing Perceptions of Risk: The Development of Agro-Ecosystems in Southeast Asia." *American Anthropologist* new ser. 104, no. 1 (2002): 178-194.

Keightley, David N., ed. *The Origins of Chinese Civilization*. Berkeley: University of California Press, 1983.

Kennett, Douglas J., and James P. Kennett. "Early State-Formation in Southern Mesopotamia: Sea Levels, Shorelines, and Climate Change." *Journal of Island and Coastal Archaeology* 1 (2006): 67-99.

Khazanov, Anatoly M. "Nomads of the Eurasian Steppes in Historical Retrospective." In Grinin et al., *The Early State*, 476-499.

Kleinman, Arthur M., et al. "Introduction: Avian and Pandemic Influenza: A Bio-Social Approach." *Journal of Infectious Diseases* 197, supplement 1 (2008): S1-S3.

Kovacs, Maureen Gallery, trans. *The Epic of Gilgamesh*. Stanford: Stanford University Press, 1985.

Kradin, Nikolay N. "Nomadic Empires in Evolutionary Perspective." In Grinin et al., *The Early State*, 501–523.

Larson, Gregor. "Ancient DNA, Pig Domestication, and the Spread of the Neolithic into Europe." *Proceedings of the National Academy of Sciences* 104, no. 39 (2007): 15276–15281.

——. "Patterns of East Asian Pig Domestication, Migration, and Turnover Revealed by Modern and Ancient DNA." *Proceedings of the National Academy of Sciences* 107, no. 17 (2010): 7686–7691.

Larson, Gregor, and Dorian Q. Fuller. "The Evolution of Animal Domestication." *Annual Review of Ecology, Evolution, and Systematics* 45 (2014): 115–136.

Lattimore, Owen. "The Frontier in History" and "On the Wickedness of Being Nomads." In *Studies in Frontier History: Collected Papers*, 1928–1958, 469–491 and 415–426, respectively. London: Oxford University Press, 1962.

Leach, Helen M. "Human Domestication Reconsidered." *Current Anthropology* 44, no. 3 (2003): 349–368.

Lee, Richard B. "Population Growth and the Beginnings of Sedentary Life Among the ! Kung Bushmen." In Brian Spooner, ed., *Population Growth: Anthropological Implications*, 301–324. Cambridge: MIT Press, 1972. http://www.popline.org/node/517639.

Lee, Richard B., and Richard Daly. *The Cambridge Encyclopedia of Hunters and Gatherers*. Cambridge: Cambridge University Press, 1999.

Lefebvre, Henri. *The Production of Space*. New York: Wiley-Blackwell, 1992.

Lehner, Mark. "Labor and the Pyramids: The Hiet el-Ghurab 'Workers Town' at Giza." In Steinkeller and Hudson, *Labor in the Ancient World*, 396–522.

Lévi-Strauss, Claude. *La Pensée sauvage*. Paris: Plon, 1962.

Lewis, Mark Edward. *The Early Chinese Empires: Qin and Han*. Cambridge: Belknap Press of Harvard University Press, 2007.

Lieberman, Victor. *Strange Parallels: Southeast Asia in Global Context*, c. 800–1830, vol. 1, *Integration on the Mainland*. Cambridge: Cambridge University Press, 2003; vol. 2, *Mainland Mirrors: Europe, Japan, China, Southeast Asia and the Islands*. Cambridge: Cambridge University Press, 2009.

Lindner, Rudi Paul. *Nomads and Ottomans in Medieval Anatolia*. Indiana University Uralic and Altaic Series 144, Stephen Halkovic, ed. Bloomington: Research Institute for Inner Asian Studies, Indiana University, 1983.

Mann, Charles C. 1491: *New Revelations of the Americas Before Columbus*. New York: Knopf, 2005.

Manning, Richard. *Against the Grain: How Agriculture Has Hijacked Civilization*. New York: Northpoint, 2004.

Marston, John M. "Archaeological Markers of Agricultural Risk Management." *Journal of Archaeological Anthropology* 30 (2011): 190–205.

Matthews, Roger. *The Archaeology of Mesopotamia: Theories and Approaches*. Oxford: Routledge, 2003.

Mayshar, Joram, Omer Moav, Zvika Neeman, and Luigi Pascali. "Cereals, Appropriability, and Hierarchy." CEPR Discussion Paper 10742 (2015). www. cepr. org/active/publications/discussion_papers/dp. php? dpno=10742.

McAnany, Patricia, and NormanYoffee, eds. *Questioning Collapse: Human Resilience, Ecological Vulnerability, and the Aftermath of Empire*. Cambridge: Cambridge University Press, 2009.

McCorriston, Joy. "The Fiber Revolution: Textile Extensification, Alienation, and Social Stratification in Ancient Mesopotamia." *Current Anthropology* 38, no. 4 (1997): 517–535.

McKeown, Thomas. *The Origins of Human Disease*. Oxford: Blackwell, 1988.

McLean, Rose B. "Cultural Exchange in Roman Society: Freed Slaves and Social Value." Ph. D. thesis, Princeton University, 2012.

McMahon, Augusta. "North Mesopotamia in the Third Millennium BC." In Crawford, *The Sumerian World*, 462–475.

McNeill, J. R. *Mountains of the Mediterranean World: An Environmental History*. Cambridge: Cambridge University Press, 1992.

——. "The Anthropocene Debates: What, When, Who, and Why?" Paper Presented to the Program in Agrarian Studies Colloquium, Yale University, September 11, 2015.

McNeill, W. H. *Plagues and People*. New York: Monticello Editions, History Book Club, 1976.

——. *The Human Condition: An Ideological and Historical View*. Princeton: Princeton University Press, 1980.

——. "Frederick the Great and the Propagation of Potatoes." In Byron Hollinshead and Theodore K. Rabb, eds., *I Wish I'd Have Been There: Twenty Historians Revisit Key Moments in History*, 176–189. New York: Vintage, 2007.

Meek, R. *Social Science and the Ignoble Savage*. Cambridge: Cambridge University Press, 1976.

Meiggs, Russell. *Trees and Timber in the Ancient Mediterranean World*. Oxford: Oxford University Press, 1982.

Menu, Bernadette. "Captifs de guerre et dépendance rurale dans l'Égypte du Nouvel Empire." In Bernadette Menu, ed., *La Dépendance rurale dans l'Antiquité égyptienne et proche-orientale*. Cairo: Institut Français d'archéologie orientale, 2004.

Mitchell, Peter. *Horse Nations: The Worldwide Impact of the Horse on Indigenous Societies Post* 1492. Oxford: Oxford University Press, 2015.

Mithen, Steven. *After the Ice: A Global Human History*, 20,000–5000 *BC*. Cambridge: Harvard University Press, 2003.

Moore, A. M. T., G. C. Hillman, and A. J. Legge. *Village on the Euphrates*. Oxford: Oxford University Press, 2000.

Morris, Ian. "Early Iron Age Greece." In Scheidel et al., *Cambridge Economic History*, 211–241.

——. *Why the West Rules—for Now: The Patterns of History and What They Reveal About the Future*. New York: Farrar, Straus and Giroux, 2010.

Mumford, Jeremy Ravi. *Vertical Empire: The General Resettlement of the Andes*. Durham, N. C.: Duke University Press, 2012.

Nemet-Rejat, Karen Rhea. *Daily Life in Ancient Mesopotamia*. Peabody, Mass.: Hendrickson, 2002.

Netz, Reviel. *Barbed Wire: An Ecology of Modernity*. Middletown, Conn.: Wesleyan University Press, 2004.

Nissen, Hans J. "The Emergence of Writing in the Ancient Near East." *Interdisciplinary Science Reviews* 10, no. 4 (1985): 349–361.

——. *The Early History of the Ancient Near East*, 9000 – 2000 *BC*. Chicago: University of Chicago Press, 1988.

Nissen, Hans J., Peter Damerow, and Robert S. Englund. *Ancient Bookkeeping: Early Writing and Techniques of Administration in the Ancient Near East*. Chicago: University of Chicago Press, 1993.

Nissen, Hans J., and Peter Heine. *From Mesopotamia to Iraq: A Concise History*. Trans. Hans J. Nissen. Chicago: University of Chicago Press, 2009.

O'Connor, Richard A. "Agricultural Change and Ethnic Succession in Southeast Asian States: A Case for Regional Anthropology." *Journal of Asian Studies* 54, no. 4 (1995): 968–996.

Oded, Bustenay. *Mass Deportations and Deportees in the Neo-Assyrian Empire*. Weisbaden: Reichert, 1979.

Ottoni, Claudio, et al. "Pig Domestication and Human-Mediated Dispersal in Western Eurasia Revealed Through Ancient DNA and Geometric Morphometrics." *Molecular Biology and Evolution* 30, no. 4 (2012): 824–832.

Padgug, Robert A. "Problems in the Theory of Slavery and Slave Society." *Science and Society* 49, no. 1 (1976): 3–27.

Panter-Brick, Catherina, Robert H. Layton, and Peter Rowley-Conwy, eds. *Hunter-Gatherers: An Interdisciplinary Perspective*. Cambridge: Cambridge University Press, 2001.

Park, Thomas. "Early Trends Toward Class Stratification: Chaos, Common Property, and Flood Recession Agriculture." *American Anthropologist* 94 (1992): 90–117.

Paulette, Tate. "Grain, Storage, and State-Making in Mesopotamia, 3200–2000 BC." In Linda R. Manzanilla and Mitchel S. Rothman, eds., *Storage in Complex Societies: Administration, Organization, and Control*, 85–109. London: Routledge, 2016.

Perdue, Peter C. *Exhausting the Earth: State and Peasant in Hunan, 1500–1850 AD*. Cambridge: Harvard University Press, 1987.

——. *China Marches West: The Ching Conquest of Central Eurasia*. Cambridge: Harvard University Press, 2005.

Pinker, Steven. *The Better Angels of Our Nature: Why Violence Has Declined*. New York: Penguin, 2011.

Pollan, Michael. *The Botany of Desire: A Plant's-Eye View of the World*. New York: Random House, 2001.

Pollock, Susan. "Bureaucrats and Managers, Peasants and Pastoralists, Imperialists and Traders: Research on the Uruk and Jemdet Nasr Periods in Mesopotamia." *Journal of World Prehistory* 6, no. 3 (1992): 297–336.

——. *Ancient Mesopotamia: The Eden That Never Was*. Cambridge: Cambridge University Press, 1999.

Ponting, Clive. *A Green History of the World: The Environment and the Collapse of Great Civilizations*. New York: Penguin, 1993.

Porter, Anne. *Mobile Pastoralism and the Formation of Near Eastern Civilization: Weaving Together Societies*. Cambridge: Cambridge University Press, 2012.

Possehl, Gregory L. "The Mohenjo-Daro Floods: A Reply." *American Anthropologist* 69, no. 1 (1967): 32–40.

Postgate, J. N. *Early Mesopotamia: Society and Economy at the Dawn of History*. London: Routledge, 1992.

——. "A Sumerian City: Town and Country in the 3rd Millennium B. C." *Scienza dell' Antichita Storia Archaeologia* 6–7 (1996): 409–435.

Pournelle, Jennifer. "Marshland of Cities: Deltaic Landscapes and the Evolution of Early Mesopotamian Civilization." Ph. D. Thesis, University of California at San Diego, 2003.

——. "Physical Geography." In Crawford, *The Sumerian World*, 13 – 32. Pournelle, Jennifer, and Guillermo Algaze. "Travels in Edin: Deltaic Resilience and Early Urbanism in Greater Mesopotamia." In H. Crawford et al., eds., *Preludes to Urbanism: Studies in the Late Chalcolithic of Mesopotamia in Honour of Joan Oates*, 7–34. Oxford: Archaeopress, 2010.

Pournelle, Jennifer, Nagham Darweesh, and Carrie Hritz. "Resilient Landscapes: Riparian Evolution in the Wetlands of Southern Iraq." In Dan Lawrence, Mark Altaweel, and Graham Philip, eds., *New Agendas in Remote Sensing and Landscape Archaeology in the Near East*. Chicago: Oriental Institute of the University of Chicago, forthcoming.

Price, Richard. *Maroon Societies: Rebel Slave Communities in the Americas*, 2nd ed. Baltimore: Johns Hopkins University Press, 1979.

Pyne, Stephen. *World Fire: The Culture of Fire on Earth*. Seattle: University of Washington Press, 1977.

Radkau, Joachim. *Nature and Power: A Global History of the Environment*. Cambridge: Cambridge University Press, 2008.

Radner, Karen. "Fressen und gefressen werden: Heuschrecken als Katastrophe und Delikatesse im altern Vorderen Orient." *Welt des Orients* 34 (2004): 7–22.

Ratchnevsky, Paul. *Genghis Khan: His Life and Legacy*. Trans. T. N. Haining. London: Wiley-Blackwell, 1993.

Redman, Charles. *Human Impact on Ancient Environments*. Tucson: University of Arizona Press, 1999.

Reid, Anthony. *Southeast Asia in the Age of Commerce*, vol. 1, *The Lands Below the Winds*. New Haven: Yale University Press, 1988.

Renfrew, Colin, and John F. Cherry, eds. *Peer Polity Interaction and Socio-Political Change*. New Directions in Archaeology. Cambridge: Cambridge University Press, 1986.

Richards, Janet, and Mary van Buren. *Order, Legitimacy, and Wealth in Ancient States*. Cambridge: Cambridge University Press, 2000.

Richardson, Seth, ed. *Rebellions and Peripheries in the Cuneiform World*. American Oriental Series 91. New Haven: American Oriental Society, 2010.

——. "Early Mesopotamia: The Presumptive State." *Past and Present*, no. 215 (2012): 3–48.

——. "Building Larsa: Labor-Value, Scale, and Scope-of-Economy in Ancient Mesopotamia." In Steinkeller and Hudson, *Labor in the Ancient World*, 237–328.

Riehl, S. "Variability in Ancient Near Eastern Environmental and Agricultural Development." *Journal of Arid Environments* 86 (2011): 1–9.

Rigg, Jonathan. *The Gift of Water: Water Management, Cosmology, and the State in Southeast Asia*. London: School of Oriental and African Studies, 1992.

Rindos, David. *The Origins of Agriculture: An Evolutionary Perspective*. San Diego: Academic Press, 1984.

Roosevelt, Anna Curtenius. "Population, Health, and the Evolution of Subsistence: Conclusions from the Conference." In M. N. Cohen and G. J. Armelagos, eds., *Paleopathology and the Origins of Agriculture*, 259–283. Orlando: Academic Press, 1984.

Rose, Jeffrey I. "New Light on Human Prehistory in the Arabo-Persian Gulf Oasis." *Current Anthropology* 51, no. 6 (2010): 849–883.

Roth, EricA. "A Note on the Demographic Concomitants of Sedentism." *American Anthropologist* 87, no. 2 (1985): 380–382.

Rowe, J. H., and John V. Murra. "An Interview with John V. Murra." *Hispanic American Historical Review* 64, no. 4 (1984): 633–653.

Rowley-Conwy, Peter, and Mark Zvelibil. "Saving It for Later: Storage by Prehistoric Hunter-Gatherers in Europe." In Halstead and O'shea, *Bad Year Economics*, 40–56.

Runnels, Curtis, et al. "Warfare in Neolithic Thessaly: A Case Study." *Hesperia* 78 (2009): 165–194.

Sahlins, Marshall. *Stone Age Economics*. Chicago: Aldine, 1974.

Saller, Richard P. "Household and Gender." In Scheidel et al., *Cambridge Economic History*, 87–112.

Sallers, Robert. "Ecology." In Scheidel et al., *Cambridge Economic History*, 15–37.

Santos-Granero, Fernando. *Vital Enemies: Slavery, Predation, and the Amerindian Political-Economy of Life*. Austin: University of Texas Press, 2009.

Sawyer, Peter. "The Viking Perspective." *Journal of Baltic Studies* 13, no. 3 (1982): 177–184.

Scheidel, Walter. "Quantifying the Sources of Slaves in the Early Roman Empire." *Journal of Roman Studies* 87, no. 19 (1997): 156–169.

——. "Demography." In Scheidel et al., *Cambridge Economic History*, 38–86.

Scheidel, Walter, Ian Morris, and Richard Saller, eds. *The Cambridge Economic History of the Greco-Roman World*. Cambridge: Cambridge University Press, 2007.

Schwartz, Glenn M., and John J. Nichols, eds. *After Collapse: The Regeneration of*

Complex Societies. Tucson: University of Arizona Press, 2006.

Scott, James C. *The Art of Not Being Governed: An Anarchist History of Upland Southeast Asia*. New Haven: Yale University Press, 2009.

Seri, Andrea. *The House of Prisoners: Slaves and State in Uruk During the Revolt Against Samsu-iluna*. Boston: de Gruyter, 2013.

Sherratt, Andrew. "Reviving the Grand Narrative: Archaeology and Long-term Change," *Journal of European Archaeology* (1995): 1–32.

——. *Economy and Society in Prehistoric Europe: Changing Perspectives*. Edinburgh: Edinburgh University Press, 1997.

——. "The Origins of Farming in South-West Asia." Archatlas 4.1 (2005), http://www.archatlas.dept.shef.ac.uk/OriginsFarming/Farming.php.

Shipman, Pat. *The Invaders: How Humans and Their Dogs Drove Neanderthals to Extinction*. Cambridge: Belknap Press of Harvard University Press, 2015.

Skaria, Ajay. *Hybrid Histories: Forests, Frontiers, and Wildness in Western India*. Oxford: Oxford University Press, 1999.

Skrynnikova, Tatanya D. "Mongolian Nomadic Society of the Empire Period." In Grinin et al., *The Early State*, 525–535.

Small, David. "Surviving the Collapse: The Oikos and Structural Continuity Between Late Bronze Age and Later Greece." In Gitin et al., *Mediterranean Peoples in Transition*, 283–291.

Smith, Adam T. "Barbarians, Backwaters, and the Civilization Machine: Integration and Interruption Across Asia's Early Bronze Age Landscapes." Keynote Presentation at Asian Dynamics Conference, University of Copenhagen, October 22–24, 2014.

Smith, Bruce D. *The Emergence of Agriculture*. New York: Scientific American Library, 1995.

——. "Low Level Food Production." *Journal of Archaeological Research* 9, no. 1 (2001): 1–43.

Smith, Monica L. "How Ancient Agriculturalists Managed Yield Fluctuations Through Crop Selection and Reliance on Wild Plants: An Example from Central India." *Economic Botany* 60, no. 1 (2006): 39–48.

Starr, Harry. "Subsistence Models and Metaphors for the Transition to Agriculture in Northwestern Europe." *Michigan Discussions in Anthropology* 15, no. 1 (2005).

Steinkeller, Piotr, and Michael Hudson, eds. *Labor in the Ancient World*, vol. 5, International Scholars Conference on Ancient Near Eastern Economies. Dresden: LISLET Verlag, 2015.

Tainter, Joseph A. *The Collapse of Complex Societies*. Cambridge: Cambridge University Press, 1988.

——. "Archaeology of Overshoot and Collapse." *Annual Review of Anthropology* 35 (2006): 59–74.

Taylor, Timothy. "Believing the Ancients: Quantitative and Qualitative Dimensions of Slavery and the Slave Trade in Later Premodern Eurasia." *World Archaeology* 33, no. 1 (2001): 27–43.

Tenney, Jonathan S. *Life at the Bottom of Babylonian Society: Servile Laborers at Nippur in the 14th and 13th Centuries BC*. Leiden: Brill, 2011.

Thucydides. *The Peloponnesian War*. Trans. Rex Warner. New York: Penguin, 1972.

Tilly, Charles. "War Making and State Making as Organized Crime." In Peter Evans, Dietrich Rueschmeyer, and Theda Skocpol, eds., *Bringing the State Back In*, 169–191. Cambridge: Cambridge University Press, 1985.

Tocqueville, Alexis de. *Democracy in America*, vol. 2. New York: Vintage, 1945.

Trigger, Bruce G. *Understanding Early Civilizations: A Comparative Study*. Cambridge: Cambridge University Press, 2003.

Trut, Lyudmilla. "Early Canine Domestication: The Farm Fox Experiments." *Scientific American* 87, no. 2 (1999): 160–169.

Tsing, Anna Lowenhaupt. *The Mushroom at the End of the World: On the Possibility of Life in Capitalist Ruins*. Princeton: Princeton University Press, 2015.

Ucko, Peter J., and G. W. Dimbleby, eds. *The Domestication and Exploitation of Plants and Animals*. Proceedings of a Meeting of the Research Seminar in Archaeology and Related Subjects held at the Institute of Archaeology, London University. Chicago: Aldine, 1969.

Vansina, Jan. *How Societies Are Born: Governance in West Central Africa before 1600*. Charlottesville: University of Virginia Press, 2004.

Walker, Phillip L. "The Causes of Porotic Hyperostosis and Cribra Orbitalia: A Reappraisal of the Iron-Deficiency-Anemia Hypothesis." *American Journal of Physical Anthropology* 139 (2009): 109–125.

Wang Haicheng. *Writing and the Ancient State: Early China in Comparative Perspective*. Cambridge: Cambridge University Press, 2014.

Weber, David. *Barbaros: Spaniards and Their Savages in the Age of Enlightenment*. New Haven: Yale University Press, 2005.

Weiss, H., et. al. "The Genesis and Collapse of Third Millennium North Mesopotamian Civilization," *Science* 261 (1993): 995–1004.

Wengrow, David. *The Archaeology of Early Egypt: Social Transformation in North-East Africa, 10,000 to 2,650 BC*. Cambridge: Cambridge University Press, 2006.

——. *What Makes Civilization: The Ancient Near East and the Future of the West*. Oxford: Oxford University Press, 2010.

Wilkinson, Toby C., Susan Sherratt, and John Bennet, eds. *Interweaving Worlds: Systemic Interactions in Eurasia, 7th to 1st Millennia BC*. Oxford: Oxbow, 2011.

Wilkinson, Tony J. "Hydraulic Landscapes and Irrigation Systems of Sumer." In Crawford, *The Sumerian World*, 33–54.

Wilson, Peter J. *The Domestication of the Human Species*. New Haven: Yale University Press, 1988.

Woods, Christopher. *Visible Writing: The Invention of Writing in the Ancient Middle-East and Beyond*. Chicago: University of Chicago Press, 2010.

Wrangham, Richard. *Catching Fire: How Cooking Made Us Human*. New York: Basic, 2009.

Yates, Robin D. S. "Slavery in Early China: A Socio-Cultural Approach." *Journal of East Asian Archaeology* 5, nos. 1–2 (2001): 283–331.

Yoffee, Norman. *Myths of the Archaic State: Evolution of the Earliest Cities, States, and Civilizations*. Cambridge: Cambridge University Press, 2005.

Yoffee, Norman, and George L. Cowgill, eds. *The Collapse of Ancient States and Civilizations*. Tucson: University of Arizona Press, 1988.

Yoffee, Norman, and Brad Crowell, eds., *Excavating Asian History: Interdisciplinary Studies in History and Archaeology*. Tucson: University of Arizona Press, 2006.

Yoffee, Norman, and Andrew Sherratt, eds. *Archaeological Theory: Who Sets the Agenda*. Cambridge: Cambridge University Press, 1993.

Zeder, Melinda A. *Feeding Cities' Specialized Animal Economy in the Ancient Middle East*. Washington, D.C.: Smithsonian Institution Press, 1991.

——. "After the Revolution: Post Neolithic Subsistence in Northern Mesopotamia." *American Anthropologist* new ser. 96, no. 1 (1994): 97–126.

——. "The Origins of Agriculture in the Near East." *Current Anthropology* 52, no. S4 (2011): S221–S235.

——. "The Broad Spectrum Revolution at 40: Resource Diversity, Intensification, and an Alternative to Optimum Foraging Explanations." *Journal of Anthropological Archaeology* 321 (2012): 241–264.

——. "Pathways to Animal Domestication." In P. Gepts, T. R. Famula, R. L. Bettinger, et al., eds., *Biodiversity in Agriculture: Domestication, Evolution, and Sus-*

tainability, 227–259. Cambridge: Cambridge University Press, 2012.

Zeder, Melinda A., Eve Emshwiller, Bruce D. Smith, and Daniel Bradley. "Documenting Domestication: The Intersection of Genetics and Archaeology." *Trends in Genetics* 22, no. 3 (2016): 139–155.

索 引

（页码为本书边码）

译后记

翻译本书，对我来说属于一场忍不住的冒险。作为一位宪法学者，我所属的“学科”惯常研究的是加了书名号的《宪法》，这种把政治规范写在一部成文法典中的政治技艺，一般认为起始于美国在公元18世纪末的那次合众建国，以此为准据，凡是超出这个时空范围的人类政治史，都属于宪法学的史前史。就此而言，本书所聚焦的历史一页，在人类法治文明的坐标系中，实在是一段遥不可及，或许还愚不可及的蛮荒时期。

对于这次翻译上的冒险，脱离自己在学科上的舒适区，贸然闯入一个陌生领域，作为译者，我不需要理由说服自己，毕竟，这可是詹姆斯·斯科特的书，甚至普遍被认为是他最好的一本书。整个翻译的过程，于我而言更多的是一种智识上的愉悦，一次精神的“神游”，主要的文字劳作是在2021年春节过后的半年中进行的，很长一段时间，一大早到办公室打开电脑，译者就沉浸在书里，跟随作者肆意汪洋却又体贴入微的妙笔，译者也移步换景，仿佛穿越到了人类文明曙光初现的时刻，直到中午肚子抗议，才返回到现实。当然，面对本书的读者，译者对此次“冒险”却要做必要的自辩，也许一个机智的办法就是向作者学习，斯科特教授在交待整本书的缘起时不也曾有一番自辩吗？他这么一位田野深耕于当代东南亚农村的政治学家，怎么一下子转向关注数千年前发轫于两河流域的人类早期文明了?！当然，以斯科特的学术地位却对所谓跨界进行辩护，更多是一种态度或修辞，毕竟，身处一整套学科本位的学术建制内，严肃的学者要懂得如何置身事内，不能动辄掀桌子，但话也要说回来，美式社会科学所凝固的将知识分门别类的系统，在斯科特的视野里，又何尝不像本书意旨所示，不过是一种“作茧自缚”呢？

“新冠”疫情爆发后，经常听到人类由此被进入到一个新纪元的说法，畅销书如《黑天鹅》或《灰犀牛》，大意都是在说未来于我们而言的“不确定”，所谓“未知”，不仅是不知道，也即知道自己不知道，甚至是都不知道自己不知道。与此同时，曾经被我们奉为坚定不移、四海皆同的社科真理，却纷纷瓦解，没有经得起小小“新冠”病毒的检验。一个短短的“乱纪元”，似乎颠覆了我们在上一段“恒纪元”中所积累的知识以及认知体系，原本讲起来理直气壮的诸多理论，现在被打上了问号——从来如此，就应当如此吗？“从来”是从何时起算的，“应当”又是谁的应当……2021年春季上网课的那个学期，我受邀参加了本校面向本科生的一次荐书活动，面对来自不同学科的同事，记得当时就心生感慨，至少在我所处的法学以及政治学领域，太多理论未能通过“新冠”病毒的检验，若是我们敢于舍弃附随于学科建制的利益，真诚面对现实，不少此前在学科范围内呼风唤雨的大牌学者、高引论文，也许到了“下架”的时候了。其中道理也是能说通的，奠基于“现代性”秩序上的一整套学问，只有在历史的这一页翻过之后，我们才能意识到，此前所谓的“从来”如此，不过是某个具体时空内的地方性经验而已。想一想，美国通过一部成文宪法而建国，不过两个半世纪；美式社会科学的学科建制形成，不过一个世纪；再具体到政治科学和法学里的那些“普遍”学说，即便它们确曾主导过我们的思考，充其量不过两三代学者的时间，在此打个比方，绝无任何不敬，只是要讲清楚其中逻辑，在分门别类积累知识的漫长过程中，学者一代接续一代努力着，但历史在其自身的行程中却始终停留在一个酷暑难耐的夏天，而现在，凛冬已至，翻翻典籍的书本，我们的理论中却从来没有提到过风雪。

斯科特教授也许不知道“夏虫语冰”的典故，不过他在书的“导论”章中就说过，“就好像鱼儿不会意识到水一样!”，如何揭示这些日用却不自知的习性，让一天到晚游泳的鱼意识到水的存在，斯科特教授的方法就是进入到他所说的“深层历史”（deep history），如他所言，“最好的历史学，应当是一门最具颠覆力的学科，因为它可以告诉我们，那些我们认为天经地义的事情究竟是如何形成的”。怎么才能让鱼儿意识到水的存在，在“历史学”的意义上，就需要展示出鱼儿不是从来都在水中悠哉游哉的，或许在它们还没有成为“鱼”之前，也曾有过岸上生活的时光，又或者说，未来某一阶段，它们可以与水作别，成为陆地上的生物——不是有本畅销书就叫《你身体里有条鱼》（Neil Shubin，*Your Inner Fish*）么？总之，要让鱼儿意识到水，就必须告诉它们，它们不是从来就在水中，当然也不会永远在水中，它们在水中划来划去的动作，人类有首歌称之为“一天到晚游泳”——由此，意识到了在水中游泳，它们就从自为的鱼晋级为自觉的鱼。斯科特所说的“深层历史”，在我看来，就是同夏虫语冰，与鱼儿谈水，而本书所要做的，就是这么一趟“深层历史”的旅途，只不过故事的主角不再是生活在20世纪后半叶东南亚的狡黠农民，而是近万年前在两河流域刀耕火种的先民们。

“深层历史”，首先是长时段的，大历史的也因此是“简史”体例的写作，在作者笔下，数千寒暑不过弹指一挥间。如斯科特教授所说，关于“人类世”的讨论虽然聚讼纷纭，但几乎都拘泥于某种“深”的人类世版本，最远不过追溯至两个世纪前的工业革命，他在本书中一如既往地打破束缚我们思考的茧房，要把人类早期国家的形成放到一个“浅”的人类世中去理解，那是很久很久以前，从原始人类掌握了用火开始……在这种智人简史的大视野内，斯科特真正关注的是公元前6500年至公元前1600年，尤其集中于其间从公元前4000年至公元前2000年这大致两千年的时段，正是在五六千年前，两河流域冒出了人类历史上最初形态的“国家”，其中杰出代表就是公元前3000年前后崛起于此的乌鲁克城。读到这里，译者推己及人，相信本书读者也会赞叹，你永远可以相信斯科特教授的想象力！对于言必称民主、宪政、人权这些学科关键词的当代政治学者来说，斯科特一下子又冲破了学科设置的茧房，脑洞一旦打开，就好像原来2D的理论遭遇到了3D的现实，方才明白此前思考的单薄，归根到底缺失在于少了历史维度的大纵深。斯科特之所以以政治学家的身份去孤军深入至这段“深层历史”，就是要与鱼儿谈论水，把现代观察者日用却不自知的隐含预设给挑明，同时又与夏虫语冰，颠覆政治学以及相关学科基于单薄历史的残缺之见。书中点明，解剖学意义上的现代人出现于二十万年前，以此作为尺度，则农耕社群在近一万年前的形成不过只是人类简史上的最近一页，而欧美国家所代表的“现代性”秩序，更是一眨眼的功夫而已，对于本书读者来说，只要你看过美剧《生活大爆炸》，想一想那个迅速加快到目不暇接的片头曲，就是这个感觉了，我们还在纠结到底有没有终结的“历史”，在人类物种的尺度里，甚至连一帧画面的定格都抓不到。在此意义上，很多社科理论之所以脆弱，经不起折腾，就在于其历史维度的单薄，错把历史的一帧画面当作历史本身，由此去推演某种社会的理想秩序及其构建之道，往往又是一种“作茧自缚”。

如此，我们就遭遇到贯穿斯科特一系列学术论述的一个思想内核，熟读斯科特此前著作的读者对之不会陌生，就是无政府主义的政治学说。当然，我们不能认为，斯科特之所以要跨界涉足这场“深层历史”之旅，就是为了宣扬他个人所推崇的一种政治学说，斯科特出生于1936年，出版本书时已经81岁高龄，作为学者，他从不天真烂漫，当然也不会无聊到相信“无政府主义”作为一种思想系统可以被灌输。细读本书，斯科特的“无政府主义”，恰如其分地构成了作者去凝视这段人类文明破晓的一种方法，也是在这种脑回路里，不断涌现出本书诸多最精彩的论述。斯科特作为学者的卓越就在这里，他从别人以及别的学科中拿来最新的研究，融会贯通在自己的思考中，从中提炼并释放出原创者都未曾意识到的威力。这其实就是作者在书的前言中所说的，若说有“雄心壮志”，就是要将现存的知识“整合出新的图景”，凝聚知识以反思理论，在书中是两面一体的，在此意义上，专家在学科疆域内靠头脑生产出知识，而斯科特教授则赋予了这些知识以灵魂，没有斯科特的综合、解析并随时辅之以脑补的想象，这段文明破晓、农业奠基、城镇初现、国家诞生的历史怎么能在当代人笔下如此妙趣横生？翻译时，我经常为作者的分析所折服并被说服，心底的潜台词此时大致如此：他怎么会这么想，好吧，请收下我的膝盖……

简史不简，概论也贴切入微，对作者的要求不只是异于常人的智商，同时还有与常人能共情的“情商”，凡是在斯科特发前人未有之所见的论述中，我们就能看到这种与“对象”共情的能力，这里的“对象”，可以是马来西亚某个村子里的农民，可以是数千年前乌鲁克城的一位无名收税官，甚至可以是生活在先民田间地头的驯养物种，不仅是羊、狗、猪，就连田地里的一株大麦、一棵伪装为农作物的稗草，在斯科特笔下都可以是有生命的，可以随时活起来。或许可以说，之所以优秀的学者常见，有趣的学者却越来越少，就在于社会科学的训练变成了某种偏狭的智商拔尖，新一代的学者故而失去了斯科特的共情能力。前段时间，我读到一篇对教授的长篇专访，其间谈到他于 1985 年出版的《弱者的武器》，斯科特回忆起他为写作此书而在马来村庄近两年的田野调查，其中一番话令人感叹：

> 我会在晚上记笔记，就着煤油灯工作，快被小虫子咬死了，经常到午夜或一点钟才完成作业，而其他人早就入睡了。然而，终于上床转进蚊帐时，我会把手电筒放在肩膀上，读简·奥斯汀、左拉或巴尔扎克的著作，这些情节曲折的优秀文学著作让我心驰神往。[1]

---

〔1〕 斯科特教授的访谈《农民、权力与反抗的艺术》，参见赫拉尔多·L. 芒克、理查德·斯奈德编著：《激情、技艺与方法：比较政治访谈录》，汪卫华译，当代世界出版社 2021 年版，第 385~433 页。

在访谈中，斯科特把做研究的这种体验称为“全神贯注”，想必在写作本书时，他也进入了那种“心驰神往”的状态，这种状态对于个体学者来说不仅是天赋使然，如斯科特以上所言，后天的教养大概也不可缺少，扪心自问，当你要去某个偏远山区做两年田野调查时，规定你只能带三本书，你会在背囊里装入谁的著作呢？回到本书，人类最初形态的国家是如何在两河流域突然之间冒出来的，在整合现有研究并思考这个问题时，斯科特教授必定是置身其中的，他不只是在观察和评论，而是设身处地地尝试体验和想象，不仅求诸史学研究的传世文献，考古学发掘出的断壁残垣，而是要去听到沉默、发现空白，解读“潜隐剧本”，“努力避开国家自我呈现出的光芒，转而去探究那些隐藏起来的历史力量”。

前不久，我有一位朋友在微信上问，为什么现在这么多人喜欢斯科特？我想了想，给了一个回复：也许是他活得通透——一位研究人类政治的政治/人类学家在21世纪的那种通透。就此而言，本书对有心人来说，还随处可见一种豁达开朗的人生智慧。作者是悲天悯人的，故而他不断逼着我们去面对这种终极命题：人类从狩猎采集“进化”到春种秋收，到底获得了什么，又失去了什么？当人类驯化谷物、动物时，是否被驯化的对象也在驯化着人，说到底，究竟是谁在驯化谁呢？看看我们的周围，究竟是孩子在刷题，还是题目在刷孩子？年轻人究竟是在工作，还是“被打工人”？教授到底是在写论文，还是被论文所监工？在一个绩效为王的社会中，当人与人之间的关系变成“宁可累死自己，也要卷死别人”的时候，那些因五谷不分而被我们嘲弄为愚昧未开化的先民们，难道他们的四体不勤不是处处闪烁着质朴的生命智慧吗？“在很多时候，成为一个蛮族人，就好像是一次逆天改命的努力”，斯科特教授书中的这句话，曾让译者会心一笑。在工作不息、内卷不止的竞争文化中，斯科特教授那种有事写作、无事放羊的生活节奏，难道不是活出了学者应该有的样子吗？

写到这里，作为译者，我完成了翻译一本书的最后一道工序，终于可以同一段绞尽脑汁、字斟句酌的日子说再见了。期待它在如期出版后能为读者所喜爱。感谢王绍光教授、王明珂教授、侯旭东教授推荐本书。在翻译本书的过程中，我没有联系过斯科特教授，2019 年秋，我的老同学欧树军受斯科特教授邀请赴耶鲁访问，我当时曾托他转去对教授的问候，以及对翻译过程不断延期的致歉。

最后，请允许我以中文的一首词来结束这篇译者的后记，这首词写于 1965 年春，词作者是我们这个社会主义国家的伟大缔造者，当时斯科特还是耶鲁大学的一名学生，还有两年即将获得政治学博士学位。这首题名《读史》的词，不知道斯科特教授是否知晓，不过在译者看来，或许是本书读者打开这本书的一种适宜也诗意的方式：

贺新郎·读史

毛泽东

人猿相揖别。只几个石头磨过，小儿时节。铜铁炉中翻火焰，为问何时猜得，不过几千寒热。人世难逢开口笑，上疆场彼此弯弓月。流遍了，郊原血。

一篇读罢头飞雪，但记得斑斑点点，几行陈迹。五帝三皇神圣事，骗了无涯过客。有多少风流人物？盗跖庄蹻流誉后，更陈王奋起挥黄钺。歌未竟，东方白。

田　雷

2022 年 2 月 12 日

图书在版编目（CIP）数据

作茧自缚：人类早期国家的深层历史/（美）詹姆斯·C.斯科特著；田雷译.—北京：中国政法大学出版社，2022.5（2023.1重印）
书名原文：Against the Grain: A Deep History of the Earliest States
ISBN 978-7-5764-0391-6

Ⅰ.①作… Ⅱ.①詹… ②田… Ⅲ.①世界史—古代史 Ⅳ.①K12

中国版本图书馆CIP数据核字(2022)第051759号

出版者	中国政法大学出版社
地址	北京市海淀区西土城路25号
邮寄地址	北京100088信箱8034分箱 邮编100088
网址	http://www.cuplpress.com (网络实名：中国政法大学出版社)
电话	010-58908289(编辑部) 58908334(邮购部) 64284815（销售服务）
承印	北京中科印刷有限公司
开本	850mm×1168mm 1/32
印张	12
字数	235千字
版次	2022年5月第1版
印次	2023年1月第2次印刷
定价	79.00元

如密室自闭之物

HIMEMURO NO GOTOKI KOMORUMONO

[日]三津田信三 著

张舟 译

SPM 南方传媒 — 花城出版社

中国·广州

图书在版编目（CIP）数据

如密室自闭之物 /（日）三津田信三著；张舟译．--
广州：花城出版社，2023.4
ISBN 978-7-5360-9820-6

Ⅰ．①如… Ⅱ．①三… ②张… Ⅲ．①中篇小说—小说集—日本—现代 Ⅳ．①I313.45

中国国家版本馆 CIP 数据核字 (2023) 第 008927 号

合同版权登记号：图字 19-2022-146 号
原著名：《密室の如き籠るもの》，著者：三津田信三
《HIMEMURO NO GOTOKI KOMORUMONO》

出 版 人：张 懿
责任编辑：欧阳佳子
特约编辑：张录宁
责任校对：李道学
技术编辑：林佳莹
装帧设计：李宗男
封面插绘：村田修

书　　名　如密室自闭之物
RU MISHI ZIBI ZHI WU
出版发行　花城出版社
（广州市环市东路水荫路 11 号）
经　　销　全国新华书店
印　　刷　北京盛通印刷股份有限公司
（北京市大兴区亦庄经济技术开发区经海三路 18 号）
开　　本　880 毫米 ×1230 毫米　32 开
印　　张　11.75
字　　数　270,000 字
版　　次　2023 年 4 月第 1 版　2023 年 4 月第 1 次印刷
定　　价　68.00 元

◇前言 PREFACE

文库，原本是指收纳书物的仓库和书库，也指收纳书与记事簿，以及不常用物品的小箱子。以前者为例，京浜急行线的“金泽文库站”就是以前镰仓时代北条氏用来收藏汉书用的，“金泽文库”名字的由来便是如此。东京都的世田谷区也存在着收集着珍贵汉书的“静嘉堂文库”。后者则更多地被称为“手文库”。

江户时代以来，可以放入袖袂的小开本书籍逐渐流行起来，被称为“袖珍本”。明治三十六年（1903年），富山房发行了小开本的丛书，起名“袖珍名著文库”。随后，明治四十四年（1911年），讲述战国时代的猿飞佐助和雾隐才藏系列故事的讲谈社“立川文库”发行出版。讲谈是日本民间艺术，以口语化的方式讲述历史故事。而“立川文库”则是将讲谈收录成册集中出版的丛书，据统计，当时刊行量为200册左右。从那时起，文库就脱离了原本的释意，逐渐演变成了现在的类书集丛。

文库说法借鉴了日本出版业界的传统说法。而千本樱源自日本奈良县吉野山樱花盛开的奇景，世人皆称“一目千本樱”，形容樱花美景。千本樱文库的纳入作品皆为日系作品，题材包括推理、悬疑、幻想、青春、文化等类型，正如千本樱满山盛开的绝景。

现代日本，以“文库”命名刊行的丛书系列有200种以上，所谓“文库本”只不过是统称而已。日本传统的“文库本”常用的是A6尺寸的148mm×105mm，也叫“A6判”。千本樱文库的所有书籍将在“文库本”的基础上提升，达到148mm×210mm的开本标准。在追求还原的前提下，力图带给读者更清晰的阅读体验。

从20世纪70年代以来，日系推理小说逐步进入中国读者的视野。随着时代更替，涌现出了各种不同风格的作家。日系推理能够长久不衰的原因之一在于设立的各种新人奖，这些新人奖能为日本文坛输送新鲜血液，不断地发现优秀作品。但是，新人出道的条件并非只有获奖这一条途径。多样的文学新人奖具备相当完善的审查机制，即便是没能获奖的作家，也有机会出道。比如，东京创元社的“鲇川哲也奖”，有不少作家在当届没能获得大奖，只是止步候选阶段，后来却都成了人气作家。另外，不急于出道的作家也是有的。1994年，东京创元社创立了“创元推理短篇奖”，第一届的赛事中收到了123篇投稿作品，其中名为《子喰鬼缘起》的作品晋级到了最终候选阶段。同年，由光文社公募投稿作品进行出版，鲇川哲也主编的《本格推理3 迷宫的杀人者们》中也收录了一篇名为《雾之馆》的作品。而这两部投稿作品都出自一人之手——三津田信三。

早在20世纪90年代，三津田信三的投稿作品就已经被刊登在出版物上，也可以被视为出道作品。但被普遍认为是其出道的标志作品，还要等上七年。2001年，讲谈社出版了三津田信三的第一本书，他的作家人生正式起步。他的出道作即为“作家三部曲”的第一作《恐怖小说作家栖息的家》，该系列被归为怪奇小说，作者的独特风格已经初见端倪。“作家系列”完结之后，三津田信三便打破常规，创作出了怪异谭式的推理小说“刀城言耶系列”。该作是以作家刀城言耶为主角，解决各种不可思议的犯罪事件的故事。作者巧妙地将乡土民俗学，本格推理写作技巧，以及惊悚恐怖氛围相乘组合，辅以二战前后的独特时代背景加以呈现，创造出了前所未有、无与伦比的文学魅力。

“刀城言耶系列”在日本是由原书房和讲谈社两家出版社出版发行，因此引进整个系列的过程也并非一帆风顺。今后，千本樱文库将陆续出版整个系列的全部作品，还请各位读者尽情感受“刀城言耶”的怪异之谜。

千本樱文库编辑部

◇三津田信三

刀城言耶系列

◇《如厌魅附体之物》
◇《如凶鸟忌讳之物》
◇《如首无作祟之物》
◇《如山魔嗤笑之物》
◇《如密室自闭之物》
◇《如水魑沉没之物》
◇《如生灵双身之物》
◇《如幽女怨怼之物》
◇《如碆灵供祭之物》
◇《如魔偶招致之物》

作家系列

◇《忌馆·恐怖作家的居所》
◇《作者不详·推理小说家的读本》
◇《蛇棺葬》
◇《百蛇堂》

SA 行系列

◇《避难所·杀人告终》
◇《废园杀人事件》

非系列

◇《赫眼》

家系列

◇《祸家》
◇《灾园》

物理波矢多系列

◇《黑面之狐》
◇《白魔之塔》

幽灵屋敷系列

◇《家中是否有可怕的事情》
◇《特意在忌讳之家居住》
◇《被邀请到不存在之家》

其他长篇

◇《七人捉迷藏》
◇《窥视之眼》

密室の如き籠るもの

『刀城言耶』系列 05

目录
CONTENTS

如首切割裂之物

一

那个小巷，有妖怪出没……

由于两侧耸立着高高的砖墙，即使在白天，那里面也是黑乎乎的。才看到黑猫在地上徘徊，忽又见乌鸦在天上飞舞，那个可怖的小巷里据说仍有鬼魂彷徨，正发生着令人毛骨悚然的怪异事件。

这流言最初是在十一月下旬传入鹰部深代耳中的，离四年级寒假只有一个多月的时候。

鹰部深代出生、成长的株小路镇，虽然位于东京郊外，却在数次空袭之下奇迹般地幸免于难。这样的地区为数不多。株小路镇作为有大批原贵族定居的处所也颇为著名，是一个洋溢着静谧气息的住宅区。是的，直到去年年末发生那不祥的案件为止……

刚好是一年前，十一月也已仅剩数日的某天，薄暮时分，在至今仍残留着战前街区模样的小镇四丁目发生了命案，原侯爵家千金被割喉而死。现场就在那小巷尽头，是一个僻静的场所。那小巷夹在毗邻而居的原公爵阿云目家与原伯爵笼手家之间，其尽头除了自古以来便受人祭祀的氏神[1]祠堂之外，别无一物。

1　氏神：族的祖先，或受祭祀的该族守护神。——译者注

被害者在小巷尽头的祠堂前，被剃刀之类的凶器割裂喉部，遇害身亡。大量血沫溅到了祠堂上，由此推断凶手是绕到被害者背后动的手。

因为是原侯爵千金被杀，警察的搜查也就非常卖力。然而刑警们的拼命努力也只是徒劳，一周后就出现了第二个牺牲者。

这一回是原子爵家的千金，在同一个小巷，被残忍地割裂了喉部。据说警方还得到了令人难以置信的证词：目击者看到凶嫌脸上戴着可怕的鬼面具。

所有报纸都刊登了《住宅区出现割喉魔》的报道。而当地人则叫着“首切出现啦”，惊恐不已。产生这样的称呼，似乎是因为一个典故。江户时代曾有戴着鬼面具、只切女性黑发的拦路歹徒在这一带出没，被人们称为“发切”。

不过，如果只是“割喉魔”和“首切”这种称呼方面的差异，倒还不要紧。可一部分杂志把“株小路镇”写成了“首小路镇”[1]，于是镇上豪门的各位当家不仅向出版社抗议，就连警察都不放过，从而使风波进一步扩大了。

由于两位被害者没什么特别的交集，警方认为这是以贵族千金为目标的变态作的案。结果，有妙龄女儿的人家无不胆战心惊，以至于从太阳西斜开始，镇上就完全看不到独行女子的身影了。

然而，尽管大众如此警戒，在第二件命案发生的一周后，第三个被害者又出现了。而且令人意外的是，这次的被害者是镇上经营老字

1 株、首：“株”在“株小路”这个地名中发音为“くひ”，与“首”的日文发音“くび”相近。——译者注

号当铺人家的闺女。凶手的目标是原贵族家的女儿——这一思维定势令第三次行凶得逞了。

整个小镇当即陷入了彻底的恐慌。事到如今，已无关血统，无关门第，能确定的是年轻姑娘都有危险。不，就算是已婚妇女，大概也不能安心吧。这样的恐怖气氛，不知何时已充斥全镇。

但是，惨剧第四次发生了。而且又是出乎意料的人物成为被害者。小巷（即现场）左邻的阿云目家，一个住家帮佣名叫阿里的姑娘，被同样的方式杀害了。

其实警方在第三个被害者出现时，就怀疑上了小巷右邻的笼手家长子旭正。

这个名叫笼手旭正的青年是原伯爵笼手旭檰之孙，学徒出阵[1]之后一度传说战死沙场，但在几年前却复员回了家。从那时起，为了治愈战场上受到的精神创伤，他一直在家疗养。

警察盯住他的理由有四点。

第一，作案现场是僻静的死胡同，除了氏神祠堂之外别无他物，但被害的姑娘们却被凶手轻易带入。第一个人姑且不论，按理来说，把第二个人，还有第三个人邀进去是很困难的。然而，凶手不费力地办到了。换言之，凶手对姑娘们来说，也许具有某种影响力。

这样一想，旭正便作为嫌疑犯浮出了水面。旭正参军前，就已有不少姑娘暗恋他，复员后心灵受伤的形象也有着独特的忧郁魅力。据

1　学徒出阵：1943 年，日本政府为弥补兵力不足，征召二十岁以上、高等教育机关在籍的文科系学生（包括农业经济学科等部分理科系学生）入伍参战。——译者注

说，因此而痴恋他的姑娘更多了。

第二点，战争后遗症让旭正患上了心理疾病。这一连串的罪行极端猎奇、冲动，有偏执狂的症状，所以人们认为凶手的精神状态不正常。总之，如果凶手是他，神秘难解的动机不就能从精神病学方面得到解释了吗？

第三点，事实上，笼手邸不但和那个发生命案的小巷仅有一墙之隔，还有一扇可以出入的便门，就在隔开宅邸庭院与作案现场的砖墙上。虽然阿云目家的院墙上也安着一扇便门，但这一家没有看起来像嫌犯的人。

然后，第四点，有传言说，旭正从南方带回了一张奇怪的面具……

警察对笼手旭正的怀疑渐渐加深。但一个物证也没有，所以他们作为战后的民主警察，根本无法展开行动。而且，不管怎样，警方高层也有顾虑。除了因为笼手家是原伯爵之外，在原贵族聚居的住宅区随便动手逮捕罪犯，也是一大禁忌。终于，查案方的踌躇造成了恶果，第四个被害者出现了。

不过，在阿里被杀的那天傍晚，负责监视小巷的刑警作证说“在行凶时段内，没有任何人进过小巷”。这成了决定性的证词。警方造访笼手家，要求旭正跟他们去警署走一趟。之所以没到逮捕的地步，自然是因为警方只有案情证据[1]。

谁知旭正突然向外逃去。他看出正门也有警官在，因此绕向庭院，从那里钻出便门逃到了发生过命案的小巷。刑警们立刻追上去

1　案情证据：原文为“状况証拠”，是法律学上的术语，指存在于犯罪现场的、需依靠推论推断其能否带来某项事实认定的证据或事实。——译者注

堵住了出入口，然而，一把被认为吸附过四女之血的剃刀，已经割开了他的喉部。他在氏神祠前自杀身亡，以戴着可怕鬼面具的异样姿态……

由于旭正死后割喉杀人案骤然中断，因此警方断定他就是凶手。虽说如此，但嫌犯已死，又没能找出任何物证——剃刀上未检出被害者们的血迹——所以对外被当成悬案处理了。

又及，那个面具请人类学家鉴定过，判明是南方某部族的恶灵面具。

这一系列的事情，是小仓屋的少掌柜出入鹰部家之际，一时兴起与女佣阿藤聊得起劲时，被深代小心翼翼地站在一边偷听到的。因为不管怎么说，那个出事的小巷就在阿云目家右邻，而鹰部家就在他家的对面……

也许是因为原贵族住宅区的特殊环境，这里完全看不到别处常见的主妇与帮佣站着闲聊——所谓井边小道消息交流会的景象。取而代之的是一些商家，譬如这位在附近颇受人亲近、被大家称作“小仓屋先生”的老兄。总之这些“包打听”的商人出门入户，成了各个家庭交流传言的对象。

那天，放学回家的深代刚巧看到小仓屋先生从门下通过的身影。她慌忙说了句“我回来了”，一进家门，便在望得见厨房出入口的走廊一角躲了起来。

那是因为几天前，小仓屋先生办完正事告辞出门时，丢下了一句意味深长的台词。

“阿藤太太，那玩意儿，好像是会出现的哟。”

这情况简直就像看拉洋片儿时，正看到紧要关头，人家却来了个“欲知后事如何，且看下回分解”。不，毫无疑问，少掌柜绝对是故意吊人胃口，深代和阿藤彻底陷入了他的小圈套。

顺便介绍一下，阿藤在深代出生前就一直在鹰部家做工。对幼时的深代来说，她就和乳母差不多。

“之前你说过的，就是那个，‘会出来’什么的……”

接过货物，又下了新订单之后，阿藤赶紧压低声音，探出身子问道。

“啊，当然是指对面那个小巷啦。”

“哎……那么，难道是那玩意儿？”

阿藤做出两手抬至胸前，随即软塌塌垂下来的动作。

“不是哦，好像是这一年来，镇上陆陆续续有人在那个小巷附近看到、听到、经历过怪异现象。”

“但这种事我可是一点也——”

“这个嘛，毕竟是住宅区不一样啦。一般来说流言总会迅速传开，可这里呢，第一，大家闺秀遇到怪事很难对家人开口，就算说了，家人也会告诫她别对外人提起。所以直到现在也没走漏风声。”

“这种事也亏你能打听到。”

“像我们做这种生意的，小道消息自然而然就会钻进耳朵里。”

感觉小仓屋先生的谦逊口吻中透着自傲。

“那么，具体是什么事？”

“据我所闻，大多是在靠近小巷时感觉有什么动静。从阿云目家北侧过来也好，从笼手家南侧走去也罢，都一样，总之就会感到前一刻似乎有谁刚进了小巷。也有人确实听到了渐渐消逝在小巷深处的脚步声。”

“但是，四丁目路不是一条直线吗？不管从哪边走过来，要是有人在前面拐进小巷，老早就会看到吧？”

镇上的人把阿云目家和笼手家前的那条道叫作四丁目路。

“嗯，你说得没错。可就是没人看到啊。都说身前身后并无他人，只有自己在路上走。可是，接近小巷时，就会突然产生那种感觉。然后走过巷口，战战兢兢往里一瞧……里面一个人也没有。”

“会不会是猫或乌鸦呢？小巷尽头的那一边，是大垣大人的居所。那里的庭院，噢不，应该是森林吧，不是有鸟兽栖息吗？”

“可是，猫或乌鸦的话，踪影总会被人瞥到几眼吧？更何况还有人听到了脚步声，像是人的。”

“啊，说不定是有人从笼手大人家那堵砖墙的便门——”

“不，案子发生后不久，伯爵大人就命人用铁丝从门内侧将把手部分一圈圈地绕住了，所以无法进出。阿云目大人家那堵墙上的便门，也做了相同的处理。”

住宅区至今仍有这样的老传统，听差办事的商人们用爵位来称呼与自己交易的一家之主。

“怎么说呢，只是有感觉的话，可能是心理作用吧；只是脚步声的话，有可能是幻听。”似乎是为了让沉默下来的阿藤安心，小仓屋先生说了这么一句，又续道，“接下来较多的怪异现象是，走在四丁目路上，会一下子感觉有谁在看自己，不露声色地张望四周，却发现空无一人，正想着好诡异啊，就发现有个女人，只从小巷转角处露出一只眼，盯着这边看，顿时就觉得毛骨悚然。”

“那、那、那些人……”

“听说他们自然是当场掉头就走，特地绕远路回家啦。”

小仓屋先生和阿藤约定，下次来之前为她打听出更具体的怪异经历，随即告辞而去。

由于这位少掌柜在鹰部家出现的时刻大多是黄昏，此后深代每天一放学就飞也似的往家跑。

如此这般，放学后匆忙赶回家的状态持续了三天。这天黄昏，深代望见小仓屋先生的身影穿过了自家的门。她赶紧进屋，悄无声息地靠近厨房，在已成为固定位置的那个角落站定，竖起耳朵倾听。

这天也是，小仓屋先生把一番正事处理完毕后，徐徐打开了话匣：“二丁目的隈取老爷，他家的小女儿啊。”

阿藤明白是什么话题，心领神会地说：“啊，是凉子小姐吧。今年春天从学校毕业，又在新娘学习中心待了一段时间，据说秋天开始在伯父老爷的公司工作。好像那位伯父老爷的大女儿也一直在父亲的公司上班，所以凉子小姐也受到了邀请。她是一位大家闺秀，虽然在某些方面略为拘谨，但彬彬有礼，无论何时都规规矩矩，体体面面。”

“是啊，然后呢，割喉案发生时，她还在学校宿舍里，所以不像镇上的人那么了解。当然，我想她回镇后对那些传言多少有所耳闻，但这一带不会有人特意把案子的详情告诉她。”

“嗯，那是，大家的教养可是非同一般的。”

阿藤发出了近乎自豪的语声。然而，就像是为了否定她似的，小仓屋用阴森森的口吻道："可是啊，也有不好的一面……小巷发生过杀人案这件事，凉子小姐还是知道的。但死者多达五人，以及此后有人遭遇的可怕怪事等等，隈取老爷家的凉子小姐一点也不知道。"

在一个月内，氏神大人的祠堂竟染上了五人的鲜血。虽然命案过后，阿云目家新建了圣祠，兼作上供碑用。但是，隈取家的闺女肯定还没见过。

"本来嘛，关于怪谈的事，我们也是最近才知道的，也难怪。不过我想，如果她知道案子的详情，一定能躲得开。"

"发……发生了什么事？"

"大约在两个月前的一个黄昏，小姐结束工作，走上了回家的路。要从电车站走到二丁目路，就必须从南向北，走过四丁目路。"

换言之，她是从笼手家向阿云目家走去，须经过两家的门前，当然，也要经过巷口……

"她说，走到笼手家的门柱那里时，发现小巷转角处站着一个女人。那女人背对着外面，不过，小巷只遮住了她半个身子，还有一半露在路上。据小姐说，她看起来像是靠在小巷的砖墙上。"

"不管怎么说，那样子不是很诡异吗？"

"嗯，不知为何，小姐也突然感到了可怕。而且，当她走近前去，那露出的半个身子就像被吸走了似的，倏地一下消失在小巷里。这个倒没什么，可是，有那么短短的一瞬间，小姐还能看到那女人软塌塌下垂的左臂，就在那一刻，从左臂上面挤出了只能看到一只眼睛的脸。"

"……"

“就算那女人是扭回头，也不可能摆出这种姿势来吧？可小姐没起太大的疑心。左臂和脸随即消失算是一个原因，之后那里又伸出一只右手，向小姐招啊招……这也算是原因之一吧。”

“被、被召唤了……”

“大概这女子突然感到身体不适，便姑且避开外人的视线，走进了小巷。小姐抱着这种颇具现实性的想法，加快脚步走过笼手家门前，向巷中窥去。她当即吃了一惊。刚才那只白皙的手明明还在小姐眼前轻轻摇晃，此刻那女人却已站在小巷尽头的祠堂前，而且还是背朝外……”

“……”

“就算飞奔也完不成这样的把戏吧。最关键的是，干这种事毫无意义。”

“难不成，凉子小姐她……”

“进去啦，进了那个小巷……如果真有女子遇到了麻烦，不帮忙怎么行，她就是这么想的吧。”

“这还真像那位小姐的作风。”

“小巷大约有十几米深吧？因为时值黄昏，虽说有西斜的阳光从背后照进来，但小巷深处还是一片昏暗，几乎什么也看不清。不过，勉强能看到女人站在那里。小姐一边问‘不碍事吗？身体不适吗’，一边走上前，紧接着就产生了非常诡异的感觉。她看到在那女人的另一边，也就是女人和祠堂之间，还有一个人。”

“哎……？”

“那也是一个背朝外站着的女人。”

“两个人都背朝外站在小巷深处？”

“小姐说，比起担心对方，这时已经是好奇心占了上风。她俩在那种地方干什么呢？小姐走上前，走到一半时，发现还有一个人。”

“……”

“祠堂前，三个女人排成一列，背朝外站着。”

“等、等一下……”

阿藤似乎想打断对方的话，但小仓屋先生没有搭理她，继续说道：“就算是凉子小姐，也难免惊恐万分了。不过，她没有停下前进的步伐，一个劲儿地向小巷深处走，向祠堂走，走近三个女人所站的地方……再走几步，就能走到第三个人的背后了。小姐说，这时她发现自己错了。”

“什……什么错了？”

“还有一个人。不是三个人，而是四个人，列队站在祠堂前。”

“四个女人……”

“凉子小姐战战兢兢地问：‘你们在干什么？’于是，队列最后面的女人答道：‘在等。’‘等什么？’这回是她前面的人开了口：‘等某人。’‘某人是谁？’更前面的女人回答道：‘我们爱的人。’‘你们爱的人会从哪里来？’‘从你背后来！’最前面的女人叫道。就在这一瞬间，四人一齐转身……”

“嘶……”

“但是，转向小姐的只有身体。颈上的部分还是原来那样……”

“……”

“小姐转身想逃，却看见一个漆黑的影子堵在小巷的出入口。那个黑乎乎的影子，沐浴着从他背后照来的斜阳的余晖。”

“小、小姐她……”

“不知何时起，她双手双足被四个女人各自抓住，彻底动弹不得了。四人嘴里念叨着‘请你也让他割喉’。与此同时，那漆黑的影子徐徐迫近——”

“……”

“据说小姐清醒过来时，派出所的巡警正在拼命安抚哭叫不休的她。巡逻时巡警刚巧听到了小巷里传出的惨叫声，所以就慌忙冲了进去吧。”

“女人们和黑影呢？”

“巡警先生什么也没看到。他说小巷里只有正在惨叫的凉子小姐，不过——”

“不过什么？”

“他说他似乎看到小姐的身体四周飞舞着白色的圆圆的什么，然后那些玩意儿升上了天。”

“白色的圆圆的什么……”

“说是有四个呢。”

“人……人的魂吗？”

“话说回来，现在那位巡警先生可是全面否认了自己见到过那东西。他解释说，隈取家的凉子小姐只是一时精神错乱。”

“这也太……”

“碰到幽灵，警察也是束手无措啊。”

“但是，不是还有很多人遇到过可怕的怪事吗？”

“嗯，话虽如此，但是，绝大部分人在重新接受问询的时候，回答说那是自己的错觉，是心理作用。即使他们实际上并不这么认为。”

“是为了避免不必要的丑闻啊。”

“而且阿云目家的贵子小姐好像还大发脾气说，怎么可能有那种荒谬的事情。”

“啊，是啊，也难怪。因为贵子小姐每个月都会在四位女性和旭正少爷的忌日[1]参拜祠堂呢。”

“因为自己没有遇到任何怪事——这好像是贵子小姐的意见。不过事实上，看到、听到、经历过怪异现象的人前赴后继，源源不绝。如果这里不是住宅区的话，眼下已经大骚动啦。”

此后，小仓屋先生一打听到和那个小巷有关的怪事，就会来告诉阿藤。可是，像隈取凉子的经历那样让深代从心底战栗的对话，她再也没听到过。

然而，此时的深代万万没有料到，她将亲身体验那样的恐怖……

二

小仓屋先生的话中提到的贵子姑娘，是阿云目家的三小姐，因父母之命成了笼手旭正的未婚妻。不过旭正学徒出阵时，她才十四岁，所以婚事要等旭正复员归来之后举办。

1　忌日：日文为“命日”，分“年命日”和“月命日”两种。这里是指“月命日”。——译者注然而，先是传来旭正战死的消息，后来得知那是误传，等他回来了吧精神方面又出了问题，哪里还顾得上办婚礼。阿云目家也曾打算提出废弃婚约，但贵子反对。因为那虽然是父母擅自定下的亲事，但贵子从小就喜欢旭正。

“我等他康复，等多久都可以。”

贵子清晰地发表了这样的宣言，阿云目家的原公爵勇贵也就不能轻率对待女儿的坚定决心了。而笼手家的原伯爵旭檯也动不动就暗示两人的婚约有效。因为原伯爵旭檯无比盼望和原（虽然是“原”）公爵家攀上亲吧。

谁知却发生了那可怖的割喉连续杀人案，凶手旭正自杀了。

尽管阿云目原公爵为命案的惨象而叹息，但他或许也感到了安心。因为贵子已年过二十五岁，再这样坚持下去恐怕会彻底错过婚期。虽然在可怜被害姑娘的同时——何况第四个被害者还是自家的女佣阿里——原公爵又为旭正之死松了一口气，却也无可厚非。

不过麻烦的是，贵子在案发后常去犯罪现场（小巷），热情地进行参拜。每周都出现了一个被害者，第五周则是旭正自杀。她在各人的忌日，换言之，起码一周一次，不断地出入小巷。阿云目家翻修了本该由笼手家修建的氏神祠堂，也是出于这闺女的诉求。

至于那位笼手家的原伯爵旭檯，连孙子也不好好祭奠，更别说向被害者的家属谢罪了。他什么也不做，只打算尽快把旭正的弟弟旭义叫回家。

和具备优秀头脑与人格、颇受祖父器重的哥哥相比，这个名叫旭义的家伙，年岁渐长，日益不良，简直是笼手家的讨厌鬼。于是战争期间，笼手家以疏散的名义把他寄养在近江[1]远亲的神社里，战后也一直这么丢着不管。那家神社负责祭祀神武天皇东征神话中出现的先导神，当初寄养的意图是想让他在那里接触严格的祭祀仪式，多少能洗心革面便好。但是，自从旭正复员后，他就完全被弃之不顾了。

由于旭正以令人难以置信的方式死去了，旭槛原伯爵考虑把旭义叫回家。然而旭槛太过自私任性，与抚养次子的神社方面产生了情感上的纠纷，直到今年夏末，才好不容易达成了共识。

为什么旭槛老念着素质低劣的旭义呢？说来荒唐，那是因为他依然企图和贵子结亲。总之，只要笼手家的嫡子能迎娶阿云目家的姑娘，原伯爵就心满意足了。之前他一直只盯着哥哥旭正，现在态度却大逆转，开始溺爱起弟弟旭义来了。顺带一提，旭正和旭义的父亲是入赘婿，所以笼手家的实权至今仍由祖父旭槛掌控。

但是，阿云目原公爵拒绝了新的亲事。而且贵子本人也明说了，她没有这个心思。虽说是兄弟，但旭正和旭义有天壤之别。事实上，贵子如果和旭义结婚，肯定还不如和发了疯的旭正共同生活幸福呢——这种想法在住宅区颇为普遍，虽然并没有人说出口。

然而，也许该说旭义毕竟是旭槛的孙子，他开始执拗地纠缠贵子。当然，任何形式的来往都被贵子拒绝了，但旭义没有放过唯一的机会，每周必定会埋伏在她要参拜的祠堂边。

贵子也为此大伤脑筋。她频频窥探小巷，要是旭义在里面，她就折回，过后再来。然而旭义见她如此应对，就改变了纠缠方式——在

1　近江：地名。应指日本古近江国一带，范围与日本现在的滋贺县基本一致。——译者注

贵子完全进入小巷深处之后，他才进去。小巷里无处可逃，而且贵子又很犹豫：都走到祠堂边了，却什么也不做就此折回吗？无奈之下，她也开始和旭义聊那么几句。

不过，旭义也没能开心多久。因为从这年初秋开始，寄宿在阿云目家的栗森笃——原公爵勇贵的老熟人之子，频繁地插足于两人之间。

据说笃本人自称是出于骑士道精神，阿云目家对他照顾有加，所以他要守护这家的千金小姐。不过，恐怕他也爱慕着贵子吧。于是在小巷深处，围绕着奇妙的三角关系，纠纷渐起。

贵子非常讨厌在祠堂前喧哗，便与两人约定：栗森笃在阿云目家二楼，也就是他自己的房间守护她；笼手旭义呢，也别对她硬拉硬拽。从此，三人便保持着这种奇妙的关系。

这些事，深代当然是从小仓屋先生和阿藤的每日对话中一点一点地探听到的。她以她自己的思维方式，把握了事情的全貌。

深代之所以如此热心，是因为她喜欢阿云目家的贵子。她记得从懂事开始，就有对面那家的姐姐陪自己玩。命案发生后就变了。即便是现在，如果深代上门拜访，贵子也会好好招待她。但是深代无法从中找到以前的贵子，再也见不到贵子那天真烂漫的笑容了。

随着岁暮临近，深代为她担心起来。旭正的一周年忌日即将来临。说不定贵子打算在那一天，在那祠堂前，追随他而去——深代陷入了这样的思绪，难以自拔。

听到那些和小巷有关的怪谈后，她的担忧被恐惧取而代之了。到了那一天，在祠堂前，姐姐不会被带走吧。虽然连她自己也不怎么清楚，姐姐会被什么带走……

（小仓屋先生或阿藤多半会说：“肯定是旭正少爷啦，要不就是那四个被杀害的姐姐啦，总之就是被死者带走。”）

放寒假的第一天傍晚，深代在二楼自己的房间里，一边怔怔地凝望着小巷，一边思考。

时近黄昏的四丁目路，已经闪烁起街灯的光。然而在尚未完全陷入黑暗时点亮的灯火，反而只会进一步映衬出日暮时分的天光有多晦暗。

而且，街灯的光虽然勉强照得到小巷的出入口，但里面则被黑暗彻底笼罩着。从深代的房间望出去，自然看不到里面的情形。她能瞧见的只有这边阿云目家的砖墙、其对面笼手家的砖墙，以及那尽头东侧的大垣家的黑暗森林。

就在这时，她看到一个白色圆形的东西从料想是祠堂所在的地方倏的一声飞上天，随即唰的一下消失不见了。

（哎？刚才的那个是什么……）

深代从座椅上霍然起身，白色圆形之物飞升，随即消失的景象再次映入了她的眼帘。那景象又出现了一次，接着又是一次……

凉子小姐的身体四周飞舞着白色的圆圆的什么，然后那些玩意儿升上了天……派出所巡警的话立刻在她的脑海中复苏了。

今天不是任何人的忌日。换言之，贵子不在小巷深处的话，旭义按理也不会在那里。不，自己本来就是从夕阳西斜之前开始，就一直望着窗外了。这期间，没有一个人走进小巷。

（人魂……）

三天后的黄昏时分，深代又一次目击到同样的景象。一瞬间她打算冲向小巷，但一想到要进入那漆黑的空间，就怎么也不愿走出自己的房间。

次日，当小镇开始被金色笼罩时。

（现在的话，也许可以走到小巷深处……）

她终于起了这样的念头。在目前这个时段，可以清楚地看到究竟发生了什么事，没有必要一直留在那里。怪异现象开始时，马上逃走就是了。

如果她目击到了小巷中的怪异现象，也就能参与小仓屋先生和阿藤的对话了。不，更重要的是，也许会对贵子有所帮助。

深代鼓起勇气走出家门，站到了夹在两家砖墙之间的小巷前。左墙属于阿云目家，右墙属于笼手家。虽然不顾一切地来到了这里，当狭长地延伸开去的晦暗映入眼帘后，她还是停住了脚步。她求助似的东张西望。然而，四丁目路上除了她，并无旁人。

（还是回去吧……）

她不禁胆怯起来。不过，在窥探晦暗小巷的过程中，会陷入一种被倏地吸入其中的感觉。而且从背后射来的西斜阳光，已经让她的影子进入了小巷。看着这样的景象，不知为何她产生了一种奇妙的焦虑感，仿佛自己的魂魄已被这狭长的空间所囚禁。

不夺回来可不行，深代的脑海中浮起了这样的念头，同时向小巷跨出了一步。

四周立刻变暗了。从四丁目路上看起来，感觉射入巷内的阳光还很充足。然而真进来后，视野却变得特别暗。也许是两侧的墙太高，也许是因为深代正背对着夕阳前进。不，即便如此也太暗了。

很快右侧砖墙上现出了笼手家的便门。在挖成拱形的墙上，能看到单扇的木板门。走过小巷的中段，这回是在左侧出现了阿云目家的对开式便门。除去这两个木门，小巷的左右两侧就只有不断延伸的砖墙，别无他物。不过案发以来，两边的门都已封死，所以现在已化为墙的一部分。

深代一边走，一边战战兢兢地用手摸两边的门，确认它们无法打开。她并不想确认，只是希望多少做一点事以排遣心情。

因为随着深代渐渐深入小巷，令人隐隐生寒的战栗陆续向她袭来。两侧的砖墙仿佛在不断向上延伸；晦暗似乎变得愈发浓郁；清冷而又澄澈的空气像是从寒气转化成了灵气。

即便如此深代也不打算折回。不，是不能折回。她觉得，一旦背对这正在眼前延伸开去、渐渐浓郁起来的黑暗，自己就会被真正的黑暗所吞噬。

不久，小巷尽头的祠堂朦朦胧胧地从晦暗中浮现出来。走到此处，就能望见大垣家郁郁苍苍的森林。森林在尽头的墙的那一边铺陈开去。那些树木遥遥越过砖墙，拦阻在那里，使更深的黑暗盘踞在了死胡同的终点。

不过幸运的是，深代的关注点集中在眼前这座与自己身高相近的祠堂上。她先是合掌参拜，频频望着正面，接着是左右两侧，随即又绕到后面，然后以顺时针方向巡视四周。然而，没有什么诡异之处。

宛如日本古城城墙的基台上，祭祀着一个小小的社[1]，这就是阿

1　社：原为“屋代”之意，即代替神篱用作神灵降临时的居所。亦指一般的祭神场所。神篱，神仙栖息之地。——译者注

云目家新建的祠堂。除此之外，并没有供养碑之类的东西，只能看到花瓶，料想是贵子后来放上去的。说是调查，但深代环顾四周一番后，就没什么可做的了。

（那人魂，是从这里出来的吗？）

深代凝视着看似像小家宅的祠堂，十分困惑。不过，如果把它看作家宅，那么这里面就一定住着神明。可是不知为何，面对着眼前的祠堂，她忽然发现自己不知不觉地开始感到了恐惧。

深代想，如果打开祠堂正面的对开门，窥探一下内部，也许能知道点什么。然而考虑到人魂好像就是从那里面飞出来的，她就怎么也无法付诸行动。不，本来嘛，因为是神明的家，按理也不能做这种遭天谴的事。

她这样对自己说——还是称之为“辩白”更合适——她一边为自己辩白一边打算转过身去，背对祠堂，然后从小巷深处一溜烟地跑出去，跑回家去。就在这时，一阵恶寒自上而下蹿过了她的脊梁，背后感觉到了某种气息……

除自己之外，这里还存在着某物。它就站在自己的背后。在自己完全没有注意到的时候，那玩意儿进入了小巷。而且，还散发着无比恐怖的不祥气息。

深代战战兢兢地转过身。一个漆黑的影子，背对着正在下沉的夕阳，像是要堵住小巷的出入口似的站在那里。

由于逆光，看不真切。不过在深代看来，那影子只是一味地盯着她，一动不动地凝视着她。

啊——影子摇晃了。说时迟那时快，那影子开始向深代进发。

（哎，不会是……）

深代不由地后退，腰撞到了祠堂的基台。她开始慢慢绕向祠堂的侧面，那影子就像在配合她的行动一般，也一点一点地侵入巷内。

她转至祠堂后面，事到如今才抬头看了看左右和尽头的砖墙。对她来说可谓绝壁的红褐色墙面，无情地在三方耸立着。她当然无处可逃。不，就算是成年人，也不可能越墙而出吧。

（逃不掉……）

再次领悟到这一点的瞬间，深代背靠祠堂的基台，缓缓软倒在了地上。

没多久——

啪嗒啪嗒……她感到有什么玩意儿，正向小巷深处，向自身所处的祠堂逼近。

（不、不要……别过来……）

她用双手堵住耳朵，抱起双腿，以胎儿似的姿态蜷缩着身体。然而——

啪嗒啪嗒啪嗒……某物逼近前来的气息，完全没有消减，不，还不如说正在增强。

终于，那玩意儿走到了祠堂前。深代觉得它在那里停住了。就在下一个瞬间，传来了一声呼唤。

“深代妹妹……”

被这么一唤，深代的全身皮肤立刻起了鸡皮疙瘩。然而真正的恐怖从这时才开始。因为她随即发现，站在祠堂正面的那玩意儿，开始慢慢地向祠堂后面绕过来。

接着，突然，她的肩被某物碰触……

深代的惨叫声在小巷中回响。过了一会儿，清醒过来的她发现自己的身体被摇晃着，眼前是阿云目贵子的脸。贵子正一脸担忧地打量着她。

据贵子说，她外出归家途中，经过笼手家门前，来到小巷口时，往里面瞥了一眼，看见一个孩子钻到祠堂后面去了。她总觉得那孩子像是深代，便奇怪她正在干什么，于是走到了祠堂那里。

“没有漆、漆黑的妖怪吗？”

深代亢奋地问道。贵子摇摇头，一口咬定自己窥探小巷时，巷内别无他人。

深代从祠堂正面绕到侧面，再绕到后面藏身的十几秒内，背对着黑影。换言之，就在这短暂的时间内，那玩意儿消失无踪了。因为在她钻进祠堂内侧的一瞬间之前，贵子看过小巷的内部，作证说别无他人。

这位贵子小姐认真倾听了深代的诉说，而且绝对没有否定她，说她看错了。然而即便如此，也看不出贵子有相信她的意思。看得出来，贵子认为这是孩子才会产生的幻觉。

即便如此，从翌日开始，深代又是一到黄昏时分就在自己二楼的房间监视小巷。其间，她发现寄宿在对面阿云目家的栗森笃和笼手家的旭义，经过她家门前时，总是抬头看她。这恐怕是因为贵子对他俩说了深代的经历。贵子肯定不是为了传播小道消息，而是拜托他俩留心，别让类似的事情再在深代身上发生。

就这样，年末那命中注定的一天——在小巷深处割喉自尽的笼手旭正的忌日，终于到来了。

三

那一天，深代从早晨开始就感到心神不宁。由于阿藤已从昨天开始进行大扫除，她也到处打下手帮忙。但是，从吃午饭开始，深代就渐渐慌乱起来，下午三点用过茶点后，已是一副心不在焉的样子，这段时间她对着阿藤的指示也尽是说些没头没脑的话，不断出错。

“哎呀，不用干啦。就这样子，拜托大小姐做事反倒费事得紧。”

结果，阿藤发火了，卸了深代的差事。

她急忙跑回自己二楼的房间，在阳光还充足的时候开始监视起小巷来。如果真会发生什么，就会在今天发生。她有一种近乎确信的预感。

随着太阳缓缓西斜，住宅区也渐渐散发出寂寥的气氛。明明时已岁末，世间洋溢着热闹气息，可只有这里充斥着静谧，不，是阴森森的寂寞，足以令人错认为自己身处异世界。

即使待在家里，肌肤也能感受到这一点，所以深代的双臂屡屡被激出鸡皮疙瘩。

不久，黄昏终于降临了。从二楼的窗户望出去，映入眼帘的整个住宅区，即刻被染上了不祥的朱红色。在深代看来，这险恶的景致简直就像一幅适合妖魔跳梁的背景画。

就在这时，阿云目家的正门被打开，现出了贵子的身影。她两手抱着花束。那是出入她家的花店贩子刚送到的菊花。她静静地走到门口，走上四丁目路时，抬头望了望鹰部家。看到深代后，她轻轻挥了挥手，向小巷缓缓走去。

但是，贵子的身影消失在小巷后，不到五分钟，笼手家那边的旭义就现身了。他脚下毫不迟疑地走进了小巷。

这景象一入眼，深代就产生了强烈的不安。不知不觉中，心脏咚咚的搏动声传入耳中，额上淌下了冷汗。

（姐姐，不要紧吧……）

想到贵子在那样昏暗的小巷尽头和笼手家的旭义两人独处，深代就无比担心。当然，迄今为止同样的状况已经历过无数次，但今天怎么说也是旭正的忌日。他俩都能保持平常心吗？

（不过，要是发生了什么，姐姐会叫嚷起来的，那样的话，栗森先生应该会立刻冲过去，所以……）

这一刻，栗森笃一定也在阿云目家的二楼，在他自己的房间里凝视着小巷深处。虽然深代这么想，但是等到发生了什么之后再行动，会不会太迟呢？想到这里，深代霍然起身。

就在这时，奇妙的景象映入了她的眼帘。小巷深处，一个黑色的圆形物体骨碌碌地回转着飞上了天，随即划出了一道抛物线，掠过砖墙上方，坠到了四丁目路上。

那黑色的圆形物体，看起来在眼和嘴的部位开着洞。是面具。

（刚才的那个是旭正少爷戴的鬼面具……？）

深代瞠目结舌，随即看到栗森笃从阿云目家的门口飞奔出来，迅速冲向小巷。

然后又过了几分钟，上前揪人的栗森和试图将其甩开的旭义从小巷里蹦跶出来，互相抓着对方的胸襟，眼看就要开始互殴。这时，似乎是听到骚乱后跑上街的阿藤，大声求助起来。人们做出回应，接二连三地从家里出来。这期间也不知是谁报了警，派出所的巡警匆忙赶到——如此这般，骚动在四丁目路蔓延开去。不过，问题还在后面。

在小巷尽头的祠堂前，人们竟然发现了喉部被一字形切开的贵子。而且，虽然怎么想凶手都只能是旭义，可调查了现场后，却判明旭义没有被喷到一滴血，最关键的凶器也不在他身上。关于血迹的问题，只要设想凶手是在被害者背后割的喉就能解决，但找不到凶器实在是不可思议。

刑警得知深代从头到尾都在二楼自己的房间里监视，便造访了她家。由于双亲不在，深代在阿藤同席的情况下，把看到的一切原原本本地说了出来。警方把这番叙述与栗森笃的证词和笼手旭义的供述结合起来，对案件经过做出了如下总结。

五点四十五分	贵子从阿云目家出来，进入小巷。
五点五十分	旭义在笼手家附近现身，进入小巷。
五点五十五分	深代和栗森笃目击到黑色面具从小巷深处飞至四丁目路的景象。
六点	栗森笃从阿云目家飞奔而出，进入小巷。
六点五分	旭义和栗森笃扭打成一团，从小巷出来。
六点十分	阿藤和附近的人会集过来。
六点十五分	派出所的警官赶到。

从这情况来看，杀害贵子的嫌疑当然指向了笼手旭义。然而，他身上并没有把被害者喉部呈一字形割开的凶器——像剃头店里使用的剃刀那样的东西。

首先被怀疑的是从现场抛出来的面具。可掉落在四丁目路街灯边的面具，内侧没有贴过剃刀的痕迹，也未沾血，看不出特别可疑的地方。

于是，警方从现场的祭祀祠堂开始，对周围的砖墙、两家的便门以及阿云目家和笼手家、小巷尽头的大垣家庭院都进行了搜索，但还是找不到凶器。

顺带一提，接受调查的旭义说：

“当时我对贵子小姐讲，今天是哥哥的周年忌，所以希望你忘掉哥哥，认真考虑一下和我结婚的事。但她只是摇头，于是我也就放弃了，打算回家，转身要出小巷时，那个寄居在阿云目家的栗森，突然飞奔进来。他哇哇大叫，所以我回头看了看身后，就见贵子小姐倒在祠堂前。慌忙冲到她身边去一看，她已经死了。就在那时，栗森伸手过来抓我，我和他两个拉拉扯扯地从小巷滚了出来。啊，面具？我哪知道那玩意儿。啊，说不定是哥哥送给贵子小姐的。也就是说，她那是早有心理准备的自杀啦。欸？没有凶器？那么就是被哥哥杀害的四个女人在作祟吧。”

他一副天不怕地不怕的样子，强硬地否认了自己的罪行。

然而，之后的调查表明，笼手旭义当天的行为中存在疑点。自回家以来对家中杂事不屑一顾的他，那天却从大清早开始就难得地帮忙做起了家务。

据说他首先参与了捣年糕，不仅捣了臼里的糯米，还把刚捣好的面团捏成糕。接着在大扫除时，他把割成细长条的破布碎片扎在细长竹竿的顶端上，当作掸子，给高高的顶棚除尘。然后，制作门松[1]时他也露了脸，从切割青竹到用菰包起、拿绳绕上为止，热心地打着下手。

对于这些怪异行为，旭义回应说：

“因为是一年一度的事，我作为家庭一员帮帮忙不是理所当然的吗？而且我在照管过我的神社里学会了形形色色的礼法，所以只是趁这个机会，想要发挥点作用罢了。唔，因为打算在傍晚和贵子小姐谈谈，大概多少也有点打发时间的意思。不过……”

相比否认自己是凶手的时候，旭义回答这番话时的样子显得较为腼腆。

而另一方面，栗森笃说：

“上午箭术馆有最终练习，所以我不在家。从下午开始，其实，我找勇贵原公爵稍微谈了谈贵子小姐的事。那个笼手家的旭义先生，就这样放任自流下去没问题吗？唔，谈话内容就是这样。然后大约是在五点吧，花店送来菊花束时，我向贵子小姐提出了请求，说今天我也和你一起去吧，可贵子小姐说想一个人静静地参拜，于是我就在二楼的房间里，像往常一样监视小巷。那时如果我强行同去，就不会发生这种事了……”

随着讯问的深入，他越来越兴奋，断言杀害贵子的凶手是笼手旭

1　门松：指正月时装饰在家门口的松树枝干，是日本新年的一项传统。——译者注

义无疑。然而，警察问他是否目击到了犯罪过程，他说道：

“我的房间正好处于往下看就是小巷尽头的位置，但是由于砖墙太高，看不到里面的情形。嗯，也很难看到祠堂，也不知道那里有什么人。不过我一打开窗，勉勉强强地似乎能感觉到一点迹象，当然只是迹象，所以贵子小姐参拜时，我一直在房间里守望着她。欸？不……我并没有听到惨叫，也没有听到什么争斗的声响，但有某种……啊，对了，我看到那个可怕的面具飞起……仅此而已……但……但是，那家伙就是凶手啊！不然还会有谁？”

警方唯一判明的，就是他事实上什么也没看到。从房间飞奔而出，似乎是因为那个深代也看到的面具在空中飞舞的景象映入了他的眼帘，他察觉到小巷深处发生了某种异变。

警方从小巷开始，又对面向小巷的三家庭院进行了彻底的搜索，但怎么也找不到凶器。结果，坚持自己无罪的旭义被释放了。

就这样，株小路镇四丁目迎向了无比暗淡的新年。

四

内田百闲[1]曾在《东京烧尽》一书中写道，因昭和二十年（公元1945年）二月二十五日的空袭，“神田地区看来已大体不复存在。极度的惨状让人心情恶劣”。但事实上，以神保町为首的数个街区的建筑并未被烧毁。

1　内田百闲：日文汉字“内田百間”。日本小说家、随笔家，夏目漱石门下弟子。本名内田荣造，战后改笔名为内田百間。——译者注

“纸鱼园大楼”就是幸存的建筑之一，“怪想舍”则占据着其中的一室。

战前至战中被压制的侦探小说，在战后一下子繁荣起来。首先，筑波书林在昭和二十一年（公元1946年）三月开办《ROCK》杂志，岩谷书店于四月创刊《宝石》杂志。不仅如此，两刊都连载了横沟正史的长篇本格推理小说。《宝石》从创刊号起登载《本阵杀人事件》，《ROCK》则从第三期开始推出了《蝴蝶杀人事件》。

以这两本杂志为开端，数年间侦探小说杂志的创刊此起彼伏。但因此也不免鱼龙混杂，被自然淘汰而消亡的杂志也不少。在侦探小说杂志林立的局面下，怪想舍虽是新兴出版社，但其月刊《书斋的尸体》自创办以来的数年间，发行量不断稳步提升，平安无事地走到了今天。

尤其是去年十二月发售的新年刊，以江川兰子的本格推理小说连载《血婚舍的新娘》和东城雅哉的完篇中篇怪奇小说《黑人岭》为主打，结果令杂志大为热销，创下了建刊以来的新纪录。江川兰子从《宝石》杂志出道后，成了一位广受欢迎的作家；而东城雅哉的处女作《九岩塔杀人事件》虽发行自地方上的出版社，却也受到了大量关注。

拜其所赐，后者的责任编辑祖父江偲尽管只是个初出茅庐的女编辑，在社内却也是趾高气扬——直到某日田卷总编寻她商量，能否就去年岁末株小路镇发生的割喉杀人案请刀城言耶助一臂之力。这事名为商量，实则是公司的命令。

刀城言耶者，作家东城雅哉的本名也。这个怪人在文坛也是赫赫有名的放浪作家，为了兴趣与实益兼而有之的怪谈收集，总在外地周游，持续民俗采风之旅。所以，他也被称为“流浪的怪谈小说家”，但其实，只有真正了解底细的人才知道，此人拥有侦探才能——那可不是轻易就能对付的。

言耶为搜寻怪谈而造访各地，不知为何常在当地遭遇奇异现象或匪夷所思的案子，而且不但被卷入其中，回过神时还会发现自己已莫名其妙地破了案。这类特殊经历他非常丰富。

不过，这个“莫名其妙”里头可大有文章。刀城言耶认为，断言这世上的所有事物皆可只凭人的理智来解释，是人类的一种自满；但话又说回来，遇到怪异现象就轻易接受，作为人而言又未免太过可耻。可以说，他怀着这样的想法与那些现象和案件对峙，才造就了这一奇妙状况。

换言之，期待刀城言耶像所谓的“名侦探”一样展开快刀斩乱麻似的高明推理，是绝无可能的。在此岸与彼岸之间来去的同时逼近案件的核心，这才是刀城言耶。总之，言耶所牵涉的“谜”会走向合乎逻辑的破解，还是迎来不合情理的终局，直到最后的最后，连他本人也无从知晓。他总是扮演这种麻烦至极的侦探角色。

十分了解他的编辑称他是“怪异收集家”，关系更亲密的人又给他取名为“反侦探”，大概就是基于刀城言耶所处的这个立场吧。

即便如此，在大部分场合下，他最终都能出色地破案。因此，听到传闻的人们为求助于这暗藏的力量，向出版社发来侦探委托而非约稿的事，近年来有所增加。当然，现状是各家出版社都会代言耶婉言回绝。因为平日里他本人就一直对责任编辑发牢骚，说“光是在旅行地卷入可怕的案件，就已经够啦”。

然而，现在祖父江偲不得不委托刀城言耶破案，偏偏自己还是出版社的编辑，所以也难怪她会感到不知所措。更何况——

“案子的关系人可是原贵族。关于刀城老师的出身，部长你明明也是知道得一清二楚的。”

战后从大阪进京的偲之所以操着地道的关西腔大发牢骚，其实另有原因。

刀城家原为德川的亲藩[1]，是明治二年（公元1869年）经由行政官发布告示而诞生的贵族阶层，被授予公爵之位。也就是原贵族。

然而，言耶之父刀城牙升年轻时就厌恶特权阶级，身为长子的他为了反抗成为户主、继承公爵之位的现实，离家出走，拜入一位名叫大江田铎真的私家侦探门下。结果，刀城家与他断绝了关系。从此，他自称冬城牙城，解决了多起难案怪案，不知不觉已被人们誉为“昭和的名侦探”。

而其子刀城言耶则不愿继承父亲的侦探事务所，持续着流浪生活，且笔耕不辍，这或许可以说是一种讽刺吧。其中也包括言耶虽抗拒父亲，却似乎又遗传了他的侦探才能这一事实。

只是，和父亲一样，他也不喜欢特权阶级。虽不像父亲那样莫名厌恶，但可以的话他肯定是不想和那些人扯上关系的。

“唔……还是只能从有关小巷的怪谈开始，不露声色地引他上钩啦。”

1　亲藩：江户时代，德川家近亲被授予的领地。——译者注

“怪异收集家”可不是白叫的，言耶对怪谈极度痴迷。而且，他有个恶习，对自己尚不知晓、闻所未闻的故事，会浑然忘我地扑上前去。无论对方是谁，即便之前关系恶劣至极，他也会横冲直撞，直到打听出那个怪谈。所以，挑拨言耶这一恶习的做法，实乃一把双刃剑……

“啊，祖父江小姐，好久没见了。恭贺新禧！今年也请你多多关照。”

至少正月里须在父母面前露个脸——从旅途归来的言耶如是说。话虽如此，可现在连装饰门松的时期也早过了，还有什么喜可道啊。

一问才知，年底言耶拜访了某地方上的世家，闲居的老人家对他极为喜欢，强劝他务必就此逗留迎接新年。当然，又听说言耶遭遇了与雪相关的怪异现象和无足迹雪密室杀人案。不过偲愣是憋住没问详情，因为现在没那个闲工夫。

祖父江偲与刀城言耶相对而坐的地方是怪想舍的接待室。总编做出周密安排，令他俩整个下午都能优于任何客户使用房间。偲由此推测，也许阿云目贵子之案是社长直接向部长下的命令，而部长转手又抛给了自己吧。不知社长为何执着于此案，恐怕是出于政治上的原因吧。

（硬是塞了个烫手山竽给我啊。）

事到如今偲还在心里叹气，不过寒暄完毕，拉了几句不着边际的家常后，她就慢慢地开始将自己的计划付诸行动了。虽说已确认言耶直到傍晚都有空，但也不能太磨磨蹭蹭。

“说真的，刀城老师，那个叫株小路镇的住宅区，实际上我也去了，好像正散播着一些可怕的流言。”

“哦？什么样的流言啊？”

如先前所料，对方奔着诱饵来了，但不知为何“碰钩”不如预想的强劲。

（咦？好奇怪啊。）

一刹那偲有种不祥的预感，但转念一想，怪异收集家怎么可能对此无动于衷呢，于是她从关于“首切”的怪谈起头，直说到最关键的杀人案，一边留意看表，一边自然地推进话题。然而——

“原来如此。我想，这桩新案子发生在那种很有来头的地方，被害者和嫌疑人又颇有渊源，所以也难怪镇上人家会拿作祟来说事啦。”

对方神态自若，只是淡然阐述了自己的感想。

“欸？那、那、那个嘛，话是没错的……嗯，我说……”

之前的口若悬河犹如假象，期望大为落空的祖父江偲支吾着说不出话来。就在这时——

“那么，接下来是要去现场吗？还是说案件的相关人员会光临此地什么的。”言耶这一问令人震惊。

“你为、为什么会这么想？”

“你事先问我是否今天到傍晚为止都有空；刚才说话时，你看过好几次手表；了解了全部情况的那一刻，怎么想我都觉得从首切的连环杀人案讲起才对，不知为何你却要以小巷的怪谈开头；新发生的案子还没有破。根据以上几点，我么，就推断出：单纯告知怪谈故事并非你的本意，那只是引我上钩的诱饵，你似乎另有目的，而且还是关于一桩未决之案的。所以，我自然会想，说完后是否会被带去现场，或是被迫再听一遍相关人员的证词呢？”

“啊，不愧是刀城老师！所以才没对我说的怪谈故事紧咬不放啊。”

“再捧我也没用哦。不过，怪异之事本身倒也有趣。只是故事里没有出现我不知道的妖魔或怪物，所以——不对，这个先放一边，以前我就说过了，你别叫我‘老师’什么的好不好。明明我和你只差五六岁，被你这么一叫，不知怎么搞的，就感觉自己老得不像样了。”

“是，是这样。不过，都领悟到这个地步了，也就是说你会接手这个案子——”

“我为什么要接手？好吧，根据我的进一步观察，感觉这与其说是你本人背负的问题，还不如说是上层的要求，所以我同情你，想必在对我说这些话之前，你一直都很焦虑吧。”

“哦哦，刀城老师果然厉害啊！”

“不，不，不是那么回事——因为是你嘛，所以我想你该不会是有了各种烦恼吧，但话说回来，我有必要一头扎进这个案子。”

“对啦对啦！那个应该被用来割喉的凶器，不管搜查哪里、怎么搜查，都找不到。”

“我说，祖父江小姐……”

“把这个当怪谈来理解的话，既可以解释成笼手旭正召唤了阿云目贵子，也可以解释为被害的四位女性把她拉过去了；而以推理小说的眼光来看，不就成了死胡同里的一种密室杀人、不可能犯罪了吗？”

“欸？唔，嗯，算是吧，不过不能因为这个就……”

“换句话说，这案子和刀城老师不是挺般配的吗，简直是天作之合啊。原贵族什么，在这桩奇异的杀人案面前又算得了啥？人家就是这么想的。你听好了——”

之后，面对话如滔滔江水连绵不绝的编辑，刀城言耶只是一味地在脸上浮现出走投无路的表情。

因为祖父江偲有个恶习，在关键的事情发生前她有神经兮兮、思前想后的倾向，可一旦开了头，此前的踌躇就像虚境一般，转眼就消失得一干二净，不知不觉地她就会得意忘形起来。

她曾有云：人家我是这么想的，编辑这种工作，如果不能兼具极为细心的一面和非常大胆的一面，就绝无可能胜任。

所以，从某种意义上来说，编辑的工作可谓与她的这一性格正相吻合。顺带一提，她开始自称“人家”时，通常是正处于得意忘形之中。

怪想舍的上层任命她当刀城言耶的责任编辑，也许自有他们的打算。因为物以类聚嘛。

“原来如此。我已经很清楚了。”趁偲歇口气的工夫，言耶插了一句。

“啊，太好了……说真的，有段时间我还在想，不知道事情会搞成啥样……”

“好了，今天得以听到很有意思的怪谈故事，非常感谢。”

“欸？什么！这是要走吗？”刀城言耶刚站起身，偲就像弹簧一样蹦了起来，“好残忍啊！老师不是在地方上遇到过更复杂的案子吗？就算是这样不也出色地破了案？”

“那些是我不得已被卷进去的，或是为了帮助照顾过我的人，可都是有相应的理由的。”

“我一直都在照顾你，对吧？”

“这、这个话是没错……不对，我跟祖父江小姐毕竟是工作上的往来。”

“好心寒啊……老师你原来是这样想的吗？”

“不，不是啦。你是一个优秀的编辑，而且——啊，用这种哀泣战术一样的手段，很龌龊啊。我都说了，以后别叫我老师了。”

“这么生分……比起关系亲密的编辑，老师居然更珍视可能一生也不会再见第二次面的乡下人啊。”

“谁、谁也没说过这种话吧！”

“不是的，我很清楚的。说起来老师从前就……”

这时，接待室的门被敲响了。

偲慌忙去到室外，很快就满面春风地回来了。

“刀城老师，我们翘首以待的鹰部深代小姐和她家的阿藤婆婆，已大驾光临！”

如此高声通报过后，她立即向言耶介绍了这两位特意请来公司的客人。

“啊，初、初次见面，我是刀城言耶。”

结果，完成了初次见面的寒暄后，言耶不得不再次坐在接待室的椅子上。他似乎终于意识到，偲一个劲儿地说话，就是为了争取时间等二人出现，当然这是马后炮了。

四人当中，只有偲一个人在笑。即使谈不上不快，刀城言耶脸上浮现的也是一种“哎呀呀这下上当了”的表情。至于阿藤，似乎是因为言耶端正的容貌和亲切的言谈举止，年纪不小了却显出一脸迷糊相。而深代虽然像孩子一般腼腆，但还是用满怀兴趣的目光看着对方，这大概是因为言耶穿着当时还很少见的牛仔裤。

“我这边已向老师做过一遍说明。不过，还是想请两位再讲述一下详情，可以吗？”事不宜迟，偲试探了一句。

“好，非常感谢。”阿藤恭敬地低下头，但似乎再无后话，忸忸怩怩地始终不吭声。

“嗯……我说，关于这案子——”

与偲急速褪去的笑容相反，言耶的脸上则开始浮出微微的坏笑。只是，这也没能持续太久，因为深代小心翼翼地提议道：“那个……让我来说也行。”

偲自然是当即点头，催她讲述。

然而有趣的是，刀城言耶脸上荡起失望之色也只是在最初的时候。不久，从他聆听的姿态中开始显现热情，以至于连偲都能看出，他似乎渐渐地被眼前这位姑娘的话所吸引了。

（太棒了！这么一来，老师就是咱这边的人啦！）

在深代描述案件详情的期间，她的心里雀跃不已。

然而，当言耶听完全部讲述后说的第一句话入耳时，祖父江偲不禁愕然。

“唔……完全搞不懂啊。”

五

“等、等一下，老师，你在说什么呢？”

“我都说了，老师这称呼——”

“啊啊，只要你能帮我解开这个案子，当家的也好，主公也好，叫什么都行。”

“更平常一点的称呼就行。”

“有什么搞不懂的？和以前解决的案子比起来，根本就没什么大不了的吧。这种案子，人家要是老师的话，不用五分钟就能解开啦。”

一兴奋，偲就会变得满口关西腔。

“你呀，别又说些没凭没据、不着边际的话。”

“可是——”

“信息恐怕不够啊。是有做出若干种解释的余地，但如今只能以单纯的推测告终。”

“对不起，是我的讲述方式不好。”

深代突然插入了两人的对话。言耶和偲一惊之下转过头去，就见她垂头丧气的。

“没、没有这种事啦。你的话非常容易理解，说得很好啊。更何况——”

刀城言耶开始拼命地劝慰她。一瞬间，祖父江偲还在高兴，这样的话他也就会认真考虑这件事了吧，但言耶貌似乎只满足于解除深代的误会。

（好吧，一切都要诉诸老师的侦探爱好了！）

如此决心已定，偲立刻开口道："社会上认为罪犯是笼手旭义，但真凶难道不是寄宿在阿云目家的栗森笃吗？"

"可是栗森先生原本就连小巷也没进去啊？"言耶虽显得无可奈何，但还是应了一句。

"这就是他的意图所在。"

"你想说他是在自己不受怀疑的情况下，杀死了被害者？"

"是的。何止这些，他还策划了让情敌蒙受嫌疑的一石二鸟之计。"

"喔……怎么做到的？"

刀城言耶脸上露出兴趣盎然的表情，换个角度看又感觉他似乎对祖父江偲的侦探表现很是期待。

"噗噗噗，只要关注某项事物，这问题也就没什么难的了。"

然而，偲完全是一副以侦探自居的模样，大概她误以为自己不光引起了言耶的兴趣，而且对方还想听听自己的解释吧。

"那么，栗森先生究竟是怎样在身处阿云目家二楼的同时，把进入小巷深处的贵子小姐杀害的呢？"

"还记得栗森笃在案发当天的早上，去哪里干了些什么吗？"

"去练箭场做了最后一次练习，对吧？"

"什么嘛，你都记得啊。可是，像老师这样的人，知道了这些竟然还——"

"哎呀呀，丢脸了。现在能否让我等聆听祖父江小姐的推理呢？”

言耶的措施极为严肃认真，但眼里却闪烁着恶作剧般的目光。当然了，偲压根儿就没注意到。

“好嘞！嗯哼。栗森笃等贵子小姐去小巷后，偷偷进了庭院。然后把事先准备好的梯子架到小巷深处的砖墙上，爬了上去。拿着前端装有剃刀的箭和射箭的弓。”

祖父江偲摆出“结论已定”的表情耀武扬威，深代和阿藤“啊”的呼了一声，却又都坦率地表现出不敢领教的样子。之所以如此，是因为刀城言耶此时一脸呆滞。

“然后呢？”

“什么然后——老师啊，后面的事你已经知道了吧。也就是说，栗森在墙头射杀了贵子小姐。”

“这么说，他不是让箭刺进喉咙，而是让装在箭头上的剃刀划过并割破咽喉吗？”

“听说他就是这么厉害的一个神箭手。”

“已经核实确认过了？”

“欸？不、不，还没有。这个嘛，从现在开始，怎么说呢，要一步一步来。”

“射出去的箭呢？啊，原来如此。先在箭尾结根绳子，过后再回收啊。”

“当……当然是这样了。”

“可这么一来，就变成了栗森先生是从斜上方向被害者射箭的。”

“是的。这个有问题？”

“好像贵子小姐的喉部是呈一字形被割开的，不是吗？”

“……”

“再神的神箭手，要从砖墙上射箭，呈一字形割开对方的喉部，也几乎是不可能的吧。”

“那个嘛……是贵子小姐的头颈碰巧歪斜着。”

“那么你说，作案后，栗森先生把凶器藏哪儿了？”

“当然是院子的……”

“没这个可能，对吧。从小巷北侧的阿云目家开始，南侧的笼手家以及路尽头的东侧的大垣家，三方的院子都被搜查过了，却没有发现凶器。”

“那就是藏到自己的房间里去啦。”

“假设他收好梯子，把凶器搬回二楼自己的房间，然后再奔进小巷，那应该会花更长的时间，不是吗？”

“这个……我觉得他没有那么多时间。”

深代十分谨慎但又清晰地表达了对言耶的支持，紧接着阿藤从旁插话道：“而且栗森先生应该是真的喜欢贵子大小姐。换成笼手家的旭义先生，思恋不成大动肝火，想着什么‘爱之深恨之切’，向贵子大小姐下手倒也不奇怪，但要说栗森先生会做出那种事，可就怎么也——”

自己的推理在机会与动机两方面连遭否定，有那么一瞬间，偲“唔唔”地说不出话来。不过，她好像马上又振作了起来：“罪犯果然还是笼手旭义。”

“原来如此，那么凶器的剃刀呢？”

尽管偲反复无常地变换凶手，但言耶却一副毫不介意的样子，催促她接着往下推理。

“祠堂是用木头造的，所以那个缝隙里……啊，说到缝隙，砖墙上不也有吗？所以说，旭义是在事先踩过点的基础上——”

“说是剃刀，其实凶器似乎是理发店里用的那种。而且，被害者喉部被干净利落地割开了一个口子，那可是真正的一字形，所以就从这情况来考虑，我也不觉得用的只是裸刀片。换言之，难道不应该认为刀柄的部分也在吗？”

“只有刃的话，是不是就很难切割了？”

“越长就越难呢。假设握着的地方是用布裹着的，那这回的问题就变成了布被丢到哪里去了。顺便说一句，旭义不是接受过身体检查吗？”

“是的。别说凶器了，好像身上什么东西也没带。”

“换句话说，如果他是罪犯，那么凶器的剃刀只能是在现场被处理掉的。而且，考虑到栗森先生冲进小巷这一情况，范围就缩小到了小巷中段至最里处的部分。”

“那样的话，阿云目家那边砖墙上的便门不就很可疑了吗？因为笼手家那边的门位于进入小巷后相对较近的地方，而阿云目家的差不多就在半当中。”

“可是，为了把门关死，不是在内侧用铁丝一圈圈地绕住了把手吗？”

“就是啊……前不久笼手家刚把生锈的铁丝换掉，跟他家的便门比起来，阿云目家那边的似乎损伤得很厉害，但是没有被破坏的痕迹却是无可争议的事实啊……”

最后，偲如自言自语一般，发出了茫然无措的声音。不过，当她随后看到言耶在跟深代和阿藤攀谈时，脸上又荡漾出得意的笑容。

“关于笼手家的旭义先生……怎么说呢，兴趣爱好啊、特殊技能啊，或是相比一般人有这样那样的怪癖之类的，还有什么你们没说到的情况吗？”

面对这个问题，两人都摆出了认真思考的架式。然而最终她俩还是摇了摇头，致使偲的沮丧更在言耶之上。

沉默第一次在接待室内散播开来。深代和阿藤担心自己的话是不是没能带来助益，偲看上去则像是在焦虑，言耶好不容易来了劲头，难道会因为线索不足而无法导出最为关键的推理吗？

唯有刀城言耶一脸高深莫测的表情，反倒露出满不在乎的样子。

“啊啊！”这时，祖父江偲发出了冒失的叫声。

“怎……怎么啦？是想起什么忘了说的要紧事吗？”言耶大为振奋地问道。

“不是，乌先生又给老师寄信了。本想着一见面就马上交给你的，可是人家一不小心就忘了。”

“什么嘛……前辈寄来的信啊。这事后面再说也不迟。”

言耶正要淡然揭过，就发现深代表情奇异地看着他俩对话，于是言耶正儿八经地做起了说明：“有个人呢，是我大学时代的前辈，叫阿武隈川乌。”

言耶说，这位被自己称作黑哥的人物，是京都某个虽小但源流正统的神社的继承人，也不知他本人有无承业之心，毕业后还在进行从学生时代起便大肆开展的民俗采风活动，始终过着那样的生活，彻底成了一个民间民俗学者。只是，此人交游甚广，而且对地方上的奇怪仪礼或奇妙风俗异常精通，明明没求过他，他也会经由出版社频频向刀城言耶传送信息。不过，这些信息惠及自己，所以言耶非常感激。

“内容好像是说，漂浮于濑户内海上的鸟凭岛的‘鸟人之仪’似乎会在今年夏天举行。”言耶介绍完阿武隈川之际，偲转达了信件的内容，就在这时——

“那个……笼手家的旭义先生，可能很擅长算数。”

深代突然这么说，让三个大人吃了一惊，不过看来阿藤的反应毕竟最快：“小姐，算数是指什么？”

“你看，旭义先生回来的时候，小仓屋先生不是说过‘他在寄养的那家人家学过勘定’之类的话吗？”

阿藤愣了片刻，下一个瞬间她就放声笑道：“小姐啊，那不是数字的‘勘定’，而是指祈求神明或佛祖降临的祭神仪式，称为‘劝请’[1]。”

阿藤甚至还对写成哪两个汉字认真做了说明。

这时，刀城言耶突然微微一笑：“原来如此，是这么一回事啊。”

六

“老……老师！难不成谜团已经解开了？”

1　勘定、劝请：日语原词为“勘定”“勧請”，发音相同，均为“かんじょう”。其中前者有计算、算账之意。——译者注

“别再叫我老师。”

“啊啊，这种事现在怎么着都无所谓啦。”

祖父江偲劲头十足，面对她的逼人气势，刀城言耶有点招架不住：“唔，好吧，话虽如此……不，其实是这样的，某件事让我很在意，可又不知道其中含有什么意义。然后就怎么也没办法向前推进。”

“等一下。你说的‘某件事’，是在我或深代妹子的话里？”

“你的话里也出现过，不过更详细的内容是从深代妹子那儿听到的。”

“所谓的‘某件事’，是……是什么？”

“在这之前，我想先确认一下动机。”言毕，言耶看着阿藤又续道，“笼手家的旭正先生犯案后自杀，之后其弟旭义先生被召回。因为兄弟俩的祖父旭橿原伯爵想让弟弟旭义接旭正的班和他的未婚妻——阿云目家的贵子小姐——成亲。然而，从阿云目家的勇贵原公爵开始，更重要的是贵子小姐本人就不愿意。但旭义先生却对她很执着，这种近乎疯狂的爱恋之情，在不知不觉中完成了向憎恶的转化，不久竟使他生出杀意。是否可以这么解释呢？”

“嗯。那天是旭正少爷的忌日。想必旭义先生把这天定为最后期限，向贵子小姐求爱了吧。他下定决心了吧，如果被拒绝就一狠心杀掉她。我听说，不只镇上的人，连警察的想法也大致相同。”

“不过老师，就算凶器没被发现，可他因此就会在自己明显会被怀疑的情况下，动手杀人吗？”

接过阿藤的话头，祖父江偲提出了现在才想到的疑问，明明在阐述自己的推理时，她完全无视了这一点。

“一般想来是这样没错，不过最大的原因是他只能在小巷的祠堂遇到贵子小姐。再加上阿藤婆婆也说到过的旭正先生的忌日这一特殊条件，旭义先生强迫症式地认定要在那天、那个地方做个了断，这也没什么不自然的。不过，把凶器带在身上毕竟会被逮捕，所以他构想出一个处理凶器的方法——不，他肯定从一开始就想到了凶器消失的诡计，所以才着手杀害了贵子小姐。”

“想到了？”

“嗯。不过，还不止这些。他甚至做了演习。”

“欸？真、真的吗？什么时候，在哪里？唔，地方肯定是在小巷啊……”

“对，在小巷的最里面，从作案的数日前开始。虽然其中的一次差点被深代妹子发觉。”

“被、被我？”

深代震惊的同时，发出了因恐惧而颤抖的声音，这时言耶脸上浮起了令孩子见了都安心的笑容：“你说过，当你勇敢地进入到小巷深处时，西面的出入口被一个漆黑的影子封住了，那人就是旭义先生。”

“可是，到深代妹子躲进祠堂背后，贵子小姐进入小巷为止的短短一刻间，那个黑影不就消失了吗？”当事人还没开口，偲就马上追究道。

“因为旭义先生在身影被深代妹子看到后，慌忙从笼手家一侧的便门回去了。”

“回去了？可便门的把手被铁丝牢牢地……”

“缠住了，但那是在内侧对吧？而且，不是有消息说笼手家一侧便门上的铁丝是没生锈的全新品吗？换句话说，是最近重新绕的。比如可能是在杀害贵子小姐的前一天。”

“这么说，到那时为止旭义——”

“一直孜孜不倦地经由便门出入小巷。当然，贵子小姐去小巷的那天，他肯定是好好地从正门出来后，进入了小巷。”

“让凶器消失的演习，究竟是怎么回事？”看说话的样子，只能认为祖父江偲已完全忘了最初的目的。

“只要关注三点，我想连你也能明白。”

“什……什么呢？”

“一、关于从案发数日前开始见诸于小巷的异变。二、关于案发当日旭义先生的奇妙举动。最后一点，关于深代妹子为什么突然想起了‘算数’这个词。”

“等一下。第一点是指深代妹子所说的从自家二楼目击到的在小巷深处飞舞的人魂吗？但这个事，毕竟是看错了。”

“我，确实看到了。”

深代语声虽轻，但主张明确，言耶也随即点头道：“先不管那个是不是人魂，总之我认为她看到了奇妙的东西确是事实。”

“知道了。然后是第二点，这个是指旭义帮忙捣年糕、大扫除、制作门松，是吧？”

“嗯。本来嘛，以他的情况，帮家里干活就显得很突兀，或者说是不自然吧，就算这个没问题，相比其他举动，他还是做了一件无论如何都只能让人感到奇怪的事。”

“是、是这样吗……”

“正常思考的话，马上就能明白啦。”

“第三点确实很突然，让我吃了一惊，不过深代妹子，为什么啊？”

“喂喂，问本人可是犯规啊？”

“犯规？我说老师，这规矩是什么时候定的啊？”

面对偲的严正抗议，言耶脸露苦笑。

“不行啦，不懂啊！老师，请告诉我。好啦好啦，人家也会努力以后不再叫你老师了。”

“喔，难得正经一回嘛。”

“请不要拿人逗乐。然后呢？”

于是，不光是祖父江偲，刀城言耶还将目光依次投向深代和阿藤：“个子比女人高的旭义先生清扫天花板，身为男人的他捣年糕、帮着制作门松什么的，都可以理解，但是把刚捣好的糕捏成团子这种事也要动手，就给人一种格外不对劲的感觉。”

“这么说来，真的很奇怪啊。”阿藤不加掩饰地侧首道。

“所以我进而联想到，在案发数日前，深代妹子看到的从小巷深处升起的圆白之物莫非就是年糕？”

“欸？这么说——”

“嗯。旭义先生不让任何人发现，偷走刚捣好的糕，把凶器的剃刀埋了进去。当然了，要把刀刃露在外面。捣年糕是从早上开始的。到与贵子小姐见面的傍晚为止，糕会充分变硬。”

“可是，把放有凶器的糕扔上天，接下来到底又能怎样呢？”

面对偲理所当然的提问，言耶却不作回答，反问道：“那么，深代妹子为什么会想起‘算数’之类的词，你已经明白了？”

“没、没有……”

“因为啊，就在那之前我问了，关于旭义先生你们还知不知道一些别的情况，比如兴趣爱好啊特殊技能等，而之后祖父江小姐说了前辈的事。”

“阿武隈川先生的？”

“对，你先是说了‘乌先生’。这个就人名而言比较稀奇的词，刺激了深代妹子的记忆，让她想到了乌劝请的事。”

“啊啊，乌劝请啊。”阿藤似乎是想到了什么，大声叫了起来。

“我也疏忽了。旭义先生被疏散去的远亲在近江，又是以在神武天皇的东征神话中登场的先导神为祭祀神。我已听说那神社大有来历，却也没注意到这一点……”

“怎么回事？”

“这个所谓的先导神就是乌鸦。”

“乌……乌鸦？”

“然后在近江，有一种乌食祭神仪式。”

“也就是说，在那个神社——”

“进行着一种把献给神的供品——糕，投给先导神——乌鸦的乌劝请，旭义先生从疏散期开始，直到战后都在参与这项祭神仪式。”

“那、那么——”

“事先多次投掷年糕，试验乌鸦确能在空中抓住糕，带着飞走，在此基础上他走向了正式行凶的那一刻。”

“可是，如果是栖息在执行乌劝请的神社附近的乌鸦，倒也罢了，株小路镇的乌鸦能那么出色地……”

“不，柳田国男先生曾写道，经常有乌鸦衔住掠过天空的高尔夫球，就这么飞走的事。还有，过去孩子们玩闹起来，会拾起扁圆的石子扔向在空中飞翔的乌鸦让它衔住，齐声欢呼‘乌劝请猫劝请’。条件反射似的衔住扔来的扁圆石子——先生认为，乌鸦会生出此种习性，就是因为有这样的少儿游戏及鸟食祭神仪式吧。”

“乌鸦的这种习性，被旭义利用了……”

“嗯。他毕竟不想毫无准备地直接上场，所以就先做了演习。”

“就是在小巷深处，把普通的糕扔上去吧？”

“傍晚天色已暗，又有背后大垣家庭院中的茂密树林，所以小巷深处的那一带相当黑。在这种时候，白色的糕升起，忽地被黑色的乌鸦叼走，所以在深代妹子看来恰似消失了一般。”

“案发当时是什么情况？”

“栗森笃先生从阿云目家的二楼，深代妹子从鹰部家的二楼各自观望小巷，这个旭义先生也是知道的。”

“嗯，应该是吧。”

“所以，他把哥哥从南方带回来的面具扔向四丁目路，将两人的注意力从小巷深处引开后，才把凶器抛了上去。”

“那么，凶器呢？”

“附近肯定有乌鸦的巢，所以如果以那里为重点进行搜查，或许就能找到。”

此后，祖父江偲虽向深代和阿藤再三致谢，但多少有点撵人意味地送走了两人，接着她立刻把刀城言耶的推理告诉了田卷总编。

也不知这番推理后来是打什么途径传出去的，祖父江从深代和阿藤处得到消息，第二天警方就出动了，说实话连她都吃了一惊。

据说，警方从本地的动物学家那里得知，与株小路镇接壤的小树林是附近乌鸦的巢，便对那里进行了彻查。结果，不但发现了被咬过的、呈半圆形且埋有剃刀的糕，竟还清晰检出了笼手旭义的右手残留在糕表面的数枚指纹。

当然，后者并非来自深代和阿藤，而是偲从认识的报纸记者那里得来的情报。

“由于是早上刚捣好的糕，到傍晚时分还没能完全变硬。旭义先生用力握过，所以可能是手指陷入糕里，留下了特别醒目的指纹。”

两人为做事后汇报在神保町的咖啡馆会面时，刀城言耶说出了以上解释。

此外，剃刀上还残留着血迹，血型和阿云目贵子的一致。进而，被害者的伤口是被那把剃刀的刃划出的，似乎也已得到证实。

因此，笼手旭义被逮捕了，然而——

“你是说，他对罪行供认不讳，却否认心存杀意？”听完祖父江偲的一通说明后，刀城言耶侧首表示不解。

“好像说是被怂恿的。”

“被谁？”

“那个，是面具……”

“欸？是指旭正先生从南方带回来的那个鬼面具？”

“对的。面具向我搭话了，他似乎就是这么说的。”

“……”

“然后往脸上一戴，就听到了哥哥的声音，命令他杀掉贵子小姐。”

“他这是在假扮精神异常者，打算逃脱罪责吧。”

“警察好像也是这么判断的，不过听说还是向专家发出了精神鉴定的请求。”

“这么说，不只是演戏那么简单？”

“真实情况究竟如何呢？只是，也有隈取凉子姑娘那样的怪异经历，所以未必就是演戏。”

“唔……但是，隈取凉子小姐那时，像一个年轻姑娘的反应，毕竟是受了案子的影响，所以无法否定她产生那些幻觉的可能性。”

“咦？可是老师——你看，她和其他人不一样，案子发生的时候她在学校的宿舍里，什么都不知道哦。而且回到株小路镇后也是，镇上应该也没人给她讲过这件事。所以，她的经历是可信的，难道不对？”

“嗯。但是凉子小姐一直在伯父老爷的公司上班。听说伯父老爷的大女儿也在那里工作，所以她也受到了邀请。”

“啊……是那位大女儿把案子的事告诉了她？”

“这也没什么不可思议的。不，反倒是说出来才自然吧。如果她知道凉子小姐对案子的事一无所知，就更想说啦。据说凉子小姐为人认真，近乎古板，或许因此才轻易中了暗示。”

刀城言耶明明喜爱怪谈胜过一切，却又淡然做出了合理解释，祖父江偲没有刻意反驳他。因为她知道，言耶虽然从受托人的立场，表达出这样一种干脆明确的想法，但他自己并未接受。不过，这次偲没有刻意反驳，则是另有原因的。

偲突然不作声了，她探出身子，摆出故弄玄虚之极的姿态："对了老师，旭义被捕后，有人在那条小巷目击到了让人难以置信的东西，这事你知道吗？"

"不，没有……你是说'难以置信的东西'？"

"是的，非常可怕的东西。"

对方已被引入彀中。望着他的脸，偲一边夸张地皱起眉头，一边在心里盘算。

（为了让老师写下这次案件的始末，给下一期的《书斋的尸体》投稿，接下来我该如何诱导呢？）

偲的脑中，其实从一开始就只有一个念头，即如何赶在刀城言耶再度出游前，让他完成一篇稿子。今天面谈的目的也在于此。

"好了，祖父江小姐，那个可怕得让人难以置信的东西，到底是什么啊？"

已完全探出身子的言耶就在眼前。

（呀，怎么办呢？必须得是能引发，而且能扯出老师兴趣的东西啊……）

祖父江偲竟不知天高地厚地打算即兴创作怪谈故事。

当然刀城言耶哪会知道这些，不过无论怎么看，发现那是编辑编造的故事，得知她的惊人图谋而为之愕然，都只是时间问题。

"那个嘛……啊不，可怕的那个啥，真的是——"

此后两人之间起了怎样的骚动暂且不表，总之《书斋的尸体》下一期的目录中载有如下作品：

首切·割裂之物　　　　东城雅哉

而祖父江偲趾高气扬的身姿重现于怪想舍编辑部一事，就不必多说了吧。

如迷家蠕动之物

一

“房子自个儿动了……”菊田美枝皱起脸，似乎心里有点儿发毛。

“讨厌，别说这样的怪话啊！”同伴柿川富子眉头紧锁，向她投去责备的目光。

“可是阿富……”

“想到那种事，就再也不敢翻那道岭啦。”

这两个年方十五六岁的少女，从事消毒丸[1]销售，在四月至十月的农忙期辗转各村行商。

战前的销货员们头戴菅笠，双手套甲，身穿藏青碎白花纹束带服，前挂布兜，脚扎绑腿。这身装束随时代的变迁，被换作为蝙蝠伞、围裙加劳动裤的打扮。还有斗篷，早前是在一种名叫桐油的纸上抹油后做成的，如今也被雨披取代了。

不过，产生变化的并非只有服饰。她们与所谓的富山卖药人做相

1　消毒丸：日文为“毒消し”，似乎是一种治疗食物中毒的药，原是称名寺（位于日本越后的角海浜地区）的秘药。江户时代末期因经济没落，村人开始赴外乡贩卖秘药以维持生计，此后逐渐形成产业。昭和二十八年（公元1953年）左右达至鼎盛后，终告消亡。——译者注

同的生意，兜售“越后消毒丸”“努尔匹林”“六神丸”“金证丸”等药品。但到了战后，以菜刀和剪子等金属制品为开端，她们又在货物中增加了海带、裙带菜等干货，以及化妆品、服装和发蜡。

昭和十八年（公元1943年）药事法改革，消毒丸贩卖转为许可制，是引发这一变化的重要原因。为取得执照，销货员必须接受培训。然而，当时能读书写字的销货员寥寥无几，于是放弃卖药开始其他营生的人便多了起来。而这也影响了消毒丸销售行业本身。

此外，以前消毒丸利润丰厚，以致流传着这么一句话：“药品九层倍，和尚赚无本[1]”。尤其是在战争时期，又有军部关照，很多药都被当作慰问品送往前线。到了战后，药品的进货价本身逐年看涨，利润渐渐开始下降，生意的油水少了。顺带一提，所谓“九层倍”指的是卖价比进货价高出许多。

屋漏偏逢连夜雨，昭和二十三年（公元1948年）由于新药事法的制定，药品的现金交易被禁止了；时至昭和二十五年（公元1950年），商店也获得了药品销售许可。

这些战后形势的变化，使她们不得不把药品之外的商品也纳入生意范围。

昭和二十八年（公元1953年）流行的宫城真理子的《消毒丸呀要不要嘞》一歌中如此唱道：

我呀是雪国卖药女

1　和尚赚无本：和尚无须本钱，只要念经就能获得布施，故有此说法。日语中多用来形容那些不要本钱却利益丰厚的工作。——译者注

翻过那山越过那村
切不可钟情那外乡之人
一岁不除则无以相会
眼里的毒心中的毒河豚的毒[1]
啊，消毒丸呀要不要嘞
消毒丸呀要不要嘞

因这首歌而一跃成名的消毒丸买卖，便是美枝和富子所做的行当。

然而话虽如此，她俩并没有那样叫卖过。

“消毒丸要不”才是走街串巷推销消毒丸时的吆喝方式。像“消毒丸呀要不要嘞”这种拿腔拿调的词，据她俩所知，还没人用过呢。

前天来植松村时，她俩也是一边呼喝一边在村中四处奔走，然后当晚在各自熟识的村民家住了一夜。只是，由于前天抵达村子迟了，所以她俩打算翌日清晨去下一个落脚点前，再做些生意。

不料，那晚美枝和借宿家的小媳妇聊到了深夜。也是因为丈夫的父母正好不在家，少夫人想把平日积累的愤懑一吐为快吧。闲谈先从对令人无所适从的村中习俗的抱怨开始，然后是编排近邻村民的不是，直到最后发泄对公婆的不满，这话闸子一打开就没个完。而且，

1　眼里的毒心中的毒河豚的毒：日文为“目の毒気の毒ふぐの毒”。表面看像是在说消毒丸的功效，但“目の毒”有“不见为好之物、眼馋之物”的意思，“気の毒”则有“可怜、可悯”的意思，结合前面关于恋情的歌词，此处应是双关。——译者注

由于美枝老老实实地在一旁陪话，结果就说了一个通宵。

不过，托这个福她得以和少夫人亲密了起来。这媳妇是附近霜松村人氏，于是就连同自己娘家、亲戚和熟人家，给美枝介绍了好些人家。这可真是塞翁失马、焉知非福啊。

因此，昨天早晨富子一个人留在植松村，又续做了半日生意，而美枝则先走一步，到霜松村去了。

“不过，我觉得下午我也能进入霜松村。所以，到明天中午为止，我们就分别在不同的地方行商吧。”送美枝走的时候，富子如此提议道。

大概她是想，如果两人一起转悠，那么美枝从介绍的那些人家得来的好处就会惠及自己。这可就受之有愧了。

她俩约定翌日正午在霜松村的大杉神社境内会合，然后便分道扬镳了。就在刚才，她俩各自结束了上午的工作，再度聚首，如今正坐在巨杉的树根上，吃着午饭。

两人互相汇报完业绩后，柿川富子突然像是想起了什么：“对了，昨天我过岭的时候，看见对面山上有一幢奇怪的房子哦。”

此话便成了我们这个奇异故事的开端。

“欸？什么房子？”

见菊田美枝惊讶地发问，富子显得有些得意：“我借宿的那家的婆婆告诉我，鸟居岭有一棵名叫‘天狗之座’的大松树，生意人去参拜的话就能大吉大利。”

“啊，这个的话，我也听小媳妇说了。”

“什么呀，你知道啊！”富子脸上浮出沮丧的表情，但立刻又用责备的口吻说道，“好歹人家都告诉你了，你也没去参拜参拜？”

“没有，我去了呀。”

“既然如此，对面山上不是有个奇怪的房子吗？”

“胡说……没有啊……”

所谓鸟居岭，是指从植松村去霜松村时翻越的佐海山的顶峰。此山蕴藏丰富的资源，自古以来就惠泽着两座村庄。

据说，昔日山上有天狗大人降临，自那以后佐海山便日益兴旺[1]。天狗降临的大松树被称为“天狗之座”，尤为村民们所看重。

不过，那里并未供奉祠堂，或围上注连绳。终究是保持了自然原貌。不知从何时起，通过那山岭的旅人们开始参拜松树。旅人多为商贾，于是“天狗之座”也成了商业神。

“我明白啦，是阿美搞错了松树。”富子笑道，像是在说“这就对了”。

她会这么说，是因为鸟居岭这一名字的由来可以追溯到两棵松树上。明明两树分立在岭之两端，但北侧的松树往南、南侧的松树向北，各自伸展出上部的枝条。所以从某个角度看去，就像一座巨型鸟居，因而得名。

“可是，那不就是天狗之座吗？是不是长在村界上的那棵？”

美枝确认之下，富子点头道：“你是在那里参拜的？”

“嗯，没错。”

“好奇怪啊。也许是因为你没去看对面的山。”

1　佐海、兴旺：“佐海”日语读作“さかい”，“兴旺”的日语“栄え”读作“さかえ”，两者发音相近。——译者注

“可是，去参拜那棵松树的话，就算不想看也会看到啊。听说前几天有地震，我看到对面有山崩的痕迹，树也有点像流动似的。”

“对，就是那里！”富子猛然大叫一声，“就在对面没了树的地方，不是有一幢孤零零的房子吗？”

“欸？什么都没有啊……”

美枝是昨日清晨七时许过的岭。富子则是在十二点左右。

“难道说那房子是在五小时内造起来的？”富子嘴上这么说，但看起来一点也不信。

“是什么样的房子？”

“离得远所以看不清细节部分，黑黑的……感觉像茅屋一样……”

“这么说的话，可能真是在那五个小时里造起来的啦。和一般的房子不一样，只是造间茅屋的话，可能花不了多长时间。”

“造在那样的山上？”

“那真的就是山间小屋吧。是的话，就算新造了一座，也没什么可奇怪的。”

“唔……但是呢……”

“怎么了？”

“虽然远远地瞅得不是很清楚，但屋顶看起来没那么新，非常旧，倒不如说是废弃的房子更合适，就是那样的感觉……从好几十年前开始，就已经建在那里……”

“稍微打扰一下啦！”

此时，一个男人亲热地上前来搭话，不久前他刚在两人近旁坐下。男人正吃着偏晚的中饭，看上去约莫三十五六岁。

二

“你俩刚才说起的，是不是佐海山的鸟居岭？”

那男人的打扮一看就知道是富山的卖药商。不过，虽说做的是担货奔波的买卖，倒长着一张白皙瘦长的脸庞，姿容有点演员的味道，想必颇受女性顾客的欢迎。

俊男摆出和蔼的笑脸，看看美枝又看看富子，携着柳条包向她俩走近。

“别误会，我绝对没有偷听你们说话的意思。只是忽的一下就钻进我耳朵里来啦。”

在这种时候，先答理对方的人总是富子。

“是。前天我们在植松村住了一晚。然后昨天上午虽然不是一道走的，但都各自越过山岭，进了这个村。”

“咱也是。每个月我都会去那村子一次做生意，第二天在这边村子的熟人家过夜。一般总是在次日早晨参拜这个神社，然后去杉造村，这也算是我的行商路线吧——今早我在熟人家耽搁了一点时间，结果出门晚了。”

男人提到的杉造村，据说是位于霜松村以南的一个村落。

“我们是头一次来这个村。”

“看起来就是呢。你们出来做生意，也还没多久吧？”

男人的话让之前亲切和气的富子突然换上了一副警觉的面孔。

“在我们村，代代都是女子出外做消毒丸生意。所以，我们也在师傅座下各自积累了修行，压根儿就不是生手，不会连左跟右都分不清楚。”

她们中有一个传统，即年轻时拜入经验丰富之人的门下，一起跋涉四方，同时学习各项技能。如今已独立行商的两人，最初也是如此。

尤其被提到的一点教训是“不可在留宿人家当客人”。因为这么做会被人嫌恶说“我们不需要客人”，以后便无法再借宿了。由此，她们学会了即使人家没说一句话，也主动上去帮忙干活这一招。有婴儿的就哄个孩子，是晚餐时间就做做饭、摆摆盘碟、收拾个碗筷，没事做就扫个地什么的。一旦表现出这样的姿态，下次再去时，对方就会主动上前唤一声“今晚住我家就行了”。抑或像这次的美枝，自然而然地讨取了人家的欢喜，得以被介绍给邻村的顾客。

不过，师傅传下来的只是生意手法和行商者心得之类的东西，至于客源终究需要靠自己开拓。即便在母女之间，绝大多数时候也是如此。因此，第一次只身外出行商，又是在初来乍到之地做生意，她俩身上还有些稚嫩之气。而这稚嫩之气被目光敏锐的男人觉察到了吧。

“原来是这样。难怪小姐们如此出色地开始了独立谋生。”

“嗯。不过生意之外的时间里，我俩总是在一起。”

生意上的势力范围固然存在，但除此之外，互帮互助也是理所应当的。这不光是为了人身安全，也是因为相比单个人，多人一起活动在各方面都要便利些。比如，进客栈时就可以合住一个房间，节省经费。

“这下胆子可就壮啦。”

“那是自然——怎么样，阿美，我们这就上路吧？”

“喂喂，怎么突然就要走啊？”

“没怎么呀。”

看她俩的情况，也是因为年纪还轻，两人共同行动所起到的最大效果，大概还是在安全防范上。正如富子现在疑心这个男人一样。

“我又不会把你们抓来吃了，用不着这么害怕嘛。”

“我们一点儿也没害怕。你别看阿美这样，大声叫起来的话在咱村也是最响亮的。至于我嘛，腿脚飞快，一会儿就能跑到派出所警察那里去。”

“别说啦。真是服了你了……”

换个角度看，这男人有着善于勾搭女性的容貌和谈吐。所以，富子这才后知后觉地想到还是别太搭理他为好吧。

事实上，以贩卖消毒丸为生的女性之间，存在这样一些苛刻的成规：旅途中不得化妆；不许与男人行淫；禁止谈情说爱。如有违背，不光本人要课以罚金或不能再做生意，还必须做好心理准备接受相当重的制裁，譬如自家被全村人孤立等。

“我压根儿就没想对你们怎么着呀。”男人一脸困窘，拼命否认后又道，“好吧，我想说的是，至今我翻过好几次岭，一次都没在三叉岳上看到什么房子。”

所谓三叉岳，看来就是指能从佐海山鸟居岭望见的对面那座山。

“而且——”

“所以说嘛，是山崩发生后，以前被树木掩住的房子就一下子露出来了。要是你在听我们说话，总该明白这个吧。”

“你真是急性子，这可不好。”男人苦笑道，但察觉富子在向自己瞪眼后，马上又干咳一声，“三叉岳的山崩，昨天我也见着了。不过呢，我想说的是，哪儿都没瞧见那样的房子。哎呀，你等我说完嘛！”

男人抬起一只手，阻止像是要反驳什么的富子。

“顺便说一句，不单是天狗之座，连另一棵松树我也必定会去参拜。可不是吗？被比作鸟居的两棵松树，只去祭拜其中的一棵，怎么想都不是好事啊，你们不觉得吗？恩惠肯定也会减半呢。”

“这么说，对面山上哪儿都没有那样的房子？”富子对男人的后半段话不予理会。

“因为发生了山崩，确实有两处树木脱塌了。但也仅此而已。”

“我说——”这时美枝小心翼翼地开口道，“大叔大约是什么时候过的岭？”

“昨天我从那边村子出来得有点晚啦。到山顶大概已经一点多了吧。不过我还是像往常一样，参拜了那两棵松树。所以三叉岳的样子自然是看得清清楚楚。”

“就在阿富过岭的一个小时后呢。”

换言之，昨日清晨七时许，三叉岳上什么都没有，但在十二点左右出现了一幢奇妙的房子。然而，一小时过后房子再度消失，三叉岳上一无所有……

“可是我真的看到了，所以……”

“——看起来是呢。”

男人没有否定富子的话，脸上浮出正在盘算什么似的表情。这让美枝感到了难以抑制的恐惧，恐惧化作开篇那句“房子自个儿动了……”的话显现出来，结果和沉下脸来的富子发生了小小的争执。

“那玩意儿也许——”默默地旁观了一会儿两人的争执后，男人嘴里漏出这么一句话，“是迷所。”

富子再度向男人投去疑惑的眼神。不过，其中似乎半含着问询之意。男人好像察觉到了这一点，续道：“所谓迷所，是东北远野地区传说中的屋宅。”

“老故事吗？”听富子的口吻，似乎略有泄气之感。

“有个村民在山间迷路后不久，发现了一幢宅子。那宅子很气派，有扇黑色的大门，怎么都没法想象会建在山里。从门口朝里一看，只见院子里开着红白色的花，鸡在嬉戏，还有牛棚和马厩。然而，不知为什么一点都感觉不到人的气息。”

美枝知道，富子的身体在微微颤抖。

“战战兢兢地进屋一看，就发现那里摆着好几只朱色或黑色的饭碗，架在火盆上的铁壶里沸水翻滚。然而，终究是空无一人，周围一片寂静。莫非是山男[1]的家……村民突然害怕起来，慌忙逃走，很快就来到了山脚下的村庄。”

尽管觉出富子暗自松了一口气，但美枝却想听故事的后续了。

“从那屋子逃出来的时候，村民拿走了一只碗。不可思议的是，用它来量米，不管过多久米缸都不会空。就是这么一个故事啦。”

“挺不错的宅子嘛。”富子完全恢复了常态，说起了俏皮话。

1　山男：山中男妖。——译者注

“是啊。还有这样的传说，一个心无贪念的女人回来时什么也没拿，结果，从山上流往村子的河里忽忽悠悠漂来一只碗，直漂到那女人的家。”

“好体贴的宅子啊。”

“怎么说呢，迷所的故事可能只在远野地区流传，不过你就把看到的那个想成类似的屋宅，不也挺好吗？”

富子终于恢复了笑颜。

“虽然我只是瞧见而已，但也会得到一点点恩惠吧。你说是吧，阿美？”

美枝点点头，而男人脸上现出“好悬好悬”的表情也没能逃过她的眼睛。一不留神被误以为是对年轻姑娘图谋不轨的坏蛋，又让富子这一通闹腾，想必直到现在他才终于松了口气吧。

然而——

“那不是迷所。”

稍远处的巨杉根下，一个和他们三人一样也正在休憩的男人，突然站起身，转眼就向这边靠来：“你看到的是迷家。”

三

第二个男人看起来年近五旬，似乎也是个生意人。不过他体格健壮，一脸强悍，容貌与第一个男人形成了鲜明对照。或许也是因此，他刮过脸后留下的青痕，反倒一味突出了胡须的浓密，全然没有整洁之感，甚至可以说给人一种特意将邋遢相显摆于人前的感觉。

在他先前坐着的杉树根下，放着一只行商用的大柳条包，不过这包要是被他背上，就会显出小来了。

“这不是一回事吗？”听第二个男人说明了“迷家”这两个汉字后，第一个男人惊讶地问道。

“听了屋宅目睹记和神奇碗故事的人，就算特地进山热心探访，也绝对不可能找到。近谓的迷所就是这样一种屋宅。”新来的男人凝视着富子，如此补充道。

“对啊，也有这么说的。”

第一个男人优哉游哉地应了一句，不想富子毫不露怯地当即又向第二个男人问道：“那么，所谓的迷家是什么呢？”

这真像好奇心旺盛、从不怕生的富子会做的事。不过美枝知道，富子很快就会后悔问这句话了。

论胆量在村里的年轻姑娘中也是倍于常人的，正是这位柿川富子。所以，即便还不习惯现在的两人旅行，美枝也觉得放心。不过，性格刚强的富子也有弱点，那就是她最怵恐怖故事……

好不容易听第一个男人讲了迷所的故事，得知自己看到的奇妙的房子非但无害，还是会带来富贵的好屋宅，然而才放心了片刻，她大概就已预感到这份安心快要崩溃了。但另一方面，美枝也看穿了富子的踌躇，就这样一直被蒙在鼓里，她也会寝食难安。

当然，第二个男人哪会知道富子的情况。他用滞涩的语声徐徐开始了讲述。

“三叉岳差不多位于人称‘云海之原’的山岳地带的中心。恰好在信州、飞驒和越中这三国的交界上。正如我们从这里望过去也能明白的一样，那地域可是又险峻又严酷。”

美枝第一次看时，也觉得三叉岳像是一个人迹未至的地方。虽然翻越佐海山也挺费劲，但相比在鸟居岭眺望到的对面的山貌，这边简直给人一种田园诗般的感觉。

“即便如此，那里还是有一些山间小屋的，当然也有登山者。只是，据说自打战后，这里就有山贼出没了。”

“山、山贼……？”第一个男人突然惊叫一声。

“是啊。前些天也盛传有人下落不明，可能就是被云海之原的山贼干掉的吧。”

“哦，是这样吗？”

第一个男人大为吃惊，美枝也和他一样吓了一跳，心想这事真的发生在日本吗？而富子则从旁插话道：“上次我听说，就在战后发生过一起大学生在山间小屋被杀的案子。”

也许是明白男人说的并非怪谈就安下心来了，富子提起了杀人案的话题。

美枝也觉得幽灵可怕，但她觉得还是现实中的杀人更危险、更恐怖。然而，富子好像正相反。

“是发生在昭和二十一年（公元1946年）七月的乌帽子山脚的浊小屋命案吧。四个人登山，被一个二人团伙抢走了食物，其中两人被杀。”

“对，就是这个案子。”

“不过，那不是山贼。凶手是复员军人。当时的饥荒可不得了，要登山也是难上加难。”

“真的是没东西可吃啊。”第一个男人感慨万千地附和道。

“不过，那四个大学生也不知从哪儿筹到了食物，他们在新宿等候夜行火车。这时走过两名复员军人，见这几个去爬山的毛头小伙备有充足的食物，一副欢快的模样，就晃晃悠悠地跟在他们后面。在火车里也好，抵达山间小屋之后也好，这几个大学生都在吃东西。两个复员军人一路把这光景看在眼里，趁他们熟睡后，拿圆木开始挨个击杀。”

“虽然我觉得能理解罪犯的心情……”

第一个男人吐露了感想，而美枝光是想象案发当时山间小屋中的情形，就觉得惊恐莫名。

“那么，那两个复员军人抓到了吗？”富子问道，语气中充斥着好奇心。

“其中一个脑袋被砸但幸免于难的大学生在那儿装死，伺机瞅个空当逃了出来。第二天早上，警察的吉普车向着山间小屋进发，到葛温泉附近的时候，正好和下山来的罪犯撞了个正着。那边没发觉是警察。于是警察就叫他俩上车，说把你们送去山脚下的小镇，那两位一上车就开始呼呼大睡。结果，等他们一觉醒来，眼前就是警察局了。”

“是吗？有意思。这是真事吗？就像小说和电影一样嘛。”

富子是单纯的欢喜，而美枝闻听罪犯落网，终于能松口气了。如果只说到杀人就完了，或许今后每逢在客地就寝时，她都会感受到被圆木击杀的恐惧。

“血腥犯罪与山不沾边，至少战前是这样的风气。但到了战后，唔，特别是战争结束后的几年里，日本人都发了疯。”

看来男人有过种种可供回忆的经历。一时间，他的双眸望向了远方。

“那狂乱的世情，也涌入了原本平和的山区。”不过他似已重新振作，再度开始了讲述，“只是呢，山之所以平和，无非是因为那地方与人类引发的罪犯无缘——我是这个意思。而山本身绝不是安全之所。由于存在超越人类认知范围的部分，对人而言，反倒可以说，不管城市的犯罪如何蔓延，还是山危险得多。”

或许是话题的推进情况变得有些奇怪了，富子突然沉静下来。

“至今为止，我转悠了各种地区。可能是因为从事林业的村子很多吧，经常能听到山里头的怪异故事。”

美枝对男人做什么生意产生了一点兴趣，而富子似乎顾不上这些。

“只说栖息在山里的怪物吧，就有山姥、山地乳、山爷、雪爷、山童、厌魅、山鬼、山女郎、一本踏鞴、山魔、山男、山女、雪女、黑坊等等，数都数不过来。不过怎么说呢，这些都是跟妖怪差不多的东西。”

就连完全不了解山中怪物的美枝，也觉得就拿一个词“妖怪”来一概而论，也未免太简单粗暴了。不过，她当然不会插嘴。

“相比那些东西，迷家啊，就是屋宅里的怪物。”

“……”

“那不是一般的屋宅。迷家——也就是‘迷走之家’，这几个字不白写，这宅子就是个活物。”

“会……会动吗？”第一个男人取代沉默的富子问道。

第二个男人点点头。

“为什么呀？它为了什么要……”

“是为了吃人。”男人理所当然似的说道，“进山迷了路，再加上黄昏临近的话，任谁都会产生焦虑。这时如果出现了一幢房子，你会怎么做？简直想说这下得救了，就这么进去了对吧？”

“但其实是迷家……”

“对。不过呢，要是待在一个地方，就只能傻等误入此地的人。所以，迷家会自己走动，寻求下一个饵食。”

富子的脸早已僵硬。美枝一边留意她的情况，一边忍不住向男人问道：“那么，阿富看到的……”

“可能是迷家。”

“不、不过，只是看到一眼的话……而且还离着老远，所以不会有什、什么问题吧？”

“谁知道呢。不过，那玩意儿对人来说是很不吉利的。只能说眼睛看到了也还是不太好。”

“我……我看到的只是屋顶！”富子喊叫似的插入两人的对话，“在对面山树崩塌的地方，只有孤零零的一片屋顶，我只看到了那个，所以……”

看来她是想说，迷家的灾祸应该不会降临到自己身上。

然而，男人却摇着头：“虽说是家，但和正经的屋宅不同。那可是迷家啊。”

“什么意思？”美枝代富子问道。

“迷家是不完整的。旅行者进去后，就会发现没有屋顶，或者屋子的后半部分已经消失，或者脚下只是裸露的地面。”

“就像造了一半？”

“对。也有人说，有时只有玄关，屋里就立着几根柱子。所以，只有屋顶什么的，正好证明那就是迷家啊。”

“我说一句——”第一个男人像是忘了什么关键问题似的，开口道，“你是翻越鸟居岭而来的？”

第二个男人重重地点头。

“这位姑娘说她看到的那个房子，你过岭时有还是……？”

“有啊。”

四

第二个男人何时翻越的鸟居岭虽已不明，但似乎是在今天的中午时分。他说，当时他从天狗之座向三叉岳眺望之际，千真万确地看到山顶有一片黑黑的、好像已经半朽的屋顶。

昨日清晨七点左右，三叉岳上没有房子。

同日的十二点左右，出现了一栋奇妙的房子。

同日的一点过后，房子再度消失。

今日的中午时分，房子又现身了。

“昨天和今天，这迷家简直就像是为了吃午饭才从深山里出来的嘛。”

第一个男人的话让富子直哆嗦。

“请别说怪话！”

美枝代她提出抗议，男人似乎着了慌：“啊，对不起……可是，它不会到我们这边来的，对吧？”他向富子道完歉，又对第二个男人确认道。

“迷家的传说集中在云海之原的周边地区，这一点是没错的。”

“那就安心了。”

“不过呢，那家伙是山里的怪物。城里怎样我不清楚，但要是放在山里来说的话，不管是哪座山都不能保证它绝对不会来吧。”

“佐海山也是吗？”

“嗯，是啊。”

两个男人的对话似乎已让富子无法承受。瞧她那模样，眼看就要背起放在身边的行李逃离此地了。话虽如此，但美枝清楚，富子正在担心她俩对迷家的防范措施一无所知，就这么继续行商会不会有问题。可以的话，她应该很想向第二个男人打听这方面的内容。

然而——

“我在山上听到的话里头，有这么一件事。”

欲将剩勇追穷寇似的，第二个男人讲述起了与迷家有关的惊悚故事。

“是战后没多久的事——”

有个爱登山的男子，以三叉岳的三叉小屋为目标，从信州进入云海之原。如果没有这场战争，他本会更早地去挑战这座山。这次上山，他也制订了自己的一套计划，从很早以前就一直在做着准备。当然，在战时哪儿还谈得上什么登山活动。

迎来了战争的结束，男子首先想到的就是这个三叉岳。装备一应俱全，事先也已整顿完毕。问题是食物很难弄到手，但他不辞辛劳，四处搜罗，总算是准备齐全了。然后就只剩下慎重地挑选一个天气良好的日子了。

功夫不负有心人，男子终于成功进入了他所憧憬的山岳地带。

从早晨到中午，他步履轻快，如预期所想地一路前进。攀登距离和步行时间也大体与原计划一致。照这势头，也许抵达三叉小屋还能比出发前预计的下午三点早一些。吃午饭时，男子如此这般估摸了下午的情形。

然而，突然起了浓雾。虽说山里的天气易变，可他还是觉得有点古怪。但是，转眼间视野就开始变坏，于是男子注意着不走失道路，急急向前赶路。

信州、飞驒、越中，无论从哪个方向登山，到三叉岳都是一条直道，至于哪条是哪条，这就不清楚了。

如上所述，云海之原的地形就是那么复杂，还有不少险关，跋涉山路也是困难重重。当然，如果对山习以为常，又能读懂地图，则几乎不成问题。不过如果一个大意，也完全有可能走错道而遇难。在浓雾升起的情况下更是如此。

男子在默默前行的过程中，感觉背后有奇妙的动静。他站住身回头看，却什么也没看到。再度迈开步子，又感觉有奇妙的动静。站住身回过头，什么也没有。他凝神侧耳倾听，什么也听不见。

也不知重复了多少次，男子似乎已习以为常，不断地站住身回过头。就在这时，如灯笼一般的光亮朦胧地浮现在皑皑雾气中的情景，映入了他的眼帘。

如此山间，虽说是雾气沉沉，可大白天的，谁会点起灯笼呢?

这样一想，他突然害怕起来。

即便如此，慌忙转身向前的男子还是注意着脚下，谨慎地迈出步子，就在这时……

嘶嗒、嘶嗒、嘶嗒……

有某物正从后面向这边靠近。

按说是在荒凉的山道上行走，可那脚步声听起来异常的黏糊糊、湿漉漉。

男子发抖了。因为他突然想到，登顶三叉岳之所以困难，并非只是因为周边地形险峻。

山和海，自古以来就离不开怪异。云海之原也不例外。不，勿宁说很多才对。而其中特别为人所忌讳的，是一种人称“追踪小僧”的怪物。

凡有进山者，这东西就会追在人家身后，似乎也没有什么目的。待进山者意识到时，已经处于受其追赶的境地。据说无论如何也不能被它追上。要是被它贴身逼至背后，到了走投无路的时候，就必须转身与它正面对峙。大家都说如果不这么做就无法得救。

想起不好的事，男子急了。他并不完全相信，但也不想小看流传于山中的怪异现象。在长年持续登山活动的过程中，男子不但听多了那些奇妙故事和惊悚体验，就连他自己也曾有过一两次不可思议的经历。

于是男子稍稍加快了脚步。只是，因恐惧而乱了方寸会导致受伤。最坏的情况则是误入歧途，不幸遇难。他没有鲁莽地跑起来，只是一边抚平心绪，一边快步前行。最初是这样——

嘶嗒、嘶嗒、嘶嗒……

身后依旧传来令人毛骨悚然的声响。他已不再回头，只顾继续往前走，继续向上攀登。突然——

嘶嗒嘶嗒、嘶嗒嘶嗒、嘶嗒嘶嗒……

身后的脚步声加速了。“欸……？”就在男子困惑的一瞬间，那东西流星赶月似的追上来、靠上来、逼上来了。

那玩意儿贴身来到了背后。

对身后之物的恐惧感已远远超过对山道的危险意识。

男子不顾一切地奔跑起来。尽管他好几次脚下打滑，险些跌倒，但好歹能一直不断地跑。或许这要得益于他迄今为止的登山经验。

不久，白茫茫的雾中猛然现出一根柱子。男子一惊，正可谓千钧一发，就在额头将撞未撞之际，他堪堪躲开了柱子。

站住身仔细查看，那不是树，毫无疑问就是柱子。发出黑色光泽的旧柱子，立在山道的正中央。

真是匪夷所思。但男子做出了判断——总之别理它为上。他远远地绕开柱子，向前急行。

于是，这回雾中又现出了黑黝黝的木板壁，好似要拦断山道一般屹立着。男子立刻将其视作新的怪异。因此，和柱子一样，他尽可能连板壁也不去触碰，小心地从旁穿过。

奇妙的屋宅部件，纷纷开始现形。立足不稳的山道变为板间，半空中杳无一物的山脊上浮出房梁，垂直峭立的岩壁化作橱架，并排两座石冢的侧旁蹲着炉灶……这景况真是乱七八糟。

不久，雾收天晴后，奇异的屋宅部件便从眼前消失了。男子松了口气。然而，这也只在片刻之间，当他发现日落已迫在眉睫时，不由得愕然失色。

奇怪……按说早该到三叉小屋了，然而现在却连个影子也瞧不见，这事奇了。

再这样下去就要露宿野外了。既已至此，就得尽早寻一个合适的所在。必须在太阳完全下山前，确保今晚有住的地方。

男子用探寻的目光，再次查看四周时——

近旁就有人家……

直到前一刻为止他都丝毫没有发觉，不知何时此地竟有了这么一栋屋宅。

大小和山间小屋差不多，但造型犹如民居，看起来不怎么坚固。玄关的门格外洁净，可旁边的小窗却是脏兮兮的，瞧不见屋内的情形。正面的墙壁明明是木板，侧面却用着砖。这屋宅给人的印象就是……不谐调。

但是，男子别无选择。因为刚发现屋宅，天就黑了。感觉还未经历黄昏时段，夜幕就瞬时笼罩了山间。

笃笃……男子敲着玄关的门，期待有人引路。然而，却没有任何回应。战战兢兢地把手伸向门，悄悄打开一看，男子大吃一惊。

屋宅没有后半部分……

他心想是不是被云海之原频发的地震弄塌了，但怎么看都是造了一半的样子。但是，一般而言应该不会有这么奇怪的房屋筑造法。只完成前半部分——这种事迄今为止既没听说过，也没见到过。

虽说让人心里发慌得紧，但屋子里姑且也算室内。总比在夜间的山里露宿强吧。幸运的是，前半部分的板间里还有个围炉。

男子生起火，用完晚饭，就准备早早地在屋子的角落里睡下。同时又在心里盘算，等天亮了，太阳升起来了，就一定能抵达三叉小屋了吧……

也不知睡了多久，突然男子醒了，感觉到有什么动静。他偷偷睁眼一看，只觉屋中一片嘈杂。不，其实并没有响动，或听到说话声。只是有一种忙忙碌碌的氛围笼罩了四周。

那晚是个星月皆无的暗黑之夜。即便如此，当眼睛适应黑暗后，就隐约能辨识出屋里的模样了。是的，屋内……

屋内很宽敞。明明原先只有前半部分，但如今后半部分却在逐渐形成。先前所感知的骚动之象，原来就是这个。

然而，在这样的山中、这样的深夜里，究竟是谁、以何种方法、又是为了什么而建造……

凝目望向屋子的后半部分，只见朦朦胧胧有如灯笼火光一般的东西，正左摇右曳地移动着。可以看出，余下的半边屋子正一点点地被构造完成，仿佛是在追踪那光的轨迹。

男子猛然想起在白色雾气中目睹到的奇妙的屋宅部件，以及追赶自己的“追踪小僧”。虽说完全猜不出理由为何，但也许是“那东西”集起了散落山间的筑家建材，现在正要把这屋子打造完毕吧。他这么一想，瞬时变得恐惧难耐。屋子建成之时会发生什么，自己又会怎样，念及此节他就发起抖来。

男子悄然起身，不出声但又麻利地整备完行装后，从就寝的角落向玄关缓缓爬去。当下“那东西”正在忘我地筑家，想必未对自己严加注意。

他终于到达了玄关，悄无声息地打开门，正要飞也似的逃走。这时，他的全身凝固了。因为月光与星光骤然照射了下来。

不是月黑之夜吗？从屋宅空空的后半部分望出去，夜空中确实既无月亮升起，也无星辰出没。难道那并非真的天空，自己眼中所见的只是那屋子无法看清的、漆黑一片的天花板吗……

男子呆然伫立良久，这时从后方传来了动静。

嘶嗒、嘶嗒、嘶嗒……

“那东西”注意到了自己，径直向这边靠近。

心慌意乱的男子一冲出屋子，就没命地开始沿山道向上飞奔。

嘶嗒嘶嗒嘶嗒、嘶嗒嘶嗒、嘶嗒嘶嗒嘶嗒……

“那东西”从身后追来。动作之迅捷，简直无法与午时相提并论。

如此下去会被追上的。如果不回身和“那东西”正面对峙，自己就没救了。想归想，但他怎么也无法站住。就算能站住，想必也没有面向后方的勇气。最重要的是，不存在这么做就一定能幸免于难的保证。不，即便性命无虞，但如果因见到“那东西”而精神失常，不就没有任何意义了吗？所谓的“也许会得救”，不就是这个意思吗？

在男子的情绪转为绝望之际，“嘶嗒嘶嗒……”的声响已堪堪迫至身后。他已然急火攻心，自觉就要被一把抱住，连拉带拽地从山道拖回那屋子了。

他气喘吁吁，脚下绊蒜，头痛脑热，跑上眼前的坡道已是竭尽全力。体力和气力都到了极限，全然无法思考登上尽头后的事。这时他已断了念头：我命休矣。

他一口气冲上陡峭的山坡。在随之开阔的视野前方，有一座山间小屋。

是三叉小屋！

男子在心中呐喊的同时，拼尽全力飞奔过去。

抵达小屋的入口后，他立刻开门进去，迅速地关上门，当即落下门闩，轰然坐倒在地上。这些动作是男子在一瞬间完成的。

不久——

“嘶嗒、嘶嗒、嘶嗒……”的声响开始在小屋周围回旋。仿佛是想在墙的某处找到孔穴，从那里潜入内部……

“听说那可怕的声响持续了一夜，直到天亮。”

第二个男人刚说完，其余三人便漏出“啊……”的一声叹息。不知不觉中，三人全都屏气凝神，被男人的故事吸引住了。

“那位登山者迎来了天明，总算是因此得救了？”

“作为怪谈故事被保留下来了，所以一定是那样没错吧。”

面对第一个男人的问话，第二个男人冷冷地做了回答。富子随即问道：“这个只、只是恐怖故事……也就是说，是山里的怪谈……不是真、真有其事，对吧？”

“谁知道呢。不过那不是老故事。听说是战后没多久的事，所以我觉得像是真的。不管真假，迷家什么的还是忘掉最好。跟它扯上关系准没好事。”

“你俩在这个村的工作不是已经结束了吗？”

或许是出于好心，第一个男人劝富子她们转移去下一个地方。然而富子却神色不安地注视着美枝的脸。

“怎么了？赶紧去下一个村子不好吗？难道还有没做完的生意？”

“这个——”

美枝小心翼翼地道出了实情：邻村人介绍的客户中其实还剩着几家没去。她之所以有点犹豫，主要是顾虑富子。如果因自己胆小而急急离开这村子，妨碍了同伴行商，富子一定会觉得无地自容。

“原来如此。这倒确实有点可惜啊。”

“阿美，那些人家必须都走一遍。”

富子表现出了预料之中的反应，于是美枝慌忙说出了第二点理由：“只是，就算我上门说是经人介绍的，也还是有几家给的脸色不太好看，所以就往后拖了……也不知道是怎么回事……”

“是这么回事啊。那你要是贪心不足，可能会反受损失。”

“这话怎么讲？”见第一个男人露出了若有所思的表情，美枝忍不住追根问底道。

“我不是说了吗，我一个月一次在植松村做买卖，然后再去杉造村。也说过会在这个村住一晚，来这儿的神社参拜。”

“是的，是这么说的。”

“所以嘛，难道你没想过，为什么我明明在这个村留宿，却一点生意也不做呢？”

听他这么一说，还真是的。男人从植松村去杉造村，必会经过霜松村。既然如此，在这个村也做些生意不好吗？

“其实啊，从老早以前开始，植松村和霜松村的关系就不好。也是因为大家都靠林业吃饭，所以自古以来就一直在山林边界的问题上争斗不休。”

男人的话让美枝大吃一惊。那是自然，在借宿的地方陪小媳妇发牢骚，尽管厌烦却也坚持住了，结果得以被介绍了几个客户，正高兴着呢，哪知反倒成了生意上的阻碍。

“那小媳妇的娘家问题不大吧，但要是扩大到亲戚和熟人的范围，一个不巧可能只会招来反感。当然，人家介绍客户是应该感谢的，不过做我们这种买卖的，要处理好这些事可不容易。”

见美枝完全蔫了，男人也觉得她可怜吧，便又说道：“好了，就当这也是一种学习，从今往后注意就是了。那个小媳妇也没什么坏心对吧。她这么做也是出于一片好意啊。”

“就是嘛，阿美。这一带势头不妙，我们这就去下一个地方吧。”

从富子的角度来说，只要不会妨碍美枝做生意，肯定是想现在就远离佐海山的。

“好嘞，我也快上路吧。”

第二个男人刚站起身，第一个男人便也挑起放在一旁的行李：“哎呀，真是耽搁了好长时间呢。”

“好了，我们也准备准备——”

就在富子说这话催促美枝的时候。

“哎呀哎呀，就因为有这样的偶然，我才没法放弃收集怪谈的旅行啊。”

从巨杉树的背后传出一个声音，旋即装束奇异的第三个男人现身了。

五

第三个男人自称刀城言耶，穿着地方上还很少见的牛仔裤。美枝等人也做服装生意所以知道，当然并没有卖过。这东西在她们的客户群里绝对没销路。

言耶说他正在周游全国，收集流传各地的怪谈奇闻。做那种事能维持生计吗？美枝觉得不可思议。待第一个男人问这问那，最终得知他是写小说的作家时，又吃了一惊，因为她这是生平第一次遇见以写作为生的人。

顺带一提，听了言耶的自我介绍，立刻开朗回应的是第一个男人。

“我叫萌木，是做反魂丹生意的。有个小曲是这么唱的，‘越中富山的反魂丹，揉一团鼻屎万金丹，吃它的家伙是傻蛋……’”

如此这般喋喋不休，要不是言耶不露声色地拿话试探第二个男人，怕是永远也停不下来。

然而，第二个男人却很冷淡。犹豫片刻后只是回了句“我叫九头”，还老是不客气地用怀疑的目光把刀城言耶从头到脚打量了一遍又一遍。

美枝和富子接在两人之后，各自通报了名字以及做消毒丸买卖的事。

全员互通姓名后，萌木立刻道：“我问你，所谓的‘这样的偶然’是指什么？”

“昨晚我在杉造村住了一宿。”

“是吗？我今天就要去那儿。”

“错过了呢。”言耶笑着，说了一句令人意想不到的话，“其实今天早上，我刚听一个在迷家住了一晚、逃出生天的人说了他的经历。”

“什么！你也知道迷家的事？”萌木吃惊地瞪大眼睛，交互打量着九头和言耶。

“是的，而且还是从昨晚刚经历过的人那里听来的。”

“你是在吹牛吧。”也许是新加入话题者的出现让九头感觉无趣，他语含不快地挑起刺来。

“不，至少那位亲身经历者没必要说这样的谎。话里的内容，我也觉得可信。”

“那个……内容很可怕吧？”富子当即确认道。但是，并没觉得她特别反感，多半是因为她第一眼就喜欢上了这个叫刀城言耶的人。

“正如你所言。只是，这么下去的话，恐怕各位也很难摆脱迷家的噩梦，并给今后的行商带来阻碍。”

富子默默点头。

“这种时候，对对方来一个彻底的认识反倒是最好的。”

“对方……？”

不止富子，美枝，不，就连萌木也呆然地盯着言耶。

然而，刀城言耶却对众人的反应满不在乎，突然开始讲述迷家的故事：“我在杉造村借宿的地方是原村长的家，那人是在今天早上天还没亮的时候，被抬进来的。”

到战争结束为止，下田勘一一直在某军需工厂任技术员。而战后，突然就没活干了。虽说有各种新岗位可去，但他却打算暂时远离尘世，梦想着在年轻时就喜欢的山里生活。

这时，突然有人来问他要不要买下三叉岳的三叉小屋。据说屋主已战死，家属打算卖房。一打听，似乎是孩子们年纪还小，遗孀留在手里也没意义，就想转手出售。他深为同情对方的境遇，决定不还价就买下小屋。

虽说年轻时攀登过各处的山，但云海之原这地方他还从未涉足过。他打算先去视察一番，于是决定招呼以前的登山伙伴，并做好了准备。然而，就在出发的前一刻，同行者的亲戚家不巧发生了不幸。他慌忙找寻其他登山伙伴，可怎么说这事也太突然了，谁都抽不出空来。结果，虽然他心里怀着一丝不安，但还是不得不独自一人向三叉岳进发了。

之所以对单独登山犹豫不决，并不只是因为云海之原地势险峻，易变的天气也令他担忧。晴朗时，空气清澈，高山植物争奇斗艳，可见羚羊和雷鸟等野生动物，又能在云海川源头的清溪中钓岩鱼，堪称一处世外桃源。然而，只要天气稍有变坏，即使是盛夏也会被冷风瞬时夺走体温，还须忍耐被强风吹飞和雷雨来临的恐惧。若是在沿河地区，就必须警惕水量增长带来的洪水。不，即便天气良好，你也会时刻暴露在这一带频发的地震威胁中。

被人们称为“天堂与地狱合体之所”的，正是这个云海之原。

他也是从信州那边进的山。不单是离东京近，还因这是三条路线中难关最少的一条，最重要的是沿峡谷行进的距离也是最短的。

这次登山他警惕的毕竟还是洪水。据说，即便与河道隔开充分的距离，断定这么高不会有问题而搭起的帐篷，也会被轻易冲走。一旦被势如瀑布奔流的洪水吞没，一切都将被卷走，别说帐篷和尸体了，什么也别想留下。

在事先制订计划的过程中听闻如此可怕的事，也难怪他无论天气如何都想尽量避免在河边行走。

幸好那一日天气晴朗。前一天他在山脚下的村子住了一晚，早上没等天全亮就进了山。

到中午时分一直是晴天，攀登也颇为顺利。然而，他在狮子岩的山脊上用过午饭、再度出发后没过多久，山突然猛烈地摇晃起来。他赶紧伏在山脊的岩面上，只等地震止歇。这时，就见从山下轻飘飘、慢悠悠地涌起了白茫茫的雾气。这光景看上去就像山的身躯一震，使得覆盖于山体表面的烟霭一齐飞舞起来似的。

他想，被那个裹住可就糟了。回过神来时，他已加快了脚步。这自然是因为视野会受阻，登山会变得困难。

然而，问题不止这些。不知为何，仿佛沿山体表面匍匐而上的白色不规则团状物，使人感到无比嫌恶。在登山途中被雾气卷入的事，迄今为止他也经历过好几次。诚然他一直都很忌讳这一点，但感到如此厌恶还从未有过。当真是让人毛骨悚然。光是想象自己浸入了“那东西”里，就……

当时，在制订本次计划之际听说的、与云海之原有关的几个怪异故事，突然浮现在他的脑海中。

一个劲儿地追逐登山者；走哪儿跟哪儿的追踪小僧；在身前身后

喊着“喂——”使人在山中迷路的呼女；攀登岩壁时，抱住腰往下摔你的板婆；伪装成山间小屋，吞噬住宿者的迷家……他想起了各种各样有别于大自然阻碍的可怕威胁。

“荒唐……”

他故意扬声否定。那种事不过是山里流传的怪谈罢了。他这样告诉自己：爬岩壁都爬到这里来了，不也没见板婆现身吗？不也没听见呼女的声音吗？觉得雾气可怕，这是正常心理。

即使如此，他还是急急赶路。皑皑雾气正稳步向这边靠拢。如果被它缠上了，视野就会变坏，无疑将带来实际的困难。

然而，白色雾气不断逼近，仿佛在配合他的速度，犹如在他身后追赶一般。每次回头向后看，距离都在真真切切地缩短。不知不觉中，那纯白的霭气本身，开始看着像活物了。

“你这是怎么啦！”他再次出声呵斥自己，但这孱弱的声音被朦胧冰冷的粒子携走，很快便消逝而去。

猛然醒过神时，他已被阴森森的雾气赶上了。

就在这时。

噼嚓、噼嚓、噼嚓……

身后的霭气中响起了奇怪的声音。

那声音说不出来的恶心，听上去既像是赤脚在濡湿的岩面上行走，也像是用双手在拍打裸露的肚皮，又像是口中含满唾液地咂着嘴。

他背脊惊颤的同时，双臂起了一阵鸡皮疙瘩，战战兢兢地回头一看，令人毛骨悚然、完全不知所以的某物就在身后的白雾中，摇摇曳曳地蠢动着。

不，只是看起来如此，其实什么都没有。他立刻这样告诫自己。然而，下一个瞬间他就感知到那东西向这边靠近的迹象了。

情急之下他发足狂奔，为了逃离身后存在的那东西，为了钻出潜藏着那东西的白色雾霭。

但是，无论他怎么跑，雾气都会嗖嗖地从后赶上。无论怎么逃，那骇人之物都会“噼嚓、噼嚓、噼嚓”地跟来。

令人寒毛直竖的追逃场面，也不知在白茫茫的雾霭中持续了多久……

他感觉奔逃也已臻极限，就在这时，眼前出现了陡峭的坡道。他忍不住灰心丧气，差点就要当场瘫倒在地，听天由命了。

不过，他还是决定至少先逃到坡上去，于是拼尽最后的气力奔了上去——

就在那里，一座迷家正等候着他。

只有屋顶的房子。只有屋顶从地面生出。四壁皆无。斜屋顶上，相当于封檐板的地方，垂挂着如兽皮一般的东西。这宛如幕帘的东西像是入口。

总之，这时的他已是精疲力竭，很想坐下来，可以的话还想躺下来休息。所以，他想眼前出现的就算是迷家也没关系。诚然只有屋顶，但至少看着像住宅。虽说太过不协调，心中自是难以接受，但也只是屋顶而已嘛。相比之下，潜伏在雾霭中从后面追来的某物，则给人一种完全不知其底细的恐怖感。

犹疑只在一瞬间，当背心觉察到阴森森、冷飕飕的空气时，他立即突入了迷家。

他撩开毛皮的幕帘逃进屋内，原以为里面一定是裸露的地面，不料竟然有地板。不过，感觉长方形的板只是乱糟糟地铺满了地面，绝对谈不上整齐。不，倒不如说是杂乱无章地堆积起来的。这奇妙的地板，整体犹如在起伏翻滚，平生从未见过，以至于让人觉得它眼看就要搏动而出。

不过，瘫倒在地板上的他关心的是外面的情况。自己得救了吗？抑或是白色雾气会侵入到这奇妙的屋子里来吗？

从毛皮下能看到纯白的雾霭呼呼流来的样子。他慌忙进入屋内深处，但很快就到了尽头。后方，相当于封檐板的地方没有毛皮，而是有数条细板如墙一般平地而起。

瓮中之鳖——

在雾霭中蠢动的可怕之物，从一开始就是这迷家的同伙。白色雾气追逐牺牲品，由迷家来捕获。如此这般，一起优哉游哉地吞食……

他对自己的想象不寒而栗，开始拼命拆除里处的细板。但是，不管去除了多少，细板仍是接二连三地出现。从这里逃出去已然无望，快要放弃时，他突然注意到了屋内的情况。雾气并没有充斥室内。他慌忙回头一看，不知为何也没觉出雾气从皮毛隙缝侵入的迹象。

踌躇片刻后，他回到入口处向外窥探。令人不敢相信的是，雾气正在徐徐后退。与此同时，他发现那令人毛骨悚然的气息也渐行渐远了，不由得舒了口气。

然而，不知不觉中夜幕降临山中，天已大黑。现在向三叉小屋进发，怎么说都是鲁莽之举吧。看来就算不情愿，今晚也只能在这里留宿了。

他狠下决心，放下撩起的兽皮，就听到一阵咔啦咔啦的干响。心想是什么东西呢，重又掀帘看看门外，只见从屋顶吊下来好些骨头，似乎是他冲进门的时候看漏了。

是动物的骨头吗……

尽管按常理做出了如此推断，但又觉得这里像是浅茅原的孤宅[1]。本来嘛，根据常识，房子只有屋顶就是不可能的事……

话虽如此，现在他已别无他法。总之只能等到天亮再说。

他取出手电筒，再次环视室内。因为站不起来，所以就这么坐着向四面八方照去。

这时，起伏的板上铺着的席子映入了他的眼帘。能认出那里有布巾，以及被子、竹箱、米袋、木桶等物，勉强能感受到人生活过的气息，然而讽刺的是，这光景却使他不安起来。

是何人特地要建造如此奇妙的屋子呢……？

是何人为何要居住在如此奇妙的屋子里呢……？

怎么看这也不是一个正经人能想出来的主意。只有这一点毋庸

1　浅茅原的孤宅：日文为“浅茅原の一つ家”，与一则鬼婆传说相关。故事梗概：东京花川区浅茅原的荒凉小道上仅有一户人家，因此旅人都在那里借宿。家中住着老婆子和她的女儿。老婆子趁夜用石枕击碎旅人头部、抛尸附近的池塘后，占据旅人的财物以维持生计。女儿厌恶这样的生活，但屡次劝诫无果。某日，一稚儿前来投宿。是夜，老婆子照常行凶，却发现尸体竟是自己的女儿。原来是女儿扮成稚儿模样，以死规劝。老婆子正自悔恨时，那稚儿竟又出现。原来稚儿是浅草寺的观音菩萨，特来点化于她。其后，借助观音之力，老婆子化身为龙和女儿的尸身一起投入池中。——译者注

置疑。

他从背包里取出食物和水筒，索然无味地吃完饭，全然没有食欲，但为了明天必须吃点东西。之后他在地板上寻找平整的部分，一铺上被子就瘫软似的躺倒下来。

他刚把毛毯拉至肩膀处，就险些被一股野兽的腥气呛到，还有其他各种难闻的气味混杂在一起，几乎把鼻子都要熏烂了。但是山中的夜晚很冷，就算是这样的毛毯，也该谢天谢地啦。

没多久，他心中的动荡渐渐平息，也因登山的劳累，正当他开始迷糊起来时，立刻又醒转过来。

嚓、嚓咯、嚓、嚓咯、嚓、嚓咯……

有什么东西在屋子周围走动。

也许从数十分钟前开始，那不明真身的东西就一直在绕着屋顶转悠。他总觉得是自己休息后一静下来，才终于听见了声音。

他哆嗦起来，是先前的“那东西”又出现了吗？也说不上理由，或许是因为无法进入室内，才如此这般在四周兜转。只是，在凝神倾听的过程中，他发觉动静似有不同。如果说“那东西”着实给人一种潮湿的感觉，那么现在这个听起来就像干涩的脚步声。

脚步声……？

是的，有某物正在屋顶的周围团团游走。

他把毛毯盖过头顶，只是一心祈祷着“快快走开去别处”。即便如此，发出令人惊悚的“嚓、嚓咯、嚓、嚓咯”之声的步伐，仍未停止兜转。不知不觉中，他觉得脚步声就要向屋中、毛毯中、脑中侵袭而来了，有一种自己即将发狂的恐惧感。

不要紧的。正因为进不来，所以才如此这般在周围转悠……

就在他说这些话给自己听的时候，那脚步声骤然停止了。而且还是在入口附近……

他很怕去查看，但不知发生了什么更叫人不舒服。他悄悄透过毛毯的缝隙一看，只见被掀起的毛皮外有一个漆黑的影子。黑沉沉的影子大到几乎堵塞了入口，它一动不动，看起来像是在凝视这边。

起初他错以为是熊。于是，另一种更为鲜活，与迄今所感受到的恐惧不同的战栗蹿过了脊梁。然而，他很快就确信那是比野生动物更可怕的“东西”，某个远为骇人之物，以至于熊的威胁都已不是问题……

这时，入口被黑暗封闭了。从巨影背后射入的星光突然断绝。

掀起的毛皮被放落。不祥的黑暗正向屋中走来。

不一会儿，着力踩踏地板发出的“叽、嚓”声，徐徐靠近，径直向他而来……

他已吓得魂飞魄散，想一横心闭目装睡，却因恐惧万分反而无法合眼。可话又说回来，就这么睁着眼，光是想想会瞧见什么，就简直要发疯了。

非二取其一，而是折中两者，他微微睁开双目，这时就见眼前倏然探出一张黝黑的脸庞。与此同时，带着兽腥味的气息喷上了他的脸，呛得他不由自主地咳嗽起来。

“怎么回事，你……”

听这粗重的声音，显然是人发出的。但现在可不是安心的时候。“在这样的山中，到底……”先前的那个疑问赫然复苏，他已然恐惧到了极点。他觉得，既然如此，或许还是怪物更好一些。

“喂……”

对方突然摇晃他的身子，他也因此条件反射式地跳了起来。接着，明明对方没说什么，他却老老实实地把前因后果说了一遍。

他说完后，黑影仍是一言不发。到这时，虽说还很模糊，但适应了黑暗的眼睛已经能辨识出那影子的容貌。

就像老故事里登场的山男[1]。头发剪得短短的，可脸上却满是乱蓬蓬的胡子，穿着兽衣。他想这男人是猎人或樵夫吧，可是没在屋里见过那样的装备。最重要的是，这屋宅本身就很古怪。从山里获取生活食粮的人，绝无可能建造这么奇怪的屋宅，也绝无可能在此居住。

也不知从何时起，男人已背对着他。身子在窸窸窣窣地活动，但完全不清楚在干什么。

“今晚，在这里住一夜……”

小心翼翼地问了句是否可以借住，只见男人似乎微微点了点头。

男人是谁？为何住在奇怪的屋宅里？他决定此刻先把这些问题搁一边。就想成在山里迷路，却侥幸保有了一个住处好了。

他如此这般转换心绪，打算入眠，但神经却怎么也无法安宁。不过，身子已经很劳累了吧，不知不觉中倒也迷迷糊糊地睡着了。

为何又醒了过来？屋内一片漆黑。只是，从入口处传来了奇异的声音。

某物与某物正在摩擦，“咂……嗞……咂……嗞……”作响。

1　山男：此处的山男是指在山里生活的男人。——译者注

他正想着似乎在哪里听到过，脑中就突然浮出了某个画面。那是幼年时，母亲请磨刀房的人磨菜刀时的场景。

男人正在磨刀……

为何要在这样的深夜，在如此的黑暗中修缮刀具？

他又一次想到了浅茅原的孤宅。那是一个讲述如魔鬼一般的老太婆如何杀死旅行者的故事，而这个男人也是一丘之貉吧。

这样想着，他的身子便哆嗦了起来，这时他后知后觉地意识到，染满野兽腥气的毛毯散发着其他臭气。刚想着好像在哪里闻到过，一瞬间就明白了那是血腥气。这块毛毯已吸取了不少血糊。

男人磨刀的声音、毛毯上沾染的血腥气，使他接二连三地展开了可怕而又讨厌的想象。

不会吧……他想笑话自己胆小，然而越琢磨当场的情势，就越无法认为是愚蠢的妄想而付之一笑。事到如今，以后被当成笑柄无疑也要好过悔不当初。

他决定逃走。

但马上他又抱头懊恼起来，因为自己已进入屋内深处。要从入口出去，就必须从男人的身侧通过。啊不，由于房子只有屋顶，所以必须从男人身上跨过去。况且这也得在对方躺着的时候才行，要是坐着可就没辙了。若是意图靠近入口，肯定会被发觉。

怎么办啊……？

他意识到自己又成了瓮中之鳖。而且这一次，更有威胁同时存在于这片狭小的空间。他极度绝望地闭上眼，这时就感到有冷气从屋内深处袭来。

他悄悄翻了个身，在黑暗中凝目细看。那里并非……全是板壁。冲进这屋子时，他为了从入口的另一侧出去，曾在相当于封檐板的地方拆掉了好几块细木板。如今，外面的空气正从当时扒开的空隙中流淌进来。

也许能逃出去……

他尽可能悄无声息地爬至深处，开始一枚一枚地取下细木板。于是，屋外的星光立刻射了进来，他忍不住焦虑起来。不过，幸好男人正背对着这边。必须在自己的动向被发觉前，尽力拓宽这个洞穴。

屋外夜晚的寒气使他完全振作了起来，但又惧怕那男人会不会感觉到这寒气，他一边担着心一边加急行动。没多久，右臂穿透了墙，头出去了，一边的肩膀也钻了出去，就在这时磨刀声骤然止歇。

他也一动不动，静静地窥探屋中的情况。度过了一段可谓令人窒息的时间后，刀具与磨石互相摩擦的声音再次响起。

时间已所剩无几。从现在开始，他拆细木板时稍微胆大一些，别太在意发出声响。

终于，他拓出了一个大小能勉强爬出去的洞。姑且把背包裹入毛毯，装成自己还在睡觉的样子，随即身无一物地向外脱逃。

之后他一溜烟地狂奔起来。目标并非三叉小屋，而是下山的山道。

过了一会儿，从后方传来了像是谁在喊叫的声音，他自然是不管不顾地继续跑。后来，他倒在杉造村的村头，黎明前被这个村子里的人发现了。

六

“村民们也很惊讶，说他居然能无甚大碍地平安下山，虽说身上有擦伤和跌打伤。”

刀城言耶讲述完毕，与此同时，富子和萌木长舒了一口气。当然美枝也完全听入了迷。

就连对这第三个男人出场感到不快的九头，看来也被故事深深地吸引了。

“那个只有屋顶的怪房子，果然就是迷家吗？”萌木率先开口问道。

“谁知道呢。那不是普通的山间小屋，只有这一点能确定……”

“村里的人没去调查一下吗？”

被九头这么一问，言耶就像被人责备了似的惶恐起来：“毕竟是今天早上的事，所以，就算是村里也很难那么快做出反应吧。而且，这么说虽然有点不好，但下田先生终究是外人。三叉小屋也是，村里并不需要它。”

“这么冷漠……”

富子一脸不快，而美枝大概是想起了经人介绍的那些客户引发的问题：“也是，任何地方的人都认为自家村子当然是最值得宝贝的……”

“是啊。不过，我借宿的那家户主说了，傍晚他要出一趟门，会顺便向林业管理处报告这件事。所以，在明天早上之前，可能会采取一些措施吧。”

“是对迷家吗？”

见萌木语气半信半疑，言耶微笑道：“是对可疑房屋和行迹可疑者进行调查吧。”

“原来如此。那么，难道你是想说，那位下田先生碰到的怪房子和这位姑娘看到的黑屋顶是一回事？”

面对萌木心存震惊的疑问，言耶点了点头。

“哎！这么说他们两个看到的是真正的迷家？”

吃惊的并不只有他一个。美枝也和富子面面相觑，大眼瞪小眼。九头也凝视着言耶，像是想弄清这青年到底要说些什么。

“姑且不论是不是迷家，我认为应该是同一个屋顶吧。”

“所以说是只有屋顶的同一个迷家，不是吗？”

“不，只是同一个房子的屋顶。”

美枝完全不懂言耶在说什么。而富子和萌木也都抱着同样的困惑。九头依然面无表情，但也不觉得他已理解言耶的话。

“在这棵巨杉背后，我把大家的话全都听进去了。”言耶愉快地观望着四人各自的反应，续道，“然后巧的是，拿昨晚下田先生的经历一核对，我就意识到可以对困扰柿川富子姑娘的迷家之谜，做出某种解释。”

“真、真的吗？”

富子的脸色豁然开朗。还什么都没听到呢，她就像见着救世主似的，死死盯住了这位名叫刀城言耶的青年。

“我想两位小姐大概是从植松村的人那里听来的吧，你们说到几天前有过地震。”

美枝意识到两位小姐中的一位是指自己，便重重地点了点头，比富子迟了数秒。

“那时三叉岳发生了山崩，在树木从山顶附近塌落的遗迹上，现出了之前一直被隐蔽的山间小屋。富子姑娘就是这么认为的。”

“是的。我从鸟居岭望到的光景，看起来就像是这么回事。”

“可是，比她晚一小时通过同一座岭的萌木先生，却什么也没见着。”

富子正要说些什么，言耶仅用眼神加以婉转制止后，接道：“顺便问一句，你把对面山上的边边角角全都看在眼里了？绝对不可能看漏？”

“正是。”萌木有力地肯定道。

“如此一来能想到的情况不就是，又发生了地震使得小屋崩塌了吗？”

“哎……？”

“攀登三叉岳的下田先生在昨天午饭后遭遇了强震。地震发生的时间带，正处于富子姑娘目击到黑屋顶的时刻和萌木先生眺望三叉岳的时刻之间。”

“这么说，那个时候……”

“山间小屋崩塌了。因此，之前能看见的屋顶位置下移，藏入了其他树木或岩石的背后，所以萌木先生才什么也没见着。”

“是这么一回事啊。”

“下田先生来到了那个崩塌后仅存屋顶的小屋。木板杂乱无章地起伏着，是因为那原先是构成四壁的木板吧。我想它们恐怕是一下子向内侧倾倒了。”

“可是，会塌得那么巧吗？”

“考现学创始者今和次郎先生，曾于大正十三年，在相模津久井郡收集农居因地震只剩下屋顶的事例。此外，先生还去某海边村落探访过因海啸仅存屋顶的住宅。想必同样的事也发生在了三叉小屋上。”

“什么！你是说三……三叉小屋？”

“是的。”

“如此一来，这位叫下田的先生，是在自己的山间小屋里过的夜。”

“是啊。九头先生的故事里说到，登山者奔上眼前的坡道，就到了三叉小屋。下田先生的情形也是如此，他说眼前出现了陡峭的坡道，上去后就是只有屋顶的迷家。你们不觉得两者的地势很相似吗？两人都是从信州方向进的云海之原。”

“可……可是，这么一来，那个看似迷家主人的山男是谁？”

萌木追根问底，听语气像是难以信服。言耶则一边转而面向九头一边道：“那人是你曾经提到过的山贼吧。”

“唔……”九头只是低吟一声，或许是要以此来替代回答吧。余下三人也是作声不得。

“下田先生是否真的遇见了追踪小僧，这事我也无法判断，不过我想那东西之所以没进小屋来，是因为从屋顶吊下来的驱魔骨吧。”言耶特意将脸转向美枝和富子，“进山的人们怀有非常虔诚的心。即便是山贼，迷信深重也属自然。”

“原来如此。”萌木总算是附和了一句。

“山贼听了下田先生的话后吃了一惊。那是因为，自己随便用来当老巢的小屋的正主就在眼前啊。但是，对方竟然没觉得这个只剩下屋顶的房子是三叉小屋。于是就打算吓唬他，好摆脱这个麻烦。”

“磨菜刀只是恐吓啊。”

“不，其实怎样我不清楚。听九头先生说，数天前也出现了下落不明者，更有传言说是被云海之原的山贼害死的，所以也有可能他真想干掉下田先生。”

“也就是说，不管是哪种情况，幸亏是逃走了呀。”

“我说……”此时美枝鼓起勇气插话进来。因为她无论如何都想问言耶一件事。

“不用担心，我绝对没把你的事忘掉。”不想言耶抢先一步开了口，还对她微微一笑。

“啊，对呀！这位姑娘作证说，什么也没有，更别说小屋的屋顶了。这是怎么回事？”

萌木迅速意识到两人对话的内容，代美枝提出了这个疑问。

“我也想问这个事。”富子紧跟其后望着言耶的脸。

“当天上午有过地震吗？”

美枝和富子同时摇头。

“换句话说，我们明白了，并不是美枝姑娘眺望三叉岳时还存在的树木在富子姑娘眺望之前因山崩流失，才现出了三叉小屋。”

“而且她俩是从岭的相同位置眺望三叉岳的。”

听了萌木的话，美枝和富子相视一眼后，朝言耶点点头。

“是长在岭上，人称天狗之座的松树吧。”

“是的是的。那树我也知道得很清楚。”

“不过，我听说松树有两棵，和鸟居岭的名字有关联——”

“不是啦，两位姑娘也特地确认过是否弄错了松树。结果搞清楚了，她俩都参拜了天狗之座的那棵松树，在那时看到了三叉岳。也就是说，完全是在同一个地方看同一个方向。谁知一个是什么也没见着，另一个却看到了小屋的屋顶。”

“不，不对。她俩参拜了天狗之座是没错，但那是不同的两棵松树。”

“你说什么？！”

“菊田美枝姑娘参拜的是岭北的松树吧。而柿川富子姑娘看到黑屋顶，莫非是在岭南的松树那边？”

两人又一次同时点头，这一瞬间，她们再度互视对方的脸，“啊”地叫出了声。

“自己和对方参拜的都是天狗之座。只要确认了这一点，就不会想着去查清实际的位置关系。啊不，如果她俩就那样继续交谈下去的话，也许不久就会深究到这一步。但是，萌木先生加入了话题，接着九头先生也参与进来，再加上我的出现，所以她俩直到现在也都无暇顾及如此基本的事实。”

言耶微笑着，脸上的表情像在说“是这样吧”。

“小美枝为什么会弄错呢？”

尽管美枝介意萌木的狎昵之态，但对他提出的疑问远为挂怀。

“你刚才的话说明了一切。”

“我的话……？”

“你不容分说就断定弄错松树的是菊田美枝姑娘。换言之，你也相信鸟居岭南侧的松树才是天狗之座。”

“什么信不信的，实际上——”

“是植松村的人这么教的。柿川富子姑娘，你也是吧。”

两人予以肯定后，言耶看着美枝道：“而另一边，把松树的事告诉菊田美枝姑娘的人据说刚从霜松村嫁过来，原本是霜松村的居民。”

“这么说……”虽然接下了话头，但萌木似乎还是没能理解。当然，美枝和富子也都一样。

“扼要地说就是，对植松村的人来说天狗之座是鸟居岭南侧的松树，对霜松村的人来说则是北侧的松树。由于不知道这一特殊情况，才导致了三叉岳山间小屋的消失之谜。”

“可是，关于天狗之座的传说为什么在这两个村不一样呢？”

“不，我想传说的内容恐怕没什么大的差别。”

“那么只是松树不同？”

“是的。”

“为什么？”

“因为对两个村来说，天狗之座就意味着村庄的边界。”

“欸……？”

“你不是给两位小姐做过说明吗？植松村和霜松村自古就因为山林边界地的问题争执不休。所以，位于佐海山北侧的植松村把岭南的松树看作天狗之座，而位于山南的霜松村则把岭北的松树看作天狗之座。那是因为，他们要把自家村子的村界设在山的另一头，以主张佐海山归属本村。”

“啊……”

“据说佐海山拥有丰富的资源，自古就施惠于这两个村。知道这两个村因山林边界争执不下的关系后，我总觉得山间小屋消失的真相，已开始呈现在我的眼前。”

“原来如此……”

“你说过。从岭上可看到三叉岳上有两处山崩的痕迹。一处在从岭南松树望出去的地方，即三叉小屋所在的位置。而巧的是，另一处就在从岭北松树望出去的地方。因此，越发看来像是发生了匪夷所思的山间小屋消失现象，我就是这么想的。”

“喔……”

“顺便说一句，佐海山的存在使村庄‘繁荣’起来，我们也可根据这一事实，考证得出这个词后来演变成了‘边界’[1]。不过现如今，也许单纯认为其中原本就含有两村之‘边界’的意思比较好吧。”

言耶对汉字也做了说明，众人似乎已十二分地信服。

然而——

这时萌木语气慌张地开口道：“但这么一来，在这位九头先生眺望山的时候，又一次出现在三叉岳上的黑屋顶是怎么回事？难道

1　边界：日文的“界”读作“さかい”，与“佐海”同音。——译者注

说仅仅在一天之内，就重建了小屋？或者，他目睹的莫非是真正的迷家？”

“当然不是。”言耶否定道，随后他看着九头，“事实上，你就是三叉小屋里的那个山贼，对吧？”

七

沉默降临到五人之间。

萌木大惊失色，脸上的表情近乎滑稽。美枝与富子面面相觑，确信对方都对这始料不及的进展吃惊不小。

发表爆炸性言论的言耶则一脸悠闲地打量对方，而中心人物九头依然面无表情，安详地承受着言耶的目光。

“让我感觉奇怪的是你和两位小姐套近乎的方式。”言耶微微一笑，“萌木先生讲述了远野地方流传的迷所故事，好不容易消除了柿川富子姑娘的不安，而你却特意拿出迷家的故事，又一次给她带来了恐慌。这是为什么呢？一早我就在观察你的样子，怎么也不认为你和萌木先生一样喜欢唠叨。这样的你，不知为何就只对迷家的事很热心——”

“确实奇怪……”萌木咕哝了一句。

“我能感觉到，九头先生不愿让柿川富子姑娘把三叉岳上的屋顶想成会有幸福降临的迷所，反倒希望她以为那是不祥的迷家。”

“这是为了把小富子的注意力从三叉岳的三叉小屋上引开？”

富子本人对萌木熟不拘礼的称呼方式皱起了眉头，但那也只是一瞬间，之后她就只顾热心地注视言耶。

“她俩正在行商。如果一边在邻近的村庄巡回，一边告诉人们三叉岳有幸福降临的迷所，会发生什么情况呢？可能不久就会出现好奇心旺盛的人，深入山中探寻。”

“他觉得那样会妨碍山贼的……活动？”

萌木似乎刚想说“山贼的买卖”，又改了口。

“他是这么想的，爱好登山的人，放任不管也会进山来。他们对山贼的活动不构成困扰。但是，如果抱有特殊好奇心的邻近村民蜂拥而至的话，可就麻烦了。”

“我就说嘛，一开始我就怀疑这男人不像是一个行商人。”

萌木说着不靠谱的自得话。不过，当九头的视线移向自己时，他就赶忙逃开眼去，显出一副要躲在言耶背后的样子。

“嗯，你的观察很正确。”

然而，当言耶口出赞美之辞时，或许是因为没法再转到他身后去了吧，萌木慌乱起来。

“因为如果真是行商人，应该不会把自己重要的生意行头那样一扔。”

言耶手指伸出的前方，是九头独自休憩的巨杉，其根下放着一个大柳条包。

“两位小姐也好，萌木先生也好，不都把自己的生意行头好好地搁在身边吗？”

“那是自然。”

美枝等人也对萌木的话点头称是，不过随后富子就用提心吊胆的口吻道：“这么说，那个柳条包和衣服……”

“恐怕是他袭击了体格和自己相似的真商人后拿到的吧。下田先生逃脱后，他不得不离开三叉小屋，暂时去别的山头‘干活’。只是，胡子乱糟糟又穿着兽衣的话，未免太过招摇。于是他决定剃掉胡子，假扮成行商人。”

“谁知，在去往其他山头的途中，无意中听到了小富子的话是吗？”

“是的。由于山贼这个行当的性质，‘市场’缩水可是关乎生死的大事。他想的是，如果哪天回来时，扰人的迷所传言在三叉岳广为散布的话可就麻烦了。”

“那么，这个九头也是假名字了？”

“在我露面后，隐隐有了一种要做自我介绍的氛围。发愁的他急中生智，从自己讲述的浊小屋命案的故事里，想出了一个适当的化名吧。”

“欸？那个故事里出现过九头这个名字吗？”

“身为复员军人的罪犯遭遇警察的吉普车，不就在葛[1]温泉附近吗？”

“啊，对呀。这可真是——”

这时，自称九头的男人突然站起身来。

“你想拿我怎么样？”

萌木早早打起了逃跑的念头，另一边的言耶却发愁似的挠着头：

1　葛：日文发音与“九头”相同，均为“くず”。——译者注

“好吧，我的解释终究是基于案情证据，所以嘛，房子消失之谜也好，指出你是山贼也好，不过是说能做出这样的解释罢了——”

“哼，到现在你还要闪烁其词吗？”

“咦？这么说，你承认自己就是三叉小屋的那个山贼了？”

言耶问得轻松自如，萌木从背后拉了拉他上衣的下摆。他肯定是想告诫言耶别说刺激对方的话吧。

“看意思难道是想抓我？只会耍嘴皮子的小毛孩、色眯眯盯着小姑娘看的软蛋卖药商，还有这两个女人，就凭你们几个靠不住的家伙……”见萌木哆哆嗦嗦直摇头，男人脸上浮出残忍的笑容，“胡来之前，先担心一下自己比较好吧。”

“嗯，也许是这样。不过，这话也可以原封不动地还给你呢。”

“你说什么？”

言耶对追上前来的男人微微一笑：“听说柿川富子姑娘有双飞毛腿，所以可以请她先去派出所跑一趟。另外，菊田美枝姑娘嗓音洪亮，姑且由她来呼救正合适。然后，在协助她俩逃出神社境内的这点时间里，我想我和萌木先生怎么着都能跟你斗一斗，你把算盘打简单了吧？”

萌木用力点头，像是在说“你太天真了”，可那男人全无反应。他依次凝视刀城言耶、萌木、富子和美枝，片刻过后说道：“你们的脸，我已经记牢了。如果你们在我走后，干出跑派出所报告之类的勾当，就算过多少年我也一定会来报仇！”

如此恐吓一番后，他转身走出神社境内，并未显出特别着急的样子。

“呼……”男人的身影刚从眼前消失，萌木就长长舒了口气。

“你也真是乱来啊。”接着他转向言耶，脸上带着半是抗议，半是愕然的表情。

不过，富子似乎完全无视萌木的存在，用不快的口吻道：“就这么让他跑了？那男人明明可能杀过人。”

“喂喂……就因为这个，我们才无能为力啊。”

富子再度无视萌木的说辞，只顾盯着言耶一个人看。

“我现在马上赶去派出所。”

“不能去。”

“为什么？”

“因为那男人有可能潜伏在神社出入口，正等着我们冲出来。”

“欸……？”

“他也该明白，那样的恐吓不会完全行得通。所以为以防万一，他应该至少会监视神社的出入口。特别是你会不会跑出来，他肯定很在意。”

“可是，就这样下去的话……”

“没关系。按理他迟早会做出判断，认为对我们的恐吓已经奏效，并离开这里。这样一来，即便装束像是一个行商人，但两手空空走路的样子无论如何都会引起旁人的注意。”

被这么一说美枝才第一次注意到，男人走时落下了柳条包。

“就算引起了注意，光是这样也——”

“不，现在这时候，下田先生见到可疑人物的消息应该已传遍了附近所有的派出所。”

“欸？一开始你不是说，原村长家的人向林业管理处报告最早也要在今天傍晚吗？”

萌木刚一反驳，言耶就摇头道：“这个叫九头的男人为何要特地把迷家的故事说给柿川富子姑娘听呢？我在思索这个问题的时候，就想着先在这里撒个谎吧。其实，原村长家的户主应该在晌午刚过就去了林业管理处和派出所。”

富子当即语带兴奋地说道：“那么，你没完没了地说下田先生的事莫非是为了争取时间？”

“嗯，是吧……”

如今富子注视言耶的双眸里，明明白白地蕴含了尊敬之意。结果，不一会儿她就开始问这问那，从言耶的旅行动向到著作书名，甚至是个人情况，最后还担心起他今晚的住宿问题来。

萌木只是兴味索然地望着这一幕，没多久就整理好了行装：“总而言之，我可是长了不少阅历。托你们的福，预订计划也大大地乱套啦。好了，差不多没问题了吧？”他手指神社的出入口，向言耶确认。

“不久我们又会在别处相会吧。”伴随着敷衍了事的客套，萌木飞快地消失不见了。

“啊，烦人的家伙走了，这下清静了。”富子扬起欢快的声音，随即又道，“阿美，今晚我们就和刀城言耶老师一块儿在哪里投宿吧。嗯嗯，对方是我们的大恩人作家老师，所以也不违反村里的规定啦。”

“可、可是，老师是否方便……？”

“这个没问题啦。对吧，老师？”

“欸？不、不……”

面对富子甚是强加于人的劝诱，显然言耶似乎也不知如何是好了。

不料，他的脸上突然堆起笑容：“啊，没准你俩知道一些像刚才迷家那样的故事吧。”

“……”

“我的意思是，在你们村流传的或者在行商的地方经历过、听说过的恐怖故事、不可思议的故事、奇怪的故事，有的话就请告诉我——”

“……”

“当然，作为回报，我也会把我存下的怪谈故事——”

“阿美，我们出发吧。咱们的预订计划好像也耽搁了挺多呢。”

美枝被富子连拉带拽地离开了神社。

回头看去，最后映入她眼帘的是刀城言耶独自坐倒在巨杉根上，茫然望向这边的身姿。

如隙魔窥视之物

一

那缝隙映入眼帘的一刹那，嘉纳多贺子仿佛被什么吸引了一般，向拉门靠近。这几乎是下意识的动作。不，也许该说成身子条件反射似的动了起来。

接着，她略微屈身，悄悄从门缝窥视另一边的世界。

门对面是一条走廊，通往五字町立五字小学主教学楼西端的别栋。别栋内设有图书馆以及图画手工室和音乐室等特殊教室。

今晚多贺子在替值班的山间久男巡视。过了晚上八点，所以大部分教师都已回家。

当然，他还留在别栋的图画手工室里。不过，走廊上展示的少儿作品早就收拾停当了吧，所以感觉他不会特地开灯。换言之，门对面理应是一片漆黑。

然而，多贺子透过缝隙一看——

朦胧模糊如梦幻一般闪烁的淡淡光线中，奇怪的人影正自摇曳不定。还是两个……而且，看起来像是一个在逃，另一个在追。

空无一物的狭长通道直入深处，而人影则弥散至天花板、窗、墙壁、地面等整片空间，兜兜转转地玩着追逐游戏。

那走廊并非现实中存在的地方，那光景也不是现实中可能有的影像。从中段开始，天花板与两侧的墙及地面好似融合在了一起，走廊犹如被平面化一般扭曲着，真真切切地化为了一方异形的空间。而在这空间里，正上演着一场令人惊骇的鬼捉人[1]。

鬼捉人……

多贺子忽然这么想，是因为追赶方的人影的头上清晰地生着两只角。

被真鬼追赶的鬼捉人游戏……

至于拼命奔逃的人是谁，不用想她也知道。竖里短横里宽，头发像刺猬一样倒竖着，这个极富特征的身影已然说明了一切。

是校长……

换言之，多贺子对坂田亮一产生了幻视，而且偏偏还是他被鬼袭击的场景。

哪有这么荒唐的……？

窥探拉门的缝隙，不过是短短一瞬间，辨识出两个人影，察知其真面目后，她间不容发地关上了门。

盯看久了也不是什么好事。而且她忍不住觉得，要是让缝隙一直开着，就会有面目不明的邪恶之物哧溜溜地从那里向这边蹿出来。

又看到了……

她烦透了那种感觉。根据多年的经验，她本该知道窥探缝隙后，多半会有这样的危险，却还是——

偷窥的罪恶感和明知讨厌还要特地去看的悔念，交织在一起，突

1　鬼捉人：日文原词“鬼ごっこ”，一种捉迷藏游戏。文中主人公因鬼影联想到游戏，为便于读者理解故直译为“鬼捉人”。——译者注

如其来地压上心头，令她十分苦闷。

然而，眼前一旦有缝隙出现，多贺子就难忍窥视的冲动。虽然不知眼前将会冒出何等忌讳的光景，但她怎么也无法视而不见。

是的，缝隙为她展现的总是邪象，无一例外。蒙在鼓里本可平安度日，却因为真相历历在目，使她的人生发生了巨变，如此经历已不知有过多少回……

只是，这次的景象实在异常。当然，在缝隙对面幻视某物这一举止本身就可谓古怪。但是，玩着鬼捉人的可怖人影……怎么说这也太奇怪了吧。乍一看就像民间传说中的场景，因而越发令人感到不祥。

袭击校长的鬼……

刚才映入她眼底的画面，究竟有着怎样的含义？立刻将此事告知本人为好呢？还是置之不理为好呢？还是说，已经晚了……？

她背身离开这扇通往别栋的拉门，身子一个劲儿地哆嗦着。

二

从记事时起，只要嘉纳多贺子没关死隔扇或拉窗，祖母就一定会斥责她。

平日祖母明明很温柔，却对一般意义上相当于门的东西，譬如隔扇、拉窗、澡堂厕所以及储藏室的板户的开与关，管教严格，执拗到了无以复加的地步。

特别是关门时，如果留下了缝隙……

尽管年幼，但多贺子把这理解为祖母因她是女孩之故而进行的管教，虽说理解得也是模模糊糊。

嘉纳家在神户的芦生地区也算是世家，木造宅邸建成至今已有百数十年，其正房内屋舍众多，拥有令人自豪的规模，以致常听人赞叹“说起嘉纳家的府邸啊……”。

她家历代皆为母系，祖父和父亲都是赘婿。祖母虽把持家中的实权，但由于尚处男尊女卑之风强盛的时代，又是在乡下，所以表面上由赘婿担任一家之主。

或许是因为生于那样的环境，多贺子从小就散发着某种气质。或许也是因为出门一步就会被尊称一声“嘉纳府的小小姐”，她自然而然地养成了一种与孩童不相匹配的端娴之风。

什么事都落落大方的她，换个角度看其实就和什么事也不做的公主差不多，这一点在开关门的问题上也有所显现，其结果就是她屡遭祖母的斥责。

嘉纳家有一间叫“奥座敷”[1]的屋子。历来是当代家主归隐时的闭居之所，直到多贺子出生前都是祖父的房间。不过，祖父仙逝后就一直被封着，变成了极少使用的“不启屋”。

事情发生在她七岁那年的女儿节[2]上，也就是普通小学和高等小学都被改名为国民学校的那一年。

历年来装饰人偶的屋子正是准备改建的正房的一部分，所以那年

1　奥座敷：原为内客厅之意，此处作为房间名有专有名词性质，故不翻译。——译者注

2　女儿节：日文为“桃の節句”或“雛祭り”，日本传统节日之一，每年三月三日过节。节日时，拥有女儿的人家会在家中陈列人偶。——译者注

必须把人偶陈列架摆放到他处。但是，哪个房间都有些问题，因此最终决定摆放在长年被封闭的奥座敷中。

嘉纳家祖祖辈辈流传下来的人偶，做工之精美，令人赞叹。每逢节日，亲戚自不用说，连左邻右舍也会特地前来观赏，就是这么的有名。

女儿节开始的三四天里，多贺子总是被裹上只有在新年或生日之类的喜庆日子里才会从桐木箱中取出的豪华盛装，听着大人们“哎呀，就像公主一样”的赞美声，安安静静地坐在装饰着人偶架的屋里。

女儿节期间，多贺子每天都能吃到各种佳肴，亲戚中的阿姨和表姐妹们也疼爱她，真是比新年和生日还要开心的节日。

不过，其实她最喜欢节日过去后的那几天平常日子。

短期逗留的亲戚回去了，面向近邻提供的从节日第一天到第三天可以适当参观的展览也结束了，之后只等着收入背面仓库的人偶总会那样再摆上一两天，每年必是如此。

只是，从前民间就有说法，如果一直装饰着已过展期的人偶，这家女儿的婚期会被拖延。嘉纳家毕竟是地方上的世家，对此说法也颇为在意，再长也不会搁置一周以上。

人员集聚最多的女儿节后的两三天，家里是忙得不可开交，母亲和用人们也完全无暇歇息。到了第四天，情况总算好转时，又会有不少邻居上门拜访，必须做好相应的接待工作。

所有这些访客，大概持续到节后的第五天。到这时，母亲和用人们都已累得精疲力竭。收拾人偶还要在一两天之后。

之前众人还交口称赞的人偶，突然就被搁在那边无人问津。如此状况令多贺子满心欢喜。因为她可以独自一人，毫无顾虑地想看多久就看多久。幼年的她在这一刻体味到了妙不可言的无上幸福。

也许是因为那年正房改建，邻居们有所节制吧，访客比往年要少。于是，对她而言的幸福时光也早早到来了。况且，人偶装饰在奥座敷，所以周围压根儿就没有家人走动，多贺子真正实现了独自一人安静地、尽情地观赏人偶架。

她入迷地看着人偶度过了一天、两天，就在人偶翌日将被收入背面仓库的第三天傍晚……

如此独占人偶多达三天，从未有过这般体验的多贺子一反常态地兴奋。想着明天就会被收走，于是这天她一大早就进入奥座敷闭门不出，不厌其烦地观赏人偶。

其间，除了母亲露面唤她吃午饭，以及下午三点祖母给她带来茶点外，始终都是一个人。

母亲可能早想把人偶收回仓库。但多贺子太过执着，所以母亲跟祖母商议后就这么一直摆着了吧。事实上，三天来没有一个人来打扰她。

吃完茶点过了片刻，多贺子迷迷糊糊地睡着了。

她猛地睁开眼时，柱上时钟的时刻已过了下午五点。现在得去母亲那儿帮忙做晚饭了。她帮的那点忙，说白了其实就是在母亲身旁打转而已。不过，升入小学的那年正月，她和祖母约定要“帮忙准备晚饭”。这约定可是不能打破的。

多贺子稍有些慌乱地起身，再次向人偶瞥上一眼后，出了奥座敷。

正当她径直向厨房走去，越过两间屋子的时候。

啊，有没有把隔扇好好关上呢?

她脑中闪过这个念头，霎时就感到了不安。光想着去母亲身边的事，总觉得没像平时那么留神，只是马马虎虎地关了一下。

明天要把人偶收进背面的仓库，所以之后祖母可能会来看看情况。如果瞧见隔扇没关紧，自己再怎么帮着做饭，也一定会被责骂。

必须去确认一下……

多贺子就此转身回到了奥座敷。

也许该说果不其然吧，刚进入前头的房间就看见奥座敷的隔扇略微开着。实在是不走运，又留下了祖母最讨厌的那种四五厘米左右宽的间隙。

凝视着这道狭长的黑暗，多贺子稍稍快步向前。她想趁祖母还没发觉，赶紧关好。抱着这样的念头靠上前去，就在手伸向隔扇的当口——

她的眼睛对上了从细缝另一侧窥来的眼睛……

那眼睛恰好与七岁的多贺子站立时的视线处于同一高度。看起来就像有人坐在隔扇对面，或是保持微微欠身的姿势，仅用一只眼挨着缝隙朝这边偷看。

多贺子自觉与那只眼睛对视了良久，但其实也许只有两三秒钟。

只听砰的一声，回过神时，眼前的隔扇已然合起。

她不假思索地伸出手，想拉开隔扇——

“不能开！”

惊讶地回头一看，只见前头房间的隔扇被打开一半，祖母就站在那里。

“你也看到了吗……”祖母叹息似的低声道，从那语气中能感觉出某种近乎弃念的情绪。

“是有人在对面的屋子里吗？”

多贺子一问，祖母便默默地走过来，先是把隔扇只打开一点，旋即安静地关上，接着再次打开后，进入了奥座敷。

“你坐下。”祖母端坐在人偶架前，招呼她过来。

多贺子心道得快点去厨房，但转念一想，约定帮忙做饭的对象是祖母，现在是祖母叫自己坐下，所以没关系吧，便也进了奥座敷。

“我接下来的话，你要好好听着。”

祖母以教诲的口吻徐徐开始了讲述。

她说多贺子刚才看到的是名为“隙魔”的妖魔。历代嘉纳家的女性都会看到。隙魔总是现身于事物的间隙。间隙的“隙”意为人在疏忽大意时心神呆滞的状态，而“间”则指人处于这一状态的那一瞬间。

心中一旦毫无防备地开了道口子，就会被某物乘虚而入。也就是说，有被侵入体内、附于身上的危险。这个某物就是隙魔。所以，绝不能向隙魔亮出间隙，绝不能任由隙魔缠身附体。

祖母用着多贺子难以领会的字句，但还是一遍又一遍不断地做着说明，直到她自己觉得——恐怕是认可——多贺子已理解为止。

然而，最终多贺子也没怎么明白。虽然能理解祖母所说的“露出间隙的话隙魔就会现身，所以要小心”，但为何必须警惕隙魔，这关键的说明却没有。

即使问祖母，她也只是翻来复去地说：“总之门户之类的，都给我好好关紧。一旦开了条缝，隙魔就会过来……”此外再无一辞。

多贺子按自己的理解对此做了如下解释：隙魔这玩意儿是一种可怕的妖魔，所以必须避免造成会将其招来的事态。

多贺子读国民学校四年级时，在那年的夏令营上第二次看到了隙魔。

五年前，位于邻县山沟的长明寺开设了夏令营，一直延续到“学童疏散”开始前为止，那年暑假也举办了。

该夏令营有个特色，即全部活动并不由同一年级的学生合力完成，而是跨越年级将各学年编号相同的班级合为一体，以这个新组合为行动单位。这一年，多贺子的班级和六年级生分在一块儿。

早上趁天气凉快学习，午后则热衷于采集昆虫、挖山菜或在山脚下的小河玩水。高年级生照顾低年级生也是活动的一环。基本上，那些高年级生也要从傍晚开始，一边向寺里的人求教一边自己准备晚饭。当然了，低年级生也得来打个下手。

多贺子觉得夏令营很快乐。因为一年级的同班同学、之后也始终保持着挚友关系的鹈野久留美，四年级时不但又和自己在一起了，上半学期更是分到了同一个组。于是，在可谓上半学期之延伸的夏令营中，她俩也能一直形影不离。对她来说，这是一件非常开心的事。

只是，同一座寺里还有六年级生富岛香，自入学以来就背着人不停地欺负她。香是某个与嘉纳家不相上下的世家的独生女，有事没事就来找碴儿。理由不明。一有机会，她就来贬损、捉弄多贺子，有时还又掐又打。但必定是在暗地里进行，而绝不会在人前使坏。

不过，多贺子十分享受那年的夏令营，以至于香的存在都没往心里去。也许那是她迄今为止最快乐的一个夏天。

然而话虽如此，那种说不清是焦灼还是焦躁的奇妙感觉，并未完全消失。和久留美的共同生活激动人心，充满乐趣，但在与之全然无关的另一方面，总有一股意念涌上心头，近似于一种怎么也无法忍耐的恐惧情绪，而她终究是没能将它阻止。

不管是在用餐、学习，还是就寝时，寺中总是门户大开。这情形首先就令她不得安宁。毕竟每年都是如此，已大为习惯，但晚上则无论如何也无法忍受。

由于是山沟沟的寺庙，清晨气温会有所下降。因此，睡觉时要把门关上，但不会完全关死。在点着蚊香的另一侧，必定会留下一定程度的间隙。

祖母在上一年的冬天去世了。不过，多贺子从小受训的开关门习惯也已深入骨髓。到处可见留有缝隙的门，此等状况对多贺子来说是难以忍受的。当时她陷入了一种应称之为“间隙恐惧”的精神状态，类似于“广场恐惧症”或“闭所恐惧症”。

一到晚上，虽然身边围着好些朋友，但多贺子总是会体味到独自睡在凄凉不堪、寸草不生的荒野中心的感觉。她甚至想，如果有人能在大家入眠时搭理一下自己就好了，即使这人是富岛香也没关系。

这天晚上她也是辗转难眠，起身假装去上厕所。寺的正殿被一分为二，男生和女生各睡半边。白天玩乐带来的疲倦，令大家陷入了酣睡，没人醒着。和每天晚上都一样，不必遮遮掩掩。

即便如此，多贺子仍是悄然步出正殿，没弄出什么动静。蹑手蹑脚地走在外走廊上，情绪终于平复了下来。也许是来到遍布缝隙的空间之外，令她心有所安吧。

如果是在放被褥的屋子里，就能睡安稳了吧……

她心里突然生出了这样的念头。一到早晨，赶在大家起床前偷偷溜回去不就行了吗？就算被发现，别人也一定会以为她是上厕所去了。

或许是因为心里在盘算这件事，不知不觉中她已经踏入了寺院的居家部分。

哦，不知为何心情好舒畅啊。

多贺子在亮着小灯泡的长廊上走啊走啊，心情好了起来。她想这是不是凉飕飕的走廊所带来的快感呢，但很快她就明白了真正的原因。

因为走廊两侧的隔扇全都被关得严严实实的。

成列的隔扇看起来宛如一面墙，在走廊两侧连绵不绝。穿梭其间的多贺子久违地产生了一种难以言喻的安全感。

真是心旷神怡啊。

这上下左右完全封闭的细长空间，若能永远延续下去那该多好。她一边感慨一边安静地向前行进。

——突然，她感觉不太对劲。

多贺子犹疑着，同时停下脚步向她所在意的左手方看去，不禁颤抖起来。

一枚隔扇稍稍开启着……

只有四五厘米吧。没有完全关闭的隔扇，开着一条细长细长的口子。

那里有缝隙……

七岁那年的记忆在多贺子的脑中簌然苏醒。想到很快会有眼睛从缝隙那头窥来，她就不寒而栗；悟及隙魔即将现身，她就心惊胆战。

然而，缝隙的另一边漆黑一团。那如墨一般的黑暗，使得即便有目光窥来她也无法察知。

回过神时，多贺子正把眼凑向缝隙，打算透过缝隙探视对面。

啊，是阿久……

鹈野久留美正在缝隙的另一边，而且好像还是在学校的女厕所里。就在这时，富岛香面露不怀好意的笑容进来了。久留美脸上浮出半是泫然的神情，她战战兢兢伸出的右手中握着一条漂亮的红丝带。

那是以前和久留美一起买来后，偷偷带来学校的丝带。她俩很是中意，买了不同的颜色，多贺子是红的，久留美是青的。在上半学期上完最后一堂体锻课后，丝带突然不见了。

香接过丝带，一边发出恶心的笑声，一边只将手臂伸入厕所单间，把它扔进了便盆。

砰的一声，多贺子猛然醒过神来，眼前的隔扇被关上了。

刚才的那一幕是怎么回事……？

多贺子就这样呆呆地怔立当场。她也不知是何时回的正殿，睁开眼时，自己正躺在原来的地方，已然迎来了晨光。

这天下午，采摘晚上煮入菜饭的山菜时，多贺子不露声色地试探了久留美。

“你买的那条和我颜色不一样的丝带，还在吗？”

“欸……？嗯，嗯。不过我想还是别拿来学校的好。”

“可不是嘛。”

“让高年级的人发现了，还会被抢走……”

“还会被老师骂呢。”

“就……就是嘛。”

“对了，阿久，你为什么要把我的丝带交给富岛？”

多贺子本不想说这件事。在说出口之前，在说的时候，她自己都毫无意识。话一出口，眼见久留美僵直的表情，她才终于醒悟到自己都说了些什么。

从此，鹈野久留美开始躲着多贺子。

不久，下半学期开始了。第一堂体锻课结束后，一条青色的丝带孤零零地被摆放在她的衣服上。

多贺子想，是不是自己把间隙暴露给了隙魔，被隙魔所蛊惑了呢？所以她才会失去好友久留美吧……

三

多贺子再次见到隙魔，是在初中二年级的文化节上。

对戏剧部成员的她来说，那年秋天的文化节是一个由她担任主角之一的特别舞台。这个从六月开始就做着准备的剧作名叫《三颗心》，大胆改编自夏目漱石的《心》。令她们自得的是，原著描写了“我”和“K”围绕一位寄宿小姐展开的内心纠葛，而剧作中还加入了“小姐”的心理活动，演绎出了原著中所没有的、奇妙的三角关系。

多贺子出演的就是那位美丽的“小姐”，也即主角之一。她干劲十足自不待言，但这并非唯一的理由。因为长身玉立、眉清目秀的“K”的扮演者是比她高一个年级的前辈和川芳郎。

其实，芳郎对她而言就是迟来的初恋情人。虽说还有饰演身材瘦小、面目阴沉的“我”的西部靖，但在某些场面，也有不少镜头好似只有她和芳郎两人在表演一样。换个角度看，又像是单由他俩主演的剧作。从读剧本到排练、到舞台彩排，多贺子简直幸福到了极点。

《三颗心》的脚本制作由同一戏剧部的木木美嘉子担当。多贺子和她在升入初中的同时加入了戏剧部，从那以后就一直是好朋友。

文化节演出剧目的脚本也会做一些细微变更，如此一来，到正式上演前就会有相当大的改动。这对演员来说煞是辛苦，但多贺子倒是颇为欢迎。因为脚本一经修改，多贺子的“小姐”与西部靖的“我”之间的关联减少了，反之与和川芳郎的“K”在一起的场景却增加了。

考虑到《三颗心》的内容，打破三人之间的戏份平衡未免不妥。只是，连部员们也都明白改动后的脚本变好了，所以饰演“我”的西部及其他人，没有一个反对的。

不过多贺子怀疑，这是木木嘉美子看出她对芳郎的心思，稍显有意地增添了“小姐”和“K”的关联吧。

戏剧排练结束后，美嘉子也常以商讨为名约请多贺子和芳郎，即为明证。即使身兼美术部成员的芳郎因那边的活动不得不留下来时，美嘉子也会巧作调整，让他和戏剧部的她俩一同回家。戏剧部开讨论会时也招呼了西部，不过随着脚本的改动，他参加的次数越来越少。如此这般，到了上半学期末，美嘉子已营造出只有三人聚会也无不自然之处的氛围。

放暑假前，美嘉子说了："演戏也很重要，不过芳郎前辈的事也得加油啊。就我看来，他也未必对你无意哦。"

多贺子试探性地问美嘉子，对脚本略加修改莫非是为了她？但美嘉子笑而不答。不过她也没否认，所以多贺子觉得是那么回事，心下感激。

只是，多贺子怎么也无法想象芳郎会如美嘉子所言，对自己倾心。诚然，三人随聚首次数渐多，之间已滋生出一种亲密的氛围。但她忍不住感到，芳郎不过是把嘉纳多贺子这个人视为戏剧部的同伴、剧作的共演者而已。

此外，讽刺的是，现如今她却对剧本不安起来。在故事中，"我""K"和"小姐"源于微小的错失，结果谁也未能成就恋情就此落下了帷幕。当然戏剧与现实无关，可多贺子却将自己的恋情与之重合在了一起。

话虽如此，但修改脚本是不可能的。就连美嘉子也不会同意吧。

怀抱迷惘的不安，多贺子继续着暑假的排练。如此这般，整天埋头苦练的夏季结束后，正式演出前的一个多月也转瞬即逝。

即将迎来文化节之际，有两点变化降临到多贺子身上。其一，对和川芳郎的复杂情感为"小姐"的演绎带来了意想不到的深度。其二，在不断排练的过程中，芳郎似乎开始对她有所意识。

当然，后者也许只是他因戏剧排练而陷入了一种疑似恋爱的情绪。但两人的关系朝着非常良好的方向发展却也是事实。

《三颗心》在文化节当天三点上演。下午第一个节目——吹奏乐部的演奏一结束，戏剧部全体人员就把大型道具搬上舞台，十万火急地做着布景工作。

该剧为四幕剧，需要有出租房的起居室，以及“我”“K”和“小姐”各自的房间。当时还是物资匮乏的年代。部员们拆下家里的隔扇和拉窗带过来，煞费苦心地搭出了总算有点房间模样的布景。

不过，由于又是美术部成员的芳郎大显了一把身手，唯有背景画十分出色，令顾问老师都对其极致的写实性惊叹得无以复加。至于舞台暗转时的布景移动，已一遍又一遍地讨论和练习过，几乎到了让人生厌的地步，所以没什么可担心的。

最后一次简短的讨论结束了，最让人挂怀的上座率也还算不错，《三颗心》的舞台帷幕就此揭开。

多贺子那天的表演是加入戏剧部以来最精彩的一次，水准已超越一般中学文化节上演的戏剧，以至于后来顾问老师还赞不绝口地说“我看着看着呀，鸡皮疙瘩都起来啦”。

至少是在她瞧见舞台上的那道间隙之前……

场景是第三幕第四场的“小姐”房间，情节正进行到多贺子和“K”面对面地说话。说是面对面，其实对方并不在正前方，而是各自侧身，一边面对观众席，一边说台词。不过有这样一个镜头，当说完某句台词后，“小姐”要起身奔赴“K”的身边。

当时，多贺子遵照剧本，以稍稍背对观众席的姿态，向芳郎走去。芳郎不看正自移步的她，始终低着头念台词。进而，按剧本多贺子要继续她的台词，使两人的声音重叠在一起，然后情不自禁地在芳郎身侧倒下。

多贺子一边向芳郎走去，一边算计着读台词的时机。就在这时，布置于舞台上的一枚隔扇突然跃入了她的眼帘。

在那隔扇与柱子之间，有一条缝隙……

咕咕咕咕……多贺子的身体如同被吸引一般向隔扇倾去。她的两眼已然凝视住那条缝隙。只有那么一瞬间，她看到了舞台的另一侧。然而，很快漆黑的狭长暗部便向上下扩展——

不久，黑暗中浮现出和川芳郎的身姿。他只是站在那里，一副犹疑不决的样子。接着，木木美嘉子飘然从侧方现身。两人互相沉默着，一动也不动。忽然，美嘉子递出一件东西，像是信。芳郎收下后，以此为契机两人说起话来。交谈持续了一会儿，芳郎突然吻了美嘉子——

砰的一声，多贺子猛然回过神，眼前的隔扇已然关闭。

“怎么了，喂，怎么啦？”与此同时，耳中传来了轻微但含着不安的男声，和无数如涟漪一般层层袭来的窃窃私语。她想起了当下自己所在的地方，以及为什么会在这里的原因。

好歹是演下去了。芳郎、其他部员和观众似乎都以为多贺子是一瞬间忘了台词。

“那个地方遗憾了，但整体表现很棒啊！”演出过后，顾问老师说着安慰她的话，同时对她的演技给予了最高级别的赞美。

“非常非常好啦。虽然第三幕‘小姐’房间的那一段，叫人心里七上八下的，但之后的表演太棒了。‘小姐’那怅然若失的心理，表现得很到位呢。”

那是自然。在舞台上继续表演的过程中，多贺子脑中也始终被同一个疑问所萦绕——

那种事他俩究竟是何时……究竟是何时……究竟是何时……何时做的？

怅然若失正是其心情的真实写照。

文化节既已结束，三人再无聚会的必要。况且，各部的三年级生都处于隐退状态。然而，美嘉子仍会找些理由以图延续三人的关系。

多贺子什么也没说，什么也没问。在国民学校时的夏令营上一不留神说漏了嘴，因此而失去朋友的记忆被唤醒了。

但是，她心中却总在不断追讨一个痛苦的问题——“究竟是何时”。当然，在三人保持聚会的期间，这疑问也未消散。

虽然嘴上不说，但意念却会传播。即便美嘉子邀请，和川芳郎也不赴约的情况多了起来，到了那年冬天，他自然而然地远离了她俩。

“怎么了嘛，发生什么事了吗？”

最初，美嘉子想知道芳郎心境变化的原因，但很快两人之间就达成了默契，不再触及他的事。和美嘉子的关系也不太顺畅，但并未相互疏远，而且还随着时间的推移渐渐得到了修复。

不久，三年级生的毕业期到了。从那缝隙中看到的光景是什么？直到毕业典礼当天，多贺子仍在烦恼。怎么想她都不认为两人是在瞒着自己交往。如果真有那种事，无论如何自己都会注意到吧。最关键的是，如此就无法解释美嘉子的言行。

前辈，到底是怎么回事……？

面对芳郎领取毕业证书的背影，多贺子道出了这个在心底百转千回的疑问。

典礼后，多贺子打算直接问芳郎。因为她觉得对美嘉子实难开口，但如果是问已疏远她俩的他，或许……

多贺子在校内四处徘徊，总算在体育馆背面找到了和川芳郎。然而，这时他的身边却站着木木美嘉子——多贺子从那缝隙中窥见的光景重又出现。

那不是过去，而是未来将要发生的事……

“就算去了不同的学校也要交往下去”，背身听着两人的约定，多贺子当场离去。

接下来多贺子见到隙魔，是在高中二年级去朋友家的时候。

那以后的一次是在大学一年级洗海水浴时，然后是在四年级的滑雪旅行时，再往后是给婶娘守夜的时候——看到隙魔的间隔时间越来越短了。

隙魔总是告诉多贺子一些她并不知晓但又身陷其中的幕后的人际关系。

只是，多贺子从未因为知道这些而使那关系往更好的方向发展了。在大多数情况下，反倒还恶化了。隙魔让她管窥到的情景是过去之事还是未来之事，在那一刻是绝对无法知晓的，这一点也给多贺子徒添混乱。

于是，现在，她不幸看到了狰狞可怖、迄今未曾一见的隙魔。

四

情急之下，多贺子想去通知在图画手工室的他——和川芳郎，但随即意识到这不可能。因为隙魔现身过的不祥之门，是不能马上打开的。

无奈之下，她去了理科室山间久男那里，只见门稍稍打开着。

又来了……

真是不愿再去窥探了，可想归想，眼前一旦有间隙她就无法抗拒。无论如何某一侧眼珠都会不断地被吸引过去。

理科室里头点着灯，但跟前却有些昏暗。室内现出一个身着白衣的小个子男人的背影。做实验时，他必会穿上这身她所熟悉的装束。只是，他的模样有点儿消沉，看起来像是在专心致志地思考着什么。

“遭受战乱的学校想教学却连显微镜也没有，这种情况一直没变。幸好我们学校平安无事，但理科类器械也算不上充实。”

山间久男常把这句话挂在嘴边。

昭和二十八年（公元1953年），理科教育振兴法得以制定，翌年又对设备标准做了规定，但分配到每个学校的预算却很少。因此需要教师下工夫、搞创意。

山间老师又在想什么点子吧。

他并非只是抱怨，而是不断摸索尝试在当前环境下能够做到的实验。

如此这般，一旦久男把自己关进理科室，就一定会专心致志，忘我地投入工作。若是上前打扰，他可是会生气的，所以多贺子悄然离开了理科室。值班人员晚上八点的首轮巡视由她来代劳，也是因为久男说想在理科室干点活。

出于安全防范上的理由，学校不允许女性值班。尽管有常驻勤务员，但这位从战前就开始工作的垣根先生不但年纪大，还是一个纤细的瘦高个，一到关键时刻就不顶用了。于是学校便让男性教师轮流值班，但这样无论如何都会加重年轻单身汉山间久男与和川芳郎的负担。

多贺子怜惜他俩，经常帮着关好所有的门户，或是进行第一遍巡视。

然而，这么一来剩下的就只有她了。是的，正是可能身在值班室的富岛香。

今年春天来五字小学赴任时，多贺子才知道，初中时代的上一届前辈和川芳郎与国民学校时代高自己两级的前辈富岛香，在该校各供其职。原本就是美术部成员的芳郎成了一名图画手工课教师。

关于这两人，多贺子有过一段与隙魔相关的讨厌回忆和悲伤往事，所以毕竟是有些迷惘。不过，这个世界很狭小。在任教期间，或早或晚一定会在某所小学一起共事。既然如此，还是早来早好。

而且，他俩都对隙魔一无所知，所以……

多贺子做出了决断。她做好相应的心理准备，开始了在五字小学的工作。

孩童时期个头就有点大的富岛香，长成了一个对男人有十足吸引力的性感女郎。只是，她性格依然剽悍，多贺子时不时地还会被她欺负。但两人表面上大致保持着还过得去的关系。

对于两人的重逢，和川芳郎毫不掩饰喜悦之情。不过，他的反应给人不温不火的感觉，多贺子很难判断自己该不该对此感到高兴。顺带一提，至少现在他似乎并未和木木美嘉子交往。

也是因为年龄相近，加上高富岛香一届的前辈山间久男，多贺子和这三人也相应地交往密切。无论是性格还是思维方式，四人都各不相同，唯一共通的是对战前及战时学校教育的愤慨。而这愤怒还是针对当时的一些教师的。这些人战后变脸快如翻掌，坦然讲着与先前截然不同的教诲。

这些人中有一个离他们很近，那就是坂田亮一。由于昭和二十一年（公元1946年）的教务革职令，他一度远离教育现场，却因未被指定为战犯，等来了昭和二十六年（公元1951年）的解除令。进而在舆论平息后，这次他竟又回来当上了校长。

听说三年前坂田复职时，作为新任教师赴五字小学就职的山间久男气炸了肺。而和川芳郎似乎是在知道坂田复职的情况下，成为这所学校的教师。至于富岛香，据她本人说，最初她完全不知道坂田的过去，但听着两人的话便渐渐感到了愤怒。

校长坂田亮一……但是，如今也许正有什么事发生在他的身上。

无奈之下，多贺子虽感迷茫但还是走向了值班室。

然而，在那里映入她眼帘的又是门的缝隙。不过一想到香懒散的性格，这光景也就算不上意外了。

也许能看到后续……

迄今未曾抱有过的奇妙的期待感，令多贺子朝门走去。但是，就在她的一只眼凑近缝隙时，耳中已听到从室内漏出的英语朗读声。

“战后，孩子们对着美军喊‘Give me chocolate’。可对方却是战时老师教我们说的‘英美畜生’。当然，那只是被欲求所驱使，把听来的一星半点的英语说出口了而已。不过呢，毫无疑问，今后即便是日本社会也需要英语会话能力。”

香认为小学也应该给学生教授英语，而多贺子则持反对意见。因为她虽然认可英语的必要性，但还是觉得首先得牢固地掌握母语。

“双管齐下不好吗？应该趁他们还是头脑灵活的小孩时，就让他们学习地道的英语会话。”

说归说，香也不能真的去教。但她还是买了相比教师工资而言过于昂贵的英语教材，如此这般坚持学习。而且她还总在校长和教务主任不在的时候，特地在学校学习，从中她似乎也寻觅到了某些意义。

教员室里毕竟是静不下心吧，所以她常常趁芳郎或久男值班时，利用这间屋子。

若是上前打扰，肯定会被她挖苦……

这么一想，多贺子就怎么也没法推门进入值班室了。况且，直到现在多贺子还是自然而然地避免和香两人独处，如果芳郎他们在倒是没关系。

怎么办啊……

当然，坂田的安危她才不担心呢。战时的他是怎样一个教师，战后又是如何翻的身，自从听芳郎和久男说了这些事之后，应酬校长坂田就成了一件相当痛苦的事。

赴任后，多贺子开始习惯学校生活了。有一天她受三位前辈之邀去一家小饭馆喝酒，席间久男率先开了口："战争期间，学校被说成是打造皇国民的修炼场。"

"教学科目也被合并了呢。"芳郎马上应和道。

"是啊。修身、国语、地理、国史被并为国民科，算数、理科被并为理数科，体操、武术被并为体锻科，音乐、书法、美术、手工、缝纫、家务被并为技能科，农业、工业、商业、水产则被并成了实业科。总之，教育的任务就是让学科和国家性的仪式与活动融为一体。"

"没多久，就有人喊出'学校也是战场'这种岂有此理的话来了。"

"为谋求后方一体化，把'学校也常常作为战场而存在'的意识灌输给孩子们，就能省不少力嘛。"

"我还被竹棍敲过头呢，说是必须好好爱护教科书。"

"打开前先要敬个礼，不这样做的话会遭报应。就是那么教的。"待香开口后，多贺子也加入了对话。

"当时的教育啊——"久男的脸涨得通红，看来绝非只是酒的缘故，"学校被视作战场。换句话说，枪之于军队，就相当于教科书、文具之于学生。所以，就算一支铅笔，一块光秃秃的小橡皮，你要敢不好好对待，就得接受体罚，那可不是扇记耳光就能揭过去的。"

"忘带东西的时候也很惨。"

"他们会吼上一句：'你见过忘带武器来战场的日本军人吗！'直打得你没了知觉。"

"更别说用来当玩具了。"

"可不是嘛。"

芳郎的面色变得有些苍白。久男依旧是红脸膛儿，但一阵拘谨的沉默已降临在两人之间。

“是不是想起了什么讨厌的事？”出了学校，香就不再对他俩使用敬语。

“和川老师当时和我在同一所国民学校读书。有一天，一个男生在扎头布左右各插一支铅笔，就这模样地玩起了鬼捉人游戏。”

“他是鬼吧？”

“是啊……所以被鬼抓住的人，就要接过扎头布和铅笔，自己也装成鬼的样子。”

“但是——”这时芳郎接过话头，开口道，“在换了几个扮鬼的人之后，这游戏被坂田发觉了。”

“坂田——是说坂田校长吗？”

久男和芳郎默默点头。

“坂田大发雷霆。他叫嚣着：‘拿神圣的文具玩耍真是岂有此理！’一个劲儿地殴打扮鬼的学生。”

“太过分了……”香忍不住小声说了一句，多贺子也有同感。不过，类似的光景她俩也见得多了。

“可是，在当时——”

香刚这么一说，久男就摇头道：“光是过度体罚——不，当时的体罚根本就是不讲理的暴力行为罢了——就能揭过去的话，还算好的。当然这压根儿不是什么好事，但正如富岛老师所说，是普遍存在的现象，并不是特别罕见。”

“是啊。”

“但是，坂田把那个学生打死了。”

“什么……”

多贺子不禁和香对视了一眼。

“当时，学校施行的名为体罚的暴力行为总之非常过分。”久男闭上眼睛，仰面朝天，“最重要的是，行使体罚的理由也是荒谬绝伦。当日本军队开始在南方节节溃败时，就说是因为你们这些应该保卫后方的人松懈了，让周番士官把所有学生的脸都抽了个遍。”

所谓周番士官，是指教师从高年级学生里提名选出的特优生，其职务说起来也就类似风纪纠察员。

“只是，当时我觉得这很平常。当然我感到很奇怪、不可思议，但在那种氛围下怎么也说不出口……”

“就是战局一恶化，甚至还有人喊‘一亿总玉碎’呢。学生什么都做不了。”

两人再次沉默下来。

“可是，杀死学生这种事……”

诚惶诚恐的多贺子一开口，久男就像想起了什么似的，续道：“坂田自然是没被问罪。倒是少年的双亲俯首谢罪说‘我家的孩子给您添麻烦了’。”

“怎么会这样……”

因年龄相仿，多贺子也体验过当时那种狂热迷信式的氛围。不过幸运的是，她就读的学校没有严重到这个地步，所以久男的话对她冲击不小。

“战后，以坂田为首的很多教师都指导学生在‘原本不好好对待就要遭报应的神圣教科书’上涂墨。他们会说这只是在遵守GHQ[1]的命令吧。那好，战前、战时你们这些家伙不惜使用暴力彻底向我们灌输的教育，到底算怎么回事？在教科书上涂墨，也就是说你们承认自己教的是错的对吧！连责任也不负，那些家伙……”

久男的声音开始发颤，就此咽下了后半句话，与之相对，芳郎则用淡然的口吻说道：“也有承认自己的过错，或感到羞愧而离开讲台的老师。”

“可分成三类吧。”香伸出一只手，逐一竖起手指，“对进行军国主义教育、不断把孩子送上战场打心眼里感到后悔，战后退出教育界的人；做着同样的反省，但又想在教育现场身体力行来补偿过错的人；不抱任何罪念，若无其事继续教师工作的人——”

“可不是嘛。第二类里，我觉得又能划分出多种情况……也就是说，既有偏向第一类的教师，也有无限接近第三类的人啦。”

“但坂田无疑是第三类人。”芳郎恶狠狠地断言道。

从那以后，四人聚会时，总会就战前、战时教师的战争责任问题和据此他们自己应该采取的教育方针，进行交流。

大家都希望给校长坂田亮一定罪。但谁都明白，事到如今再追究当时的罪责已无可能。

多贺子体验到的幻视，正与这位坂田有关。她想先告知三人中的哪一个也是理所当然的。

即便如此，多贺子也不好丢下巡视工作。结束了最后的任务，她

1　GHQ：General Headquarters的略称，此处指联合国盟军最高司令官总司令部。——译者注

正要回教员室，就想起了勤务员垣根。那是一位仪表堂堂的老人，不但为人认真、工作勤勉，对学生也很和气，颇受欢迎。看他独自一人常驻学校，似乎是没有家人。

“垣根先生——”

“嘉纳老师，你是在做八点的巡视吗？辛苦啦。”面对如自己女儿一般年纪的多贺子，他也如此措辞，一边还深深地垂首致意。

“其他老师都已经回家了吧？”

“是的。现在还留下来的，就只有理科室的山间老师、值班室的富岛老师和图画手工室的和川老师了。”

能流利地说出名字和所在，是因为这三位经常下了班也不回去。

“所以，理科室和值班室还有别栋，可以放到下次巡视再查。啊，还是说你已经查过了？”

“是……啊不，那个嘛——”

刚做教师时，多贺子为了歇口气，有时会来这间勤务室，然后和垣根聊些不知所谓的话题。这就和身子不舒服的孩子依恋养护教谕的情况差不多吧。

顺带一提，引入国民学校制度时，之前的学校护士变成了“养护训导”。而在昭和二十二年（公元1947年）制定的学校教育法中，又被改名为“养护教谕”[1]。

多贺子来勤务室时，只说过一次关于隙魔的事。垣根也不阐述意见，静静地倾听她的体验故事。虽不清楚他是否相信，但感觉至少没

1　养护训导、养护教谕：即保健老师。日语中“训导”“教谕”均为教师之意。此处作者是在说明称谓的变化，故保留原词不做翻译。——译者注

把自己当傻瓜。

“那个……其实……”多贺子毅然决然地讲述了刚才的幻视。

“校长他……”垣根毫不掩饰诧异之色，“难怪啊，想来嘉纳老师也一定很担心吧。好吧，我这就去联系一下。”

垣根同情似的应了一句后，移步教员室，给坂田家打了电话。他已体察到多贺子心绪不宁，在信与不信之前，想的是先尽量消解她的不安吧。

“喂，是坂田校长的家吗——嗯？那个……您是校长先生的……啊，是夫人吗？欸？什么！喂、喂……夫人，喂喂——”

听筒的那边似乎是坂田夫人。然而，这对话显然透着怪异。

“明……明白了。总之夫人，您请放宽心。我会马上联系警察的——不不，夫人请待在那里别动。不，我马上就联系。警察很快就会赶到，所以请您别动，现在先忍耐一会儿。”

垣根又安慰了一通坂田夫人，随后他挂上电话，用一种近乎难以置信的口吻说道：“夫人说坂田校长在自己家遇害了……”

五

“出什么事了？”

垣根报完警，接着又拿起话筒说必须联系教务主任时，富岛香现身了。

“啊，富岛老师，出大事了！”

垣根刚开始讲述据说是发生在坂田家的命案，这回是和川芳郎到了，于是多贺子把这件事告诉了他。

“这事山间老师知道吗？”

见她摇头，芳郎便立刻飞奔到理科室，把久男带来了。

“是说校长被杀了吗?！”

“是的。是夫人回家后在客厅里发现的……只是，夫人好像心神大乱，所以我在电话里没能问详细。”

“嗯，也是啊。”面对回答得过分认真的垣根，久男安慰他似的附和了一句，又道，“那么，通知教务主任了？”

“还没有，正要打电话。”

“明白了。请垣根先生联络教务主任。我现在就去一趟校长家。我想迟早警方也会联系学校的，所以我们在这之前过去会比较好吧。你能不能也向教务主任传达一声，就说我去了校长家。”

“明白了。”

“山间老师，你的夜班就由我代劳了。”

芳郎刚举手，香就从旁插话道：“一个人没问题吗？我们也去吧？”

说着她看了多贺子一眼，于是虽然不情愿，但多贺子只得点头表示赞同。

“不，这么多人蜂拥而去，反倒给警察添堵。我想教务主任恐怕也会赶来，所以姑且有我们两人在那儿就行了吧。”好在久男当即拒绝了。

久男离开学校后，加上垣根共计四人在教员室深谈了一会儿。九点多时，多贺子决定和香一起回家。

坂田亮一的家在离学校步行大约十五分钟的地方。“虽然要绕点远路，我们还是去看一眼吧。”——多贺子没能抵住香的引诱，回家时特地走过了发生惨剧的坂田家门口，现在那一带正被如临大敌的气氛所笼罩。拜其所赐，当天晚上多贺子还做了噩梦。

翌日，教员室里闹翻了天。尽管学校照常授课，但很多教师都心神不宁。因为现任校长竟在自家客厅里被放在现场的台钟敲打头部而死……

在如此状况下，警察则趁授课之余见缝插针地对所有教师进行了讯问。结果，“山间久男、富岛香、和川芳郎三人作为最大嫌疑人浮出了水面”这一流言立时散播开来，令多贺子大为震惊。

诚然，大家在一起时总会出现对坂田的批判。但是，多贺子也在其内啊。为何只有她被单独排除在外了呢？况且，除了他们四个应该没有旁人在场。交谈的内容何以会走漏出去呢？

“这是怎么回事？”

案发后过了两天，放学后四人齐聚图画手工室。

“我们四人的言行已经成为其他老师注目的对象了吧，只是我们自己没发现罢了。”针对她的疑问，久男苦涩地答道。

“这么说是有人故意把这事捅给了警方。”

“未必仅限于教师。家长之间也完全有可能是这样看待我们的。”

久男对香和芳郎的意见赞同地点了点头。

“听说坂田差不多是从正面被敲击的。想一想现场是客厅，也能知道罪犯是熟人。”

“所以我们第一个就被怀疑啦。”

“可是，为什么只有我——”

“哎呀，还不是因为嘉纳老师看起来比我们纯结得多嘛。”

香语含讥诮地应了一句，这时久男脸露苦笑道：“因为被排除在嫌疑人圈外而口出不满，是不是不太对劲啊。”

“话是这么说……”

“虽然我们被怀疑了，但是托嘉纳老师的福，他们查明我们有不在场证明，所以从结果来看没什么问题。”

见芳郎对自己微笑，多贺子再次心想：唯有这一点实在是太好了。

“听说坂田的死亡推定时间是八点前后。”久男边说边从包里取出笔记本，“由于嘉纳老师的证词，案发当时我在理科室，富岛老师在值班室，和川老师在这间图画手工室，已是一清二楚的事。从学校到坂田家，步行需要十五分钟不是吗？就算是跑，加上作案时间，一来一去少说也需要三十分钟。”

随后，他在打开的笔记本上开始书写与坂田被害案有关的时间轴。

八点至八点十五分	嘉纳老师巡视教学楼。
八点前后	坂田遇害。
八点零五分	坂田夫人回家，发现丈夫被杀。
八点十五分	垣根先生给坂田家打电话。
八点二十五分	警察抵达坂田家。

“根据尸检结果，那时坂田死后才过了三十分钟左右。也就是说，他是在八点左右被杀的。”

“会不会夫人回家时，他还有一口气在？”

久男摇着头回应芳郎的提问：“不知道。说起来，当时她到底有没有确认丈夫生死的那份从容呢？只是，如果是‘死后三十分钟’的话，可以说夫人发现尸体正是在坂田刚刚被杀的时候。”

“我想那天夫人大概是练习插花去了。”

“因为夫人在学习什么技艺，几乎每天都去呢。”

“这家境可真叫人羡慕。”

“所以嘛，由此可知案发时的八点，我们几个在学校的人首先就不可能杀死坂田。”

“不过，离学校十五分钟的路程，要说微妙吧倒还真是那么回事。”

香发表了自嘲性的见解后，芳郎抗议道：“你们两位还好啦。因为嘉纳老师看见了你们的人，听见了你们的声音。相比之下我可就……”

“不不，我倒是觉得，和川老师的不在场证明比我和富岛老师的牢固。”

“是这样吗？”

“嘉纳老师七点半来到了这间图画手工室，是为了帮忙收拾走廊上展览的学生作品，对不对？”

“嗯，因为暑假前的课上，我让学生们拿简单的材料手工制作了有夏天气息的东西——就是风铃呀、水车呀、走马灯什么的。”

“我也参观过啦。不过，你知道她要代值夜班的我巡视，就拒绝了她的帮忙，决定一个人干。”

“是的。因为我觉得托她办太多这个那个的事，她也怪可怜的。”

“你要一个人收拾从走廊这头装饰到那头的作品，怎么着都得花三十分钟。”

“的确，干完时已经是八点左右了。”

“我就说吧。嘉纳老师进行八点的巡视时，走廊已经被收拾得干干净净。假如你去了坂田家，走廊上应该还留有学生的作品。还有比这个更充分的不在场证明吗？”

“哦，被你这么一说……”

“看来和川老师认为我们两个的不在场证明完美无缺，其实不是这样的。”

“欸？是这样吗？”香吃惊似的大叫了一声，慌忙向久男寻求说明。

“死亡推定时间是八点前后，但不是有五分钟的变动范围吗？换句话说，如果是在八点前，那么把行凶的最早极限时刻视为七点五十分也是可行的。”

不仅是香，多贺子和芳郎也都拿严肃的目光盯视着久男。

“案发当天，学生和老师们放学回家后，我们和往常一样留在了教员室。没多久，七点十分左右，和川老师去了这间图画手工室；二十分左右，富岛老师去了值班室；接着二十五分左右，我去了理科室。”

“确实是这样。”多贺子答道。

“嘉纳老师七点半时，在这里见到了和川先生。由此可知，从离开教员室的七点十分至七点半的二十分钟时间里，和川老师往返坂田家作案基本是不可能的。最关键的是，如此一来坂田的死亡时间就不是八点前后，而应该是七点半前后才对。”

“是啊。那么，我和山间老师的不在场证明很危险的说法，又是怎么回事？”

与着急催促的香相映成趣的是，久男则用一种循循善诱的语气继续着他的说明。

“如果富岛老师在七点二十分左右走出教员室后，其实没上值班室，而是径直去了坂田家——或是姑且进了值班室，瞅准时机溜出来的话——情况会怎样呢？直到八点过后被嘉纳老师听见声音为止，足有四十分钟左右的时间。完全有可能赶在最早极限时刻的七点五十分之前，抵达坂田家。”

“你的意思是，也可以认为是我杀死校长后，跑回学校来了？”

“是啊，同样的话也可以安在我身上。虽然可用的时间要比你短五分钟，但区别不大。因为在奔跑方面，反倒是我这个男人更有利吧。”

“你也是，既然要来瞧瞧，再早点来不好吗？”

香蛮不讲理地发着牢骚，而多贺子则不为所动，应对自如：“这样的话就没问题了。”

“此话怎讲？”

“其实，警察就各位老师的情况，对我进行了百般盘问。”

“果然啊。”久男长长地叹了口气。

“最初，好像警方也抱有和山间老师一样的想法。”

“你说‘最初’，这么说后来想法变了？”

“是的。从值班室传出的富岛老师的英语朗读声是否平和，是否带有一定的抑扬。在理科室看到的山间老师的背影是否纹丝不动，十分平静。关于这两点，警察对我再三做了确认和叮问。”

“对啊。如果在极限时刻完成犯罪、奔回学校的话，自然会在朗读时气息紊乱，呼吸时双肩耸动。”

“我想一定是的。”

“我都想得到，警方会这么想也是理所当然的。”

“什么嘛，别吓人好不好。”香发着牢骚瞪着眼。

“啊啊，对不起！”久男面露苦笑道了声歉，但脸色立刻又恢复了严肃，“不过呢，就我的观察，总觉得警方像是在追查别的线索。”

“你的意思是，并非学校相关人员这条线吗？”

芳郎询问之下，久男点点头。就在这时，敲门声响起，勤务员垣根来了。

“对不起。我处理了一点事，结果彻底迟到了。”

“哪儿的话。倒是我们特地把你找来。好了，请坐吧。”

“好，那我就不客气了。”

香也好，芳郎也好，全都茫然地注视着两人的对话，他们多半和多贺子一样，不知道垣根也被叫来了。

“教员室里没人了？”

“是的，老师们都早就回家了。”

“是吗？不不，如今再对其他老师隐瞒我们集会的事已经毫无意义，可要是把垣根先生也牵扯进来的话，就太说不过去啦。”

“我倒是没关系……”

“怎么说呢，我们可不能这么做。”

“到了我这把年纪，面对世事不会再那么轻易动摇了。更何况，在座的各位老师平日里一直对我亲切有加。”

面对俯首行礼的垣根，久男脸上露出略显痛苦的神情，但他还是以决绝的口吻说道：“那么，我就恭敬不如从命了——其实，我想请教你一点事。”

“哦，是什么事呢？”

“坂田校长的秘密。”

“……”

一瞬间垣根张口结舌。观其态度，他知道久男口中的“坂田校长的秘室”多半是不会有错了。

“能否请你告诉我呢？”

“……”

“警察录口供时，你不是提供了一些事关重大的证词吗？”

“……”

“我的朋友里有报社记者。因为这次的案子我接受了私人采访，那时他告诉我，他是从关系亲密的刑警那里听来的。只是，他还没能掌握关键的内容。不过，据说已判明的一项事实可成为杀害校长的充分动机……而且，坂田校长还犯下了即使被杀也毫无怨言可讲的罪行……”

“要说罪行，早在战时他就犯下了严重的杀人罪。”

久男一边安慰愤慨的芳郎，一边继续向垣根攀谈。

“即便警方不公布，你闭口不谈，总有一天流言也会传播开来，因为警方会在这条线上有所动作嘛。到了那时候，就算采取什么措施可能也晚啦。”

“山间老师……”

“在。”

“我、我、我……”

“我并不是在责备你。”

“可、可是……我知、知道校长……做了那种事……但羞愧的是，我却什么也做不了……”

“什么事啊？”

“……”

“他到底干了什么？”

“校长他……向学、学、学生……下、下了……”

“欸？”

“向学生下了手？”震惊过后，久男喃喃私语似的说道，“你说向学生下手——难道说坂田竟强奸了自己学校的女生？”

见垣根点头，多贺子差一点惊叫起来。

“这、这是真的？”

香气势汹汹地追问道。垣根再度点头，一脸快要哭出来的样子。

“为什么你会知道这个事？”

面对芳郎的问话，垣根答说也不知从何时起，他感觉来勤务室玩的女生情形有些反常，经过多方打听，他逐渐察知校内出了令人不敢想象的惊天大事。

“从什么时候开始的？有几个受害者？”

“不、不知道……”

即便如此，久男仍韧劲十足地连续盘问，终于判明似乎是这一年来发生的事。

“真、真是抱歉！”

垣根深深地低下头，眼看就要顺势跪倒在地。久男伸双手扶住他，说道：“应该说，以你的情况实在是很难告发校长。”

“……”

“况且，被害的学生也没有明确作证，对吧？”

“是的……可话虽如此，样子反常的孩子一直在增加，所以，我还是……”

多贺子心想，自己时常来勤务室，至少跟我商量一下也好嘛。但她立刻想到垣根居于弱势，除了这个地方似已别无去处，不由得心情变得十分复杂。

“也就是说，警察把怀疑的目标转向了被害女生的家长？”

“确实会变成这样。”

“可是，现在坂田人都死了，还能查清谁是被害者吗……垣根先生也只是觉出学生样子反常，从学生们的话中发现了让人恶心的事实，是这样的感觉吧？”

垣根有气无力地点点头。

“可能警方正在根据垣根先生的证词，锁定坂田的受害者吧。只是，就因为这个问题不好公开，所以可能要花相当长的时间。”

久男陈述完这番意见后，又低声吐露出一句，“弄成无头悬案该多好……”

多贺子不假思索地对此话表示赞同，紧接着不光是香和芳郎，连垣根也表达了同样的意见。

“总之，看到这种让人唾弃的家伙从教育界，然后最重要的是从五字小学消失，我们应该拍手称快。”久男如是说，像是在给坂田命案做总结陈词。

今后，在不妨碍警方查案的界限内，应尽可能救助被坂田伤害的学生——在这个想法上众人达成了一致意见。这天的聚会就此结束。

之后，也没听说有嫌疑人浮出水面，日子就这么过了一天又一天。随着时间的推移，校内似已开始恢复平静。

然而，只有多贺子例外。周围即将恢复到案发前的日常状态，与之相反，她却体会到了一种被扯回案发当日的感觉。

不知原因为何，唯有混沌的某物在脑中渐渐扩散开来。

是隙魔的缘故吗……？

总觉得是这样没错。多贺子没有把隙魔呈现的幻视景象告诉警察。因为别说被采信了，弄不好连自己的证词都会受到怀疑。她的回答是：很平常地打开门确认了对面的情况。直到现在，她还觉得这样的应对方式是正确的，然而却难以释怀。有一样东西令她如鲠在喉。

人影的鬼……？

是的，那不就是杀死坂田亮一的凶手的影子吗？那不就是校长命案的罪犯的身姿吗？

可为什么是鬼……？

战时，坂田打死了一个拿铅笔模仿鬼角玩鬼捉人游戏的学生——这件往事在她的脑中复苏了。坂田令人忌讳的过去，是否与这次的案子有某种关联呢?

但事已至此，多贺子也不能再向警方提幻视景象了。何止没人搭理，最后还会被认为是妨碍查案吧。

但她心里还是很介意……

近来，每天晚上，她的脑中总会无穷无尽地持续映出可怖人影兜兜转转玩着鬼捉人的景象，使她怎么也无法安眠。

如此下去，会被隙魔杀死……

多贺子打心眼里这样害怕起来。

六

祖父江偲耿耿于怀。

刀城言耶结束民俗采风之旅，回到了东京。偲为此而高兴，但只过了片刻就发现他全无精神。

老师这是怎么啦?

这次旅行的最大目的，当是探访漂浮在濑户内海的兜离之浦洋面上的“鸟凭岛”，这是言耶长久以来的夙愿。为见证在那岛上举行的人称“鸟人之仪”的秘仪，他精神抖擞地出了门。

两年前，言耶接到前辈阿武隈川乌——一位市井民俗学者的联络，说是仪式会在今夏举行。不过，由于情报有误，令他瞬时陷入了无比沮丧的境地。因此，这回言耶再三小心，收集好一切信息后方始出发。幸运的是，他所盼望的仪式似乎是如期举行了。

不过，听说言耶在那岛上又遭遇了奇奇怪怪、不可思议的案件。在祀于断崖绝壁之上、无路可逃的拜殿中，巫女忽然踪影皆无。而且，十八年前好像也发生过同样的案子，就连来岛的民俗学者和学生们也消失了，而这次又……

当然，和往常一样言耶解决了案子，虽说他不爱听这“当然”二字。不，这只是偲的推测，觉得“大约如此吧”，但她认为不会有错。然而，言耶既没把案子的详情告诉她，更没说一句是如何解决的。

祖父江偲是刀城言耶的责任编辑，隶属出版侦探小说专刊《书斋的尸体》的怪想舍。言耶本人是创作怪奇幻想小说及变格侦探小说的作家，笔名东城雅哉，而兼顾兴趣与实益的怪谈收集则是其人生意义之所在，便常去全国各地巡游。因此，他几乎不在东京住。

所以，能如此这般和言耶在神保町这家卖他喜欢的咖啡的咖啡馆会面，对偲来说可谓是一段非常宝贵的时间。

“嗯。祖父江小姐把在东京和我见面的事看得很重，这个我知道……可是，为什么我一定要和这位嘉纳多贺子女士会面呢？”

刀城言耶面露着实不解的表情一问，就见偲拿出几乎要拍案而起的气势说道：“我说老师，你有没有在听人家讲话？”

“欸……？在、在听啊。”

一旦偲开始自称“人家”，就没什么好事。不是得意忘形就是在大发脾气，这么想准不会有错。

“所以嘛，我是打算让灰头土脸的老师振作精神，这才想方设法寻觅有奇妙经历的人，结果就找到她啦。”

“嗯……从一开始我就对这理由感到不解，或者说……”

“请沉迷怪谈收集的老师听听这些人的经历，好歹也打起精神来——我暗中抱有这样的意图还不是理所当然的事。这可是人家对老师的一种隐秘的关怀，一份令人辛酸的默默惦念啊。”

“暗中……隐秘的……默默……吗？”

“可不是嘛，有问题？”

“不、不……”

“啊，肯定就是她啦。”

一直看着店门口的偲，刚说完便起身离席，赶去迎接一个像是嘉纳多贺子的人。

“哎呀呀……”言耶时不我待似的小声叹了口气。

虽然知道偲这么做是出于好意，但如此这般安排他突然与对方见面之前，希望她至少能和自己商量一句。

不过，好在这次不是求他去解决奇怪的杀人案，所以也就算啦。

言耶做足了心理准备，决定老老实实地等候偲带着那个像是嘉纳多贺子的女子回来。

“初次见面——”

做着初次见面时的寒暄，言耶心中“咦”了一声。因为多贺子的脸色非常憔悴。

就像好几天没睡觉似的……

今天大概不是光听一段奇妙经历就能完的，这不祥的预感突然在言耶的脑中掠过。

拉了几句无关紧要的家常后，在偲的催促下，多贺子开始讲述与隙魔这一怪异事物相关的经历。接着，这幻想式的故事很快就发展为血淋淋的校长杀人案。

“老师，罪犯是谁？”多贺子刚把这段相当悠长的话说完，言耶就被偲突然将了一军。

“欸？”

“我在问你，杀死坂田的罪犯是谁啦。”

“欸？这、这和你刚才说的不一样吧。”

“这话说的。杀人案的话题就摆在面前，你怎么能没羞没臊地撒手不管呢？”

“祖父江小姐，‘没羞没臊’什么的……我对案子可是什么也——”

“啊，不过如果没有判明受害少女的身份，不知道她们家长的情况，就算是老师也没法推理出谁是凶手吧。”

“对不起。”这时多贺子突然低头道起歉来，“我问吉川先生的时候，他说把隙魔的事说出来就行。但他又悄悄告诉我，将要听我讲述的先生表面上是个作家，其实背后的身份是一位著名侦探。所以我忍不住自作主张，想就这次的案子征求您的意见。”

“什么？什么什么？”

所谓的吉川，是介于偲和多贺子之间的人物吧。也许已有更多的人参与其中了。然而，是何处、出了何等差错，竟传出了“著名侦探”这种流言呢？

就此疑问，言耶软语温言地询问了多贺子。

“是的。昨天在电话里，祖父江小姐她……”

“我说你……”

“这不挺好？我不这么做你能听到隙魔的事吗？”偲干净利落地封杀了企图抗议的言耶，一边向多贺子言道，“那个混混沌沌的、让人介怀的东西，后来怎么样了？是不是搞清楚了？”

“不，那个完全没……”

看了看摇着头脸朝向下方的多贺子，言耶觉得她有点可怜。于是，心里想的事不由自主地就出了口。

“你下意识地对门的间隙很在意，不是吗？”

“啊？间隙……？”

闻听言耶的这句话，偲心中喜道“好极好极”。这证明他已对多贺子的话产生兴趣，这样一来就必定会和案子有所牵连，不会再有闲暇灰心丧气了。

言耶对偲的心思浑然不觉，只是续道：“魔物之隙魔，可能一直就存在于你脑中的某个角落吧。所以，你没能发现案发当日那些间隙的不自然之处。”

“此话怎讲？”

“我听你说了，考虑到富岛香女士的性格，她所在的值班室的门稍稍打开着也不是没可能的事。”

“是的。”

“即使把这一点考虑在内，可加上通往特别教室所在的别栋的走廊门和理科室的门，总计竟开有三条缝隙，你不觉得有点不自然吗？”

“啊，可不是嘛。如果是两条，也许还能用一句偶然来打发——”

“嗯。三条的话，就觉得是某人有意为之了。我认为警察本来也会注意到这个不自然的地方。但是，由于她没说隙魔的事，所以警方多半是将其解释为她很平常地打开门，确认了走廊、理科室及值班室。”

回应了偲后，言耶再度注视多贺子：“我想问一件事，你以前曾把隙魔的经历告诉过那三位老师吧？”

“是、是的……赴任后，也不知是在哪次喝酒吃饭的时候，不知不觉就说出来了……欸？也就是说——”

“出现了一种可能性，即那三人中的某一个，利用你眼前一有缝隙就忍不住去窥探的习惯，为自己制造了不在场证明。”

太棒啦！

偲不禁在心里大叫一声。最初她打算让言耶听他喜欢的怪谈，给他鼓劲。当得知还事关某桩杀人案，她非常高兴，心想“这下可赚到了”，但又觉得这案子好像不适合他。

不料，言耶似乎已嗅出校长杀人案中罪犯所策划的奸计。此情此景真可谓是正中下怀啊。

“不会吧……”多贺子面色惨白，与欢天喜地的偲形成了鲜明的对照，“罪犯在那三个人当中……”

“可以的话，能否请你再略微详细地说一说那三位的人品与性格呢？”

“哦……”

“嘉纳小姐，你可是好不容易来一次的。”生怕多贺子就此退缩会把事情搞砸似的，偲慌忙催促道。

于是，多贺子语气讷然地答道："山间老师正义感很强，对歪门邪道深恶痛绝，是个非常认真的人。在教学科目中尤其喜欢理科，很多学校别说器材不足了，就连理科室也没有，可我们学校却还能做各种各样的实验，这都要归功于山间老师的努力。"

"在学生当中的人缘呢？"

"我想大家都尊敬他。不过，对孩子们来说可能是不太容易接近，这个并非贬义。"

"我很清楚了。那富岛女士如何？"

"她嘛……个性很强。不过相应地也直来直去，所以我觉得她为人不含糊，或者该说成万事都泾渭分明吧。那个——其实在小的时候……更给人一种阴险的感觉……"

"这么说在孩子们当中也很有人气了？"

"是啊。她擅长的教学科目是英语，不过当然了，小学里是不教的。"

"相当有趣的人呢。"

"和川老师为人温和。和山间老师一样，在教学上费尽了心思。"

"有别于富岛老师，在另一种意义上，也是颇受学生的欢迎吧。"

"说起来，那些闷声不响，一个人在那儿画画，给人感觉很文静的孩子，会经常在放学后去他的图画手工室。"

"原来如此。"

"对了，老师——"待多贺子介绍完三位教师，偲道出了先前产生的疑问，"就算事先打开门留下缝隙，可嘉纳小姐会那么凑巧地去看吗？”

“前面说了，两位男老师当班时，好几次嘉纳老师都代为进行晚上八点的巡视。换言之，罪犯能预测到，在这之前开门留下缝隙的话，八点左右她就会来看。”

“啊，可不是嘛。”

“可、可是，大家的不在场证明不都很清楚吗？”多贺子的内心似乎正在动摇，虽然嘴上说着这话，但又不知该不该真的相信。

“确实，你说得也是啊。”偲坦率地表示赞同，“虽说是背影，但山间久男先生的确被目击到了。富岛香小姐只有声音，不过听到了她的英语朗读声。至于和川芳郎先生，无论是人还是声音都没有得到确认，但我们知道他在收拾学生的作品。”

“嗯。山间先生也指出过，其实在三人当中，和川先生的不在场证明最牢固。”

“这话怎么说？”

“八点多时，山间先生和富岛女士分别在理科室和值班室，此乃所谓的‘点的不在场证明’。可是，和川先生从七点半到八点左右一直在走廊里收拾东西，构成了‘线的不在场证明’。这里的区别可就大啦。”

“说起来——”多贺子像是想起了什么，“后来我从刑警先生那里听说，七点四十五分左右山间老师想去见见和川老师，结果看到他正在走廊上收拾东西。所以山间老师想着不能去打扰他，就回了理科室。”

“由于那位山间先生的证词，和川先生的不在场证明差不多已是完美无缺了。”

“余下的两人当中，哪一个是凶手啊？”偲性急地问了一句，但马上又侧首道，“不过老师，就算是点的不在场证明，可我们知道他们两个谁也不可能从犯罪现场走个来回呀。”

“是这样吗？”

“怎么不是——啊，用了自行车啊！”

“即便如此也会直喘气吧。况且，由于还是在学校与坂田家之间来回，也很容易给附近的人留下印象。更不要说是在平常不用自行车的情况下了。”

“山间老师和富岛老师都不会骑车，一点儿也不会。”语气虽然审慎，但多贺子否定得斩钉截铁。

“这样的话，他们两个都绝对没可能啦。”

“如果八点左右，富岛女士确实在值班室的话……”

“欸？你没听到说有朗读声……”

“她买了相比教师薪水而言过于昂贵的教材，正在学习英语。如果那是录音机的声音——”

“她事先把英语朗读录进了磁带啊！”

“七点二十分左右离开教员室，把录音机带入值班室开始播放磁带，随即马上赶往坂田家。抵达是在四十分左右吧。在那里她和被害者进行了约十分钟的交谈，于五十分左右至八点之间杀人后，返回学校在教员室露面。”

“很有可能啊！”

“只是，作为女性，她是否有力气拿台钟当凶器，从正面打死受害者呢？”

“这种事嘛，因为什么理由发起飙来的话，怎么着都能办到啦！”

“嗯，换作你的话……”

言耶只是小声嘀咕了一句，却也没能逃过偲的耳朵。

“老师你刚才说啥呢……是在说人家吗？”

“这、这、这个么……而且啊，她是不是有严重到那种地步的动机呢？诚然我们能感觉到她对被害者的不满，或者说是愤怒吧，但要让其急剧地转为杀意，若是缺少某个引发如此变化的动机，毕竟就很奇怪了，不是吗？”

“说得也是啊。”偲轻易地就被蒙混过去，令言耶不禁松了一口气。

这时，多贺子面容僵硬地开口道：“难道说，动机是——”

“嗯，正是坂田对女学生做下的极其卑劣的犯罪行为。”

偲吃了一惊。因为即便对方是杀人犯，言耶通常也会在男性的名字后加“先生”，女性的名字后加“女士”。

“你说过，山间先生正义感很强，对歪门邪道深恶痛绝，是一个非常认真的人。所以，被害者对自己在战时所施行的学校教育毫无反省，自然令他非常愤怒。”

“在这个节骨眼上，又得知校长这回竟干出了让人不敢相信的事……”

“于是瞬间起了杀意。”

“不过老师，山间老师可不是声音，而是真真切切地看到了他的人哦。”

“只是背影而已嘛。”

“你是说……不是他本人？”

“有这个可能。”

“可是……”

“嘉纳女士从门缝窥见的理科室跟前的那块地方，非常昏暗。而一个身材短小、模样有点儿消沉的人，一动也不动，裹着实验时必会穿上的白衣，背身安静地站在那里。”

“可是，是谁在当替身？”

“未必是人。”

“什么！”

“给头部戴上假发、给身子套上白衣后，便可用作替身的东西，那里不就有吗？”

“什么东西？”

“人体模型。”

“啊……”

“山间先生很清楚，只要如此这般让嘉纳女士看到伫立的身影，她就绝不会进来打扰。所以他断定即便是这种骗小孩的把戏也行得通。”

“山间老师他……”

多贺子张口结舌，言耶表情复杂地注视着她：“不过，如果是身材短小的他击打了个子也不高的坂田，那么伤口就该出现在额头一带，而非头顶部分，不是吗？虽然我不知道他俩准确的身高，使得这项推理较为薄弱……”

“身高可能差不多……”

“再说了，他究竟是怎么知道坂田那些遭人唾弃的罪行的？”

“欸？”

“除了勤务员先生隐隐有所察觉外，谁都没发觉坂田的恶行。垣根先生觉得大概是吧，也是根据受害学生的言行猜测。换言之，如果不是听她们自己说，按理压根儿就没可能知道坂田的事。而山间先生虽然颇受学生的尊敬，但遗憾的是，他给人一种难以亲近的感觉。”

“既然他不可能知道，那么动机也就——”

“没有了呢。”

言耶接过偲的话头，续道：“如此一来，有动机有机会，此外事实上不在场证明也未被证实的，就只有一个人了。”

“谁？”

“勤务员先生。”

“什么！”

“怎么会……”

偲惊叫一声，多贺子则难以置信似的摇摇头。

“垣根先生好像是一个体形纤弱、瘦高身材的人，所以拿凶器从坂田的头顶往下砸还是有可能的。”

“他可是一位老人家，打死校长这种事我怎么也……”

“没法想象呢。”

“欸？”

言耶脆然点头道：“而且还有一个理由导致他无法杀害坂田。对从战前就在学校工作的他来说，校长是绝对的权威人物。所以，尽管他怀疑学生们怕是遭了毒手，但未能去告发。如果在心理上有杀掉坂田的余裕，之前他就会早早地去揭发校长的罪行吧。”

“可、可不是嘛。”

多贺子脸上浮起纳闷的表情。另一边的偲则是一脸的不耐烦：“老师，请你适可而止！从一开始你就看穿了案子的真相对吧？”

“‘适可而止’什么的……我说祖父江小姐——”

“你要干吗？”

“啊，好吧……如此一来，问题就变成了谁能从学生那里打听出这些事情。”

“很受欢迎的富岛小姐吗？”

“不，考虑到她的性格，我想喜欢她的主要都是男生吧。就算是女生，又哪会向她告发这么重大的事呢。”

“正如您所言。”多贺子当即承认道。

“那些闷声不响，一个人在那儿画画，给人感觉很文静的孩子放学后去图画手工室拜访的和川先生倒很合适，不是吗？”

“是他……”

“如果是和川先生，由于个子也高，所以也能击打到坂田的头顶。而且，我估计他另有重大动机。”

“什么动机？”

“为战时被坂田殴打致死的男生复仇。”

“……可是，为什么？”

“终究只是我的推测，那个学生是他的亲属吧。譬如说，是名字不同但关系要好的表哥。”

“老师，也就是说，和川先生心底一直存有对坂田的杀意。由于知道了坂田对自己的学生做下的禽兽行径，这杀意一下子就表面化了。”

“嗯。正是因此，他才把看上去像鬼一样的影子，作为形似坂田的人影的追逐者，呈现在嘉纳女士的眼前。鬼影代表被坂田杀害的男生。”

“请、请等一下。”偲慌乱起来，她身旁的多贺子也明显流露出吃惊的表情。

“把看上去像鬼一样的影子呈现在眼前什么的——可是，那不是嘉纳小姐的幻视吗？”

“不，那可是和川先生耍的一个手段。”

“为什么？”

“就嘉纳女士所言，以往的幻视中出现的全是与她相关的人。而且，清晰得都能明白谁是谁。人影什么的，甚至还是像鬼一样的异形之物，一次都没有出现过。换言之，这次的幻视极为蹊跷。”

“可是，究竟是怎么做到的呢？”

“我想可能是运用了走马灯的原理。”

“啊，上课时提到过的……”

“所以，会有两个人影不停地团团打转。”

“可是，为什么一定要做这样的事呢？”

“当然是因为如果不让嘉纳女士瞧见隙魔幻视的话，她可能会把门打开。”

“欸……？”

“这是最大的理由。不过，也可能他是想以这种形式表达如下之意，即此后他将着手进行的杀人有着堂堂正正的动机。”

“不不，老师，这个我知道。你说要是嘉纳小姐打开了门会怎样？”

“会暴露一个事实——学生的作品被原封不动地留在走廊里。”

“可是，当时走廊里真的没有装饰任何东西。”多贺子大声主张道。

然而，言耶却摇头道：“你在缝隙中看到的，是运用远近法绘制出来的一幅巨画。”

“……”

“和川先生在中学时代还是美术部的成员，当时他就能画出优秀的背景画，用于戏剧部的舞台布景，甚至连顾问老师都对其极致的写实性惊叹得无以复加。走廊里除了走马灯的蜡烛别无其他照明物，而且只要能让从门缝窥视的人产生错觉即可，这种程度的画对他来说不是什么难事吧。”

“不会吧……”

“我想可能他收拾了离门一到两米的地方。不过，再往前则是用巨画封住，让你产生错觉，以为所有的学生作品都被搬走了。其实，光做这些就行了，但就像我前面所说的那样，如果不让你看到幻视，你可能会打开门。考虑再三后，他不得已才绘制了一幅可称之为犯罪预告的剪影画吧。”

“那奇妙的景象是……”

“是的。从中段开始，天花板与两侧的墙及地面好像融合在了一起，走廊犹如被平面化一般扭曲着——看似如此是因为那其实是平面的风景。由于走马灯在巨画背后放光，使画布起到了一半的荧幕效果，从而呈现出那样的异形空间。”

“……”

“这真是一把双刃剑啊。走马灯也许会使呈现立体感的错觉画变得毫无意义。但如果不让你看到幻象，又担心你开门进入走廊。所以，无论如何都需要这个机关。想必他曾多次趁值班时，在晚上前后挪移画和灯笼，拼命地探索走廊的哪一处能让人从门缝看出去最像那么回事。”

“嗯，简要地说，如果按时间顺序来把握的话……老师，请你好好整理一下啦。”偲一早就放弃了自己思考的打算，催促言耶道。

“和川先生七点十分左右离开教员室。之后，嘉纳女士七点半去了图画手工室。此时学生们的作品自然还好好地留在走廊里。”

多贺子默然点头。

“顺便说一句，和川先生事先跟你打过招呼，希望你七点半左右来帮忙，对不对？”

“是这样……”

“这是为了让你看到走廊的样子。不过他已经盘算好了，等你来了就立刻找个理由把你打发回去。想想看，就算你有代人巡视的任务，可到八点为止还有三十分钟的时间。拒绝帮助不是有点奇怪吗？”

“被您这么一说……”

“特别教室在别栋里，所以出出入入也不必担心被人发现。假设他四十五分左右到达坂田家，五十分左右作案，八点五分前后返回，那么即便如此，直到在教员室露面的八点十五至二十分为止，也还有十分至十五分钟的宽裕。他自己赶来，是为了避免有人过去叫他。”

“因为会暴露错觉画……”

“嗯。对了，坂田夫人学艺的事，似乎在校内也很出名啊。”

“是的。”

“这么说，和川先生清楚那天夫人会几时回家，也绝不奇怪了。”

“所以，想出了这个不在场证明……”

“诱使你确认走廊情况的七点半、诱使你窥探同一条走廊的八点多、坂田夫人回家后发现丈夫遇害的八点左右——他清楚这三个时间，以此为前提想出了不在场证明。”

“那么，实际上收拾学生作品是在？”

“案发当晚。他提出由他来代替山间先生值班，所以有足够的时间。”

“啊，可是，老师——那位山间先生在七点四十五分左右想去见和川先生时，不是看到他正在走廊里收拾东西吗？”

“那是伪证啦。”

“为、为什么？”

“山间先生与和川先生就读同一所国民学校，知道战时坂田杀死的男生是和川先生的亲属吧。不过，事到如今突行报复也未免奇怪。所以最初山间先生没有起疑。然而，坂田的畜生行径一经曝光，他对和川先生的疑惑也许就渐渐开始冒头了。”

“那么，是打算包庇他……”

“最初他没有作证，这就很奇妙了。而且，七点二十五分左右山间先生从教员室来到理科室，很认真地在考虑教学的事，他会在四十五分这个不上不下的时间点突然打算见和川先生，你不觉得这很反常吗？”

“被您这么一说……”

偲追点了三人份的咖啡，把它们搬了过来，其间没有一个人说话。

言耶静静地品尝着新咖啡，缓了口气又道：“隙魔的事被人如此利用，对你来说——”

“不，这没关系。”声音虽低，但多贺子回答时的口吻斩钉截铁，“比起这个来，我更……”

“我想警方迟早也会发现。”

“欸？”

“如今他们可能正在彻查学生的家长，但是若没有嫌疑人浮出水面，那么警方早晚会把目光再次投向校园内。如果知道你的目击证词都只是从门缝里看到的，就更不用说了。”

“……”

“和山间先生商量一下，在此基础上再跟和川先生谈谈如何？当然，富岛香女士看样子也能助一臂之力的话，去说一说也——”

很长一段时间，多贺子都是面朝下方一动也不动，不久她抬起脸，像是决心已定：“好的，我明白了。感谢您给予我多方面的帮助。”

她深深地低下头，随即告辞离去。

“怎么搞的，这案子比起被害者来，倒是更同情罪犯啊。”

话一出口，偲就暗道一声“不好”。让言耶打起精神来的图谋，原本就已化为泡影，没必要在这里来个最后一击吧。

不说点中听的话可不行，偲心里着急，却一句好话也想不出来。

“啊，对啦！”

这时她想起来了，有一张奇怪的明信片寄到了怪想舍编辑部。拿它给言耶看看，没准他的好奇心又会滚滚涌来。

偲急忙从包里取出明信片，边递给言耶边道：“其实是这样的，有人给编辑部寄了这么一件怪玩意儿——”

“嗯？”

那是一张邮局发行的普通明信片，表面记载着怪想舍的地址及“编辑部转交　刀城言耶先生”的字样，完全没写寄件人的名字。然后在背面——

“这、这是……”

也难怪言耶会吃惊。

两只鸟儿正欲从一座小小的远海孤岛上腾空而起——雪白的明信片背面除去此画再无别物。

然而，不知为何言耶微微一笑。自民俗采风归来后丝毫不曾显露的笑容，如今又呈现在偲的眼前。

“老师，那——”

她刚要问“那是什么”，旋即止住。

是什么都行啦，只要老师能精神起来。

因为祖父江偲的愿望，无非是刀城言耶重拾原先的开朗。

如密室自闭之物

第一章　异人

继母真的是人吗……

巌会产生如此可怕而又匪夷所思的怀疑，其实并没有什么理由。

那女人刚好是在一年之前来猪丸家寄居的，一个月后她就作为父亲岩男的第三任妻子，正式进入了家门。从那时直到今天，日常生活中巌确实不断地感受到了某种异样。然而，要说继母有异于常人的言行，却还远没到这个地步。

当然，她能够经由狐狗狸仪式向人们宣告种种谕示，一般人恐怕做不到。不过，做同样营生的术士，只要去找，想必也是为数不少的。

不是那个……不是那种方面……

而是在更根本、更核心的部分，让人感到了某种非人性。从继母那里，他能觉出从人类身上绝无可能感受到的气息似的东西。

是从什么时候开始的呢……

如今再回首，巌总觉得其实在第一次见面时，自己就已生出这种不祥的疑念。不过他又觉得，或许是在与继母相处的日常生活中，才渐渐萌发了那种可怕的不安吧。

总之，就是从一年前的三月下旬，在“那里”遇到她的那一刻开始的……

那天傍晚，巖在寻找同父异母的弟弟月代。平日里，弟弟总在家里独自玩耍，外出时也不离乳母染的左右，但这一天房中却不见他的人影。

“小少爷，不好啦！小小少爷不见了。刚才还在走廊上玩呢，是不是跑哪儿去了……小少爷也去找找吧。”

染至今还称巖是“小少爷”。在旁人面前，他是“大小少爷”，而月代则是“小小少爷”。

“我都十岁了，别再叫我‘小少爷’啦！”

巖抗议了多次，可染根本不听。非但不听，她还说：“这叫什么话。小学期间，在谁看来你都是小少爷啊。”

看来她准备至少再这么叫自己两年，这让巖很无奈。

不过，现在不是发牢骚的时候。五岁的月代温和乖顺，特别怕生，而且体弱多病，他不可能独自外出。既然如此，家里到处都不见他的身影就显得极不自然了。

一旦事关小小少爷，染就会变得有些夸张。巖觉得即使除去性格这方面的因素，染如此狼狈也是情有可原的。

“我去户外和院子里找。保险起见，染婆婆再确认一下家里——包括店铺。”

“明、明白了。”

染在这种时候总是非常顺从，会把巖当作一个成年男子、猪丸家的长子来对待。

“可不能对徹太郎舅舅说起这件事哦，他一定会大吵大闹的。”

川村徹太郎是月代的舅父，同住在猪丸家。他没有固定工作，整天游手好闲，偶尔做些父亲托付的工作，得点零花钱。不过，就这点钱好像也大多花在了赌搏上，用染的话来说就是——“哎呀，那就是个地痞啊”。

除了从父亲那里诈钱，他对猪丸家的一切似乎都不感兴趣，但只有月代例外。总之，只要和外甥有关，不管什么事他都要横加干涉，很烦人。

巌出了玄关，在直角拐口处右转，走过铺着石板的小路，只把脸探出冠木门[1]，望了一眼外面的街道。

果然不在外面啊。

在祖业“猪丸当铺”的店仓所面对的北边街道上，各式店铺鳞次栉比，所以来来往往的人也很多。月代不可能去那么热闹的地方。

这就意味着，他在三个院子中的某一个里。

巌从门口转身，经由小巷返回，同时视线越过左手边的栅栏，张望“前院”。不过，月代几乎从未在这个从街道也能一览无余的院子里玩耍过。不出所料，那里没有他的身影，取而代之的是伫立在院中的巌的舅父——小松纳敏之。

听染说，舅父是一个落魄文士。他的才能只够创作滞销小说，因而被出版社拒之门外，无奈之下只好自费出书，但还是卖不出去。即便如此，他还自以为是作家。所谓落魄文士，据说指的就是这类人。已经是将近四十岁的人了，看起来却像极了一个书生，或许原因就在

1　冠木门：没有屋顶和墙，只有一根横木架在两根柱子上的门。——译者注

于此吧。

都说这种人自然没法过正经生活，于是就向身边的人借钱苟且度日，钱也不可能还上，屡屡拖欠债务，最终死在荒郊野外。染曾经咒骂他："虽说比徹太郎好些，但就是因为那种有还不如没有的强烈自尊心，其实麻烦得紧。"

常听人说什么"作家没拿过比笔更重的东西"，只有这一点很贴合舅父。舅父体形瘦削，给人一种虚弱之感，和身材短小但体格健壮的徹太郎形成了鲜明的对比。

不过幸运的是，舅父有一个眷恋哥哥的妹妹，也就是巌的母亲。这方面徹太郎也不遑多让，月代的母亲同样依恋兄长。于是乎，敏之和徹太郎全都挤进了妹妹的夫家，就这么安家落户了。

如今母亲和第二任继母都已去世，亏得父亲还允许他们在自家吃闲饭，巌感到不可思议。难道说，别看两个舅父那样，其实对店里很有帮助吗？还是因为父亲受了两位亡妻"哥哥就拜托你了"的生前嘱托呢？

总之，不只是没有血缘关系的徹太郎，巌对亲舅父也难以适从，所以想赶在被发现前离开这里。

"有什么事吗？"然而，巌立刻就被叫住了。

"看到小月了吗？"

"刚才还在家啊。"

"那是什么时候的事？"

"吃完午饭……两点左右吧。怎么了，人不见了吗？"

舅父的语气让人感觉他似乎在期盼月代失踪。

“我想他肯定在中院。”

“嗯，应该是吧。不过，在找到徹太郎君最最宝贝的小外甥前，最好什么也别对他说啊，因为他会大吵大闹的。真是的，明明就是个吃白食的，还敢以那孩子的家长自居。”

发出谴责的舅父和川村徹太郎一样，也是猪丸家不折不扣的食客。而且，就算程度没那么严重，他对外甥巌的动向虎视眈眈这一点也与徹太郎毫无二致。

“顺便说一句——”

“如果看到小月，就请告诉染婆婆一声。”

巌装作没注意到舅父的搭茬，回家去了。

他沿走廊向东走，径直从廊缘下到中院。那里正好是和室仓的背后。店仓的正后方建有库房，和室仓则位于更南面的地方。

咦，不在啊。

院子一角长着一棵大栎树，树的背后也查过了，但不见月代的身影。总以为他一定是在这一带玩耍，所以巌的猜测落空后不由得大为疑惑。

而且这树，月代还爬不上去啊。

也没人教，不知从何时起巌竟学会了爬栎树玩。想着过不久就和弟弟一起来爬，但弟弟年纪太小还不行。

随后，巌打开连着中院东侧的围墙上的木门，望了一眼在自家与邻家间延伸的小巷，那里也没有。

既然不在这里，接下来就只可能是“后院”了……

从店仓到库房，再到和室仓，在接连三座仓库的西侧，猪丸家的木制正房从北向南连绵不绝。不过，到中院为止的正房前半部分，建有会客室和客厅，在构造上可视为店铺的一部分。与之相对，和中院并排而列的后半部分，可以说相当于一家人的居住区域。

中院在正房末端处向西侧扩展，形成了“后院”。然而，相比“前”“中”那颇具装饰的亮堂庭院，“后院”只是一块空旷地，不但煞风景，更因为南侧有味噌仓、酱油仓、酒仓三个大仓，所以总是昏昏暗暗，飘荡着阴郁的气息。

而且，仓库背面就是郁郁葱葱的杂木林，能让人感到杂草向三座仓库之间逼近的凶猛气势，与店仓那里的热闹街头殊异的凄凉氛围，始终笼罩着此地。

从前，继母由子莫名地讨厌后院。

由子是岩男的第二任妻子，月代的母亲、徹太郎的妹妹。或许本是艺伎之故，巌记得清楚，她最喜欢浮华之物，反过来对晦暗阴郁的东西则十分厌恶。

年纪尚幼的月代不可能理解母亲的喜好，不过从懂事时起，他便也不再自发去后院了。

但是，既然他不在中院，那就只可能是在后院。

啊，也许是徹太郎……

把月代带到没人的地方，又在给他灌输那些恶言恶语。

巌这样想着，加快了脚步。如果弟弟被烦人的舅父缠住了，自己要尽快去解救他脱身。

然而，后院里也没人。要是别的孩子，还有从三座仓库的间隙钻入杂木林的可能，但唯独月代不会。

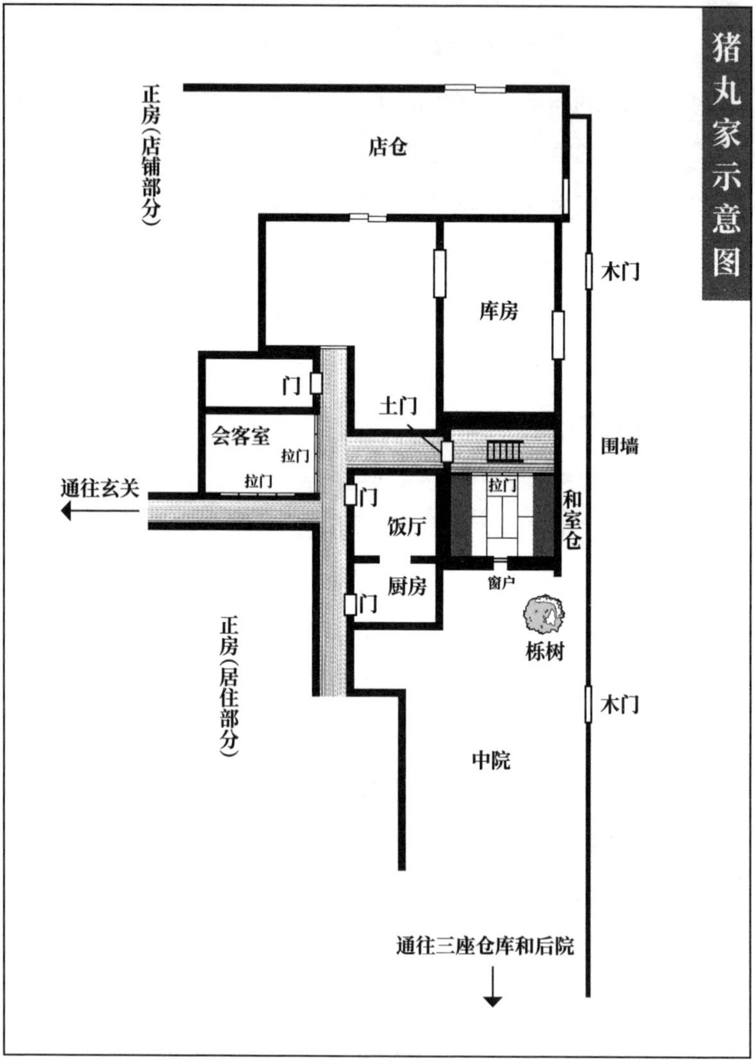

猪丸家示意图

正房（店铺部分）
店仓
木门
库房
门
土门
会客室
拉门
拉门
通往玄关
围墙
拉门
门
饭厅
和室仓
厨房
门
窗户
栎树
木门
正房（居住部分）
中院
通往三座仓库和后院

怎么回事！是染婆婆搞错了吧，月代果然还是在家里吧？

虽然这么想，但巖马上疑惑起来。月代爱去的是和室仓，从前由子弹奏三弦琴、咏诵俳句、摊开华美和服的地方。但是从一年前开始，那里就成了不启屋。

这孩子究竟去哪儿了？

巖脑中浮出“下落不明”这个词，但是从没听说有人在家里失踪的。又或者，其实有过这样的先例？

黄昏降临，在更添一层晦暗的后院中，当巖被莫名的不安感紧紧包裹之时——

沙沙……

从后方传来了声响。入耳的声音听起来像是在拨开草丛时发出的。

巖条件反射似的回头，凝目望向三座仓库的间隙。这时，正欲从右端味噌仓和正中酱油仓之间，从那里的繁茂草丛中现身的某物，映入了他的眼帘。

在巖看来，那东西就是怪物……

“噫……”

他以为自己发出了惨叫，其实声音没能完全扬起。巖想撒腿就逃，两脚却丝毫动弹不得。他只是呆呆地站立着，什么也做不了。

不久——

当那东西出了草丛，开始在仓库间行进时，怪物的真面目揭晓了。

鬼婆！

被抓住就会被吃掉……巖瞬间产生了恐惧，然而却怎么也无法挪身。这当口，鬼婆怪仍在坚定地向这边靠近。而且，她的两侧还跟着好多蛇。

要是让她进了院子，再逃也迟了。

巌悟到这一点，与鬼婆从仓库的阴影中现身，几乎是同时发生的。

啊……

这时他总算发现，那“东西”可能是人。而且意外的是，竟好像还是个年轻女子。

他只能做出推测，是因为对方的外表：蓬乱的头发、就像被烟熏过似的污脸、磨损不堪简直辨不出原来颜色的和服、同样破烂的草屐……如此容貌和装束，比偶尔在街上遇见的乞婆还要骇人。

咦……？

本应在她两侧的蛇，不知何时已踪影皆无。

“请、请等一下。”巌打算托染准备一些食物和衣服，“我马上就回来。”

返身一半时，却见女子身后突然现出了什么。

欸……？

巌又吓了一跳，但发现是孩子后也就安了心。然而，认定那是女子带来的也只是一瞬间的事，那孩子竟然就是月代，直叫巌惊骇莫名。

“这、这是怎么回事？”

巌忍不住向弟弟发问，然而弟弟始终表情呆滞，一句不答。那模样就像被抽掉了魂魄。渐渐地，巌心里当真发起毛来。

没多久染来到后院，转眼就大吵大嚷起来。原因是她误以为月代正要被一个身份不明的讨饭女拐走……

巖慌忙说明情况，染向女子询问事情经过后，才知道她是把在杂木林中迷路的月代带回到了这里。

顷刻间染的态度就变了。她拿来盛放热水的脸盆和旧衣服后，把女子让进后院的小仓房，不但替她擦拭身子，还给她换衣。接着又从正房南端的后门把她请进屋，招待了一顿便饭。

这期间，月代不离女子左右。绝不是眷恋之情，绝没有撒娇之意，也不像是对她抱有什么亲近感。然而，两人却始终在一起。

被迷住了心窍……？

巖突然生出这样的念头。杂木林里究竟发生了什么……只是这么一想，不知为何他的上臂就起了鸡皮疙瘩。然而，染似乎完全没注意到月代的态度，只顾热心照料女子，一边频频向她搭话。

“你是从哪儿来的呀？”

“一个人吗？没有同伴吗？”

“这里有你认识的人吗？”

“你是有什么苦衷的吧？”

但是，女子一句也不答。她歪着头，摆出一副不理解染在说什么的模样。

不过，只有一次染问起她名字时，她张口吐出一句：“YOSHIKO……写成苇和子，苇子……”

恰好那时，父亲岩男罕见地现了身。现在这个时候，他应该还在前头的店仓里。更何况，父亲明明极少来后面的厨房。

面对父亲无声的询问，染开始叙述事情经过。

不过，巖已确信无疑。父亲一定会命令染让这女人在猪丸家留宿。他的依据是名字。巌的母亲叫“好子”，月代的母亲叫“由子”，而这女人自称“苇子”[1]。当然这只是单纯的偶然，但父亲在某些方面很偏执。巌不认为他会对这一巧合坐视不理。

父亲把染叫过去耳语了几句，在此期间他仍在时不时地看苇子。

而另一边的染，或许是因为听到了让她大感意外的话，频频张口结舌过后，才道：“……遵命。”

看来总算是俯首顺从了。

父亲给染下达了什么命令？这个问题在晚餐桌上得到了解答。

想来苇子已洗过澡，不但污秽全消，甚至化了淡妆。而且，身上的漂亮和服还是由子珍之重之的唯一一件上等品。化妆以及和服也许是染挑选的，但不用说一切都遵照了父亲的指示。

“哎呀哎呀……”

“这可真是，唔……”

在设置于正房前半部分的洋室饭厅里，已在晚餐桌旁就位的小松纳敏之和川村徹太郎，几乎同时发出了感叹。

巌虽然没说出口，但心中的惊讶比两人更甚。那个肮脏寒碜的讨饭女，竟会变得如此不同，真是完全没有想到。

“好了，来吧，请坐这里——”

父亲一边劝她入席，一边独自露出满意的神色，从上座的他看去，苇子的座位就在他本人的右斜方。

顺带一提，到昨晚为止坐在那里的是巌。关于座次，父亲的左斜

1　好子、由子、苇子：汉字不同，日文中读音相同。——译者注

方自然是月代的座席，而巖的旁边是敏之，月代的旁边是徹太郎。

根据父亲的指示，座席依次顺移一位，变为：岩男居上座，右手边是苇子，左手边是巖；苇子的旁边是月代，月代对面的座位没人。徹太郎坐在月代的身旁，他的对面则是敏之。

父亲早就看出来了……

宛如脱胎换骨一般的苇子，她的姿容跃入眼帘的瞬间，巖就明白了。

即便用热水洗了脸，即便换下了破衣，苇子看起来依然只像个讨饭女。然而，与如此惨淡的外表相反，本质实属绝佳，恐怕父亲当时就看出了这一点。

苇子看起来才二十来岁，稚嫩的脸庞简直让人不敢相信她竟有着能撩拨男子的性感身体。不时偷看一眼的敏之、冒失地死死盯视她的徹太郎，两人似乎都无法从她身上移开视线，即为明证。

在染的服侍下开饭后，敏之和徹太郎便开始积极地挑起话题。

“你的家乡在哪里？”

“为什么来我们镇上？”

“老家做什么营生？”

“为什么会去后面的杂木林？”

“你没有家人吗？没有父母，还有兄弟姐妹什么的？”

“你打算去哪里？”

两人轮番提问，反复提问，但苇子只是侧着头，仍然一句不答。

有一段时间，父亲只是默默地看着三人。突然，他凑前注视起她的脸，问道：“会不会是失忆了？”

苇子悠缓地点点头。那模样就像稚儿一般楚楚可怜、柔弱无依，甚至连巌也不禁被激发出了父性本能。

“完全没有任何记忆了吗？姓名或是你出生的故乡呢？”

“真的什么都不记得了吗？”

也许是无法相信吧，敏之和徹太郎依旧不肯罢休。这时，父亲就像发布宣告似的说：“关于苇子的事，就到此为止吧。”

话一出口，两人即刻安静了下来。

“对了，发现这孩子的时候，当时是什么情况？”

即便如此，徹太郎还是再度开始发问了。也许是他对苇子和月代的相遇很感兴趣——不，还不如说他是觉察出了什么可疑之处吧。

“孩子迷路了。”

“在自家后面的杂木林里吗？”

当然，迄今为止月代从未踏入过那块地方，所以即使真的迷路也可以理解。不过，苇子自然不会知道这件事。那么，她又是怎么知道眼前的孩子迷路了呢？这一点，其实巌也觉得不可思议。

“是孩子哭了吗？”

苇子摇头。

“是在呼叫谁吗？”

继续摇头。

“一副手足无措的样子，一直就那么站着吗？”

还是摇头。

“那到底是为什么……”

“因为迷路了……”

“所以我才问，你怎么知道孩子是迷路了？”

“因为迷路了……”

徹太郎圆睁双目，仰面朝天看了一眼后，用右手食指轻敲自己的头，简直就要说“我已经没辙了”。也许他想说的是：“她的脑子不要紧吧？是不是出问题啦。”

“月代君，你是一个人去后院的？”

敏之这么一问，虽然弟弟脸上显露出不太自信的神色，但还是轻轻点了点头。

“可你不是不爱去后院的吗？”徹太郎立刻插话道，“不是说‘那三座仓库很可怕……’‘能从仓库间隙望见的草丛和对面的杂木林很吓人……’，特别讨厌那里的吗？”

“……”

徹太郎盯着低头不语的月代，语声突然转为柔媚：“没关系的，有舅舅陪着你啦。再说了，大家都在这里，所以什么都不用担心。好了，到底是怎么回事？你差点就被什么人拐走了，对吧？正好这个时候哥哥来了，所以你就得救了，对不对？”

所谓“什么人”，不用说指的就是苇子。

“大舅子，你想说什么？”

父亲的言辞倒还客气，但他肯定是感到了不快。

“我想说什么……这事不对劲，不是吗？”

对川村徹太郎来说，父亲是他的妹夫，但三十五岁上下的徹太郎年龄反在父亲之下。小松纳敏之也一样。只是，敏之对任何人都言辞恭敬，相较而言，徹太郎则十分粗鲁。不过，徹太郎毕竟对自己的食客身份有所掂量吧，在猪丸家，只有面对父亲时，他才会让自己的语气柔和下来。

“这孩子竟然在平时绝不会走近的、比后院更里头的地方迷路了——”

“也不能因为这个，就说她——”

“这个有问题的女人连自己是谁、从哪儿来的都不知道，甚至不清楚自己为什么会在猪丸家宅院的后面，所以……”

“她失忆了，这也是没办法的事吧。”

“有什么事竟会让她失忆？光是想想就觉得可怕啊。”

“荒唐！”

“谁说的，一点也不——”

“总之，她是猪丸家的客人。”

在两人持续争论的过程中，当事人苇子或许是不能理解对话的内容吧，脸上浮现出异常模糊的表情。

不久，父亲吩咐道：“巌，你是怎么发现苇子小姐和月代的，跟徹太郎叔叔说说。”

父亲大概是想让徹太郎明白，至少不能给苇子扣上人贩子的帽子。

正如父亲估算的那样，听完巌的叙述徹太郎便支吾起来，终于不再说话。

“先是她从仓库间的草丛出来，而月代君就跟在她后面。是这样吗？”代而向巌确认的是敏之。

“是的……”

“换句话说，不就是苇子小姐带月代出了后面的杂木林吗？”

父亲瞥了一眼徹太郎，似乎在说“这下你明白了吧”，随后他向苇子报以笑脸。

之后的对话几乎成了父亲的独角戏——为了把有关猪丸家历史和祖业的事告诉苇子。

敏之和徹太郎忍耐地听着父亲已讲述过多次的话。每到关键部分，敏之总会插上一句，说些抬高父亲的奉迎话。相比之下，徹太郎却绷着脸，依旧只是用充满怀疑的目光盯视苇子。

至于苇子本人，从表情完全看不出她是否理解了父亲的话。虽说侧着头，但她一直面向父亲，所以想必在岩男看来她是一个热心听众。而且，她那表情含糊的脸庞还散放出难以名状的艳光，毫无疑问，不仅是父亲，连两位舅父也都受到了感染。

然而，巌却渐渐有了一种不协调感。起初他不明白是针对什么的。父亲说着得意事，敏之和徹太郎陪听。这景象过去常见，几乎到了令人生厌的地步。今晚只是加了个苇子，和平时并无多大不同。而她也是一心一意充当听众，可以说完全是一言不发。

这时，只是一瞬间，他和苇子的视线相交了。苇子向他稍稍晃过脸。

一刹那，巌察知了不协调感的本质，蓦地被一阵耸人的恶寒所袭，犹如冰水从背脊流过一般。

她什么都知道……？

迷迷糊糊的神情不过是伪装，自己是谁？从哪里来？来做什么？现在处于怎样的境地？其实她都明白，完全明白。

从那双瞥向巌的眸子里，可以清楚地辨识出知性的光芒。不，并非如此。包裹着光芒的是无比邪恶的黑暗。换言之，是深居于双目中的黑暗，带着某种含义正自熠熠生辉。

她的脑筋并没有出问题，也许还不如说是正相反……

滔滔不绝的父亲、积极附和的敏之、情绪不佳的徹太郎、显出天真无邪模样的苐子、还有从杂木林出来后便一直像掉了魂似的月代……置身于这群人当中，巌觉得只有自己意识到了一件事实——现在，就在这一瞬间，有什么事正在发生。

有什么事……有什么不好的事正在……

月代的奇异状态持续到了翌日傍晚。他再次没了踪影，于是巌慌忙来到后院，只见弟弟站在味噌仓与酱油仓之间，面对着草丛。

“小月……”

在巌的招呼声下，月代猛然回过了神。但是他失去了整整一天的记忆。他只记得昨天傍晚，自己也像现在这样，伫立在三座仓库前。

“昨天为什么会来这里？”

巌一问之下，月代答道起先他是在中院。那时他突然觉得有人在叫自己，望了一眼后院，这回又从仓库间传来了声音。走到那附近，就见草丛里有一只手在召唤他……

说到这里，月代大叫起来。

从那以后，无论怎么问，他都绝不再作任何回答了。

第二章　和室仓

巌的母亲好子是在战时嫁入猪丸家的。当时，岩男三十岁，好子二十二岁。翌年好子生下巌，不久就迎来了战争的结束，大家也都松了口气。然而没过多久，就在巌三岁时，好子因病去世了。

关于母亲去世的详情，巌一无所知。得了什么病？是在什么情况下死的？全都无人告知。

好子过世的第二年，岩男和二十四岁的由子再婚。巌记得当时自己虽然只有四岁，却也知道继母是“烟柳巷的花魁”，是父亲为她赎的身。

因为原先的行当，继母精于各种才艺。但家务事好像完全不行，于是在嫁入猪丸家时，带上了芝竹染。据说染年轻时也是欢场中人，被赎身到了普通人家。不过，由于她本人不愿叙述详情，所以更多的事就一概不知了——至少是在由子去世之前……

据说当初染是为了照料由子的起居才被召来的，然而不知不觉中她不但包办了猪丸家的炊事，就连当巌的乳母也是得心应手。巌也觉得，其实她对自己的照料远比继母多得多。

第二年，异母弟弟月代出生了。自己的名字“巌”和父亲“岩男”读音相同，常让巌有一种莫名的负重感，他很羡慕弟弟的这个名字。当然取名字的人不是父亲，而是由子。

月代や膝に手を置く宵の宿[1]

由子用她喜欢的松尾芭蕉的名句，给幼子取了名。顺带一提，“月代”似乎是指月出时东方天空微微泛白的景象。不过据舅父敏之

1 作于天禄三年（公元1690年）的俳句。句中传神地表现了众人在等候月出、面临即将开始的俳句大会时，难掩心中紧张的状态。“膝に手を置く”，指把手放在膝上，显出一副正襟危坐的样子。——译者注

说，绾起发髻的武士将额发剃掉一块的那部分也叫“月代”。巌有点担心，等弟弟上了小学，会不会因为名字的缘故受人欺侮呢？

月代三岁、巌八岁时，由子突然去世了。人死在和室仓的二楼，是染发现的。巌偷听医生和父亲的对话后，才知道死因是心脏病突发。

并非体弱多病的继母突然就病发身亡了？巌虽然还小，却也起了疑心。而最令人难以置信的是，父亲二话没说就接受了医生的诊断。

当时，巌甚至听到了用人之间的流言蜚语，不禁浑身战栗。

和五年前一样……

在和室仓的二楼……

明明两个人都那么年轻……

竟然又是心脏病突发……

说到五年前，正是母亲好子去世的那一年。所谓“明明两个人都那么年轻”，指的不就是母亲和继母吗？“又是心脏病突发”，是说母亲也是一样的症状？而且是死在和室仓的二楼吗？

巌没去问父亲。因为他知道就算问了，父亲也不会说。他想索性装成一无所知的样子，自己去查还能快点。

然而，真到了打算查清母亲死亡的真相时，巌却突然感到了束手无策。他根本想不出该怎么做才好。姑且找个人问问吧，能够亲密交谈的也就只有染。可是，染是在母亲死后才来的猪丸家。

无奈之下，巌只好旁敲侧击地接近从前就在店里做工的用人……但是结果糟糕透顶。他们一明白巌想打听什么，便个个匆忙地溜之大吉了。

只有一个人，从祖父那辈起就在猪丸家当掌柜的园田家的泰史，曾压低声音认真地警告他。

“小少爷，你听我说。绝对别去和室仓的二楼。万一不小心进去了，也绝不能动屋里的东西。可不能碰哟，更别说打开来了……”

撇开三十五六岁的年纪不谈，泰史相比他的祖父和父亲，在猪丸家的工龄也算是短的。据说他年轻时喜欢流浪，还加入江湖艺人团游历过四方。战后也是，刚复员他就不告而别，从园田家出走了两年。泰史承父职开始为猪丸当铺工作，恰好是在巌的母亲亡故之后、由子过门做续弦之前。

“对我来说，已经没有什么东西是可怕的了。”

泰史常说，这是因为他在流浪和战争中经历了种种事情。然而，就连他这样的人也会害怕，巌看在眼里，忍不住哆嗦起来。

尽管泰史没有具体说在那间屋子里究竟需要小心什么，但从此巌开始留意起和室仓的二楼。

然而，办完继母的葬礼后，父亲就立刻封死了整座和室仓。别说上二楼了，连一楼也进不去。和室仓完全成了“不启屋”。

一年后的某一天——和室仓沉重的土门[1]上悬挂着的大挂锁被打开了。因为苇子在留宿猪丸家的翌日，对这间特别的屋子表示了兴趣。

不过，尽管父亲不无得意地展示了一楼，但对参观二楼一事面露难色。即便如此，由于苇子想上去看看，所以父亲只好为她带路。

1　土门：原文为“土扉”。指涂着土或泥浆的门，十分沉重，常用于土仓（四面刷土或泥浆的仓库）。——译者注

只是在上楼前，父亲提醒了一句："绝对别去碰放在多宝格里的□□xiang。"

当时巌正从走廊偷窥和室仓，这句话被他听了个正着。

□□xiang……是□□箱的意思吗？

巌没听清关键的"□□"部分，不过他心里有谱。

从前在继母使用和室仓的那段时期，巌只进过一次二楼。那时，多宝格里孤零零地摆着一只破旧的木箱。要说为什么还记得，是因为那箱子没有盖儿，看起来就像一个木块。

箱子之所以显得奇妙，原因就在于表面的各式花纹。那不是单纯的木纹理。四角形或三角形的几何图形浮于表面，色调也各有微妙不同，看起来就像零碎的木片拼合在一起，化为了一个箱体，所以令人印象深刻。

说的肯定是那个箱子……

巌领悟到，泰史提醒自己注意的想必也是那玩意儿。

但是，为什么……？

箱子像是陈年之物，不过相比摆在店仓、收进库房的物品，并没觉得有多大价值。最关键的是，如果是值钱货，不会就这样放在和室仓的二楼吧。

也不知父亲和苇子之间到底谈了些什么，总之从这一天起和室仓就成了苇子的房间。此外，她还在二楼的壁橱里找出了一件奇怪的东西。

众人用过晚饭，在客厅休息放松时，苇子突然拿出了那个玩意儿。

"哦，这是什么？形状挺有趣的嘛。"

正如父亲感兴趣的那样，这是一枚心形木板。上方两只圆角的背面各装着一个小车轮，下方像三角洲一样的部分则开有一个小圆孔，这玩意儿真是稀奇古怪。

“这东西叫‘自动笔记板’。”

“在哪儿找到的？”

苇子对语气傲慢的徹太郎毫不介意，反倒面带微笑地说：“和室仓的二楼。”

“什么？”

“不会吧！”

不光是徹太郎，连敏之也对这回答做出了剧烈反应。两人立刻看向父亲，像是要说些什么，而这位当事人却在装聋作哑。

“那地方收着各种各样有意思的东西。”

“我说，这个自动笔记板是干什么用的呀？”

父亲把徹太郎和敏之晾在一边，向苇子寻求说明。

“狐狗狸。”

“欸……？”

“当然了，这板是西洋的东西，不过所做的内容和狐狗狸没什么两样。”

昨晚的寡言少语恍如错觉，今晚的苇子话闸子一打开就没个完。

“喔，国外也有狐狗狸吗？”

“据说这是从美国传到日本来的。”

“什么时候的事？”

“开始流行是在明治二十年（公元1887年）左右，不过有人说最早做狐狗狸的日本人是织田信长，也有人说这是基督教徒传过来的邪法，说法多种多样，其实是怎么回事并不清楚。”

“从那么早开始就……”

“也有几种具体的说法。据妖怪博士井上圆了说，明治十七年（公元1884年）左右，有一艘美国帆船在伊豆下田的海上遇难，船上的海员把狐狗狸传授给了救助自己的下田人，这就是源起。当时在下田的各地渔夫回到各自的母港后，又将此法广为传播。”

“一下子变得好详细啊。”

“还有一种说法，明治十六年（公元1883年）时，曾留学美国的理学博士增田英作，把在那边用过的专用台带回了日本，并于翌年和几个朋友在新吉原的引手茶屋的亭子里使用了这张台子，这个才是最早的。”

“早了一年吗？”

“据说，增田按‘宣告道理’之意取名‘告理’，后来这个词演变为‘こっくり’，安上了汉字‘狐狗狸’，又在后面加了个‘さん’。”[1]

茅子边提示汉字边做说明，父亲深感钦佩似的点点头。

“好像很有道理呢！”

“也有人说，明治十七年是美国流行的年份，传入日本则是在一年后的横浜，当时品川的艺伎们热衷于这项活动，‘狐狗狸’的名字

1　さん：一般是对人的尊称，如先生，大人。从“告理”到“こっくり”到“狐狗狸”再到“狐狗狸大人”，展现了仪式逐渐人格化（生物化）的过程。文中视情况，译作“狐狗狸”或“狐狗狸大仙”。——译者注

是从她们之间诞生的。”

“喂——”

徹太郎插嘴打断苐子的话头。

最初听说苐子去过和室仓的二楼不免吃惊，接着又被突然健谈起来的她压倒了气势，不过现在他似乎终于回过神来。

“你好像对狐狗狸很了解，这些知识都是从哪儿来的？”

“……”

“岩男先生，这女人很可能是杂技棚的算命师。”徹太郎将视线从突然沉默下来的苐子移向父亲，“我以前见过，在招牌上画着蛇纹女、河童、熊女之类刺眼但又能抓住看客好奇心的图。可是进棚子一看，其实上演的就是生吞蛇蛙之类的恶心玩意儿，再配上小孩模样的半裸少女，硬是弄出了一股色情味。”

敏之对徹太郎的话大点其头：“我也见过，虽然没那么恶劣。也有像恐山[1]巫女那样跳大神的棚子——”

“对！就是那种棚子啦。这女人在那种地方惹出事端，所以被赶了出来，只好一个人靠算命招摇撞骗。不过呢，靠这个挣不了几个钱，所以就沿路物色一些看上去财大气粗的人家，耍各种花招混进来，再把冤大头的金银财宝席卷一空。她肯定是这么一路流窜过来的。”

“大舅子，如果她是这样的人，就不会特意自揭老底了吧。”

巖原以为父亲一定会发怒，然而父亲脸上反倒浮起了微笑。

1　恐山：青森县下北半岛北部的火山。当地円通寺在7月举行的巫女请神仪式十分有名。——译者注

“可能是看到曾经用来营生的道具，一不小心说漏了嘴。”

“原来如此。”

“要么她就是打算马上骗我们一笔——”

“猪丸家历代家主里，受过别人骗的还一个都没有呢——或者大舅子是想说，猪丸岩男会成为第一个？”

“哪、哪儿的话……当然不是！”

眼见猪丸家现任家主的脸上没了笑容，徹太郎慌忙否定道。然而，父亲早已转向苇子，只以目光催促她继续往下说。

“不过，虽说统称为‘狐狗狸’——”

苇子继续着话题，就像什么事也没发生过。与其说令人惊讶，还不如说这情形真叫人心里发毛。巌偷眼看去，只见敏之脸上也浮现出复杂的表情。

“欧美流行的做法里，以一种名叫‘圆桌会’的方法为主，也有使用这种自动笔记板或‘灵验盘’等特殊道具的实例，花样很多。”

“哦，有什么不同啊？”

然而，父亲似乎一点也没在意。

“所谓圆桌会，就是多个人坐在桌边围成一圈，和神灵进行沟通。神灵一旦降临，就会倾斜或转动桌子告诉众人。这时，要预先和神灵约定，比如‘咯噔’只动一下表示‘是’，‘咯噔咯噔’动两下表示‘否’。在此基础上对神灵提问，通过桌子的活动情况得到回答。”

“有趣！”

看来父亲真对苇子的话产生了兴趣。

“所谓灵验盘，是指刻有字母和数字、装着三脚指示器的盘子。另外，也有把加入了‘是’与‘否’的三十六张卡片，沿桌边排列后使用的情况，这种时候不使用三脚指示器，而是改用倒扣的平底玻璃杯或葡萄酒杯。做法是一样的。参与者把手放在三脚指示器或玻璃杯上，然后它们就会自己动起来，指示文字或卡片，拼成有意义的字句。”

“又比最初的方法难了很多啊。当然，似乎只有这样，才可能提一些具体的问题……”

“比圆桌会更具体、比灵验盘更直接的方法，就是这个自动笔记板了。”

“怎么个用法？”

“把铅笔插进这个小孔——”茾子指了指心形板下端的孔洞，接着将左右手分别搁在上部的两个圆角上，“两个人就像这样各自放上一只手。事先要在板下铺好纸。于是，板就开始自己动起来，自动书写文字。”

“这种东西肯定是骗人的！”徹太郎忍无可忍似的插嘴道，“放上一只手的人一个是顾客，另一个就是算命师对吧。这样的话，毫无疑问那个算命师就是晃动板的人。”

“……”

“圆桌会也好，灵验盘也好，反正都一样啦。不过是骗子灵媒师或算命师，根据自己的需要操纵桌子和板罢了。”

“做一次试试吧？”父亲提议道。

徹太郎一瞬间张口结舌。不过，很快他就像征求同意似的看着敏之："可是，她会放一只手上去的对吧。这样的话，再怎么试也……不是吗？"

舅父思索了片刻后说道："据我所知，普通人，也就是没什么灵力的人也能请出狐狗狸大仙，对吧？这个自动笔记板怎么说？如果不是所谓的灵力者，就不能操作是吗？"

敏之的语气稳重有礼，但显然是在挑衅苇子。徹太郎坏笑着打量起苇子，就像在说"这下有的玩了"。

然而，意外的是苇子竟摇了摇头。

"哎？你的意思是普通人也行？就算两个人都是外行，也没问题吗？"

她点了点头。

"那好，我和小松纳兄，还有你就来玩一次吧。"

徹太郎向敏之发出邀请后，把脸转向父亲："你看怎么样？"

"是由大舅子你们两个来做吗？"

"当然也可以中途替换其中的一个，请岩男先生参加。而且，只要她有这个意愿，大家一起做也行。"

此时，巌立刻明白了徹太郎的想法。

他们两个或父亲进行仪式时板不会动，苇子一参加就动了起来——徹太郎一定是在设想这种情况。他是这么盘算的吧：只要两个人里有一个是她，板就一定会动起来的话，无疑父亲也多半会觉得奇怪。

徹太郎用挑衅的眼神盯视苇子，敏之交互打量她和父亲。父亲脸上略浮出思索的表情，但其实看起来像是在等待苇子的反应。

不知不觉中，不光是徹太郎、父亲和敏之，包括巌和月代，大家全都一动不动地望着茅子。

茅子无视五人的视线，脸上依旧挂着懵懂的神情，点了点头。

“要做对吧？”

徹太郎顷刻间咄咄逼人起来。

“完全没写过字的白纸和插入那个小孔的铅笔，还需要其他什么吗？”

反之，敏之早已冷静地开始考虑必要的准备了。

然而，茅子却无视他俩，她缓缓地看向父亲，说道：“这个房间不行。”

“是吗？那哪里行？”

“和室仓的二楼……”

第三章　仪式的准备

“开什么玩笑！那里不行！”

“偏偏还要在那间屋子里搞降灵之类的玩意儿……”

徹太郎和敏之当即扬声抗议。

“在这里做就行。”

“在哪儿做不是做？”

巌又一次想到：果然，不只是继母由子，母亲好子可能也是在和室仓的二楼死去的。对他俩来说，那里是妹妹年纪轻轻就不幸亡故的不祥之地。要在那个房间举行狐狗狸仪式，他们怎么也没法认可吧。

然而，父亲似乎全无顾忌。

“那里可以吗？”

他再度询问苐子，见她点头后，便断然做了决定。

“岩男先生，你——”

徹太郎不禁站起身，眼看他就要顶撞父亲，这时敏之向苐子发问道：

“你为什么要用那个房间？会客室和这里为什么不行？”

“……”

“起居室和饭厅呢？和室仓的一楼呢？”

“……”

“其他可行的房间一个都没有吗？”

“……”

父亲对保持沉默的苐子柔声道：

“选择和室仓的二楼，是不是有什么理由？”

“是的……”

“什么理由，能不能告诉我？”

“因为那里是这个家神灵最容易降临的地方。”

何止徹太郎和敏之，父亲似乎也哑口无言了。巌的上臂瞬间起了一阵鸡皮疙瘩。

她知道母亲和继母的死？

巌猛然想到了这种可能性，但是苐子昨天才出现在这个家。无法想象是染说的，也不可能是父亲告诉她的。两位舅父当然不会说，月代也是，可以说根本不在考虑之列。当然，以掌柜泰史为首的用人们也不可能。换言之，她并不是从谁那里听来的。

是进了那间屋子后，感觉到的吗……？

苇子是否在杂技棚干过巫师之类的勾当，已不得而知。不过，她那么了解狐狗狸，看来至少有实际操作的经验。不，也许她曾经以此为生。

比如术士……

苇子身上飘荡出来的异于常人的气息，不就是那残存的痕迹吗？

当巌还在沉思时，举行狐狗狸仪式的房间已被定在了和室仓二楼。徹太郎和敏之看来都已无力反对。

神灵最容易降临的地方……

妹妹们亡故的房间，被理应不知内情的她如此描述，他俩所受的打击一定很大吧。

不过，苇子选择和室仓二楼另有理由。她说，由于仓库构造上的关系，把窗完全关闭后，室内就会变得漆黑一片。

“在黑咕隆咚的地方做狐狗狸仪式，我可从来没听说过。”徹太郎似乎总算重新振作起来了，他当即出言反击，“必须把房间搞暗，是为了使什么诈术吧？”

根据苇子的说明，首先得在房间中央铺上绒毯，摆上一张单脚圆桌。然后大家在桌边落座，相邻的两人各伸出一只手拿住自动笔记板，以此进行狐狗狸仪式。

“你们看，这样做如何？”敏之像是有了好主意，他把脸转向父亲和徹太郎，“把圆桌放在和室仓二楼的正中间，而我们则并排坐在靠屋内一侧的座位上。”

所谓“我们”，自然是指小松纳敏之和川村徹太郎两个人。

“请岩男先生和巌儿，分坐在从我们的角度看出去的、左右两边的座位上。”

“巌也参加吗？”

父亲颇感意外似的问道，这语气中同时透出了不打算允准的意味。

当事人巌听着舅父和父亲的对话，心情复杂。因为想参加的心情和不愿牵扯其中的思虑，两者兼而有之。

“必须要有他。幸好巌儿现在放春假，就算熬点夜也没关系吧？”

“怎么回事？”好歹重新坐回椅中的徹太郎从旁插话道。

“如果只有这里的几个大人坐在桌旁，首先我们得等距离地散开对吧？”

“是啊。”

“也就是说，把围坐在圆桌边的我们四个连接起来的话，恰好构成了一个正方形。”

“原来如此。”

“但是，我和川村君要用一只手把住那块板，所以不能离太远，必须坐近一些。”

“嗯。”

“这么一来，我们四人连一块儿的形状就成了个梯形。”

“把我和小松纳先生你连起来的就是梯形上面的短边吧。把岩男先生和那女人连起来的自然就是下面的长边了——不过，这个有什么问题吗？”

从徹太郎到父亲，再从父亲到苇子，敏之一边挪转视线一边继续说明："不管她在下边的哪个角上，都能获得足以在黑暗中自由辗转的空间。"

"你说什么？"

不光是叫出声的徹太郎，还有父亲、甚至连巌也忍不住探出身来。

"她能从自己的座位到我俩中的一个所在的位置之间，自由来去。也就是说，她可以从旁出手，拿住自动笔记板，按自己的意愿摆弄——这就是我想说的。"

"唔，你说得没错。"

眼见徹太郎开始恢复活力，父亲神情淡然地说道：

"那么，大舅子你想怎么办？"

"就像我前面说的那样，我们坐在靠屋内的那一侧。同时让她隔着圆桌，坐到对面的座位上。在此基础上，我想请岩男先生和巌儿在我们和她之间空出的左右两个位子上分别落座。"

"但是呢，这女人可以很容易地从他俩身后通过，接近我们啊。"

"为了不给她这样的余地，请岩男先生和巌儿在稍稍远离桌子的地方坐下。那个房间的话，只要这么做，就能在人和桌子之间，以及人和背后的墙壁之间，留出恰好可供一人通行的空隙对吧。但是真要通过的话，不管身前还是背后，都一定会被发现，就是这样的。"

"是让他们两个玩挡关游戏啊！"

徹太郎叫了起来，像是在说"这个有意思"。不过，父亲始终保持着冷静："但是大舅子，如果苇子小姐从正面伸手，结果还不是一样？”

“为了以防万一，请允许我反绑住她的双手。”

一瞬间的寂静过后。

“反正要绑，就把她绑在椅子上好了。”

与其说徹太郎是在提议，还不如说他已经擅自做主了。进而，他似乎想到了更好的主意：“不，干脆不带她，我们自己来做怎么样？”

“这个嘛……”

就连敏之也踌躇起来，看了看父亲。

“去掉苇子小姐的话，狐狗狸仪式本身不就没法进行了吗？”

“但是岩男先生，那个女人说了，就连我们这样的外行也能请出狐狗狸大仙。也就是说，不需要专家对吧？”

“你怎么说？”父亲如请示一般询问苇子。

“只有你们进行的话，会很危险。”

“喂喂，刚才你不是还在说普通人也行的吗？”

徹太郎当即不依不饶起来。但是，苇子不作任何回答。父亲再次问道：“你所说的危险，是指什么方面的？”

“绝不能在那间屋子里举行不完整的狐狗狸仪式……”

“你的意思是，如果在和室仓二楼进行的话，少了苇子你这样的人会很危险？”

苇子点点头。

“既然如此，在别的地方做不就好了吗？”徹太郎立刻紧咬不放。

“但是大舅子，那间屋子是我们家最合适的地方啊。”

“只是这个女人那么一说而已啦。”

“在和室仓二楼的话，就能唤出狐狗狸大仙是吗？”

在父亲的叮问下，苇子答道“是”。

“好吧，我明白了。”徹太郎突然站起身，“就按小松纳先生提议的方法，进行一次狐狗狸仪式吧。”

“在和室仓二楼，她也参加？”

敏之确认了一句，徹太郎点头道：“既然她说她不参加的话，我们会有危险，那就请她在屋里待着。不过，要把她绑在椅子上。这是条件。”

说着，他挑衅似的看了看苇子。

“怎么样？”父亲征询苇子的意见。

“可以。”

“哦对了，还有一个条件。”就像正等着对方承诺似的，徹太郎续道，“如果狐狗狸大仙没来，就请她马上离开这个家。就是这样，岩男先生，你也没意见吧？”

一瞬间，父亲的脸耷拉下来。他多半是真的被苇子迷住了。

“没问题吧？”

徹太郎执拗地要求明确表态，父亲只好勉强答应。

“提问内容怎么办呢？”

敏之的眉间挤出了皱纹，他一脸难色，仿佛在说“这件事很重要”。然而，父亲和徹太郎全都不解其意似的怔怔发呆。

“就是向狐狗狸大仙提问的内容。”

“这个呀，这种东西随便弄弄就好了嘛。”

徽太郎干脆抛开了这个问题，父亲则用责备似的口吻对妻兄说：“不，如果提一些本身就毫无用处的问题，就算好不容易得到谕示，也是白费劲。还是得问点有具体内容的……”

“原来如此。那好，就问和这个女人有关的问题吧，你看怎么样？”

“欸……？”

“关于这女人的真实身份，连她自己也失去记忆不得而知。所以我们自然得去讨教狐狗狸大仙，请它来告诉我们啊。”

许是对这个阴损主意相当满意吧，徽太郎脸上露出了令人厌恶的轻笑，一边还向苇子投去瞪视的目光。

然而，苇子丝毫不见动摇，她凝视着父亲，像是在说“一切全凭处置”。

“那么，明天晚上，晚饭后……从九点左右开始。”

父亲环视众人，所有人都表示了赞同，于是这一晚大家就此解散了。

第二天上午，众人先是打算准备圆桌，但是家里没有合用的。于是父亲去了库房，结果在典当品中找到了一张苇子认为合适的单脚小圆桌。

“大小刚刚好。”

“这个不会出岔子吗？”因为还不是死当品，敏之有点担心。

“只要搬回老地方就没问题啦。”

徽太郎毫不在意，父亲也表示赞同，于是乎五张椅子和绒毯也都是从库房拿来的。

敏之两手提着圆桌和椅子，徹太郎只搬了自己的那张。巌光是拿椅子和圆形绒毯就已空不出手来，所以最后父亲不得不同时抱起了自己和茀子要用的两张椅子。

五人正从库房往外搬圆桌和椅子时，染想来帮忙。然而，得知他们要在和室仓二楼举行狐狗狸仪式的一刹那，她突然念起经来：“南无阿弥陀佛，南无阿弥陀佛……”

在她身后，站着面露不安的月代。他的一只手攥住了染的衣摆。

“什么呀，真不吉利！”

听到染的六字佛号，徹太郎竟露骨地显出嫌恶之色，狠狠地啐道。

被由子召入猪丸家的芝竹染和仰仗妹妹的关系挤进家门的川村徹太郎，两人从初次照面开始，就莫名地互相讨厌对方。祈求月代茁壮成长是他俩唯一的共通点。不过，在这件事上两人似乎也各有各的打算。

巌对染的亲近感远胜于难缠的舅父们，但也并未因此就对她抱有全方位的信赖。

和室仓的土门向外大开着。昨天父亲带茀子来参观时，茀子决定姑且在这里住下，从那以后门就一直这么开着。

众人从土门进入走廊，爬上楼梯，先把圆桌、五张椅子和绒毯搬到二楼的走廊。随后，他们按敏之的方案，决定了各件家具的摆放位置……

二楼房间的拉门被打开的同时，巌的视线就几乎被钉死在了右手边的多宝格上。

因为那里摆着那口箱子。

箱子映入眼帘的瞬间，巌想起来了，“□□箱”的“□□”到底是什么。

赤箱！

箱子整体呈赤褐色。原本可能是涂了朱漆，经年累月便褪了色。

箱子没有记忆中的大，感觉就跟女孩儿家玩的皮球差不多吧。

果然没有盖子……

与其说是一个里面能装点什么的箱子，还不如说更像一个巨大的骰子或积木。不过，由于是长方形的，所以当不了骰子。而且每个尖角都被削掉了，所以也不适合做积木。

这玩意儿究竟是什么呢……

考虑到父亲提醒苇子、泰史提醒自己时的口气，想必不会是什么好东西，反倒给人一种不祥的观感。可话虽如此，也不处理掉就这么一直放在多宝格里，又是为什么呢？

而且，赤箱并非单纯地被放在架子上。在它前面，呈“×”字形搁着两把各拥有纯黑和纯白柄鞘的小刀，仿佛把箱子封印了起来。

不能怠慢，也不想珍重，置之不理吧又叫人犹豫不决。这东西就那么棘手吗？

父亲和舅父们……

是否不在意这箱子呢？一看之下，巌才发现他们几乎不向多宝格那边张望。虽然进入了视野，但有意识地避免去直视它——三个人看起来都是这样。

巌观察着父亲和舅父们的态度，其间他渐渐感到了无尽的恐惧。

大人们没有注意到巌在走廊里发抖的模样，稳扎稳打地做着准备工作。

首先他们在屋子中央铺好绒毯、放上圆桌，随后敏之和徹太郎并排坐到靠南面窗户的地方。敏之坐东侧，徹太郎坐西侧。接着，桌子的东西两侧各摆上了一张椅子。桌子和椅子之间空开可供一人通行的距离。在椅子背后，东侧是壁橱的拉门，西侧是多宝格，那里也都留出了能让人通过的宽度。

“我想请岩男先生和巌儿坐下来……”

在敏之的催促下，父亲在西侧，巌在东侧各就各位。不用坐在赤箱前面，巌姑且算是松了口气。

“能不能把眼睛闭上。”

巌顺从地合上眼，不一会儿就感觉到了有人从前面，接着又从后面通过的动静。

“好像是大舅子中的哪一个正在我周围走动呢。”

父亲似乎也有同感，听到了那种声音，于是巌也如实讲述了自己的感觉。

“好，可以把眼睛睁开了。”

巌的身边站着徹太郎，父亲的近旁则出现了敏之的身影。

“刚才，我和川村君分别试着在岩男先生和巌儿的前后，尽可能消声匿迹地走过，结果是都被察觉了。”

“也就是说，就算屋里一团漆黑，他们也足以担当监视任务了？”

敏之用力点头，回应了徹太郎的确认：“就算身处黑暗失去了视觉，但神经应该会相应地变得敏锐。而且，她在黑暗中也看不见，即使想从哪里穿过，身子也很难不碰到什么东西。”

“嗯嗯。这女人想偷偷地跑到我们身边来，总之是没可能啦！”

苇子本人的椅子被放在桌子的北侧，也隔开了可供一人通过的间隙。

接着众人讨论了实际的操作程序，才知道还需要两张台子。一张放给狐狗狸大仙做自动笔记用的纸，一张用来堆积书写完毕的纸。

父亲和舅父从库房搬出合用的台子，在敏之和徹太郎的椅子两侧各放了一张。

就在所有必须品安置完毕的当口，苇子自进入和室仓后第一次开口道：“我有一个请求。”

“什么请求啊？”

“我想用那个箱子。”

“……”

父亲哑口无言，闭上了嘴，片刻的沉默降临后……

“岂、岂有此理！”

“我还以为你要说什么呢，原来——”

敏之和徹太郎异口同声地发出了抗议。

然而，苇子却对赤箱执着不已。

“我需要那个箱子。”

最终，父亲等人做了让步。他们得知苇子只是要在圆桌和自己的椅子间放一张台子，把箱子搁上面就行，这才勉强同意。

但是，巌很不安。从如封印一般的纯黑小刀和纯白小刀那里拿走箱子，这……

午后，众人在客厅商定了狐狗狸仪式的相关规则。

一、由小松纳敏之和川村徹太郎思考提问项目。

二、召唤狐狗狸大仙、提问、送仙的所有仪式都由苇子主持。

三、仪式在和室仓二楼进行，现场的安排就照小松纳敏之的方案，把苇子的双手反绑在椅后。

四、全体人员落座后，关掉屋里的灯。下一次开灯则要在仪式完全结束之后。在那之前，谁都不许从座位上站起来，也严禁窃窃私语。

五、遵从规则四，但是当小松纳和川村两人确信仪式已失败时，可以敲桌通告。规定暗号是敲击三下、两下、三下，这时苇子必须迅速结束仪式。

这番讨论过后，巌接舅父的指示，跑去附近的文具店，购买了藁半纸[1]、铅笔和细麻绳。尽管巌说这些东西家里应该都有，但敏之却摇摇头。

“全都用从外面新买来的东西吧。”

看来舅父是想筹齐没被苇子的手碰过的物品。

众人用过晚饭，各自消磨了一段时间后，于九点来到了和室仓二楼。

1　藁半纸：藁和其他纤维混合制造的粗糙半纸。半纸，日本纸的一种，尺寸是早年通用纸张的一半。现在使用最广泛，纵24～26厘米、横32～35厘米。——译者注敏之麻利地做起了准备。首先他在圆桌上只放一张藁半纸，结果那纸立刻像被吸附似的紧紧贴住了桌面。纸的右下角事先编上了号码“一”。余下的纸也从“二”开始，在相同部位依次记入号码。敏之把这些纸集中起来，叠放在他椅子右侧的台子上。接着，他把插入铅笔的自动笔记板摆在桌子的藁半纸上，轻松完成了狐狗狸仪式前的准备。

“好了——”

徹太郎拿起细麻绳，向苇子颐指气使地扬了扬下巴，催促她坐到椅子上去。

“真的没问题吗？”

父亲担心地问道，而苇子只是淡然点头。她坐入椅中，自己把双手绕到了椅后。

“做人最关键的是要想得开。”徹太郎吐出这句话后，不但捆住了她的双手，连两个脚踝也一并绑到了椅腿上。

“大舅子，犯得着连两条腿都……”

“不不，俗话说万事都得小心再小心嘛。”

徹太郎伶俐地避开发火的父亲，匆忙坐入自己的座位。敏之也跟着落座，于是父亲也只好坐下了。

“巌儿，能帮我关掉走廊的灯，然后把拉门合上吗？”

巌依舅父的吩咐行事完毕后，回到自己的座位。

“那么各位，可以开始了吗？”

针对敏之的确认，徹太郎“啊”了一声，父亲“嗯”了一声，而苇子和巌则是默默点头。

“准备开始吧。”

敏之用左手把住自动笔记板的一侧圆角，徹太郎慌忙把右手放到另一侧。

“巌儿，把房间的灯关掉。”

巌拉了一下从天花板垂落的电灯线，顷刻间和室仓二楼变得一团漆黑。

鸦雀无声的寂静持续了片刻，不久就隐隐听到一个仿佛是从地底涌出来的声音。

“狐狗狸大仙、狐狗狸大仙……恭请您大驾光临……”

第四章　狐狗狸大仙

漆黑的暗室中，仪式开始了。

屋里真的很黑。舅父们身后那扇唯一的窗，由于外侧的百叶窗被拉上了，星光完全射不进来。苇子后方的拉门也被关得严严实实。虽然有缝隙，但走廊上没有窗户。一楼的灯已经关了，所以也不可能有光从楼梯口漏入。

况且，和室仓出入口的土门已在内侧落闩。换言之，这是一个完全密闭的空间，谁都无法进入，且决计不会让室内的黑暗逃逸出去。

在这一团漆黑之中，令人惊悚莫名的念语连绵不绝。

“狐狗狸大仙、狐狗狸大仙……恭请您大驾光临……”

“若已大驾光临，还请昭示灵迹……”

此处，稍稍间隔了一段时间。

“狐狗狸大仙、狐狗狸大仙……恭请您大驾光临……”

“若已大驾光临，还请昭示灵迹……”

如此这般，循环往复。

巌十分紧张。若在平日，现在已是将要就寝的时候，可他竟和大人们混在一起，参加这种诡异的仪式。仅此就已经是很严重的事了，却还要承担防止作假的监视任务，所以他神经紧绷也是情有可原的。

然而，不久巌开始受到睡魔的侵袭。明明很紧张却又很困……这古怪的情形给他带来了一种难以言喻的不安感。

为什么会这样呢……？

巌自问道，这也是为了拂去睡意。但是，苇子的念语不断传来，使他怎么也无法集中思想。岂止如此，睡魔对他的侵袭越来越猛烈了。

啊……

这时巌猛然警醒。因为他意识到，这反复入耳而来的念语才是将自己引向昏睡的元凶。

如同催眠术……

不，也许苇子确实想给巌他们施行催眠术。

不打起精神来可不行——

巌用右手狠命地抓了一把左手背，极度的疼痛令他的意识骤然一清。

没关系。没有坠入催眠术。

而且，苇子的声音从他的右斜方传来。这就意味着，她正好好地待在原来的位置上。

“狐狗狸大仙、狐狗狸大仙……恭请您大驾光临……”

“若已大驾光临，还请昭示灵迹……”

念语仍在继续，这时从左手方传来了骇然屏息的声音。与此同时，巖听到一些动静，像是有人在活动身子。

是两位舅父……在动吗？刚这么一想，就从黑暗中传来了极其微弱的声响。

那声音微乎其微，但听上去就像某种异形之物在厚墙的另一边竖起了爪子，巖的脑中不禁浮现出一幅幅令人惊悚的画面。

来自屋外……？

是透过和室仓厚实的墙壁，从屋外传来的吗？巖进一步凝神静听。

不对……来自室内……

而且来自正面。声音是从圆桌所在的方向传来的。

啊……是自动笔记板在动！

领悟的一瞬间，巖清晰地认识到了一个事实：铅笔移动于藁半纸上发出的硬质之音，正掠过桌面在黑暗中回响。

从舅父们那里听到的奇妙的声音，想必是因为搁着一只手的板突然动起来，令他们吃了一惊。他们甚至是在发抖也说不定。

不久，声音止歇了。死一般的寂静降临室内。

“狐狗狸大仙、狐狗狸大仙……承蒙大驾光临，不胜感激……”

苇子开口了，与先前相比语气没有任何变化。然而，之后她再次安静下来。过于宁静的时间流逝着，宁静得使人对吞咽口水也犹疑起来。

“狐狗狸大仙、狐狗狸大仙……请允许我开始提问……”苇子续道。

片刻后，舅父们那边再度出现了身子微动的迹象，纸沙沙作响。

有没有把纸拿走？

一个问题回答完毕后，徹太郎就得从桌上取走藁半纸，放到自己左侧的台子上。不过，也许是自动笔记板自行运动的现象令他过于惊慌，竟忘了这个最重要的约定。

如此一想，也就能够理解苇子为什么要郑重地说一句“请允许我开始提问”了。她对着狐狗狸大仙说话，其实是在提醒徹太郎。

接着，那边传来了敏之从自己右侧的台子上取纸，垫于自动笔记板之下的声响。此时两人的手绝不能离开板。看来在一团漆黑中进行这项作业，是相当费工夫的。

尽管如此，敏之似乎仍尽力以最快的速度补上了纸，簌簌的声响骤然停止。

“狐狗狸大仙、狐狗狸大仙……”就像一直在等着似的，苇子开口道，“我是什么人？”

隔了一会儿，铅笔在藁半纸上移动的微弱声音开始响起。

就像是为了慎重起见而观望一下情况似的，声音停止后间隔了数秒，才传出了徹太郎收纸、敏之补纸的动静。

随后苇子提出新的问题，自动笔记本动起来——如此这般，循环往复。

“我从哪里来？”

移动于纸面的铅笔发出响声。

“我该往哪里去？”

藁半纸被取下。

“我在猪丸家背面的杂木林里干什么？”

藁半纸被补上。

“今后我该怎么办？”

苐子提出问题。

“猪丸家的生意就这样下去没问题吗？”

从这里开始，提问内容忽然变了。

“猪丸家应该进一步拓展生意吗？”

说起来，以前父亲曾和泰史合计过开新店的事。

“为了猪丸家事业的发展，该不该把目光投向新的领域呢？”

提问连续不断，真像是一开始就在向狐狗狸大仙祈求谕示一般。

“岩男先生的继承人会是谁呢？”

其实两位舅父最最关心的就是这件事。当然，敏之希望是巖，徹太郎则希望是月代来继承家业。

“猪丸岩男先生的前妻好子为什么会死在这个房间里？”

啊！

巖不由得差点叫出声来。

“猪丸岩男先生的续弦由子为什么会死在这个房间里？”

舅父们是打算开玩笑还是出于真心想出了这些问题？

“两人的死与赤箱有关系吗？”

依旧分不清是玩笑还是认真的。可是，那箱子与母亲和继母的死究竟有什么关联呢？

“这个房间今后还会出现死者吗？”

够了，拜托别再提这种问题了！

“所谓的赤箱究竟是什么？”

想必还是不知道为好。

“赤箱里放着什么？”

巌渐渐感到了恐惧。

“把赤箱处理掉也没问题吗？”

进而巌又想：亏得苇子竟能毫不迟疑地向狐狗狸大仙提问，虽说这些问题都是事先商量好的。

此时提问突然中断，室内一片寂静。

结束了吗……？

舅父们那边也没传出什么不明动静。看来苇子把他们想好的问题全都问完了。

巌的安心转瞬即逝。

“我可以接手赤箱吗？”

苇子的语声清晰可闻，音调的抑扬与先前提问的时候大不相同。

一刹那，敏之和徹太郎的身子骤然耸动。显然，苇子自作主张地提了一个他俩没准备的问题。

然而，自动笔记板同样做出了反应。接着铅笔停止了活动，寂静再次到访，片刻过后，苇子口中徐徐吐出念语。

“狐狗狸大仙、狐狗狸大仙……屡次赐予回答，不胜感激……”

在黑暗中巌什么也看不见，但从苇子声音的变化可察知她正在垂首施礼。

“狐狗狸大仙、狐狗狸大仙……还请归去……”

她再次颔首。

“狐狗狸大仙、狐狗狸大仙……还请归去……”

她持续行礼。

然而，从巖的前方传来了轻微的声响。自动笔记板在动，铅笔在纸上游走，就是那声音……

狐狗狸大仙不回去吗？

“狐狗狸大仙、狐狗狸大仙……还请归去……”

感觉苇子的语气中含着些许焦躁……是自己神经过敏吧。

“狐狗狸大仙、狐狗狸大仙……还请归去……”

从未显露出丝毫情绪化言行的苇子，似乎第一次动摇了。

“狐狗狸大仙、狐狗狸大仙……请速速回归原位……”

念语的语速渐渐加快。

“狐狗狸大仙、狐狗狸大仙……请立刻回归原位……”

原本恭敬的呼唤，开始一点点地向命令式的话语转变。不久，念语自身竟似化为了咒语，语义已变得完全无法理解。也就在这时，狐狗狸仪式终于结束了。

“结束了。”

巖以苇子的话为号，打开电灯。耀眼的光芒霍然照亮了沉沉的黑暗，他不由自主地眨巴着眼睛，查看起室内的情况。

端坐于对面的父亲先是看了看苇子，随后把脸转向巖和两位妻兄。

舅父们则各自凝视着从自动笔记板上抽回的手。仿佛那笔记板自行起动时的骇人感触，仍然残留在掌中。

苇子保持双手反剪在椅后的状态，无力地歪着头，身子一动也不动。

巌细细观察眼前众人的模样，突然他的视线止住，钉死在了放着赤箱的台子上。

移动过了……？

与狐狗狸仪式开始前相比，感觉台子所在的位置不同了。但是要这么说的话，圆桌也好，大家的椅子也好，看起来都比最初时要凌乱一些。

不过……

桌上的自动笔记板动个不停，椅子里则坐着人。就算位置有小小的偏移，也没什么可奇怪的。

但是……

载着那箱子的台子不可能移动分毫啊。苇子无法触到，父亲和舅父们也不可能去碰它，当然巌也是。

由于离开了封箱小刀，在举行狐狗狸仪式的过程中，在深沉的黑暗中，那箱子配合着自动笔记板的运动在台子上翩翩起舞……如此情景竟清晰地浮现在了巌的脑海中。

“那个箱子——”

巌正想指出这个让人惊骇的事实，父亲从椅中站了起来。他一边向苇子走近，一边用关切的口吻道：“不要紧吧？现在我来解开绳子让你……”

“岩男先生！请等一下。”

慌张的敏之立刻奔到父亲身旁。

“还是让捆绳的人来解绳比较好吧。”说着，他伸手招呼徹太郎。都到了这个时候，舅父似乎仍在怀疑苇子使诈。

“跟捆的时候一样呢。”

徹太郎转到椅子背后，心不甘情不愿地承认道。即便如此，他还要吹毛求疵：“不过，绳子有一点松啊。”

父亲立刻开口道：“最后要送走狐狗狸大仙的时候，好像很不顺利，所以身子不由自主地动了几下吧。”

“这个嘛，好吧……”

“不光是两只手，连两条腿都被绑在椅子上了。她绝对没办法脱开绳子去操纵那块板。”

敏之听着父亲和徹太郎的对话，一边目不转睛地观察苇子，这时他说道：“提问时的声音确实是从这边传来的。”

“喂喂，你到底站在哪一边啊？”

徹太郎正在解两腿上的绳子，闻言忍不住抗议起来。然而，敏之仍旧死死地盯住苇子：“而且，在那块板动起来的时候，我用右手在板的上面和周围摸索过……”

“啊……那个原来是你啊！我还以为肯定是……”

看来徹太郎以为是有某种不明之物现身，晃动了自动笔记板。不过，或许是承认了以后觉得难为情吧，他又道：“啊，不是……说起来，我是感觉你在边上搞什么动作。然、然后呢？”

“什么也没有……”

“……”

“板的周围没有任何东西。触碰板的人只有我和……你川村君两个人。”

“可能是在我俩之间……”

“岩男先生，还有巌儿——你们感觉到有人从椅子前后穿过吗？”

“没有。”

父亲回答的同时，巌也点了点头。

“更何况她还被绑在椅子上……”

敏之进一步细细打量苇子，忽然又走回到圆桌旁。

“瞻仰一下狐狗狸大仙给我们带来了什么样的谕示吧。”

他从自己座位旁的台子上拿起藁半纸，往这边亮了亮。

所有人都围拢到圆桌边，敏之将藁半纸呈扇形展开，以便让众人看清纸上记载的狐狗狸大仙的回答。

“这是什么呀？”

徹太郎发出了冒失的喊叫。纸面上，由铅笔描画出的线条如蚯蚓一般歪歪扭扭。

“……是平假名吗？”

敏之大致确认了全部文字，一边做着判断一边偷眼看苇子，只见苇子点了点头。

“唔……是平假名啊……嗯，要看也是能看懂的嘛。”

“我来复述提问内容，把问题所对应的藁半纸从‘一’开始按顺序摆到桌上，由大家来一一讨论上面的文字，你们觉得如何？”

“这样做比较容易懂，挺不错的。”

父亲赞同敏之的方案，于是就像考完试对答案一般，讨论工作开始了。结果如下[1]：

问：狐狗狸大仙，请昭示到访的印迹。

答：在（いる）。

问：苇子是什么人？

答：其他（ほか）。

问：苇子从哪里来？

答：外（そと）。

问：苇子该往哪里去？

答：内（なか）。

问：苇子在猪丸家宅院的背后干什么？

答：外出来（そと　でて　くう）。（只有这页纸上记载了很多文字，无法辨识。唯有这几个字勉强能看明白。）

问：苇子今后该怎么办？

答：在（いる）。

问：猪丸家的生意就这样下去没问题吗？

答：就这样下去（まま）。

问：猪丸家应该进一步拓展生意吗？

答：非（ない）。

问：为了猪丸家事来的发展，该不该把目光投向新的领域呢？

答：非（ない）。

1　答的中文部分根据上下文译出，括号里的日语为原文。后文将会对部分回答进行解释。——译者注

问：岩男先生的继承人会是谁？

答：WU[1]（む）。

问：猪丸岩男先生的前妻好子为什么会死在这个房间里？

答：箱子（はこ）。

问：猪丸岩男先生的续弦由子为什么会死在这个房间里？

答：箱子（はこ）。

问：两人的死与赤箱有关系吗？

答：有（ある）。

问：这个房间今后还会出现死者吗？

答：有（ある）。

问：所谓赤箱究竟是什么？

答：咒（じゅ）。

问：赤箱里放着什么？

答：死（し）[2]。

问：把赤箱处理掉也没问题吗？

答：非（ない）。

问：苇子可以接手赤箱吗？

答：成（なる）。

1　WU：此处为配合后文的说明，用拼音 WU 代替。——译者注

2　语中发音为“し”的汉字众多，此处根据上下文氛围译为“死”。关于这项回答后文另有注释。——译者注

第五章　继母

狐狗狸仪式后过了大约一个月，父亲续弦迎娶了苇子。他俩毫不在乎将近二十岁的年龄差距。不，至少父亲是这样吧。至于苇子怎样想，没人知道……

不用说，巌的舅父小松纳敏之和月代的舅父川村徹太郎自然是大加反对。因为如果苇子生下了男孩，猪丸家的全部财产可能都会归她和她的儿子所有。

在旁人看来，这想法也许过于极端。只是，可谓一向循规蹈矩的父亲，不知为何只在自己妻子的事情上不是这样，总表现出一种异常的偏执。不同于溺爱，也不同于过度保护，而是一种说不出来的奇妙举动。

两位舅父见识过父亲对待自家妹妹的态度，所以心里不安也是情有可原的。

然而，比起这些未来的问题，有件事更让巌介怀。因为他听掌柜园田泰史说，那天的狐狗狸仪式是父亲决定娶苇子为妻的最初契机。

据说父亲和两位舅父及掌柜泰史一道，就猪丸当铺的事业拓展做过多次讨论。不知不觉中舅父们竟已开始插手店铺的经营了？巌首先就对这一事实感到难以置信，不由得吃了一惊。

听泰史说，舅父们是激进派，而他则是保守派。虽然父亲倾听了双方的提案，但要问偏向哪一边，还得说他更看重生性谨慎的掌柜的意见。

然而，从一年前左右开始，理论派的敏之和能说会道、徒有其表的徹太郎大有压倒泰史的势头。舅父们希望扩张店铺，是因为他们想让父亲把分店交给自己，好从中捞油水。这一点就连巌也隐隐有所了解。但泰史觉得他俩没那个才能，认为就算扩大生意，也不该把店铺交给他们掌管。

如此下去，鲁莽的开店计划恐怕会被强行推行。泰史一直焦虑不安。而现在父亲把这事给一笔勾销了。

“我觉得跟小少爷说这种事有点那个，不过……”

在空无一人的库房里，泰史仍是压低着声音向巌述说了原委。

父亲中止开分店的计划也好，决定娶苇子进门也罢，全都拜狐狗狸大仙的谕示所赐——泰史如是说。

“我不觉得那两个人会为店铺的事着想。所以呢，事实上还真得感谢狐狗狸大仙的谕示。”

犹如低声私语一般，但泰史的声音很严肃。“那两个人”指的自然是两位舅父。

“泰史叔叔信狐狗狸？”

从某种意义上来说，巌在猪丸家最信赖的人也许就是这位掌柜。

“嗯……我信奉鬼神，所以对类似迷信的东西也姑且看得很重。”

如是回答后，他的脸上浮出了难以言喻的表情：“只是……因此就完全信任这个狐狗狸是不是好呢……这个就很难说了。”

“狐狗狸大仙也有各种各样的类型吗？”

“怎么说呢。根据召唤场所或召唤者，可能会有所不同，所以……”

也就是说，苇子在和室仓二楼所做的狐狗狸仪式果然很可疑，也很怪异吗？由于还牵涉到那口箱子，所以更会往那方面去想，泰史多半也是如此吧。

不过，挫败舅父们的不良企图这一点值得肯定。正如泰史所指出的那样，就算开了分店也有可能失败。既然如此，狐狗狸大仙下达的谕示就是正确的。

据说父亲决意和苇子结婚，是因为“苇子今后该怎么办”这个问题的答案上写着“在”。父亲将其解释为“苇子住在猪丸家”。进而，父亲把“自己的继承人会是谁”这个问题的答案“WU”理解成“无”，认为这是“因为该成为继承人的儿子还未出生”。

巌怀疑是苇子这么引导的，但被泰史否定了。

“是老爷他自己这么想的。”

最终，不光是泰史，巌也完全无法判断苇子的狐狗狸会给猪丸家带来凶还是吉。

然而，乳母芝竹染不同，她甚至罕见地向父亲提出了忠告。不过，关键是她话里的内容。

“老爷……那女人不是人。她不是人类。”

巌通过与继母的共同生活隐隐开始抱有的疑念，而染早已有所知觉……

根据染的说法，与苇子有关的问题，其回答解释如下：

“她是什么人”的回答“其他”，即“他”和“外”的意思，是相对于“人”来说的“其他”。因此，“从哪里来”的回答“外”自然是指“外面”，表“异界”之意。“该往哪里去”的“内”，与

“外”相对，所以指的是“人世”。至于“在猪丸家宅院的背后干什么”，只有这个问题的回答中记载着大量文字以致无法辨认，这是因为从“外”侵入“内”的目的之复杂纷繁，简直无法用一句话来表达。

“老爷，绝对不能把异类放进家门啊。而且还是主动招进来，这怎么得了！不能不搭理的话，也要在内外的中间地带……啊啊，那个一定就是后院三座仓库背面的杂木林啊！我本该在那里就把她打发走……”

最后，染哭诉起来，自己把苇子放进来这事从一开始就错了。

她的解释充斥着独断与偏见，而且有倾向性，就连两位舅父也不能认同。不过，苇子除了可疑还是可疑，在这一点上三人的意见一致。

“荒唐！”

对染的忠告父亲自然是付之一笑。

“为什么就不能往简单里想呢？所谓‘其他’，意思肯定是‘其他地方’或‘其他地方的人’，不是吗？”

巌也认为父亲的解读更自然，但也不是没有一点不安。因为他总觉得，父亲只盯着问答中对自己有利的部分。

相比之下，巌最在意的是赤箱。跟母亲和继母的死有关，放着赤箱的和室仓二楼会再次出现死人……父亲对这项谕示却毫不介意。

“只要别去打开那箱子就行了。”

即使巌委婉地说出心里的不安，父亲也不予理会，只说没什么大不了的。

问他“家里什么时候有了这箱子”“为什么会放在和室仓二楼”，他也只是冷冷地回道：“很久以前就有了。”

要说父亲对赤箱不屑一顾吧，总觉得其实正相反。就因为太过在意，所以才有意地不去想它吧。

最后那个针对箱子的提问“苇子可以接手赤箱吗”，回答是“成”。染的解释是“会成为那样”，意思是“不久箱子会归她所有”。

巌心想，无论如何父亲也应该会对此耿耿于怀啊。因为最后一个问题毕竟不是舅父们准备的，而是她自己提的。

然而，父亲概不理会。

“从‘成’也能想到其他意思不是吗？她会问出奇怪的问题，不过是因为被当场的气氛压垮了。再说，她保证过绝对不会打开箱子。”

最终谁都没能阻止父亲，苇子进了猪丸家。于是，岩男迎来了第三任妻子，巌则和第二位继母，而月代和人生的第一位继母开始了共同生活。

和新继母的共同生活着实不可思议。第一位继母由子那会儿，巌也感到相当困惑。因为出身烟柳巷的继母，日常生活与生母大相径庭。

生母是父亲的妻子、猪丸当铺的老板娘、巌的母亲、猪丸家的主妇、年少用人们的主母……其实有着多种身份。

相比之下，除了是父亲的妻子外，继母由子什么都不是，不，与妻子这一身份同等，或较之更为显著的，是她的艺伎身份。可以说她是专属于父亲一人的艺伎。不过，继母的才艺似乎对猪丸当铺的生意做出过贡献。从这层意义上来看，也可以说继母以她独有的、完全不同于母亲的方式，履行着猪丸当铺老板娘的职责。

巖尚能理解继母由子的言行。当然对于不知烟柳巷为何物的他来说，继母的古怪举动也着实不少，但还没到完全无法接受的地步。这或许是因为巖在日常生活中并没有感到太多不便。而这也要拜继母力不能及时有染在背后支撑所赐。

但是，新继母不同。不，她的异样之处简直无法只用一句“与母亲和第一位继母不同”来涵盖。

从起床开始，到洗脸、做饭、用餐、收拾碗筷、清扫、洗衣、买东西、洗澡以及日常对话，总之所有的一切都不对劲。

是的，就像还没有适应人类的日常生活一样……

结果，每次染都只能无可奈何地伸手照看。就因为是父亲直接交代下来的事，所以她没法视而不见吧。

“哎呀哎呀……为什么我都这把年纪了还要干这种事！”

她总是一开始咕咕哝哝发牢骚，有时则突然像想起了什么似的：“晚上到底是怎么陪寝的呀。”

巖并不能完全理解染小声嘀咕的内容，但他想象着父亲和一个无比怪异的东西睡在一个被窝里的情景，就忍不住浑身一激灵。

在演好父亲的妻子、猪丸当铺的老板娘、巖和月代的继母、猪丸家的主妇等角色之前，她首先得成为一个完整的人吧……

苇子的日常言行无论如何都给人一种不协调感，以至于巖的脑中突然浮现出这个近乎癫狂的想法。

结果是继母苇子对店铺一概不闻不问。岂止如此，她根本就不和以掌柜园田泰史为首的用人们见面。此外，家内事务也好，照料巌和月代也好，都成了染的职责，和以前没什么两样。

什么也不用做的继母——其实是什么也不会做——整天都过得迷迷糊糊。她总是在望得见前院的廊下、穿越正房的走道中央、后院的三座仓库前，呆然伫立。别看她呆呆的，竟能神出鬼没，悄无声息地在宅中游荡，明明刚才还在那头，转眼人就到了这边，这让巌很是惊奇。

不经意地回头，就会发现继母在走廊转角、门缝里，或庭院的树丛后目不转睛地看着自己。巌很害怕，没有哪个瞬间比这更能把人吓出心脏病来了。

有一次巌把这事告诉了染。

“小少爷也是吗！那女人也经常那样看着月代少爷……我简直有种感觉，她随时都会把月代少爷吃掉……”

得知染和舅父们并无类似的经历，巌越发心惊胆战。

家里住着一个异人……

数日、数周、数月……一年都过去了，可这种不协调感始终萦绕在巌的心头。

要说继母完全无所事事，倒也不是。有一件她唯一做过、唯一想做的事，那就是狐狗狸仪式。

继母几乎不单独外出，如果她没在宅内的某处伫立，如果家中看不到她游荡的身影，那她一定是把自己关在和室仓二楼请狐狗狸大仙。然后，她会突然把得到的谕示传达给当事人。

“鹤，灾也。”

那天，有人拿来一个漂亮的古伊万里壶，父亲大为欣喜。不过，他一想起苇子的话，就立刻注意到了某个问题，仔细鉴定下来发现是赝品。听说那壶是鹤首[1]。

“山云，落第。”

大约半年后舅父敏之终于交代说，他那时给文艺杂志《石榴》主办的新人大赛投了稿，结果连第一轮预赛也没通过。听说获奖者的名字叫“天山天云”。

“败，滑铁卢。”

川村徹太郎靠赌博赚钱并非什么新鲜事，不过听说当时他在好久没玩的麻将桌上输了个一败涂地。

“月，沉也。”

染听到“月”字，只觉得指的是月代，因而闹出了很大动静。果不其然，弟弟突发高烧，最后只好急忙把医生叫来。

幸好过了一晚烧就退了，但染似乎一心以为月代会死，以至于当时一下子老了很多。

“脚，伤病。”

巌从厕所出来去盥洗室洗手时，耳边忽然响起低语声，颈上的汗毛霎时都竖了起来。他战战兢兢地回头一看，只瞧见了继母从走廊离去的背影。当时虽然哆嗦了好一阵子，但很快就把她说的那句话忘了一干二净。

想起来时已是数日后。巌放学回家时，常和朋友玩少年侦探团的

1　鹤首：酒壶、花瓶的一种造型。长颈如鹤，故名。——译者注

游戏。早先他们就一直在关注某幢被废弃的房子，团员们一致认定这是怪人二十面相的隐秘据点，决定去探探险。哪知担当二楼侦查任务的巌，踩坏了腐烂的楼梯，被断木板的碎片扎破了右脚，拜其所赐，一连三四天走路都是一瘸一拐的。

并非猪丸家的所有人都相信苇子的狐狗狸，特别是两位舅父，总说“那是骗人的把戏”。然而，停留在这个程度的时候还算是好的。

没过多久，就产生了三个大问题。

第一，父亲开始经常就生意上的疑难问题祈求谕示；第二，不知何时苇子的举动被近邻知晓，从此在坊间传开，开始有人特意来寻求谕示，不久苇子就得到了“真准”的好评；第三，不知为何月代竟给苇子的狐狗狸打起了下手。

不知该不该道一声万幸。听泰史说，关于第一点目前似乎进行得很顺利。换言之，狐狗狸大仙的谕示——准确地说是经父亲解读后的解释——实实在在地为生意带来了帮助。

第二点对猪丸家来说实在是一件烦心事。既然做的是客户的生意，又是街坊邻居，就不太好冷面相待。受讲究排场的前任继母的影响，这时父亲的性格已彻底转变，变得很是欢迎来客，致使情况越发糟糕。况且，大家毕竟是以个人的名义拜访苇子。即便知道目的是为了狐狗狸，又怎能下逐客令呢？

随着咨询者的增多，狐狗狸仪式的做法也开始改变。最初是规定继母和咨询者在二楼一起进行，下一个人在一楼等候。但有时一些咨询者与狐狗狸大仙不甚投缘，另外从一楼传来的私语声也对祈求谕示带来了干扰。

不久，继母说了这样的话：“进行了多次狐狗狸仪式后，和室仓已化为圣域。”

由此，除身为巫女的继母外，旁人一律禁止出入，而客厅则成了咨询者的等待室。

从那以后，继母举行狐狗狸仪式时，会穿上从库房里找来的牧师服。那是一件被称为法衣的黑袍，尺寸长得能盖住脚面，不过穿在童颜继母的身上，立刻就营造出了一种难以言喻的异样氛围。看起来就像新兴宗教的教主。

巌当然不知道最初这牧师服缘何成了典当品，但他多少能理解继母为什么选中它当“制服”。想必是因为和室仓化为了圣域，她由此联想到神职人员，便穿上了偶然发现的法衣。

祈求谕示的方式也做了如下改变：

首先，来访的众人把祈求内容写在纸上，合在一起交给继母。然后继母闭居和室仓内，召唤出狐狗狸大仙，将要问的事一件件提出，而回答则由自动笔记板记录在纸上。问题全部提完后，继母就拿着记有谕示的纸从土门现身，把它们一一交给各位当事人。

最兴旺的时候，往往能看到第二拨咨询者在玄关前、第三拨人在连接玄关与冠木门的小路上等候的盛况。

巌常常爬上中院的栎树，通过和室仓的窗户窥视二楼的情形。所以，他对继母是怎样请狐狗狸大仙的、仪式是如何变化的了如指掌。

巌先是担心父亲。不过听了园田泰史的话，又觉得这算不上什么大事，值得舅父们那么大惊小怪吗？当然生意上的事他什么都不懂。他也不认为向狐狗狸大仙祈求谕示，就能顺风顺水。即便如此，由于他信任掌柜泰史，所以心下略安，只要在泰史看来没什么问题，应该还不要紧。

纷纷扰扰之中，继母作为狐狗狸大仙的支使者，成了术士一样的人物，对此除了惊愕外还能说什么呢。顺带一提，来访者都叫她“巫女大人”。这么说来，继母身上可能确实荡漾着某种神圣庄严之气。

然而，染却像出了不得了的大事似的扯开嗓子说：“小少爷，你可不能被骗了！那女人只是装出来的，本性根本就不是那样的。老爷是彻底被耍得团团转了。你们的两个舅舅全都靠不住。大小少爷你听我说，现在你一定要打起精神来啊！”

不说最初如何，只说苇子居猪丸家日久，染对她的观感也渐渐朝负面的方向倾斜，这一点连一旁的巌也感觉到了。特别是在父亲决定迎娶新人之后，想必更是火上浇了一把油。

如此一来，对染而言至为重要的月代很有可能被继母夺走。至少她本人是这么琢磨的。

巌隐隐明白染为何如此盲目地宠爱月代。正是因此，他心里也颇为难受。

那是继母由子去世后，断七之日的傍晚。

“那个老婆子也是命苦啊。”

当时巌独自一人伫立在中院，一开斋便喝得醉醺醺的徹太郎现身后，突然小声嘀咕了这么一句。

“是说染婆婆吗？”巌问道。

徹太郎吃了一惊，就像刚看到他在这里似的。这人看来醉得厉害。

“嗯嗯。你应该也知道吧，老婆子以前和我妹妹在同一个巷子做事。”说归说，可徹太郎又显出踌躇之色，“这种事情……不能讲给小孩子听哟。”

但这似乎也只是摆摆样子，很快他就滔滔不绝地说开了。

“还真有点不敢相信，那老婆子年轻时也是个别有风情的美人呢，所以不久就被赎身了。然后还有了孩子得享天伦，那儿子长大后娶亲，又生了孙子——想想她以前的出身吧，可以说这日子过得也太幸福啦。”

得知染也有过这样的家庭，巌单纯地感到了惊讶。

“哪知……呃……是啥时候的事呢？已经过去五年了吧……那老婆子的家里来了强盗。老爷、儿子、媳妇、孙子，一家人全被杀了。”

“什么……”

徹太郎也不管大吃一惊的巌，只顾自己往下说。

“那时候老婆子正在隔壁房间收拾晚饭的碗筷。虽说因此捡了条命，但突然间就成了孤家寡人，顿时走投无路了。她没有任何地方可以去，所以只好回原来的地方做活，就是这时候我妹妹找上了她。”

听到这个悲惨至极的故事，巌一句话也说不出来。

“凶手——”徹太郎突然一下子凑过脸，“可不只是一个浑球，居然是一家子！你明白吗？也就是说，一家子都做杀人越货的勾当。因为听说里面还有一个十几岁的小孩……而且，那小孩好像还从拉门的缝里偷看老婆子来着。如果这小兔崽子和父母说了老婆子的事……她也一样会被杀掉。”

说到这里，徹太郎猛地收回脸。

“怎么说呢，战后咱们这里的恶性犯罪多得很，但这么可怕的案子也少见。顺便说一句，那凶手一家还没抓到。一家子杀人越货，然后逃走，看起来很快就能抓到的样子，谁知……到底是靠什么方法躲起来的呢——”

得知染可怕的过去，巌战栗了。家人就在隔壁房间被杀害了。巌先是被这惨绝人寰的情状所震颤，而凶手是一家子的真相则让他心底一阵发冷。

与此同时，他也稍稍明白了染的心境。恐怕对染来说，由子犹如女儿，而月代就像是她的孙子。

然而，好不容易再次拥有的女儿死了，这次连孙子也要被夺走。对此她深信不疑，所以无法保持冷静也在所难免。

和过去一样，照料月代的日常生活仍是染的工作。从这层意义来说，连带巌在内的三人之间，无论到何时也建立不起继母子的关系。后来，继母在和室仓二楼进行狐狗狸仪式时，月代也跟着进屋闭门不出了。如果这景况反映的是母子和乐的温馨场面，倒也罢了……

最初发现两人在一起的是巌。连日来的狐狗狸热终于告一段落时，月代又一次下落不明了。巌和染分头寻找，最后只剩下了和室仓，于是巌就到那里探情况去了。

巌打开厚重坚固的土门，进入和室仓的走廊，朝右手方向隔着拉门喊了一声，但毫无反应。为慎重起见，他瞧了一眼屋内，继母和月代都不在。

又在二楼请狐狗狸大仙啊。

这天虽然没有人来祈求谕示，但巌也不觉得继母会做其他事。他这样想着，刚走上二楼，果然就隔着门听到了继母的声音。

“狐狗狸大仙，狐狗狸大仙……”

他想着打扰了仪式可不好，便轻手轻脚地把拉门打开一点点，偷偷地往屋里看了一眼，惊呆了。

这景象令人难以置信。继母的右手把着圆桌上的自动笔记板，她的身旁坐着月代，正依样画葫芦地搁着左手。

回过神时，巌已把门拉得大开，一脚踩进了室内。

巌进了和室仓，染左等右等也不见他出来，于是耐不住性子上了二楼，由此引发了一场大骚动。

染拉着月代的右手想带他走，继母却说在狐狗狸大仙归去前不能从椅子上站起来。夹在两人中间的月代只是发呆……巌看不下去了，提议先终止狐狗狸仪式，一边安慰染一边劝说继母。

巌总算当场平息了风波，但从那以后月代就开始经常出入继母居住的和室仓。只是，他的态度令人费解。

“小少爷！狐狗狸这东西太可怕了。绝对……绝对不允许你再去做第二次！”

每次染厉声呵斥时，月代总是怯生生地直点头。然而第二天，他又会和继母在和室仓做狐狗狸仪式。

巌观察着弟弟的一举一动，一点一点地从他本人口中问些实情。

“狐狗狸玩起来有意思吗？”

也许对月代来说，自动笔记板会自己动起来是一件很有趣的事吧。巌心里这么想着就问出了口。

“很吓人……”

“那为什么还要玩？”

“不知道……可是有一种轻飘飘的感觉……”

“还想再玩吗？”

看来月代当真是连自己也不知道，歪着的脑袋就那么一直耷拉着。

巌想起舅父告诉自己的、关于继母第一次进行狐狗狸仪式的事。自动笔记板动起来时有一种微弱的浮游感；从指尖传来的那种感觉周游全身，让人忍不住就想打个冷战；无论体验多少次，也绝不可能习惯吧。舅父就是这么说的。

月代被这惊悚之物迷惑了吗……

或许是性格内向的缘故，月代常有沉溺于幻想的倾向。由于年纪尚幼，这也可以说是理所当然的吧，但月代有点过度了。因此，他可能是自然而然地陷入了狐狗狸的妖异世界。

就在巌思绪万千之际。

啊，莫非是——

他迟钝地意识到了一个极为单纯而又十足自然的可能性。一般情况下肯定能马上想到。但是，由于继母周遭的状况实在太过诡异，所以谁也没想到过，甚至连想都没去想过。

其实月代对狐狗狸大仙没兴趣，只是单纯地想待在和室仓二楼吧。因为他喜欢继母。

然而——

“你觉得新妈妈怎么样？”

巌怀着半是期待半是不安的心情问道，只见月代脸上带着难以形容的困惑表情："不太清楚……"

"喜欢吗？"

"唔……不觉得讨厌……但是……还是说不清楚……"

预想落了空让巌很是沮丧，但他立刻转过念头：等一下，这是因为有染在啊。

染每天都对月代灌输继母是妖魔的思想。狐狗狸大仙的谕示很准，也被她解释成因为继母不是人。等到月代开始频繁出入和室仓后，染的恶言恶语更是日益升级。

这么一来，就算月代和继母亲近起来，也会再次恢复原样。只是持续着这样的循环。

说实话，巌也不太明白继母是怎么回事。虽不像染那样敢信心十足地断言她"不是人"，但不知不觉中，他也开始从继母身上感受到了某种说不清道不明的东西。

不过……如果月代喜欢——

再怎么可怕的妖魔，可能也没关系。月代还很小很小，就算是后妈——就算不是人类——月代也需要吧，需要一个母亲。

巌三岁丧母，四岁有了继母，虽然由子不是坏人，但他从不记得由子像一个母亲那样对待过自己，如此直到八岁再次阴阳永隔。正因为有过这样的经历，无论是何种形式，巌都想给予月代一个母亲。

连自己都觉得这想法太过奇妙，但巌却是真心的。

当然他不可能猜到，新继母在进入猪丸家约一年后的某日，竟不可思议地在彻底化作密室的和室仓中遇害。月代第二次，巌第三次被夺去了母亲。

第六章　赤箱

“啊，就是这里了！”

刀城言耶忍不住叫出声来，抬头看了看眼前的仓房。

他正站在坐落于终下市目莲镇某大街的店仓前，店仓外墙由褐色新式花砖砌成，上面挂着一块写有“猪丸当铺”字样的招牌。

说实话，他曾犹豫要不要来这里。至于原因嘛，还得说是从去年秋天到今年年初发生在终下市闹市区的具有猎奇性质的连环杀人案——俗称“西东京割喉狂魔案”。而干净利落地破获此案的，正是他的父亲冬城牙城。

被誉为“昭和名侦探”的父亲，当时刚好解决了那桩火鹘邸杀人案，还没歇口气就赶到现场，才两天就揭穿了连续耍弄警方近两个月的割喉狂魔的真面目。

如今距那时还不到三个月……换言之，恐怖割喉狂魔引发的惨案也好，闪亮登场后旋即为连环杀人画上休止符的冬城牙城也罢，这些记忆一定还鲜活地残留在人们的脑海中。

一想到要在这种时候恬不知耻地露面，言耶就如坐针毡。他简直想马上打道回府，去其他地方——比如神户当地的奥户村落。去年秋天他曾和师兄阿武隈川乌一同造访过。

父亲和自己毫无关系。刀城牙升是打着“冬城牙城”字号的私家侦探，而刀城言耶则是笔名为“东城雅哉”的怪奇幻想作家。侦探和作家，八杆子也打不到一块儿嘛。但想归想，却总是不能不有所意识。而且最重要的是，就算他不往心里去，世人也会拿他俩做比较。

基于兴趣也兼顾生计，言耶为搜集奇闻怪谈长年在日本各地奔走，不知为何所到之处总能碰上奇奇怪怪、匪夷所思的案件。而且还会因种种缘由一头扎入其中，回过神时才发现自己已经把案子破了——这样的经历也不在少数。

又因为他以这些事为题材创作小说，不知何时起世人还把他当侦探看待，而非仅仅是作家了。从这层意义上来看，也许可以说他是自作自受吧。

然而，冬城牙城是职业侦探，且广受赞誉，据说委托他办理的案子必会得到解决。而另一边的言耶，本职工作是写文章，他自认只是不得已才和案子扯上关系，至于破案也不过是碰巧罢了。

以刀城家内政为发端的父子纠葛，原本就让两人的关系变得莫名复杂，唯有当事双方才能明了。这已经够烦人了，现在倒好，还要加入父子两代侦探对决的元素，也难怪言耶想退避三舍。

即便如此，刀城言耶还是来到了终下市，因为他被猪丸家世代相传的“赤箱”迷住了。

据说猪丸家的先祖是会津喜多方人氏，明治中期从祖父那代起移居此地。当时，他们建了一栋喜多方地区特有的、内含仓库的街宅，开始经销味噌和酱油，不久还卖起了酒。不过战后从现任户主岩男这一代开始，又改做当铺生意，直到现在。所以，家宅背后还留有相当气派的味噌仓和酱油仓。

猪丸家的宅内有座和室仓。这一方独特空间在京都的家宅中可是见不到的。可以这么说，就是在家宅的内部紧紧裹藏着一间仓式房，这构造实在令人惊叹。

那房中放着祖父一代从家乡带来的“那口箱子”。就已听到的与箱子有关的传言看，与其说是自己要的，还不如说是被硬塞进来的更准确吧。

因为在喜多方的本家，曾有好几位媳妇在住进放有箱子的和室仓后，突然死去。

猪丸家也是，两年前和七年前，岩男当时的妻子都以同样的方式分别去世，所以……

“简直就像菲尔波茨的 *The Grey Room* 嘛。”

这就是言耶听说此事后的感想。

伊登·菲尔波茨是英国作家，其代表作《红发的雷德梅因家族》被收入江户川乱步和森下雨村监制的《世界侦探名作全集》第一卷中。这部作品也被誉为本格侦探小说杰作，受到了乱步的极力赞美。

但是，言耶更喜欢 *The Grey Room* 以及 *A Voice from the Dark* 之类的作品。前者说的是留宿者必会死于非命的屋子；后者则讲述了一位已退隐的名侦探，因深夜在疗养旅馆里听见幼儿哭声而前去调查，结果发现那孩子早在一年前就死了。

不过言耶心里明白，*The Grey Room* 中的屋子本身被视为危险之物，相比之下，猪丸家的问题主要在于赤箱而不是和室仓。只是，不知不觉中，作为保管场所的和室仓似乎也被包含在禁忌对象里了。

接着他又听说，去年晚春时节岩男三度迎亲，娶了个来历不明的女人。偏偏这女人还在和室仓频繁上演狐狗狸仪式。听到此处，言耶简直是坐卧不宁。

望着会津喜多方的街宅中也极为少见的现代式店仓，言耶再次心想：得到如此魅力十足的信息，哪能眼睁睁地就这么放弃呢……

就在这时，言耶忽然感到有人看他。他望了望店铺右方，只见那里有个冠木门，门前站着一个十岁左右模样伶俐的少年。

“你好，你是猪丸家的孩子吗？”

“是，是的……来我家是有什么事吗？”

“唔，是有点……”

“可以的话，请你去店的另一边，左手方向有条小路，从那里的门也能入店。”

“欸？”

这时言耶终于意识到，自己被错认为来当铺的顾客了。而且在对方看来，还是一个害臊得不敢从正门进去，只顾在店前傻站的顾客。对方明明只是个孩子……

“啊，不不……不是的。那个，应该是你的父亲吧？我找猪丸岩男先生有点事。”

“啊，找我父亲吗？是私人带东西来的吧。很抱歉。”

“不用道歉啊……不过我是……”

“因为物品上的事，一直都由掌柜处理。当然父亲也会来看看，只是——”

“是交给掌柜先生操办，是吧？”言耶一不留神还附和了一句。

“本店不光是店内的事，外出收取物品也是泰史先生——啊不，是掌柜在做。”

看来少年坚信言耶是来当铺交易的客户。

言耶把自己上下打量了一番，侧头不解：到底哪里看起来像客户啦？

如果怪想舍的责任编辑祖父江偲在他身边，就一定会喜滋滋地说（也不知道她在乐什么）：“在人家孩子看来，这个像箱子一样的四角包里可是装满了典当品哦。人家还想呢，老师你入不敷出拿东西来当，却连进店的勇气都没有……也是，怎么看都没法相信老师是个当红作家——不对不对，可能连你是作家也没人信吧？”

得赶在误会加深前把话说清楚了。言耶慌忙道：“那个……我、我嘛，不是你们店的客户，我是经别人介绍来找你父亲的。”

“啊，跟店里的生意没关系，是父亲的客人？”

“嗯，没错。”

少年把言耶从头到脚扫视了好几遍后，突然像醒过神来似的说：“对、对不起！我失礼了。请往这边走——”

说着他领言耶从冠木门来到小巷，一路引至玄关。

“你多大了？”

“我是家里的长子，叫巌，十岁了。”

孩子爽快地答道，连汉字怎么写也做了说明，言耶心中大赞。

“怎么跟父亲通报呢？”

“对啊……这、这个……我叫刀城言耶。唔，我想你父亲已经得到消息了……当、当然，今天来造访的事也事先做了通知。”

言耶好端端一个大小伙，竟落了个前言不搭后言的狼狈样。

进门后，言耶被带到客厅。这时，只听巌自言自语似的说：“好在今天没有来咨询的人。”

他念叨的大概是那些来请求进行狐狗狸仪式的人吧。言耶听过传言，据说盛况空前。

很快就有一个老婆子端上了茶点，看起来不像是巌的祖母。她待人接物倒也客气，只是望着自己的眼神里明显带着疑惑，于是言耶姑且微笑着点头向她致意。

言耶正用茶水润喉时，进来了一个四十岁左右和蔼可亲的男子，全然一副大商铺主人的派头。

“让您久等了。是刀城言耶老师吧，在下猪丸岩男。”

言耶一通寒暄后刚递上介绍信，岩男就毫无征兆地开始讲述关于赤箱的奇闻怪谈了。看来他已完全了解言耶来访的目的，而且是全无隐瞒，就连会津本家到如今猪丸家的这段历史以及三个妻子的事，都一五一十地说了。这让言耶也有些吃惊了。

“请原谅，我竟然厚着脸皮听您讲了如此私密的话题。”

“哪里，这一带大部分人都知道。您不必介意。”

“真是不好意思。那么，关于那个赤箱，到底是怎么来的会津本家呀？”

“哎呀……这可就一点都不知道了。”岩男脸上浮起犯难的表情，但还是用畏缩的语气答道，“我想也许是从江户时代传下来的……不过，是什么时候？谁？为什么会拿到会津本家来的？就连我祖父也不知道。”

“有没有传下‘绝不能打开’之类的说法？”

“很久以前就有。我感觉从那箱子被带入本家的时候起，似乎一直就是这么说的。”

“那是什么样的箱子呢？”

“对啊！光顾着讲那些像怪谈一样的故事了，最关键的箱子倒还没做说明。等会儿我会请您参观，至于尺寸嘛，对了差不多就是这点大吧。”岩男用两手比了比箱子的体积，“不过没有盖子。所以外观看上去像一个切成四方形的树桩子。”

“表面直接露着木纹理吗？”

“不，是几何图形花纹拼接在一起……”

“是机关箱吗？木块拼花工艺的……”

“老师真是名不虚传啊。竟然没见到实物，就能猜出来！”

“哪里哪里。说到没有盖子、表面由几何图形花纹拼接而成的箱子，我想很多人都能反应过来。”

“您谦虚了。”

“那么，有没有打开过这个箱子……”

“哪儿的话！”激烈否认过后，岩男突然浑身脱力似的说道，“不，其实有人打开过……只是全都死了，所以……”

从这里开始，对当事人而言话题将变得沉重，但这也是言耶最想打听的部分。

“请容我问几个冒昧的问题——”

“嗯。无论什么都行，请不要客气。我早就听说，老师对怪谈……这么说没问题吧，对这方面的话题很感兴趣。了解了这一点还是把您请来了，所以说我心里已打定主意，凡是我知道的无不奉告。”

许是察觉了言耶的犹豫，岩男抢先营造出了方便提问的氛围。

“非常感谢，那我就恭敬不如从命了。呃……事实上究竟有多少人去世了呢？”

“据我知道，最早的那次是我祖母。只是，祖母是在那边去世的，在祖父来这里之前，所以具体情况我不太清楚。不过，我记得母亲把祖母去世的事说给我听时，总会提到以前曾有几个打开箱子后死掉的媳妇。”

“死的总是媳妇吗？”

“是的……”

“令堂是否安然……”

“已经去世了，不过只是普通的病故。母亲就算来和室仓一楼，也不会上二楼。现在回想起来，祖母的死恐怕对母亲影响至深吧。”

“关于您祖母之前死去的那些人，令堂可说过些什么？”

“没有，只是在讲到祖母时提了一下，想必也是一不留神说漏了嘴吧。不过我觉得母亲真的很害怕那个箱子。”

“哦……”

言耶忍不住探出身来。

“好子嫁进来时——啊，是说我第一个妻子，听说被母亲严厉关照了一通。她把所受的训诫说给我听了。比如尽可能别去和室仓；就算有事要进去，也绝不能上二楼；无论如何都必须上去的话，也不要一个人去，一定要叫上我——也就是我母亲。然后上到二楼后，绝对不要靠近放有红色箱子的多宝格。”

“这位好子女士，也就是您夫人是七年前去世的吗？”

“是的……那年我母亲刚好去世不久。好子多半是想打扫一下和室仓。可能她以前就觉得，这么气派的房间不多加利用实在可惜吧。”

“原来如此。”

“但是，好子是个非常贤淑的媳妇。先不说她相不相信和那箱子扯上关系就会死的说法，总之好子不是那种不听婆婆吩咐的媳妇。所以就算她打扫了和室仓二楼，在多宝格上擦了一下，也不会碰那个箱子。或者就算她给箱子掸过灰，也压根儿不会想去打开它。”

“到底是保密箱，不懂行的人可不是那么容易就能打开的。”

“对，就是这个理。好子肯定是生平第一次见到机关箱之类的东西。”

“然而，夫人却打开了箱子？”

也许是想起了当时的情景，岩男有些说不下去了。

“等我发现时，好子已经咽气了。开着口的箱子就在她的右手边，打开了有五分之一左右吧。”

“看到里、里面的——”

“没有。因为我很快就背过脸，好歹合上了箱子……”

岩男嘴上否认，语气中却透出了一丝奇异。

“猪丸先生——”

“在……”

“虽说挪开了视线，但在这之前，也许箱子里的东西已进入了你的视野吧？”

正如言耶判断的那样。岩男无力地点点头：“我真的不是有意去看的，而且本来我就不想看——但还是瞥到了红红黑黑的东西……”

“那是什么？”

“看上去红红的那个，我想是箱子的内饰。说是红的吧，其实更接近朱色。而且用的还是那种刺眼之极的色调……黑乎乎的那个像是什么东西结成的块。这个也是，与其说是黑色，还不如说给人一种肮脏不堪、灰色和茶色混为一体的感觉……总之就是那种让人恶心想吐的……对了，还散发着一种说不出来的臭味，虽然很微弱。”

“唔……看来还是别打开这个箱子的好啊。”

“是啊……您是不是也别去看了？”

“不，只看看样子就行——”

接下来，岩男又说到了第二任妻子由子的死，情况与好子雷同得令人吃惊。

“如今，苇子——啊，就是我现在的妻子，非但不忌讳这箱子，不敬而远之，反倒大加尊崇地供奉着……”

“通过供奉祟神寻求其佑护的方法，很久以前就有了。所以苇子夫人所做的也并非全无道理，不过……”

“不过还是有问题是吗？”

“说到祟神为何作祟，在很多情况下，人们知道个中原因。原本祟神自身的来历也是一清二楚的。但是，关于这个赤箱，一切都是谜不是吗？对于这一点，苇子说过什么吗？”

“她说，那个箱子是狐狗狸大仙……狐狗狸大仙是从箱子里出来的……”

“欸……？”

“于是我略加思考，我觉得如此这般把老师请来也是一种缘分，所以想趁这机会向狐狗狸大仙问个明白，究竟该怎么处置那口箱子。

另外，还想请老师务必和我们一同出席仪式。”

“刚才我听您说，苇子夫人第一次举行狐狗狸仪式时，曾经就赤箱提出过问题。”

“那个只是苇子把妻兄他们半开玩笑想出来的问题说出口而已。这次我是认真的，只想针对赤箱提问，凭她自己的意志来祈求谕示。”

“这样一来，或许狐狗狸大仙的谕示也会变得完全不同呢。”

“那个箱子以前在猪丸家一直被视作邪恶之物，大家避之唯恐不及。谁知苇子却对它尊崇有加，供着奉着。”

“态度正好相反呢。”

“既然如此，是黑是白现在就给我整明白了不好吗？我就是这么想的。”

“是黑是白吗……”

“当然对我们来说，现在它是纯黑的邪恶之物。但是，如果依狐狗狸大仙的谕示行事，箱子转为纯白，变得能为猪丸家带来幸福的话，岂不是一举两得？”

“原来如此……”

“我让那口箱子自己决定这一切。如此一来，无论出现什么样的结果，我们都能应对。老师您以为如何？”

“我嘛——”

就在这时，一个男子走进了客厅。言耶感觉他就像一个过气的秀才，不过很快当言耶知道此人和他的第一印象当真吻合时，不由得吃了一惊。

“听巌儿说来了一位同行的贵客——”

虽然只有一点点，但岩男显然是沉了脸。看来这位擅入者让岩男很是厌烦，但他面上却还露着微笑：

“这是我第一个妻子的兄长，名叫小松纳敏之。大舅子，这位是刀城言耶老师。其实是这样的，我托人把老师请来听那口赤箱的事，所以今天老师就特地大驾光临了。”

“初次见面，请多多关照。叨扰了。”

言耶客套了几句，敏之边还礼边道：“请恕我孤寡陋闻，不知您写些什么小说？”

“我专职创作怪奇小说，偶尔也写点侦探小说，拙作套用战前的说法，差不多就是变格派。”

“哦——怪奇小说加侦探小说吗？也就是所谓的通俗小说啰？”

“欸？啊……”

言耶忍不住挠挠头，要是祖父江偲在场，想必就有好戏看了。她在的话，一定会摆出气势汹汹的架式，连声嚷嚷：“干吗干吗，拿这种瞧不起人的口气？通俗小说，不是好得很吗？这个才叫大众娱乐懂吗？让读者怕、让读者笑、让读者惊、让读者哭，不是谁都能做到的。你以为你是谁？本来嘛——”

她是侦探小说专门杂志——即娱乐杂志的编辑，所以恐怕会气得直跳脚吧。

“其实呢，我对文学也略有喜好。”

“啊，是吗？”

“自己说自己总有点磨不开，所以具体的我就不多说了——”

话虽如此，可看起来就像巴不得别人来打听似的，于是言耶老实不客气地问了。

“是什么样的作品呢？”

“啊不，我只是对文学有那么一点点志向而已。”

“啊，原来是这样。”

“有人劝过我是不是把以前的作品做个归整，书嘛也出过几本——不过在我看来，还远没到令人满意的地步啦。”

说着，他装作若无其事的样子，在桌上放了一册书名叫《憋屈》的单行本。

“大舅子，刀城老师他——”

“可以的话请收下，是我送您的。”

“啊，非常感谢。”

“就算给编辑过目也没关系，我不在乎的。”

“好、好。”

言耶判断把这个话题延伸下去没有好处，便道了声谢，把书收下了。

虽然没到敌视的程度，但敏之对自己抱有相当复杂的心态基本是毫无疑问的。言耶告诉巌的只是本名。但敏之却口称“同行的贵客”。考虑到岩男那样介绍自己，敏之事先应该不知道言耶来猪丸家的事，那么他是如何得知刀城言耶是“同行”的呢？

只能认为敏之清楚刀城言耶是一个作家，笔名东城雅哉。如此一来，他可能也了解言耶的作品风格，却装作全不知情。更有甚者，还拿出貌似自费出版的书，说出就算给编辑看也行之类的话。可以说，言耶打算结束话题的决定是英明的。

“好了老师，我们继续……”

岩男似乎也有同感，立刻回到了原先的话题。

“您是怎么想的？”

“您说要把是非曲直弄清楚，但我认为，不管是狐狗狸大仙还是赤箱，哪个都无法做出决定。”

“你们在说什么？”

敏之插了一句，于是岩男言简意赅地做了说明。随后他又问：“为什么呢？”

“前面我举了供奉祟神的例子，不是说供奉了，祟神就会马上变成善神。如果供奉方式不对，或是出了什么纰漏，还是会被作祟。”

“……”

“狐狗狸大仙也是，能回答这边提出的问题时还好——但要是问了也显出不在的迹象，或是胡乱行走奔蹿，即使说‘请归去’也不搭理，最后竟还在现场之人身上附体的话……有时，也会突然遭遇如反噬一般的攻击。”

“咦？莫非刀城先生相信狐狗狸这玩意儿？”敏之一脸惊奇，“说起来，侦探小说是很注重逻辑的不是吗？基于追求合理解释的精神，侦探破解谜团。如果这个前提崩溃了，侦探小说不就无法成立了吗？”

“啊，正如您所言。所以我写的不是本格侦探小说，而是变格侦探小说。”

“噢。就是通俗味更浓的那种啊。”

“而且，要问我的专职，那还得是怪奇小说，所以——”

“这样的话，就不太合我的口味了。侦探小说的话，还讲点道理，就算本质上是骗骗小孩子的读物，好歹也能看下去。但那种一开始就认可超常现象的作品，怎么着都有点不敢碰。”

怪奇幻想小说也好，变格侦探小说也好，都不是那么单纯的，但言耶没有反驳。现在也不是说这个的时候。

这时，岩男用兴冲冲的口吻道：“可是，大舅子和苇子进行狐狗狸仪式时，自动笔记板不是自己动起来了吗？”

“那个嘛……”

“她双手双脚都被绑在椅子上。圆桌左右有我和巖在，我们很清楚没人从那里走过。再说正面吧，有那个赤箱挡着。而且最重要的是，大舅子你们作证说板活动的时候，板上方和四周什么都没有。”

“……”

“也就是说，狐狗狸大仙真的来过——难道不是这样吗？”

“那可不一定。”

“可是，把手放在板上的只有两位大舅子啊。”

“所以嘛，可能是川村君动的手——”

“我可没动啊！”

此时突然有话音传来，转眼间一个男人走入了客厅，怎么看都是个游手好闲的主。

第七章　关于自动笔记板的解释

“这是我第二个妻子由子的兄长，川村徹太郎。”

岩男刚介绍完，徹太郎就老实不客气地盯住了言耶：“写字师傅我倒还是头一次见到。”

“多有打扰。”

“这么说，你要请写字师傅识破那女人的狐狗狸是不是骗人的玩意儿？”

徹太郎未见得是讥讽，而是问得挺认真，于是岩男也只好小声叹了口气，把当天的情形告诉了言耶。

“怎么样，写字师傅？”

徹太郎即刻讨教起意见来，让言耶觉得形势变得有些微妙了。即便如此，他还是对狐狗狸的话题大感兴趣。

“最为合理的解释就是你们两位中的一个动了手。”

“不是我，我没有动。”

敏之当即否定，而徹太郎脸上则浮出了疑神疑鬼的表情：“小松纳先生，你到底是哪一边的？认为狐狗狸是骗人的呢，还是其实是相信的？”

“还用说，肯定是骗人的。”

“我怎么也没法相信啊。最初那女人来的时候，没错你好像是这么想的，可是做完狐狗狸仪式后，你就一直强调‘没有一个人用手碰过那块板’。现在倒好，对写字师傅却拿一种小瞧人家似的口气说什么‘相信狐狗狸这玩意儿’。你还真是前言不搭后语啊。”

“我只是就自动笔记板陈述客观事实而已。就算要揭穿骗局，也得好好搞清楚现象发生时的详细情况。光是一个劲儿地说‘骗人的骗人的’，一点脑子也不动的话，怎么可能有进展呢。”

“说得很在理。那我问你，开动脑筋的结果就是得出了‘是我在动’的结论？”

“我也没……没说是……”

“你可是说了，红口白牙的！”

“刀城老师，您怎么想？”

大概是为了拂去流淌在妻兄之间的紧张气息，岩男求助似的看着言耶。

“岩男先生你就问问写字师傅嘛，那女人说的关于狐狗狸的事到底可靠不可靠。”

到这个时候，言耶再次对猪丸岩男和两个妻兄之间奇特的关系产生了兴趣。

虽说是妻子的胞兄，但好子和由子本人都早已过世。然而，这两位至今还在猪丸家生活。实在是和岩男非常投缘，或是对生意颇多助益也就罢了，但怎么看都不像，反倒让人觉得是两个吃闲饭的烫手山芋。即便他俩能赖着不走也是出于厚颜无耻的性格，可岩男为何会允许这种情况的发生呢？

能够想到一个理由，岩男这么做是出于对各位妻子的情意。就以他说的来看，三位夫人无论出身、容貌还是性格都大相径庭，嫁入猪丸家的前因后果也全然不同。但要说他比别人双倍好色，倒也不见得。

或许是岩男被猪丸家相传因赤箱而死的历代女眷的事迹所惑，对自己的妻子持有特殊的感情。正因为是妻子们的愿望，所以他认定只要妻兄在猪丸家一天，就必须一直照看好他们吧。

而那两位也看清了形势，所以用不着对岩男太过卑恭屈膝。只是，话虽如此，也不能保证哪一天不会突然被赶出去。言耶不禁感到，岩男和妻兄们处于一种微妙无比的状态，是这种状态构成了他们之间的独特关系。

言耶做着自己的一番分析时，岩男把狐狗狸的由来告诉了他，并声明是苇子说的。

“就是这些，您以为如何？我们几个虽然不太清楚，但总以为是从中国等地方传来的，所以有点意外。”

“中国有一种叫‘扶鸾’的占术，其实和狐狗狸仪式很像。”言耶只字不提自己的想法，不露声色地答道。

“还真有啊。”

“他们使用一种名为‘乩笔’的道具，大多是以桃枝或柳枝为材料制成的棒子，把手部分呈T或Y字形，前端有突起。握乩笔的人叫乩手，一个人的时候称单乩，两个人的时候称双乩。”

“和狐狗狸很像啊。”

“对。只是在扶鸾中，搁放乩笔前端的沙盘里铺着沙或灰，描画于其上的文字或记号则是从神灵那里求得的谕示。此外，有时是从上方吊一支笔下来代替乩笔。”

“历史也很悠久吗？”

“好像从明清开始，就作为一种普遍的占卜术而存在了。有趣的是，在欧美盛行近代灵魂主义的十九世纪后半期，扶鸾在中国空前流行，至于该不该视其为偶然——”

“喂喂，写字师傅，这种事有什么好说的。现在的问题是，那女人说得对不对，是不是胡扯？”

“啊，可不是嘛。怎么说呢，关于狐狗狸的起源有好几种说法，所以苇子夫人说的并不错。相反，我倒认为她列举了多个说法，很是公平。”

“公平……”

“关于狐狗狸名称的由来，也另有说法。不过有些时候并不使用西洋式的自动笔记板，而是拿三根生竹弄成三叉状后扎住中间，上面覆一个米柜盖子，由三个人从三个方向各自放上一只手——在使用这种日式装置的时候……”

“不用竹子，而是用一次性筷子的话，我倒是知道。”

敏之一插嘴，徹太郎就一脸不耐烦地说：“这个米柜盖子，到底怎么回事？”

“这种时候没有铅笔也没有纸，竹子多达三根，因此也没法在地上写字，所以事先要和狐狗狸大仙约好。比如，盖子往右倾斜表‘是’，往左则是‘否’等等。”

“原来如此。”

“如此一旦狐狗狸大仙光临、装置启动后，看起来真的很像人打瞌睡时头一仰一垂的样子[1]，所以取名为‘狐狗狸’，这是一说。至

1　日语的“こっくり”有打瞌睡、点头的意思，与“狐狗狸”一词发音相同。——译者注

于汉字则是考虑到祈求对象的真身，借用过去的吧。”

“什么呀，你只是在说也有这样的狐狗狸吗？”

“正如小松纳先生所言，也有用一次性筷子、文具以及硬币或杯子来代替竹子的方法。”

“写字师傅，不好意思害你特地做了说明，但我们想知道的是，那女人是不是骗子算命师。”

“呃……就我所听到的你们做狐狗狸仪式时的情况，我总觉得苇子基本不可能接触到自动笔记板——”

“可是那块板动了，绝对不是我动的。”

“我也一样。”敏之也立刻主张道。

正想着徹太郎会不会来挑刺，谁知他竟点点头，说道：“好吧，我觉得应该不是你。”

“……没错，就是这样——但是，这么一来那个现象不就……”

“刀城老师，您是如何考虑的呢？”

看来对苇子的狐狗狸，三人的接纳态度各不相同。

岩男相信狐狗狸，川村徹太郎从一开始就认定有鬼。小松纳敏之最初也没放在心上，哪知在绝无可能的状态下板真的动了，所以自此就开始半信半疑了吧。

“伸出一只手放在自动笔记板上的只有你们两位，完全没有第三人触碰过的形迹，然而板却动了。当然你们两位并没有动手。”

“到底是怎么回事呢？”岩男再次问言耶。

“如果做超自然的解释，那就是狐狗狸大仙出现了……”

“没错，可不就是这样嘛。”

“只是，虽然都叫狐狗狸大仙，至于是字面上所指的狐、狗或狸之类的动物灵，还是鬼神等位于高端的超自然存在，抑或是先祖之灵那样的……”

“喂喂，打住！”

徹太郎发怒了。不过，没等他往下说，置若罔闻的敏之就发问了。

“如果做合理性的解释，又当如何？”

“是电流作用吧。”

“啊？电流……？”

“是一种被称为人体电流的东西，跟动物磁场论或唯灵论也有共通之处。”

“请等一下，这就是所谓的心灵主义的那一套吧？我问的可是，在合乎逻辑的解释方面，您有何高见。”

“不，确实也涉及心灵主义。按现在的情况，能够想到的一种解释就是催眠术。”

“哦……！”

看来敏之姑且是信服了，但他的表情里如实地流露出了对催眠术深怀戒心的想法。

“换言之，您的意思是她给我们施加了催眠术？”

“我总觉得，‘别有隐情的和室仓二楼’这一舞台设定，就已经带来了催眠效果。”

“原来如此，听着倒也有些道理。不过，她并没有对我们施行什么具体的手段。所谓催眠术，施加者必须对施受者发动法术。而且，我听说如果施受者心存怀疑，就不能顺利进行。”

“苇子夫人所准备的只是一个气氛十足的舞台。”

“光有这些，再怎么说也——”

“接着是你们两位自己坠入了催眠术。”

“什么？”

“就是自我催眠啦。不，也许可以说是一种集团催眠，包括猪丸先生和巖少爷在内。”

“哪有这么荒唐的……至少我和川村君才没有相信什么狐狗狸呢。也就是说，我们从一开始就在怀疑。这样都能自我催眠？不可能吧。”

“自我催眠归根结底不是指按自己的意志，而是指无意识地着了道。”

“怎么着的道？”徹太郎用兴致勃勃的语气问道。

“尽管小松纳先生说没有事实表明苇子夫人对你们使过手段，但也可以说，就在‘狐狗狸大仙、狐狗狸大仙’的念语入耳时，你们已然坠入术中。”

“到底是怎么回事啊？”

“是暗示。在设好合适舞台的基础上，多次重复同一个词。作为暗示对方的一种手段，此法极为普遍。”

“然后呢——”

“在现场气氛逐渐升温，参与者的紧张情绪也见涨的情况下，苇子夫人对狐狗狸大仙说‘若已大驾光临，还请昭示灵迹’，而且还是反复多次地说。”

“的确是这样。”

“另一方面，对人来说一动也不动的状态既不自然也不好受。平时都是如此，更何况是在狐狗狸仪式这种极其特殊的情况下呢。以为自己一动也没动，其实肌肉已经无意识地活动起来了。”

“就算是吧。”

“如果第一个人的手无意识地动了，导致振动通过板传给另一个人，于是第二个人身上也出现了同样现象呢？”

“……”

“在这个节骨眼上，如果脑中掠过‘也许狐狗狸大仙真来了’的念头，哪怕只有一点点，又当如何？可以说已处在十分容易陷入自我暗示的状态下了，不是吗？”

“关于板为什么会动，这解释可以了。”敏之仍显得不太满意，徹太郎则把他晾在一边，向前推进话题，“不过呢，那块板可是写了字的。像蚯蚓一样歪歪扭扭很难看的平假名。好吧，其中虽然也有牵强附会的地方，但毫无疑问是字。照写字师傅的解释，就算明白了板为什么会动，也还留着文字的谜没解开啊。”

“是啊，那个到底是谁写的？”敏之当即逼问道。

“是你们两位中的一个。”

“欸？”

“什……什么！”

不光是敏之和徹太郎，岩男脸上也露出了惊讶的表情。

“出题的人是小松纳先生和川村先生。换言之，如果做一个逆向思维，可以说这两位才是想得到问题答案的人。”

“啊……”岩男轻呼了一声，“这么说是妻兄他们无意识地自己答了自己的问题？”

敏之和徹太郎一言不发，看来像是陷入了沉思。他们不时地互相看对方，大概是想说“晃动自动笔记板的不是我是你”。不过，也许是因为缺乏证实的手段，他们只得保持沉默。

看岩男的表情显然是吃惊不小，以至于他没能觉察到妻兄们的那些心思。

“老师，这么说……苇子的狐狗狸从一开始就是骗人的吗？那么，失忆的事也是——”

“只是……”此时言耶环视着三人，“如果按刚才的解释，那么关于提问项目的回答就于理不合啦。”

三人全都莫名其妙，盯视着言耶。

“从现在起，我的措辞或许会有些冒昧，这一点务请你们原谅。”

言耶打过招呼后，轮流打量敏之和徹太郎：“两位对苇子进入猪丸家，怀有相当的戒心吧。”

这是从岩男的话中推知的，但从目前为止的交谈来看，言耶也觉得多半不会有错。

“当然了，因为我们完全不知道她的出身。”

“哪个傻瓜会收留一个不知道从哪里来的家伙？”

果不其然，两人立刻做出了反应。

“如果是这样，那么不管是两位中的哪一位动了自动笔记板，这回答都让我看不懂。”

“为什么呀？”

徹太郎似乎什么也没意识到，而敏之则叫了声“对啊”，看来他已察知言耶想说但还未说出口的话。

“既然想把苇子夫人赶出猪丸家，就应该在回答有关她的问题时，在纸上写下对她本人更为不利的答案。”

“但是，当时纸上写的却是——”看敏之的表情似乎是在回忆那些回答，“诸如‘其他’‘外’‘内’等意义极为抽象的平假名……”

“是这么一回事啊！”徹太郎一脸释然。

“最离谱的是，对‘苇子今后该怎么办’这个问题，回答是‘在’。如果是你们两位中的一位下意识地动了手，这里应该会是‘出去’‘离去’‘走’等。”

“啊啊，写字师傅说得没错。”

“被你这么一说……关于店铺的回答也是如此。”岩男瞥了两人一眼后，向言耶做了说明，“妻兄他们对店铺扩张的事态度积极。可是在问到今后的生意时，尽是‘保持现状就行’‘不必拓宽生意’之类的否定回答。”

“这样一来，就越发没法认为是你们两位在晃动自动笔记本啦。”言耶自己否定了自己的解释，可看上去却很乐呵，“当然，纸上记的只是两个平假名，所以其含义会因解读者不同而任意变化。但是，即便把这一点纳入考虑，纸上所写的文字可轻易做出与两位心意正相反的解释，也是事实。”

“唔……”敏之沉吟道，“下意识的肌肉反应和自我催眠叠加，使自动笔记板晃动起来，我差不多快接受这个推理了。其实，直到现在我也不认为自己陷入了暗示——不，我还是实话实说吧，虽然我不愿意这么想，但刀城先生的解释相当有说服力。而且，我感觉要给这一现象做出合理解释，除此之外没有其他可能，这也是一大理由。”

话到此处，敏之顿了顿，只是目不转睛地看着言耶：“然而，您本人却颠覆了可谓只此一家的推理。那么真相呢？真实情况究竟如何呢？”

“这个嘛，大舅子，狐狗狸是真的——事实不就是这样吗？”岩男代言耶答道。

“是这样吗，刀城先生？”

“写字师傅，你就告诉我们吧。”

“刀城老师……”

被三人穷追猛打的言耶，边挠头边道：“我有一个想法，不过在此之前能否让我参观一下现场呢？”

“哦哦，对啊。这可真是失礼了，光顾着说话——”岩男慌忙起身，“请您稍等，我去看看苇子的情况。”

说着他打开拉门正要走出客厅，忽然“啊”了一声。

走廊里站着一位女子，应该就是苇子。

第八章　凝固的脸庞

“刀城老师，苇子说想进行狐狗狸仪式……”

岩男在走廊和苇子说完话，回客厅通告了此事。

“现在吗？”

“是的。马上就是晚饭时间了，所以我说吃完再做如何，她说太晚的话会影响月代睡觉……”

“啊，可不是嘛。”

既然是巌的同父异母弟弟，由子的孩子，那就至多只有六岁了。言耶问了岩男，得知果然是六岁。

“允许的话，我能不能在狐狗狸仪式前，参观和室仓的内部呢？”

“她说这完全没问题。”

“还包括……赤箱。”

“可以。苇子对这次狐狗狸仪式的目的也心知肚明。”这时岩男眼望两位妻兄，“苇子说圆桌的腿松了，所以想要一个新桌。她还说这次用一般的四脚桌就行。”

“还从库房拿吗？”

岩男对敏之的提议点点头，言耶一行人走出客厅来到了库房。

那里收有各式各样的典当品。引发言耶极大兴趣的是那些古老的道具。在岩男等人物色合适的桌子时，可以独自一人尽情地四处观赏，真是让他满心欢喜。

不过，比言耶更肆无忌惮且望着典当品时眼露贪婪之色的是徹太郎。似乎他一开始就无心参与选桌，甚至流露出随时都会拿走某样东西的心思。

新选的桌子是一张看上去十分坚固的四脚桌。四条粗腿上各施有仿鸟兽人物漫画的精美雕刻。这风格也许还真适合狐狗狸仪式。

徹太郎只是默默地观望岩男和敏之把这张沉重的桌子搬出来，压根儿就没想去帮忙。

最后进库房的言耶，却率先出了门。他从土间回到居宅，行至客厅前，在通往和室仓的走廊处拐了个弯，只见苇子正站在土门前。

“您好。”

面对言耶的寒暄，她微微侧头，然后轻轻颔首施礼。光看这举止，苇子就像一个童女，然而由于她身穿牧师服，映入言耶眼中的姿容真是说不出来的诡异。

真是一个气质奇异的女人……

言耶旅行所到之处，见识过各式人物，其中也有不禁会怀疑“是人还是魔”的家伙。但是，如她这般气质的还从未见过。如果硬要列举一个感觉近似的人物，那就是积业修行的巫女吧。

然而，并不是巫女……

明明是自己这么想的，但言耶即刻否定了自己的感觉。

风格相近但并不相同。更有其他的一种别的什么……巫女身上没有的东西……

初次见面时，言耶通常不会死盯着对方看。他本不想如此冒失，可眼睛就是没法从她身上移开。

另一方面，苇子对一个劲儿地注视自己的言耶，只是安静地还以注视。

在众人赶来前的短短一刻内，这里只有刀城言耶和苇子两人。他们就这样默默地一味望着对方的脸。

就在这时，土门开了。

“哎呀……”

苇子回头发出的声音，让言耶一奇。因为他从这语气中，觉出了一种与苇子留给自己的印象不甚相同的味道。

“要开始狐狗狸仪式了，那个箱子——”

然而，听到苇子接下来的语声，看到一个像是月代的孩子从她背后现身，言耶立刻明白了。

最初的呼声出自母亲的口吻，而下一句话则已转为巫女似的说话方式。所以言耶才实际体验到了两者的不同之处吧。

只是，为何话到一半就不说了？

言耶觉得奇怪，下意识地把视线移回到苇子身上，不禁吓得一哆嗦。

那是一张凝固的脸庞。

苇子圆睁双目，面露惊愕之色，眼睛望向言耶的后方，就像看到了可怕得令人难以置信的事物后，脸上的表情瞬时僵硬了一般。

言耶蓦然回首，此时映入眼帘的情景——

首先是和室仓前的走廊上。

猪丸岩男前头站立，正在背手搬运桌子。

小松纳敏之在身前捧住同一张桌子，跟在后面。

川村徹太郎拿着像是在库房发现的蛇制品，一脸媚笑。

接着是拉门大开的客厅。

猪丸巌在拉门背后偷窥和室仓。

芝竹染把桌上的茶碗收进盘子。

掌柜园田泰史正在和她说话。

当然，和染交谈的男子是掌柜园田泰史，言耶还是后来才知道的。

她究竟看到了什么，以至于如此震惊？

言耶回过脸时，苇子刚好从土门进入了和室仓，嘴里清晰地说着一句话……

“喂，喂，苇子！这桌子——”岩男的喊声从身后扑来。

然而，土门仿佛是要阻断他的呼唤，嘎嘣一声关上了，紧接着就从内侧传出了落闩的动静。

言耶握住土门的把手，试着拉了一下，纹丝不动。

“老师，这？”

“像是在里面上了锁。”

言耶一边让道，一边告以实情，岩男想打开土门试试，也无功而返。

“苇子！喂！你这是怎么啦？！”

岩男敲打着土门，大声呼喝，然而从里面听不到任何回应。

“平时做狐狗狸仪式时，就是在里面把这门锁上的吗？”

“不，这个事情……怎么说呢，我也不太清楚——”

岩男没有自信地答道，身后的敏之望着搁在走廊里的桌子：“也就是说这个不需要了？”

明明是苇子自己要求换桌子的，这事确实奇怪。

而徹太郎则脸带嗤笑：“还不是因为看到这个，唤醒了她过去那段不堪回首的记忆吗？所以就急忙躲和室仓里去啦。”

他的右手举着一件盘作一团的大型蛇制品。

“这东西里面是空的，可以从头上往下套住身子吧。”

“哦，果然是写字师傅。知道得很清楚嘛。”

“以前我在杂技棚看过一个叫‘影身胞蛇腹女’的节目。当时，有个半裸徐娘表演与蛇缠绵的戏，演了一次又一次。后来她光火了，就套上和这个类似的东西，对还不肯回去的客人——啊，也就是我啦，说‘你们早就知道这个世界上不存在蛇女’。然后我就被狼狈不堪地赶出去啦。”

“哈哈哈，这个有趣。看你号称写字师傅，我总想着是那种脸皮煞白、整天把自己关在屋里的精英分子吧。我说写字师傅，你还出入过那种地方？”

“这个嘛，也是作为民俗采风的一环——”

言耶正要开始说明，只听岩男语气略显烦躁地说：“老师，抱歉打断一下。大舅子，这个蛇制品到底是怎么回事？”

“我是说呀，她看到这玩意儿的一刹那，就想起了当初把自己当狗一样赶出去的杂技棚。”

“你还在说这样的话？”

“我觉得呢，她那样躲进和室仓就是最好的证据。”

“顺便问一句——”言耶诚惶诚恐地问道，“这东西原本是库房里的吗？”

“是啊。我在看有什么好玩的东西，看到这玩意儿，觉得跟她挺般配的，就顺手拿来了。”

“大舅子，不要随随便便地拿走典当品。”

“你们那儿也拿了桌子——”

“这个已经是死当品了。”

“对了——”言耶再度插话，“这件东西是从什么途径来店里的？”

“欸？啊，是掌柜出门采购的时候，顺便从哪里进的货吧。您别看是这种东西，也有市场需求。”

岩男实话告诉了言耶，但马上又再次转向和室仓。

“苇子不会出什么事吧？”

他忧心忡忡地抬头望向二楼。

“这里头绝对有问题。”徹太郎不知悔改地纠缠道。

“也许是在偷偷摸摸地搞什么阴谋。”敏之加入了战团。

“怎么了？”接着是巌。

“少爷呢？月代少爷去哪儿啦？”

“老爷，出什么事了吗？”

不光是巌，连染和泰史也赶来了，情况变得一发不可收拾。

“各位！”

言耶举起右手喝了一声，众人立时安静下来，但也只维持了短短一刻。

“月代少爷是在仓里吗？我说老师，那孩子究竟在哪儿？”

似乎只有染例外地称言耶为老师，或许是在学岩男的样吧。然而看她现在的架式，几乎是在逼问言耶。

不过，当巌说看到月代去了厕所时，染迅速从和室仓前离开了。

“呼……”

言耶不禁心头一松，叹了口气，哪知这回轮到岩男步步紧逼了。

“好了老师，您是否知道些什么？”

“啊，不……刚才苇子夫人在关门前，说得很清楚。”

“说什么了？”

“她是这么说的，‘不快点开始狐狗狸仪式的话’。尽管很小声，但确实说了。”

“这么说，苇子现在正在做狐狗狸仪式？”

“我想是的。”

“很奇怪啊。”敏之插嘴道，“以前的圆桌不合用了，为了做这次的狐狗狸仪式，她向岩男先生提出请求，说需要一张新桌。这下倒好，关键的桌子就在眼前，她却置之不理把自己关进了和室仓。你说奇怪不？”

“所以我就说嘛，是那女人看到这条蛇——”

徹太郎又要老调重弹，意外的是还没等岩男责备，巌就打断了他的话。

“月代没在一起也让我觉得有点奇怪。”

“因为他们会一起做狐狗狸仪式是吗？”

言耶一问之下，回答的却是岩男。

“不管最初如何，现在的话月代似乎已经是不可或缺了。”

“有没有这种可能呢？这次的祈求关系到赤箱，所以苇子夫人断定会比平时做的那些更危险，于是决定不让月代参与。”

“怎么说呢？只是，我倒认为祈求的项目越重大，苇子就越需要那孩子的协助——”

这时，月代在染的陪同下，出现在了众人面前。

“啊，月代！快到这里来。”岩男似乎有些心慌意乱，一看见儿子的身影就问道，“刚才你从仓里出来的时候，妈妈说什么了吗？这事很重要。你要好好地想。到底是怎么回事？”

“……”

“为什么妈妈把你关在门外，自己请狐狗狸大仙去了？好好回答。”

看岩男的样子，几乎已认定月代一定是听到了什么，或知道继母举止奇异的原因。

“老、老爷……这事怪了。”

本以为染一定会袒护月代、反击岩男，不料她眉头紧皱，用一种阴森的语气开口了。

“小小少爷说啦，夫人进和室仓前，低声说了句和‘打开那箱子’‘必须打开’差不多意思的话。”

“请……请等一下。”言耶慌里慌张地把脸从染转向月代，“你母亲说了什么，还能准确地记住吗？你能不能把母亲说过的话，原原本本地告诉我呢？”

“不就是刚才说的那些吗？”染立刻插在两人中间。

“我想知道精确的内容。”

“少爷也没记住那些话啊，就是在门口擦身而过的时候，听她轻轻地说了那么一句而已。”

“……”

言耶像是有心事似的，目不转睛地凝视着和室仓的土门，突然陷入了沉默。

“刀城老师？”此刻岩男已略微冷静下来，他唤了一声，神色惶恐但又透着焦虑。

“啊，啊，真是抱歉。那一瞬间苇子夫人的心境究竟起了什么变化，让我有些在意，所以——”

“您是否想到了什么？”

“没有，我也无法推断。只是，该不该就这么放手不管……”

“只能暂时看情况再说了。”敏之神色冷静，“虽说举动可疑，但她本人说了是要进行狐狗狸仪式。我们只能等她做完仪式后从和室仓里出来了。”

“可是大舅子，苇子还说要打开那个箱子呢。”

“这个么，怎么说呢……”敏之看看月代，说到一半猛然闭上了嘴。看来他是觉得幼儿的证词不可靠。不过，多半是想到一旦指出这一点会遭到染的猛烈回击，他才突然支吾起来了。

“先丢开两三个小时怎么样？”徹太郎提了个不负责任的建议。

“大舅子你……”

“至于赤箱，那可是向狐狗狸大仙祈求谕示的对象，所以那女人嘴上提起这个也不奇怪啊。”

换言之，他似乎想暗指“打开那个箱子”或“必须打开”的话只是月代听错了。就算外甥没听错，苇子打开了箱子，那也不要紧。这些想法都如实写在了他的表情里。

“话是这么说……”

岩男担忧的目光扫向和室仓，接着又求助似的看着言耶。

“这扇土门内侧的锁是什么样的？”

“是一个铁制的大闩棒。在这一侧墙壁——”岩男指着土门的左方，“闩棒垂直地倚靠在上面，可把它转过九十度，嵌入门板内侧的槽里。”

“看起来很大很结实啊。”

“比起外侧的门闩和挂锁来算是简单的，但怎么说也是仓库的锁啊。”

“从外面打开呢？”

“呃，没可能。”

“窗户是什么情况？”

言耶随岩男一起来到中院，但南边那扇被关得严严实实的对开窗，看来也在内侧落了锁，完全推不开。

最终，岩男虽然不情愿，但也承认只能看情况再说。

然而，众人在起居室用完晚饭、移步客厅后又过了一个小时，苇子仍未从和室仓现身。

“已经九点了呢。”岩男注视着挂钟嘀咕了一句。

“平常狐狗狸仪式要花多长时间？”

岩男对言耶的问题左思右想之际，巖干脆地做了回答。

“根据来咨询的人数和咨询内容也会有所不同，不过继母在和室仓二楼，最多也就待三小时左右。”

“那时刚好是六点半吧。也就是说，应该就快出来了。”

“可是老师，这次的祈求谕示只与那箱子有关。再怎么说也太久了吧。”

“可能是祈求的内容有些棘手……”

岩男对言耶的指摘可能也有同感，他点点头道了声“原来如此”。然而，言耶却续道：“只是，我也觉得即便如此，可真的会花三小时之久吗？”

多余的话令稍稍松了口气的岩男再度变得神色不宁。

又过去了一小时。

“十点了。再怎么说这也有点奇怪了。”这回轮到敏之申诉情形有异。

“苇子……”

低吟过后岩男一转眼就冲出了客厅，直奔和室仓前而去，言耶等人也慌忙在后追赶。

“苇子，苇子，苇子啊！”

最初岩男还有所克制，渐渐地他便放开声音呼喊起妻子的名字。不久，他咚咚地敲打着土门，喊声愈发响亮。

然而，门内全无反应，听不见任何声音。

“这样的话，只能破门而入了。”

“但是猪丸先生，这土门……”

“我把跟我们有交情的宫地工务店[1]的人叫来。”说着岩男打电话去了。

大约三十分钟后，宫地工务店的社长和两名职工终于赶到了猪丸家。据说是因为叫回已经下班的职工耗费了些时间。

听岩男说了前因后果，宫地社长对土门做了一番调查，随后断定取下合叶最省时省力。当然活也不轻松，但想象一下在门上凿洞的情形，总比这要好一些吧。

在岩男、敏之、徹太郎以及言耶的守望下，巨型合叶的拆除工程启动了。巌已回到自己的房间，在宫地等人抵达之前，岩男就命令他

1 工务店：从事土木建筑相关业务的店。如国内的建筑公司、装修公司等。——译者注

去睡觉。月代早已就寝，染好像也睡下了。

拆除上下两片合叶，花了将近一个小时。工务店的职工合二人之力抱住合叶，稳稳地在土门右侧搬出了一条缝隙。

先是气势迅猛的岩男，然后是言耶钻进了和室仓。

“姑且先由我们两个去看看情况。”

言耶婉言阻止了正要跟进来的敏之和徹太郎。因为不知道仓内发生了什么，所以他做出判断：人数应控制在最小范围。

言耶将视线从颇有不满的两人脸上，移向门板内侧。那门闩也可以说就是一根长长的角铁棒，其一端被固定在右边的墙上，这个部分可以旋转。如今，闩棒完全处于横卧状态，的确是嵌入了门内侧的槽中。换言之，苇子六点半左右从内部落锁后的状态留存至今。

即便如此言耶还是检查了闩棒本身，然后才开始关注起仓内。

进入土门后，是一条延伸开去的晦暗走廊。中央处有光叶榉制成的阶梯，右手方能看到色彩暗淡的拉门。电灯放射着朦胧的光彩。灯光照出的这片空间如此阴冷萧瑟，使人感受到了与戏剧舞台的底层，或贸易用帆船的船舱类似的氛围。

“慎重起见，先检查一楼吧。”

言耶首先提议道，这也是为了让急躁的岩男冷静下来。岩男的脚已跨上阶梯，他只犹豫了片刻，就顺从地拨开拉门，进入和室，打开了灯。

这一瞬间，言耶发出了惊叹。

“这是……”

极尽奢华的绚烂和室展现在他的眼前，与昏暗而又阴森的走廊形成了鲜明的对照。

“是缟柿吧。”

在柱子和天花板的银色质地上浮出的如孔雀翎一般的缟纹，正是万里挑一的高级木材的特征。

“门楣上也是啊。啊！火盆、书桌和炕桌也全是缟柿吧。”

不仅是建材，连家具都是用名贵至极的柿木做成的。

和室有八帖大，进门后左手边是带落地小橱的多宝格和一间[1]宽的壁龛，右手边是壁橱和挂有三幅套字画的壁龛，从正面则能看到两扇纸门。

“这纸门的对面就是中院吗？”

打开一看里面是铁格子门，紧闭的对开门上落着跟土门一样的门闩。

“老师，我们快去二楼……”

在言耶检视壁橱内部时，岩男等不及地催促起来。

“抱歉抱歉，我们这就去吧。”

拉门上的金色绘画豪华绚丽，与另一侧的截然相反，言耶一边望着它们一边进入走廊，一马当先地登上了陡得厉害的阶梯。二楼也有同样亮着昏暗电灯的走廊，果然能看见南边那个煞风景的拉门。

“苇子夫人？您没事吧？”

言耶一边呼叫一边把手伸向拉门。

“您家老爷也在。我可开门啦。可以吧？”

他缓缓地拉开门。

1　间：尺贯法（日本传统度量衡）的单位。一间等于六尺。——译者注

相比一楼清一色的缟柿，二楼则是光叶榉的精彩世界。然而遗憾的是，言耶根本无暇对此大发感慨。

圆桌和椅子东倒西歪，沾染血糊的藁半纸撒了一地。苇子腹部流着鲜血，横躺在杂乱的和室中。

第九章　狐狗狸命案

刀城言耶确认苇子已死，便拼命抚慰形神俱乱的岩男，把他送出了和室仓。隔着土门拜托敏之报警后，他又回到了现场。

“是刺杀啊……”

看来凶器是丢在尸体腹部前方的那把白色小刀。听岩男说，这刀和另一把黑色小刀是一对，封印着那口赤箱。黑刀不在多宝格上，而问题之源的赤箱则垫着苇子的右臂，被倒在地上的她的左手紧紧抱住了。

“没想到我们竟会在这样的状况下会面，连话都没怎么说上……真是令人扼腕。”

言耶面对遗体喃喃自语了几句，合双掌深鞠一礼，心中默默祈祷。

随后他轻舒一口气，环视了一遍和室内部。

二楼和一楼一样，也是八贴大。进门后左手边是绘有水墨画的壁橱的隔扇，右手边则是多宝格和壁龛，从正面可看到嵌着铁格子的花头窗[1]。外侧的对开窗关着，落着和一楼同样的闩棒。

1　花头窗：又名火灯窗，上部呈曲线，从中国传入日本。多用于寺庙、城郭等建筑。——译者注

“完全就是一个密室啊。”

慎重起见，言耶探了探壁橱，当然没人躲在里面。

和室中央铺着一块圆形绒毯，与这屋子极不相称。看来这里曾置放过用于狐狗狸仪式的圆桌和椅子。

但如今，苇子的尸体在靠近绒毯南沿的地方，她与窗之间有两把椅子，各自倒往东西方向。尸体位于东侧椅子的旁边，所以她平时可能就坐在那里。

倒地的苇子正对着出入口的拉门，在她身前是向东栽倒的圆桌，而自动笔记板则车轮朝天，翻倒在圆桌单腿的根部。数枚藁半纸散乱在四周。需要这么多纸，恐怕是用来给自动笔记板写字的吧。那张应该放过藁半纸的小台子，横身倒在圆桌的西侧。

“也就是说，罪犯从北侧的拉门入内，拿起多宝格上的小刀，直接从正面袭击了苇子夫人？”

屋子里还有一把椅子，被放在壁橱前面——东北角，不过没有被用过的痕迹，至少这次的狐狗狸仪式没有用它。

“要么就是罪犯收拾的？”

但是，以现在的情况，实难想象会是平日里来猪丸家咨询的人干的。

“还是应该认为第三把椅子一开始就没被用过。”

言耶将整个现场的状态清晰地印入眼底后，又仔细观察了散落在尸体周围沾有血迹的藁半纸。

“这个……凶器上的血糊被擦过啊。”

他望了一眼小刀，明显能看出血被擦过的痕迹。

“可这究竟是为什么？”

罪犯特地用藁半纸把粘附在凶器上的血迹擦净，然而却没有把它插回刀鞘。白色的刀鞘掉落在小刀附近。罪犯只是擦完血后，随手扔了出去。

把血从凶器上拭去，一般不都是为了把凶器带走吗？既然要留在现场，不去管它想来也全无问题。

“哪知罪犯却把凶器丢在现场，反倒拿走了那把黑色小刀？”

言耶再度环视和室，百思不得其解。

屋里找不到黑色的小刀。即便是桌椅翻倒时被弹到了某处，多半也会掉在视野可见的范围内。言耶心想会不会在藁半纸的下面呢，但总觉得不像。由于不能弄乱现场，所以他也说不准，但确实不见有哪张藁半纸突起一块来。

“有必要确认黑色小刀是不是真的在这里。”

言耶在脑中记下这一点，然后开始关注掉在倒地圆桌和尸体之间的两张藁半纸。

两张纸上都用铅笔写下了类似文字的东西。看上去像平假名，各有两个，笔迹很潦草，就像还不能好好写字的孩子或伤了惯用手的大人写出来的。

其中一张纸的第一个字是两条曲线，宛如一个菱形从中间断开了一般，勉强可认作“い”。第二个字，是英文字母的“Z”底边弓起后，安上了一个“○”，所以看上去像“る”。

另一张纸的第一个字，是两条横线斜穿过一根竖线，竖线在中途向左弯曲，由此可知是“き”。第二个字，是在“十”字竖线下部的左中央有一个“○”，横线的斜上右方则是一个类似浊点“゛”的符号，因此成了四个字中最易辨识的“ず”。

“一张是‘いる’，另一张是‘きず’啊。[1]”

言耶从上衣内口袋里取出笔记本，把两张纸上的字正确地誊写下来。

“这是狐狗狸大仙对赤箱问题的回答吧，可惜不知道最关键的提问本身是什么。”

要从回答推测出问题内容，就以现在的状况，线索也未免太少了。

“该到赤箱了吗……”

其实自从踏入二楼的和室，言耶最在意的就是赤箱。当然，最先让他受到惊吓的是倒在地上的苇子，不过得知她已死亡之后，赤箱的问题就一直萦绕在脑中挥之不去。

所以，言耶硬是把检查那口箱子的事往后拖延了。因为他总觉得如果先去瞧箱子，其他的事多半全都做不成了。

言耶下定决心后，变换自己的位置，将视线从两张蒿半纸移向赤箱。再磨蹭下去，警察就要到了。被他们拒之门外后再懊悔可就晚了。

赤箱在苇子的腹部旁，被她的左手抱着。箱侧有一条沾血的手巾，半掩住箱子，似乎被用来堵过伤口。换言之，言耶还无法确定箱子是否保持着开启状态。

说是红的吧其实更接近极为刺眼的朱色……

1　いる、きず：日语中，通常“いる”取“在、有”之意、“きず”取“伤口”之意。后文会对这两个词进行详尽的推演和解释。——译者注

黑乎乎的，像是什么东西结成的块……

肮脏不堪、灰色和茶色混为一体……

总之就是那种让人恶心想吐的……

散发着一种说不出来的恶臭……

言耶接连回想起岩男对赤箱内的东西所做的描述。与此同时，迄今已有数人离奇死亡的事实，也向他重重压来，使他差点打起了退堂鼓。

“给、给我镇静下来……跟箱子扯上关系而死的都是女性，而且仅限于嫁入猪丸家的女子。所以，我不会有问题……肯定……多半……也许……”

自动笔记板掉在箱边，铅笔已从板上脱落。言耶一边出声鼓励自己，一边用手绢拿住铅笔的一端，轻轻挑开手巾。

“呼……”

言耶忍不住放心地舒了口气，回过神来才发现自己已是一身臭汗。

赤箱没被打开。也不知究竟从哪一面才能打开，但看上去没有一处错位，仍是一个长方形的箱子。

“这么说，苇子至少不是因为打开箱子而被杀的……”

如此这般，言耶把该看的地方都查了个遍。在警察赶来前，自己还是离开和室仓为好。如果被害者家属以外的人在犯罪现场，而且还是个彻头彻尾的外来人员，肯定会落得个无端被疑的下场吧。

言耶刚从一楼的土门出来，就暴露在敏之和徹太郎的质询攻势下。正当他说着“详细情况须警方调查后才能知道”左躲右闪之际，终下市警署的警察赶到了。

从那以后到次日拂晓，猪丸岩男、小松纳敏之、川村徹太郎和刀城言耶四人一直在录口供。翌日上午，芝竹染和园田泰史，甚至连巖和月代两个孩子也接受了盘问。

好在警察中无人知道刀城言耶的底细。于是他赶在被详查之前，声明“关于我的身份，请询问各出版社的编辑”。言耶的责任编辑们绝不会说一句多余的话，因此也就不必担心别人知道自己的父亲是冬城牙城了。

但是，只有祖父江偲例外……

如果是怪想舍的祖父江偲，一旦知道言耶被卷入杀人案，就算不说出他父亲的事，也必定会如是宣扬：“咱们刀城老师可是个名侦探哦。您瞧好吧，只要警方求老师帮忙，就等于把案子破啦。”

被一个小市民毫不客气地这么一通说，警察断然不会对言耶留下好印象。

不过，完全不能介入本案也会让言耶有些挠头。现在他最想知道的是现场检查和验尸的结果。不光是可能已告知被害人丈夫岩男的有关苇子的死亡情况，他还想知道其他信息。

言耶最大限度地利用与生俱来的亲和力以及为了从顽固寡言的老人口中打探当地的奇闻异录而练就的一套技巧，总算撬开了警察的嘴。

正当这份努力有了收获，种种事实开始浮出水面之际——案发后第五天的下午——岩男将全体人员召集到猪丸家的客厅，公布了一件事。

“警察说苇子是自杀。”

敏之与徹太郎似乎对染和泰史的加入颇有不满，不过岩男解释说“希望所有人都能明白”，所以也就不情不愿地接受了。至于巌的出席，染明确表示反对，泰史则委婉地提出了否定意见，但也被岩男的一句“作为猪丸家的长子，有必要知道一切”打发了。至于月代，一开始就被排除在外。

听说苇子是自杀，众人嘈杂起来。首先是徹太郎颇为认可似的开口道：“当时谁也没法进和室仓，怎么说呢，这结论也是理所当然啊。”

随即敏之也点头道：“算作自杀的话，是会留下很多疑点，但要认作他杀也未免太牵强啦。”

“刀城老师，您怎么想？”

“苇子夫人的验尸结果里有个重要情况，您不知道吗……啊不，我也只是偶然从警察那儿打听到的……”

“内子怀孕的……事吗？”

岩男的发言令现场顿时鸦雀无声。

言耶迅速地一一检视各人的表情。谁在吃惊？这惊愕的表情是真的还是在演戏？他想看个明白，如果可能的话。然而，这件事很难判断，言耶没有取得确凿的收获。

“既然如此，警察还断定是自杀啊？”

“他们说，因为是三个月，所以内子可能不知道……就算知道，这也正是导致内子精神状态不稳定的原因之一……”

“关于自杀动机，您得到的解释是什么？”

“警方好像也不知道明确的理由。不过……他们说，从内子素日的言行与普通人稍有不同以及热衷于狐狗狸等情况来看，可以认为她是患了某种精神疾病。”

“是从这里找原因啊。”

“他们又说，现场乱作一团也不是因为罪犯袭击了苇子，而是她自己精神错乱……”

“确实也可以从这个角度来考虑。”

“虽然没有明言……”岩男的脸痛苦地扭曲着，“但我总觉得，苇子没有户籍也是导致警方得出这一结论的重要原因。”

“这么说，您和苇子夫人——”

“说是结婚，其实没办过手续。当然，她的户籍还好端端地在老家吧，但是既然连地方在哪儿都不知道，我也就无法可想了。”

“是这样啊。”

苇子死时仍只是一个外人。

“我们——”岩男稍加停顿后续道，“我完全不认同苇子有什么异常。诚然她是有一些古怪的地方，但不能因此就说她疯了。她可是一直在普普通通地过日子啊。”

“但是，警方却有不同意见啊。”

“我只会认为苇子和旁人不同是她个性使然，什么这是因为她出身可疑，甚至还成为她不是人的证据，这种荒谬的念头我从未有过。”

岩男的视线只对着言耶一人，但这话显然是说给客厅里的其他几位听的。

“但是，岩男先生——”敏之似乎想揭过现场的沉重气氛，“自杀动机这东西，归根结底只有死者本人才知道。不，有时可能就连当事人也往往不能理解，自己为什么选择了死。”

“就是就是，而且那女人……”徹太郎话说到一半，或许是他自己都觉得不妥，立刻改口道，“她是在谁都没有出入过，而且也无法出入的和室仓里死的，所以除了自杀没别的可能不是吗？”

“关于这一点，警方也是同样的意见吗？”

言耶一问之下，岩男无力地点点头：“唯一的出入口——一楼的土门在内侧落了闩是确凿无疑的事，因为还有宫地工务店的证词。另外，刀城老师和我都看到了，一楼和二楼的窗户不但镶有铁格，对开窗也都关着落下了相同的闩棒。我从和室仓出来后也好，老师出来后也好，没人从仓里逃出来。在警察赶到前，土门前始终有两个人以上。”

“保险起见，我检查了一楼和二楼的壁橱。但那里没有人。当然我想警察已经做过更为彻底的搜查，但也没发现罪犯。”

敏之一脸郑重地接过言耶的话头：“现已判明，案发当时和室仓被完全封闭，且没有事实表明有人事先潜入了仓内，所以到了这个时候，与她的死相关联的小小疑问也已经不成其问题了吧。换句话说，她就是自杀。”

“再说了，”徹太郎也插话道，“想成他杀，可又没有嫌疑人不是吗？因为谁也没有杀她的动机啊。”

“真是这样吗，大舅子？”

岩男的口吻意味深长，众人屏气凝息的声音充斥了整个客厅。

“对苇子的存在抱有忌惮心的人绝非一个两个，这事实在坐的各位谁都应该心知肚明吧。”

这一点言耶也隐隐感觉到了。在向警方相关人员收集情报的同时，他也从猪丸家众人那里探听消息。特别是和巌的交谈，使他受尽了助益。

岩男第一任妻子好子的兄长小松纳敏之，希望外甥巌成为猪丸家的户主。对他来说苇子就是眼中钉肉中刺，更何况她还怀了孕。如果生下男孩，外甥虽为长子但也处境堪忧。这是一个很充分的动机吧。

岩男第二任妻子由子的兄长川村徹太郎，也是想让外甥月代继承家业。换言之，他有和敏之一样的动机。

被由子召来、以孩子们的乳母身份在雇主猪丸家住下的芝竹染，总而言之，月代就是她的命。而且，染一心把苇子看作邪恶之物。她本人坚信——月代是被这样的女人夺走了——因而动机充足。

至于园田泰史，也许该排除在嫌疑圈外。只是，作为从祖父那代起就担任猪丸家掌柜、打理猪丸当铺的责任人，见岩男连生意上的事也要求助于苇子所操作的狐狗狸仪式，无疑会产生一种危机感。这个也该视作动机吗？

巌坦率地告诉过言耶，他觉得继母不对劲。但是，他不会因此就直接想去杀掉她吧。

月代根本不在考虑之列，不过姑且做个商榷的话会发现，也许他是除岩男之外和苇子相处得最好的人。即使那并非母子关系，而是狐狗狸仪式中巫女与凭座[1]的关系——

言耶就是这样看待他俩的关系的。请狐狗狸大仙晃动自动笔记

1　凭座：请神仪式中神灵上身的对象（灵媒或童子）。——译者注

板，还不如让它先附身于月代，然后再来操纵板，如此更能有效地得到回答不是吗？

如今已是无从证实，但至少能肯定，苇子和月代曾一起融洽地进行过狐狗狸仪式。

就在言耶思考这些问题时。

“岩男先生，你该不会认为……罪犯在我们中间吧？”

听语气像是在开玩笑，但徹太郎的眼中不含一丝笑意。

“警察说了，哪儿都没发现有人从外部侵入的痕迹。”

岩男兜着圈子说话，使现场的空气骤然绷紧了。

“关于那天大家的活动情况——”

言耶假装若无其事，把一直带在身边的采访用笔记本摊在桌上，向众人说明了案发当天的时间轴。

六点前	苇子出现在客厅。
六点十分	将库房的桌子搬到和室仓前。
六点三十分	月代从和室仓出来。回头看向走廊的苇子突然进入和室仓并从内部上了锁。
七点	晚餐开饭。
八点	移步客厅。
十点	岩男在和室仓前呼叫苇子。
十点三十分	宫地工务店的职工赶到。
十一点半	卸下土门的合叶。言耶和岩男进入和室仓。

“经过就是这样，晚饭前后以及从移步客厅到把宫地工务店的人叫来为止，其实谁都没有完整的不在场证明。”

“她的死亡推定时间呢？”敏之问了一个关键的问题。

“从六点半到八点半。死因是腹部创伤导致失血过多。”

“原来如此。因为在晚饭前后，我们各做各的事，都在自由行动对吧？”

“掉落在遗体旁的白色小刀和苇子夫人腹部的创伤一致，所以被认定为凶器。不过，上面只有她一个人的指纹。可能是拔小刀时粘上的吧。就算沾有凶手的指纹，也会在这个时候被抹掉。”

“如果不拔刀，血就不会从伤口大量涌出，也许就不会死了吧。”

“失血过多而死的原因正如您所说，不过我们发现苇子夫人时已经过了十一点半。实际上能不能得救……”

言耶语焉不详，敏之也不吭声了，只有徹太郎心里少根弦：“事出突然，想都没想就拔出来了吧。到底是肚子上插了一把刀，也难怪嘛。”

“有一块沾血的手巾掉在腹部旁边，所以肯定是捂过伤口的。”

“这个反倒成了致命之举吗？”

“很遗憾……不过奇怪的是，另一把黑色小刀却找不到。”

“这件事我也问过警察了——”岩男用难以释怀的语气道，“他们说，因为黑色小刀不在和室仓里，所以案发时间最早是在它被某人拿走之后。”

“所谓的‘某人’是指？”

“大体上会对刀具感兴趣的无非就是孩子，警察是这么——”

从众人的视线向自己这边集中之前开始，巌就在猛烈摇头。

“当然也绝不会是小小少爷！”

染突然大声嚷嚷起来。因为说到孩子，除了巌就是月代了。

“我想他们两个都不是。”

岩男冷静地予以否定后，染更是絮叨个不停。

“我平日里就提醒小小少爷，那两把小刀有封住赤箱邪气的作用，像这种圣物我们可不能胡乱摆弄。可夫人却把那个……把赤箱本体从两把小刀那儿拿走了。”

之后就是染对苇子没完没了的抱怨，让言耶很是无奈。

趁染总算把话说完的当口，言耶道：“关键的凶器已判明是白色小刀，所以警方对黑色小刀的去向缺乏热情，也是可以理解的。不过，如果是罪犯拿走的话，可以说就是个谜了。”

“凶手拿走黑色小刀，倒把凶器的白色小刀留在了现场？”

敏之刚指出问题，徹太郎就像想到了什么好主意似的：“是那个女人做出反击了吧？”

“用黑色的那把吗？”

“对的。凶手抢走后，一不留神就这么带出和室仓了。喂喂！不知不觉的，话题怎么从自杀变成他杀啦？”

“刀城言耶先生，”敏之故作郑重地开口道，“您现在是打算在这里扮演侦探吗？”

“务请您施展身手。”在言耶回应前，岩男先开了口，“当然，得在大家没有异议的情况下。”

敏之和徹太郎显然有意见，但什么也没说。染和泰史好像不太自在，从刚开始就心神不宁的。巌虽受到了种种冲击，不过看起来却是一副好奇心难忍的样子。

“刀城老师，这样可以了吗？这个唐突的请求，不知您能否应允？”

“好，好的……就我这等人，若也能效犬马之劳——”

“非常感谢。”

岩男施了一礼，从这一瞬间起客厅中便充斥了一种氛围——今日这场聚会的真正目的突然露出了尊容。

“那么从现在开始，我想就猪丸苇子夫人之死，和大家一起思考。”

言耶刚又客套了一番，徹太郎就突然从旁插话道：“写字师傅啊，所谓名侦探，不是应该在我等嫌疑人面前，一个人装模作样、滔滔不绝地演说一通，摆架子耍酷地指着真凶说‘你就是罪犯’的吗？”

“不不……那个，我不是什么名侦探，所以……”

“大舅子，你是不是有什么异议？”

“那倒不是。不过呢，就像小松纳先生也说过的那样，就算疑点很多，可要想成他杀也未免太牵强了。”

“因为谁也无法出入和室仓吗？”

“是啊。警察判断为自杀不也是因为这一点无可动摇吗？”

“嗯，算是吧……”

“既然如此，只要这个问题得不到解决，侦探先生就根本没有出场的份儿，不是吗？”

“事实正是如此。”被步步诱导的言耶坦然承认，使得徹太郎目瞪口呆，随后他这样说道，“所以在讨论苇子夫人之死前，我想先以侦探小说为例，就密闭空间中发生的死亡之谜——即密室进行分类。”

第十章　密室讲义

“最初是美国作家埃德加·爱伦·坡，于一八四一年在《葛雷姆杂志》上——”

“喂喂，这位写字师傅怎么突然说起稀奇古怪的东西来啦！”

一脸惊讶的不光是徹太郎，所有人都是表情呆愕。

“刀城老师现在是要做什么讲义吗？”岩男的语气中明显含着不安。

“是的。世界上第一篇本格侦探小说，坡的《莫格街血案》写的就是密室，所以我想从此处着手解说密室推理的历史，在这一基础上探讨此种不可能状况下的死亡有哪些种类、可以怎样分类，然后拿来套入这次的和室仓密室加以考查，按这样的脉络来——”

“那个……”岩男客气地开口道。

“嗯？”

“关于这段历史的说明，那个……有必要吗？”

“欸……？”

“不不，我完全没有对老师的话说三道四的想法，只是……立刻进入分类说明，恭听老师对苇子之死的看法……这样不行吗？”

岩男建议过后，敏之却难得站到了言耶这边："刀城先生，您想从密室这一事物的历史背景说起，这份心情同为写手的我能够理解。"

"但是现在没那个闲工夫吧。我们在座的人需要的可是更实事求是、更迅速的解决方式。"不料敏之回马又是一枪。

"哦……"

开讲时言耶意气风发，此时锐气完全被挫，不免意志消沉起来。

对专职写作怪奇小说的他来说，彻底贯彻逻辑思维的本格侦探小说，总像是住在很不自在的别人家里。即使逗留的时间再长，无论再过多久，也是一个无法轻松舒展的所在。

不过，别看他这样，却总会被侦探小说中以密室、人物消失或无足迹杀人等不可能犯罪为题材的作品所吸引。如果案子还能结合怪奇传说，简直就无怨言可说了。如此给出谜团总会令他欢欣雀跃，即便最后所有怪异现象都被合理解释殆尽，唯有余韵全消、扫兴无味的心象风景[1]蔓延开去也无妨。

"那好——"言耶重整旗鼓，"我想以我所敬爱的约翰·狄克森·卡尔，在一九三五年发表的《透明人》即《三口棺材》[2]的第十七章《密室讲义》为基础，参考江户川乱步老师去年发表于《宝石》的

1　心象风景：日语词汇，指非现实的、在心中浮现的风景。往往随个人喜好而变形、美化，成为现实中不可能有的景象。——译者注

2　《三口棺材》（*The Three Coffins*）是美国出版名，《透明人》（*The Hollow Man*）是英国出版名。——译者注

《类别诡计集成》[1]中的第二部分‘关于罪犯出入现场之痕迹的诡计’，进行密室分类，再致力于解决和室仓的密室。”

以徹太郎为首，每个人脸上仍是一副如聆天书的表情，但他们没吭声而是摆出了洗耳恭听的姿态。

“啊，顺便说一句，在战前卡尔的作品曾以《魔棺杀人案》为题被翻译引进，不过因为译文粗制滥造还是不看为好。话说原著里出现了两个密室——”

“刀城老师……”

这回只是被岩男一唤，言耶就迅速自我修正了轨道。

“唔……好吧，那我先对密室做个说明。最好理解的一个概念就是‘在室内上锁的房间’吧。”

“门和窗都从内侧锁住的房间，是指这种状态对吗？”

对敏之的确认，言耶点头补充道：“在下过雨或雪的院子中央，躺着一具他杀尸体，然而现场却只有被害者的足迹，完全找不到罪犯往返院子中央时应该留下的足迹，这种状况也构成密室。因为虽然不像室内是封闭空间，但在罪犯不可能出入这一点是相同的。”

“原来如此。”敏之似已释然，“这么说，江户川乱步没有单纯讨论‘密室诡计’，而是把‘关于罪犯出入现场之痕迹的诡计’列为了项目？”

“是的。文中乱步把该诡计划分为三类：A.密室诡计，B.足迹诡

1　最初刊登在《宝石》杂志昭和28年（公元1953年）的第9、10期中。后经增补并收录于《续·幻影城》。文中不仅对诡计加以评论，还做了细致的分类，备受瞩目。——译者注

计，C.指纹诡计。只是，C类诡计虽在‘痕迹’方面有所关联，但作品例很少，且怎么看都只能说和A、B性质迥异……”

“好像是的。但是这次的案子跟B和C没关系吧，所以怎么着都无所谓了。不过，这个叫江户川乱步的人，竟连这种事都在做啊。说到乱步，我总以为是个写情色怪诞通俗小说的作家……啊不，当然我可没读过他的小说。”

“乱步老师那才叫多面人呢，就像怪人二十面相。”对敏之的话，言耶淡然置之，“顺带一提，不光是杀人，人物消失之类的谜也包含在密室里。”

“都有些什么样的例子呢？”

“进入不启屋的人，一直没出来。于是大家破门而入，却发现室内空无一人，所有的窗户都从内侧被锁住。当然也没有地道。唯一的出入口的门前一直有多人在监视。在这种情况下，就算门没锁，也可认为不启屋完美地构成了一个密室。”

“确实。”

“另外，人从狭长小巷的一头进去，没从另一头出来，小巷里也不见人影。两侧的出入口有目击者，能证实此事。小巷的墙壁上没有一扇门，爬墙也不可能。这种情况也属于密室。”

“和刚才院子的例子一样，都是头上有开放空间的状态。”

“对。总结一下的话，所谓密室之谜——”

“喂喂！”徹太郎不胜其烦似的插嘴道，“目前为止你说的我也能理解，但此时此地我们的问题是和室仓，不是什么院子或小巷吧。小松纳先生也是，你打算跟写字师傅一起，把这个无关话题说到啥时才算完哪？”

“啊……这可真是……太抱歉了。”

敏之不好意思地低下头，突然又像警醒过来似的盯住言耶。从这表情看来，他自己都在吃惊，不知不觉中竟投入地和对方交谈起来了。

“写字师傅，能不能请你只针对‘在室内上锁的房间’赶快展开解说呢？”

言耶向催促自己的徹太郎致歉后，开始了具体说明。

“卡尔首先把密室犯罪分为两大类。一类是‘命案发生在密室内，但罪犯并没有逃离，因为一开始就不在室内’；另一类是‘命案发生在密室内，罪犯通过门或窗堂而皇之地逃离，因为凶手对关键的门窗本身动了手脚’。进而他又把前者分为七项，后者分为五项做了说明。”

“请等一下。”敏之侧着头，“最初那个第一大类——‘因为罪犯一开始就不在室内’的意思，我不太明白。”

“就是就是。明明不在屋里，怎么能作案呢？”

不只是徹太郎，众人似乎都无法理解，每个人都是一脸茫然。

“为了让大家理解，我可以马上说明。不过一开始我想先引入乱步的分类方法。因为乱步基于卡尔的密室讲义，做出了非常通俗易懂的分类，使得绝大部分密室犯罪都符合这个分类的某一项。”

“写字师傅，既然如此你一开始就采用乱步的那一套不好吗？”

徹太郎的牢骚感觉是情难自已，不过其他人恐怕也都是心有戚戚吧。

然而，言耶却满不在乎：“密室历史的讲义和卡尔的密室讲义我都跳过了，这点小问题就请大家忍忍吧。”

轻施一礼后，他径直往下说。

“江户川乱步就《关于罪犯出入现场之痕迹的诡计》中的A.密室诡计，对密室犯罪做了如下分类：

一、作案时罪犯不在室内。

二、作案时罪犯在室内。

三、作案时被害者不在室内。

我认为这种归纳法在研究密室犯罪时十分有效。说得再通俗易懂一些的话就是：

一、作案时，室内只有被害者，没有罪犯。

二、作案时，被害者和罪犯都在室内。

三、作案时，被害者和罪犯都不在室内。”

敏之略显出思索的神态：“因为不知道具体事例，所以一下子反应不上来，不过所谓密室分类是怎么一回事，我心里多少有了点谱。”

“我可还是啥都没整明白呢。”

敏之无视插科打诨的徹太郎，显得兴致勃勃：“和室仓的密室必定符合这三类中的某一类。”

“不过要加一个限制条件——须在能做出合理解释的范围内。”

“无所谓了。啊，还不如说不这样的话反倒令人困扰。现在拿赤箱的诅咒或两任前妻的作祟出来说事，根本什么问题也解决不了。”

“我打算穷尽人所能想到的一切可能，尝试用逻辑思维来进行推理。”

或许是因为言耶话中有话，敏之歪着头显得十分诧异。

“那么，现在我们就来一项一项地往下看。”

言耶推进话题后，敏之虽然还是一脸疑问的表情，但没有再深究到底。

“首先是‘一、作案时，室内只有被害者，没有罪犯’。光看情形，可以说与案发时的和室仓非常相似。”

似乎所有人都一下子被这项说明吸引住了。

“第一类从甲至己被分为六项。对了，基本上我是参照了《类别诡计集成》的内容，但也有我随意补充的部分，请各位海涵。”

礼数周全的声明过后，言耶开始了各项说明。

“甲、通过安装在室内的机械装置来杀人。就像这次的小刀，凶器如果是短剑，就可以事先在室内设下可称之为自动发射装置的东西，用它向被害者弹出刀具。”

“哦……”

岩男发出了感佩似的声音，敏之脸露苦笑，徹太郎则用疑惑的眼神打量言耶。

“只是，这个诡计有种种缺陷。首先，罪犯须制作自动发射装置，或考虑其他替代方式。其次，在室内安装时不能被受害者发觉，而且还必须放在凶器能击中被害者身体的地方。第三，在某些情况下，作案后装置会残留于室内，所以必须在被人发现前处理掉。”

“胡闹啊，”敏之像是在说这简直不值一提，“谁会想着去做那么夸张的事？就算有这种异想天开的杀人犯，也会因为动静太大，马上就被揭穿了。”

“正如您所言。不过怎么说呢，如果舞台设定等方方面面的条件都已完备，那么在某些场合下也有不用花大工夫的方法。”

“能想到什么样的例子？”

“建于雪国的家宅，被害者在一个天花板很高的卧房起居。被害者有一个习惯，总是在就寝前打开暖空调。于是罪犯事先在床正上方的天花板上，用雪固定住一把短剑。在天花板较高的屋子里，出于构造上的原因，不但发现短剑的可能性很低，而且坠落之际可轻易获得加速。如果被害者锁着卧房的门，那么密室杀人就完成了。”

“虽然不必特意去制作杀人装置，但还是太缺乏现实性了。”

“再说也无法想象苇子夫人是被这方法所害。”言耶否决了甲，随即进入下一项，“乙、室外远距离杀人。此法利用人不能出入但凶器可以通过的空隙，从屋外杀死室内的被害者。因此，相对甲的完全密室，乙是准密室。”

“空隙啊……”

“以和室仓为例，就是二楼的窗户没关上之类的情况。那扇窗镶有铁格，所以人不可能出入，但只是小刀的话，完全有可能吧。罪犯爬上中院的栎树，呼叫苇子夫人。等她到了窗边，就隔窗刺出小刀。受到惊吓的被害者逃往房间的中心地带，倒毙在那里。”

“原来如此，看现场的话，就好像人是在房间中央被刺杀的。”

敏之似乎也有些佩服了，他和其他所有人的视线都自然而然地向巌汇集。这恐怕是因为谁都想到了，巌平时经常爬中院的栎树玩。

“但是，和室仓的窗，无论是一楼还是二楼，都在内侧落了闩。这项诡计无法被使用。”言耶断然否定后续道，“丙，被害者自己杀死自己的方法。”

“不是指自杀？”慌忙从外甥身上收回视线的敏之，话语中透出了惊讶。

“不是。这种方法得在事先给被害者施加心理恐惧，迫使其在现场的室内陷入半狂乱状态，造成一种过失杀人。”

“这个相当困难吧？”

“我认为与其说对谁都有效，还不如说只对处在特定精神状态下的人才能发挥作用。换句话说，只要被害人符合一定的条件，也许此法比甲的杀人装置更具现实性。”

“唔……是这个意思啊。确实有些道理呢。”

“另外，在这种情况下也需要一些特殊背景，譬如作为现场的房间本身也大有来头等。”

“大有来头的房间……”岩男低语了一句。

“和室仓的二楼正好符合这一条。但是，苇子夫人一直在那里举行狐狗狸仪式。赤箱也是，她非但不害怕反倒还加以利用。难以想象那个房间会对她造成心理上的影响。”

“哦……”岩男的应和声听起来就像是叹息。

“丁是伪装成他杀的自杀，戊是伪装成自杀的他杀。丁的场合下，自杀者因种种理由不愿被人知道是自寻短见，想方设法企图制造他杀假象。不料出了点岔子，使现场变得谁都无法出入，结果看上去就像是密室杀人。戊项就不用解释了吧。因为只要能把谋杀伪装成意外或自杀，罪犯就高枕无忧了。”

“苇子有没有自杀伪装成他杀的动机呢……”岩男语声孱弱。

“但如果是这样，情况就变成苇子夫人一时疏忽锁住了出口——原本会让人以为是罪犯出逃口的地方。”

“跟和室仓对不上号啊。”敏之当即否决道。

“若考虑相反的情况，即伪装成自杀的他杀，可现场也未免太凌乱了。此外，遗书及动机等罪犯理应有所准备，用来指向自杀的要素基本没有。”

“写字师傅，你说话也太杂七杂八了。”徹太郎紧锁眉头，语出惊人，“不过我倒觉得自己多少是看出点真相来了。”

“欸？真……真的吗？”

言耶不由自主地探身向前，却见岩男和敏之等人全无期待之色。

“毕竟还是自杀吧，但有点不同寻常。我嘛，感觉就是写字师傅你提过的两项——‘被害者自己杀死自己’和‘伪装成他杀的自杀’掺合在一起了。”

“动机是什么？”

“谁知道呢……不过当时，那女人肯定在和室仓前的走廊里看到了什么。然后这个成了导火线，她把自己关进仓开始半疯半癫，在二楼一顿折腾，结果拿小刀刺了自己的肚子。”

“可是大舅子，她没什么动机啊，以至于突然连自杀的念头都有了。”

岩男婉转反驳，徹太郎一下就不作声了。

“姑且保留川村先生的意见。因为关上土门落下闩棒的，毕竟是苇子夫人自己啊。”

“但是，刀城老师……”

“别急，并没有肯定就是自杀。不过，当时走廊或客厅里也许是发生了什么事，使得苇子夫人不假思索地想要躲进和室仓。假设罪犯利用了这个情况——”

敏之似乎已有所领悟，接道：“也就是说，川村君的意见，前半部分可能是正确的对吗？只是还没到自杀的地步。”

“正是。”

“原来如此。很有意思嘛。但这么一来，密室之谜依然无解啊。”

“是的，所以我们继续往下看。最后一项已，人类以外的罪犯。”

“你说什么？”

敏之冒失地叫起来，而其余众人也都圆睁双目，震惊不已。

“在这种情况下，现场多是与乙项‘室外远距离杀人’有共通之处的准密室。也就是说，存在人不可能出入，但动物或其他东西能轻易侵入的空隙。”

“所谓动物是凶手，是指发生了什么意外吗？”敏之一脸惊讶地询问道。

“既有此类案例，也有人类凶手利用了动物的情况。”

“这么一说，我也就明白了……其他东西是指？”

“在成为密室的室内，被害者被火绳枪击中了。凶器虽在现场，但罪犯不见踪影。被害者与火绳枪之间的距离实在太远，自杀绝无可能。”

“其他东西是凶手？”

言耶微微一笑。

“到底是什么东西？”

“太阳。”

“欸……？怎么可能，又不是在说加谬[1]。”

“不不。我说太阳是凶手，并不是哲学意义上的，而是单纯的物理原理。室内有个烧瓶，阳光照射其上，在枪的火绳部分聚焦，于是火绳不久就着火射出了弹丸。说穿了就是意外事故。”

“唔……侦探作家这类人真是，亏他们能接二连三想出那么稀奇古怪的点子。”

敏之的语气中透出的与其说是感佩，还不如说是近乎鄙夷的愕然。

“好了，接着是‘二、作案时罪犯和被害者都在室内’。现在我想进入这一类的讨论。”言耶似乎毫不在意，继续他的密室分类，“第二类从甲至戊分为五项。首先是甲项，在门或窗上做手脚的诡计。即凶手来到室外后，用某种手段从室内上锁的方法。几个小项中，数甲项的作品例最多，由此也可知，侦探小说一提到密室，第一个被探讨的可能就是这类诡计。”

“按现在的情况，在这个问题之前还有一个大谜团，即罪犯是怎么进入和室仓的，不是吗？”

听了敏之的指摘，言耶点点头：“正是因此，我才认为套用‘一、作案时，室内只有被害者，没有罪犯’的分类，加以讨论是最合适不过的，然而——”

“几乎全被否定了。”

1　加谬：阿尔贝·加缪，法国作家。在其著作《局外人》中，主人公莫尔索说杀人是因为太阳。——译者注

“是的，现场的和室仓实在是一个强悍无比的密室。”

“那么，罪犯究竟怎样做才能进去呢？”

“极其简单。”

“不会吧……”

“只需在走廊等待做完狐狗狸仪式的苇子夫人从土门出来，然后编个理由再一起回和室仓内即可。”

“但是——”

言耶举起一只手制止岩男说到一半的话：“当然，谁都不知道苇子夫人什么时候会出来。所以我想罪犯是在她从和室仓现身之际，偶然路过了那里。”

“偶然……”

“苇子夫人六点半进入了和室仓。由于晚饭从七点开始，所以如果狐狗狸仪式结束于七点前，那么当时在饭厅的人作案也许就有点难了，因为时间并不怎么宽裕。”

话到此处，当时不在饭厅的芝竹染和园田泰史脸色僵硬了。

“但是，如果完成狐狗狸仪式是在七点半之后，那么除一家之主猪丸先生外，所有人都已离席，因而嫌疑人的范围一下就扩大了。”

这时，小松纳敏之、川村徹太郎以及巌的脸上露出了不安之色。

“不过，死亡推定时间最晚到八点半。如果狐狗狸仪式结束于八点，那么所有人都有行凶的机会。”

“但是刀城先生，可能性最大的不就是七点前吗？”敏之阐述个人意见，“想想狐狗狸仪式所耗费的时间，三十分钟左右正好不是吗？”

“就是啊。一个小时也好，一个半小时也好，我才不认为会花这么长时间呢。”徹太郎也当即表示赞同。

“通常的狐狗狸仪式的确如此吧，不过——那次的祈求与问题缠身的赤箱有关，很是特别。而且苐子夫人本人也显出了异状。以当时的情况，耗费一点时间或许并不奇怪。”

“那样的话，不就应该能发现更多写着平假名的藁半纸吗？”

“此话有理。不过，也不能否定这样一种可能，即罪犯为了让我们搞错狐狗狸仪式的时间，拿走了差不多所有的藁半纸。”

“可、可是——”

敏之还想主张他的“七点前作案”说，却被岩男婉言打断。

“总之，罪犯看到苐子从和室仓出来的一刹那，心里就盘算着要利用这个机会了是吧？”

“是。赶在被第三个人看到之前，两人进了和室仓，一起上到二楼，接着就发生了凶案。”

“老师，这么一来罪犯就只能从土门逃走了吧？可是，那扇门绝无可能从外侧落闩啊。”

所有人都对岩男的话点头称是。

“有一种非常基本的利用针线的诡计。特别是像这次的闩棒，上锁原理很简单，因此可以做到利用锁孔或门上下的缝隙，拿连着线的针或镊子在外侧落闩。”

介绍完三个具体手法后，众人发出了由衷的感叹。然而，很快敏之就摇头道：“那扇土门又厚，又没一点缝隙，这种手法行不通吧。”

“像那种外开门——假设和土门一样，面对门时室内的锁在左边，合叶在右边——则还有一种诡计，即预先拆下合叶，在室内上锁后，不启开门板左侧，而是从右侧出去，不过——”

“写字师傅啊，光是卸那个合叶，就足足花了一个小时哪！”徹太郎尖锐地指出问题之所在，仿佛在说“我真是服了你了”。

“如此一来，也许我们该反过来想想，有没有非这扇土门而不能成功的诡计。”

“有这种诡计吗？”

“从室内看，平时土门的闩棒一直近乎垂直地立在右手边的墙上。正确地说，应该是稍稍向右倾斜。”

“做成这样，我想是为了不让闩棒被不慎碰落。”岩男补充说明道。

“把闩棒往左倾斜。保持闩棒不会因自身重力下落，但要尽量往左倾斜。完成这项准备后，轻手轻脚地出门进入走廊，猛地一关门。那么厚的门，一鼓作气关上的话，冲击力传向四方，斜在半当中的闩棒就会一下子砸落。”

没有人说话。看来言耶提示的方法不但极具现实性，且谁都可能做到，使得众人一致受到了冲击。

“竟会有如此简单的方法……”首先开口的是敏之。

“这个跟杀人装置或动物凶手不一样，还真像那么回事呢。”徹太郎也不加掩饰地感叹道。

“只是——”言耶拦住话头，“利用这个诡计时，我想应该会发出一定的声响。”

“啊……”敏之和徹太郎同时低呼一声。

“不管凶案何时发生，客厅和饭厅都必定有人。劲道十足地关门时，声音会回荡在走廊上，从哪个房间应该都能听到。”

岩男歪着头，寻求证实似的问两位妻兄：“我们一点也没听到那样的声音吧？”

“嗯。没什么声音。”

“是啊。我没听到。”

“这么说，刀城老师——”

“很遗憾——也不知该不该这么说，总之这项诡计未被使用。”

众人大声叹气之际，言耶却显得若无其事：“至于一楼和二楼的窗，我认为没有讨论的余地。因为两处都从内侧落了闩，而且还镶有铁格。除门窗外，对屋内其他部分做手脚的诡计在本项中已有探讨，但尽是一些不能用在和室仓上的手法。”

“那仓子就像一个牢不可破的保险柜啊……”

岩男的话中透出了无奈，言耶报以微微一笑后，继续他的解说：“接下来的乙项，让作案时间看起来比实际时间晚的诡计。换言之，真正作案时，现场压根儿就不是什么密室。现场化为密室后，如能制造出被害者还活着的假象，就变成了密室杀人。这种诡计依靠让第三者听到貌似是被害者的说话声、走动声，或看到被害者的身影，而得以成立——”

“毫无疑问，从她进去直到岩男先生和刀城先生入内为止，和室仓始终处于密室状态，不是吗？”

“您所言极是。丙项，与乙项相反，是让作案时间看起来比实际时间早的诡计。最基本的方法是事先给被害者服下安眠药，借口‘敲门也没反应，可能是出什么事了’破门而入，进入室内后才实施真正的谋杀，即早业杀人[1]。该方法甚至让凶手有了‘发现者’这一层保护膜。”

众人的目光倏然齐刷刷地投向岩男。

“不，不是……那个时候，老、老师您——”

“进入和室仓后，我始终和岩男先生在一起。上二楼也好，走近遗体也好，都是我在前。所以他不可能完成早业杀人。”

岩男安心的同时，众人先前瞬时绷紧的神经陡然松弛了下来。

“再说丁项，本身就是一个具有代表性的诡计。即罪犯行凶完毕，躲在门后或其他地方，换言之就是藏身室内，当第三者破门而入时与其错身而出，或是等发现者离开室内后再逃离。”

“跟和室仓的情况不符啊。”

“走廊那边，有您和川村先生在土门前看着。而和室仓的一楼和二楼，我和猪丸先生是做了充分检查后才出来的。”

“这期间，没有人从土门出来。”

对敏之的话大点其头的徹太郎像是有话要说。

“之后直到警察赶来，我们始终都在和室仓前。”

“写字师傅，当时全体嫌疑人都在仓外，谁也没法使用这个诡计，这不是铁板钉钉的事吗？”

“是，正如您所指出的那样。最后的戊项，涉及列车或船密室，

1　早业杀人：密室诡计的一种，使人对杀人时间产生错觉的诡计。文中刀城言耶已有阐述。日文中的早业（早業）原义是神奇麻利的技艺或手法。——译者注

与其说是诡计讨论，倒不如说是阐述了密室现场的特殊性，所以我就舍弃不谈了。”

“于是第二类的讨论就完结了？”

“嗯，还剩下‘三、作案时，被害者和罪犯都不在室内’。先说一个方法，即在作为现场的房间外杀死被害者，然后再搬进去。不过，几乎没有作品例。”

“我想也是。”敏之显出若有所思的神态，接道，“费两次劲也太过头了吧。不但要移动尸体，还必须把伪装成现场的房间弄成密室。”

“而且在很多场合下，通过移动尸体混淆作案现场，就能使罪犯的不在场证明成立，所以不必特地再做一个密室。”

“啊，果然。”

“三的另一个例子是被害者在室外遇袭后，自己进屋、自己锁上了门。在这种情况下，能想到的被害者的动机有两种：一是为了从罪犯身边逃离；二是为了包庇罪犯。”

“为了从罪犯身边逃脱，不假思索地冲进屋慌忙落锁，被害者的这种心理我能理解，但‘为了包庇罪犯’是怎么回事？”

“这种情况多是被害者和罪犯之间存在着某种特殊关系，以至于罪犯想要被害者死，而被害者却决心包庇罪犯。”

“也是。不过，就以她而言，我想别说特殊关系了，就连身为普遍家庭一员的那份羁绊，她也没能跟任何人建立起来。”

“啊啊，没有没有。绝对没有。”

岩男表情复杂地注视着两个持完全否定态度的妻兄，但终究没有否认。

言耶也观察了巌、染和泰史的反应，看来每个人都接受了敏之的观点。

敏之面露愁容："最初刀城先生把密室分为一到三类，说和室仓的密室必定符合其中的某一类。"

"是的。在能够做出合理解释的范围之内——"

"可是，如今这三类不都被否定了吗？难不成从现在开始您打算进行非合理性的解释？"

"我想这个还为时过早。"

或许是因为言耶的回答并非全然否定，敏之向他投以疑虑的目光，不过他又像是改变了主意："那么，您准备干什么？"

"既然密室之谜无从下手，那就有必要从其他要素来攻坚。"

"其他要素指什么？"

"关于苇子夫人不可思议的地方，所有的。"

"等等！"徹太郎插入两人的对话，"原本起密室话题这个头，就是因为写字师傅对我所说的'从和室仓的情况来看只可能是自杀'存有异议，对吧？"

"对。"

"现在我们知道哪个例子都套不上，所以得出她毕竟是自杀的结论才合理不是吗？"

"您记得挺清楚啊。"

"喂，你是在小看我吗？"

"岂敢岂敢。只是，可以的话，我想就这样继续讨论和室仓命案，就当前面什么事也没发生过。”

徹太郎频频打量言耶的脸：“写字师傅，你真是个怪人。”

“哦，我经常被人这么说。”

“可奇怪的是呢，也不惹人生气。”

“啊，是吗？有一些，不，应该说有大约这么一位编辑，老是对我发火。”

“咦，是吗？那家伙自己才是个怪人吧。”

“谁知道呢……”

“你们在说什么呢？”

忍耐不住的敏之刚一插话，岩男便接住了话头：“刀城老师，能否请您按和之前一样的方式，探讨苇子死亡之谜呢？”

第十一章　自杀抑或他杀？

“再度思考苇子夫人之死前，我想先决定一件事。”刀城言耶重掌大局，“即，对现场状况或可疑之处进行考察之际，始终以‘若为自杀有何意义’‘若为他杀可如何解释’这两个观点来看待问题。”

他语气严肃地说完后，众人齐齐点头，就连徹太郎也是一脸忠厚相。

“那天傍晚，她来到客厅，说要马上进行狐狗狸仪式，这事是之前就定下来的吗？”

岩男立刻答道：“在刀城老师来访的片刻之前，我跟苇子说了，这是个好机会，所以不妨就如何处置赤箱向狐狗狸大仙祈求谕示，请身为侦探也同样大放异彩的老师您听一听结果，并给予建议——怎么说呢，是我随随便便地做了决定。”

“苐子夫人怎么说？”

“赞成也好反对也好，她嘴上没说什么，只是默默点头。”

“没有不自然的地方？”

“这个嘛，如果是苐子自己先开口，而且还得是非常特定的话题，她才会说几句，平时总是沉默寡言……所以我也没怎么在意。”

“关于那个赤箱——”

也许是岩男立刻就明白了言耶想说什么，脸色瞬间一变。

“听说由于被害者似有深意地抱着箱子，所以警方对箱内做了调查。”

屏息凝神的紧张气氛一同充斥了客厅，也说不清众人强咽下的是惨呼还是别的什么。

“他们姑且是严格按保密箱的开启程序，也就是说解除机关后打开了箱子……”

“里……里面是什么？”敏之问道，仿佛是大家的代言人。

“箱子内侧涂成了朱色，在里面发现了四个小黑块。”

“……”

“看上去像某种干枯的肉片，据警方调查，似乎是被切下的女性子宫[1]……”

“不会吧……”

1　子宫：日语发音“しきゅう”。因此前文关于“赤箱里放着什么”的回答“し”，当是指“しきゅう”的“し”，即“子”。——译者注

敏之张口结舌，众人在露出惊愕表情的同时，均蹙起眉头感到有些恶心。

“不过不是十年、二十年前的东西，而是年代更久远的……就算是命案被害者尸体的一部分，也早就过了时效。”

“话是这么说，可那到底是被切下来的女性子宫啊，不是吗？”

“是。而且有四人份。”

“作孽啊……”虽然只是低语，但染的声音却在客厅里回荡开来了。

“因此警方得出结论，这次的案子和赤箱没有一点关系。”为返回原话题，言耶有意用淡然的语气续道，“苇子夫人被告知就赤箱的问题向狐狗狸大仙祈求谕示一事时，说过想把圆桌换成新桌是吗？”

“欸？啊，是的。说是因为有一条腿松动了。”岩男慌忙答道。他和众人一样，似乎又一次遭受到了冲击。

“在警方搜查完毕后，我确认过圆桌，但哪儿都没感觉到有松动。”

“您说什么?！”

岩男惊呼一声。这反应看似夸张过度，但考虑到他是直接受了苇子之托，或许尚属自然。

“您是说没有损坏的地方？”

“是的。那张桌子都被掀翻了，要说这冲击力导致桌板和桌腿的接合部出现了损伤，也绝不奇怪。然而什么问题也没有，由此可知它在翻倒前和平常无异。”

“那么，苇子究竟是为什么……”

“圆桌会对接下来要进行的狐狗狸仪式带来不便。”

“这不是很奇怪吗？”敏之提出异议，“以前她一个劲儿地用那张桌子，到如今应该也没有换的必要。”

“难道不是因为……和赤箱有关吗？”

徹太郎刚指出这一点，敏之就摇头道：“她第一次做狐狗狸仪式时，我和川村君想出来的问题中也有和赤箱有关的啊。”

“的确啊……不过，那个是我俩准备的问题，那女人也是没法子。而这次，她必须按自己的意志提问，祈求谕示的对象也仅限于赤箱。”

“你的意思是……需要特别注意？”

言耶交替打量着二人，说道：“但是，苇子夫人最后没换桌子就执行了狐狗狸仪式。”

“啊，还真是的。对了，写字师傅，这个桌子问题会成为哪一边的线索，自杀还是他杀？”

“看起来和两者都有关系，也可能和两者都没有关系。”

“真是靠不住啊。”

“其实，桌子问题接下来很快就会牵涉进来，所以我想继续推进话题。”

“知道了，你请便。”

“我们从库房物色到新桌子后，向和室仓进发。顺序如下，我打头阵，后面是抬桌的猪丸先生和小松纳先生，以及手拿蛇制品或者该说是套身装的川村先生。只有我一个稍早到了土门前。”言耶环视众人的脸庞，“我觉得那时苇子夫人神色正常。由于她平时的样子我一概不知，所以不敢确信，不过可以这么说吧，喜怒哀乐无一显露，处于心态极其平常的状况下。”

岩男补充似的接道：“我在客厅前的走廊上碰到苇子的时候，也是一贯以来的她。从那以后过了十几分钟，刀城老师就遇见了内子，所以老师的推测想必是正确的。”

敏之和徹太郎可能也持相同的意见，并未提出反驳。

“这时月代君从和室仓里出来了——”

“小小少爷一点错也没有。”月代的名字刚一入耳，染就张口道。

“那是当然。我只是想把当时苇子夫人和所有人的言行——”

“月代少爷是个乖宝宝。所以不知道怎么搞的，看见新妈妈一个人在那里，就靠上去了，回头我们才发现他完全成了个给狐狗狸打下手的了。”

“关于帮手的事——”

“我一直都跟着，哪知……哎呀，我到底该怎么向由子夫人谢罪啊……”

“那个……芝竹婆婆？”

“您有何吩咐？叫我染婆子就行了。”

“好吧，那么染婆婆，请问那时月代君在和室仓里做什么？”

“还用问，当然是在等他的继母啊。结果怎么也不见她回来，后来又想上厕所，所以就从仓里出去了。”

“我看到的正是这一幕对吗？当时苇子夫人向月代君说了一句：‘要开始狐狗狸仪式了。那个箱子——’但是月代君想去厕所，所以径直跑进了走廊。苇子夫人追着他刚一回头，突然变得目瞪口呆——

我想这就是那数秒钟之间发生的情况。”

“那张脸……直到现在我也忘不了。”岩男低声吐出这么一句话。

“凝固的脸庞……指的正是那样的表情啊。”

敏之发出同样的感慨后，徹太郎也略显迟疑地接道：“老实说吧，看到那女人的脸，一瞬间我差点尿了裤子。”

“巌君，在你看来是什么感觉？”

在言耶的柔声询问下，少年静静沉思了片刻：“那张脸看起来就像……世界末日来了。”

“染婆婆和园田先生也都注意到了苇子夫人的脸吗？虽然你们在客厅。”

“哎呀老师，那不是世界末日，那根本就不是人的脸啊。”

待染回答过后，泰史用慎重而又困惑的语气说道：“其实——应该说那次是我第一次正眼仰视夫人吧……不过，我想首先有一点肯定不会错，那就是夫人似乎对什么东西大为惊骇。”

“实在是惭愧。”岩男低着头说，“苇子不擅与人交往，所以就连店里的人也一直没让她去打招呼。”

“哪里，也是因为有种种隐情嘛。相比之下更重要的是，几乎可以说是初次见面的园田先生也和大家一样，作证说苇子夫人脸上的表情非同小可。”

“也就是说……那是……”岩男战战兢兢地问道。

“我认为，无论是自杀还是他杀，总之动机就在那一瞬间产生了。”

客厅里顿时一片寂静。

回想起苇子凝固的脸庞，同时又被告知那张脸有着可怕的含义，每个人似乎都在震颤。

“也许该说幸运吧。”言耶观察着众人的模样，“当时，我也看到了差不多与苇子夫人所见一致的光景。”

“的确，刀城老师立刻就回头了。”

“说起来……写字师傅也是一脸吃惊呢。”

“我眼见苇子夫人表情异常，猛然回过头来，所以想必脸上也是非比寻常吧。”

“您看到什么了？”

岩男一问之下，众人齐向言耶注目。

“我怎么也不觉得当时看到了什么特别的东西。也就是说，我们能否这样想呢，在我看来全无意义的光景，足以令苇子夫人受到无比巨大的冲击。”

“这段推理很有说服力啊。”

出言赞同的只有敏之一人，但言耶明白所有人都接受了他的解释。

“而且我们理应认为，是某个当时在和室仓前的走廊及客厅里的人所做出的表情、姿势等身体动作，或是某样东西引起了她的反应。”

“原来如此。那么刀城先生看到了什么？”

“一回头，首先是猪丸先生和您，把从库房搬来的桌子放落到走廊上就这么站着。猪丸先生恐怕已经看到了苇子夫人的脸。你的表情有点吃惊，像是在说：‘怎么啦？’而小松纳先生似乎也注意到了她的变化，只是脸上浮现的是疑惑的神情。换句话说，我认为你们两位都做出了极为自然的反应。”

“您能这么说，我和岩男先生都放心了……”

“那张桌子是座桌，和单腿圆桌很不一样，四只脚，非常厚实。此外，桌腿部分雕着仿鸟兽人物漫画的兔、蛙等动物，这也是圆桌所没有的特征。”

“岩男先生，她是第一次看到那张桌子吧？”

敏之像是突然想起了什么，问道。岩男思考片刻后点了点头。

“我们就把桌子也列为线索之一吧。”说着，言耶的视线慢慢移向徹太郎，“他们两位之后就是你。你一脸笑嘻嘻，说实话那笑脸并不怎么让人舒服。”

“写字师傅你还真是直来直去啊。好吧，我也承认你说得没错。”

“然后，你手上拿着杂技棚里用的那种盘作一团的大型蛇制品。”

“没错。对了，我又想到了那个茬。”

“什么？”

“当时，那女人毕竟是想起了自己可耻的过去，不是吗？”

“是指在杂技棚干过活？”

“是啊。桌子腿上的雕画里有不少蛙、蛇之类的爬虫，再加上看到了蛇制品，一刹那过去的记忆就复苏啦。因为有一部分不三不四的杂技棚，就经常弄些这样的活物。结果她一害臊，想也不想就逃进和室仓里去了。”

“这种事倒也不是没可能啊。”

“欸？刀城老师，您怎么——”

言耶语气柔和地堵住岩男提到一半的抗议："苇子夫人的过去，我们一概不知。况且，并不是她本人不说，而是有失忆之嫌。从猪丸先生和巖君处听说的事，使我忍不住产生了这样的想法。"

"披着外皮装样。"

染喃喃低语着，她一动也不动，目光垂落在眼前的桌上。

"而且还是妖猫的皮……魔兽的皮……"

"染婆婆……"

岩男的呼声中似含责备之意，而当事人却只是凝视着桌子，根本没有要抬头的意思。

"苇子夫人有无失忆，事到如今就算讨论也讨论不出个所以然来。"言耶看着染和岩男二人，"不过，那时她也许想到或注意到了什么，这思路我认为靠谱，所以我们继续。"

"写字师傅我问你，蛇制品也是线索之一吗？"

对横次里杀出的这个问题，言耶甫一点头，徹太郎脸上就乐开了花。

"走廊上就只有这三个人。川村先生身后，在客厅被打开的拉门后面可以看到巖君的脸，正向这边张望。看表情像是好奇心和不安感各掺了一半。"言耶微笑着将视线投向巖，"你为什么会在那里啊？"

"我听说……从父亲那儿听说，继……继母要做一次特殊的狐狗狸仪式，所以我——"

"想去看看？"

"嗯……"

“不过，就算看到继母从土门走进和室仓，也没什么意思吧？”

“……”

言耶依然对低头不语的巌投以微笑。这时岩男讶然道：“老师，您这话是什么意思？”

“恐怕巌君在确定母亲进入和室仓后，就爬上了中院的栎树吧？”

巌身子一震，就此僵住了。

“真……真的吗？”

岩男慌忙确认之下，巌点了点头：“我想看看那个特别的狐狗狸仪式……后来就爬到栎树上去了。

“你这孩子……这个事半句都没对警察讲……”

“对不起。”

巌低垂着头，言耶袒护似的说道：“不过二楼的窗没开，是不是啊？”

“是，是的……”

“做狐狗狸仪式时，二楼的窗通常是怎样的？”

“开着的。”

“然而，只有那天被关上了。”

“这是怎么回事呢？”一直盯视着外甥的敏之将脸转向言耶，侧头不解。

“一楼的窗平时都是关着的吗？”言耶问岩男。

“由子——我第二个妻子在用和室仓的时候，开开关关就和普通的房间一样。至于现在的苇子，我想是因为一楼几乎不用，所以窗一直就这么关着。”

“关闭土门、落下闩棒的是苇子夫人。随后巖君爬上了中院的栎树，所以关上二楼窗户的也是她了。”

“是因为将要执行一场特殊的狐狗狸仪式吗？”

“大的理由可以这么考虑，不过现在我们姑且只将其作为苇子夫人的行为之一加以把握，不再深入了吧。”

“明白了。”

“我们继续。巖君身后，也就是客厅里有染婆婆在，她正在收拾桌上的茶碗等物。”

“您说得没错。”染的回答规矩有礼。

“当时染婆婆有没有注意到什么？无论是多细枝末节的事也但说无妨。”

“怎么说呢……就算你这么问我，我也……我只是像平常一样把碗筷撤回厨房去而已……”

“有没有往和室仓的方向看过？”

“有。老爷他们搬桌子的时候，我有一眼没一眼地瞧见了。”

“苇子夫人呢？”

“站在土门前呢。”

“我来之前就站着了？”

“嗯，是的。”

“那时，她身上有没有起什么变化？”

“我觉得没什么变化。就像平常那样，只是发呆——”

“没有人靠近她？”

“嗯，就她一个人。而且，老师您很快就过来了呀。”

“啊，原来如此。明白了，多谢。”言耶向染低头致谢，接道，“和这位染婆婆说话的，是同在客厅的园田先生。”

“我——”泰史似有难言之隐，不过也许是看到了岩男鼓励式的点头，他还是语气木讷地开口道，“当时我正有一事拜托染婆婆。”

“什么事？如无不便，能否请您告诉我呢？”

“那个，跟染婆婆在店头露面，干预各项业务的事有关……”

“这还不是为猪丸当铺着想！哪一点不好啦？”

泰史话音刚落，染就极力争辩道，使得对方畏缩起来。

见此情景，岩男语含无奈地说道：“染婆婆的心意我很感激，不过店中的事已经交给园田君了，所以还请你听他的话。”

“可是，老爷——”

进而敏之和徹太郎也加入了战团，案子被抛在一边，无关的话题持续了一段时间。

连言耶也有所察觉，染的举动归根结底与月代的继承问题有关，所以这个话题会越发地纠缠不清吧。

“知道啦！这事改日再找别的机会谈。现在哪儿有工夫说这个。”

岩男终于发怒，令各方总算是停了火。

“刀城老师，我真是羞愧难当啊……实在是抱歉。”

“不，哪里哪里……是我随随便便就来打扰，还挑起话题，所以您别过意不去。”

岩男这一低头，反倒让言耶惶恐起来。

“那么刀城先生，关于她的脸像冰一样凝固的原因，结果还是不了了之了？”

敏之回归到原先的话题。

“很遗憾，就目前而言，苇子夫人看到的景象中，没有值得一提的能引发强烈疑心的东西。不过，根据染婆婆透露的月代君的证词，他俩在土门擦身而过时，苇子夫人低声说了一句和‘打开那箱子’或‘必须打开’差不多意思的话。”

“可……可不是嘛！”

也许是听言耶这么一说便想起来了，敏之大为兴奋。

“紧接着，苇子夫人就面向大家，做出了那个凝固的表情。此后，到她消失在土门另一侧为止，我又听到了另一句低语——”

“好像是‘不快点开始狐狗狸仪式的话’对吗？”岩男开口道，仿佛在回想言耶告诉过自己的话。

“那时在和室仓前的走廊上，苇子夫人遭受了强烈冲击——我们差不多可以把这一点认定为事实了吧。”

众人一致点头。

“就在那之前她刚说要打开赤箱，而紧接着她又表示要按预定计划执行狐狗狸仪式。”

“也就是说，尽管受到了某种冲击，但在关系到赤箱和狐狗狸仪式的事情上还是没变？”

“很奇妙不是吗？”

“看她前后的低语，感觉并没有受到多大的冲击。”

“但是，看到那张凝固的脸庞，我们心里很清楚，事实并非如此。”

“我怎么也不觉得她是在演戏，而且也没有这么做的理由吧。”

“被那口箱子附体了。”染喃喃低语道，“明明是人不能去搭理的东西，夫人却偏偏用来做狐狗狸仪式的道具，所以就被附体啦。”

“因为被附体，所以就怎么样了？”

言耶一问之下，就见染摆出“知道得一清二楚怎么还来问我”的表情答道：“老师啊，这还用说吗，就是受了箱子本身的怂恿……‘给我把箱子打开’之类的。”

“所以就轻声说了那样的话……”

“但是，她心里还残留着必须执行狐狗狸仪式的意识吧。”

“这意识化为了另一句低语……”

“合情合理嘛。”

敏之的话让徹太郎很无语。

“小松纳先生，你相信是箱子在作祟？”

“不，是她自己陷入了箱子作祟的迷信思想。是自我暗示啦。”

“这么说，还不是自杀吗？因为她是在那么不安定的精神状态下，受到了严重冲击啊。”

“这个怎么说呢？”言耶的语气中含着否定意味，“首先她表示想打开赤箱，接着遭受了无与伦比的冲击，随后表达了要进行狐狗狸仪式的意思。仅从这一流程来看，苇子夫人所受的是与赤箱或狐狗狸仪式有关或关系并不那么遥远的冲击，难道不是吗？”

“原来如此。”看来敏之很快就明白了言耶话中的含义，“两次示意并无割裂而是连续做出的，您就是根据这一点做出以上推理的吧。”

“这么一来，无论如何都离自杀说渐行渐远了。”

“算是吧……”徹太郎不情不愿地出声附和。

“话虽如此，但一日不明苇子夫人受到的是什么冲击，更进一步的解释便是徒劳无益的——”

“好了好了，写字师傅想说的我已经明白了，继续继续。”

“那么，我们再来看一看和室仓的内部。”言耶声明过后续道，“关于一楼和二楼的走廊以及楼梯，没有可疑之处。一楼的和室也是，虽然听说有人出入的痕迹，但不存在打斗或某人曾在屋里四处走动的事实。”

“现场是在二楼吧？”

敏之确认了一句，似是为了慎重起见。

“二楼的和室内，圆桌、两把椅子和小台子倒在地上，自动笔记板翻了个个，藁半纸撒了一地。”

“警方断定这是她精神错乱导致的结果，并不认为是被害者和罪犯打斗所致。是这样吧？”

“这个想法其实也有一定的道理。”

“为什么？”

“因为现场过于混乱了，所有的东西都倒地翻了个个。这景象反倒唤起了不自然感呢。”

“感觉是故意为之？”

“那不就是写字师傅刚才的说明里出现过的密室内的伪装自杀吗？”徹太郎气势十足。

“或者是罪犯所做的伪装。”

“欸……？”

“苇子夫人被正面刺中了腹部。换句话说，罪犯很可能是熟人。

为了掩饰这一点，罪犯故意弄乱了现场。”

“您的意思是，无论如何争斗痕迹都不能成为可信的线索，是吗？”

“直接相信眼中所见的东西，也许会有点危险。千真万确的是，苇子夫人的左手紧紧抱着赤箱。当然这也能视为罪犯的伪装，不过凭我的感觉，应该是出于她自己的意志。”

“是那口箱子让她这么做的。”

染再次提及赤箱的作祟，由于是近乎自言自语的嘟哝，所以言耶只当没听见。

“凶器的白色小刀，就掉在倒地的苇子夫人的旁边，粘附在刀刃上的血糊被几张藁半纸擦掉了。”

“为什么要做这样的事？”

“川村先生曾根据黑色小刀失踪的事实，说是苇子夫人用它向凶手发起了反击。”

“呃……没错。”

“假设当时罪犯受伤流了血——”

“因为沾有自己的血，所以罪犯用纸擦了黑色小刀的刀刃吗？”敏之大为兴奋。

“在这种情况下，把擦过血的藁半纸带走即可，但罪犯可能一不小心把纸落在了现场。假如屋里已经撒了一地的纸，那么就算有血糊之类的印记，想找出来也会大费周折。于是，罪犯急中生智，也擦了凶器刀刃上的血，企图蒙混过关。”

“很合逻辑啊。”

“但是，附着在纸上的血均为O型血，与她的血型一致。而相关人员中没有一个是O型血。”

“……”

“此外，观察下来，我看不出有哪位身怀那样的伤还在勉强遮掩。”

“写字师傅，你是不是喜欢自己否定自己的推理？”徹太郎目瞪口呆，却又半是兴趣盎然地看着言耶。

“啊，不不……因为我有个癖好，就是反复探讨，不断摸索。”

“唔……”敏之沉吟着，“我记得凶器上只留有被害者的指纹对吧？所以，警察认定是她自己从腹中拔出了小刀。也就是说，罪犯擦血在后。这也太奇怪了吧。”

“但反过来说，认为是苇子夫人特意擦的也很奇怪。”

“你说得没错。”

“即便假设苇子夫人为包庇罪犯，擦掉了小刀柄上的指纹，她也毫无必要擦拭刀刃上的血迹。”

“真是莫名其妙啊。”

“还有一件难以理解的事。记有狐狗狸大仙谕示的——可以这么说吧。就是那两张藁半纸。一张写着‘いる’，别一张写着‘きず’。”

“直白理解的话，‘いる’是表存在之意的‘居る’，‘きず’则是负伤之意的‘伤’吧。”

“是啊。虽然‘いる’也有射箭的‘射る’、炒豆子的‘炒る’、铸刀的‘铸る’——”

“那可能就是指小刀啦。这么一来，也能和‘伤’对上意思。”

徹太郎一脸嘚瑟。

“怎么说呢？从铸造金属之意联系到小刀，这解释也太绕弯了吧。”

“有怨言跟狐狗狸说去！”徹太郎说翻脸就翻脸。

“‘きず’也有表纯醋之意的‘生酢’，不过可以排除在外吧。”

“刀城先生是怎么想的？”

被敏之这么一问，言耶的目光仿佛投向了远方的某处：“最初看到两张藁半纸时，我以为就赤箱问题询问狐狗狸大仙后得到的回答，就是这个‘いる’和‘きず’。”

“不对吗？”

“当然这个的可能性很大。只是，在那关键的提问开始前，狐狗狸大仙也许已经自己动起来了，如果是这样的话……”

“欸……？”

“然后，如果狐狗狸大仙把不断逼近的危险通知给了苇子夫人……”

“也就是说？”

“现在和室仓中‘存在’某个人，苇子夫人会因此人而‘负伤’……”

“狐狗狸大仙的预言吗？”

“嗯，是吧……”

“喂喂，写字师傅也是，小松纳先生也是，究竟是怎么回事嘛！”徹太郎神色慌乱地插进来，“说的话就跟染婆子似的，你俩没问题吧？”

染闻言勃然大怒，就在岩男劝解之际，敏之似乎回过了神：“我竟然也会这样——啊不，我想恐怕是刀城先生的推理越合乎逻辑，每次被推翻时就越会下意识地积起一种心绪。那就是，我总觉得有某种无法凭人类的理性解开的纠结之物缠绕在这桩案子里。”

“嗯嗯，你的心情我也不是不明白。”意外的是徹太郎竟也有同感，“我没法很好地表达，不过有一点是肯定的，那女人的死飘浮着某种阴森之气。”

“是的。而且遗憾的是，关于她的狐狗狸，我们也不得不承认是真的……当然，我并不打算因此就说她的死也是怪异之力所为……”

“的确啊，那个狐狗狸——”

“能够解释，不是吗？”

言耶一语令二人张口结舌。

第十二章　狐狗狸大仙的秘密

“写字师傅，你说什么？”川村徹太郎的表情就像在说“难道是我听错了”。

“刀城先生想说她的狐狗狸是骗人的？”话音刚落，小松纳敏之又慌忙续道，“不不，我和川村君当然都认为自动笔记板不可能自己动起来。我们都觉得这种迷信的玩意儿是荒唐可笑的。只是……公平视之的话，无论如何我都必须承认，那时狐狗狸仪式的确获得了圆满成功啊。”

“嗯嗯。关于这一点，我也不得不干脆认栽。”

“关于苇子夫人的狐狗狸，我不想说都是弄虚作假。”言耶交替打量着二人，“因为正如我第一次见到你们时所说的那样，围绕狐狗狸的解释原本就多种多样。不过，针对有猪丸先生和巌君列席、由你们二位进行的狐狗狸仪式，做出合理解释也并非不可能——我是这个意思。”

敏之和徹太郎同时互望一眼对方，随即又将视线移回到言耶身上。

“这个倒一定要聆听指教了。”

“我也是。写字师傅，拜托了。”

“为谨慎起见，我和川村君两人就重温一下当时的情况吧。”

徹太郎对敏之的提议点头赞同。

“准备的东西有圆桌、五张椅子、三张小台子、圆形绒毯、从‘一’开始顺序编号的二十多张藁半纸、铅笔、细麻绳以及自动笔记板。”

“首先我们在房间中央铺好绒毯，把圆桌放在上面，然后我和小松纳就并排坐在了南面靠窗的那一侧。”

“我在东首，川村君在西首。桌子的正东方对着壁橱的隔扇，正西方则是多宝格，其间各放了一把椅子，我们请巌儿在东侧、岩男先生在西侧各自落了座。”

“我们在他俩所坐的椅子前后，留有宽可供一人通行的间距。”

“不过，真有人通过的话，可以凭感觉察知，这一点在事先的测试中得到了证明。”

“准备得很周全啊。”言耶坦率道出了自己的感想。

“我的右侧和川村君的左侧各放了一个小台子，前者搁藁半纸，后者堆积写完谕示后的纸。首先摆上桌的是记有编号‘一’的纸，然后我们把前端插有铅笔的自动笔记板安了上去。”

“那女人隔着桌子坐在我们的正对面。不过她说想用那个箱子，所以我们就在她和桌子之间准备了一张台子，帮她把赤箱放在上面。”

“然后川村君用细麻绳把她的手脚绑了起来。”

“我用绳子把她的两只手反剪到椅子背后，把两只脚分别捆在不同的椅腿上。”

“在准备到如此程度的基础上，我们开始了狐狗狸仪式，然而——”

“那块板动了……”

“我当然没有施加任何力。”

“我也是。可是板却自己动了……”

“自动笔记板动起来时，我马上用右手摸了摸板的上面和四周。因为我想是有第三个人的手在那里吧。可是什么也没有。更何况，她提问的声音自始至终都真真切切地来自眼前的黑暗，来自她被绑在椅子上的那个地方。”

“也就是说……那女人没有动啊。”

“尽管如此，自动笔记板却一直动个不停。”

“情况都这样了，写字师傅你倒是说说看，到底怎样才能操纵那块板？”

言耶先是对他俩的说明道了谢，随后轻巧地说道：“只要变换一下视角，马上就能明白。”

“骗人的吧……”

“巌君在狐狗狸仪式结束后拉亮电灯时，察觉到了一个小小的异变。”

敏之一脸吃惊地看着外甥：“这个事一点儿都没听你说起过啊。”

“不不，由于是非常微小的变化，所以就觉得不用特地指出来吧。更何况，凡是参加狐狗狸仪式的人，应该都能注意到那个变化。”言耶立刻袒护道。言下之意是，你们没有理由责备巌。

“原来如此。那么我们没有注意到的小小异变是什么呢？”

“就是放着赤箱的台子稍有移动。”

“欸……？”

“根据巌君的观察，圆桌和两位舅父的椅子似乎也都有所移动，不过那是因为在进行狐狗狸仪式，怎么说呢，也可谓自然吧。”

“但是，赤箱的台子不该移动……”

“为……为什么动了呢，写字师傅？”徹太郎接过敏之疑惑的低语，逼问道。

“是苐子夫人移动的吧。”

“你说什么？那女人可是真的被我绑在了椅子上啊。”

“施行假降灵术的灵媒师被绑在椅子上、要不出花招时，首先会用到的技巧就是脱绳术。”

“刀城老师！您说苐子她是——”

面对愤怒的岩男，言耶用平稳的语气说道：“她是不是那种人，我不知道。几乎没有过去的记忆，我想恐怕也是真的。不过，她可能身怀此项技艺，然后下意识地用出了这一招。”

“……话虽如此，可是从做出这种事的那一刻起，苇子就变成伪占卜师了呀。”

“岩男先生。”敏之向妹夫劝道，“姑且先听听言耶先生的解释吧。鉴于他之前的言行，我认为他无意主张自己的想法就是真相。简而言之，他多半只是想表明，通过变换视角，我们能够对貌似超自然现象的狐狗狸做出合理的解释。如此而已。”

岩男见言耶对此话大点其头，便示意他继续往下说。

“可是写字师傅啊，不光是两只手，我连她的两条腿也绑上了呀。”徹太郎即刻追究道。

“没必要连脚上也脱绑。因为这么做的话，要恢复原状就太费时间了。”

“就算让两只手自由了，也摸不到自动笔记板啊。”

“所以是连同椅子一起在移动。”

“欸……？”

“于是，眼前搁有赤箱的台子就成了阻碍。在灯还亮着的时候，苇子夫人记住了台子的方位。在和室变得一片漆黑的同时，她一脱出双手就摸索着把台子往左或右横移了。”

“然后连着椅子一起靠近圆桌吗？但是，这样会发出声响吧？”

“铺上绒毯就是为了这个。”

“啊……”

“因为换作和室榻榻米的话，怎么着都会发出摩擦声。”

“请等一下。”敏之插嘴道，“最初说要用赤箱的人就是她自己。她会特意把这种碍手碍脚的东西放在自己和桌子之间吗？”

“这是一面心理墙。”

“什么意思？”

“苇子夫人和圆桌之间存在一张放有赤箱的台子。由于这项事实的存在，大家自我构筑了一面心理墙，一面竖在苇子夫人与圆桌之间的墙，即她无法轻易地靠近桌子。”

“……”

“然而理所当然的是，台子想移总能移走。”

“而且在此之前，她被绑在椅子上理应无法动弹的观念，也深深植入了我们心中啊。”

“是的。双重壁垒。”

“好吧，她连同椅子一起靠近圆桌是可能的。但是，我敢保证她没动过自动笔记板。本来我不愿做这样的断言，但终究是想做到公平对待。”

“板动的时候，周围确实有奇妙的动静。”徹太郎似乎有点难为情，“起先我以为是狐狗狸仙还一阵害怕，其实是小松纳先生的右手。”

“嗯。如此这般我确定，除我俩之外没有任何人在触摸自动笔记板。”

“即便如此，写字师傅还要说板是那女人晃动的吗？”

“是的。”

“究竟是怎么做到的？”

“并非晃动自动笔记板，而是——以摇动放着板的圆桌代之。”

“什……”

“听说小松纳先生在狐狗狸仪式结束后，对巖君提过一句——自动笔记板动起来时，从指尖传来了一种微弱的浮游感……”

“啊！”敏之本人叫出声来。

“请恕我无礼，小松纳先生应该算是不擅长体力活的那种吧？”

敏之不明问话的意图，显得有些困惑，但还是答道：“嗯，算是吧……一旦从事写作活动，怎么说那方面都会——”

“然而您却一次性从库房搬出了圆桌和椅子，这是否意味着两件东西都不怎么重呢？”

“是，是这样。”

“而且，选出单脚圆桌的是苇子夫人。”

“这么说，从一开始——”

“我们也可以认为，从一开始她就选择了自己能两手把住且易于操纵的桌子。”

“可是写字师傅，那种状态下能在藁半纸上写出平假名吗？”看来徹太郎怎么也无法信服。

“听说把藁半纸放到圆桌上时，纸就像被吸附似的紧紧贴住了桌面。”

“啊！难道说……”

“我不清楚苇子夫人选桌是否真有那么精细，但这项要素对运用此法非常有利。”

“确实可以这么说。”

“更何况，藁半纸上所记的是像蚯蚓蠕动一样的线条。而苇子本人也参与了文字的解读。”

“也就是说，想怎么操纵都行。”看来敏之已接受言耶的解释，“刀城先生，她怀有那样的技艺，自然是因为过去曾做过相同的事对吗？”

“恐怕是——”

言耶刚一肯定，岩男的身子便猛地一震，但终究还是什么也没说。

“可是写字师傅，”徹太郎还是一脸疑惑，“那女人问话的声音可是一直从对面传来的。这不就证明了她被绑在椅子上完全没有移动过吗？”

“提出一个问题，自动笔记板晃动。如此往复循环，从板停止晃动到提出下一个问题，中间隔有一定的时间，对吧？”

“欸？这么说，是每做一次就回归原位吗？”

“或者还有腹语术这一手。”

“唔……”

“听说苇子夫人对狐狗狸大仙说‘恭请您大驾光临……若已大驾光临，还请昭示灵迹……’时，自动笔记板马上就动起来了，所以那时候她可能在用腹语术。”

“灵活运用啊……”

“如此这般，我们也是可以对狐狗狸做出合理解释的。”

言耶总结陈词后，岩男表情严肃地开了口：“刀城老师，虽然您这么说，可苇子的过去和狐狗狸或与之类似的术士之流的行当有关，已是确凿无疑了，不是吗？”

“这个嘛……”

“然后，苇子那样的过去，不就是导致她在和室仓中神秘死去的重大因素之一吗？”

“……是啊。”

或许是流淌在岩男与言耶之间的空气过于凝重了，以至于敏之插不进嘴，就连徹太郎也无意再插科打诨。

“最初我以为，只要解开了密室之谜，就能明白苇子夫人死亡的真相。”

“您是认为总会符合那三个分类中的某一类吧。”

“是的。这一点绝不会有错。”

“可是，哪一类都……”

“一、作案时，室内只有被害者，没有罪犯。苇子夫人进入和室仓的状况正符合这一条。然而我们知道，运转于内部的杀人装置和设置于外部的远距离杀人都不可能。剩下的只有一种方法，就是把苇子夫人逼入自杀的绝境。”

“我不认为会有如此顺风顺水的事。”

“二、作案时，被害者和罪犯都在室内。如果我们认为苇子夫人曾一度从和室仓出来，又和罪犯一起进去，就能套上这条了。只是，从土门出去的罪犯是如何在内侧落闩的，其手法我们全然不知。”

“这不就是显示真相并非‘二’的证据吗？”

“也许吧。”言耶坦然承认，“三、作案时，被害者和罪犯都不在室内。关于这一条，由于在坐的各位都看到了苇子夫人进入和室仓的那个瞬间，因此可以断然排除。”

“这么一来……”

“是的……”

两人对视了一眼，这时徹太郎少有地以一种审慎的态度问道：“岩男先生，还有写字师傅——她毕竟还是自杀吧？”

“可是大舅子，这动机……”

“好吧，是找不到动机，但……但是听了写字师傅的话，我总觉得就以那座和室仓的情形来看，密室杀人这事怎么看都是不可能的。”

“三大分类的哪一类都套不上去，所以——”

“视作自杀才是最自然的吧。”

“我也觉得是。”

对敏之的赞同，岩男只是重复着同一句话：“但是，这动机……”

“刀城先生，您如何判断？”

言耶对敏之的询问毫无反应。

“喂，写字师傅？怎么回事啊？”

对徹太郎的呼叫，言耶也是不置一词。

此时，刀城言耶只是在一心一意地思考某件事。当真会有这样的事吗？他只是在沉思，不断地沉思。

众人见他低着头，脸上现出认真的表情，全都不吭声了。一时之间，客厅被完全的寂静所支配。

不久——

“有可能……”言耶抬起脸，如是低语道。

第十三章　真相

“猪丸先生，对不起，能否行个方便？”

刀城言耶向岩男传达希望单独一叙的意愿后，早已心领神会的小松纳敏之就想把众人支走。

“不，请大家待着别动。我想还是我们……怎么办呢，如果可以在和室仓一楼谈的话……”

“呃，这个完全没问题。”

岩男神色不安，顺从地随言耶去了和室仓。

在之后大约二十分钟的时间里，言耶说明了自己的推理和想法，令岩男极度震惊，同时又悲痛万分。

“——如何是好呢？”

“就请您告诉大家吧。”

“明白了。”

两人一回到客厅，嘈杂声便戛然而止。但室内的空气震颤了起来，以至于言耶都能看出，每个人在见到憔悴不堪的岩男时都不禁倒抽了一口冷气。

“我已得到猪丸先生的理解，所以打算从现在开始阐述本案的真相——不，是我所认为的或许是真相的解释。”

“不做明确的断定，是因为没有具体的证据吗？”敏之谨慎地问道。

“是的。全都是案情证据，而且今后调查起来也会遇到各种难题，所以——”

“姑且就说来听听吧。”

川村徹太郎口气轻佻，而言耶则一脸严肃地摇了摇头：“在此之前，想请各位立个誓言，就一个。”

“什么誓言？”

“关于接下来我将要阐述的真相，绝不可外传。”

“什……什么？”

“如果哪位没有遵守诺言的自信，就请离开此间。”

“喂喂，怎么能……”

“猪丸先生已下定决心，如有泄漏，不管是出于何种理由，都会请此人离开猪丸家。”

言耶非同小可的言辞和岩男可谓悲壮的神情，似乎终于让所有人都明白了事态的严重。他们互相打量对方的脸，难掩困惑之色。

不过敏之还是第一个振作了起来：“那么就以举手来确认大家的意愿吧。能遵守岩男先生和刀城先生提出的条件，如有违背就离开猪丸家——这样的人请举手。”

巌、敏之和园田泰史几乎同时举手。接着是芝竹染，最后是徹太郎，各自举起了右手。

“大家都已立誓不会外传。我是不是可以说了呢？”言耶最后确认道，只见岩男闭着双目默默地点了点头。

“那么——”言耶再次一一打量众人的脸，“为什么要禁止外传，我想很快大家就能理解了。”

“看起来像是这么一回事。”做出回应的敏之也是语气沉重。

“刚才我说过，无论苇子夫人是自杀还是他杀，总之她在和室仓的土门前回首的那一瞬间，动机产生了。”

“嗯，我记得。”

“就当时她看到了什么，我们从人和物两方面一一做了探讨，然而只能联想到川村先生也指出过的杂技棚，没有多少收获。”

“最重要的是，我以前就说过那女人应该是杂技棚出身的，所以也不是什么新鲜货色。”

待徹太郎插完话，言耶点头道：“也就是说，很难想象苇子夫人会为此再次受到冲击。”

“正是如此。”

“我说过，围绕苇子夫人第一次举行的狐狗狸仪式，只要变换视角就有可能做出合理解释。”

“就是一种思维转换吧——晃动的不是自动笔记板，而是圆桌。”

“我想到，对那个瞬间进行探讨时，我也只是从一个视角在看问题吧，难道就没有别的完全不同的视角吗？”

“有吗？”敏之稍稍探出身，问道。

“有。我意识到了另一种可能——并非苇子夫人回头看到的场景中存在可成为动机的事物，而是场景的全部皆为动机。”

“您……您是说全部？”

“也就是说，我们所有人加上那里的东西，全都含有某种意义？”

敏之和徹太郎几乎要脱口说出“难以置信”这四个字了。

“关于猪丸先生、小松纳先生和川村先生三位，问题不是你们的人而是搬来的东西。”

“四条腿的桌子和蛇制品吗？为此她究竟受到了什么冲击？”

“我想就是她那段出身杂技棚的过去。”

“喂……喂喂！那我说的那些是真……真的啦？”

“但是刀城先生，那是川村君老早以前就说过的话，事到如今您倒——”

言耶仅以眼神委婉制止了欲加反驳的敏之。

“没错。认为苇子夫人当时突然就想起了那些事，未免太不自然。但是，如果现场还有其他事物刺激了她记忆，又当如何呢？”

“什么事物？”

“园田泰史先生。”

“啊？我……我吗？”

泰史似乎从内心深处受到了震骇。他圆睁双目，张大着嘴，就这样盯视着言耶。

“那时苇子夫人是第一次见到园田先生。之前映入她眼底的是桌子上的鸟兽人物漫画和蛇制品。两者结合，使她想起了某件事。”

“难、难道是……”

“她想起来了，从自己待过的杂技棚买走川村先生手中所持蛇制品的，就是客厅深处的那个人。”

“会有这么凑巧的……”

“以此为开端，在杂技棚时的大段回忆一下子就复苏了。”

“唔……”徹太郎发出沉重的低吟，“写字师傅，你说我推测正确我很高兴，可是她脸上现出那么可怕的表情，还把自己关进和室仓，光凭恢复记忆这个理由就太薄弱了，你不也是这样认为的吗？”

“所以说，可怕的偶然并不只有这些。”

“欸……？”

“当时的场景中还有一幕……令她在想起杂技棚的同时，一段对其而言恐惧无比、忌讳已极的记忆也复苏了。”

敏之语带兴奋地插话道：“刀城先生现在说明的，就是您前面讲到的——她所目睹的所有景象都具备意义是吗？”

“是的。”

“剩下的就是在拉门背后看她的巌君以及拾掇客厅的染婆婆了……”

“从巌君的姿态，苇子夫人联想到的正是‘偷窥’这一行为。而且在他身后，是一幅与她从前透过拉门缝隙所窥见的景象完全相同的画面。”

“这……这是什么意思？”

“在染婆婆的家人成为苇子夫人一家入室行凶的受害者时，她曾越过邻屋的拉门看到了染婆婆收拾东西的身影。那段记忆清晰地在她脑中苏醒了。这就是冲击的真正原因——那一刻降临在苇子夫人身上令她表情凝固的冲击。”

客厅里寂静无声，似乎谁都无话可说了。

和言耶一起回来后，岩男便始终低头不语，他姿势不改，似乎一直在忍耐。巌一脸悲伤，染神情惊愕，泰史的眼神中透出痛心之色，各自注视着岩男。敏之和徹太郎一时之间想要张嘴，但似乎又不知该说什么好，最终还是保持了沉默。

“可、可是……”敏之终于开口道，“这样的偶然……真的会发生……会发生这么巧的事吗？”

“确实啊……”徹太郎附和道。然而听他的语气，反倒像是接受了这个让人不敢相信的偶然，“这么说，写字师傅，那凶手一家是拿杂技棚给自己打掩护啊？”

言耶甫一点头，这回轮到了敏之：“刀城先生，也就是说那个密室之谜最终——”

“我们在讨论密室时，最后只剩下了‘一’——作案时，室内只有被害者，没有罪犯。在这项分类中只有逼迫被害者自杀这一个方法。”

“可不是嘛。”

“不过在苇子夫人这件事上，并不存在罪犯。是她自己，是她复苏的记忆把她逼入了自杀的境地。”

“可是这样的话，现场不可思议的状况该如何解释？”

“我认为那些都源自苇子夫人的复杂心理。”

“此话怎讲？”

“忆起忌讳往事的苇子夫人，想必是陷入了极为严重的精神状态，也许是半狂乱状态。只是，如果她自己也不知道该怎么做才好，结果会怎样呢？”

“您的意思是，她并非一时冲动想要自杀？”

“当然这终究只是我的想象，不过这样一想就合情合理了。”

“关于什么的想象？”

“关于苇子夫人为什么要进行狐狗狸仪式。”

“欸……？”

“关于她为什么会在进和室仓前，说‘不快点开始狐狗狸仪式的话’。”

“也就是说……”

“她向狐狗狸大仙祈求谕示，询问自己该怎么办才好。”

“啊……”

敏之忍不住叫出声来，紧接着徹太郎从旁插话道：“结果就是那个‘いる’和‘きず’吗？可我怎么想，也不觉得这能让她下定决心自杀啊。”

“如果就是那两个词的话，的确如此。”

“你说什么？”

言耶从上衣内侧的口袋中掏出笔记本，看着誊写在上面的藁半纸中的文字：“一张纸上的第一个字，是两条并列的线，像一个菱形从正中间断开了似的。所以可读作‘い’，但是如果去除右侧的曲线，就成了‘く’。”

他摊开笔记本给众人看：“第二个字‘る’如果消去下面的‘○’，就成了‘ろ’，把这两个字连在一起可读作‘くろ’。”

“这么说不是‘いる’而是‘くろ’了？”

“是的。另一张纸上的第一个字‘き’，只需去掉一条横线，就是‘さ’。第二个字‘ず’去除浊点就变成了‘す’，两个字连在一起可读作‘さす’。”

“‘くろ’和‘さす’[1]……”

1　くろ：黑色；さす：刺。——译者注

“在和室仓里，提起‘くろ’就会联想到黑色小刀。那么，‘さす’就能解释为用这把刀自刺。”

“但……但是，她用的不是白色的那把吗？”

面对敏之指出的问题，言耶沉下脸来：“我想苇子夫人恐怕是遵从了狐狗狸大仙的谕示，一时冲动用黑色小刀刺了自己的腹部。不过之后，虽说晚了些但她还是意识到了，这样下去的话她的死会被视为自杀，如此一来动机就成了问题。而且考虑到自己躲入和室仓时的情形，人们绝对会谈论到那个瞬间。”

“事实上确实是这样。”

“到那时，徹太郎先生多次指出的杂技棚一事不就又浮出水面了吗？自此，一个不巧，她所忌讳的往事可能会一下子曝光。苇子夫人心中多半萌生了这样的不安。也可能是我——刀城言耶，一个还以侦探身份活动并为人所知者的存在，进一步加剧了她的担忧。”

“这个应该不会有错。”

“所以苇子夫人才要拼命抹消自杀的痕迹。”

“现场被不自然地搅乱，是因为这样的理由啊。”

“铅笔有可能从自动笔记板中脱出，但两者之间也离得太远了。那是因为苇子夫人用铅笔把‘くろ’改成‘いる’，把‘さす’改成了‘きず’。”

“这个我已明白……但是，她用的不是黑色的而是白色的那把小刀啊。”

“光篡改狐狗狸大仙的谕示，还是无法解除不安吧。于是苇子夫人就把自杀用的刀具本身也替换了。”

“擦掉血糊是因为这个吗？”

“那两把刀一般无二，如同双生子，所以创口也能蒙混过关。当然，我认为苇子夫人想得没那么远。”

“请等一下。和室仓里没发现那把黑色小刀吧？她到底是怎么处理的？”

“最省事的就是从二楼的窗口扔进中院，但那时巌君可能正在栎树上。同理一楼的窗也不行。而土门更是不在考虑范围，如此一来只能认为是藏在了室内。”

“藏哪儿了？”

“我想恐怕是在一楼和室的那个火盆的灰里吧。因为据说那里有人出入过的痕迹。但是，警方既认为苇子夫人的死是自杀，白色小刀又和腹部的创口一致，所以就没有搜查得那么细致吧。”

“也，也就是说她……”

“腹中刺着黑色小刀，弄乱了二楼室内，篡改了狐狗狸大仙的谕示，一拔出小刀就一边拿手巾摁住伤口，一边用藁半纸擦掉血糊，下到一楼把黑色小刀埋入火盆灰，再返回二楼将白色小刀和赤箱放在手边，然后横躺在地上。”

“为什么要拿赤箱？”

“苇子夫人也知道与那箱子有关的多名女性之死的故事。她的判断是，只需把赤箱放在身边，自己的死就很难被视为自杀。”

“唔……她竟会不惜做这样的事把自杀伪装成他杀——”

“不，您错了。”

“错……错了？可是刀城先生，您刚才还——”

“苇子夫人绝非要把自己的死伪装成他杀，只是不想被认作自杀。”

“这不是一回事吗？”

“如果想伪装成他杀，她就应该打开土门的闩棒。”

“这个嘛……”

“然而她没有打开，因为她生怕嫌疑会落到猪丸家的人头上。”

“欸……？”

“日常生活中的诸多古怪言行，使苇子夫人受到了种种误解。只是，听了你们的话我却感到，她在失忆的基础上又未能适应极其平常的家庭生活，才是给大家造成奇异印象的原因。”

“不不，哪有这样的事……”

“目不转睛地盯视巌君和月代君，也是出于一种困惑吧……不知该如何与他们相处，却又想和他们搞好关系。”

“……”

“其证据就是，月代君和苇子夫人在和室仓开始了共同生活。即使不清楚他本人的意识到了何种程度，协助狐狗狸仪式之事也姑且不论，只观他俩的形影，也看得出月代君已和新妈妈亲近起来。”

敏之和徹太郎瞧了瞧染，只见她低着头一言不发。

“所以，苇子夫人无论如何都不想让自己的家人蒙受怀疑。”

“……”

“鉴于当初杂技棚一家可能不是她真正的家人，于是保护第一次得到的亲人，同时又不愿别人知道自己的忌讳过去，欲封存那段回忆的种种思绪，便化作苇子夫人的行动显现了出来。”

“刀城先生，这个不是互相矛盾了吗？”敏之做出了反驳，但语气十分微弱。

“正是。绝对不想被人知道是自杀。但是，被视作他杀从而给家人带来困扰又是她想极力避免的。这种矛盾心理造就了和室仓的密室。”

客厅再度被寂静所笼罩。只是，如果说先前的沉默中饱含悲怆的沉重，那么这一次则是融入了愁伤之感。

不久，敏之稍作沉思后说道：“在那个瞬间，叠加了如此多的偶然，很难一下子相信——”

“的确如此。不过——”

“不，请等我把话说完。尽管如此我还是认为，刀城先生的推理几乎把所有问题点都解释透了。”

“非常感谢。”

“不过，现在只剩下一个问题，也就是月代君听到的她的低语。所谓‘打开那箱子’‘必须打开’什么的，到底是什么意思？她是在看到决定命运的那一幕之前说的这句话。”

“其实留到最后的问题，就是苇子夫人的这句低语。拜其所赐，至今我所做的全部解释极有可能土崩瓦解。但是正如小松纳先生所言，现在的推理能完美地解释一切。”

“是的，我的确是这么认为的。”

“嗯嗯，这一点我也承认。”

不光是敏之，连徹太郎也点头称是。

“正自烦恼这究竟是怎么回事时，我意识到了一件事实。”

“什么事实？”

“谁都没有直接问过月代君。”

“欸？那么，难道说……”

“我在想，这是不是染婆婆撒的谎呢？”

“撒谎……？”

“这里是有原因的。去厕所寻完月代君的染婆婆一回来，就看到心乱如麻的猪丸先生质询儿子，而且感觉他已武断地认为月代君对苇子夫人谜一样的行为知道些什么。于是染婆婆就搬出赤箱的事，试图转移猪丸先生的注意。她想让猪丸先生以为，苇子夫人只是出于自身原因，而且还是与旁人无法理解的赤箱有关的原因，才进了和室仓。”

“好吧，的确，只要和月代有关，不管多小的事这人都会吵翻天。”

“实际上，我觉得苇子夫人低声说的那句‘不快点开始狐狗狸仪式的话’无巧不巧地被我听到，也增强了染婆婆证词的可信度。”

“染婆婆，刚才刀城先生所说的——”

敏之的话骤然中止。视线的前方，染抬着头只是一动不动地盯视岩男，多半是见了这幅光景，敏之才欲言又止了。

“老、老爷……”染的语声像是硬挤出来似的，“这、这究竟是怎么……”

岩男依然闭着眼，低着头。不久他缓缓地抬起头，同时张开眼睑，凝视着染。

片刻过后——

“你要明白，事实就是如此。”岩男深深垂首，额头几乎磕到了桌上，“只要你不介意，还请如往常一般照看月代。不，如果你已无法在这个家待下去，我会给予相应的补偿。”

“老爷……请您抬起脸来吧。老爷哪儿有半点过错啊！”

“不，问题不在这里。这件事不是说一句‘我之罪也’就能揭过去的……”

不知何时，岩男和染眼中都噙满了泪水。

“如我等之人若也无妨，还请永侍左右。”

“感激不尽……”

即便如此岩男仍言道，他打算日后再与染两人单独商讨今后的事宜。敏之和徹太郎也都以少有的真诚口吻赞同道“如此甚好”。

“各位——”待现场稍事平息后，言耶向众人呼吁道，“千万不可忘记最初的约定。希望大家绝对不要把今天听到的事泄漏出去，就对外界宣称苇子夫人的死只是尚存不解之谜的自杀。”

见每个人虽不吭声但全都重重地点了头，言耶这才放下心来。

如此这般，围绕猪丸家的赤箱而起的新妇离奇死亡怪谈，又添新章。不过，那已是最后一位亡魂。

终　章

前略。你好巖君，别来无恙?

在猪丸家逗留期间，还受了巖君不少照顾呢。非常感谢。

现在你是否对我这封突如其来的信感到了吃惊？不过我想，巖君这么聪明，应该已隐约觉察到我写信的原因了。

是的，你继母的死并非自杀。那时在客厅所做的推理，是我和你父亲经过商议后，为保护你而编的谎话。

我能意识到真相要拜江户川乱步老师的密室分类所赐。你还记得我以此为基础所做的三项分类吗？

一、作案时，室内只有被害者，没有罪犯。

二、作案时，被害者和罪犯都在室内。

三、作案时，被害者和罪犯都不在室内。

你继母的死无法套用其中任何一项，勉强也只剩下“一”中的把被害者逼入自杀绝境的方法。

不过，我实在是心有不甘，总觉得和室仓的密室之谜还是有其他解释的吧。然而，无论怎么思考都与乱步老师的分类不相吻合。矛盾究竟出在哪里呢？

于是我开始怀疑……这三项真的把密室种类全都包括进去了吗？结果让我找着了。只要单纯地对罪犯、被害者和密室这三大要素的组合加以考查，第四种分类也就跃然纸上了。

那就是——

四、作案时，室内只有罪犯，没有被害者。

换言之，当罪犯月代君在土门内侧，被害者你的继母在外侧的一刹那，罪行上演了。

我用了“罪犯”“罪行”之类的字眼，但其实月代君绝无杀意。另外，虽然我前面说客厅的那段推理是假的，但其实只要把你继母的角色替换给月代君，再把她的动机改为其他理由，一切又将复归原位。

进行狐狗狸仪式的人是月代君。他所祈求的是把身为妖魔的继母变为人类的方法——这是我的想法，不知你以为如何？

月代君开始亲近继母。然而，染婆婆却总说“那是妖魔”。于是，月代君内心对继母的感情就被生生划为两半了吧。

烦恼不已的月代君决定向狐狗狸大仙祈求谕示。结果得出了可读作“くろ”和“さす”的谕示。由此他断定拿黑色小刀刺就成了。此外，我想当时他的脑海中还浮出了染婆婆和继母各自说过的话。

染婆婆曾对令尊说过吧：你的继母是“外”来之物，所以绝不能放她入“内”。不能不搭理的话，也一定要在“内外的中间地带”。

至于对月代君，她是这样提醒的吧：那两把小刀有封住赤箱邪气的作用，像这种圣物我们可不能胡乱摆弄。

而你继母则告诉大家：在执行狐狗狸仪式的过程中，和室仓已变为圣域。

于是我想，月代君该不会是对谕示做了如下解释吧——趁继母进入和室仓这片圣域“内”之前、身子在“外”之际，用圣物黑色小刀一刺，她就一定能在仓“内”从妖魔转化成完整的人类。

难怪在那个瞬间，你继母表情凝固了。只是，她猛然想到必须庇护月代君，于是先对我说了一句“不快点开始狐狗狸仪式的话”。这大概是为了让我们误以为她是在狐狗狸仪式后被刺的。

明明就在眼前，我却没能察觉月代君的行为，想必是因为凶器的柄是黑色的，而你继母所穿的黑色牧师服则起了掩护作用。但即便如此，我也太粗心了。非常抱歉。

你继母把自己关进了和室仓，当她见到狐狗狸大仙的谕示时明白了一切。她是否像我一样推理出了月代君的动机，已不得而知，总之看过那两张蕖半纸后，她应该能明白月代君是在按谕示行事。所以她在字上添加几笔，连凶器也替换了。

恐怕染婆婆去厕所找月代君时，月代君曾问过她“这下继母也能从妖魔变成人类了吧”。她自然是大吃了一惊，但立刻就决心要掩盖月代君的罪责。

如果我在客厅里所做的解释——即你继母死于自杀——是真的，那么令尊就成了过去那杀人强盗一家的女婿，染婆婆则是被害者家属。然而，令尊却对染婆婆说“你要明白，事实就是如此”。考虑到当时两人之间的关系，这句话显然很奇怪。所以我心里也是一阵害怕。好在你两位舅父似乎没觉出可疑来，这才让我心头一块大石落地……

请容我再重复一遍，月代君没有杀意。但话虽如此，他不慎杀害了继母却是事实。现在他还不能理解吧，但随着年龄渐长，也许很快将不得不面对自己的罪过。或由于潜意识的作用，也可能所有的一切都会被尘封在他的记忆底层。可以说，现阶段我们很难做出预测。

不过，如果真有这么一天，还请巌君助你的弟弟一臂之力。

我们没有把月代君的事公之于众，是考虑到当事人年纪尚幼，但同时也是为了你的将来着想。

假如这件事被公开，想必小松纳敏之先生会强力主张由你来继承猪丸家，而川村徹太郎先生自会大加反对。一旦形成这样的局势，也不知染婆婆会如何表态。但是，川村先生和染婆婆处境之不利，任谁都能一眼看穿。

接下来的措辞未免过于鲜活，在这样的家庭纷争中，有时连当事人的性命都极可能受到威胁，对此我十分担忧。

当然，只要有令尊一日在，我想就不会有问题。如果他迎娶第四位妻子，生下了你和月代的弟弟，或又另当别论……不，因为这次的事令尊似乎也考虑了很多。巌君也要更多地与令尊交流才是。

写得有些长了，读完此信后请务必烧毁不可留存。

还有，将来，不，现在即刻也无妨。如果关于此事发生了令你困扰的问题，请尽管与我商量。虽然力量微薄，但我愿努力为巌君和月代君排忧解难。

若要联系我，找神保町怪想舍出版社的编辑祖父江偲最是万无一失。届时我想她会百般盘问，但你不必做任何回答，直接无视吧。

最后，衷心祝愿巌君愈益康健！

就此草草搁笔

昭和二十×年三月吉日

刀城言耶

猪丸巌先生

又及：无论发生什么事都不要走近背面的杂木林。不，非你继母之故。只为谨慎起见。

第10届本格推理大奖
获奖作品

民俗派推理大师
三　津　田　信　三

首部加冕之作

SHINZO MITSUDA

将朴素民俗置于本格迷雾中

如水魑沉没之物

[日]三津田信三 著
张舟 译

多重反转的背后，是长叹一声的悲悯情怀

如凶鸟忌讳之物

MAGATORI NO GOTOKI IMUMONO

[日] 三津田信三 著

张舟 译

SPM 南方传媒

花城出版社

中国·广州

图书在版编目（CIP）数据

如凶鸟忌讳之物 /（日）三津田信三著；张舟译．--
广州：花城出版社，2023.4（2024.2 重印）
ISBN 978-7-5360-9879-4

Ⅰ．①如… Ⅱ．①三… ②张… Ⅲ．①长篇小说—日本—现代 Ⅳ．① I313.45

中国国家版本馆 CIP 数据核字 (2023) 第 050134 号

合同版权登记号：图字 19-2022-149 号
原著名：《凶鳥の如き忌むもの》，著者：三津田信三
《MAGATORI NO GOTOKI IMUMONO》

Original Japanese edition published by KODANSHALTD.
Publication rights for Simplified Chinese character edition arranged with KODANSHA LTD.
through KODANSHA BEIJING CULTURE LTD. Beijing,China.

出 版 人：张　懿
责任编辑：欧阳佳子
特约编辑：张录宁
责任校对：李道学
技术编辑：林佳莹
装帧设计：李宗男
封面插绘：村田修

书　　名　如凶鸟忌讳之物
RU XIONG NIAO JI HUI ZHI WU
出版发行　花城出版社
（广州市环市东路水荫路 11 号）
经　　销　全国新华书店
印　　刷　北京盛通印刷股份有限公司
（北京市大兴区亦庄经济技术开发区经海三路 18 号）
开　　本　880 毫米 ×1230 毫米　32 开
印　　张　13.5
字　　数　320,000 字
版　　次　2023 年 4 月第 1 版　2024 年 2 月第 2 次印刷
定　　价　68.00 元

◇前言 PREFACE

文库，原本是指收纳书物的仓库和书库，也指收纳书与记事簿，以及不常用物品的小箱子。以前者为例，京浜急行线的“金泽文库站”就是以前镰仓时代北条氏用来收藏汉书用的，“金泽文库”名字的由来便是如此。东京都的世田谷区也存在着收集着珍贵汉书的“静嘉堂文库”。后者则更多地被称为“手文库”。

江户时代以来，可以放入袖袂的小开本书籍逐渐流行起来，被称为“袖珍本”。明治三十六年（1903 年），富山房发行了小开本的丛书，起名“袖珍名著文库”。随后，明治四十四年（1911 年），讲述战国时代的猿飞佐助和雾隐才藏系列故事的讲谈社“立川文库”发行出版。讲谈是日本民间艺术，以口语化的方式讲述历史故事。而“立川文库”则是将讲谈收录成册集中出版的丛书，据统计，当时刊行量为 200 册左右。从那时起，文库就脱离了原本的释意，逐渐演变成了现在的类书集丛。

文库说法借鉴了日本出版业界的传统说法。而千本樱源自日本奈良县吉野山樱花盛开的奇景，世人皆称“一目千本樱”，形容樱花美景。千本樱文库的纳入作品皆为日系作品，题材包括推理、悬疑、幻想、青春、文化等类型，正如千本樱满山盛开的绝景。

现代日本，以“文库”命名刊行的丛书系列有 200 种以上，所谓“文库本”只不过是统称而已。日本传统的“文库本”常用的是A6尺寸的148mm×105mm，也叫“A6判”。千本樱文库的所有书籍将在“文库本”的基础上提升，达到148mm×210mm的开本标准。在追求还原的前提下，力图带给读者更清晰的阅读体验。

从20世纪70年代以来，日系推理小说逐步进入中国读者的视野。随着时代更替，涌现出了各种不同风格的作家。日系推理能够长久不衰的原因之一在于设立的各种新人奖，这些新人奖能为日本文坛输送新鲜血液，不断地发现优秀作品。但是，新人出道的条件并非只有获奖这一条途径。多样的文学新人奖具备相当完善的审查机制，即便是没能获奖的作家，也有机会出道。比如，东京创元社的“鲇川哲也奖”，有不少作家在当届没能获得大奖，只是止步候选阶段，后来却都成了人气作家。另外，不急于出道的作家也是有的。1994年，东京创元社创立了“创元推理短篇奖”，第一届的赛事中收到了123篇投稿作品，其中名为《子喰鬼缘起》的作品晋级到了最终候选阶段。同年，由光文社公募投稿作品进行出版，鲇川哲也主编的《本格推理3 迷宫的杀人者们》中也收录了一篇名为《雾之馆》的作品。而这两部投稿作品都出自一人之手——三津田信三。

早在20世纪90年代，三津田信三的投稿作品就已经被刊登在出版物上，也可以被视为出道作品。但被普遍认为是其出道的标志作品，还要等上七年。2001年，讲谈社出版了三津田信三的第一本书，他的作家人生正式起步。他的出道作即为“作家三部曲”的第一作《恐怖小说作家栖息的家》，该系列被归为怪奇小说，作者的独特风格已经初见端倪。“作家系列”完结之后，三津田信三便打破常规，创作出了怪异谭式的推理小说“刀城言耶系列”。该作是以作家刀城言耶为主角，解决各种不可思议的犯罪事件的故事。作者巧妙地将乡土民俗学，本格推理写作技巧，以及惊悚恐怖氛围相乘组合，辅以二战前后的独特时代背景加以呈现，创造出了前所未有、无与伦比的文学魅力。“刀城言耶系列”在日本是由原书房和讲谈社两家出版社出版发行，因此引进整个系列的过程也并非一帆风顺。今后，千本樱文库将陆续出版整个系列的全部作品，还请各位读者尽情感受“刀城言耶”的怪异之谜。

千本樱文库编辑部

◇三津田信三

刀城言耶系列

◇《如厌魅附体之物》
◇《如凶鸟忌讳之物》
◇《如首无作祟之物》
◇《如山魔嗤笑之物》
◇《如密室自闭之物》
◇《如水魑沉没之物》
◇《如生灵双身之物》
◇《如幽女怨怼之物》
◇《如碆灵供祭之物》
◇《如魔偶招致之物》

作家系列

◇《忌馆·恐怖作家的居所》
◇《作者不详·推理小说家的读本》
◇《蛇棺葬》
◇《百蛇堂》

SA 行系列

◇《避难所·杀人告终》
◇《废园杀人事件》

非系列

◇《赫眼》

家系列

◇《祸家》
◇《灾园》

物理波矢多系列

◇《黑面之狐》
◇《白魔之塔》

幽灵屋敷系列

◇《家中是否有可怕的事情》
◇《特意在忌讳之家居住》
◇《被邀请到不存在之家》

其他长篇

◇《七人捉迷藏》
◇《窥视之眼》

凶鳥の如き忌むもの

『刀城言耶』系列02

目录
CONTENTS

城南民俗研究所的人们

唐通酉一（研究所副教授）

鹳笃司（研究所所员）

其他人

伊吹末利作（游方的宗教人士）

北代瑞子（鸭川女子大学的学生）

刀城言耶（怪奇幻想作家东城雅哉的本名）

主要登场人物

鵺敷神社的人们

朱慧（三代前巫女，已故）

朱世（二代前巫女，鵺婆大人）

朱名（上代巫女，下落不明）

朱音（现任巫女）

朱里（朱音之女）

正声（朱音之弟）

赤黑（神社的仆役）

兜离之浦的人们

下宫德朗（镇长，乡土史学家）

下宫钦藏（浮坪医院的医生，德朗的幼子）

间蛎辰之助（兜离之浦头号渔业经营者的次子）

海部行道（海部旅馆业主的三子）

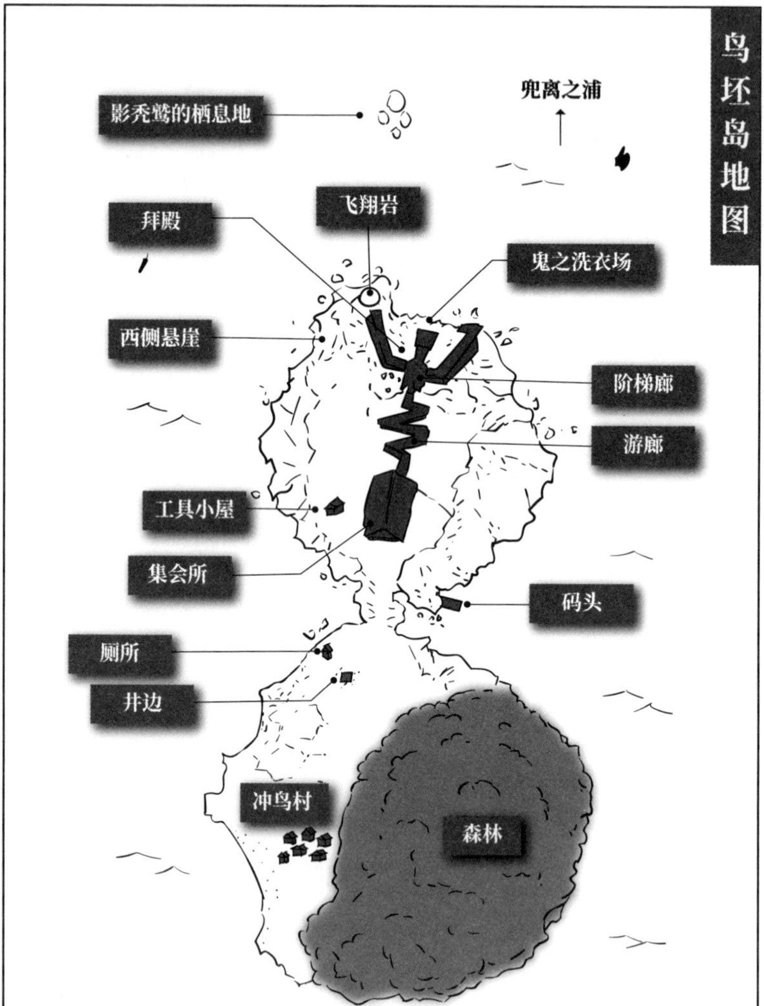

鸟坯岛地图

兜离之浦
影秃鹫的栖息地
飞翔岩
拜殿
鬼之洗衣场
西侧悬崖
阶梯廊
游廊
工具小屋
集会所
码头
厕所
井边
冲鸟村
森林

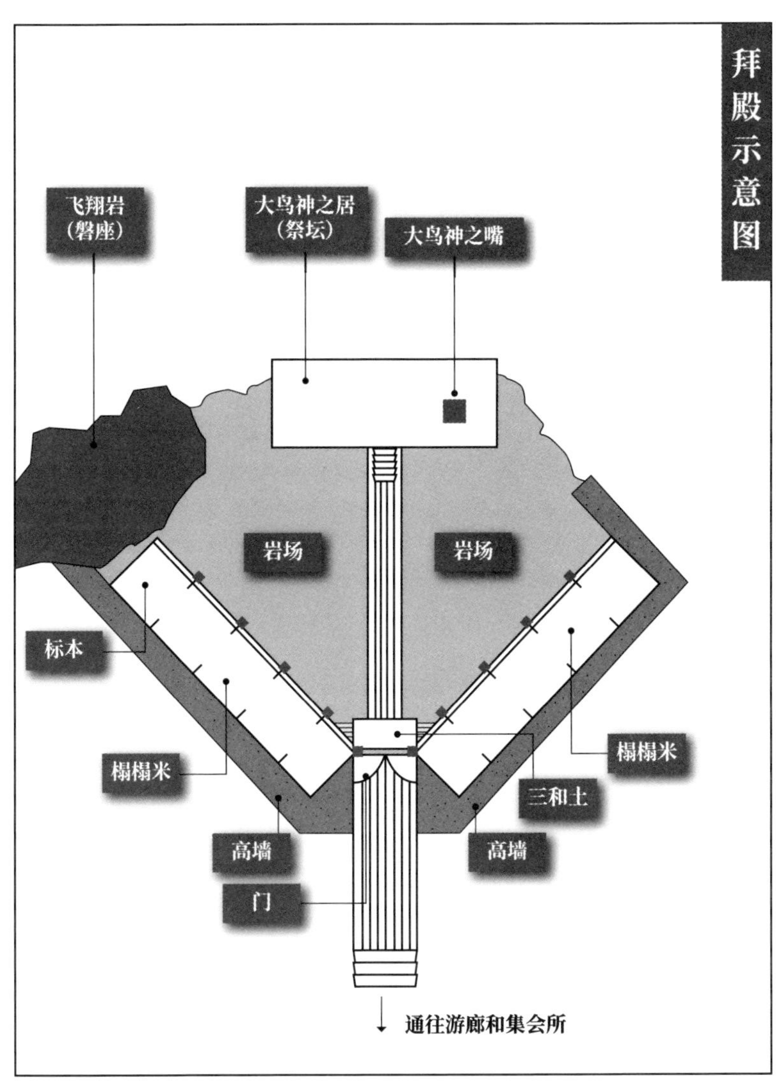

拜殿示意图
飞翔岩
（磐座）
大鸟神之居
（祭坛）
大鸟神之嘴
岩场
岩场
标本
榻榻米
榻榻米
三和土
高墙
高墙
门
通往游廊和集会所

楔子

战争结束后，我一直到处旅行，在各地搜集奇闻怪谈，基于兴趣亦为兼顾生计。从深谷的山庄到盆地的农村，乃至沿海地区的渔村，我民俗采风的足迹已经遍及全国。

不知为何，我到访之处，异象与费解的事件总是层出不穷。对于为搜集怪谈而四处奔走的我来说，正可谓自作自受吧。然而，如果换个角度来审视我的种种际遇，它们又无疑是极其珍贵的体验。

因此，我一得闲暇就整理素材，有心以小说体裁来记录下这一切。鉴于即时发表可能会引起形形色色的不良反响，我只能止步于记录阶段，姑且把成果保管起来，日后再伺机公开。

着手这项工作，从头回顾那一连串可怖经历后，我充满“后见之明”地发现，所有事件似乎皆可纳入以下三类：

第一类是苍龙乡神神栉村式的连续怪死事件[①]，恐怖而又诡谲。究竟是人类认知范围外的魔力作祟，还是狡诈绝伦的杀人狂横行乡里呢？直到最后的最后，竟然还是无从判断。

第二类可以举我在九十九高原的九岩塔遭遇的事件[②]。可怕而异样的氛围弥久不散，但看了现场，却又不得不认为那只是现实中的普通谋杀。然而事实上，货真价实的妖异力量悄然贯穿了始终。

然后是第三类，即下文所述的案件。虽然有民俗与宗教式的神秘色彩反复渲染，但是由于现象发生在情形极端的密室中，反而使人从一开始就陷入了以对待侦探小说的感觉来对待案件的境地。

在兜离之浦那浮于远海的孤岛——鸟坯岛[1]上，鵼敷神社的巫女是如何仅用二十分钟，就从正对着断崖绝壁、无处可逃的拜殿内消失的呢？实乃不解之谜。

不过，我当然无法断言那名曰“鸟女”的妖物与此谜无关，我毕竟是无法断言……

昭和某年卯月

东城雅哉　即刀城言耶　手记

① 请参照《如厌魅附体之物》（原书房／讲谈社文库）。

② 请参照《九岩塔命案》（迷宫社）。

1　鸟坯岛：原则上地名人名均使用原文汉字（只化繁为简），但此地名情况较为特殊。原文汉字为“鳥坏島”。破坏的“坏”字日语汉字是“壊”，所以鳥坏島的“坏”不是中文的“坏”字，而是“坯”字。中国古汉语中，“坯”“通”“坏”。而原文中的“坏”也正是中文“坯”的意思。——译者注

在海底谨防共潜
在海面谨防船灵
在空中谨防鸟女

第一章
奔赴凶鸟盘旋之岛

黑色的大鸟群，在前方的孤岛上空盘旋。

（那是……）

刀城言耶最初以为那是鸦，但随即意识到，如果是鸦，那它们的体型可就大得异乎寻常了。如果真是鸦，就一定是鸦怪无疑了。况且渔船离岛尚远，它们就能给人带来如此难以言喻的存在感，这也算不纯粹是鸟的证据吧。特别是，以盂兰盆节那阴云密布的苍穹为背景上下翻飞的身影，营造出了这样一种氛围：比起象征凶兆的“鸦”，“凶鸟”之名更为贴切。

（凶鸟啊……）

这个名词在言耶心头骤然响起，但他并未脱口而出。为了确认黑色的怪鸟究竟是何方神圣，他凝目向前方眺望。然而，鸟在空中盘旋，渔船又在波澜起伏的海面上颠簸前行，他稍一凝目就头晕目眩。

不过，昨日言耶在兜离之浦的斜坡上，在如迷宫一般的街区彷徨时所感受到的令人乏力的暑气，在这乘风破浪的船上却没有。对现在的他来说，吹拂全身的海风和不时溅来的飞沫，简直称得上是畅快。

（还没中暑可能就算是好的了。）

言耶不争气地这样想着，视线下意识地投向船头，发现鵺敷神社的赤黑正用双筒望远镜观察相同的方向。

（用望远镜或许能看清凶鸟的真面目……）

他想借，却怎么也开不了口。根据他目前为止的观察，赤黑并不是因为刀城言耶是外人才冷若冰霜，除了神社的个别成员，他对谁态度都一样。然而即便了解这一点，难以接近赤黑的现状也毫无改变。更何况眼下的言耶压根儿就没有精力去请求这种不好侍候的人，所以最终还是选择了放弃。

他振作精神，再度以肉眼眺望黑鸟——然而眩晕感越发强烈，胸腹间也渐渐烦恶起来。

（不行……实在是太困难了……）

他不得不把视线移向船底，垂下头，闭起眼。

“在那里飞的是大鸟神。”鵜敷正声的声音从旁传来。

“也就是鵜敷神社祭祀的神——鸟之石楠船神的化身？”

言耶的晕眩感尚未消退，他反复眨着眼睛，抬头向正声端正的脸庞看去。不知何时正声已凑到他身边。

“嗯，说穿了，那就是影秃鹫……日本鹫鹰类中最庞大的鸟……”

（是吗，那就是影秃鹫啊……）

言耶当即回想起昨天在小镇的乡土史学家那里听到的事。

“啊，这样说虽然太露骨……”

正声身为神社的一员，却无情无义地揭穿大鸟神的老底，这行为还真是直接。虽然一般来说，这会让人猜测正声对生养自己的老家有什么芥蒂，但也许是因为那轻松爽快的语气，言耶并没有察觉出嫌恶的意味来。

（有趣的男人！）

言耶自己也不过二十五六岁，但眼前的美青年，却让他不得不认为是战后诞生的新人类——尽管实际的出生日期是在战前。这代人对自古以来的种种习俗持质疑态度，对万事万物都要加以反抗。正声就给人这样的感觉。

由于言耶和他刚见面时，他用了清晰标准的语言，言耶就问他是否在东京生活过。正声答说听听收音机就自然而然地掌握了。闲聊之中他俩渐渐亲密起来，但言耶不再讲究言辞的礼仪了，正声的措辞却毫无变化。言耶无非虚长了两三岁，对方却始终视为前辈相待，措辞也一丝不苟，绝无懈怠。正声古雅的作风可见一斑，或许正是因此，才让他显得格外富有魅力。

“哦？日本最大啊？”

言耶强行不去触碰对方揭穿神之使者老底的事实，只是坦率地流露出对影秃鹫这种生物的兴趣。

“全长一百厘米左右，双翼张开可达二百五十到三百厘米吧。近看起来确实是气势十足啊。”

出人意料的是，正声脸上露出了畏惧神之使者的表情。当然这也许是针对鹫这种生物本身流露出来的情绪，不过他好像并不是完全轻视大鸟神。

话说回来，正声这么年轻，也难怪不用尺、寸之类的单位。在这个已经不能称之为战后的世界里，在业已流逝的那段岁月中，日本一下子就被西欧文化侵蚀了，但尺贯法仍通行于乡野，即在自古以来便操持着老式营生的人群中，理所当然地被使用着。

“其实在日本见到这种鸟，可是件稀罕事。据说这种鸟本来栖息在欧洲南部、土耳其以及中亚至中国东北，因为在欧洲的大部分地区有灭绝之虞，才作为迷鸟、作为极其珍稀的候鸟飞来了日本。这风姿真是难得一见呢……”

“迷鸟？啊，你是说迷途之鸟吧？”

“据说这身为迷鸟的影秃鹫，从极北的北海道到南方的鹿儿岛，在全国各地都有所发现，但它们原本主要栖息在气候干燥的高原和针叶林地带。有鉴于此，我想以前它们不仅仅在这里现过身，还常常停留并且繁衍了起来。”

“你知道得真清楚啊。”

言耶坦率地表示了钦佩，正声突然害羞起来：“这样的知识没什么用。兜离之浦自古以来就把这些鸟尊为神之使者。所以，‘不，其实真要说起来，那些鸟名叫影秃鹫’——这种实事求是的说明谁听了都不会高兴吧？”

“嗯，话虽如此，但我想就信仰而言，以客观的目光看待信仰的对象绝不是毫无意义的事。即便明知大鸟神是一种名为影秃鹫的真实鸟类，只要把它们视为神之使者就没问题。如果否认那是鸟类，换言之，否认那是一种生物，就是越过信仰的界限，陷入迷信了。”

“嗯，是啊。不过渔村的人从古到今都深陷在迷信里……”

正声肯定了言耶的话，微微苦笑着摇头。由此可见，他虽是神社的一员，对那些事还是抱有逆反心理的。

“常言道，渔夫和地狱仅有一板之隔，迷信也算顺理成章吧。非机动日式船时代有个老规矩，如果船遇到暴风雨，有人不幸落入浪间，就算只有一块舢板也要放下去。国外也常见这种行为，但终究是为了救人一命；但在日本，原因就不仅仅是也许能救人一命了，还担心不那么做对方就不能安息。如果有所怠慢，死于海难的人会化身为亡灵火、亡魂、引亡灵或引亡者等所谓的船灵出现，呼唤同伴赴死。”

“怪谈小说家果然对这方面的传说如数家珍。那么有‘鬼帆与迷船’之称的幽灵船，你也有所了解吧？”

“嗯。不过，我想恐怕大多和柄杓幽灵故事有关。”

“日本海洋怪谈的招牌菜？”

“如果听幽灵说‘借柄杓’就老老实实地借出去，幽灵会用柄杓不断舀水往船里灌，然后船就终于沉没了。所以出借时，必须敲掉柄杓的底再递出去——就是这样的传说啦。”

“换言之，名称或有不同，内容却大致一样是吗？”正声饶有兴致地回应道。

“我想海之幽灵归根结底是人们对海难死亡者的畏惧。”言耶继续做着说明，他在意正声的反应，却也不去触及，“譬如说矿坑，也一样。在无处可逃的密闭空间里，同伴之死带来的恐怖，一定在你我的想象之上。虽然在海上漂浮的船具有四周三百六十度的开放感，但一旦出事便无处可逃这一点，和地底深处的矿坑毫无区别。在那种特殊状况下，冒着生命危险工作的人们会深陷迷信，不是理所当然的吗？”

“但是也可以说，他们反而因此使自己的生命受到了威胁，招致了讽刺性的局面，不是吗？”

“你是指？”

“从前，船一遇到暴风雨就不管三七二十一地丢弃行李、斩断桅杆。如此一来，即便熬到风雨平息没翻船，也只能在海上漂流，别无作为了。”

“啊，你是指这种事啊。斩断桅杆显然是基于避免翻船的合理判断，但事实上似乎并没有斩断的必要。不过在日本，遇到暴风雨，渔夫们越来越撑不住的时候，就是先斩断桅杆，再削下发髻祭祀船灵大人，抑或投入海中献给海神，一味地祈求神佛保佑。但结果却如你所言，就算走运熬过了风雨，之后也只能随波逐流听天由命了。”

“世间不是流传着一些极为悲惨的故事吗？有人在船上病饿而死，还有人漂流至异国他乡、一上岸就被土著虐杀，或被捕获沦为奴隶、遭受虐待，以及被贩卖到其他国家去之类的……”

“也有在荒无人烟的孤岛上生活十几年，终于被路过的船救起返回故土的例子。这个还是相当令人欣慰的吧。毫无疑问，正因为有时会遭受如此严酷的命运和危险，所以渔夫才会深深地陷入迷信。”

“话虽如此……”

正声也在渔夫镇出生、成长，应该能理解言耶想要表达的意思。然而，他似乎无论如何也无法接受迷信与陋习，表情显得很复杂。

“十六世纪来日本的耶稣会传教士路易斯·弗洛伊斯撰写了《日欧文化比较》和《日本史》。其中记载了一些非常有趣的事，比如日本渔夫相信海底存在蜥蜴之国。”

“什么？蜥蜴之国……”

正声失声惊呼，让言耶不禁露出了微笑：“这是因为弗洛伊斯的说法有点怪啦。他所说的蜥蜴是指鳄或蛇之类的，换言之，就是爬行类动物。”

“说是鳄，主要不就是指鳄蛟吗？因为它们很久以前就被视为神圣的生物。”

“嗯，自古以来渔民们都把鲸、海豚、鲨、海龟和鲍等海洋生物视为神或神的使者，当然龙也算在其内。弗洛伊斯把它们总括起来，用‘蜥蜴之国’来表述了吧。总之，全都是海神。”

“遇到海难时，如果看见那些生物或者发现它们靠近船来，就会认为是吉兆吧。换言之，人们认为那是即将得到救援的前兆。”

“鸟，和它们一样被视为海神的使徒。”

“啊，和先前的话题接上啦？”

正声发现，本以为毫无意义的闲聊，似乎和大鸟神搭上了线。

言耶轻轻颔首道：“在四海遨游和在天际翱翔的生物——特别是漂流者，对于能在自己头顶上方来去自如的鸟类，一定会产生难以言喻的艳羡之情。所以，他们坚信白鸟是航海神‘金比罗大权现’的使者，青鸟是土地神‘八幡宫’的使者。”

“本来嘛，在观测法和推测法都行不通的时候，为测知方位，人们会采取抽签这种掌舵方式……对吧？这当然是在祈求神的指示，把身家性命寄托在签上……这种事我可不太相信。不过，正是因为有这样的习俗，他们尊海洋生物和鸟类为神使，也许并不奇怪，不，应该说是理所当然吧。”

一如既往的冷淡口吻，让人很难相信正声是神社的一分子。他的态度不禁让人觉得他果然是战后诞生的新一代。

（抑或是昔日发生的那桩怪事，影响了他的思维方式吗？）

一瞬间，言耶又思量起这种可能性来。

顺便介绍一下，所谓的观测法就是保持船不远离陆地，根据地形和进入视野的山脉进行定位的航海方法。当然，观测日月星辰确认方位的天文航海法以前也不是没有过。但不幸的是，宽永十二年（1635年）德川幕府禁止了国际通航，所以也就自然而然地无人问津了。因为若是仅限于在国内海运，使用地文航海法中的观测法就已足够。

然而，能依靠观测法航海的仅限于看得清目标的白天，遇到半岛之类的地方，就必须绕上一大圈。此外，还必须在停泊的港湾等候顺风，推算这风能让船前进的距离，事先想好下一个入港口后，才能扬帆出发，因此相当费时间。于是后来推测法开始通行，人们驾船进入汪洋大海，以远方的高山和岛为目标航行。

无论使用哪种方法都需要好眼力，能看清航海所必需的目标，紧盯不放。像言耶这种光是追逐大鸟神的身姿就头晕目眩的人，是无法胜任的。这就是所谓的地文航海法。

“关于崇拜鸟、视鸟为神之使者的习俗，没有什么地方能比兜离之浦更合适了吧。”言耶饶有兴致地关注着正声的反应，推进话题，“鸟之石楠船神原本就含有‘用岩石般坚硬牢固的楠木打造出来的船，如水鸟一般疾走’的意思。本地的渔村信仰它是理所当然的，其化身被称为大鸟神也能够理解。”

“被你这么一说，倒还真是这么回事。”

“况且所谓的大鸟神据说是影秃鹫，一种气派不凡且确实存在的鸟。”

“太凑巧了不是吗？”正声脸上浮现出自嘲般的笑容。

“听说在神社的创建期，第一代巫女传达了神谕……”言耶的话渐渐含混起来。

“你想问是不是真有这回事？”正声接住了他的话茬。

“我想如果是问你……但你毕竟是神社的一员，总觉得很难询问太露骨的话题……”

正声露出了吃惊的模样。他这才明白对方貌似心直口快，其实非常照顾自己的感受。

“不……不用客气，我保证知无不言。”

“谢谢。那么我就开门见山了，人们祭祀的鸟之石楠船神——别名天鸟船神——神的名讳中确实含有鸟字，但我认为鸟的种类并无定论，只是普通名词意义上的鸟而已，一定是。”

“嗯，如你所言。”

“这是神社的起源传说，所以由衷地信奉神谕本来就是值得商榷的，不过，我认为神谕还真是恰到好处地预言了影秃鹫的飞来。”

“是啊——对了，莫非你是在下宫先生那里听到这些事的？”

“嗯，但那位先生说起这一带的历史来就喋喋不休……”

“这也没办法啊，因为不光是兜离之浦，整个濑户内的历史都是下宫先生的专业领域。”

“我自然是获益匪浅心怀感激了。不过，我希望听到更多民俗学方面的事情。”

言耶抱怨起来。正声向他露出了同情的微笑。

下宫德朗是兜离之浦，即揖取郡潮鸟镇的镇长，刀城言耶昨天抵达此地后，立即拜访了他。之前某人向言耶介绍了这位乡土史学家，说他正在研究濑户内的海民史，所以对本地的历史和民俗也了如指掌，因此言耶先去请教他。

“所以，假如那些鸟本是迷途之鸟，那么它们飞来此地很有可能纯属偶然。而且，‘在神社的创建期’什么的，虽然不想重复你刚才的话，但我觉得是太凑巧了。”

“神谕好像是事实，但是否真是神社创建时首代巫女所传，并没有什么确凿证据。”针对关于神社起源的重大传承，正声干脆利落地提出了质疑。

“啊？是这样吗……”

“影秃鹫多半是在之后的时代飞来的，看到那些鸟，当时的巫女就想抑或是决定，那就是大鸟神的化身了。不就是这么回事吗？”

“但神谕是真实存在的吧。换言之，对影秃鹫的出现进行了预言是事实。也有一种解释认为并不是预言，而是召唤。”

“鸟不是自然迷途而来，是出于神的意志吗？也就是说，和字面上的意思一样，是神派遣而来的……”

“如果神谕是真的，那就是这样。”

“在传说里，传达神谕之后，影秃鹫确实是飞来了。但是，如果事实上，神谕的内容是在那些鸟定居此地后才传达给村里人的呢？何为先，何为后，随着时光流逝就会模糊起来。即便有人指出这一点，狡辩的法子也应有尽有，譬如‘之前神谕就有指示，但要在大鸟神现身后才可以传达’之类的。”

本该是言耶可能做出的解释，却又被正声抢先说出了口。

（看来，他对鵺敷神社的感情很复杂。）

正声在多愁善感的年龄段体验了战败，价值观也发生了一百八十度的大逆转，所以才对信仰之类的东西保持了同等的距离吧。言耶做出了这样的判断，并以他独有的思维方式认为，这不就是战后年轻一代的特征之一吗？

（但是，不仅限于此。倒不如说在他身上还有着更深层次的原因。）

恐怕是和那个仪式相关的往事，也给他留下了阴影吧。而在阔别十八年之后又将重演仪式的如今，就算正声是一个多么唯物、理性的人，也很难说他能保持平常心。

“话说回来，那位介绍人——姓氏古怪的介绍人——对这次的仪式还真是了解啊。”

正声不可能注意到刚见面不久的言耶对自己的关切之情，他把话题转移到了言耶的前辈身上。那位前辈正是促成言耶拜访兜离之浦的发起人。

“啊，你是说阿武隈川先生吗？嗯，那个人总能为我提供极为怪异的素材，真不知道他究竟是从哪里弄来的。虽说这一次的事情，似乎连他也是费尽了周折才知道的。”

“这就叫虾有虾路，蟹有蟹路吗？”

“是的，是的。托他的福我也曾遭遇过匪夷所思的事，但也有像这次这样的情况，能让我得到非常宝贵的体验，所以姑且感激他吧……”

“过些日子请你一定要给我讲讲那些匪夷所思的经历。”

“嗯，那倒是没问题。对了，话说这位前辈的名字很是有趣呢。”

“他叫什么名字？”

“阿武隈川乌。”

“啊……”

“所以，他就叫乌先生！”

“哎呀呀……”

正声虽然惊讶，脸上仍浮现出了笑意。然而，一瞬间他的表情又阴沉下来了。言耶顺着他的视线回头看向自己的斜后方，那里站着北代瑞子。

看起来，她似乎想开口问什么，又感到自己这样露面不合时宜，一副追悔莫及的怪模样。

“啊……对……对不起。我……我也来打扰一下可以吗？”

“啊，欢迎——刚才正声君和我正好在谈论大鸟神的传说，北代小姐也感兴趣吧？”

瑞子在这渔船上可谓万绿丛中一点红，有她加入，谈话或许会变得更热烈，但言耶立刻又想到，不知为何，正声偏偏只对瑞子态度冷淡。

“那些鸟在这一带的大部分岛上广为栖息，是吗？”

“谁知道呢，我又不是鸟类学家。”

果不其然，面对瑞子的问题，正声的回应十分粗暴。

（我还觉得他俩挺般配呢。）

正声究竟厌恶她什么呢？言耶暗自困惑。

虽说正声出生于神社，却是渔村里难得一见的白净美青年，加上这位即使算不得美女也称得上清秀的瑞子，光是并肩而立就像画一样美好了。两人年龄都是二十出头，也正般配。而且，从瑞子不可谓不唐突地加入谈话的方式，也看得出她对正声感兴趣，这一点恐怕是毫无疑问的。言耶还不至于自以为是地认为，瑞子前来搭话是为了他。

不过，瑞子是三天前抵达兜离之浦的，几乎每天从早到晚都在鵺敷神社出出进进，所以可以设想，其间他俩之间可能发生了什么不愉快。结果，至少正声这一方是想回避她，而相反地，她却试图修复关系——也许就是这样吧。

顺带一提，据说瑞子是京都当地鸭川女子大学的学生，专攻民俗学。适逢暑假，她想调查一下自己一直在研究的渔村特殊信仰形态，便四处奔走，进行民俗采风。从这层意义而言，她的装束虽然与当时的普通女性差不多——模仿因电影《你的名字》一炮走红而风靡一时的真知子样式，头上围着披巾——但她的内涵、气质与这外表正相反，可谓相当脱俗。

（越是这样的女孩，正声君明明应该会越中意嘛……）

虽然和他俩相识没多久，言耶却已怀着奇特的信心下了判断。

而两位当事人重复着瑞子攀谈、正声敷衍的对话，一如既往。看着这样的情景，言耶对瑞子产生了少许同情。

“对了北代小姐，这样的海边你还是第一次来吧？”

“是……是的。”

也许是因为今天才和言耶初会，她的回应有点生硬。

“那么你在鵺敷神社收集到什么有趣传说了吗？”

“嗯，我在鵺婆大人那里听到了非常有意思的老故事。”

“和神社有关的？”

“这个也有。不过，还是和渔夫信仰有关的传说更多，譬如船灵大人。考虑到神社的性质，这也是理所当然的吧。”

所谓船灵大人，就是人们为保佑船只免遭海上妖魔与自然的威胁而祭祀的神。在过去的日式船上，船体中央偏后处的船梁部分，有一个从船底立起的被称为筒柱的地方，人们从那里挖取一块长方体，把一男一女的人偶或毛发、五谷或铜钱作为“神之体”放进去，然后再盖回先前挖下的木片，让外观恢复原样，以此来祭祀船灵大人。通常造船的工匠会把这一步骤视为竣工的标志，亲手加以完成，但在有些地方，神社或宗教人士会对船灵大人进行招魂。

由瑞子的话可知，兜离之浦的鵺敷神社也通晓船灵信仰，祭祀活动由代代巫女一手包办。

船的动力从帆受的风力和摇橹的人力转化为依靠螺旋桨的引擎，导致筒柱这一部位不复存在了，但船灵信仰至今未见从各地渔村消失。无论是哪里的船，都会保留藏有神之体的那部分柱子，放在掌舵席的后方进行祭祀，和过去一样始终如一地信奉船灵大人。兜离之浦也不例外，因此，可以认为鵺敷神社也从未脱离过船灵信仰。

“也就是说，无论船只变得多么先进，对船灵大人的信仰也不会改变吗……”

言耶的语气显得特别感伤。也许这是因为他的话里包含着忧虑似的情绪——随着船只构造的进化，总有一天船灵信仰也会被废弃吧。

“啊，这么说来……”和言耶聊天的过程中，瑞子似乎想起了什么，突然转变了话题，“在船灵大人的话题结束后，鵺婆大人说了一些可怕的类似于传说的话……”

“啊？说……说了些什么?！”

瑞子的说话方式固然突兀，言耶的反应也够鲁莽，和他一贯的形象大不相同。正声看在眼里，也吃了一惊。

“鵺婆大人告诉我，在这一带，有那么一种说法……”当事人瑞子却完全没有注意到言耶的变化，只顾喃喃自语，“在海底谨防共潜；在海面谨防船灵；在空中谨防鸟女……”

“你说什……什……什么！”一瞬间之后，言耶已经忙不迭地连声叫嚷着，气势汹汹地欺近了瑞子，“在空……空……空中谨防鸟……鸟……鸟女？啊，不，名为鸟女的妖怪，我昨天在下宫先生那里多少也算略有耳闻。但……但是，这……这样的警句——在空中谨防鸟女什么的，我现……现在可是头……头一回听……听到啊！这……这样的说法，我一……一点也不知道……”

过于强大的气势完全把瑞子吓着了，她连连后退。正声则瞠目结舌，无法说出像样的话来。

可是言耶本人一点也没有发觉他俩的变化，他环抱着双臂，一副失魂落魄的样子。

“在空中谨防鸟女……”

这位恍恍惚惚、喃喃自语的刀城言耶是一个作家，以“东城雅哉”为笔名创作怪谈和变格侦探小说，并以此为生。言耶被文坛称为“放浪作家”或“流浪的怪谈小说家”，但对他有深入了解的人则称他为“怪异收集家”，因为他对怪谈故事比什么都热衷。

即便如此，言耶当初开始收集怪谈感觉还是为了搜罗小说的素材。当然，他选择创作怪奇小说，想必本来就对这类故事感兴趣。只是，不知不觉中情况发生了逆转。不知从何时起，搜罗素材的初衷日益淡薄，行动目的似乎变成了收集他不知道的奇谈。不过，他也会以收集到的传说为基础创作小说，可以说还没到彻底本末倒置的地步。因此，他本人多少还能保有这种如履薄冰、类似于安心感的情绪。

不过，还有其他问题——事实上，言耶有一个自己也不得不承认的怪癖，非常棘手。就因为对怪谈太热衷，所以哪怕只有一丁点自己不知道的怪事传入耳中，他也会立刻无视周遭的情况，向知情者狂飙突进、穷追不舍，尽给人添麻烦。这个恶癖的症状他自己也清楚，但遗憾的是，总是事后诸葛亮。此时此刻，他就是老毛病在发作……

“所谓共潜，是可怕的海中妖魔之一。海女潜入海底，发现身边不知何时多了一名海女。在琢磨这是谁的时候，那海女指点她能捕到鲍的好地方。于是海女欢欢喜喜和她一起去捕鲍，其间感到呼吸越来越困难，意识到大事不妙却为时已晚，就那样不幸溺死了。也就是说，那个陌生的海女就是海妖共潜。虽然这一类传说在别的地方也能收集到……”

没有人请言耶进行解说，可他接着又追加了一番关于船灵的介绍。

“但鸟女这一存在，我可是在兜离之浦才初次耳闻。而且，它还和共潜、船灵这种在渔村经久不衰的招牌海妖一起，被放在那么奇妙的警句中到处流传。”言耶一口气说到了这里。

“啊、不，这些事无关紧要。那么，关于这段传言本身……”他气势更盛地催促瑞子交代最关键的内容。

“对……对……对不起……”在言耶异乎寻常的压迫下，瑞子情不自禁地率先低头谢罪。

“我……我也……只是听说，在这一带有这……这样一种说法……所……所以，话中究竟有什……什么含义，我也不是很清楚。”她以泫然欲泣的语调回答道。

然而，言耶似乎完全无法认可：“什么？你说什么？这句传言有何含义，这么关键的问题你竟然没有询问鵜婆大人！这……这怎么可能……这也太岂有此理了……如此引人入胜的说法就这样听了拉倒……居然就这样……”

难以置信！言耶表露了从心底迸发出的绝望感，向瑞子投去谴责的目光。

“真……真抱歉……”

瑞子垂下头的同时，正声突然扬起了笑声：“刀……刀城先生，因为这事对她发火可有……有点过分啊。”

可能是因为觉得太可笑了，正声的话也都是断断续续的。迄今为止针对瑞子的冷淡态度，似乎也在言耶不可理喻的责难面前销声匿迹了。

“啊！呃……不……不……这……这可真是……真是太抱歉了。对……对不起。我并没有责备您的意思……”言耶终于意识到自己旧病复发，拼命向瑞子赔罪。

而瑞子却像是总结陈词似的说道：“对于最关键的大鸟神的事，鵜婆大人几乎没说什么，只是让我去问朱音巫女。”

她飞快地回答完毕，缩到了正声的身后。

“是……是这样啊……”

言耶一边品尝着难以言喻的羞耻感，一边试图回到原先的话题上去。

“但朱音巫女应该早在一周前就去了那个岛，不是吗？”他竭力保持着平常心，向正声搭话。

“姐姐说是因为仪式要做各种筹备，另外还得为仪式的正式举行做祓禊[1]。”

“那么，关键内容就得留到仪式结束后再问了。”言耶当即对瑞子微笑道。

“不过对于我来说，允许我旁观仪式就已经很高兴了。”

瑞子注视着正声。后者没有说话，但点了点头，笑意还残留在他的脸上。

（唔，这样也好……托了这番喧哗的福，正声对她的态度温柔多了。）

言耶决定就这样一厢情愿地想。他交互打量着二人，说道：“巫女另当别论，但岛上过去禁止女性涉足，所以北代小姐被允许参观，也许是该吃惊一下。”

“我听说岛上曾有氏子[2]居住过一段时期……”仍然半躲在正声身后的瑞子应声道。

“唔，好像是的。但据说那也只有男性才可以。”

“是这样啊？”

“不过祭祀磐座‘飞翔岩’的拜殿，据说除了巫女谁也不许进入。回顾一下这段历史，我觉得，我们能来参加仪式实在是非同小可啊。”

1　祓禊：在举行重大仪式前以水清洗身体，拂除污秽与不祥。——译者注

2　氏子：居住在同一个地区、祭祀共同的祖先（氏族神）的人们。——译者注

“是啊，真得好好感谢神社。”

见瑞子总算能和自己正常对话了，言耶放了心。

“这么说起来，今天早上我也去过神社，在辞行时听到鵺婆大人嘀咕着什么——鸟人之仪若不是姓鵺敷的人举行，就不成意义……”瑞子突然像想起了什么似的开口道。

“哦？”

这话听起来太理所当然了，反而给人一种别有深意的感觉。就在言耶想要细问时，瑞子发出了兴奋的声音。

“啊，站在那崖上的不就是朱音巫女吗？”她抬起右手指向前方的上空。

鸟坯岛的身姿不知何时迫近了渔船。以阴云密布的天空为背景，在外地亦有“鸟附岛”之称的大鸟神神域，被翻卷的波浪缠绕着底部，就屹立在眼前。

岛北侧的断崖绝壁上，建有一座造型奇特的拜殿。在殿中那人称“大鸟神之居”的祭坛上，巫女的身影清晰可见。她披着头巾，身穿白衣赤袴，迎着强风站在被海水侵蚀得伤痕累累的崖头，但似乎并没有俯瞰渔船。巫女始终凝望着虚空，那氛围使人觉得她将就此飞舞上天。她只是伫立在那里。

那不是别人，正是鵺婆大人即鵺敷朱世的孙女、正声的姐姐、鵺敷神社的巫女——朱音。

“那女子就是朱音巫女……这里就是鸟坯岛……”

此时，言耶胸中奔涌着种种思绪。

因为十八年前，就在眼前的鸟坯岛上，当时的巫女鵺敷朱名突然在坐落于断崖绝壁、别无出路的拜殿里消失了，不仅如此，当时同在岛上的七个人，除一人幸免外，余者皆不知所终……

是的，朱名巫女和六个人就在这远海的孤岛上踪迹全无地消失了，只留下了朱名的长女——当时年仅六岁的朱音。

第二章

兜离之浦民俗史

在奔赴鸟坯岛的前一天下午，由于要去潮鸟镇，刀城言耶不得不从地处内陆的中鸟镇出发，坐着机动小三轮一路颠簸，向兜离之浦的“十见所”进发。

那天清晨，言耶经历了通宵乘车的辛劳，大清早在赤夜马站下车，转乘公共汽车到了中鸟镇。到这里为止还挺顺利，但他随即得知再往前已没有交通工具，不由得吃了一惊。讽刺的是，还有人指点他说，最便捷的方法就是去那星星点点布于沿海地带的渔村，请渔夫驾船送他去潮鸟镇。然而，言耶知道去渔村必须先回赤夜马，这样一来他今天就不可能拜访潮鸟镇的下宫德朗家了。

（真伤脑筋……明天抵达潮鸟镇也能赶上鸟坯岛的仪式，但总想在事先尽量多了解一点相关知识。）

也许是因为言耶看上去实在是一副穷途末路的样子，在中鸟镇公共汽车站的候车处，有个男人亲切地表示可以捎他一程。一问才知，在兜离之浦的高岗——那个类似山岭名叫“十见所”的地方，会定期开办市集。男人自称是生意人，正要送货赶集，只要言耶不嫌狭小的副驾驶席太憋屈，大可上车同行。言耶喜出望外，当然二话没说就接受了这一建议。

途中言耶听说了当地的种种情况，原来市集进行的基本是物物交换，简而言之，就是海产品和内陆产品交换的场所。前者自然以鱼虾类为主，后者则以肉类为中心。然后是日用品，据说在这穷乡僻壤还是颇有市场的。从中鸟镇出货需要开车，所以去者多是男性。相比之下，从潮鸟镇来的却都是女性。男人都得出海打鱼，因此也算理所当然吧。不过，连公共汽车都不通的地方，女人究竟是怎么把货物运过来的呢？言耶觉得这真是不可思议至极。他直言请教邻座的男人，对方却笑而不答，只说到了目的地他自会明白。

不久，他们到了山麓，山麓上开垦了蔚为壮观的梯田。此后，机动小三轮仰望着象征“十见所”的大松树，在曲折的山路上穿梭于梯田之间，开始艰难地爬坡。由于坡度太陡，不能直线前进，而蛇行又会糟蹋田里的庄稼，所以只能这样绕着梯田转圈吧。拜其所赐，小三轮跑了相当长的距离。明明山顶历历在目，却老也近前不得，感觉十分奇妙。

一路上，言耶真的很担心，自己会不会被要求下车推行。机动小三轮的爬坡状态就是这样艰难，这样不可靠。明明车窗开着却没有一丝风，热得叫人苦不堪言。好笑的是，就跟在徒步攀登似的，他没多久就汗流浃背了。好在坡道总算是到了尽头，机动小三轮越过大松树的一刹那，前方豁然开朗，濑户内海尽收眼底。

“哇……”

言耶情不自禁地发出了感叹声。但这不是因为眼前那波澜壮阔的海平面，而是因为那海水在无数岛屿间荡漾，构成了一幅堪比袖珍山水的美景。他眺望着这片绝景，产生了自相矛盾的感慨——明明置身于大自然，却感受到一种人工之美。

车在开设市集的狭窄平地上停了下来，言耶再三表示谢意后，迈步走向自然造就的“盆景”。

这一回突然跃入眼帘的，是密密麻麻的潮鸟镇民居。“十见所”滑向海岸线，构成了一道斜面，鳞次栉比的建筑坐落于大量陡坡之上，渔村特有的置石屋顶一览无余。当然，言耶至今为止拜访过很多农村，用石块压住杉树皮和木板屋顶的民居很常见，不过，这里的石块数量可不一般。为了抵御强劲的海风，渔村的家家户户都把大量石块搁置在屋顶上，密集度和数量都异乎寻常。

（好壮观的风景……）

言耶为眼前的景观神魂颠倒，随即突然意识到了人类的存在。他把视线移向下行到镇上的小路。一瞬间，坐车时的疑问解开了，言耶明白了女人们的运货方式。

（原来是顶在头上啊。）

由下方向上款款而来的所有女性都灵巧地头顶箩筐，步态自如。

女人们顶着由麦秆编制的轮状或圆形的大筐，其上则搁着装有货物的筐或桶。她们靠这种步行运货法，不仅在狭窄的小路上也能轻松走动，还可以自由地使用双手。这种情景言耶在日本各地都看到过。其中有一种形式只见于伊豆七岛，他们使用名为“翘天平”[1]的天平，在弯棒的两端吊着筐。此外还有“前头部搬运法”，即把系着竹筐的带状绳索挂在前头部，这是北海道的阿伊努人、伊豆诸岛、奄美诸岛和冲绳本岛的部分地区所特有的形式。特别是在阿伊努，此法

1　翘天平：日文原词“そり天秤”，头上搬运工具之一。形似一根两头向上方弯翘的扁担。搬运时，以前后方向将天平置于头顶，两端各悬一个装载货物的箩筐等。向上弯翘的角度不同，所能承受的重量和效率也不同。——译者注

还有遇到熊时能一脱就跑的意外用途。这里头真是蕴含着丰富的生活智慧。

言耶想等一行人走过之后再动身，不料她们的队伍络绎不绝，而且每个人都用好奇的眼光盯着他看，使得行进的速度越来越滞缓。迫不得已，言耶只能从她们中间穿行而下。

言耶和女人们在高岭边缘陷入僵持状态，理由有二：一是在这种极易成为港口的海湾斜坡上繁荣起来的渔村，只有小巷似的窄道可供通行。因此，人们交错而过时也必须互相谦让，无论如何都会面对面。不过渔村的这种形态，能让居住于此的人们自然而然地加深彼此的关系，加强共同体的凝聚力。因为和邻居家挨得紧，跨出玄关一步就是对面的人家，也就不能自命清高了。走道时不打招呼便无法前进，转眼间处处就有人开始站着聊天，优雅的踱步是不用指望了。至于第二个理由，则是因为言耶不仅是看着眼生的外乡人，而且还穿着牛仔裤，更突显了他的与众不同。

昭和三十年（1955年）时，牛仔裤虽已在日本上市，但毕竟都是二手货。衣料进口方面的解禁则是在两年后。好不容易允许自由进口衣料了，到国内开始生产适合日本人体型的牛仔裤则又过了六年之久，而且几乎局限在大都市。潮鸟镇的人们感到惊异也情有可原。让言耶搭车从中鸟镇过来的男人尽管没说什么，但也确实表现出了强烈的好奇。

（本来外乡人就扎眼，还穿得这么怪，引人注目也是没办法的事吧。）

其实每次为收集怪谈而在地方上奔波时，言耶自己都会这么想。

但话虽如此，自从偶然得到了合身的牛仔裤，了解其灵便性之后，他就知道今后不管穿什么，都不会像牛仔裤那样让他满意了。有时言耶造访某地，心里明知别太显眼为好，却还是难以割舍他的牛仔裤。

前往市场的女性队列仿佛永无止境。言耶让过她们，走下露出山体表面的斜坡。步入街区的一瞬间，他就被暴露在更为强烈的好奇视线下。不过言耶从中感觉不到一丝排斥异乡人的意味。人们反而亲切地凑上前来，直爽地和他攀谈，得知他是来拜访镇长下宫德朗的，便争先恐后地给他指路。言耶最大的烦恼还不如说是被这些好心人阻碍了行程，不知如何前进才好。

讽刺的是，虽然陆陆续续有人指点，言耶还是不断地迷路。因为在密密麻麻布满斜坡的民居之间，那些小巷似的窄道构成了真正意义上的迷宫。而且道路还急升急落，让他感到自己简直像行走在立体迷宫里。这当然不是故意建造的，人们为了尽可能有效地利用土地，于是自然地变成了现在的模样。由此也就能理解了，这里为什么会盛行头顶搬运法。

这样的街区绝不是潮鸟镇独有的特征。“冲”是指远离附近渔场的海域；“津”是指船启航和归航的港口；“滨”是指盐滩类的广阔砂滨；与之相对，“浦”则被用来称呼海湾内侧的那片沿海土地，同时也指居住在那里的渔民村落。无论被称为“浦”的地方是从海边伸至内陆的辽阔平原，还是临近山野的险峻地区，居民都不得不在这个海湾上建造家园。换言之，这种密集形态是自然形成的。

民俗学者濑川清子，在参加了昭和十二年至十四年间（1937-1939）由柳田国男进行的渔村生活调查后，于昭和十八年（1943年）

著成《贩女》一书。关于坐落于大分县臼杵湾深处的渔村，她在书里写道，“家家户户之间的窄道，不过三尺宽，蜿蜒曲折胜似迷宫。迷失其间的我徒劳地兜兜转转，无法确认自己的位置也无法找到正确的方向”。这不正是言耶此刻的真实写照吗。

不过言耶的情形更糟，那些建造在街区各处要道上的厚重石垣，可以说进一步加重了他的迷失感。建造这些石垣，是为了抵御台风季节汹涌而来的海水和强风，以守护街区，但换个角度看，它们又像是遗迹或坟墓。从各家各户之间的狭窄小巷一出来，就会看到这样的垣堵在眼前，无论如何都会产生被幽闭的感觉。

（走这边对吗……）

逢人就问路的言耶走着走着，突然冒出了一个念头——假如这里一个人也没有。他情不自禁地设想着整个街区都已荒废的景象。虽说有点对不住这里的居民，但他确实立刻就感到了难以言喻的恐惧。想必正是因为切身体会到了人们的生活气息，这屋舍密集、道路错综复杂、由石垣守护的街区风景，才给言耶留下了生机勃勃的印象。但这里要是变成无人地带，就只会凸显街区形态的怪异性，并瞬间飘扬出身陷此间将永远彷徨无措的不祥氛围。如此一来，之前充斥于窄巷和石阶的闷热暑气，也会当即化为恶寒。言耶不知不觉地在脑海中幻想起自己在空无一人的潮鸟镇无休止地走下去的情景，就像在白日梦中迷失了一般，陷入了异常奇妙的情绪之中。

万幸的是，走在狭窄的石阶上，途中言耶看到了一栋古老的木质建筑。挂在门口的那块“海部旅馆”的招牌跃入言耶的眼帘，把他拉回到了现实中。

（啊，这不就是我今晚要投宿的旅馆吗？）

看来言耶竟在无意中抵达了预定留宿的旅馆。

（到都到了，至少先把行李放进去吧？）

可以的话，言耶不想一直提着那个箱子似的长方形皮包，继续在迷宫似的道路中行走。

（因为去镇长家不知道还要走多久。）

言耶一边想，一边抬手去敲门上的磨砂玻璃。刹那间，门却自动打开了。

“哇！”

门里门外不约而同扬起了惊呼声。

“啊，吓了俺一跳！”

言耶向光线略暗的门内看去，只见一个穿着旅馆号衣年约三十的矮个子男人，两眼瞪得溜圆，正盯着他看。

“啊，真……真抱歉。我绝对没有吓唬人的打算。”

“是……是刀城先生吧！这不是承蒙预约的刀城言耶老师吗？”男人问道，惊骇的表情转为了满面的笑容。

“是……是的，我是刀城言耶……”

“哎呀，我正在等您哪。您这么早就到了，真是太好了。一定很疲劳了吧。来，请进请进。啊，行李由我来——哎呀呀，请您别这样客气，我来！啊，对了，我是旅馆的海部行道。您千里迢迢光临如此穷乡僻壤，真是不胜荣幸。是，我们已经听说了，您是鵜敷神社的客人，一位小说家。敝店寒微，拿不出像样的招待，但还是请您好好休息——啊，真对不起，这就带您去您的房间。请，请这边走。鞋子没关系，里面会有人收拾的，请，请您就这样直往里走——”

发现是预约的客人来了，行道的嘴里当即交织起敬语和方言，措辞妙不可言。言耶原本只打算把行李放下，回过神才发现，自己已经被行道引入了可以眺望海景的上等和室，吹着海风喝上了茶。

进而，他还从毫无告退之意的行道那里，被迫听说了旅馆的前尘旧事：这里的前身本是为打鱼归来的渔夫开设的妓院，有不少供人耍乐的女人什么的。当然，了解这块土地的历史也很重要，言耶并不讨厌洗耳恭听，但此刻的他只想尽早拜访镇长。

最初言耶还想着打断话头似有不妥，耐心地等行道讲完。后来他才明白，那就没个完了。

“唔，下宫德朗先生的家，离这里远吗？”他抓住行道换气的时机，见缝插针地问道。

“啊？镇长的家？那地方的话……”

行道不无惊讶，但还是为他说明了路径。一听这位稀客找镇长有事，他就叫了起来。

“啊，您有这么重要的事啊！您明明只要把行李交给我就好……”

行道居然露出了茫然不知的表情，也不想想言耶到底是怎么进的和室。

“可……可不是吗。”

言耶确信对方没有恶意，所以勉强地笑着，一边手忙脚乱地做好了出行准备。因为他意识到，行道马上就要开讲下宫家的故事了。

说定了回来吃晚饭后，言耶走出了旅馆。看来行道是个话痨，即使见缝插针地插嘴也打不断他的话头。自己既然知道，就还是尽快脱身为妙。刚想到这里，他就发现自己又迷路了。

最后，从这里走到东部的下宫家，言耶沿途不得不请教了许多当地人。

（我还能顺利回到旅馆吗？）

他竟然从现在就开始担心了。

“叨扰了。我是刀城言耶，曾经写过信，说今天会来拜访……”

推开大门——这一带的住户似乎没有锁门的习惯——他在空旷得有点异样的室内扬声道。

过了片刻，正当言耶兴头稍减时。

“哦，您终于来啦！啊呀呀，老朽正在等您哪！”

伴随着惊喜交加的语气，一个身材魁梧的老人出现在言耶面前。

“老朽就是镇长下宫德朗。您远道而来，真是不容易。”

言耶与恭敬垂首的镇长进行了一番初次会面的寒暄，随后被引入里侧的和室。也许是因为家人都出门了，宅中寂静得令人发怵。

“直到傍晚，老朽都是单独一人。没什么好东西招待，请来杯茶好好休息一下吧。啊？从赤夜马车站过来……那可遭罪了吧。从那儿上这里来，没有公交车嘛。哦？搭上了去市场送货的车？那真是太好了。不不，鱼类贩售另有像样的竞价形式，但是您看，像我们这样的穷乡僻壤，商店里都没有充足的货品啊，所以要定期开办市集以物换物。呐，因为内陆的人也想要新鲜的鱼。啊，很久以前就这样拿来换去啦。噢，去过海部旅馆了？那里的小掌柜总是滔滔不绝地说个不停吧。就算以前是那种地方，他又不是妓院的大茶壶，居然那么啰唆。啊，这种事情无关紧要，话说能幸会一位小说家，啊呀呀，还真是这个镇有史以来的大喜事呀。不管怎么说，这里一直就是个渔夫镇嘛……”

听之任之的下场是，虽然言耶只做最低程度的应和，下宫德朗却已有喋喋不休的苗头。

（这里的人都这样吗？）

比起那些对待外地人冷淡疏远的地区来，在这里受到热烈欢迎当然是好事，但言耶究竟能否问出自己想知道的事呢，想想就觉得很忧虑。

“啊，下宫先生，我听说您熟知这一带的民俗。”就像对付海部行道一样，言耶抓住下宫换气的机会见缝插针。

“噢噢，对啊，不好意思，真是失礼。”

下宫一边说，一边拿右手敲敲谢顶的前额。于是言耶放了心，以为他总算要进入正题了，然而这位镇长却忽地起身离席。

（啊呀呀，人看起来倒是不错，但最终能否从他那里听到有用的话，可能就有点不太好说了……）

言耶坐在原位上，心情极为忐忑。

“啊，让您久等了。”

疾步返来的下宫向他递出一本书。32K大小，平装本。言耶看了看封面，上面印着书名《兜离之浦民俗史》和下宫德朗的名字。但找不到出版社的信息，多半是自费出版物。

“终于在去年出了书，送给您，请别客气。”

“啊？哦哦，不……不好意思，多谢。”

言耶翻开封面，只见扉页上用毛笔歪歪扭扭地写着“惠赠刀城言耶老师”。这手笔算不算优秀言耶无法判断，但可以肯定他是为了题字才离席的。

“那么刀城老师，您是为了参与鵜敷神社的朱音巫女举行的仪式，特意到此——”

“是的。听说那是神社流传的秘仪，极少举行。现在要举行了，所以我想无论如何都要参加，就辗转托人询问神社，有幸迅速得到了许可，于是就这样动身前来了。”

“原来如此。”下宫不止一次地用力点头，也不知是什么令他如此钦佩。

“对了，老师什么的还真有点……如果您愿意用一般姓名称呼我就可以。”

“啊，这种琐事老师不必介怀。”

正因为在意——坦率地说是害羞——言耶才提了出来，然而乡土史学家的回应驴唇不对马嘴，还显得乐不可支。言耶对海部行道也做过同样的请求，但行道的反应和下宫相差无几。

顺带一提，言耶所托的牵线人是他的大学前辈阿武隈川乌，此人是某个规模不大却根正苗红的京都神社的继承人，一提他的姓名，圈内人肯定都会肃然起敬。然而，他本人似乎缺乏继承神社的兴趣，从求学时代起就大肆进行民俗采风，毕业后也重复着这样的生活方式。换言之，他和刀城言耶一样，总是在全国流浪。不过，由于交游极为广阔，他异乎寻常地了解地方上的奇怪仪式和奇妙风俗。明明没拜托过他，他也会频频将各种信息经由出版社转达给言耶。

譬如，在蛇谷连山的“苍龙乡”，有一个被称为附体物之村的村落；朱雀神山有“噬子鬼缘起碑”会吃婴儿的传说，那附近还流传着可怕魔物“朱雀怪”的故事；“九十九原”林立着有九岩塔之称的谜之石柱群；“十路家”有一座大有来头的别墅，人称拷问馆，里面耸立着名曰“拷问塔”的建筑物；近畿地区的废山村里流传着极其恐怖的鬼屋传说，那附近的村子里有借尸还魂的魔物玛莫顿[1]出没；鯱锣予群岛中的狗鼻岛有天狗飞升地之称，正遭受着诅咒；云云。从有一定具体度的故事到他本人肯定也未曾确认的可疑传言，各种信息都被陆续发送过来。

其中言耶特别感兴趣的，就是在濑户内的鸟坯岛上举行的“鸟人之仪”。前一次仪式的举行远在十八年前，当时竟有七人下落不明。虽然完全不了解详情，但这项事实最令他的好奇心荡漾不已。

不过，无论是在鵺敷神社还是兜离之浦，连阿武隈川乌似乎都没有熟人。幸有合适的中间人与神社和乡土史学家沟通，言耶才得以成行。

话虽如此，言耶此刻并不打算触碰十八年前的事件。因为是前辈的门路，介绍人自然可以信赖，但自己对下宫德朗品性如何尚无把握，眼下就提起这个话题实在太危险。所以除了报出阿武隈川乌的名字之外，言耶只说是想参加珍奇的仪式，将此行的缘由归为作家的好奇心。

“那么，果然还是要从兜离之浦的历史开始对老师说起啊。”

1　マーモウドン，疑为三津田自创的魔物。搜索页面皆为三津田著作相关。主要集中在《百蛇堂》和《蛇棺葬》内。总之如本文所言，是附上死尸进行活动的魔物。——译者注

从头到尾听完言耶的详细说明后，下宫笑着回应道，笑容里依然透着喜乐。

言耶不知他为何如此，甚至产生了微妙的不祥预感，但还是坦率地低下头说“那就有劳了”。末了他又加了一句“老师什么的，实在是……如果您愿意用一般姓名称呼我……”，不过这个愿望对方能否接收到，实在是没有把握。

“我们的祖先究竟是在什么时代、缘何来这兜离之浦定居的——关于由来的问题，有两个传说。”乡土史学家端正了坐姿，带着一种高深莫测的表情说道。

“其一是天正十六年（1588年），村上水军的末裔因丰臣秀吉发布海盗禁止令而不得不四下散去前来此地定居。村上水军的来历也有不止一个说法，有人说是清和源氏属下的信浓村上氏之分支，出奔至濑户内，成了伊予村上氏的祖先；也有人认为与村上源氏有关的北田家才是祖先。但不管是哪个说法，都没有足以证实的历史资料。”

“也就是说无凭无据？”

“没错。然后，村上水军原本以濑户内的芸予群岛一带为根据地。他们把备后的因岛、伊予的能岛和来岛当作据点，按各自的岛名分成因岛村上氏、能岛村上氏和来岛村上氏三支。不过，这些人被统称为三岛村上氏，三支队伍之间也通婚，所以嘛，他们同为海盗，可以说是结成了同盟。不过，由于来历并不清晰，所以虽然都是海民，但我总觉得这些人的出身恐怕非常分散。”

“到了战国时代，好像就和毛利水军有关了吧？”

“是啊，三支队伍中的因岛村上氏和小早川氏互通款曲，于是成了毛利水军的战力之一；而来岛村上氏入了伊予河野氏的麾下。只有能岛村上氏和战国大名[1]没有牵连，那是因为不肯沦为从属吧。与之相映成趣的是，由于因岛村上氏以备后的因岛为根据地，便经常为守护大名山名氏效力，或被雇用为周边警卫队，或护卫在濑户内一带颇有势力的大内氏租用的船只，总之非常活跃。作为回报，因岛村上氏从大内义隆处得到了备后鞆之浦十八贯土地的知行[2]权。授予村上新藏人尚吉的宛行状[3]完好地留存至今，可见确有此事。”

然后，下宫的话题向《因岛村上文书》这一资料转进，而言耶开始略微感到不安，他觉得下宫似乎太沉迷于细节了。

“当然，像这样得到领地毕竟还是特例。”尽管严重地跑了会儿题，但乡土史学家又突兀地转回了原来的话题，“四散的村上水军中的很多人，别无选择地散落到了濑户内海的沿岸和诸岛上。”

“也就是说，水军中的一部分就这样流落到了兜离之浦是吗？原来如此，我真是茅塞顿开。那么另一个传说是……”

言耶无论如何都想推进话题，便插了一句，仿佛在说关于村上水军的历史就讲到这里为止吧。

下宫脸上浮现出非常遗憾的表情。

“第二个，是平家[4]的流亡者传说。”令人意外的是，他居然服

1　大名：诸侯。文中提及了毛利氏、河野氏、山名氏、大内氏（大内义隆）等。——译者注

2　知行：支配和治理大名（或将军等上级）赏赐下来的土地。——译者注

3　宛行状：武将给家臣封赏领地时交付的文书。——译者注

4　平家：被皇室赐姓为平的家族。家族纹章为扬羽蝶。——译者注

服帖帖地开始讲述另一个传说了。

“贵族流离谭吗？”

“对啊。不过，正如刀城老师也感到可疑一样，平家的流亡者传说从东北地区的岩手到南方的萨南诸岛，真是到处都有哪。”

“著名的要数岐阜的白川乡、德岛的祖谷和熊本的五家庄吧。”

本想说请别叫我老师，但言耶还是忍耐着，举出了几个众所周知的地名。

“所谓的日本三大秘境，还真像是历经艰辛的流亡者会抵达的场所呢。不过，鉴于源平两家交战的舞台就在濑户内，周遭的流亡者传说多一点也不奇怪吧。于是这里也有一个。”

“换言之，村上水军末裔说要比平家后裔说之类的可信度高很多？”

“当然，不光是这个理由。其实在我看来，也许和鵼敷神社有关……”

话题终于抵达了关键部分，言耶松了口气。然而这也只在一瞬之间，不知为何下宫接着开讲的却是一向一揆[1]的历史。

“为了对抗战国大名领国制的统治，净土真宗本愿寺派的僧侣和门徒与各地豪强联手，发起了一向一揆，这个事您知道吧？”

“啊，姑且算是……”

1　一向一揆：一向，指一向宗，即净土真宗的俗称，前身是净土真宗本愿寺派。所谓一向一揆就是净土真宗本愿寺派信徒发动的武装起义，目标是夺取地方政权，因而和大名交战。——译者注

“其中也有大量渔民。因为亲鸾的恶人正机说[1]，对于平时靠海讨生活的他们而言，比什么都容易接受。过去佛教因五戒第一律的不杀生戒，禁止宰杀活物。从古代的天武四年（675年）的杀生禁断令开始，政府为祈求神佛保佑国家和五谷丰登，常常颁布禁止杀生令和放生令。但是，以捕猎为生的山里人和以打鱼为生的渔民可办不到。当然了，如果考虑一下时代背景，就会产生疑问——这种禁止令在各地的渗透能有多深呢？话虽如此，尽管山民、渔民与此并无干系，但结果还是造成了世人歧视他们的倾向，而这也确实延续到了后世吧。士农工商的身份制度也是，一开始就不包括从事这种营生的人。因为世人心存成见，视他们为污秽。”

“我记得这种人是被称作间人[2]吧？”

“是啊是啊，农民被视为百姓——即拥有姓氏的公民，这是因为日本过去以农业为中心制定律令。被束缚在土地上的他们自然更容易管理，也便于征税。”

“相比之下，靠海为生的人中还有四处漂泊的渔民，很难掌控吧……”言耶不禁如此低语道。

“到了近代，拥有土地并且缴税的渔业经营者和船主等，终于被

1　恶人正机：日本净土真宗始祖亲鸾的核心思想之一。恶人，指不能自行行善的凡夫，即需要依靠弥陀本愿之力方能产生善根的人。正机，指救济的直接对象，即阿弥陀佛救济的目标。阿弥陀佛的本愿是救济罪恶深重的凡夫，所以救济的主要对象是那些必须依靠弥陀本愿的恶人，其次才是能自力行善的善人。——译者注

2　间人：得不到认可、不配成为村落一员的人。——译者注

视为和农民群体中的百姓相当了。然而其余人等尽管不至于被看成贱民，但即使在农民群体中也算最底层，可以说依然是间人。”

见下宫如此接续话题，言耶生怕自己会被迫聆听从奈良时代到江户时代的相关历史。

“唔，一向一揆、杀生禁断令和针对渔民的身份蔑视互有关联，这个我能理解，但它们与鵺敷神社有何牵连呢？不，先得问这和村上水军末裔在此地建立村落的传说有什么关系？如果可以，请集中在这一点上指教……”

“唔，是这样啊……不过，接下来我想谈谈亲鸾的师父法然，再进展到自称海边旃陀罗之子的日莲[1]身上，在此过程中一边介绍新旧佛教的差异，一边着眼于他们和渔民的关系，说说村上水军在一向一揆中所起的作用，就这样简单地汇总一下——我的思路姑且是这样，所以……”

“啊，不不……”

言耶胡乱应和着，由衷地感到自己在此插嘴实在是太英明了。如果有别的机会，也许他会饶有兴致地听下宫演讲，但这次的主题是鵺敷神社的巫女举行的特殊仪式。再这样下去，不知究竟还要多久才能抵达最关键的神社话题。

1　旃陀罗和日莲：旃陀罗，印度种姓之一，位于最低阶层。日莲（1222 年 3 月 30 日 –1282 年 11 月 21 日），日本镰仓时代的佛教僧人，信奉《法华经》，创建了日莲宗，亦被其他信奉法华经的宗派尊为宗祖。死后被追谥为日莲大菩萨、立正大师。自称海边旃陀罗之子，典出日莲写给清澄寺僧人的信《佐渡御勘气抄》。——译者注

“那就太遗憾了，要简略地说……”

下宫当真是满脸遗憾，让言耶觉得他有点可怜。然而，他说归说，却又中途顿住了话头，像是在给言耶撤回前言的机会。意识到这一点后，言耶慌忙舍弃了慈悲之心。

（喂喂，这可不是开玩笑。差点就要说“不，请您爱怎么讲就怎么讲”了！）

言耶面带微笑，默默地催促对方。下宫凝视着言耶深深叹息，特意把肩膀塌了下去。不过，他发现全无效果后，就爽快地开始推进话题了。

“丰臣秀吉借本能寺之乱得了天下后，与濑户内海盗的关系深过古代越智水军的河野氏，也不得不降于秀吉，由此三岛村上氏的结盟也崩溃了。六年后所谓的海盗禁止令发布，村上水军至此彻底溃散。然而他们没有土地，除了驾船别无所长，只能变成渔民定居在这一带的浦和群岛上。在此期间，亲鸾所宣扬的教义——‘作为杀生卖酒下等人的你我，也能抵达无上大涅槃境界’——被进一步推广，许多渔民成了热心门徒，这一点是毫无疑问的吧。不过反之，出现改换教义的人也不奇怪。不管怎么说，一向宗起义也是宗教战争嘛。战败者接受抑或自创和自己的营生紧密联系的全新信仰，也是合情合理的事。我的想法是，这个信仰就是鵺敷神社所祭祀的大鸟神，它与日本自古以来的神道不同，是从渔民特有的民间土著信仰[1]派生出来的神。”

“原来如此。也就是说，在这样的历史背景下，原本是船神的鸟

1　土著信仰：与土地、民族固有的生活习惯密切相关的仪礼等，和伊斯兰教、基督教之类有教典、教祖、布教广泛的宗教不同。——译者注

之石楠船神，就自然而然地和渔民们的民间信仰——海面翱翔的鸟是神之使者——融合起来了。”

“我一直在想，或许这也和鸟翼习俗有关。”

“您是指那种幼儿送葬仪式？”

“喔，您知道啊。这一带自古就采取那样的葬法，但最近好像废弃得差不多了……”

“婴儿若是一出生即殒命，则被视为与鸟的死亡一样，只举办非常简单的送葬仪式，就是这么一个风俗对吧？只做一些与鸟有关的仪式，比如，为遗体添上羽毛，或祭礼鸟状的木制品。”

“嗯，有视为‘鸟’死，也有视为化‘鸟’而去的。”

“而判断的依据，也就是婴儿死亡时间，在各地不尽相同。既有第一声啼哭都未及发出的、取名前的、产妇出月子前的，也有一岁或两三岁和七岁的情况，形形色色，不一而同。”

“在我们这里是到满一岁参拜神社之前。”

“时期虽有差异，但我想，总而言之，只要是在被视为成人之前夭折，就会举行‘鸟翼’。”

“我们浦上的说法好像是‘与鸟比翼齐飞’。”

“是这样啊。同一种习俗，叫法倒是多种多样。而且我们还能看到一个有趣的现象，它们有的是指夭折的孩子，有的是指送葬仪式，有的是指夭折这件事本身，所指全然不同。”

“噢……确实，所谓‘与鸟比翼齐飞’是指孩子夭折这件事本身。”

“嗯。指孩子本人时，有‘鸟’或‘鸟翼’之类非常直接的说法，也有‘如鸟之物’‘与鸟翼一般之物’这种较为委婉的措辞。至于送葬，则说成‘使化为鸟翼’‘以鸟翼归去’‘向鸟放飞’等。而对孩子夭折一事，就用‘如放飞鸟儿一般’‘为鸟所引领’或‘鸟已飞去’来表述。”

“唔，那么，您认为这里的鸟究竟表示什么呢？”

“在民俗学里有两种解释：一种认为是大鸟神之类的神明引渡死去的幼儿之魂；另一种则认为是幼儿之魂本身化为了鸟。”

“果然是这么回事啊。那么照浦上的说法，就是大鸟神引渡魂灵的意思了。”

“对啊，因为你们说‘与鸟比翼齐飞’，所以显然是前者。”

“如果没有鵺敷神社的巫女，要化魂为鸟可是很难的。”

下宫的口吻中充斥着微妙的情感，而言耶则始终保持着冷静：“还是回到先前的话题吧。也就是说，虽然鸟翼仅限于幼儿的送葬仪式，但也是所谓的鸟灵信仰不是吗？既然这种习俗在浦上自古就有，那么人们的信仰对象集中在大鸟神身上，也就可以充分理解了……”

“不过，这也和鵺有关。”

“哦？”这回轮到言耶动容了，但他随即说道，“啊，可不是吗。明明大鸟神是祭祀神，为什么神社会被命名为鵺敷呢？我一直很在意这一点。”

“关于鵺您肯定很了解吧？”

“那是首为猿、身为狸、足为虎、尾为蛇的妖物，唔，应该说是怪物吧。要说最有名的，毕竟是源三位赖政[1]从紫宸殿上空将鵺射落的传说吧。这么说起来，许多异类附体家族的起源故事就与之类似，在中国、四国地区流传甚广。比如，很久很久以前，从中国[2]飞来的怪兽被勇敢的武士用弓箭射为三段，首坠落在阿波化为犬神、身坠落在赞岐化为猿神、尾坠落在备前化为吸葛[3]。”

“果然是如数家珍啊。就说您现在讲的这个故事吧，相传那怪兽的一部分就坠落在了我们兜离之浦。当然，在身体构造上，它和真正被称为鵺的那种怪物有所不同。不过呢，总之就是把它视为鵺了。”

“什么？那么，是把鵺的一部分敷设在，也就是说封印在某处，然后在上面建造起神社，因此才会叫鵺敷吗？”

“对啊。不过还有一种说法，说其实不是敷设，而是吞食……”

“啊？食……食鵺吗？”

“因为鵺敷本来叫‘鵺食’。”下宫一边在桌面上写下“食”字，一边说道，“相传鵺敷神社的巫女之所以具有灵力，正是因为食了鵺。”

“也就是说，如今鵺敷神社和兜离之浦的居民之间的关系，就是在这虚实交错的种种历史背景下产生的呀。”言耶生硬地总结道。如

1　源三位赖政：源赖政（人名），官从三位（从三品），故称源三位赖政。源射鵺传说和后文的中国怪兽传说只是类似，并不完全相同。最大的区别是后者中的怪兽首为犬、身为猿。——译者注

2　中国：前一个“中国”指日本的中国地区，位于本州岛西部，由现在的鸟取、岛根、冈山、广岛和山口五县构成；后一个“中国”指我国。——译者注

3　吸葛：日本古籍中记载的附身异类，相传是蛇神的一种。此外，“吸葛”还是一种植物名，即中国的金银花。——译者注

此说法通用于各地的神社佛阁。当然，他这么做是为了尽早进入自己想讨论的话题。

“所谓信仰，本来不就是从我们的日常生活中诞生的吗？”下宫对言耶的想法一无所知，深有感触似的回应道，“我一度认为，兜离之浦这一地名起初会不会是‘鸟之浦’[1]呢。”

下宫突然说出这番话，又在桌面上写了个“鸟”字。

“啊，原来如此……”原本言耶完全没有心思陪他继续闲扯，此时却不禁产生了兴趣，“那么，其实不是吗？”

“没有证据能证实这一点。不过我却由此产生了其他有趣的设想。”

“是什么？”

“先前讨论平家的流浪者传说时，刀城老师您说那是落难贵族的传奇故事。对遭受歧视的本地渔民来说，这实在是足以向外夸耀的传承，所以就这层意义而言，可信度不高。特别渴望自己出身高门的想法，在这样的村子里很常见，毫不稀奇。不过，尽管日本从南到北处处流传着平家传说，但事实上平家祖传的族谱、旗、甲胄、刀剑或弓等物现已不存，所以证实起来相当困难。”

“您的意思是神社的宝物库里保存着这样的物品……”

“不不，我是要和您讨论本地的地名，而非平家遗物。兜离之浦即‘离兜之浦’。怎么看这地名都和平家流浪者传说很相称，您不这么认为吗？”

---

1 兜离和鸟，在日语里同音。——译者注

毫无进展，又回到了原来的话题。而且，下宫所谈的水军末裔说让言耶感受到的现实性，并未因地名由来的解说而产生动摇，所以他也没特别在意。

（首先，“脱离甲胄在浦定居[1]”这一状况，不仅适用于平家的流浪者，也适用于村上水军。所以比起琢磨“兜离”的汉字写法来，可能还是应该考虑“兜离和鸟”读音相同的问题。）

想归想，言耶当然不会说出口。冒失地提出见解就正中下宫的下怀了。他一定会趁势滔滔不绝。

“那么关于鵺敷神社的事……”为了避免听到更多与本地历史相关的事，言耶开始直截了当地套话。

“唔，那个么……”

之前谈吐爽快的下宫突然支吾起来。言耶在纳闷的同时做出了判断：此处应该问得具体些。

“特别是关于鸟人之仪的……”

这时乡土史学家探出了身子，像是要打断言耶的话似的。明明房间里别无旁人，他却骤然压低了语声。

“其实啊，从现任巫女朱音的曾外祖母，也就是朱慧巫女——从她重新启用那秘仪开始，我就忍不住觉得神社仿佛被笼罩在了凶鸟那巨大的阴影之下……”

1　兜：甲胄之意。因此，“兜离”可理解为“脱离甲胄”。——译者注

第三章
鵺敷神社的巫女们

“鵺敷神社没有所谓的神官，代代以巫女为中心举行祭祀仪式。”

下宫德朗起身续茶，回来后再开口已和平常无异，似乎忘了先前那意味深长的低语。

“然而氏子以打鱼为生，打鱼所必需的渔船又禁止女人涉足，这样没问题吗？”相应地，言耶也不动声色，“都说船灵大人本来就是女性神灵对吧？船停泊在港口时，一个年轻水手看到陌生女子从不可能有女人乘坐的船里下来，但这种事说给别人听会被笑话，所以他隐忍不语。结果，船出航后遇到了海难。我们可以认为，这种传说正意味着船灵大人是女性，能预知沉船。”

“是啊，据说不让女人乘船就是因为船灵大人会嫉妒，会让大海发生风暴。而在枯渔期让女人——通常是船主的妻子——上船，向船灵大人展示阴部，这种故意亵渎神灵的仪式通常也被认为是想激怒船灵，助其提升神力。换言之，两种传说都把船灵大人视为女性。”

“但也有一些地区认为船灵大人是男性。如果对展示女性生殖器这一行为做完全相反的解释，就会变成这样的说法。也就是说，鵺敷神社举行的祭祀仪式以巫女为中心，不正是因为神社视船灵大人为男性吗？”

“唔，真是这样吗？至少老朽从没听说过。”

“是吗……那巫女也许和船灵大人无关。”

“嗯。不过，神社没有神官一事，可以证明鵺敷神社果然从一开始就很特殊吧。表面上，战前是教部省，战后则由神社本厅把雇来的人任命为神官，但其实我们这里人人都知道，那只是摆设而已。”

“乡下的很多小神社，别说神官巫女了，连举行祭祀的人都没有，纯由氏子来管理。但是像鵺敷神社这种规模的，恐怕还是很罕见的。”言耶陈述着感想，不动声色地把话题引向了关键处，“莫非正是鵺敷神社的这种特异性造就了鸟人之仪？”

“刀城老师，您对鸟人仪式的了解有多深？”

乡土史学家反倒向言耶首次投射出探询的目光。

（这是在刺探我知不知道十八年前的事吧。）

不过，言耶感到现在说实话还为时尚早：“我只听说了一些极其模糊的传言——举行仪式的巫女会和大鸟神化为一体啊，如果仪式失败就会发生不得了的事情之类的……”

言耶之所以匆忙加上后半句话，是为了设下伏线。万一下宫对十八年前的往事绝口不提，他也能追问下去。譬如来一句，据说以前有失败的例子，云云。

“原来如此。”然而，镇长只是轻描淡写地应了一声，“总之，相传鸟人之仪不仅是深藏不露的秘仪，还由于年代久远，鵺敷神社里无人知道其中的详情，正所谓秘中之秘。只有这个名称被代代巫女流传下来。所以，其实谁也不清楚，鵺敷神社创建时究竟有没有这个仪式……”

对方突然声称仪式只留下了一个名称。说实话，言耶对此感到十分困惑，但他意识到下宫还有话说，就没有插嘴，只是点了点头。

“如您所知，明治维新后，政府大力推动神道中的天神地祇祭祀活动，为了把日本建设成现代化国家，建立了政教合一的国家神道。”

然而，不知为何下宫又扯起了神佛分离令。

“在此过程中，各地的氏神信仰和民间信仰一律遭到禁止。神社祭祀的神灵，也全被与《古事记》或《日本书纪》等古籍中的皇室族谱密切相关的神祇取而代之。各地建立起来的招魂社，为了慰藉战争死难者的灵魂，举行了招魂祭——当然，这是从戊辰战争开始的。终于，到了明治三十九年（1906年），政府颁布了所谓的神社合祀令——以一村镇一神社为原则进行神社整合。后来，他们在日本占领的朝鲜、台湾以及南洋诸岛也如法炮制，建立神社时无视本土传承的神明，而是去祭祀明治天皇和天照大神。”

言耶猜不出这话题和鸟人之仪有何关联，但他认为现在只能顺着对方说：“这种事一直持续到战后GHQ[1]颁布神道指令时才告终结。于是又出现了这样一种情况——神社被强行变更祭祀对象后，自古以来的传承已然荒废，连原本祭祀的是何方神圣都模糊不清了。”

“是啊。”

“这种影响在鵺敷神社也显现出来了吗？”

“不，老朽要说的不是战后的事，而是明治的混乱时期。变革的浪潮当然也波及了这里，但本地原先祭祀的就是鸟之石楠船神，所以从表面上来看，并未蒙受影响。即便如此，由于民间信仰被禁止，所

1　GHQ：General Headquarters 的略称，此处指联合国盟军最高司令官总司令部。——译者注

以骨子里还是受到了打击。”

“应该是吧。”

“如果是一般人，就会唯唯诺诺地遵从了，但当时的朱慧巫女似乎与众不同，当然她并没有在明面上惹出什么麻烦。可是，谁能料到她竟然做了一件惊世骇俗的事，那就是把几乎已化为传说的鸟人之仪从神社古籍里挖出来了。”

“也就是说，仪式不是只有传说，而是真实存在过的？”

“是啊。不过，光是挖掘出来的话，是不会有任何问题的。可朱慧巫女居然考虑让仪式复活。而且她没有完全照搬文献，而是研究了各种宗教，从藏传密教到立川流，添加进各种宗教要素，最终再创了世称秘中之秘的鸟人之仪。”

“这……这在当时，一不小心就会被问以不敬之罪吧？”

“如果是新兴宗教团体，恐怕如您所言，会以大不敬之罪论处吧，但朱慧巫女有鵺敷神社做掩护。还有，虽然我不能确定，但有传言说，她和军部有点关系。”

“可是，她为什么要做这种事……是对国家神道抱有逆反之心吗？在可能和军部有关系的情况下……”

“我想，不管是国家神道还是军部，朱慧巫女大概都没放在心上。只是，时代的潮流毕竟无法违逆。我能从中感受到她那强烈的焦虑和不安……”

“她身为宗教人士的独立心竟如此之强啊。或者可说成是对鵺敷神社的巫女这一身份所持有的自尊心吧。”

“对对，我也这么想。听死去的祖父说——小时候我总听祖父提起——鵺敷神社的代代巫女以怪人居多。说好听点是虔诚，说得难听点，就是疯狂的迷信，其中尤以朱慧巫女最为突出。她的脑子也很聪明吧，据说是一个很厉害的读书家。”

“于是，鸟人之仪逆着时代的风潮重生了。当然，一些关键部分——原始的仪式内容以及它与可视为再创造的仪式之间有何不同——自然是被瞒得严严实实，对吧？”

“浦上的人多少知道一点的，也就是仪式在鸟坯岛的拜殿内举行，以及拜殿内祭祀着飞翔岩，它与大鸟神的化身有关。”

“我记得鵺敷神社是把大鸟神视作鸟之石楠船神的化身，而这化身还有化身，这究竟是……”

“这一路上，您没见到盘旋在这一带的黑色大鸟？”

“鸟吗……”

映入眼帘的人群和街区很是奇特，所以言耶自认对周围观察得相当仔细，但他完全不记得看到过那种鸟。

“鵺敷神社创建时，初代的巫女宣称得到了神谕——在某时某刻，大鸟神的化身会在此地现出身影。”

“于是，真的有黑色的鸟飞来了？”

“神社的缘起就是这么说的。直到很久以后，我们才知道那鸟是影秃鹫，但在当时，据说浦上还真的发生了大骚动。”

“可不是吗。神社也好，巫女也好，都凭借这神谕一举赢得了浦上的信仰之心吧。”

“关于最早的鸟人之仪，朱慧巫女只吐露过少许信息——兜离之浦曾因长期枯渔陷入了严重的饥荒，而举行仪式后出现了奇迹。浦上的人恐怕就是因此而获救的……”

“作为宗教性质的逸闻，可以说极为平常，或者说是内容太普通了吧。”

“我推测，正是因此，朱慧巫女才要把实际存在的影秃鹫和飞翔岩编入仪式。当然也有可能原先的仪式本来就包含这两个要素。不管怎么说，只让浦上的人了解到那个程度，这种透露信息的手法不是很了不起吗？其实在仪式尚未举行的时候，仪式的存在本身就已经在周边地区迅速传开了。诚然，无论怎样宣称秘仪的存在，不说明具体内容人们就不可能理解。但是，以古代神域鸟坯岛的拜殿为舞台，祭祀神明降临的岩石，甚至牵涉到‘大鸟神化身’这种无比壮观的鸟，可是非常难得的！”

“那么朱慧巫女的仪式成功了吗？”

“关于鸟人仪式，相传朱慧巫女是这样解释的——这是灾祸之影逼近兜离之浦或鶶敷神社时，为救难而举行的仪式。当然，我爷爷也不清楚具体是指怎样的事态。”

不知为何，下宫像是在躲避言耶的问题。

（灾祸之影逼近之时……）

只是，当言耶想到“也就是说，现在正处于这样的境地”时，顿觉毛骨悚然。虽然此事明明和他自己没有直接关系。

不过，他并未表露出来。

“要说浦的灾厄，就是台风损失和长期枯渔吧。在神社那边，则是继承人问题之类的吧？”

言耶轻描淡写地低语道，一边摆出思索的样子。因为他留了个心眼，朱慧巫女和仪式的关系中似乎有着不可随意谈论的要素。

“此地的灾祸也许正如您所言。不过神社那边嘛，代代都由女性传承，然后巫女的继承人完全不成问题，只是……”下宫对后者语焉不详，措辞有些奇妙。

“是招婿方面有问题？”

“嗯，虽然不太好大声说——但反正浦上是人尽皆知的——其实，神社的巫女生下的娃全是私生子。”

“真的吗？莫非巫女禁止结婚？”

“这个嘛……她们代代相传，称自己和神明结为了一体，似乎把有丈夫看成是不好的事。”

“要求巫女保持处子之身的传统自古以来就有，大致上分成两类，要么结婚时卸下神职托付给后继者，要么就是独身终老。”

“似乎是糅合了这两类。”

“这么说每一代巫女都……”

“朱慧巫女的女儿是朱世，即鵺婆大人。朱世巫女的女儿是朱名，在十八年前举行了鸟人之仪。然后，朱名巫女的女儿是朱音，追随母亲准备举行这次的仪式。她有个七岁的女儿朱里，继承人问题已经解决。顺便说一句，朱音还有一个小她两岁的弟弟正声。总之从朱世到朱里，她们的父亲是谁、是哪里的人，至少我们是不清楚的。朱慧巫女当然也一样。”

“毕竟还是……兜离之浦的男人吧？”

言耶自觉这话不该说出口，战战兢兢地问道。然而下宫却爽快地回答道：“不，虽然不能完全否定，但怎么说呢，基本不可能。虽然我们确实不知道那些父亲的身份和来历，但大致上也猜得出来。”

“哦？是这样吗……难道是中鸟镇的男人？”

“不，他们不是这片土地上的人。正如我之前所言，鵺敷神社的土著信仰向来极为强烈，而另一方面，全国各地来访的宗教人士也频繁出入此间。”

“也就是说，神社与御师、山伏、行者、巫女、劝请坊主、座头和瞽女[1]等居无定所、游历全国的修行者关系密切。因此，其中就有巫女们的父亲？”

“大概不会错吧。”

言耶光是想象这个特殊无比的世界，就产生了难以言喻的感觉。这时他突然想到了一件事：“假设朱慧巫女和这样的宗教人士发生关系生下了女儿朱世，那么也可以这样想——改造鸟人之仪的过程中有人协助过她。而这个人或许就是朱世的父亲。”

“嗯，也有可能存在协助者吧。不过怎么说呢，就算有了肉体关系，可巫女会轻易允许他翻阅神社的文献吗？况且鸟人之仪还是秘中之秘。老朽总觉得一切都是巫女独自完成……”

显而易见，从祖父那里听来的朱慧巫女的故事，在乡土史学家的脑中还留有强烈的印象。

“话说回来，立川流不是曾被视为邪教吗？民间虽一度盛行，但

1　御师：从事诵经等职的低级僧人。山伏：在山野起居的修行僧。劝请坊主：劝说、请求佛在世间永驻，进行分灵等活动的僧侣。座头：江户时期的盲人阶层之一，从事针灸、按摩、琵琶师等行业。瞽女：街头弹奏乐器卖艺为生的盲眼女性。——译者注

应该在江户时代初期就已衰亡。把立川流的东西编进仪式，究竟是出于什么意图呢？”言耶决定把话题转向改造后的鸟人之仪的内容。

“是啊。说起来，真言密教的立川流创始者仁宽，因为与某个巫蛊事件有涉，被流放到了伊豆……”

然而，下宫突然活力十足地从平安时代的左丞相之子——身为阿阇梨的仁宽的掌故开始，准备徐徐展开话题。言耶着慌了。

“呃……关于立川流的历史，我自认了解其来龙去脉，所以那什么，请别费心……”

“是这样吗？别客气啊，真的不需要我说明吗？”

“是的，不需要。”面对着用怀疑的目光注视自己的下宫，言耶斩钉截铁地做出了回应，随后他说道，“那么鸟人之仪的改造参考了立川流的什么内容呢？我倒是……啊，也许这话说起来有点失礼，我是想说，在立川流之根基的密教里，苦行中有‘灌顶’之类的具体实践和‘教义’方面的理论研究，两者浑然一体，人们通过苦行最终将实现即身成佛；而立川流则宣扬说，为了成佛男女二根要冥合。也许朱慧巫女受到了这个部分的影响，也许，那什么……”

“您是想说，她和那些出入神社的男性宗教人士们保持着男女关系？”

乡土史学家脸一沉。言耶把突然想到的事轻率地说出了口，在自惭的同时他又焦虑起来，只怕惹恼了下宫会一事无成。

“唔，老朽也不能断言说，完全没有那种影响，不过……”出人意料的是，下宫不仅未加否定，还说了一句意味深长的话，“不，也许停留在性爱秘技的层面上还算是好的。”

“怎么说？”

“不妨就事论事，你肯定知道从男女二根的冥合中得到的赤白二谛是什么，为什么必不可少吧？”

“就是所谓的男女性液吧。为了涂到骷髅本尊上——啊！难……难道朱慧巫女竟然连这个也……”

“誓愿房心定在著于镰仓时代的《受法用心集》里，细致地记载了建立骷髅本尊的作法，称为‘本尊大头作成法’。”

“骷髅也不是单纯地在路边捡拾不明身份的死者朽骨就行，我没记错的话，应该是严格分成了十个等级。”

“正是。一为智者，二为行者，三为国王，四为将军，五为大臣，六为长者，七为父，八为母，九为千顶，十为法界髅——有优劣之分。顺便说一句，智者是指有知识的人；位居第二的行者当然也不是任何宗派都可以，而是特指佛教的修行者。行九的千顶是收集一千个骷髅头的上部，细磨成粉后再加以提炼而得；行十的法界髅是在尸陀林里捡拾、收集的骷髅，唔，这个就不用细说了吧。进而，用作本尊的骷髅又分为大头、小头和月轮形三类，等等。真要介绍起来，可就没个完了。”

下宫居然也有主动打住话头的时候，看来还是因为话题不涉及历史吧。但比起这位乡土史学家的反应来，言耶更感兴趣的是立川流的骷髅本尊：“虽然当时也有点表面说说的感觉，但䴈敷神社祭祀的是鸟之石楠船神，神的使者是大鸟神，这是长年存在的信仰。把大鸟神的化身影秃鹫编进仪式之类的，我觉得没什么问题，可是连立川流的骷髅本尊都……”

“啊，不不，刀城老师似乎误会了……”

“啊？不对吗？”

“即便是朱慧巫女，也没有把骷髅本尊这类立川流的形式全盘照搬进仪式吧。她使用人的骷髅——不，是整副人骨，是为了把西藏密教和真言密教的教理以及返魂术等融入其中，加以组合……”

“喔！是返魂术啊……就是搜集一副完整的人骨，让此人复活的那种？”

“复活当然不是仪式的目的。归根结底，巫女是要为鸟人之仪中的‘鸟人’创造出她自己的独特概念——我是听爷爷这么说的。”

“那么顾名思义，就是含有鸟之人的意思？”

“除了老师您说的那个，这里同时也有超越人类的‘超人’的意思，但若是话题如此深入下去，就得说到包括仪式作法在内的东西了，而我也不清楚其中的详情。”

下宫在桌面上写了个“超”字，面露为难的表情。

“那么，这个关键的仪式本身，其详情就只有如今的鵺婆大人——即朱世巫女，和即将举行这次仪式的朱音巫女知道了？”

“恐怕是，因为只在巫女之间传承嘛。即便是神社的人，想必就连正声也不知道仪式的内容吧。”

“应该是吧。”言耶随声附和，一边窥视着下宫的表情，“也就是说，从朱慧巫女开始，鸟人之仪在其后的代代巫女之间庄严地延续着，这一次则轮到了朱音巫女，对吗？”

他兜了个大圈子，试图把话题绕回到先前被扯开的朱慧巫女与仪式的关系以及十八年前发生的往事上。

“不，正如老朽先前所言，只有在灾祸的阴影逼近兜离之浦和鵺敷神社时才会举行仪式，所以并不是您所说的……”然而，乡土史学家还是无可非议地扯开了话题，“战前的那次仪式正好是在七七事变时举行的。神国日本的——如今看来应该是阴影吧，也涌向了我们这样的穷乡僻壤。朱名巫女的意图是要再度唤起浦上之人对鵺敷神社已极为淡薄的信仰心吧——我是这么想的。”

“因为人心转向国家神道中的神明和号称现人神的天皇，让她怎么也无法忍受吗？也就是说，和她的外祖母朱慧巫女动机一模一样……”

言耶也明白下宫是在故意偏离话题，但他对仪式举行的缘由产生了兴趣。

“我想，不是出生成长在兜离之浦的人，理解起来会很难，毕竟鵺敷神社的巫女是一种非常特殊的人。当然，她们并不是直接统治这片土地的暴君式人物，相反倒是对贫民特别优待呢，老朽常常觉得她们充满了自我牺牲的精神，令人肃然起敬。”

“也就是说，不是那种只会耍嘴皮子的宗教人士吧。而且身为宗教家，精神境界也很高。”

“就这层意义而言，也许近似战后的天皇陛下吧。”

“也就是说，是一种象征？”

“是啊，当然巫女自身也多半持有这样的自负。”

“原来如此。在朱名巫女看来，当时的情况正可谓是灾祸的阴影降临了鵺敷神社。”

言耶附和道，但他还是感到摸不着头脑。因为他觉得把这当成举行有秘仪之称的鸟人之仪的动机，也未免太薄弱了。

“再说这次吧，是有祈祷丰渔的意思。近几年来捕鱼量下降了。”然而，下宫没有注意到言耶的疑惑，将话题推进到了翌日的仪式，“这不仅是兜离之浦的事，还是整个濑户内的问题。能想到的因素多种多样，譬如说一直以来的滥捕啊，隐居分家和家船[1]的幼子继承制造成的渔民增加啊……如今的现实就是打不到鱼，真叫人伤脑筋。”

“因为和大家的生活都息息相关嘛。”

言耶又一次做出了无可挑剔的应答，同时他确信，举行仪式的理由中一定隐藏着某种重要动机。

（在这种地区的神社里，丰渔祈愿可谓必不可少。换言之，理应认为另有自古以来便已举行过无数次的其他仪式，在这里抬出鸟人之仪，毕竟还是无法令人信服。）

也许是言耶的脸上露出了少许疑惑之色，下宫突然有点假惺惺地开口道：“虽说和战前的情况不同，但朱音巫女也感觉到了吧，严酷的枯渔期持续过久，人们的信仰之心是会淡薄的，肯定是这样。”

“也就是说，她举行鸟人之仪是出于和母亲相同的理由吗？”

“当然主要还是丰渔祈愿……”

“反正就是会变成母女两代都举行了这个特别的仪式，对吧？”

“是啊，就是这样。”

1　隐居分家：父母把本家传给长子，搬到早已分家而去的次子或次子以下的家庭中定居。家船：以船为家，长期在水上生活起居，定期进港和陆地上的人进行物物交换的群体。——译者注

两人之间首次出现了沉默。下宫的视线望着远方，把早已凉透的茶端到嘴边。

光是看他这副模样，就不觉得他会主动提起朱慧巫女和仪式的关系以及十八年前发生的事。话虽如此，言耶怎么也无法认为，自己上鵺敷神社去打听就能得到答案。此外，除了眼前的乡土史学家，在这兜离之浦，言耶基本不可能找到愿意指点自己的人，这一点毫无疑问。

（那么，只能单刀直入试试运气了吗？）

终于，他断定现在必须采取终极手段了。

十八年前鸟人之仪举行时，发生了骇人听闻的恐怖事件，由此巫女从处于密室状态的拜殿里消失了，最后，岛上的八人中竟有七人下落不明。言耶从阿武隈川乌处听说的本来就只有这些。诚然，他追根究底也是出于好奇心，但实话实说，更重要的原因是，在完全无知的状态下面对仪式，他不免心中不安。

“啊，其实我是想问……”

“唔，虽然是有点奇怪的请求……”

然而，几乎就在言耶开口的同时，下宫打破了沉寂。进而，两人又一次双双陷入沉默的样子也是那么可笑。

“呵……还真是心有灵犀呢。”

言耶担心气氛会不会再度窘迫起来，而满脸苦笑的下宫则敲了敲自己的额头。

“本来我该问一下您想说什么的……不过算了，再这么互相刺探下去可就没个完了。”下宫脸色骤然一正，“也许是老朽自以为是的想象，刀城老师是想针对十八年前朱名巫女举行的鸟人之仪问点什么吧？来访问我的主要目的也是这个吧？”他直视着言耶的眼睛问道。

“啊……其实正是如此。不是粉饰，我真心愿意听您指点兜离之浦的历史和民俗。就这层意义而言，得到了您的种种指教，我实在是非常高兴。只是当我听说十八年前举行仪式时，在岛上的八人中居然有七人消失无踪……”

“喔，竟然了解得如此具体啊。”

“不，我所知的也就仅此而已。别的什么也……换言之，是谁？在什么情况下？为何消失？我就完全不知道了。”

“这个嘛，可以说我们镇上的人和您也差不多。”

“啊？这是怎么回事？”

言耶劲头十足地追问道。下宫则神情严肃，但语气中透出了坦诚：“说起来还真是对刀城老师有点失礼，其实从会面开始直到此刻，我自认一直在观察您的为人。”

“啊……”

对方出人意料的坦白，令言耶几乎无言以对。

“虽说您几次三番显出想要回避我发言的样子，唔，年轻人嘛，厌烦老人的长篇大论也挺常见，所以这个一点关系也没有。不，我倒是觉得您在认真地听我说话。”

“啊？不，真……真是抱歉。”

“什么呀，道歉的应该是我啊。对您评头论足的。”

“但是，为什么……”

“因为我想判断一下，能否拜托刀城老师您暗中守护这次仪式，让仪式平安结束。”

“啊！您说什么？”

“我深知拜托今天刚见面的人做这种事是多么强人所难，但是我认为，恐怕只有与兜离之浦无关的陌生人才能胜任。也就是说，这个人能够以彻底的客观态度来面对仪式。”

（简直就像被委托做侦探工作嘛。）

当然，下宫一点也没有要言耶做侦探的想法吧，不过他请求言耶担当的正是此类角色。

“其实参加这次仪式的人里还有我的幼子钦藏。作为父亲也许不该自夸，这孩子毕业于东京医大，非常优秀。而且，镇上浮坪医院的医生年事已高，正在为后继无人发愁，钦藏知道后就辞了东京医院的工作，回到了故乡。之前镇上的人总是苦笑着说‘这哪是浮坪医院啊，简直是沉没医院’，但谁都束手无策。就为了延续这家医院，钦藏回来了……”

“这样的儿子还真是值得自豪呢。”

言耶的话令下宫喜形于色：“氏子总会经过商讨，决定从小镇的青年团中选拔数人作为鸟人之仪的见证人。这几个男人肩负着兜离之浦的未来，所以我对人选没有不满，认为很好。”

“具体有哪几位呢？”

“首先是兜离之浦最大的渔业经营者——间蛎家的次子辰之助，然后是老师您见过的海部旅馆的三子行道，还有我刚才提到的下宫钦藏以及朱音巫女的弟弟鹓敷正声，就是这四人。正声虽是神社的成员，唔，您见了就知道了，这个年轻人有点奇怪。”也许是因为无法很好地介绍鵺敷正声，下宫微微浮现出困扰的神情，“明明是神社的成员，却只有他反对这次的鸟人之仪。算是一种无神论者吧。不过，要说亲人的话，对他来说就只有鵺婆大人和姐姐了，而且考虑到朱世巫女体弱多病，一直离不开药，早晚会变成姐弟俩相依为命……想想这些也就能理解了。别看他有点叛逆，他可是非常依恋姐姐的。”此时下宫似乎调整了一下情绪，“所以呢，把正声看成青年团那边的参加者可能会比较好。只有他还不到二十五岁，别人都是三十岁左右。”

换言之，去掉神社的成员正声，参加者中还有三个像模像样的成年人。

（怎么看都没有让我去守护的必要啊。）

言耶歪着头正要询问理由时，下宫又道：“对了对了，后来又有人中途加入，听说是一个叫北代瑞子的女学生。”

“啊？还有女性参加？我以为除了巫女，女性一律禁止……”

“在昔日鸟坯岛仍是神域的时候——啊不，当然如今也是神域，没有变过——别说禁止女人了，就连被选中的人，也只在一年一度的大祭时才可以和巫女一起上岛。那是从昭和初年岛上建了规模为十户左右的小村庄时开始的。”

“还……还有人在岛上居住？”

“不，现在没人居住，只剩遗迹了。因为内陆的村叫中鸟镇，兜离之浦叫潮鸟镇，所以那个在岛西南部的小海滨上建起来的村落被称为冲鸟村。如今想来，当时也许是鵺敷神社的巅峰时期呢。不过说是居住，其实没有人彻底搬过去定居，只是建造了临时小屋，生活起居的场所依然在这边。当然了，由于只有男人能上岛，其中又有人有妻室，所以直接留在岛上会有种种不便。然后，成员里多是镇公会的干事或氏子代表等响当当的人物，光从这一点来看，他们也不能一个不剩地离开，让镇空置嘛。”

“话虽如此，可他们竟会想到在神域居住……”

“想法大胆又有行动力，就这一点而言，朱名巫女和外祖母朱慧巫女可谓十分相像吧。就因为夹在中间的朱世巫女给人一种不知变通地守护母亲遗训的印象，祖孙相像的感觉才尤为强烈吧。”

（隔代遗传吗……）

言耶心里这么想，嘴上却询问了他所在意的一件事：“从什么时候开始，又一次成为无人岛了呢？”

“这个嘛……就在朱名巫女举行鸟人之仪的一年前。因为那已经不是可以随心所欲做这种事的时代了。”最后几个词化为老人的低语，透出了遥想当年的氛围。

“那个……对不起，关于那位叫北代的学生……”

“噢，不好意思，我把话扯远了。北代小姐据说正在京都的某大学读书，嗯，一个女孩子，还真是了不起呢。据说她对各地独有的所谓的土著信仰有兴趣，所以就在两天前突然拜访了䴘敷神社，说希望参加鸟人之仪，也不知道她是从哪里听到的信息。”

“哦？女性中也有好奇心强烈的人啊！”言耶半是惊讶地感叹道，也不瞧瞧他自己是什么德行，“于是朱音小姐和她会面，准许她参加仪式了？”

“不，巫女大人早就上岛了。早在六天前。”

“为什么那么早上岛？”

“说是为了仪式前必须的祓禊。此外，还有各种非做不可的准备吧。所以批准女学生参加仪式的是鵺婆大人。”

“是朱世巫女啊……”

“不过，听说朱音巫女在动身上岛前留下了话，要是还有人想参加仪式也可以批准。这里的‘还有人’是指‘刀城老师以外的人’。”

阿武隈川乌告知仪式一事之后，言耶迅速和这位前辈取得了联系，请他妥善安排，因此早早得到了参加仪式的许可。

“原来是这样。也就是说，渔业经营者间蛎家的辰之助先生，海部旅馆的海部行道先生，令郎——浮坪医院的下宫钦藏先生，鵺敷神社的鵺敷正声先生和大学生北代瑞子小姐，还有我刀城言耶，参加的成员就是这五男一女？”

“对啊，然后还要加上在鵺敷神社打杂的赤黑。”

“听起来不像是本地人。”言耶总觉得下宫的语气中透出了这个意思。

“战后不久，也不知从哪里晃来了这么个男人。这家伙很奇妙，对自己的过去只字不提。怎么说呢，战后有各种各样的人流落到我们这种穷乡僻壤来，也不是什么稀罕事……话说回来，赤黑这个名字似乎还是鵺婆大人取的，他也许是在战争中遭遇了什么不幸，因而失去了记忆。不过，浦上的孩子都管他叫猫男。”

“猫……猫男？”

“孩子们最初也是开玩笑那么叫他。不过这男人对竹马、铁陀螺、拍洋画、放风筝、转陀螺等儿童游戏十分拿手，转眼就成了深受孩子们欢迎的人。话虽如此，他的态度却和受嘲弄的时候一样，没有改变，还是不吭声，不管是对大人还是对小孩都只是淡然应对。”

“他喜欢猫？”

“与其说他喜欢猫，还不如说是猫喜欢他吧。虽说不至于一天到晚都是那样，但他确实是老被猫缠着。唔，总之浦上的人注意到他的存在时，他已经在神社里住下了。”

“明白了，男性有六名对吧？”言耶确认道。

见下宫缓缓点头，言耶目不转睛地盯着他的脸：“既然如此，那我就直说了，我还是想不通。也就是说，就算除去神社那边的二人，也还有包括令郎在内的三位青年团成员，为什么要拜托我这样的外人来监护仪式呢？”

面对这个问题，乡土史学家深深地垂下头，说道：“正如老朽先前所言，兜离之浦的人对鵺敷神社的巫女抱有特别的情感。以年轻人为主的人们也许日益远离了信仰，但自幼培养起来的敬畏心并不那么容易消除。换言之，我无法相信青年团的成员能冷静地面对鸟人之仪。”

“那么让略为年长的人也参加仪式，问题不就解决了？”

“总会已经决定了，事到如今即使是总务干事之一的我，也不能改变名单。”

下宫摇头答道。但他随即又像是改变了主意。

“唉，其实啊……听起来像是在说家丑，我的儿子钦藏好像迷上了朱音巫女。”

“啊？是这样啊……”

这话题实在是太私密了，言耶深感困惑，不知该如何应对。同时，他又有一种极为不祥的预感，觉得自己似乎随时可能被卷入意想不到的风波。

“其实不光是我儿子，其他两个也一样。不过他们对朱音巫女的情感，总觉得是三人三样啊。”

当然，下宫并未察觉到言耶的忧虑，还在往下说。相比之前的交谈，现在的话题又太富有现实性了。

“辰之助可谓浦上最野蛮的人，如果不是渔业经营者家的崽子，也许早就被撵出镇了。这么一个叫人伤脑筋的男人，却只对朱音巫女俯首帖耳。唔，虽说大家都这样，但那家伙对她的感情说是畏惧也行吧。相比之下，行道老实巴交，却又是一个靠不住的男人。因为这性格，他也给大家添了不少麻烦。不过唯独他对巫女的崇拜，那可真是不得了，称得上一心一意。总之，这两位对朱音巫女抱有的复杂感情，不知何时就变成了恋慕之心。”

他顿了顿，又道：“不过，钦藏可能是个唯物主义者，一开始就把巫女看作一个名叫鵺敷朱音的女人。作为父亲我这么说也许不妥，但他对朱音巫女的感情是三个人里最正常的。”

“但是，听您之前的介绍，即使男方说要入赘神社，可在结婚这件事上，鵺婆大人本就不会允准，不是吗？”

“话虽如此，但巫女离家出走的可能性也不是完全没有吧。”

“朱音小姐有那样的迹象？”

“不，我没看出来。”下宫一口否认了言耶意味深长的问题，“可男女之间的事有谁能说得清，谁知道什么时候会不会变呢。”

“换言之，您是说有我这个外人在场，就不用担心那三位会围着朱音小姐在岛上惹出纠纷了？”

“如果理由不过如此，我也就不会拜托您了。其实和老师一番交谈之后，我已经非常清楚您正是合适的人选。您在各地游历，所以在民俗学方面有很深的造诣，特别是对其中的异样仪礼和怪异仪式有着非比寻常的兴趣。”

“不、不，造诣很深什么的……”

“您无须如此谦逊。我也是老资历的镇长了，相信自己有看人的眼光。”

“啊……多谢。”

“那……那么您是接受了？”下宫情不自禁地在桌面上探出身子。

“不过，您这么担忧，虽说是由于朱音小姐和青年团三人之间有问题，但更重要的还是因为您对十八年前的事很介意，不是吗？”言耶朝下宫点点头，但又反过来逼问了一句，仿佛在说他对这一点无论如何也无法释怀，“先前我说我不知道是谁在什么情况下为何消失时，下宫先生回答说你们和我也没什么不同，但你们应该知道见证人是哪几位，况且其中还有一人安然无恙，所以我觉得你们不太可能对当时的情况一无所知……”

“理所当然的疑问。不过，当年浦上没有一个人答应做见证人。”

“啊？为什么？”

“表面上再怎么伪装成国事祈愿，一不小心也会以大不敬之罪论处、下狱吃苦头，所以也情有可原……”

“可是，想想朱慧巫女有鵺敷神社的掩护，朱名巫女也一样吧？

当然这也适用于浦上的居民。然而您却说没有人愿意当见证人？”

在言耶的叮问下，下宫虽然回答道“是”，口齿却含混不清。

“请恕我失礼，关于鸟人之仪，您没有隐瞒什么重要的信息吧？”

“……”

“要接受委托，我就必须事先了解一切。特别是像这样的特殊任务……”

“啊，是这样没错，真是太抱歉了……”下宫又一次深深地低下头去，“刚才您也询问过朱慧巫女的事，其实啊……当时，她在二十四岁那年举行了鸟人之仪。”

“由于是她亲手再创的仪式，所以我也认为她可能举行过鸟人之仪。难不成她失败了？”

“您知道？”

“因为下宫先生好像不太愿意谈论。”

“啊，您真厉害。”

“哪里。不过，莫非您想说朱慧巫女也消失了？”

“不，她确实是从岛上回来了……”

“却不是正常状态？”

“接送她的渔夫口风很紧，所以我也不知道她情形如何……”

“也许是那人被封口了吧。”

“是啊。后来我听爷爷说——啊，又来了。总之他说，朱慧巫女被搬进神社前，有人偶然看到了她的模样。”

“她情形如何？”

“脸上毫无血色……”

“要么是身受重伤，要么就是精神受到了强烈冲击，能想到的就是这两种解释吧。”

“我不知道她是不是负伤了，但精神方面似乎确实受到了重创。”

“怎么讲？”

“目击者说，朱慧巫女看起来在惧怕什么。虽然不知道她惧怕的是什么，但她的身子直发抖。”

“怕到发抖……”

“和之前从爷爷的话里听到的巫女形象，感觉完全不同……”

“是啊。”

下宫对朱慧巫女敬畏有加，不愿把这种目击故事纳入话题。对此言耶也非常理解。

“唔，据说她嘴里还嘟哝着胡话，当然这事怎么听都像是编造的……”

“哦？嘟哝了些什么？请您告诉我。”言耶不由得追问道。

下宫见状，脸上浮现出后悔的表情，就像说了不该说的话似的：“没什么，相传朱慧巫女说的胡话也就是……鸟怎么怎么之类的……”

“鸟……”

“鵺敷神社祭祀的是大鸟神，朱慧巫女举行的又是鸟人之仪，所以确实和鸟有点关系……”

“可偏偏是巫女本人对此惧怕不已，很奇怪啊。按理只会满怀敬畏地拜祭才对。”

“正是。所以我才觉得那是不负责任、添油加醋的传言。”

“但是，会不会是有什么缘由引发了这种添油加醋的传言呢？”

“嗯……”下宫虽然给予了肯定，却又支吾了片刻才道，“回神社后，朱慧巫女在别栋中闭门不出。而且还在浦上所有人都毫无知觉的情况下，悄无声息地死了……”

“什么！连何时亡故也……”

“据说谁也不知道。”

“那么死因是？”

“当然也不清楚。”

“没请医生看过？”

“好像是。据说不光是浮坪医院的医生，就连外地医院的医生好像也没请。也没有迹象表明悄悄叫过医生，所以她不曾看过医生。”

“虽然这么说不太好，但我总觉得这是对朱慧巫女见死不救……”

“……”

“啊，不，这个……实在是太奇妙了，或者说是奇……奇怪吧。”

“据说神社方面没做任何解释，突然有一天就联系氏子代表和镇公会，说朱慧巫女亡故，已在神社内部秘密安葬了。”

“……”

“如此一来，我们也就能充分理解为什么会出现那种奇怪的传言了。”

“只是为了隐瞒仪式失败的事实吗……”

言耶低语过后，下宫不无唐突地说出了匪夷所思的话：“十八年前举行鸟人之仪时，朱名巫女是二十四岁。而朱音巫女今年其实也是二十四岁。”

“您……您说什么？这是怎……怎么回事？朱慧、朱名和朱音三位巫女为什么都要在二十四岁举行仪式？”

“谁知道呢。这也许是朱名对外祖母朱慧巫女、朱音对母亲朱名抱有的一种强迫观念吧。”

“嗯，所谓鵺敷神社代代巫女都有的狂热迷信，指的就是这种事啊。不，等一下，那么朱世巫女呢？”

“现在的鵺婆大人和代代巫女相比，可真是温顺多了。她有点贫血，饭量也小，是一个体弱多病的人，所以压根儿就没法举行鸟人之仪吧。”

“原来是这样。换言之，对浦上的人来说，鸟人之仪实在是一种令人忌……畏惧的事物。因此对充当见证人一事，大家自然都很犹豫。”

其实“忌讳”一词已经到了嘴边，言耶想着这么说可能有点过分，才临时改变了措辞。

“怎么说呢，也许我无法断言浦上的人并未萌生这种情绪……”

下宫似乎不愿当即承认，应答得十分含糊，但此后他像是心情有所转换似的，突然变得饶舌起来。

“不过呢，当时大阪城南民俗研究所的助教和他的助手以及男学生四人正在濑户内一带的渔村做巡回调查。他们听到了鸟人之仪的传言，向神社请求说无论如何也想观摩。”

“真的吗……”

“朱名巫女也正为找不到见证人而烦恼，无奈之下就允准了。”

“请……请等一下！”

“结果是，巫女和民俗研究所的六人一起上了鸟坯岛……”

“这……这么说，失踪的人里没有一个是兜离之浦的居民，全都是研究所的人？”

（不……不是开玩笑吧！这么说除了巫女，消失的全都是外人啊！）

见下宫用力点头，言耶不由得在心中大声疾呼。

出人意料的事实令他愕然了。

（也就是说，不管是监护仪式的进程还是别的什么，其实在这次的参加者中，我和那个叫北代的学生可能是最危险的！）

言耶有一种受骗上当的感觉，不禁陷入了沉默。

然而要命的是，此时此刻，他身为怪异收集家的好奇心已经不折不扣地膨胀起来：“话说回来，当时没有引起大风波吗？不是浦上居民，而是外来人员，而且有六人之多都下落不明。何况所有人都是隶属‘城南民俗研究所’这一大学机关的研究人员，一般来说，造成大轰动也不奇怪吧。”

最终言耶不得不承认，事到如今，自己无论如何也不想放弃参加仪式。既然如此，就只好在这里尽可能多探听一点信息了。他下定了决心。

“对于那六人来说，可谓适逢恶世……”先前言耶不快地沉默下来，如今他再度开口，令下宫露出了放心的表情，“只能这么说吧。”

“难不成就那样稀里糊涂地敷衍过去……”

“差不离。”与言耶难以置信的口吻相对，下宫的言辞则颇为爽快。

“为什么？”

“鵺敷神社当时和军方某部有关系，虽说只是幌子，但仪式名义上是祈祷国家取得战争胜利，六人又毕竟都是外人。是这种种要因叠加在一起了吧。”

“在那个时代，确实会隐瞒一些徒令国民不安的事件，压根儿不做报道。”

“就是啊。”

“但是警方应该调查过吧？”

“啊，查过……不过应该没留下正式的记录。我想那六人到过兜离之浦的事实，本身就未被承认。”

“居……居然隐瞒到了这种程度？”

“即使承认了，也会变成‘他们结束调研后离开了，不知去向了何方’。简而言之，反正他们就是没上过鸟坯岛。”

“那样胡来……”

“如果早个几年，结果又会有所不同吧……”

“啊！但是，唯一的幸存者不是从岛上回来了吗？”言耶想到了这个关键，“那个人没有说岛上发生了什么事吗？”

下宫望向言耶，目光中似乎充斥着极度的不安：“那位关键的唯一幸存者，正是问题之所在。”

“……”

“此人就是当时年仅六岁的朱音巫女。”

“什么！就是说朱名女士把自己的女儿也带上了岛？”

“大概是觉得她是神社的继承人，所以想让她早早地体验一下仪式吧。”

“换言之，当时在鸟坯岛上的人有朱名巫女和朱音小姐，以及民俗研究所的六人。但后来被人发现的只有朱音小姐，其余七人都失踪了。然而，尚是幼童的朱音小姐无法说清岛上发生了什么变故，对吗？”

言耶简明扼要地总结完当时的情况，就见下宫的表情迅速僵硬起来。他用一种近乎窒息的口吻说道：“不过呢，相传朱音当时是这么说的，她说‘鸟女出现了’……”

第四章 妖物鸟女

十八年前的八月十三日，鵜敷朱名在鸟坯岛拜殿内举行鸟人之仪时，唯一的幸存者鵜敷朱音，于同月十五日被人从岛上的集会所杂物间救出。潮鸟镇在驻巡警猪野村浩在浮坪医院的问诊室里向朱音问话时，医生浮坪重吉以朱音照料者的身份出席，速记下了两人的对话，之后亲手整理成文书，提交至揖取警察署。以下是医生以文书的复印件为原稿，抽取出他认为重要的部分，并将其中的旧体字和旧式措辞修改成现代白话文后的记录。

又及，括号内的文字似乎是浮坪医生当时当场的感想以及为补足朱音的证词而留下的记载。

［前略］

巡警：那么，你是和谁，一共几个人上了岛？

朱音：母亲和研究所的六个人。所以，算上我是八个。

巡警：小朱音和研究所的人很熟吗？

朱音：不，不太熟。有一个看起来很威风、很了不起的老师，还有他的助手，还有四个学生。

（看起来很了不起的老师是大阪城南研究所的助教唐通酉一，其助手是该研究所所员鹳笃司，至于四名学生的身份，现阶段尚不清楚。）

巡警：那些人以前来过鵼敷神社吗？

朱音：不不，没来过。八月初才是第一次来。

巡警：有没有一种氛围让你觉得母亲曾和其中的哪一个见过面？

朱音：没有，都是母亲和外婆第一次见到的人。

巡警：然后你母亲和外婆就允许那些人去看岛上的仪式了，对吗？

朱音：是呀，母亲还叫我上岛帮忙。

巡警：小朱音喜欢当神社的巫女吗？

朱音：嗯，喜欢。

巡警：那外婆和母亲想必都很高兴吧。那么，你们是什么时候上的岛？

朱音：十三号，也就是前天傍晚。

巡警：那天乘船的就只有你前面说的八个人吗？

朱音：错啦，母亲六号就已经上岛去了。举行鸟人之仪的巫女啊，必须在仪式前的七天内进行祓禊。

巡警：祓禊啊。真不愧是神社的孩子，这么难的词都知道。那么，十三号那天乘船的就是唐通老师和鹳先生，还有四个学生和你，一共七个人？

朱音：不对不对，喜之助先生也在。

巡警：喜之助？那是谁来着……

浮坪：驾船送人上岛的男人，也就是发现这孩子的人。

巡警：噢，是他呀。那么医生，这个喜之助究竟……

浮坪：这种事稍后再说也行吧？现在得问这孩子的话。

巡警：对……对啊。那么小朱音，由这个喜之助送上岛的，就是唐通老师和鸐先生，还有四个学生和你，七个人是吗？

朱音：是啊，不过伊吹末叔叔来送行了。

巡警：伊吹末？医生，那又是谁？

浮坪：鵺敷神社的不速之客，一位四处旅行的宗教人士，名字叫伊吹末利作。现在不谈这个，我们得快点把正题进展下去吧？虽然她看起来还挺精神，但毕竟是个小孩。难道你不明白，时间拖太久的话她会疲劳吗？好好想想她被发现时的情形。

巡警：那……那么，小朱音，伊吹末叔叔来送行了，但他并没有坐上船吧？

朱音：嗯，没上船啊。

巡警：那就好。那么，喜之助只是把大家送上岛，自己没有上岛吧？

朱音：他帮研究所的人把行李搬到了集会所，不过之后马上就乘船回去了。

巡警：说好什么时候来接大家了吗？

朱音：十五号早上。因为母亲说仪式一个晚上就结束了，十四号会带研究所的人参观岛。

巡警：也就是说，一开始就打算在岛上过两晚？

朱音：嗯，是这样计划的。

巡警：那么，小朱音——上岛后的事情，像什么母亲和研究所的人做了什么啊、说了什么啊——希望你能按顺序告诉我。

朱音：嗯，好啊。

巡警：先说一下十三号傍晚吧。

朱音：喜之助先生和学生们把行李搬到集会所，然后母亲从拜殿出来，和唐通老师打了招呼。

巡警：那个时候，母亲没有显出什么奇怪的样子吗？

朱音：唔……因为做过祓禊了，我以为母亲会很累，但她脸色很好，看起来很精神。

巡警：是这样啊。和唐通老师说话也很友好吗？

朱音：嗯，两个人都是笑嘻嘻的。

巡警：后来又做了什么？

朱音：母亲带我们参观了拜殿，看了大鸟神的磐座飞翔岩和大鸟神之居。

巡警：就是造在北侧悬崖的建筑物里的大岩和祭祀舞台吧。那么后来呢？

朱音：参观结束时，学生们开始准备晚饭。

巡警：母亲也和你们一起吃了晚饭吗？

朱音：是呀，母亲也说好吃，和大家一起吃了饭。

巡警：吃过饭后呢？

朱音：母亲稍微休息了一下，然后在太阳要下山的时候进了拜殿。

巡警：这是为了举行鸟人之仪吧。她进去前，有没有做过什么特别的事？说过什么特别的话？

朱音：在集会所里吗？没有。不过，她和唐通老师说了一些很难懂的话，魂什么的，但我一点也听不明白……

（看朱音的表情，似乎是在一边懊恼自己无法理解，一边又为母亲和那个看起来很了不起的陌生老师说过难懂的话而感到自豪。）

巡警：真不愧是鵺敷神社的巫女呢。

朱音：嗯，外婆也这么说。她说母亲和曾外婆朱慧巫女很像，也同样拥有了不起的力量。

巡警：是吗，那还真是厉害啊。你肯定也继承了那样的力量哦。

（之前一直略呈疲态的朱音浮现出满面笑容。）

巡警：母亲进拜殿时，天气情况怎么样？

朱音：下雨了，也刮风了。但风还不怎么大。

巡警：也就是说，天气坏起来了呀。那么，母亲在举行仪式时，别的人在做什么呢？

朱音：我在集会所的外间和鹳先生在地炉旁边说话。还在船上的时候，他就很照顾我。

巡警：真是个好人。那么，唐通老师呢？

朱音：他也在边上，感觉有点沉不住气，对学生中的一个呼来喝去的。但他吩咐的都是些无关紧要的事，所以看起来就像欺负人。

巡警：哦，小朱音观察得很仔细啊。了不起哦。那么，另外三个学生在干什么呢？

朱音：……

（这时她低下头，脸上露出了极为阴沉的表情，似乎在拼命忍哭。）

［中略］

朱音：我注意到的时候，那三个人已经不见了。

巡警：就是指不在集会所里？

（朱音默默点头。）

巡警：他们到哪里去了？

朱音：拜殿……

巡警：啊？难……难不成，是去窥探仪式了？

（朱音再度默默点头。）

巡警：那你是什么反应？

朱音：我是为了帮助母亲才上岛的，却在和鹳先生说话的过程中，忘记自己上岛是来干什么的……

巡警：这种事不用在意。你还是小孩，很正常啊。那么，发现三个人不在后，你做了什么？

朱音：我马上就想去拜殿，结果被鹳先生阻止了。他说小孩不能去。虽然我是小孩，但将来可是鵺敷神社的巫女。一想到仪式可能会受到干扰，我怎么坐得住呢？所以趁鹳先生没留神，我跑到了集会所门口，可是就在门前被唐通老师抓住了……

巡警：被玩躲猫猫了呀。

朱音：他一直抓着我的双肩，我叫他松手他不听，还很威风地朝鹳先生下命令，说绝对不能让我出集会所。鹳先生露出悲伤似的表情，跟我说了对不起……

巡警：他也不能违抗唐通老师吧。

朱音：嗯……鹳先生是好人，但他当人家的助手，所以不可能违抗老师。我也没办法，就和他回到了地炉旁边。唐通老师还是那样站在门口。他吩咐另一个学生去看看那三个人的情况，那学生马上就出去了。

巡警：是这样啊，后来呢？

朱音：过了一会儿，那学生慌慌张张回来了，和唐通老师咬耳朵说了些什么。然后老师的样子突然变得很奇怪，急匆匆地出去了。不过出去前他命令鹳先生说“绝对不能让孩子出去”。

巡警：那个学生对老师说的话，你一点也没听到吗？

朱音：可怕的鸟……什么的，鸟在……怎么怎么的，他进集会所的时候，嘴里就喊着这些话。

巡警：那……那后来呢？

朱音：我又一次趁鹳先生没留神，跑出了集会所。

巡警：噢，了不起。

朱音：然后就看见阶梯廊的门开着……

巡警：就是登往拜殿的阶梯——那条细长通道的入口吧。

朱音：母亲动身去拜殿时，我和鹳先生一起在门外放下了闩。这个门闩被拨开了。

巡警：是学生中的一个拨开门闩，偷偷摸摸去了拜殿门口吧？

朱音：我也这么想。因为从阶梯上方传来了唐通老师、之前来叫老师的学生和另一个学生的说话声。

巡警：他们三个在干什么？

朱音：拜殿的门似乎打不开，他们好像在门前吵吵嚷嚷。后来，我刚走上阶梯几步，鹳先生和另外两个学生就来了。唐通老师吩咐学生们去拿破门的工具，叫鹳先生把我带回去。

巡警：于是，你就被带回集会所了吗？

朱音：嗯，不过是一个学生带我回去的，不是鹳先生。因为鹳先生对我粗暴不起来，老师很不耐烦，就命令学生去做了。

巡警：回到集会所后，你又做了什么？

朱音：没办法，只好老老实实待着。

巡警：鹳先生和那个学生也和你在一起吗？

朱音：是啊。不过，没多久唐通老师和另外三个学生也回来了……

巡警：当时他们说了些什么？

朱音：他们说……母亲，不见了……

巡警：是指没在拜殿里看到她？

朱音：嗯……

巡警：要从拜殿出来，就得穿过被关死的殿门，从通道中的阶梯下来，走出你刚才说开着的那扇阶梯廊的门，否则就不行对吧？没有别的法子吗？

朱音：根本没有别的法子。

巡警：也是啊……因为从阶梯通道往上走，到了拜殿门前，就是分立在左右两边的高墙了。左边墙延伸至那块面向悬崖、人称飞翔岩的大岩石；右边墙则砌到了悬崖的边缘，然后又向内侧延伸而去。

朱音：从下往上看，就好像一座城。

巡警：像城啊，原来是这样。也就是说，既无法从墙内出来，也很难从外面进去。而且天还在下雨，又增加了额外的难度。话说回来，从墙壁中断的悬崖那一侧出去也不可能吧？

朱音：唐通老师对鹳先生说明过的。

巡警：说明过什么？

朱音：母亲一进拜殿，殿门前就站了一个学生，另外两个学生一直在分别监视左墙和右墙。

巡警：那就更不可能翻墙出来了。但这么一来，能想到的办法就只能是从悬崖往海里跳……

浮坪：喂！对面还是个小孩，你看你都在说什么呀！

［中略］

朱音：不过，母亲并没有跳到海里哦。

（朱音的语气十分平稳，与两个狼狈的成年人形成了鲜明的对照。）

巡警：那……那个，那么……

朱音：那悬崖的下面是岩场。唐通老师对鹳先生说过，如果跳下去，应该马上就能发现，不可能那么容易被海浪卷走。

（唐通进入拜殿发现朱名失踪后，多半搜索过拜殿内部。可想而知，他多半在那时查看过崖下的情况。）

巡警：研究所的人都回到集会所后，又发生了什么？

朱音：只留下了我和鹳先生，别人都出去找我母亲了。

巡警：你就老老实实留下了？

朱音：我说我也要去找，要去拜殿，但鹳先生硬是把我拦住了，说绝对不能去。

巡警：嗯？啊，是这样啊。

朱音：过了一会儿大家也都回来了，说风雨变大了。结果我们就那样在集会所过了一夜。后来，第二天……

浮坪：小朱音，我插句话可以吗？从你母亲走进阶梯廊的门，到那个学生来叫唐通老师，你知道大概过了多久吗？

朱音：唔……我没有表，所以不知道过了多长时间……

浮坪：唐通老师和鹳先生有没有看了手表后，在嘴上提过时间呢？

朱音：啊，对了。老师和鹳先生商量学生换班时间的时候，说过一句现在才过了十五分钟，之后没多久，那学生就来了。

（换言之，朱名巫女在仪式开始后的二十分钟左右内，就从拜殿中消失了。）

浮坪：托小朱音的福，我已经搞得很清楚啦。那么第二天发生了什么？

朱音：嗯……大家一大早就去找母亲了。

巡警：你也一起去了吗？

朱音：我一直在鹳先生身边。

巡警：你俩搜索了什么地方吗？

朱音：呃……去看了冲鸟村民居，那里直到去年还有人住，但现在一个人也没有了。还看了那下面的海滨。不是只有我们两个，还有一个学生跟着。

巡警：别的人呢？

朱音：唐通老师说他要查看拜殿，命令两个学生去岛南部的森林，另一个学生去码头到集会所一带寻找。

巡警：但是哪儿都不见母亲的踪影？

朱音：是啊，母亲和大鸟神在一起啦。她变成鸟人啦，所以，可以从拜殿飞走。

巡警：那么……你看过拜殿的内部吗？

朱音：这个嘛，鹳先生说绝对不行，不让我进去。

巡警：哦，那就好……好了，现在姑且不说母亲的事了，后来究竟又发生了什么事？

［中略］

（朱音低头沉默了片刻，缓缓仰起头。）

朱音：我在半路上被送回了集会所，但从中午开始，鹳先生和四个学生就又在岛南部的森林里找人了。不过唐通老师好像还在拜殿里。后来，到了傍晚大家都回来了，说哪儿都找不到母亲。

巡警：就是说整个岛都找过了？

朱音：嗯……是啊……

巡警：唐通老师什么也没说吗？

朱音：我也说不清楚……好像没怎么开口……

巡警：那就行，那么后来呢？

朱音：到了晚上，我们吃完晚饭，过了一会儿，从集会所外面传来了奇怪的声音。

巡警：什么样的声音？

朱音：大鸟扇翅膀的声音……

巡警：是……是那个叫什么来着的，那种黑色的鸟吧？

朱音：嗯，开始大家也都这么说，但是很奇怪……

巡警：什……什么奇怪？

朱音：那个扇翅膀的声音，绕着集会所转了一圈一圈又一圈。

巡警：感觉是在建筑物的上方盘旋吗？

朱音：不，感觉就在板壁的另一侧。就像是在地上走，走着走着就飞奔起来了。

巡警：那……那时，研究所的人都好好地待在集会所里吗？

朱音：嗯，在……

巡警：不好好回忆可不行啊！一个学生都没出去过？

朱音：没……四个人都在。唐通老师也在，鹳先生也在……

巡警：那后来呢？

朱音：唐通老师叫学生出去看看，四个人都出去了。

巡警：扇翅膀的声音还在持续吗？

朱音：唔……我想，在学生出去前就停了吧。

巡警：是吗。那么后来……

朱音：过了一会儿，一个学生脸色苍白地回来了，说是听到了像歌声一样的奇怪动静……

巡警：歌声？

朱音：就像嘴里在不停地嘀咕莫名其妙的话……

巡警：像念经吗？

朱音：啊，他也这么说过，说是像神社的祈祷词或寺庙里的经文。

巡警：那是从哪里传来的？

朱音：唔……我不知道……因为他说在外面的黑暗中，感觉一会儿是从这里传来的，一会儿又是从那里传来的。

巡警：唐通老师是什么反应？

朱音：他带着那学生和鹳先生一起出去了。

巡警：你留在集会所里了？

朱音：嗯，因为鸟女的眼睛在暗处看不见东西，但耳朵却能听到声音……

巡警：鸟女……那是……

浮坪：那后来怎么样了？我是问小朱音一个人留在集会所之后的事……

朱音：从远方传来了惨叫声。

巡警：惨叫声？是谁的声音？

朱音：我不知道，但我觉得是学生中的一个。还是非常凄厉的惨叫声。

巡警：……然后呢？

朱音：很快又传来了一声惨叫，但我觉得肯定是另一个人的。

巡警：为什么？声音不一样？

朱音：不不，那种区别我可听不出来，只是因为声音传来的方向不同，感觉比第一声近。

巡警：近？

朱音：接着，又有惨叫声响起……紧接着又是一声……惨叫声似乎离集会所越来越近了，之后的一声几乎就在门外，非常凄惨……

巡警：惨叫声……越来越近了？

朱音：我一下子站起身，但什么也做不了。这时，鹳先生慌慌张张地进来了……

巡警：只有他……他一个人啊……

朱音：后面有没有人进来我不知道……因为我马上就被鹳先生塞

进了集会所里处的杂物间，他叫我绝对不要发出声音，在里面躲好，待着别动，然后就从外面用门闩把杂物间的门封上了……

巡警：直到今天早上被那个渔夫发现为止，你一直在里面？

朱音：是啊。喜之助先生拔下门闩，帮我打开了门。

巡警：你躲进那个杂物间后，外面是什么情况？就算看不见，也能听到点什么吧？

朱音：杂物间的门板上有个这样大小的节孔。

（她的拇指和食指圈起一个环，做出了用一只眼透过环窥视的样子。）

朱音：所以，我就这样看着外面。

巡警：看……看到了什么？

朱音：鹳先生的背影慢慢移向集会所的门，但是……

巡警：但是？

朱音：那里突然传来了“嘭”的一声巨响，像是门被撞开的声音……我吓了一跳，眼睛不由得离开了节孔……

巡警：那……那么……后来呢？

朱音：鹳先生……我想是他吧……发出了可怕的惨叫。然后还听到了大鸟扑翅似的声音……但是，我堵着耳朵，所以不是很清楚……

巡警：有没有争斗的声音——对啦，你堵着耳朵呢。那么，你有没有感觉到鹳先生和谁扭打起来的迹象？

朱音：我不知道……我只是用两只手捂着耳朵，蹲在杂物间的最里面。

巡警：是吗……这也难怪。那么，被那个叫喜之助的渔夫发现……

朱音：然后我回过神来时，房间里已经静下来了……

（也许是没有听到巡警的话，朱音神情恍惚地继续往下说。）

朱音：所以，我想从门板上的节孔看一下外面的情况，但是……

巡警：唔……

朱音：但是我听到了声音……

巡警：什么样的声音？

朱音：集会所的门，发出了嘎吱嘎吱的声音……

巡警：是谁……谁出去了？或是谁进来了吗？

朱音：不知道……

巡警：没……没有人声吗？

朱音：没有……只有开门一样的声音……

巡警：你也没出声？

朱音：我在杂物间的最里面待着，一动不动……

巡警：后……后来呢？

朱音：后来，又安静下来了。静得我都在怀疑前面那个像开门一样的声音是不是我的错觉，静得一点声音都没有。

巡警：……

朱音：过了一会儿，突然传来了壁橱的门被打开的声音。

巡警：壁橱？

（站在门口往里看，集会所的外间右侧是壁橱，左侧有好几个橱柜。到了里间，两者的位置则正相反。然后在最里处的墙前，排列着朱音藏身的那种杂物间。）

朱音：嗯，而且是接连不断地打开……后来，房间里还传出了别的声响，像是在翻查橱柜，拿开衣箱的盖子，或是掀起地上的板门。

巡警：什么……

朱音：这样的声响渐渐向屋子的里处逼近……

巡警：难……难不成……那……那什么在找你？

（朱音大摇其头。像是在否定巡警的话，又像是在表示她不知道。）

巡警：后来呢？

朱音：杂物间在屋子的最里面，并排有四间。而我藏身的是最左边的那间。不过，开门的声音是从最右边开始的……

巡警：……

朱音：第三间，也就是我边上那间的门被打开时，那声响突然停了……

巡警：……

朱音：我想门闩很快就会被嘎哒嘎哒地拨开，然后门被啪的一声突然打开……我被那玩意儿发现。但是我已经无处可逃了，所以只能蹲在杂物间的最里面，呆呆地看着门的方向……

巡警：后……后来怎么样了？

朱音：后来啊，不管过了多久都没什么动静，房间里一直静悄悄的。因为杂物间的门上插着门闩，那玩意儿以为里面没人，就从集会所出去了吧。一定是去冲鸟村了吧。我是这么想的……

巡警：唔……

朱音：所以，为了确认这一点，我就想通过门板上的节孔悄悄观察房间里的情况，然后……

巡警：然后？

朱音：那里有个血红的眼珠子。血红血红的眼珠子……紧紧地盯着我……

巡警：……

朱音：外婆常说，鸟女的眼睛，是血红的……

［后略］

最后浮坪医生写下了他的诊断意见。这份记录就此结束。

该意见对朱音的情况做出了如下解释：朱音遭遇了母亲失踪这一极具冲击性的事件，却没能得到妥当的照料，又在不知缘由的状态下被关进集会所的杂物间。因此，在密闭的黑暗中度过的那一晚，她用自己的方式解决了问题——以兜离之浦的鸟女传说为基础，对实际上不可能发生的现象进行妄想，试图以此来理解岛上发生的一切。

不过，由于不是精神医学或心理学专业医师的见解，这份诊断终究只停留在参考意见的层次上。但当时揖取警察署所做的判断，似乎也与此无甚区别。

然而事件过后，每当兜离之浦的人们来到浮坪医院，提及这个可怕的话题时，医生必会在陈述一番常识性意见后，这样说道：

“但是呢……我突然又觉得，直到今天鸟女还在那岛上寻找着朱音呢。”

第五章 鸟坯岛

渔船在稀稀拉拉的雨点中迂回到了岛的东部。前进少许之后，绝壁开始后退，展示出向内侧逐渐弯曲的光景。渔船沿着这条曲线行驶，不久，深深凹陷的岩壁下方现出了一个孤零零的小码头。

“从浦那里眺望过来，岛的形状像碗，不过这样转到侧面来，就会发现这是一个南北向细长的岛。”

据鵜敷正声说，鸟坯岛因“岛的形状像大鸟神盘踞的碗形底座”而得名。但这只是人们在兜离之浦眺望到的样子，如果从上空俯瞰岛，还不如说更像葫芦。

“嗯，途中确实凹下去了一大块呢。这么说起来，对面，也就是西侧，同样是凹着的？”

“没错，这个岛就像在东西方向被掐过一把似的。细腰以北的全境，也就是葫芦的上半截，是岛的神域。不过，神域也渐渐狭小起来，如今也许可以说只剩下拜殿内部的大鸟神之居了。”

“啊？是这样吗……我还以为全岛都是神域无疑呢。”

通过与正声的一番对话，刀城言耶发现自己想错了。如果是这样，岛的西南部建起冲鸟村还有居民住过，倒也不难理解了。

没多久，渔船减速靠近了码头。间蛎辰之助从正在摇晃的船中敏捷地跳上栈桥，海部行道立刻把缆绳抛给他，两人转眼间就完成了靠岸工作。

“真熟练啊。”言耶钦佩不已。在他身旁，面无表情的下宫钦藏则表现出对北代瑞子的关心，要助她下船。

“来，瑞子小姐……”

钦藏看上去不是一个亲切的人，与其父正相反，但唯独对女性似有不同。对今日才初次会面的瑞子已是直呼名而非姓，亦可见一斑。

“大小姐，注意脚下噢。”

相比钦藏，行道给人的感觉则像是在坦率地招呼客人。瑞子抵达兜离之浦比言耶还要早两天，俨然已是海部旅馆的老住客。

相反，正声、赤黑以及辰之助三人对她的存在视若无睹，连话都不和她说一句。不过，正声似乎是另有隐情，赤黑对谁都一样冷若冰霜，而辰之助摆出了不爱搭理陌生人——况且还是个女学生——的姿态，真可谓三人三态。

然而，不知为何，三人中的正声一直注视着下船的钦藏和瑞子。不，不仅是他，不可思议的是，连赤黑都向他俩投去了奇特的目光。

“喂！快把行李搬上岸！天气坏了可就回不去啰！”

辰之助冲操纵渔船的渔夫嚷道。但言耶感到这声呵斥好像也针对呆立中的自己，于是慌慌张张上了栈桥。

这里名为码头，却只是用几块木板拼凑而成的，如果有稍大的渔船靠岸，一艘就会把地方占满。特别是，耸立在眼前的绝壁把它映衬得尤为简陋，让人不得不担心它是否会马上崩塌。

“既然冲鸟村那边有海滨，为什么不把船绕到那里去呢？”

“不不，岛的西侧有两股冲撞的激流。所以，以前的人才把栈桥造在这边了吧。”言耶并未针对具体的哪个人发问，但海部行道迅速给出了回应，“如果是现在的那种有引擎的渔船，当然就不成问题了。不过，嗯，总之上岛时一向是用这边。”

“原来如此，是代代延续的定规啊。”

他俩交谈时，一旁的渔夫和赤黑正默默地向岸上搬运行李。大多是言耶等人在集会所留宿的必需品——食物、毛毯和照明灯等。不过，其中有个细长的白木箱，赤黑轻拿轻放，格外小心，明显和别的物品待遇不同。

（那是什么？看起来简直像一口小棺材……）

言耶胡思乱想之际，所有行李都被搬上了岸。渔夫还想帮着运送行李，但辰之助叫他快走，于是他匆匆开船回浦了。

言耶望着渐渐远离的船影，不知为何忽然想到：自己究竟能坐上这条两天后来接人的船吗？

（荒谬！那种事怎么也不会……）

当然，言耶立刻否定了这样的想法。但是，就在那个棺材似的白木箱再次进入视野的一瞬间，他感到心中的不安加深了。

“再磨蹭下去，只会淋成落汤鸡。不能给我快点吗？”

辰之助的怒喝把言耶拉回到了现实世界。他又一次觉得是自己把对方惹恼了。不过，这次是得救的感觉比较强烈。

为了尽可能一次搬完，众人合计着各自负责一部分。但各人能搬运的量显然各不相同。辰之助开始分配行李，吩咐谁来搬什么。然而由于行道爱插嘴，分配方案怎么也决定不下来。似乎从童年时代起，魁梧的辰之助和瘦小的行道之间，就是近乎老大和跟班的关系。但伶牙俐齿的行道提出的意见，好像总能把辰之助折腾得晕头转向。加上瑞子还要添乱，说什么“我也能多拿点”，害得众人越发谈不拢。

言耶觉得这里轮不到自己出场，便在栈桥上踱着步眺望四周，一路走到了位于正面绝壁左侧的岩场。因为他在想，不知能否从这里看到岛的最窄处。

他刚从岩壁探出头，一道不自然的从岩石表面划过的刻痕就映入了他的眼帘。宛如奇妙花纹的带状细痕，好像直通到岩壁的另一侧。从某种角度看，倒也未必不是人工建造的道路。

（但是，它究竟通往何处呢……）

言耶自己做出判断，认为那是道路，却又立刻产生了这样的疑问。绕过岩场，前方就是葫芦的细腰部分，换言之，那道痕无非是通向了岛屿最窄处的正下方。而且，虽然他一度感到那可能是路，但再次确认了宽度后，就明白在那上面行走实在是很危险。

（不过，也很难认为是天然形成的刻痕。）

言耶困惑之余，正要把视线投向更远的前方。

“哎哎哎，就这样了，决定了！再听你们多嘴，太阳都要下山了！”

看来辰之助终于发脾气了，他的怒吼声在码头上轰然作响。

此后，一行人排成一列，沿着仿佛穿凿崖面而削成的曲折石阶，悠然开始了攀登。人数和行李虽然也是行进缓慢的原因之一，但主要还是因为石阶极为陡峭，而且到处都被海水侵蚀，脚下很不安稳。加之又被小雨淋得相当湿滑，所以众人迈步时不得不小心翼翼。

言耶每到一个紧要所在，都会去俯瞰左侧的岩面。除非竭力凝目搜索，否则就辨认不出那些奇妙的纹样。即便如此他还是一心认为，那道痕毕竟是向岛内侧延伸的。

“那下方能看到奇怪的……”

他正要询问埋头前行的正声，脚下突然摇晃起来。

“哇！”

“啊呀！”

言耶失声惊呼，后方则传来了瑞子的叫声。

“啊，是地震。不过，马上就会停的。”

跟在后面的行道以非常自然的语气解释道。事实上正如他所言，没多久摇晃就戛然而止了。

“不……不要紧吗？”

言耶战战兢兢地回过头，只见瑞子两手提着行李，呆呆地杵在石阶中段。看来除了言耶和她，其余五人都在地动山摇时背靠岩壁，静候地震结束。队末的赤黑拾起瑞子失手掉落的一部分行李和皱巴巴的夏季披巾，一声不吭地递给她。

“这……这一带常有地震？”

言耶倒不是憷地震，只是因为正在攀登沿绝壁而建的石阶，脚下不稳，所以即便是言耶，也不免尝到了足以令两腿发抖的恐怖滋味。

“唔，浦上的地震没什么大不了，但在这个岛上就比较特别——不不，本来就不叫地震，而是被说成‘大鸟神振翅’。”

“原……原来如此……”

地区不同，单纯的自然现象也就有了其独特的含义。言耶心想这还真是个绝佳的例子，嘴上却略过不提：“那么，大鸟神这样振翅是有什么意义吗？”

“嗯，据说全都有意义。当然，我们是不懂的。能解读的只有朱音巫女。不过刚才那次嘛，我想一定是允许我们上岛的证明。”

就像一直在等行道结束解说似的，辰之助开口催促众人快走。得知现在才走完一半路程，言耶顿时产生了难以言喻的疲倦感。而且最关键的是，拜神明的上岛许可所赐，刚才一不小心也许就从崖上掉下去了。想到这里，就更觉疲惫了。

（如果您要表示许可，就拜托在栈桥上嘛！）

言耶半真不假地在心里嘀咕了一句后，留意着脚下，再次开始攀登石阶。此后他便一心只顾赶路了。

历尽千辛万苦走完石阶，眼前赫然出现了一座古老的木制建筑。虽然是平房，但有两套一应俱全的民居那么宽敞。这幢南北走向的建筑物，似乎坐落在岛葫芦细腰的北侧。

（这就是集会所吧。）

言耶做出了判断，接着把视线移向右方。

“好……好惊人啊……”

他不禁失声惊呼。这是因为脑海中所描绘的想象图，远远不及展现在眼前的真实景象奇特。

首先，是无数次被折成“く”字形的游廊，从设有集会所出入口的建筑北侧伸展开去。虽说游廊仅以木板地、廊柱、屋顶和连接柱与柱的横板组成，构造简朴，但这份朴素反而让人感到此间洋溢着神圣的气息。横板有多处中断，所以也可以在中途出入游廊。

从那些中断的地方开始，之前还是草地的两侧渐变为岩场，同时也成了陡峭的上坡路。这种风景的变幻可谓富有戏剧性。而且，就像是呼应四周的情景一般，游廊也进化成了由三方（上部的顶和左右的壁）封闭起来的细长的箱形建筑物，宛如欧美乡间常见的有盖桥。这条攀登岩场的奇妙通道，在十八年前，被朱音巫女贴切地称为阶梯廊。

正如连着集会所的游廊一到达岩场斜坡就转为阶梯廊一样，阶梯廊攀上陡坡时，又化作了石垣与白壁组合而成的高墙。高墙形成了壮观的绝壁，如展开双臂一般向左右延伸，简直就像在岛北侧建起了一座堡垒。映入言耶眼帘的，正是这样的景观。

“还真像城堡……”

言耶下意识地吐露出和十八年前的朱音相同的感想。当然和实际上的城郭相比，两者规模相差太大，但从下往上望，怎么看都有这样的感觉。

“刀城先生，先把行李放好吧。”

听正声这么一说，言耶环顾四周，发现除了自己，别的人好像都进了集会所。于是他慌忙调整了一下手上的行李，跟在正声身后。

“累了吧？来，请这边走。”

穿过门口时，行道迅速接过了行李。于是，言耶开始观察内部的情况。

集会所的地面全由木板铺成，在言耶跟前和屋子里处各砌着一个围炉。从门口往里看，右侧有一排门，像是壁橱，左侧摆放着若干橱柜。这是一间细长的屋子，南北走向。以中央的木门为界，里间的橱柜和壁橱位置正相反，橱柜在右，壁橱在左。这构造真像是把两个造型迥异的房间粘在了一起。而在正对出入口的内墙上，可以看到四扇杂物间的门。

“怎么办？我们是不是该去问候巫女大人一声啊？”

“唔，可是去拜殿露面有点不太好吧。”

言耶信步开始向最里侧的杂物间走去时，耳边传来了辰之助和行道的对话声。他俩刚整理完行李。紧接着，迄今为止只对瑞子照顾有加的钦藏，像是突然想起来似的开口道：“不过啊，朱音小姐说过，在鸟人之仪举行前要让见证人事先参观一下拜殿内部。”

“罪该万死的家伙！竟然不好好地称呼一声朱音巫女大人！”辰之助当即发出了怒吼。

“好啦好啦小辰，他又没恶意的。”

看行道劝解辰之助的态度，就知道他习惯于调解二人的关系。

“要是如小钦所言，巫女大人当真这么说过……”

“我认为就算说过也不该擅自进入吧，这种事硬来总归不好。”

“嗯，是啊，那怎么办……”

“姐姐也知道各位已经到了吧，所以我们姑且走到阶梯廊的下端，看一下情况吧。”出人意料的是，为争执不下的青年团成员拿定主意的人是正声。

于是正声在前头带路，众人排成一列向游廊进发了。间蛎辰之助抱着大木箱，下宫钦藏提着医药包，刀城言耶和北代瑞子空着手，海部行道手拿旅馆的油纸伞，赤黑走在最后面。言耶和瑞子的微妙位置，是行道礼让出来的。原本正声似乎想让言耶紧随其后，但辰之助理所当然似的走到了第二的位置上。而钦藏仍是面无表情，虽然向瑞子轻轻点头致意，但还是占据了第三位。

（好像和长幼次序正好相反……）

换言之，行道最年长，其次是钦藏，再次是辰之助。然而，想必是浦上最大的渔业经营者之子的身份，为辰之助的种种行为提供了后盾。在男性中身材最魁梧，最具威慑感，无疑也助长了他的气焰。至于海部旅馆的少东家和浮坪医院的医生，短时间内很难判断哪一位在立场上更强势，但言耶总觉得行道的谦恭并不是因为他从事服务业，而是生性如此。

在游廊上时，队列里的人还会前后交谈，但一到阶梯廊，话语声就戛然而止了。正声回过身扫视着众人的脸。言耶被他带动，也回过身去，这才发现赤黑拿着那个棺材似的箱子，心中不由一惊。

（是要交给朱音巫女吧？）

现状让言耶不得不这么想，也正是因此，他越发在意起箱内的东西来。要说这种样子的箱子，辰之助倒也抱着一个，但他那个就完全勾不起人的兴趣。为什么只有赤黑拿着的箱子，格外令人感到诡异呢?

然而，其他人都没有提这箱子的事，也不知是完全不在意，还是心知肚明却佯装一无所知。不，应该说，众人的注意力都被眼前的对开门吸引了。

言耶正想着是不是要直接往上登到顶端，正声却不知为何走向了左门板的更左侧。言耶受好奇心的驱使，跟过去一看，只见正声拉了三下悬挂在那里的细绳，片刻后又拉了三下。

“这一回，我说服姐姐把这个装上了。这条细绳延伸到拜殿里的大鸟神之居，那一端挂着个铃。然后祭坛处另有细绳，一直拉到这扇右门板的外侧，也挂着铃。”

说着，正声移向右门板，诱使众人把注意力集中到门板的右上方。果然那里的绳头下也悬挂着铃。

“从这里拉三下发送信号，等姐姐回应——就是这么个装置。铃响一下是别来打扰，响两下是她本人会下来，三下则表示大家上去也没关系。”

就在这时，铃声大作，“叮、叮、叮”响了三声。

“看来姐姐打算请各位直接入内参观拜殿内部。”

确认了铃的信号后，正声缓缓走到门中央，把左右门板拉开。

（一片漆黑……）

言耶立即移到正声身边，仰头向骤然开启的门后望去，将彼处的黑暗收入了眼底。他只能勉强辨认出脚下的阶梯。

没多久，随着眼睛渐渐适应了环境，在晦暗中泛着深沉微光的木阶梯直奔黑色苍穹之尽头一般的景象，映入了他的眼帘。如果是晴天，从开设于两侧壁上的格子窗射入的阳光，或许能让阶梯的样子浮现得更清晰一些，但雨天的傍晚就无法可想了。

正声拜托队尾的赤黑把门关好，然后毫不犹豫地踏上了黯淡无光的阶梯。

“喂，怎么了？不想看拜殿了吗？”

理应紧随其后的辰之助一动也不动，于是钦藏开口催促他快走。但他仍然磨磨蹭蹭，钦藏没办法只能请言耶先行一步。瑞子跟着言耶。而在隔开一小段距离的后方，辰之助被夹在钦藏和行道两人之间，终于开始了攀登。

（跟在正声君身后，又没什么不方便……）

言耶心里纳闷，但随即把注意力集中到了脚下。因为若是一脚踩空，连瑞子都会被他带倒。在这么陡峭的地方，发生这种事就不好收场了。

（虽说是攀登，却像是朝漆黑的地狱深处降落一样，这种诡异的感觉究竟是怎么回事……）

言耶明知，这是因为晦暗的通道即使在眼睛适应后也依旧可怖；但同时又有另一种感觉在不断增强：自己正在渐渐接近某个不同寻常的处所。

（不愧是有神域之称，绝不是糊弄人的！）

言耶一边这么琢磨，一边攀登。当他快喘不上气来，心想究竟要爬到何时才算完时，眼前的正声停下了脚步。

“阶梯到此为止，之后是走廊。”

言耶抬起头，就见在正声前方的晦暗中伸展开去的，确实是木地板。

“各位，到齐了吗？”

他被正声的问话带动，回头向下望去，发现身后只有瑞子，青年团的三人落后了一大截。没办法，三人只好等他们和赤黑赶上来后，再往里走。没走多久，眼前便出现了一道对开门。两扇门板看上去极为厚重，下方的门简直无法与之相提并论。

“到了，里面就是拜殿。”

正声轻轻敲了敲门，然后拉开。

一瞬间视野豁然开阔。宛如天上的异界正在眼前铺陈开来。

“好……好惊人……”

言耶的低语似乎道出了众人的心声，谁也没说话，唯有默默赞同的氛围被传递出来。

石垣上部配以白壁，筑成了高墙。从阶梯延伸而来的走廊，好似贯穿此处侵入了拜殿。然后，左右两侧，即紧贴着高墙的内侧，居然是直铺到左右尽头的榻榻米。这是在日本普通民居中绝无可能欣赏到的景象。细长“和室”一般的异形空间，从门口向左右延伸，样态着实奇妙无比。

（这……这是什么……这奇异的房间……）

言耶在心中如此感慨，也是理所当然的。

因为左侧的榻榻米延至那块沿悬崖而立有飞翔岩之称的巨岩，右侧则几乎直抵绝壁的边缘，两者合力制造了一个寻常难以想象的细长的和风空间。

榻榻米的上方当然也有顶棚，和高墙上露出的屋顶连接着，所以这细长的和风空间勉强可看作室内。不过，榻榻米的另一侧就是裸露着岩石的地面。相邻的席与岩石构成了令人难以置信的连续地面。这光景一入眼帘，言耶便陷入了奇妙的感觉，仿佛有人正在向他展示一幅错觉画。

不过，言耶的注意力只在异样的和风空间上停留了片刻。很快，他的视线就被更为刺激的景象吸引了。

一条由木板铺成的路从门前的三和土[1]直通断崖绝壁，其尽头坐落着薪能[2]舞台似的祭坛——大鸟神之居。薄暮即将迫近，垂挂着乌云的天空与怒涛翻滚、骚动起来的昏黄海面，难分界线地融为一体，在祭坛背后展开了一个巨大的空间。

这画面令见者不禁脚下发软，而朱音巫女一身白红装束，披着僧尼般的头巾，凛然伫立在其中。

铺有榻榻米的细长建筑原本面向断崖而建，却突兀地被纵向一割为二，恰如倒置的“八”字一般分成左右两半，岩面从其下的地面隆起，随后大鸟神之居托举着朱音巫女突然急升上来——眼前的异样世界只能让人产生这样的观感，其景象之奇诡近乎恐怖。

不过，言耶——不，感觉是包括正声在内的所有人——因眼前的景象而惊惧，只延续到朱音巫女走下祭坛向他们行来之时。因为是正声的姐姐，所以也曾想象她是一个非常美丽的女性，但真人的美还在想象之上。当然，除了言耶和瑞子，余人应该都对她很熟悉。即便如此，随着朱音渐渐走近，耳际仍能听到窃窃私语和感叹之声。她清丽绝俗，神圣端庄，美得好像不食人间烟火。

1　三和土：中文为“三合土”，由泥土、石灰和水混合夯实而成。因混合了三种材料，故名三和土。文中是指用三和土浇筑而成的“土间”。日本传统民宅中，人们的生活空间分为两部分：高于地面、铺设木板的部分，和与地面等高的部分。后者即为土间，通常位于室内与户外的交界处。过去土间是进行家庭内杂务或炊事的场所，因此相当宽敞。但在现代民居中，土间变得狭小起来，成为单纯的脱换鞋场地，即我们常说的玄关部分。——译者注

2　薪能：能乐的一种。和普通能乐不同，在露天表演。表演时需要燃起篝火照明，故名“薪”能。——译者注

“我是鵜敷神社的朱音，承蒙各位前来做本次鸟人之仪的见证人，真是辛苦你们了。”

如此拘礼的话，由朱音的声音娓娓道来，却也令人产生了难以言喻的舒心感。

“这位是刀城言耶先生……”

正声立刻介绍了言耶和瑞子。初次会面的震惊一时难消，但言耶尽可能地对朱音进行了冷静的观察。

（原来如此——听说在仪式前要做长达七天的祓禊，所以自己在脑中下意识地描绘了这样一个女性形象：精神上表现为高度紧张，身体上表现为脸颊瘦削，即所谓的敏锐干练之风。）

然而，朱音脸色红润，倒不如说双颊略显丰满，面容中透着柔和之气。虽说举手投足间毕竟不乏刚毅，对言耶等人的态度也称不上平易近人，但众人还是从她身上感受到了看破红尘似的从容气度。换言之，无论是容颜外表，还是由内而外散发出来的气质，都弥漫着包容众生的慈爱韵味。

（此刻的装束已是如此，如果取下头巾换上通常的衣服……）

言耶不由得进行了一番有失检点的想象。不过，有此心绪也许是极为自然的事。因为这绝非出自淫欲，不过是情绪的坦率流露罢了——言耶希望看到更美、更清丽、更加神圣脱俗的她。

要说是证据也行吧，朱音影响的可不只是男性。瑞子在正声介绍自己的过程中，也只顾呆呆地看着巫女，连像样的话都说不出来。瑞子始终凝视着眼前的女性，似乎对她崇敬不已。

“那……那么，巫女大人……您有……有什么不便之处吗？”正声刚介绍完两人，辰之助便匆匆开口说道。

“身体方面怎么样？是不是在仪式前由我诊断一下较为稳妥？”钦藏从旁插了一句。瞧他那架势，眼看就要上前去握朱音的手了，大概是想给她搭个脉吧。而且，此前一直没有表情的脸上甚至浮现了微笑。

辰之助立即表露出怒意：“仪式的祓禊是很特别、很神圣的！哪有你这郎中上场的份儿！”

“以前也就算了，现在当然是要注意健康的。正因为是这样，朱音小姐才会去赤夜马的医院接受体检啊。”

“对啊，不得不去赤夜马，就是因为这里没有可靠的医生。”

“我不懂你在说什么，那只是医疗设备完善与否的问题而已。”

“偷偷摸摸从东京逃回来的人，还敢摆谱！”

“那你自己……”

“喂喂，小辰也是，小钦也是，你们还有完没完？也不看看场合！”

行道忍不住介入两人之间，但劝解的同时，他的视线却在朱音身上流连。

（原来如此，和下宫推测的一样。）

这些男人对朱音怀有恋慕之情。言耶对此予以了充分的理解，但亲眼看到这种孩子气的争执，他不禁苦笑起来。不过，他立刻想起了下宫德朗的忧虑。

（但愿他们各自抱有的感情不会成为引发祸事的火种……）

如果她只是青年团心目中的圣母玛利亚，恐怕就不会有任何问题。然而事实上，她的身份是鵺敷神社的巫女，而三个男人的思慕之情似乎也各有各的复杂。素有秘仪之称的鸟人之仪将在如此状况下举行，也难怪言耶心怀不安。

“请到大鸟神之居这边来。”

不料，朱音却开口催促众人，仿佛围绕着自己发生的争吵并不存在。话音刚落，辰之助和钦藏便立刻顺从地跟在巫女身后，而行道在朱音走出有屋顶的区域之前，已经为她撑起旅馆的油纸伞。此情此景令言耶再度苦笑起来。

众人在设于门内侧的三和土上脱下鞋，走上了通往岩场的木板路。路的两侧竖立着间距相等的木棒，棒的上部附有铁环，一道细绳贯穿其中。

（扶手吗？这可太寒碜了……）

言耶疑云满腹，把脸凑上前去，当即明白了它们的真正用途。右侧的细绳多半连接着祭坛和阶梯廊下端右门板处悬挂的铃；而左侧的则是正声拉动过三次的那根细绳，它从阶梯廊下端的左门板通往祭坛，祭坛那里想必也悬着铃。

众人在连接凡间与神域的两道细绳间前行，不久，木板路便到了尽头。登上五阶的木梯后，就是用作祭坛的大鸟神之居了。在刚进拜殿后望见时，这片空间貌似被建在圣域的中心。但真正登上祭坛再看，才发现它濒临断崖。言耶不由得心惊胆战起来。

进而他很快就真切地认识到，心惊胆战不只是因为这里地处断崖边缘。首先，让人担忧的是，一不留神腿脚就会陷入木板间的缝隙，因为木板本身狭细，拼接得又极为粗陋；其次，只要瞧一眼那些木板的下方，祭坛正下方的岩面从阶梯口向断崖一侧倾斜的光景便赫然在目。当然，支撑祭坛的柱子配合着斜面调节过长度，所以木地板并无倾斜。但是，人光是站在祭坛上，就会身不由己地介意脚下，无论如何都无法镇静下来，并陷入一种错觉：自己莫非正奔走在径直滑向断崖的斜面上？况且，祭坛四周的扶手高度只到成年人的腰部，这也是令人产生不安定感的原因之一。

（在这种环境下举行仪式，凭一般人的胆量可办不到。）

言耶再次真切地感受到，鵺敷神社的巫女有多了不起。不过，还有另一样东西也让他两腿发软。

在祭坛右侧的正中央，有一块正方形的地板被切走了。言耶一边想那是什么，一边向下窥探，才知原来是一个漆黑的洞穴，刚好塞得进一个孩子的身体。它突兀地张着深不可测的大口，令人毛骨悚然。

“那洞穴是大鸟神的嘴。”

“真的吗？是……是嘴啊……”

“是的。供品供奉过后，按例都要送进这张嘴。”

“啊，原来如此。”

知道了用途，就不值得大惊小怪了。但突然被告知那是大鸟神的嘴，任何人肯定都会大惊失色。

然而即便如此，淡淡的恐怖感仍挥之不去。莫非是因为那洞穴的口径能吞没稍有些个头的大型犬？莫非是因为那必会令人坠入无底深渊的极度黑暗露出了狰狞面容？事实上，俯瞰片刻之后，人就会陷入自身将被轻盈地吸入其中的感觉。进而——

“大鸟神有两张嘴。一张是通常的嘴，另一张则在背部。这里的这个就是大鸟神的第二张嘴。”

朱音做了补充介绍，其内容近似从前的二嘴妻[1]传说，更使言耶感到惊惧。

“顺便问一句，这是自然形成的洞穴吧？”言耶特意提出了一个富有现实性的问题。

“我想是的。根据传说，大鸟神莅临飞翔岩时，那块鸟形岩的鸟喙部分高高朝上，向天空发出了一声啼鸣。随后，大鸟神用喙啄了此处，岩石溅起，留下了这样的洞穴。”

朱音指着左侧（西面）的巨型奇岩，讲述了流传至今的民间故事。

“那奇岩就是磐座吧？”

此前，言耶在不知不觉中被木地板下的奇怪洞穴吸引，无法移开视线。这时，他强迫自己抬起头，再次细细打量那块巨岩。

奇岩呈现的形象，算是定格了大鸟展翼即将从崖边一飞冲天的瞬间。但喙部的长度竟有躯体的一半，加上那伸向天空、朝海面突出的姿态，实在是把整体的协调感都破坏殆尽了。当然，若是换一种角度

1　二嘴妻：日本有一种名为二嘴女的妖怪，脸上有嘴，后颈处也有嘴。而二嘴妻的传说主要有两类。其一，丈夫对妻子十分满意，因为她不吃什么却很能干活。奇怪的是家里的粮食还是消耗得厉害，于是他在出工后悄悄溜回家窥探，发现妻子被头发遮掩的后颈处另有一个嘴，正在大吃大喝。原来不吃饭光干活的理想妻子是二嘴女妖。其二，后妻只爱自己的孩子，却让前妻留下的孩子活活饿死。有一天丈夫砍柴，斧子划到了妻子的后颈，小小的伤口渐渐化作口唇状，后来竟还长出了舌头，就像一个真正的嘴一样不停地说着后妻的罪行。——译者注

去看，这种扭曲反而强调了磐座的存在感。这是真正的奇岩，只有这一点毫无疑问。

其实，喙的前端还悬挂着一个奇妙的物体，样态比那不可思议的巨岩更显诡异。

“那喙的前端挂的是什么？”

“人笼。”

“什么……人……人笼？”

尽管从刚才开始朱音的种种回答就令他惊讶不已，但听说那不是鸟笼而是人笼，即便是刀城言耶，也难免心惊胆战。

“不……不会是鵺敷神社的巫女，要进入其中……”

有两道绳索从人笼上部延伸至祭坛的西北角，并穿过了滑车，所以能轻易地推测出，人笼可以在两地之间来去。这么看来，乘坐它的果然是鵺敷神社的巫女，不可能是外人。

想归想，但言耶依旧半信半疑。然而，朱音却以理所当然似的口吻肯定道：“一年一度的大祭时，巫女会乘人笼攀至飞翔岩的正面，在那里向大鸟神献上祈祷文。”

（站在祭坛上，就已经感到脚下不安稳了，竟然还要乘上那种笼子，被悬空地挂在断崖绝壁前……）

光是想象就要浑身打战了。

人笼与欧洲中世纪使用的拷问刑具“吊笼”非常相似。而且，形状看起来和那种木制而非铁制的吊笼基本一样。木制吊笼的筐体呈六角形，木格之间的空隙极大，只有笼顶是一个三角锥。为了展览受刑者，这种笼子会被悬挂在高处。因此，被关在里面的人每时每刻都会尝到恐怖的滋味，生怕自己从空隙中坠落。然而，要是站直的话，头又会进入三角锥部分，使人感到无比憋闷。如此构造要的就是这种效果。

当然，这里的人笼并非刑罚用具，所以看得出顶部留有空间。只是木格之间的空隙大得似乎与吊笼无甚区别，唯有给人落脚用的底部铺着横排的木板，这大概是为了加护底部吧。

（虽说如此，但完全不觉得这玩意儿安全……）

言耶一边想，一边把目光从人笼上移开。他发现除了连接笼与祭坛的两道粗索所贯穿的滑车外，还有一个小滑车。

“这里的滑车没有绳索穿过，是用来做什么的？”

他凝目向巨岩望去，勉强能看出顶部装着同样的滑车。那里也见不到绳索的踪影，但肯定有某种实际的用途。

“这个是大祭时升赤旗所必需的装置……”

朱音话到中途，似乎意识到光这么解释言耶不可能听懂，便改变了说法。

“相传在广泛使用地文推测法的时代，飞翔岩对渔夫们来说是一个再好不过的标记。为了提升它在灯塔功能方面的效用，人们在顶端系了鲜红的旗。作为昔日的余韵，直到现在，我们仍会在一年一度的大祭上升旗。”

朱音告诉他，自古以来的风习延续至今。

“刀城老师来我们镇时，想必也翻越过十见所了。”行道乐滋滋地开口为巫女做补充说明，仿佛一直在等待自己出场的时机，“您见到过那里的大松树吧。像这种从海面看来有标志作用的东西，我们称之为‘标的’。十见所也是，最初的意思是指在远方望见的场所，据说从前写成‘远见所’[1]。而为首的标的就是这大鸟神之岩。”

在大鸟神之居的左侧，也就是面向飞翔岩的西侧，有一个供品坛。由此也可清楚地知道，拜殿祭祀的一定是眼前的巨岩。

“举行鸟人之仪时，会用到笼和旗吗？”

“在某个方面，它们具有非常重要的意义。”

言耶只是漫不经心地提问，朱音回答时的表情却很严肃。

“但现在这个滑车的绳索断了，不能升旗。”

“就这么点问题，我一下就能修好。”

朱音继续解说时，辰之助像是终于等到了显摆的机会，立即插嘴道。然而见巫女干脆地摇头，他不禁沮丧起来。不过，巫女的下一句话又令他态度为之一变，迅速振作起了精神。

“明年大祭前还要麻烦你过来，届时就有劳你修缮了。”

言耶怀着恐惧但又想看的心情，再次仰望飞翔岩上的人笼。

“要不要也看一下和室？”巫女又和他攀谈起来。

“啊，可以吗？”

祭坛上已没有值得一看的东西，加之一旦意识到脚下的状况，就觉得只想尽快脚踏实地，因此言耶迅速响应了朱音的建议。

“嗯，请。拜殿里的任何地方都可以随便看。”

鵺敷神社的巫女显得毫不拘泥，与之相对，男人们的样子却大不相同。

1　十见所和远见所，日语中“十”和“远”同音。——译者注辰之助用意兴索然的眼神瞪视着言耶；钦藏的目光倒是不尖锐，却也寒意大盛；只有行道满脸困惑，但他显然也不希望言耶这样出风头。简而言之，虽然三人表现各异，但对于外人在拜殿里到处探查的行为，都抱有强烈的不快。即便如此也没人发出一声抗议，自然是因为言耶已得到朱音本人的许可。

言耶感到气氛着实尴尬，不过他还是姑且转身，朝门口走去，准备进入那间和室。

“我可以和你一起去吗？”

令人惊讶的是，瑞子跟在了他身后。先前她被朱音深深吸引，一直粘着对方，所以想不到她竟会从巫女身边离开。

“有什么不明白的地方，尽管问我。”

进而，就连正声也跟过来了。如果只有言耶一人倒也罢了，可瑞子也在，他还真有心过来陪同啊。言耶心里这样想着，无意中回头瞧了一眼祭坛，顿时恍然大悟。

只见间蛎辰之助、下宫钦藏和海部行道三人在大鸟神之居围住朱音，互相牵制却又乐在其中。怎么看那里都没有瑞子立足的余地，而正声肯定也在想自己和他们掺和到一块可就太傻了。

“这一侧是巫女在拜殿修行时的主要生活场所。”

回到殿门前时，正声开始介绍向右边延伸开去的东侧和室。

“也就是说，除了一年一度的大祭，巫女还会在别的时候待在这里？”

“嗯，因为满七岁后会迎来春季大祭上的初仪礼，以此为开端，巫女必须在拜殿里修行若干仪礼——其中的一部分堪称苦行。我想，即便把历代巫女全都算上，姐姐也是唯一一个在迎接初仪礼之前就上过岛的人。”

正声所说的自然是十八年前的事。

“如果这次姐姐把小朱里也带来，那就意味着母女重复了相同的行为。不过小朱里今年春天已经完成了初仪礼，所以和当时的姐姐不一样，她现在已经是巫女……但我认为，没有沿袭下来真是太好了。”

之前的鸟人之仪发生了什么变故？想想这个问题就知道正声所言在理。不过，言耶觉得就算过去的仪式顺利完成了，这里也不是孩子该来的地方。更何况，朱里看到青年团的那三位对待朱音的态度，又会怎么想呢？

“即使修行是在拜殿里，就寝时还是会去那个集会所吧？诚然，拜殿里也铺有榻榻米，但内侧可是日晒雨淋的露天状态啊。”

瑞子提出的疑问合情合理。不过，她似乎已真切地认识到正声对她印象不好，因此语气非常拘谨。

“在大祭和修行的季节，几乎不会有风雨从崖侧袭来。而且所有的和室都能竖起落地滑窗。”

令人意外的是，正声很平常地做了回答，然而他的视线始终朝向言耶，看来两人的恶劣关系仍在持续。

“原来如此。听你这么一说我就发现了。瑞子小姐，你看，榻榻米的内侧有类似门槛的沟槽。”

无奈之下，言耶指着像是用来安插滑窗的地方，和瑞子攀谈起来。但当事人似乎并不介意，好像只是单纯地对和室的奇妙构造感到有趣，不长记性地向正声再三发问。

（哎呀呀，还真是个顽强的女孩。）

言耶独自一人穿过板间[1]，走向狭长的和室深处。这多少也是出于让两人独处的意图，但主要还是为了好好观察。

细看下来，不仅限于榻榻米和岩面的分界线，和室内部也设有门槛。换言之，只要在和岩面一侧竖起落地滑窗，内部用隔扇或拉门加以间隔，就能构成四五个完全封闭的房间。

（这样的话，倒也不是不可能留宿啊。）

由于第一印象过于强烈，虽说这里铺着榻榻米，但总觉得与普通和室全然不同。然而，事实看起来并非如此。进一步观察下来，他发现，这里在搭建时姑且考虑过要满足最低限度的生活需求。高墙的内壁前搁置着衣柜、阶梯式收纳盒、碗柜、梳妆台、火钵、唐柜、箱笼、高灯台、蒲团袋等物品。光看到这些东西就能明白，这里确实是生活场所。

“粮食会定期从镇上运过来，所以只是起居的话，这样就足够了吧。”

耳边响起了正声的语声，他就像是读取了言耶的思绪。正声似乎是自然而然地跟过来的。再一看，瑞子也在他身后。

“男人的话什么也没有都没问题，巫女可不行。”

明明没有拜托他，他却一边说一边打开衣柜的抽屉和碗柜的门，向言耶展示里面的情况。要说不好奇那也是谎话，但言耶的确产生了

1　板间：铺着木板的地方或房间。文中指拜殿门前铺有木板的地方。——译者注

一种擅自进入别人家中查探的罪恶感。更何况，衣柜里放的自然都是女人的衣物，譬如巫女的备用装束等。

为了摆脱这奇异的羞耻感，言耶稍稍加快了步伐。走到和室的最里面时，他发现了层层叠叠倚靠在壁上的滑窗和隔扇。可能是最近刚做的，相比拜殿略有点破旧的氛围，它们看起来倒是挺新。

和室止于这尽头的壁。不过，壁又向左从铺着榻榻米的和室鼓出，朝岩场延伸而去，长度约为这细长和室的宽幅的三倍。换言之，如果人在外面就可以看到，从阶梯廊顶部向东北方延伸的高墙，一到断崖处便西折而去。

言耶望着正面的大鸟神之居，尝试沿壁前行。尽管从中途开始不得不只穿着袜子就直接踩上岩面，但他毫不在意。因为他的心思早已飞向壁的彼方。

没多久，右侧的壁到头了。一瞬间，在壁的彼方，赫然在目的天空翻卷着黑压压的暗云；眼下则是宛如一头栽入无底深渊的陡峭断崖，以及那遥遥横亘在更下方被惊涛骇浪冲洗着的奇怪岩场。它们以毫不掩饰的狂乱之态，跃入了言耶的眼帘。

“那下方的岩场被称为‘鬼之洗衣场’。”

正声在后方的突然解说，令言耶险些发出惊叫声。他好不容易才忍住，也不回头，只是说道：“宫崎的青岛有一种波形岩，就叫‘鬼之洗衣场’。这里的这个，是因为岩场的凹凸非常明显吧。”

“是啊，多半是把那岩石的天然锯齿看成搓衣板的褶纹了。”

“这么说，想从这儿往海里跳，也会被那岩场阻碍吗？”

“嗯。即使在满潮的时候，下面的水也没多深，所以游泳水平再高，也不可能从这儿跳海逃生。”

这时，言耶的脑海中出现了十八年前从拜殿消失的朱名巫女。在下宫德朗的斡旋下，他看到了浮坪重吉提交给揖取警察署讯问朱音的记录复印件，知道朱名从这崖上跳入海中的可能性已被否定。不过，坦率地说，直到亲眼看见之前，他仍然觉得这个方法还有探讨的余地。正门在内侧被关闭，又没有从两侧高墙翻出的迹象，剩下的就只有向海开放的断崖了。然而……

（怎么想这都是不可能的……）

首先，要从眼下的断崖绝壁下去。言耶明白，这对职业登山家来说无疑也是巨大的冒险。而且还是建立在有充分装备的基础上。即便如此，人要往海里跳，也会被正下方的岩场阻碍。就算万幸能成功地避开岩场直接落向海面，这高度也不是闹着玩的。

（那么，沿着壁的外侧……）

言耶右手抵住壁的内侧，把左手压在壁尽头的断面上。在震惊于其厚度的同时，他向外侧窥探，立刻打了个寒战。

面向大海的壁好似从悬崖边缘拔地而起，近乎垂直地伫立着。直到与东侧的高墙相交处为止，壁上毫无凹凸，呈现出一个纯粹的平面。除非是蜘蛛精或壁虎怪，否则绝无可能走到另一端。

（那么，另一侧呢……）

言耶条件反射似的往西一看，立刻醒悟到：飞翔岩的存在已经抹杀了这种可能。

（攀登飞翔岩也好，沿着岩石绕到另一面去也罢，都绝无可能办到。）

即便如此，言耶还是走到飞翔岩边实地确认了一下，这可能是出于他在收集怪谈的流浪之旅中形成的怪癖。不只是听听而已，如果成为怪谈之舞台的地点、场所或事物处于可确认的状态，就应该尽量用自己的眼睛去看。因为他已切身体会到，这么做有时能对怪谈的鉴赏与解释带来助益。

因此，这次他也试着走近巨岩。然而，到了近处，言耶越看越觉得自己要被巨岩那厚重的存在感压倒了。同时他也不得不承认，这里比东侧的壁更难攻克。

（临海的崖侧不予考虑的话，果然就只剩下翻越高墙一途了吗？）

如此这般思量着，言耶望了望从门口以“八”字形延伸开去的和室空间。

（有用于支撑屋顶的柱子，所以，从那里爬上去的话……）

他一边想一边上移视线，发现突出在外的檐是个阻碍，看起来无论如何也不可能爬上屋顶。有梯子的话则另当别论，但现场要是留着那玩意儿，肯定会被城南民俗研究所的唐通副教授发现。

（等一下！从外侧下去毕竟也需要梯子。也就是说，不可能把梯子留在内侧。）

紧接着，言耶做出了上述推测，但他又想起东西高墙下曾各有一名学生在监视。进而，他发现即使无人监视，也还是不可能靠梯子脱身。登入拜殿前仰头看到的那墙的高度以及其下岩场的倾斜态势让他认识到，这需要长度惊人的梯子。

（如果巫女事先准备了那么长的梯子，唐通不可能看漏。最重要的是，靠那样的梯子爬上屋顶还凑合，但考虑到下去时的稳定性，恐怕就会怕得不敢使用。况且当天还下着雨，下墙时梯子在岩场上滑脱的可能性极大。毕竟还是行不通。）

“雨下大了，我们进和室吧。”

言耶正在专心致志地思考，被正声这么一催，便慌忙向西侧的和室奔去。朱音和三个男人已回到正门前的板间。而赤黑就在他们背后，不过他似乎从进入拜殿开始就一直待在那里没动过。瑞子则是陪着自己——不，是陪着正声吧——紧跟在后面。

然而，就在奔入西侧和室的一瞬间——

“啊！”身后的瑞子惊叫起来。言耶向她望去，也忍不住发出了“哇”的一声。

就在晦暗的和室尽头，一头巨大的影秃鹫正欲展翅高飞。

“什、什么嘛……是标本啊。”

活着的鹫当然不会潜伏在拜殿里。由于只有这里插着滑窗，从岩场那边看不到，所以造成了此物骤然在眼前出现的效果。又拜精湛的制作工艺所赐，标本栩栩如生，极具压迫感，以至于两人都陷入了惊骇。

“就像自古以来祭拜佛像一样，人们似乎是把这制成标本的大鸟神当成了信仰对象，因为神社里也祭祀着相同的东西。不过，这个算怎么回事呢？既是神之使者又是化身的影秃鹫标本……”

正声出言讥讽偶像崇拜，而言耶也步调一致：“即身成佛的木乃伊佛也就罢了，神之使者的标本，还真是……叫人怎么说好呢？总觉得与其说是什么感恩戴德，倒不如说一不留神还会遭天谴吧？”

为了不让朱音等人听到，他俩压低了语声。缺乏虔诚之心的人看到偶像崇拜，时常会被一种难以言喻的滑稽感包围。但在善男信女看来，这绝对是毋庸置疑的亵渎。尽管在标本带来的冲击已然平息的言耶看来，这尊大鸟神只是破旧的老古董。

“不过呢，据说这标本会在鸟人之仪中担当某种重要的角色。”

“这标本……”

听正声这么一说，言耶顿时感到眼前的鸟浑身缠绕着妖异的气息。他自己也觉得不像话，但果然一听到和仪式有关，这鸟在他眼里就成了特别的事物。

言耶有些勉强地从标本前走开，像是要急着逃脱那大鸟神的缚咒一般。随后他再度环顾了西侧和室的内部：“原来是这样啊，这一侧的和室里放着修行与仪式必需的物品。”

“是啊。特别是这一次，应该是为鸟人之仪准备了各种各样的用品。”

“真的呢。珍奇之物堆积如山啊。”

光是一眼扫到的，就有榊、杖、币、细竹、弓、剑、桙、杓、葛等採物[1]，厨子柜、俎、二阶柜、冠箱、冲重[2]等特殊的橱与台，还有金属碗、盘、瓶子、铁钵等各种容器，满满当当地挤作一团。

言耶随手打开一个叠箱的盖子，看了看里面，心里一惊。因为里面塞满了喙、爪之类的鸟体部位，景象着实诡异。

1　採物：祭祀时，神官巫女等神人手持的道具。榊：杨桐木。币：献神用的币帛。桙：矛。——译者注

2　厨子柜：橱柜。俎：祭祀用的礼器，肉类祭品放在上面供奉神明。冲重：放置供品和餐具的食案。——译者注

“这些是从影秃鹫等全国各种鸟类身上搜集而来的，不仅限于本地。”看言耶举着盖子一脸惊愕，正声做了介绍，“当然了，不是杀而取之。它们都来自已经成为尸骸的鸟，是出入鵺敷神社的各方宗教人士带给我们的。看，这里收着羽毛呢。”

正声拎起叠箱的上屉，底下露出了大小不一、形态各异的鸟羽，简直让人有一种踏入鸟类研究室的感觉。看来这些全是仪式必需的用品。

辰之助搬来的箱子也和各种物品放在一起，于是言耶问里面是什么，答说是用作供品的鲜鱼。他这才恍然大悟，难怪此处弥漫着腥气。至于连肉膻味也能闻到，大概是因为打开过积攒着大量鸟体部位的叠箱，那气味仍有残余。

不过，搁在供品箱边上的大木箱，令言耶尤为在意。箱盖部分呈斜格状，看起来倒像一个香资匣，只是看不到内部。问正声箱子的用途是什么，对方却惊讶地摇头说他也不知道。相比周遭的物品，这箱子怎么看都像是无用之物，却又散发着强烈的存在感，真是不可思议。

言耶的手自然而然地伸向了那怪模怪样的箱盖，就在这当口，有一样东西进入了他的视野。此前集中在“香资匣”上的注意力，一下子被转移了。他的眼睛盯住了完全不同的另一个箱子。

是赤黑搬来的那口棺材似的箱子，它被孤零零地悄然安放在和室近门的角落里。

“啊，那个是……”

几乎在正声出声的同时，言耶掀开了盖子。

“咿……”瑞子倒抽了一口冷气似的发出短促的惊叫声。

“喔……”言耶也不禁张口结舌。

与其外观正相配，这棺材似的箱子里收纳着一副新鲜的人骨。

第六章 集会所的晚餐

“在盂兰盆节前后举行鸟人之仪，是有什么理由的吧？”

面对着超出预想的豪华大餐，刀城言耶却惜时如金，早早地开始向朱音发问了。其实他想打听在拜殿里看到的人骨，但又觉得等交谈热络一点后再提为好，因此有所克制。

他们赶在风雨大作前从拜殿回到集会所，这时辰之助和行道已经麻利地完成了晚餐的准备工作。一个是浦上头号渔业经营者的儿子，一个是旅馆的传人，所以切个鲜鱼、做个菜恐怕也不是什么大不了的事。他俩也确实大显了一番身手，不一会儿就在设备全无的围炉边做完所有人的饭菜，并整齐地摆放好了。

“因为自古以来就只有盂兰盆节和正月可以休渔，所以要请氏子参加仪式充当见证人，就不得不从中选取一个日子。”

朱音答道。令人意外的是，她显示出了旺盛的食欲。当然，不是像饿死鬼那样的狼吞虎咽，而是真心觉得美味似的动着筷子。这情景似乎令准备饭菜的辰之助和行道欣喜万分。他俩那一脸舒畅得意的表情还真是好笑。

“但正月会下雪，天气很冷，所以就定在了盂兰盆节吗？”

“不，与冷或热完全无关。因为这一带的正月极少下雪，而且巫女的修行中也有一些项目是在严寒的隆冬进行的。”

“放在盂兰盆节，是因为正月时家船也会归来吧。他们一回来，外人就多了，浦上的氛围也会变得忙乱起来。那种时候就不太方便举行重大仪式了。”

辰之助接朱音的话头，难得地和言耶搭了茬。想必是因为看到巫女就餐的模样后心情大好，便情不自禁地开口了。他的脸上甚至露出了微笑。

“所谓家船，就是在海上生活的渔民……”

行道接着进行了说明，这无疑是出于体贴的天性。不过，他的脸上果然也同样绽放着笑容。

“我是从镇长那儿听来的，在中世迈向近世的转型期里，有些人拒绝被束缚在土地上生活，选择去海上漂泊。这就是家船之民。从前，渔夫们住在一个叫加子浦的地方，从武士那里获得了从事渔业的权利，但要缴纳相应的税，还要服徭役。然而，家船的渔民们没有这些义务，简直是太自由……”

“他们有多自由，我是不清楚，反正那些家伙的打鱼方式不外乎撒网、绳钩或单钩钓鱼，所以捕鱼量能有多少可想而知。他们还得把鱼卖掉，换取生活必需的蔬菜、肉和生活用品。要是他们的想法跟你似的优哉游哉，就只有尸沉大海、葬身鱼腹了。”

辰之助刚才还笑容满面，此时却道出了严酷的现实。随后，先前保持沉默的钦藏，突然用他那独特的混合方言与标准语的说话方式加入了交谈：“他们把所有家当装进船，在船上生活，所以一旦出事，就连医生都没得看。据说生孩子的时候也是用茶碗的碎片切断脐带，把它丢进海里，真是太不卫生了。”

大概是看到朱音在兴趣盎然地听行道和辰之助说话，钦藏觉得自己也得插上两句吧。不过，行道对辰之助的话表现出了更多的关注："但是小辰啊，听镇长说，家船的渔夫捕鱼技术超群，所以就算他们进入浦的渔场，大家也都佯装不知，反而会偷看偷学他们的技术呢。"

"哪……哪有这种事！说起来，那个糟老头，他懂什……什么呀！"

行道的反驳当即令辰之助勃然大怒。不过见他那过于激愤的样子，就连对渔业一窍不通的言耶也察觉到，行道的指摘恐怕正中要害。

"不过，家船最近也急剧地减少了。"也许是为了避其锋芒，行道立刻把脸转向言耶，"据说以前可不是这样的。在农家和商家，继承家业的大多是长子，但家船之民却实行'幼子继承制'。也就是说，由长子开始娶亲这一点不变，但娶亲时父母会准备另一条船让他们移居过去，这叫'出家'，就是所谓的分家啦。这样一来，家船的数量自然会增加。然后，留到最后的幼子则负责赡养父母。"

"哼。拥有土地的陆居者可不会和那些家伙掺和在一起。他们要娶妻，也只能大费周折地在同为家船的群体中找。"

世人原本就视渔民为卑贱者。而在渔民之中，家船的人们尤其受到排挤。辰之助的恶声恶气，也不知是出于对家船所持有的贱民意识，还是因为对侵入自家渔场的他们抱有敌忾之心。

"记得下宫先生——啊，我是指镇长，他说近年来捕鱼量之所以下降，也可从一贯以来的滥捕中寻找原因，但家船的'幼子继承制'导致渔民增加也是问题之一。"

“渔场有限，渔夫倒一个劲儿地增加，还能怎么办！”辰之助嘟哝了一句，显得越发不快。

“对了，听说他们有一个名叫《浮鲷抄》的卷轴，您见过吗？”言耶问行道。

“没见过，我不知道这个事……”

“是记载神功皇后传说的那个吧？”意外的是，辰之助给予了回应，“里面郑重其事地写着‘神功皇后赐予我等在各国的渔业权’之类的胡言乱语。”

“您知道？”

“只是以前听爷爷提起过。可爷爷说了，不但传说是假的，连卷轴本身是不是真的存在也难说。”

“嗯。文书毫无疑问是伪造的，但这方面的实物还是发现了一些。不过，渔夫里好像还真没人亲眼见过那东西，所以……”

“刚才我也提过一句，这是因为家船正在减少啊。不光是渔场的问题，还有孩子就学的问题。进而跟后继无人的现象也有关联。有那种卷轴的人，早已经不存在了吧。”

行道的一番话，让言耶意识到话题有点跑偏了。

“这么说，是因为家船会在正月出现，所以才要在盂兰盆节执行鸟人之仪吗？”

言耶再度询问朱音，对方点了点头：“并不是说盂兰盆节时，家船就不会来浦。从前，如果有人在海上死去，人们会把死者的遗体盐腌保存，返回浦上时再各自埋葬在寺庙中，所以盂兰盆节时他们会来浦祭祀先祖。但是和正月不同，在盂兰盆节的三天里，所有渔民都不会扬帆出海。家船的人们也必须在节前归来、节后起航。”

“毕竟是因为盂兰盆节期间禁忌渔业活动吗？”

“棹正家的儿子——唔，那是几年前的事来着……”行道像是突然想到了什么，正要插嘴。

“在这……这……这样的场合，竟然有人敢……敢讲那……那种事！”

不知为何，辰之助又一次勃然大怒，于是行道缩了缩脖子不再吭声。

似乎是为了缓和气氛，朱音开始向言耶介绍已成为菩提寺之檀越的家船的实态，一直讲到他们的八幡信仰。然而，这位言耶先生有没有听进朱音的话，着实令人怀疑。

（……）

因为言耶已对行道说到一半的话产生了异乎寻常的过激反应。是的，他确凿无疑地从中嗅出了怪谈的气息。

“海、海、海部先生……海部……行道先生！”

“我在…… 在！”

明明朱音正在发言，为什么会叫自己的名字呢？行道虽然不明就里，但还是对这非同小可的呼唤声仓促地做出了回应。当然，被吓到的不止他一个，辰之助和钦藏也满脸惊愕地盯着言耶。另一方面，瑞子的脸上露出了极为不安的表情，而正声却似乎在拼命忍笑。这景象真是相映成趣。

朱音被打断发言，但并未显露出不快，反而向言耶投以充满兴趣的目光，似乎想弄明白他究竟是怎么了。顺带一提，只有赤黑远离众人，坐在房间深处的围炉边默默用餐，显出漠不关心的态度。

“那……那个棹正家儿子的事……”言耶全然不知各人的反应，他的视线只盯着行道，“难……难不成是因为不顾盂兰盆节的禁忌驾船出海，遇到了什么怪异之事——是这样的情节吧！”

“嗯，是的……是这样……”

“是什……什么样的故事呢？请你务……务必告诉我！”

得知自己所料不差后，刀城言耶向对方进逼，语气中挟着一股难以言喻的气势。

“啊？说说倒是无妨……那个么，是几年前盂兰盆节的事。”

“打……打住啊！我都说了，那种事不可以在这个岛上——”

“闭嘴！”言耶一声断喝，集会所中顿时鸦雀无声。

惨遭怒斥的辰之助，就像看到了难以置信的事物一般，张大了嘴。钦藏勉强装出了镇静的样子，但显然吃惊不小。行道则露出一筹莫展的表情，不知是否该说些什么。瑞子完全被吓坏了，而正声好像在拼命忍笑。

在座的人里，只有朱音目不转睛地凝视着言耶，像是在观察他。不过，她的眼中流露着淡淡的笑意。

“好了，几年前的盂兰盆节上究竟发生了什么？”

当然，言耶本人完全没在意周围的状况，他的脑中只有一个强烈的愿望，那就是无论如何也要从行道嘴里打听出这件事。

“棹正家的儿子在盂兰盆节驾船出海了，对吧？”他催促行道开口，语气活像哄小孩。

“嗯……是的……是这样，不过……”

行道为难不已，求助似的看着朱音，后者露出充满慈爱的微笑，向他轻轻点头。行道看到她的反应，明显是安了心。

“那……那是……四年前的事。棹正家的爷儿俩啊，在盂兰盆节出海打鱼去了。”行道终于开始讲述言耶要求的故事，“最近船也机动化了，但当年的主流还是帆打濑和潮打濑。也就是所谓的打濑船。然后，帆打濑就是靠帆接受风力，牵引地曳网和桁网来捕捞鱼虾。一般的帆船，会让帆对着前进方向往横里展开。换言之，是用帆接受船后方吹来的风，向前航行。而打濑船的帆打濑，是沿着船身展开帆，接受从船侧面吹来的风。也就是说，让船横向移动。原本一次只能牵引一张网，这样一来，就能搞定三四张，如果是桁网，五到八张都没问题呢。至于潮打濑，就是利用潮流之力来代替风。把潮帆放进海中，接受潮力。”

“喂，你又不是辰之助，不用把打鱼的事介绍得这么详细吧！”钦藏忍无可忍，对总也不进入正题的行道抱怨起来。

“啊，对啊……不，我以为不这样介绍，远道而来的客人不会懂……”

“对对，托您的福，现在我非常了解渔船的情况了。那么后来呢？”

言耶当即插话阻断钦藏的介入，同时催促行道往下说。此举发挥了极为有效的威力，连钦藏这样的人也被呛得不敢吭声了。正声忍笑忍得越来越辛苦，朱音则越发兴致盎然地注视着言耶。

“听说棹正爷儿俩用的是帆打濑网。”

这些听众——虽然事实上只有言耶一人可称听众——这些人的不同反应让行道困惑，但他还是继续说道：“他俩当然是瞒着大家，驾船绕进这个岛的里侧去打鱼的。然而没多久，儿子就发现波涛间有个奇怪的东西，又黑又圆，漂浮在海面上。他告诉老爹后，爷儿俩一起凝目望去，感觉是人头之类的东西。他们立刻想到，那会不会是漂流者或浮尸呢，但要是看成溺死者的话，那漂浮的样子也太诡异了。于是，儿子说莫非是抓着木板在波涛间漂流的人，老爹却突然大叫‘不是’，手忙脚乱地开始拉网。儿子不明就里，茫然不知所措，而老爹则‘啊啊’‘噢噢’地呼喝着，竟把好不容易装好的网从船上解开，向海中扔去。儿子喊着‘这是干吗呢’想阻止，老爹却置若罔闻。只有一次他停下手，指向了那个圆圆的黑物。儿子再次观看，发现那玩意儿比刚才离渔船更近了。还是那么圆、那么黑，怎么看都不像人的头……儿子终于也明白了，这个不同寻常的怪物正在逼近他们，便急忙动手帮助老爹。”

说到这里，行道打住了话头，盯着言耶看：“我前面不是说过吗，岛的西面有两股互相冲撞的激流，所以才把码头造在了岛的另一侧。”

“嗯，听您说过。”

“据说棹正爷儿俩的船，就是不知不觉被卷入了那两股激流。”

“船翻了吗？”

“结局好像是这样，但具体发生了什么，儿子已经忘了。只是，他说在坠海之前，也就是人还在船上的时候，他看见那玩意儿正沿着渔网往船上爬……他说那时他老爹要用鱼叉去打，嘴里喊着‘休想把我叫去’……”

“这……这位棹正老爹，以前有熟人死于海……海难吗？”

“刀城老师，打鱼为生的人哪，总会有一两个同伴死在海里，倒不如说是理所当然的事了。对不对，小辰？”

行道把话题抛给了辰之助，于是言耶将视线投向辰之助那边，赫然发现眼前空无一人。刚才辰之助确实坐在围炉一端，此刻却踪影皆无。言耶立刻环顾四周，发现辰之助压根儿就不在集会所中。

“咦？间蛎先生呢？”

言耶满脸诧异，与之相对，行道则像是猛地回过神来了：“啊，对啊……我怎么老忘，这下又坏事了……真是对不住小辰啊！”

他突然显出惴惴不安的态度，频频嘟哝着这句话。

“嘿嘿……间蛎先生好像是去餐中散步了。”

正声忍无可忍，笑出声来，半开玩笑地把辰之助离席的事实告诉了言耶。行道慌忙从席间站起，钦藏过去和他说话，在短暂的争执之后，他俩就这样双双出了门。

“哦……啊？哎呀！”

言耶终于认识到自己又一次暴露了恶癖。这时，集会所中只剩下捧腹大笑的正声、被他感染但仍在竭力克制笑容的瑞子以及一直盯着他看的朱音。

（是这样啊……原来辰之助先生害怕听恐怖故事。）

在常人会感到胆战心惊的怒涛中驾船、直面激烈的海风和波浪，对辰之助来说多半只是小事一桩。然而，一旦转为怪谈之类的恐怖故事，即使人在安全的陆地上，他也必会立刻陷入恐慌。行道也清楚这一点，但言耶气势汹汹，行道又生性爱唠叨，所以一不留神就说出了口。

（唔……我是不是做坏事了？）

言耶反省的同时又暗自窃喜，因为他听到了那个可怕的在波涛间漂流的圆黑之物的传说。

“刀城先生。”就在这时，朱音唤了他一声。

“哦，哦哦……”不知为何言耶感觉自己的私念似乎已被对方看穿，嗓子里发出了飘忽的高音。

“听说你一直在收集刚才海部先生讲的那种传说，也就是所谓的怪谈。那么，你认为这一类传说真有其事吗？”

意外的是，朱音说出口的，只是迄今为止一直走访各地的言耶被无数人询问过的问题。就某种意义而言，是极为常见的问题。不过，由于提问者是朱音这样的人物，因此和以往有所不同，言耶感到其中蕴含着沉甸甸的分量。

“怎么说呢……我认为不可一概否定。而且像今天这样，置身于发生过异象的场所附近，与听过亲历者讲述的行道先生进行了直接交流，所以临场感和现实感都毕竟是……啊，对啦！那棹正爷儿俩，最后究竟怎么样啦？”

“哈哈，果然如我所料，刀城先生只要想起故事还没讲到底，就一定会追问下文。我没说错吧。”

正声似乎已在瑞子耳边悄悄做过这样的预言。瑞子和他一起笑了。

“啊，不，真……真丢脸，怎么说呢……”

言耶虽然羞惭，但看着他俩因为自己的过失而微笑，显得关系很融洽，又觉得有点高兴。

“不不，没关系，因为这是刀城先生的工作嘛。倒是我们笑成这样，真是不好意思。”正声努力摆出严肃的表情，“至于棹正爷儿俩，据说他俩的渔船被卷入那两股激流，船翻了，人也落进了海里。相传，自古以来在岛的西侧溺死的人，遗体绝无可能浮上来。不过，在极为偶然的情况下，会被浪头打上坐落在浦西南方的‘参拜之滨’——从神社后门的小路下去，就能走到那地方。而参拜之滨这个名字，似乎本来就是‘亡者现身之滨’的意思……”

正声说明了两组汉字的不同之处[1]，继续说道：“据说是因为兆头不好才改的字。总之，只有那儿子漂到那里，苏醒了过来。”

“原来是这样。那么，那儿子现在也——”

“他后来弃船去了关西，再也没有回来过。”

“是这样啊……啊，失礼了。”

言耶忘我地倾听正声说话，意识到朱音还在看自己，慌忙垂下头去。但朱音毫无介怀之态，反而笑意盈盈：“您还真喜欢这类故事呢。难道是因为相信吗？”

“唔，怎么说呢，不知在您这样的人面前这么说是否妥当，当怪异事物过于费解或过于充斥恐怖气息时，我会想我们真的无法对这种现象进行合理的解释吗，并忍不住去尝试。”

“这不就是因为刀城先生其实是个彻底的理性主义者吗？”

听弟弟替姐姐如此发言，言耶为难似的歪着头，说道：“这个么……伤脑筋的是，连我自己也不清楚……怪谈这种东西，相信的人当然会害怕，所以蹩脚的合理主义精神只会阻碍我们在听故事时获得

1　参拜之滨（詣での浜）和亡者现身之滨（亡出の浜），在日语中同音不同字。——译者注

乐趣。不过，有时我们会在不该把怪谈视为娱乐、这么做行不通的状况下，遇到那种现象。这种时候，我认为我们身为人类，应该动脑思考。因为我总觉得，如果就此停止思考、接受异象，就无异于抛弃人类的尊严。”

“我一直觉得刀城先生是个怪人，果然……好有趣啊！”

言耶怀疑这话是嘲讽，但正声的神色和语声中完全不存在这样的迹象。

“但是，在根本无法进行合理解释的时候，又该如何是好呢？”

“哎、哎呀，难就难在这里……也就是说，我们不得不承认怪异事物是货真价实的……”

他这一作答，惹得正声再次失笑。这次连瑞子也笑出了声。

“世间的现象并没有单纯到在‘信与不信’中二选一就可以解决的吧。我觉得两者必居其一什么的，本来就不太对劲。不，话说回来，起初明明是在说鸟人之仪，不知不觉中话题竟然扯得这么远了。”言耶稍显勉强地做了总结，说到后半句时把脸朝向了朱音，“对了，我在拜殿里最后看到的那副人骨，果然还是为返魂术而准备的吧？”

他说出了心里最在意的问题。据他判断，现在离仪式开始的时间已所剩无几，加之又想趁青年团三人不在场的时候询问。顺带一提，由于人骨看起来还相当新鲜，所以言耶对其出处也着实牵挂，但他首先要确认的毕竟还是用途。

“出玄关左拐，你会看到集会所的西侧有间工具小屋，从屋前通过，向南就会走到一座桥。桥有扶手但还是很危险，所以你要小心。

过桥立刻右转，再向前直走就到了。”然而，巫女突兀地回了一番莫名其妙的话。

“嗯？”

言耶真是吃惊不小。这时瑞子突然起身，慌慌张张地出了门。言耶完全无法理解这是怎么回事。

“抱歉，因为瑞子小姐看起来想上厕所。”

“啊！是……是这样啊……不，不，哪儿的话，不好意思……”

言耶得知缘由后，顿时有一种浑身脱力的感觉，不过令人庆幸的是，现在这里只剩下鵺敷神社的姐弟二人了。当然，赤黑还在房间深处，但完全不用担心他插话。对言耶来说，这真是一个千载难逢的机会。

言耶为目前的状况欣喜不已，朱音则若无其事地开口问道：“人类这种物体，是由有形之身和真理之身构成的——这种观念您可有耳闻？”

“不，我孤陋寡闻了。不过，感觉上有点像西藏密教里所说的虹身和光明心……”

“是的，没错。西藏密教把佛陀之身的质料因[1]视为幻身、虹身

1　质料因：事物的最初基质，即构成每个事物的原始材料。这一名词概念出自四因说——古希腊科学家亚里士多德提出的关于事物运动原因的学说，由质料因、形式因、动力因和目的因四个概念组成。形式因指事物的形式结构，事物若无结构便不能表现出事物的本质，形式规定着事物是什么。动力因指运动的推动者或作用者，即引发某具体事物的变化者或制造者，是变化或停止的来源。目的因指确定运动目标的理由，即某具体事物之所以为形式所追求的理由。质料是潜能，即变化为某物的能力。质料本身并无规定，被形式规定时，即化为现实。——译者注

或空色身等，又把心的质料因视为基底内含的天生光明之心。换言之，前者即有形之身，后者即真理之身。”

“哦……”

“因此，正如您所明查的那样，我感觉朱慧巫女大人肯定是在西藏密教的教义影响下，再创了鸟人之仪。因为最初的仪式中，恐怕并不存在这样深刻的哲学观念。”

虽然得到了赞美，但言耶其实什么都不懂。然而，他却装出略有所知的样子问道：“于是就在仪式中融入了返魂术？”

这句话可谓大胆莽撞——或曰瞎蒙。然而朱音却显露了欢容：“您果然所知甚深！在鸟人之仪中，当巫女舍弃有形之身成为纯粹的真理之身时，必须给纯粹的真理之身准备一个有形之身。它会通过返魂术，成为在这个世界复生的前一刹那的死者。”

“那个原本以纯粹的真理之身存在的，当然就是大鸟神吧？”

朱音用力点头。看来她误以为言耶已经完全理解了鸟人之仪，而言耶可不会傻到硬去纠正她的想法。

（原来如此。不是巫女和大鸟神一体化，而是在仪式过程中互相替换——这才是鸟人之仪。）

言耶在心里嘀咕着好不容易才弄明白的那点内容，沉浸在淡淡的自我满足感中。

“可以认为，届时会有多股力量起作用。”

“是指针对双方的身体吗？”

“我想与其说是针对身体，还不如说是针对场所吧。对于拜殿来说，大概就是针对执行仪式的大鸟神之居。”

“是怎样的力量呢？”

“不知道，不实际做一下的话，恐怕根本无法猜测。”

“那个……具体而言，究竟会出现怎样的现象呢？”

“绝大多数现象是人类肉眼观测不到的吧。”

“果然是这样啊。”

“不过，相传大鸟神的化身之像会苏醒，为巫女的真理之身引路。”

“化身之像——就是指那个标本……”

标本这个说法似乎令朱音感到了不快，但她没有特地纠正。

“也就是说，通过鸟人之仪，朱音巫女会化为大鸟神，大鸟神会宿于凭借返魂术苏醒的死者，化身之像则复活为影秃鹫，引导已化为大鸟神的巫女——是吗？”

“是的。”

“届时您的身体究竟会是什么情况？既然要把有形之身给予那个以纯粹的真理之身存在的事物，为什么就不能用巫女的身体呢？”

“我也没能掌握确凿的知识，不过我想届时会有两个悬而未决的事项：其一，承担有形之身这一使命，无疑要求巫女拥有比执行仪式更为强大的能力；其二，在那关键的一瞬间，巫女的身体可能无法稳定地滞留在现世中。不管是哪一项，都要求必须另外准备有形之身。”

“原来如此……”

“刀城先生，您知道吗？在《三国志·魏书》的《弁辰传》里，有一个关于用大鸟之羽为死者送行的记载。”

“哦？那不正是‘鸟翼’吗？”

言耶回想自己和下宫的对话，兴奋起来。朱音则微笑着说：“见于这种场合的鸟羽，可以认为是用来让死者高飞上天的。‘鸟翼’可能也蕴含着相同的意味，不过，实际用鸟羽陪葬的例子似乎很少啊。”

“嗯，这样的例子是不太——啊，对了，拜殿的叠箱里的鸟喙和羽毛，就是为了让化身为大鸟神的巫女飞翔起来……”

“对。与此同时，还会帮助化身之像复活。”

言耶又一次认识到，鸟人之仪确实融合了多种民俗礼仪。他决定回到返魂术的话题。如果把巫女化作大鸟神的说法解释成巫女进行某种冥想，就能够理解了。至于影秃鹫标本的复活，能否成真姑且不论，反正归根结底就是处理鸟的尸骸罢了。但返魂术是使用货真价实的人骨，所以他想了解得更具体一些。

“说到返魂术，在《撰集抄》[1]的《高野山参拜事付：以骨造人》一文中，记载了西行法师收集死人之骨的故事，当然最后是以失败告终了。”

“是的。后来，伏见源中纳言师仲卿指出了他做法中的错误。但朱慧巫女融合的并非传统法术，所以恕我失礼，我认为您的担心毫无

1　《撰集抄》：作者不详，假托僧人西行的名义所著。卷五的《高野山参拜事付：以骨造人》是日本关于人造人话题的最早记述。情节扼要如下，西行以骨造人，结果失败，成品似人又非人，只能弃于荒山野岭。伏见源中纳言师仲卿（公卿源师仲）询问他的做法之后，指出了其中差错。中纳言是官职，即唐制的黄门侍郎。——译者注

必要。”

“不，不……我提这个并没有那种意思……”言耶慌忙否认。

不过，朱音没有责怪他：“而且，您看到的并不是一般人的骸骨。因为，如我先前所言，这一使命极为艰巨。其实就在最近，有一位从多年前开始就与我们神社私交甚厚的巫女去世了。她德高望重，虽说上了年纪，但明明一直挺精神。不过着实令人感激的是，她在生前就申请捐献遗体了。这里指的不是医学领域的捐赠遗体，而是针对鸟人之仪的。一代代下来，我们已经接受了数百人的捐赠。”

朱音道出了令人震惊的事实。

“您的意思是，大家希望自己的遗骨被用在不知何时才会举行的鸟人之仪上……”

“真是令人感激。返魂术必须使用离世不久者的骸骨。因此不管有多少人申请，过了一定的时间就只能埋葬。想到这一点，我就不胜感激，由衷地钦佩她们。”

总而言之，看似难度最大的人骨保鲜问题，也因为陆续有人申请捐献遗体，已完全不用担忧。

得知人间存在如此异样的世界，言耶感到了淡淡的寒意。

（下宫先生说过，在立川流中，为了建立优秀的骷髅本尊，头盖骨的选择基准是必不可少的。鸟人之仪或许也受到了这种基准的影响。）

无论何时都能确保立刻得到杰出宗教人士的新鲜人骨——这个机制在鵺敷神社长年累月地运转着。

（真有一种说不出来的恐怖……）

言耶不禁战栗起来。朱音却视若无睹，以淡然的口吻说道：“鸟人之仪中实施的返魂术，是为人骨再度赋予肉体，说穿了，就是一个制作容器的法术，用来为那个纯粹的真理之身构筑有形之身。”

“换言之，不是像一般的返魂术那样让提供骨骼的巫女本人复活？”

“是的。归根结底，只是让人骨完成容器的使命。因此，绝不是让她们的魂重入肉身。”

言耶感受到了另一种寒意，同时又陷入了近乎虚无的情绪中。

（不知道自己的骨骼会不会被仪式使用。明知这一点还要提供协助，而且当真被使用了，又是这样的对待……）

协助者知道这些事吗？言耶心里忽然萌生了疑问。但是，根本不必向朱音求证，他想那些人多半完全知情。无论形式如何，总之都是大鸟神寄生在自己一度毁灭的肉体中。可想而知，对于和鵺敷神社颇有渊源的宗教人士来说，一定不会有比这更荣耀的事了。

“不过，届时会发生什么……不容臆测。”始终安之若素的朱音，第一次露出略显扭曲的表情。

“是指您先前所说的那些‘力’吗？”

“这是一个，不过还不如说是指‘发力之后’的事了。因为毕竟还是有一点可以预见到的，那就是纯粹的真理之身降临到为其准备的有形之身，并成功滞留，可比巫女舍弃有形之身、化为纯粹的真理之身困难得多，不是吗？”

“您的意思是，无论提供骨骼的巫女多么德高望重，也无法知道那复苏的身体能在多大程度上承担起容器的使命？”

“是的……”

“如果，我是说如果……发生了那……那样的事……”

“我想大鸟神会即刻脱离有形之身，复归为纯粹的真理之身。”

“那样的话，您……”

“我肯定不能再恢复原状了吧。”

“会……会变成什么样呢？”

“庆幸的是，我想我会被大鸟神的灵接走吧。因为逝去的代代巫女们也是如此，她们的魂魄和大鸟神一起在兜离之浦的上空翱翔……”

说不定有变成鸟女的危险吧——言耶想问，但毕竟还是下不了决心。对即将举行鸟人之仪的巫女提出这样的问题，未免太不识好歹了。十八年前您见到的鸟女，其实不就是执行鸟人之仪失败的朱名巫女吗——这种问题就更不可能说出口了。

不过言耶仍在想，就没有婉转提问的方法吗。这时，朱音继续对鸟人之仪展开了进一步说明——内容越发玄妙唯心起来——令言耶机会尽失。而且，从这里开始，他的理解也渐渐变得不可靠，陷入了被彻底撇在一边的境地。即使放弃鸟女的问题，也还有别的种种事情想问。然而，宝贵的时间却在不断地流逝。偏偏言耶又完全找不到插嘴的空隙。

（开始的时候过于悠哉了……）

就在他如此反省的时候，辰之助回来了，朱音也自然而然地结束了话题。

她向辰之助询问外面的情况，紧接着就为前往拜殿做起了准备。

由此言耶醒悟到，仪式前已完全没有可供提问的时间了。

（反正会在岛上滞留到后天，还是有时间的。）

言耶进行了一番自我安慰，但一想到辰之助等人肯定会缠着她不放，顿时又有点泄气。

“刀城先生，有点事想拜托你……”

就在这时，正声请求言耶和他一起担当监护仪式的任务。

“我和你？不过，要在哪里……”

“姐姐在内侧关起拜殿的门之后，我们会在外侧关闭阶梯廊下端的门。就在那门前怎么样？”

“原来如此。我想可以吧。”

“我曾经打算一个人来，但在浦上的人看来，我可是神社的一员啊。所以我想可以的话，还是和毫无关系的第三者一起比较好……”

正声的请求出人意料，但这任务却是言耶求之不得的。他当然是二话没说就接受了。事不宜迟，言耶决定马上着手筹备，并拜托正声准备好某些东西。

“嗯？为什么要这些东西……”

正声露出诧异之色，但似乎立刻理解了言耶的意图，表情变得复杂起来。不过，正声还是从一个杂物间里找到了言耶想要的东西，放进头陀袋里交给了他。

朱音和她的助手赤黑，正声和言耶——四人匆忙地做着准备时，只有辰之助游手好闲，无所事事。先前他回到集会所，见屋里只有言耶等人，显得很吃惊，不过得知至少怪谈已经讲完后，似乎安下了心。然而，他的脸色却并未相应好转。这大概是因为他想逃离恐怖故事才离开了集会所，却又看到了黄昏即将笼罩鸟坯岛的不祥景象，被那毛骨悚然的氛围吞没了。

不久，钦藏、瑞子和行道陆续归来，全员会聚后，终于要向拜殿进发了。据行道说，阴云密布的幽暗天空正在迅速地失去光亮。由于鸟人之仪要在日落的同时举行，可以说现在正逢其时。

最后朱音和正声确认了各自的筹备状况，出了集会所。

此后，以朱音为首，正声、瑞子、言耶、行道、辰之助、钦藏和赤黑按与第一次完全不同的顺序，走上了游廊。队列如此变化，是出于辰之助的意愿。

（难道是鸟人之仪执行在即，他对举行仪式的拜殿和朱音巫女萌生了畏惧之心？）

别看他长那样，其实是个胆小鬼，完全有可能产生这种心境上的变化。

（既想避开为首之人身后的位置，又讨厌跟在队末。也许正是因此，他才要选择走在两位总角之交的中间。）

言耶刚在心里做出这番解释，就听身后有人低语道：“喂……你发现了吗？”

那声音像是在忌惮什么，直叫人心惊胆寒。

这时，一行人正好走在游廊的中段。雨点击打顶棚的声音、略微猛烈起来的风的呼啸声、波涛的轰鸣声，乱糟糟地涌入耳中。虽然没到吵闹的程度，但与前后的人交谈时会稍觉不便。即便如此，言耶也知道低语声来自辰之助，因为他感觉行道向后回头了。

言耶立刻稍稍放慢脚步，侧耳倾听身后的对话。因为从那低语声中，他感觉到了不同寻常的东西。

“但是，我把那家伙打发回去了。所以，岛上现在就是八个人啊。”只听辰之助小声对行道说道，“女的只有朱音巫女大人和那个女学生两人，男的就是我们三个还有正声、赤黑、加上那个爬格子的怪人，一共六个人啊。”

不用确认言耶也知道，爬格子的怪人指的是自己。不过，辰之助说这话是什么意思呢？他有些困惑。

行道似乎也有同感。

“你说得没错，但这个究竟有什么问题啊？”他疑惑地问。

然而，辰之助越发压低了语声，用言耶勉强能听清的颤音说道：“你果然没发现啊……听好了，两女六男，不就和十八年前的鸟人之仪一模一样吗？也就是说，当时的人员组合和我们现在的一样……”

第七章

鸟人之仪

在游廊与阶梯廊交接处的门前，刀城言耶以为只能目送朱音进门，却被告知要跟随到拜殿，不免有点吃惊。当然就他个人而言，这是求之不得的好事，所以自然是非常高兴。不过也有人唯恐避之不及，那就是间蛎辰之助。想想刚才他与行道的对话，也看得出他对仪式抱有彻底的畏惧。

（虽说是为浦祛厄消灾、祈祷丰渔，但鉴于十八年前的惨事，也算是情有可原吧。）

言耶突然产生了这样的想法。想必在浦上时，辰之助虽然生性胆小怕事，但还是小看了这项任务，觉得当鸟人之仪的见证人只是小菜一碟吧。然而，上岛直面真实的仪式之际，他发现了人数和男女比例的不祥巧合。于是，原有的胆怯本性一下子冒了头，整个身心都立刻被难以言喻的不安感占据了。

最终众人决定，让辰之助和行道留在门前目送巫女。可能是觉得只有一个同伴心里没底，辰之助还招呼钦藏留下，但医生冷冰冰地拒绝了，声称在仪式开始前为巫女体检是他的职责。

“那……那么巫女大人——我谨代表浦上的居民，衷心祝愿鸟人之仪圆满成功。”

即便如此他还能勉强对巫女说话，无疑要归功于“本地最大的渔业经营者之子”这一自我意识。

“劳您费心了，非常感谢。作为鵜敷神社的巫女，我也希望通过仪式让浦繁荣起来，让浦民们的信仰更为虔诚。”

朱音对两人施了一礼，随即踏上了黑暗的阶梯。言耶等五人跟在她身后。

走完阶梯廊，打开拜殿的门，众人鱼贯而入。除了朱音和赤黑，其余四人都在三和土上止步了。巫女立刻吩咐赤黑在祭坛两侧的岩场上准备小篝火。风雨还不算大，但正在渐渐变得强劲，所以必须好好稳住火苗。赤黑手上的动作也非常谨慎。

钦藏提议在准备篝火的期间做一次体检，朱音也顺从了，于是只有这两位去了右侧的和室。

不久，篝火燃起来了。言耶借着微弱的亮光，迅速观察了拜殿的内部。然而，展现在他眼前的光景和初次参观时一般无二。可以说完全就是一个多小时前离开这里时的样子。

他走到正为朱音体检的钦藏身边时，后者刚巧收起了听诊器，开始搭脉。搁在榻榻米上的医药包里有注射器、手术刀和药瓶等物，好像并没有专为巫女带来特别的医疗器具。

没多久钦藏的诊察也结束了，于是全员退回到三和土上，只把朱音一人留在了板间。

“好了，任务繁重，还请各位多多担待。”

最后，朱音在门前致辞，众人施了一礼后向阶梯廊走去。就在这时，朱音只把言耶一人唤住：“刀城先生——很抱歉，请过来一下。”

言耶一边想会是什么事一边往回走，朱音从怀里取出一个封着口的信封，递给了他。

“如果鸟人之仪顺利完成了，您能为我打开这封信吗？”

“在所有人面前吗？”

“是的。给您添麻烦了，拜托了。”

“不客气。只做这点事就行的话，我很乐意为您效劳。”

言耶把信封收入上衣内侧后，来到走廊，和正声一起把对开的两扇厚重门板缓缓合起。

徐徐关上的门的彼方，朱音始终展露着满怀慈爱的微笑。在身后篝火的映照下，她的尊贵姿容宛如现身于众生面前的观音菩萨，竟使人觉得自己正在窥探观音升天时那一刹那的景象……

不久，门被彻底关上了，随即里面传出了朱音在内侧落下门闩的声音。谨慎起见，言耶拉了拉门把手，确定门板已无法被撼动分毫。

众人正要走下阶梯廊时，发生了地震。摇晃并不剧烈，可又让人觉得这恰似一种印记，表明鸟坯岛与大鸟神知道巫女已自闭于拜殿。众人似乎有相同的感受，但反而谁都绝口不提，只是默默地走下阶梯。

“各位请去集会所休息。”待众人抵达下端的门口，与辰之助和行道会合后，正声环视着众人说道，“我和刀城先生将在此监护仪式，圆满成功后就会和朱音巫女一起回集会所。”

“说起来，鸟人之仪大约需要多少时间？”

钦藏提了一个关键的问题。也许他是打算根据这一点来考虑如何应对接下来的情况。假如仪式要持续一整夜，那么大家可以等个通宵，或是以轮流换班的方式保证睡眠时间。

“我也不是很清楚。听说快的话三四十分钟就能完成，慢的话会长达数小时之久——”

“唔，这就伤脑筋了。”

“但我想再久也不至于要一整夜……”

“可是正声君，你这样断言并没有任何依据吧？想必连朱音小姐本人都很难判断呢。”

钦藏合情合理的反驳令正声无言以对，这时辰之助不耐烦地插话道：“这种事怎么着都无所谓吧！仪式已经开始啦。我们在集会所老老实实等着不就结了？来，我们快走吧！”

辰之助连拉带拽，一个劲儿地催促行道。

“好吧，那就拜托二位了。”即便如此，行道仍勉力向言耶和正声礼貌地点头示意。钦藏也无可奈何似的轻轻一挥手，立刻转身开始追赶同伴。只有瑞子磨磨蹭蹭的。

“那个……我不能和你们一起监护仪式吗？”

她果然这么说了。但正声一言不发，坚决摇头。于是，瑞子顺从地回了集会所，应该是放弃了这个念头。

这时，赤黑好像要对正声说点什么。他似乎一直在等待众人的离去。

“宛如会聚在天安河原束手无策的众神[1]……”

1　天安河原：现在是九州高千穗的一个景点——天岩户神社附近的河滩。《古事记》记载，天照大御神为弟弟须佐之男命的暴行而生气（一说受惊），进入天之岩屋户自闭不出，世界顿时陷入了黑暗，八百万神会聚在天安河滩商议对策，但一筹莫展无可奈何。——译者注

他冷不防嘀咕了一句莫名其妙的话，随后只是轻施一礼，便走入游廊，消失在了黑暗中。

“这是什么意思？”

赤黑的话令言耶摸不着头脑。他意识到这几乎是自己第一次听到赤黑正式发言，不由得吃了一惊。

正声看来也很茫然。他摇了摇头，立刻前去追赶赤黑，不一会儿就一脸诧异地回来了。

言耶忙问缘由，正声露出一筹莫展的表情，以困惑的口吻答道：“他说了一些奇怪的话，意义不明，又毫无关联……”

不过，也不能老站在这里不动。目送五人离去后，由正声指挥，两人先是合力关上阶梯廊下端的对开门，落下门闩；然后在门板中央吊起一盏灯，往门扉左右各放一个从集会所杂物间里找到的木箱，铺上正声事先准备的旧报纸。如果站在游廊往这边看，是言耶居左，正声居右，两人相对而坐。由于所谓的廊壁只是一条悬空的横板，其上其下都向外开放，所以为了避免被吹进来的雨淋湿，两人都穿着雨衣。

“虽说盂兰盆节期间才有举行仪式的机会，但在这种天气进行仪式，也是够艰苦的。”

言耶没说出口的是：我们这些负责监护的人其实不也非常艰苦吗？

“对不起，拜托与我们毫无关系的刀城先生做这种事……”

正声仿佛听出了弦外之音，开口致歉，反倒令言耶慌乱起来。

“不，不……我倒是没什么。要说好玩就有点用词不当了，总之我想说，毕竟你们给了我一次极为珍贵的体验啊。”

“你能这么说，我也轻松了。说起来，盂兰盆节的天气大抵如此。虽说休渔当然主要是出于宗教上的理由，但事实上也是因为这期间海浪汹涌。”

“原来如此，其背后还存在现实层面上的理由啊。”

“嗯。啊，对了，不好意思，能劳驾你把背后的绳子拉三下吗？”

“让拜殿里的铃响起来的绳子？”

“是的。这是为了告诉姐姐我们已经准备就绪。”

言耶站起身，抓住垂在左门板左侧的绳索，按正声的吩咐连拉了三下。他凝神细听，想知道铃声会不会从上方传来。不过，看起来毕竟还是传不到这里来，耳边依然只有雨声、风的呼啸和惊涛翻卷的潮音。

就在这时，言耶听到了“叮”的一声铃响。

“这是姐姐给我们的信号，表示她知道了。”

言耶先是猛然一惊，心想竟然能听到铃声，按理说这不可能啊。不过，听了正声的话，他才后知后觉地意识到，是挂在正声背后的铃在响。它被设置在右门板处，目的是让朱音从拜殿中给出回音。

“在仪式过程中，姐姐也会鸣铃。”

“是在发生什么异变的时候吗？”

“这种情况也有，但我们是约好用铃声来通知仪式进程顺利。只是，我本来还想定下鸣铃的间隔时间，比如每隔五分钟或十分钟，可姐姐面露难色，说这样就无法把注意力集中在仪式上……”

“要留意鸣铃时间的话，确实会这样。”

“所以最后我们谈妥了，不要勉强，顺其自然地在执行仪式的过程中鸣铃即可。”

“也就是说，鸣铃的间隔时间有长有短。”

“嗯。不过，如果鸟人之仪成功了——就是有形之身和真理之身的那一套——姐姐说也许会有一段时间不能鸣铃。”

“大致是多久呢？”

“听说具体的时间没有流传下来，但从文献的相关记载来看，换算成现在的计时方式大约是二十分钟吧。”

“原来如此。”

“所以我们在这里监护时，要留意有没有规律的铃声信号。如果平安无事，铃会一直只响一声。如果连响两声，意思就是姐姐将自行出殿，到我们这里来，所以这是仪式全部结束的信号。问题是连响三声的情况，这是叫我们上去，这个时候就该考虑是不是发生了什么意外，所以我们必须马上赶过去。”

“如果最后的一声鸣铃之后，超过二十分钟铃仍然没有响，也要赶过去对吧。”

“嗯。但这种时候必须慎重地做出判断。因为如果事态发展到要在仪式执行的过程中进入拜殿，不知道会发生什么……不，并不是说我们会遇到什么超常现象……”

正声无论如何都想避免干扰姐姐倾力操办的仪式吧。言耶非常理解这种感受，所以他轻轻点头表示自己已经明白，随后再次坐到了木箱上。

他俩谈论铃的期间，夜幕迅速地笼罩了岛。言耶看了看手表，现在是晚上七点零三分。拜殿的门是在六点五十五分关上的，所以连十分钟都还没过去。

“其实刚才只有我们三个在集会所的时候，我想问朱音小姐的不光是鸟人之仪的内容，还有十八年前的事。”

说到照明器具，就只有挂在他俩中间的灯了，所以言耶看不清对方的脸。趁此良机，他把坐船时未能启齿的话题亮了出来。

“你果然知道这件事啊。也是，收集怪谈的怪奇小说家怎么会忽视如此奇异的事件呢。”

言耶本来有点担心，不知正声会不会表现出排斥反应，而正声安之若素的态度又令他若有所失。虽说根据他一贯的言行可以预想到这个结果，但在那次事件中，不光是其生母，还有六个男人也失踪了。况且岛上唯一的生还者就是他姐姐，因此只有这个话题对他来说也是非常特别的。言耶已经做好了这样的心理建设。

“不过，我虽然问过姐姐，但并没有打听出多少信息……”

“因为她被关在集会所的杂物间里，不清楚发生了什么？”

“这方面的原因也有，不过，似乎是从很多年前开始，她的记忆就有所淡薄了。事实上，浮坪医院的前任医生和刚从岛上被救出来的姐姐交谈过，对话记录还在。”

“嗯……说起来有点不好意思，那份资料我读过，而且现在还借着呢。”

“啊，这样的话，说起来也就方便了。”

言耶曾想正声是否会因为资料被外人擅自阅读而感到不快，哪知他满不在乎，不，还不如说是一副正中下怀的样子。

“结果，如今姐姐都无法说得比那份记录更详尽。就连留存在记录里的一部分情节，她好像也不记得了。”

“是这样啊……那这份记录可就非常珍贵了。”

“遗憾的是，盘问过姐姐的猪野村巡查据说死于战场了，而浮坪医生已经是半痴呆状态，没法好好讲述当年的事。现在，只有那份记录……”

“当年你应该是四岁吧？”

就在这时，正声背后的铃又响了一声。时刻是七点零六分。

“是的。当时外婆对我说，妈妈化身为大鸟神，正在浦的上空翱翔。这些话我至今记忆犹新，只可惜究竟发生了什么……唉，其实谁也不知道吧。随着年龄的增长，我渐渐明白了——妈妈在鸟人之仪的过程中消失了，城南民俗研究所的六人也是下落不明。如此而已……”

听正声淡然的口吻，言耶断定可以更深入地谈论这个话题：“也许我的措辞会让你生气，但我还是认为，你虽是神社的一员，但基本上是一个理性主义者。”

“是吗？我确实极其讨厌那些出入神社、形迹可疑的宗教人士。因为他们大多就跟江湖骗子一样。赤黑先生倒是非常值得信赖的。不过，我们的神社怎么说都是扎根于这片土地的，所以我认为它正在以自己的方式造福大众。”

正声唾弃式地抛出前半段话，莫非是因为其中也包括他的生父？而另一方面，后半段话中透出的柔和感，又让人感到，对于如双亲一般抚育他长大的鵺婆大人和姐姐，他自有其竭力表达情感的独特方式。

“好了，假如我是一个理性主义者，那又怎样？”

“不不……我只是想问，对十八年前的事你本人究竟是怎么看待？”

“啊，是问这个呀。我想妈妈是和人私奔去了满洲（旧称，今指中国东北地区）。”

正声突然且不怎么犹豫地说出了这句骇人听闻的话，把言耶吓了一跳。

“你是说私……私奔？而且还……还是私奔到满洲去？”

“下宫先生没对你提过吗？也是，要有这闲工夫，他会给你讲这一带的历史。”

“你是说，当时的朱名巫女有那样的对象？”

“是的。姐姐的那份记录里应该也出现过他的姓名。一个名叫伊吹末利作的修行者。”

“等一下——是那……那个人啊！那个目送渔船向岛进发的男人？”

“没错。他是当时长期滞留神社的宗教人士之一。当然了，我长大后才知道他和妈妈的关系，而姐姐当时虽然年幼，但似乎已有察觉。不过，姐姐好像从来没和他亲近过。”

“这么说，他就是……你们俩的父亲……”

“啊，那倒不是。姐姐大概也很在意吧，她说她委婉地刺探过鵺婆大人，但据说另有其人。不过，可以确定的是，那人也是修行者。”

“朱名巫女一向容易被修行者之类的人吸引吗？”

“可能是鵺敷神社的巫女接受的修行中，也包含极为严酷的项目，所以和那些人有亲近感。因为他们真的会以一己之身，奔走于崇山峻岭，想必与那些出入神社高谈阔论的伪宗教者相比，看起来有显著的不同。”

“不动真格地锻炼身心，就无法承受修行的苦楚和艰难吧。”

这时，第三次铃响一声。时刻是七点零八分。

“嗯。其实我猜想姐姐的女儿——朱里的父亲也是修行者中的一员吧。这是出于偶然，还是姐姐在意想不到的方面和妈妈相似呢？想必连她自己都不清楚。”

“母女两代连续——不，说不定每一代担当父亲角色的男人——啊，不好意思……跑题了。这么说，朱名巫女举行鸟人之仪是为了掩盖私奔行为……”

“是啊。因为在战前，移民满洲会得到奖励，在日本走投无路的人为了重整旗鼓而远渡重洋，也有女性为了嫁到大陆而前往彼岸。妈妈处在鵺敷神社巫女这个特别的位置上，而伊吹末是流浪者，在他俩看来，那里不正是非常理想的目的地吗？”

“唔，虽说其实并不是那么回……不过，这些事当时的日本人无从知晓啊。”

“是的。从这个二人组合的情况来看，要生存下去，就只能从事宗教性质的活动吧。然而，要是在日本国内开始此类营生，消息早晚会传入神社。对此妈妈本人恐怕是最清楚的。因为在我家出入的那些宗教人士消息灵通着呢。”

“嗯，如果人在满洲，就没有这种顾虑了。那么关于朱名巫女的失踪，镇上的人们也认为她是去了满洲，姑且就这么接受了？”

面对言耶的疑问，正声以嘲讽似的口吻答道：“这问题可就复杂了。据说当时已有人在传他俩私奔去了满洲，但绝大多数人都相信这是大鸟神作祟。国民们沉迷于神国日本之流的狂热迷信思想——呃，应该说是被沉迷吧，所以倒也不好断言此事荒唐。”

就在这时，第四次铃响一声。时刻是七点十分。

“嗯。举行仪式的表面理由似乎也是和国事有关，所以大家可能是这么看待的——仪式失败触怒了大鸟神，使岛上的人遭受了神罚。”

“是啊，但这似乎只是表面上的解释，说其实是鸟女出现了……”

“鸟女……”

就在这时，言耶好像真的听到了大鸟振翅般的声响。随即，一阵战栗掠过脊背。他想这毕竟是幻听吧，于是向正声看去。

“难不成是大鸟神降临在拜殿的祭坛上了？”

正声一边说，一边抬头朝拜殿的方向眺望。然而与玩笑似的话语相反，他的语气却十分拘谨。言耶越过灯看正声的脸，只见他的表情中似乎还透出了不安。言耶感到，这绝不是只凭微弱灯光制造的阴影就能带来的效果。

“拉一下绳子吧？”考虑到正声对姐姐的担心，言耶提出了这样的建议。

“不用。因为刚刚才收到姐姐的信号……而且如果发生了问题，姐姐也会连拉三下铃的吧。还是尽可能别去打扰仪式为好吧？”

“嗯……这倒也是。”

正声踌躇不已但依然做出了冷静的判断，所以言耶决定听从。

“回到刚才的话题，浦上的人表面上把巫女消失视作神罚，其实是认为那是鸟女作乱。”

“所谓鸟女，究竟是怎样的怪物呢？”

言耶虽然在下宫镇长那里有所耳闻，但关键的内容可一点也没听到。乘船来岛的途中，瑞子提过这个话题，然而毕竟还是没能触及具体事例。所以言耶非常在意。

“在海底谨防共潜，在海面谨防船灵，在空中谨防鸟女——兜离之浦很久以前就有这样的传言。总之它们都是魔物，但和共潜、船灵比起来，鸟女相关的具体故事却几乎没有。”

“前两种魔物的由来是海，而鸟女却和天空有关联。这一差异究竟是怎么回事呢？虽说海与天空都和渔夫关系密切。”

“是啊。我想，正是因此才有了这三种魔物的传说。正如刀城先生在船中所言，共潜和船灵把牺牲者引入海中，与之相对，鸟女则是把人带往高空。”

“这……这么说，鸟女就像鸟用利爪捕捉地上的猎物飞向高空那样，把人类抓起后腾空而去吗？”

“在这一带，如果出现悬崖边或海边只有脚印的情况——换言之，只有一串走向大海的脚印，却没有返回的痕迹，就会看成是被鸟女带走了。”

“一般来说，这种状况会被视作自杀吧？”

“确实。不过，好像也有一些实例无法被认为是自杀，所以……”

“哦？那……那究竟……”

言耶模样骤变。正声好笑似的看着他，预先声明是战前之事后，开始了讲述：“在镇上的石垣中，有一个被称为西之橹的场所。只有那里的石垣颇具宽度。斜坡中段的侧旁有石阶，登上那石阶走到石垣的尖端处，就可以看到海面。”

“所以被称为橹啊。”

“嗯。话说有一天，住在附近的一对兄妹在那旁边嬉戏。最初他俩在石垣下，后来哥哥说要爬到上面去玩。妹妹想阻止，因为母亲告诫过，石垣上面很危险所以不能去。然而，哥哥丢下妹妹独自登了上去。不久，一位住在附近的阿姨注意到了妹妹的哭声。当时阿姨正在斜坡下和人聊天。她问妹妹怎么啦，答说哥哥丢下她上去了。于是，那位阿姨登上石垣一看……”

“那哥哥不见了？”

“是的。尖端那里只有一双草鞋……”

“莫非不是像自杀的人那样，整整齐齐地把两只鞋摆在那里？”

“据说像是蹬下甩在那里的样子。”

“石垣一头是尖端，那另一头呢？”

“冲着另一堵石垣的壁，从那里爬上去是不可能的。而且，造着石阶的壁的反面，没有任何落脚点，所以也无法从那里下去。”

“会不会是他其实没有登上石阶，只是朝斜坡上方走……”

“当时斜坡上方也有人在站着聊天，他们说没有小孩来过。当然，据说斜坡边上的住宅里也没有小孩进去过的形迹。”

“更何况，草鞋还在石垣上呢……”

“据说那毫无疑问就是哥哥的鞋。”

“这么说，那孩子是被鸟女掳去了？”

“好像人们都那么说。不光是在这种匪夷所思的情况下，就算是在明显可以判断为自杀的时候，这一带的人们也总会解释成是被鸟女所惑了。”

“原来如此。对了，共潜和船灵分别被认为是死在海里的海女和渔夫的亡灵，那么鸟女呢？”

“啊，虽然我说过鸟女没有具体的传说，但只有一点是得到公认的——堕入魔道的宗教者所化之物，即是鸟女的原形。”

“那……那么——譬如说在鸟人之仪中失败的巫女……”

“是的。想必大家都认为她们已化作了鸟女。”

“果然是这么回事啊。”

在集会所时想问朱音的问题，不料却在这里得到了答案，言耶不禁喜出望外。

“然而到了战后——我是说妈妈和伊吹末的事——不知从何时起，人们认为他俩是去了满洲。”

“镇上的人毕竟也开始接受现实性的解释了。”

“不过，也只是表面上……”

“啊？难不成你想说，如今还是有很多人在心里认为是鸟女所为？”

言耶气势十足地发问，而正声则又一次用讥讽的口吻说道：“虽然很少有人会特意说出口，但我总觉得绝大部分人心里都是这么认为的，他们想否定这种荒谬的事，可还是办不到。当然，没有任何证据能让我做出这番断言，但在日常生活中多少能感觉到。”

“间蛎先生等人也一样？”

“青年团的年轻人又有所不同吧。因为事件发生时他们还是小孩，而且是经历了战中和战后的混乱期后长大成人的。不过，就算是他们，好像也对鵺敷神社的巫女另眼相看。”

除了字面上的意思，从这番话中还能窥探到一个事实：浦上的年轻男人是把朱音作为一个女人来看待的。

“对他们来说，十八年前的事件可能近乎传说。但对上一辈人来说，就和战争体验一样，是如噩梦一般绝对无法忘怀的事吧。”

“是无法醒转的噩梦，而且还是无法解开的噩梦……”

“无法解开？对啊——朱名巫女不可思议地消失，又对‘鸟女所为’的想法起了推波助澜的作用。”

“我觉得是这样。其实，如果要对这一点追根究底，那么奔赴满洲的说法也站不住脚。不过我是这么想的，既然有伊吹末这个外部协助者，就算是在无处可逃的拜殿里，也总有办法脱身吧。你认为呢？”

“拜殿当时的状况我们只能靠朱音小姐的证词来了解，而她本人也并不理解详情，所以事到如今也不好说得很确定。但我觉得还是有点难吧。”

“但是，假如伊吹末悄悄把船靠上岛……”

“朱名巫女进入拜殿后，门前有一个学生在窥探内部的情况。而且他占据的地点不是我们现在监护的这扇门，而是上方的拜殿门。此外，还有两个学生在拜殿的高墙下分头巡视。他们在阶梯廊左右的岩场一带，各自来回转悠。拜殿门内侧的门闩插着，高墙感觉也无法攀高爬低，不仅如此，还有三个学生的眼睛盯着，所以怎么也不可能从拜殿正面脱身吧。”

“那么从海那边……”说到一半，正声的话语含糊起来，大概是想到了那断崖绝壁。

“嗯。即使有伊吹末的船在海面上待机而动，很难爬下北侧断崖的事实也无可动摇。即使设想他曾经登陆上岛，但因为有三个学生的眼睛盯着，按理也很难接近拜殿。即使出现了万分之一的可能性，他成功地接近了拜殿，但朱名巫女究竟是怎么出来的呢？我们最终还是毫无头绪。”

“是啊……而且细想下来，伊吹末只是游方的宗教人士，又不是渔夫，他是否有能力在波涛汹涌的盂兰盆节期间驾船出海呢……”

“而雇用浦上的人，首先就这目的而言，就行不通吧。”

“嗯……不过要是只看结局，也许真相什么的也无关紧要。”正声突然说出这种话，让言耶感到不知所措。“即使妈妈堕为了鸟女，即使和男人私奔到满洲是真事，只要人们不明白她是怎么从拜殿脱的身，那她就是创造了奇迹。也就是说，不管浦上的人怎样看待妈妈的失踪，总之是留下了通过鸟人之仪创造奇迹的事实。”

“嗯。不过现在我突然想到，仅有这些朱音小姐是不能接受的吧。”

“怎么讲？”

“诚然，浦上的人也许至今都相信朱名巫女创造了奇迹。但是，其背后存在绝无可能被视为美好的要素，譬如鸟女或奔赴满洲之类的。朱名巫女可谓一直背负着污名。而且不管怎么说，虽是外人可一起失踪的毕竟有六人之多……因此，朱音小姐想要在相同的状况下圆满地完成鸟人之仪，以此连同母亲的污名也一并洗刷。”

“你真敏锐，刀城先生……”正声似乎是发自内心地感到钦佩，“对姐姐来说，妈妈首先是鵺敷神社的巫女，然后才是自己的母亲。但在我看来，她心目中的妈妈并不是妈妈本人。在我还年幼时——我只比姐姐小两岁——经常和她钻一个被窝，在我入睡前，她会给我讲各种各样的故事。既有普通的掌故，也有很多和鵺敷神社或朱名巫女有关的传说。当时我自然是信以为真的，后来才发现里面多半也掺杂着姐姐编纂的内容。”

“把母亲视为鵺敷神社的巫女加以理想化——是这样吗？”

“嗯。和实际的母亲、现实的朱名巫女不同，姐姐向我讲述的是她所创造的理想中的巫女形象吧。鵺婆大人似乎尽给她讲鸟女之类的恐怖故事，而对我则相反，尽是讲一些神圣庄严的故事。拜其所赐，我很早就开始埋头阅读家里堆积如山的宗教书籍，被养育成了那样的孩子。”

“哦？早熟啊。”

“不，只是因为处于那种环境——所以鸟人之仪的内容我虽然一无所知，但在姐姐和刀城先生的对话中，把佛陀之身的质料因视为幻身、虹身、空色身什么的——大致还能理解。当然我可不信这一套。想必是孩童时期的逆反心，在成年后表现出来了吧。”

言耶看着满脸苦笑的正声，再次体会到他对鵺敷神社的复杂感情。

不过，与正声对自家所抱有的情感相比，朱音对母亲的想法更为错综复杂吧。言耶觉得自己能够真切地理解这一点。

（鸟坯岛的经历无疑给幼小的她带来了深远的影响。况且，如果以朱名是一位母亲为前提来审视这段经历，对当时的朱音来说，她绝对称不上是贤母。但是，朱音不想承认这个事实……）

朱音是怀着怎样的心境面临仪式的呢？言耶一念及此就深感揪心。

“不过呢，如果只有私奔或洗刷污名这种极为现实的动机，也许妈妈和姐姐都不会去举行鸟人之仪。”正声少有地用一种意味深长的口吻说道。

“你是说有某种超越人类理性的力量在起作用吗？”言耶明知正声无论如何也不会这么想，但此时此刻的氛围让他不由自主地这样问道。

“你知道吗，我的曾外祖母朱慧、母亲朱名、姐姐朱音——这三个和鸟人之仪相关的人，有着奇妙的共同点。”

“三人的共同点？”

“没错，让人心里发憷的……”

“啊，难不成是年龄方面的……”

“你果然知道啊。没错，不知何故，三人都是在二十四岁的时候……”

这时，铃响了第五次。时刻是七点十六分。不过，这次的铃连响了两声。

“刚才那个，确实是连响了两声没错吧？”

“嗯……是的，‘叮叮’响了两声……”

“两声铃的话，表示朱音小姐会走出拜殿到我们这里来。也就是说，鸟人之仪圆满完成……”

“信号确实是这个意思……”

“从我们和她在拜殿门口分开到现在，大约是过了二十一分钟。”

谨慎起见，言耶再次确认手表，报告了目前的时刻。

“这样的话，我又觉得未免太快了点……”正声的口吻中透着难以言喻的不安。

他的确说过，快的话三四十分钟能结束。看来二十分钟出头这种不上不下的时间，是令人费解的。

“我们看一下铃吧？”

言耶说着，走到右门板处开始检查铃。但风筝线似的细绳下悬挂的铃，看不出有任何异常。

“确实是清晰地响了两声，对吧？”

“嗯。很明显的‘叮叮’两声，是连拉两次细绳的响法。”

他俩彼此确认是不是风在捣鬼。这时言耶提议道：“要不我们送个信号过去？”

也就是拉三下绳试试的意思。

“要不要再等一会儿？如果仪式真的结束了，姐姐很快就会走到这里来的吧。”

“那倒也是。”

正声的意见合情合理，所以言耶也表示赞同，决定坐到原来的木箱上继续等候。

然而，一分钟、两分钟、三分钟过去了，也感觉不到朱音沿阶梯下来的迹象。虽然也可以理解为仪式之后需要花时间收拾现场，但如果是这样，就又出现了新的疑问：为什么要先拉铃呢?

（因为平安无事地完成了仪式，所以人一松懈，就顺手拉响了铃吗？）

抑或是仪式仍在继续，朱音过于专注，不小心让铃多响了一声?而且连她自己都没注意到……就在言耶左思右想之际，“叮叮，叮叮叮，叮叮，叮”，铃声接二连三地响起。

“正声君，这……这究竟……”

言耶不由自主地站起身。顺带一提，此时是七点二十一分。

“是不是发生了什么紧急事态……”

“但……但是，最后那次是一声铃，也就是别来妨碍我的意思……”

正声端坐不动，只是仰视着言耶，但眼神中充满了困惑。

“可是正声君，之前的两声、三声、两声的响法非常奇怪啊。所以，就算最后那次是一声铃……”

“这个……确实……不好意思，我们还是再观望一下吧。”

言耶知道做判断很难，所以听正声这么一说，也只好听从。

“也许只是朱音小姐全神贯注地投入仪式，忘了信号的含义，胡乱拉了细绳而已。”言耶一边坐回木箱，一边做出解释，姑且以此来安慰正声。

两人就此无话。正声实沉地坐在木箱上，垂下头，双肘撑着大腿，一副浑身脱力的形象。他时不时地向言耶扬起脸，看那样子，就像是在拼命压抑随时都可能爆发的不安。

“我们去看看她的情况不好吗？”言耶几乎脱口说出这句话来。

（不行……他是这里的负责人，所以应该听从他的判断吧。）

想归想，但言耶又有一种焦躁感，担忧宝贵之极的时间正在白白流逝。他一个劲儿地看表。七点二十五分，二十六分，二十七分，二十八分，然后是七点二十九分。

就在这时，“叮叮叮叮叮叮叮叮叮叮叮叮……”

回归寂静的黑暗中，可怕而又杂乱无章的铃声突然持续不断地响起。

“正……正声君！这……这可非比寻常啊！”

看言耶起身的势头，哪是要去拉动细绳发送信号，简直就是准备拔下眼前的门闩直冲拜殿了。他刚站起来，铃声就停止了。四周彻底陷入了沉寂。

“这……这究竟……究竟是怎么回事？”

骤停的铃声令言耶吃了一惊，他的嘴里发出了自言自语似的嘀咕声。不过看到稳坐在木箱上的正声后，他又焦躁不安起来。

“虽然我不知道发生了什么，但这实在是非比寻常啊！即便是朱音小姐过于专注仪式，才让铃那样鸣响起来，恐怕也不是什么正常状态。我们还是去看看她的情况……”

“但是……姐姐说过，虽然很感谢我们为她监护，但绝对不要多管闲事。至于铃和细绳，也是我出主意装上的，所以……”

“你的心情我理解，但是铃鸣响的方式如此异常，所以我们还是应该现在就上去确认，不是吗？”

“这个么……”

“就算再等一会儿，可是我们究竟要观望到何时呢？你不会是打算遵守那个约定吧？最后一声铃响后再等二十分钟。”

“倒也没必要等那么久……”

“既然你认为没必要等那么久，那么现在就去看也没关系啊。”

坦率地说，言耶自己也非常清楚，这是在任意曲解正声的话。如果把圆满完成鸟人之仪放在第一位来考虑，就应该慎重处理，先等上二十分钟。其实他也是这么判断的。

（然而，有一种极为不妙的预感……）

言耶也不认为自己的第六感特别准，但他忍不住觉得，多年来的经验正在告诫自己。在游历所到之处，在即将被卷入匪夷所思的怪异事件时，他常常会有一种莫名的不祥感——此时此刻，这种感觉正从他的心底冒出来。

另一边的正声则垂着头，屡次向言耶抬起脸又放下，默默地重复着这样的动作，可见他的心情有多犹豫。因此，言耶也就不再多说什么了。不，是不好说什么了。

如此重复了几十次后，正声再次抬起脸，又垂下，垂得前所未有的低。就在这时，大地猛烈地震动起来。

“又是地震！”情急之下，言耶抓紧了身侧的廊柱，而正声却突然一跃而起。

“我去确认一下。”说着，他绕到言耶身后，在地动山摇平息前，连拉了三次细绳。

震感虽然强烈，但持续时间不长。恢复如常的小岛万籁俱寂，并无特别的变化，唯有浓重的黑暗笼罩了一切。

正声握着细绳，凝视他先前所坐的那一边的门板。当然他看的不是门板本身，而是悬挂在右上方的铃吧。不过，由于灯光照不到那么远，其实他只是在眺望黑暗。

言耶还坐在木箱上，这时他急忙去右门板处亲眼确认铃的状况。铃纹丝不动。他朝正声摇摇头，后者又拉了一次绳。但还是毫无回应。

“刀城先生，我们去拜殿吧。”

他俩几乎同时把手搭上插在槽中的闩棒两端，拔出了这根四棱的长木棒。然后，正声解下吊灯，言耶打开了门。他偷眼确认了一下时间，是七点三十四分。

正声一马当先，两人开始攀登阶梯廊。他们其实想冲上去，但仅凭灯的微弱光线实在太危险，只得作罢。好不容易来到阶梯尽头后，虽然前面只剩一条短短的走廊，两人还是发足急奔起来。

“姐姐……”然而，正声冲到拜殿门前时便骤然止步，他轻轻敲着门，只用低柔的声音呼唤起姐姐来。

“姐姐……姐姐……”

拜殿内没有任何动静。

“姐姐……姐姐……姐姐，姐姐！是我啊，是正声啊！”发现朱音完全没有回应，他的声音渐渐大了起来。

“正声君，门……”

两人立即去拉门的把手，门却纹丝不动。换言之，内侧的门闩还好端端地插着。

“没办法了，我们破门而入吧，没关系吧？”

“可是，没工具不行……啊！果然是为了这个……”

“嗯。其实我是考虑到了最糟糕的情况，才要你准备工具。哪知真会派上用场……”

言耶从头陀袋中取出正声从集会所杂物间里找到的手斧。虽然还准备了凿子、锤子之类的工具，但他俩一致认为非得用手斧破门不可。

正声大致估算了门闩横陈的位置，选好一个比它略高的地方后，当即挥舞手斧砍了起来。言耶本打算等他累了就自己顶上，但正声竭尽全力地砍门，以至于言耶连插嘴提议的空隙都找不到。每一斧都带动木屑纷飞，最初在一旁观看的言耶，也不得不渐渐退后。

“啊，砍穿到对面了。”

没多久，正声叫嚷起来。言耶看到了手斧前端探入门内的景象。

“好，换我来！”

正声毕竟是累了吧，他顺从地把手斧交给了言耶。言耶专注于拓宽木洞，很快就砍出了一个可供单手进入的口子。于是他伸进右手，摸索着抓住了门闩，想要往上拔。

（咦……？）

完全没有想象的那么顺利。可能是只在一处用力很难把门闩拔开吧。虽说再开一个洞，把双手都伸进去就行了，但现在哪还能做这种耗时间的事。

“换我吧！”正声迫不及待地说。

就在这时，言耶总算拽动闩棒，把它拔了出来。时刻是七点四十分。

“姐姐……”

打开门，正声一踏进殿内就叫了起来。那呼唤声仿佛被虚空吞噬了一般，越来越微弱，终不可闻。

“唔……”而言耶只有张口结舌的份了。

大鸟神之居借助于两侧的小篝火，浮现在晦暗之中。黑乎乎的右半部分一片狼藉，凌乱不堪。

（那……那是……）

祭坛简直就像发生过爆炸。

（爆炸？不会吧……）

爆炸的想法只存在了一瞬间。因为祭坛上另有让他更在意的东西。

（这里为什么会有……）

大鸟神之居上有一头影秃鹫。而且，如今它似乎正要展翅高飞。

“啊，啊啊！”

言耶发出惊叫的一瞬间，那鸟腾空而起。

（那标本复……复活了……）

就在这时，他发现鸟爪上挂着奇妙的东西。不过，追逐鸟影的视线前方，还有更古怪的玩意儿。

（那是……什么……）

那是一片模糊的白色。某个难以言喻的奇异之物，在大鸟翱翔而去的遥远高空飘飘荡荡。其内部时而像是包裹着如微弱火苗一般的摇曳之物……

（难、难不成……）

在他慌忙凝目望去之前，那玩意儿就被深沉的夜色吞没了，正如大鸟的身姿也从视野中消失一般。

（难不成，那是……）

那白色之物莫非正是离开朱音肉身的真理之身？言耶心里突然冒出了这样的念头。

（影影绰绰看到的如火苗一样的东西莫非是她的灵魂……而大鸟神的化身莫非是追着那灵魂飞去了……）

言耶一念及此，脊背上就窜过了难以名状的震颤。

与此同时，他这才扫视了一遍拜殿，发现哪里都不见朱音的身影。

这一刻，刀城言耶醒悟到，在与十八年前母亲失踪时相同的情况下，同为巫女的女儿也消失了。

第八章

在空中，谨防乌女

“刀……刀城先生……这……这是……”

正声鞋也不脱，就摇摇晃晃地想从三和土走上板间。言耶拼命阻拦住他，同时关上门，插好了门闩，然后从胸前的衣袋中取出铅笔，以承接闩棒的金属底座为基准，在横木上画了几条线。

“这样姑且就行了吧。好，我们这就去祭坛。啊，正……正声君，上去前不脱鞋可……”

他一边竭力安抚焦虑万状的正声，一边沿着笔直的木板路从三和土走到大鸟神之居的阶梯中段。

“不，还是先从这里开始观察吧。”

正声气势汹汹地奔向祭坛，行至途中被言耶柔声劝阻了。言耶如他自己所言，开始细看祭坛。虽说有篝火，但这里的一切还是被淡淡的晦暗笼罩着。不过，在凝目眺望的过程中，坛上的景象总算渐渐被收入眼帘。

首先是大鸟神之居的左半部分，状态保持得比较齐整。祭祀飞翔岩的供品坛上，可以看到币、榊和香炉等物，还有多半是辰之助带来的上等真鲷。供品前，左右各有一个烛台。从言耶所处的方位看过去，右侧那个烛台倒了，但感觉朱音为举行仪式而布置的供品坛基本维持着原状。

从供品坛到祭坛的右半侧，一路撒满了鸟的喙、爪、羽，这些都是言耶掀开叠箱的盖子时看到的物品。它们在供品坛前分布得齐整均匀，但越靠近祭坛右侧就越混乱。在如此杂乱的祭坛上，一块长方形的红布被胡乱地摊在大鸟神嘴前的板间上。而在布上，可以看到仿佛被什么冲击得七零八落的人骨……

“朱音小姐似乎是一边在祭坛左侧祭祀大鸟神，一边在右侧准备施展返魂术……”

“骨上沾着的，是……血吧？”

就像正声所指出的那样，大部分人骨都在滴血。

“在那个棺材似的箱子里看到骸骨时，虽然感到骨头格外新鲜，但毕竟是没沾血啊。”

“那么，这血……”

正声语气大变，言耶责备他似的说道：“不，现在还不能过早下判断。我们也可以理解为只是返魂术需要血，这些都是事先准备的血。虽然被雨水冲掉了不少，不过你看，仔细观察就能看出来吧？与其说是飞溅的血沾上了骨头，还不如说是直接把血涂抹到骨头上了。布的周围倒着好几个小壶和刷子。此外，又有像是祭祀用替身的木片，还撒着五颜六色的粉末，虽然沾上了血不容易分辨出来。”

“你是说这些都是返魂术的必需品，而血原本是装在哪个壶里的，后来拿刷子把它往骨头上涂了？”

“只看这里当然是无法断言的……”

“但是，就算血是事先准备的，可究竟是怎么个准备法？血不是很快就会凝结的吗？”

“和甘油混合就能避免凝结。”

“就算把人骨上的血看成是为了施展返魂术而涂抹的，可飞溅在这块红布周围的血又是怎么回事？只给骨头涂血的话，不会溅得这么远吧？”

拜雨水所赐，木板地已经湿透了，但正如正声所言，红布四周也散布着淡淡的血痕，清晰可辨。

“要么是涂上人骨后被雨水冲刷下来的，要么就是一开始给骨头涂抹时失手撒了，怎么解释都行啊。”

“但是……”

正声还要纠缠，言耶扬起右手，以示制止：“你听好了，目前最重要的问题是，弄清楚这种情形是否是朱音小姐有意为之的。”

“话虽如此……但是刀城先生，这里怎么看都是一副被肆虐过的样子，不然就只能认为有过争斗，不是吗？”

“但朱音小姐说过，仪式过程中会有多种力量参与运作。她的意思是，这些力量会影响到祭坛。”

“指的就是这种状况吗？”

“朱音小姐还说过，纯粹的真理之身降临为其准备的有形之身时，依靠返魂术复苏的死者的身体，作为容器不知能坚持到什么程度。”

“总不会是作为容器的肉体坚持不住，爆炸成了这个样子吧……”

听正声的语气，就像在说这真是难以置信，但他的视线却游离不定，莫非是因为眼前的惨状太鲜明、太真切了吗？

“在我们还一无所知的情况下，这种解释也是可行的。”

“那么，自然也可以认为这是姐姐的血吧？”正声略显咄咄逼人，追问言耶。

“那样的话，就有两种可能性：一是仪式失败导致她意外受伤；二是有人在仪式过程中加害于她。不过，如果是前者，那么受伤的她应该还在这里。后者也能以同理反驳，而且还会出现新的疑问，即那个所谓的加害人是怎么潜入拜殿的。对了，还得加上此人的身份和动机之谜。”

“无论是哪种情况，总之姐姐死了……是这意思吗？”

“不、不，我们还不知道发生了什么。而且，就算血是朱音小姐的，我们也很难判断血被这场雨冲走了多少。因此，不能武断地说她已经身亡。”

言耶嘴上这么说，但事实上他认为雨水冲走了大量的血。

“啊，难不成！”

正声突然大叫起来，冲上了祭坛，言耶根本来不及阻拦。正声把身子探出面朝大海的栏杆，凝目向悬崖下望去。

（对啊，从崖上坠落或被推落的可能性才是最大的。）

言耶之所以没有意识到这理所当然的事实，不仅是因为心神被这里的异样氛围所摄，还因为他恐怕已陷入某种感觉而无法自拔了。他感到，这里发生了匪夷所思的恐怖惨剧。

“能……能看到……看到什么吗？”

扶手只及人的腰部，所以正声双膝着地。言耶来到他身侧，战战兢兢地将视线投向下方的黑暗。

“太暗了，很难辨认。不过，我想如果姐姐仍是巫女的装束，就一定能看到。”

“是啊。即使不能完全看清，至少会有这样的东西进入我们的视野。”

两人继续观察断崖下那块有鬼之洗衣场之称的岩场。不过，当眼睛开始习惯黑暗时，他们做出了判断：没有看起来像人一样的物体坠落在那里。

“怎么办……”正声用极度困惑而又不知所措的声音低语道。

“现在首先要做的是把血保存起来。在某些时间和场合，这些血也有可能成为重要证物，一直让雨淋着不好。”言耶断言似的说道，“不过，话虽如此……”他看着红布和七零八落的人骨，支吾起来。

“祭坛可能是犯罪现场，弄乱了就麻烦了，对吗？”正声虽是一副手足无措的样子，但还是替言耶清晰地指出了问题的要点。

“嗯，怎么说呢……因为从这里的情形来看，有必要把这种可能性也考虑进来。”

“那就把它们搬走吧。因为最早也要等到后天上午才会有别人上岛来。就这么袖手旁观的话，血就要被冲洗得一干二净了。”

正声让言耶意识到关键问题后，争分夺秒似的开始收集七零八落的人骨，用红布包起来。

“只要头盖骨和骨盆等大骨就行，不用全部收集。”言耶对卖力拾骨的正声说道。

毫无疑问，人骨原本是完整的一具，但有大量人骨穿过木地板的格子掉到了岩场或大鸟神的嘴里。连同那些小骨头也收集起来是不可能的，而且只是检查血液的话，有主要部分就够了。

正声拾起主要的骨头，用布包好，放入西侧的和室，完成了雨中拾骨的任务。在此过程中，言耶已迅速调查了东侧的和室。不过，他一路走到尽头，也没发现任何情况。

接着他进入西侧的和室，先后打开了那个棺材似的箱子和装供品的箱子。当然，两者都是空空如也。于是，言耶立刻转向那个貌似香资匣的箱子，抬起了它的盖子。他一直很在意这个箱子。

“什么也没有……”

然而，劲头十足地开了箱，里面却也是空无一物。只能看到角落处有少许棉絮状的团块。

言耶继续向和室里处走去。途中用目光扫视了诸多为仪式而准备的物品，但无法断定其中少了什么东西。他总觉得这里没看到的物品都在祭坛上，而且就算祭坛上没有，也可以认为是被风雨吹跑了。言耶并没有记住全部用品，所以确认起来非常困难。

不过，即便如此他也能断言，有两件物品确凿无疑地消失了。一是一把具有十足杀伤力的剑，锋刃锐利而又坚硬，别说杀人了，简直能把一个人剁成肉酱。这把剑不见了。即使是在大鸟神之居的仪式上被使用过，也无法想象它会被那点风雨吹跑。

（也可能是用作凶器了吧……）

言耶决定目前不把剑消失的事实告诉正声。当然这是因为他能看出来，正声又会去想祭坛上的血会不会是姐姐的，并为此而不安。于是，他决定把注意力放到另一个十分醒目的消失物上去。

“鸟的标本，消失了……”

在和室的最深处，唯一竖着滑窗的地方，曾让北代瑞子和言耶大惊失色的影秃鹫标本，已经消失得无影无踪，唯余底座。

“姐姐说过的吧，在鸟人之仪中，标本会担当重大使命……”

“嗯，她说会作为大鸟神的化身复活……”

二人同时向大鸟神之居望去，把视线从那里移向断崖对面那水天一色的幽暗空间。

“或者——先前飞走的那只鸟就是？”

“哈、哈、不会吧……”正声强笑着回答。

见正声如此反应，言耶也想用玩笑似的口吻作答。然而一看到对方的脸，他顿时语塞。不过，言耶马上又重整旗鼓道：“唔，如果只是要处理标本，大卸八块丢进大鸟神的嘴之类的地方就行，也不是什么难事。”

言耶被现场的氛围所摄，尽管只是一瞬间，但他心里确实闪过了标本可能已复活的念头。他似乎深以为耻，竟然说出了这种该当天谴的不敬之词。

“这倒也是，但拜殿里为什么会有活着的影秃鹫？”

“要么是仪式所需，要么是为了让化身复活看起来逼真些而特意准备的。无论是哪种可能，我想总之是用饵引来的——”说到这里，言耶突然歪下头，“等一下！说起来，真的能做到给影秃鹫喂饵吗？和朱音小姐混熟了的影秃鹫……”

“唔……据我所知没有。都是野生的鹫。”

“世上倒是有驯鹰师，但从没听说连鹫也能驯化。”

“那么，是偶然飞来的？”

“那不是太凑巧了吗？”

“这么说……”

于是两人同时看向残留的底座，一时无语地伫立在那里。

这时，言耶感到从某处传来了一个声音，似乎是女性的。难道是受伤的朱音在求救？想到这里，他慌忙扫视拜殿内部。正声好像也听到了同样的声音。

“好像有什么……确实是有声音传来吧？”正声开口道，一副眼看就要到处乱跑的样子。

然而，言耶很快就意识到，那声音是从门那里传来的，而且声音的主人像是瑞子。

“怎么啦？”他俩急忙奔到门前。

“对不起……我没有打扰你们的意思，只是想给两位泡杯茶，结果端过来一看，阶梯廊下端的门开着，所以……我心想没准是发生了什么事……”

从他俩合力砍开的洞口彼方，传来了瑞子的回应。她的声音里似乎充满了不安。

“是这样啊。那么，大家都在集会所吗？”

“嗯……不过从中间开始，间蛎先生和海部先生进了里间，所以他们后来的情况我不是很清楚……”

“啊？大家没有聚在一处吗？”

“里外间当中的门关着，所以是分成了两处。”

（而且，从她出集会所的一瞬间开始，至少下宫是落了单。）

言耶立刻产生了不祥的感觉。恐怕目前的问题还会进一步扩大。

“很抱歉，我想请你办件事，你能回集会所把大家都带到这里来吗？”

“啊，朱音巫女她……”

也许瑞子已越过门扉从言耶的话语中觉察到有异变发生。她那怯生生的目光透过洞口，似乎在窥探拜殿内部的情形。

“集合后我再告诉大家发生了什么。好啦，赶快——啊，你都特意把茶端来了，我们还是喝吧。”

言耶接过从洞口递入的有盖茶碗，把其中一碗交给正声。茶水已经凉透，但言耶却一饮而尽，仿佛连他自己也不知从何时起就已口干舌燥了一般。

言耶歇了一口气后，开始调查门和门闩。正声向他请示道：“这骨头怎么办？可以一直放在和室里吗？”

“不，拿到集会所去，保管在杂物间里比较好吧。”

“那好，布湿了，所以我先把骨头收进原来的棺材里去。”

正声收拾人骨的期间，言耶完成了门和门闩的检查。他从三和土开始渐次环视着拜殿的内部，问道：“你怎么看？殿内有没有朱音小姐可以藏身的地方呢……”

虽然是向正声发问，口吻却近乎自言自语。

“这个……不可能吧。如果衣柜里是空的，那么成年人都藏得住，但我们也看到了，里面塞满了衣服。”

紧接着，言耶催促着正声，两人再度走入了东侧的和室。从衣柜、阶梯式收纳盒、碗柜、唐柜、箱笼等物开始，到蒲团袋为止，但凡看似有容纳一人之空间的物件，他们全都一一检查了内部。然而，得到的唯一结论是，所有物件的内部和之前无意中看到的状况并无二致，最后还落到了连明显藏不住人的镜台抽屉都要拉开来翻查的田地。

这番搜索也推进到了西侧的和室，但结果还是一样。虽然只有提灯的微光可用，但可以断言没有看漏什么。能窥探内部情况的，能拉出内置部件的，全都进行了彻底的调查，然而别说朱音的踪影了，连一个疑点都没发现。

“还有别的地方可搜吗……”言耶仍在转头环顾拜殿的内部。

“毕竟是没有了吧。”正声发出略显疲倦的声音，坐倒在榻榻米上。

“唔……是吗……”言耶出言附和，但依然目光炯炯，不愿就此放弃。

“还有那个洞！大鸟神的嘴！”言耶突然大叫起来。话音刚落，他就急忙奔向了祭坛。

“但是，刀城先生——那个洞太小了……”正声立刻追上前去。

“嗯。但我也可以说，那个洞还没小到能略过不查吧？”

他俩登上祭坛的阶梯，来到右侧的中央区域。木地板被切走了四四方方的一块。只有其跟前的一处近似长方形的地板上，完全没有撒到鸟的喙、爪和羽毛。那是为施行返魂术而铺设的红布被取走后留下的痕迹。不过，可以看出似乎有血从红布渗出，染湿了木地板。

（果然有大量的血在这里被冲走了呀。）

言耶俯视着木板上被雨迅速冲走的血，又一次这么想。不过，在正声意识到这一点之前，言耶把他的注意力引向了木板下方的洞。

“这么可疑的地方居然看漏了，怎么搞的！”

洞穴阴森地张着大口，其周围是只能供人勉强站立的岩场。于是，言耶坐在木地板上，缓缓地向岩面探下脚。

“请小心。下面也很湿，很容易滑倒吧。”

“没关系啦。就算脚滑进了洞，只有一只脚的话，不会整个人都掉进去的。”

“可要是两只脚都滑进去了，整个人会陷到胸部，可能一个不巧就钻不出来了。”

想象着那滑稽的模样，言耶想笑，但脸却一直紧绷着。掉以轻心的话，恐怕真的会受重伤。

首先言耶在洞穴边选中一处看起来最宽阔的岩石，蹲了上去。随后，他把脸半探入那突兀地张着恐怖大口的洞穴，发现穴的内壁滑溜溜、湿漉漉的，好似滴上了从岩石表面渗出的如体液一般滑腻的液状物质，感觉非常恶心。

“唔……”

此时洞穴中飘起了散发着恶臭的风。令人胸中烦恶、忍不住想要呕吐的气味直冲鼻端。

“喔，真臭啊……”站在木地板上的正声用双掌掩住口鼻，看来臭气也传到了他那边。

“做祓禊的那一周，可能每天都在给洞穴祭奉供品，所以没准是供品腐坏了。”

“啊，可不是吗。”

“说起来，这个洞穴的底究竟是什么情况呢……”

就在这时，伴随着咚咚的敲门声，传来了辰之助的怒吼。

“喂！怎么回事啊！不准备开门吗?！”

言耶敏锐地觉察到，辰之助的语声里透着无尽的畏惧，与他气势汹汹的措辞正相反。言耶随即醒悟到，这怒吼正是为了掩藏心中的恐惧。

“请等一等！我这就来开门！”言耶大声回应着，急忙爬上木板，和正声一起回到门前，“不过，各位进来后也请在三和土上留步，不要在拜殿内擅自走动。”

“搞什么呀！说起来，你啥时候有权利能这么指使我了？”

辰之助立刻顶撞起言耶，钦藏和行道则频频安抚，总算和他做好了约定。虽然之后他还是嘟嘟哝哝，不断地发着牢骚……

然而，言耶刚拔闩开门，他就闭嘴了。不仅如此，明明他方才大叫“快让我进去”，此时却一步都不肯迈，只是战战兢兢地窥探拜殿内部，呆立不动。

“正如各位所见，我和正声君破门而入时，朱音巫女已经消失得无影无踪了。谨慎起见，我们姑且把殿内看起来能藏人的空间全部搜索了一遍，但哪儿都找不到……”言耶先是说明了朱音失踪的事实，然后按顺序向众人讲述了之前发生的一切。

“奇迹啊……”

辰之助蹒跚着走上三和土，在那里急不可待似的脱下鞋，步入通往祭坛的木板路。来到中段时他坐倒在地，注视起大鸟神之居来。

“朱音巫女大人创造了奇迹。我就知道，是她的话准行。她可是个了不起的人物啊。”

辰之助如此呓语，看来先前从他身上感受到的那种恐惧已经平息，一种全新的敬畏之情正取而代之，涌上了他的心头。

“小辰，这是真的吗？”

行道迅速走到他身边，和他热烈地交谈起来。他无法立刻相信辰之助的话，但心里却已愿意相信——行道的心思，在任何人看来都一目了然。

言耶百感交集地观察着他俩率直的反应，无意中向钦藏转过脸，却见他只是用冰冷的目光注视着两位同乡，依旧面无表情。言耶提到人骨时，钦藏进入西侧的和室，打开那个棺材似的木箱的盖子，擅自调查起包在布中的人骨来。

“怎么样？是人血吗？”

言耶这么一问，正声和瑞子也凑了过来。瑞子毕竟还是显得有点害怕。

“光看是怎么也看不出来的。”钦藏用右手的拇指和食指搓起骨头表面的血。

“不是人血的可能性呢？”言耶又问了他一句。

“有是有的……”

“当然还是缺乏根据是吧？”

“那还用说？别来添乱。”

钦藏立即显出怃然之色，不过之后正声的话把他的不悦一扫而空了。

“如果不是人血，就意味着姐姐安然无恙的可能性很大……”

“啊，但愿如此。”钦藏罕见地用充满真挚的口吻回应道。

不过，钦藏合上盖子后，脸上又露出了沉思般的表情，似乎是有什么事让他介怀：“对了，鸟人之仪开始前，朱音小姐不是交给过你一封信吗？”

“啊……对啊！”

言耶慌张地翻找衣服的内侧，取出了一封信。也许是听到了他俩的对话，辰之助和行道也进入了西侧的和室。

“上面写……写……写了什么？巫……巫女大人究竟写了什……什么？”

“请稍等，我这就读给大家听。”言耶一边应付辰之助的催促，一边撕破封口，从中取出一张信笺。

然而，他打开信笺浏览一遍后，突然抬头向飞翔岩望去。接着，他又看一眼信笺，随即再度眺望飞翔岩。如此这般，重复了数次。

“刀城先生，你怎么了？”正声用焦急的口吻询问道。

“信上是这么写的。”言耶终于停止了奇怪的举动，开始朗读写在信笺上的文字。

“鸟人之仪，成功之际，飞翔之岩，翻卷赤旗。兜离之浦，有幸福降临，巫女终将复返，在此期间务必诚惶诚恐将大鸟神拜祭。”他语声一顿，将众人的脸一一打量过去后，继续道，“鸟人之仪，失败之际，鸟神磐座，不见赤旗。兜离之浦，有灾祸降临，巫女永不复返，切记谨防空中鸟女。”

众人猛然抬头仰望飞翔岩，只见岩上根本没有赤旗的踪迹。

第九章

第二人消失

刀城言耶最后一个走下阶梯廊时，才后知后觉地意识到赤黑不见了。

“有谁见到赤黑先生了吗？”

一行人已经踏上游廊，正要返回集会所。言耶在他们身后发问，但转过头来的只有正声和瑞子。

“我记得我们回集会所后没多久，他进来过一次……”瑞子沉吟着答道。

钦藏则在她身前不远处停下了脚步：“他马上就一个人走进了里间，所以要说见过他的人嘛，就只有那两位了。”

“那两位”自然是指行道和辰之助。顺带一提，那两位关键人物走上游廊后，头也不回，一溜烟地直奔集会所而去。

“啊，等一下，海部先生！你有没有见到赤黑先生啊？”

言耶冲着渐行渐远的微弱灯光喊道。对方似乎停住脚步回过身来了，一直被背部遮掩着的灯光也朝向了这边。

“你和间蛎先生进入集会所里间的时候，赤黑先生在吗？”言耶继续大声叫道。

“不，里面一个人也没有！”行道给出了回应。不过，恐怕是被辰之助催得紧，那灯光再度模糊下来，转眼就消失在了黑暗中。

“说不定……”这时，正声歪着头看了看言耶。

“怎么？是有头绪了吗？”见状，言耶问道。

“不、不。只是我在这门前监护时，看到黑乎乎的对面好像有什么在动。但当时刚巧铃响了……所以直到现在我才想起来。”说着，正声站到阶梯廊下端的门前，用手悄然指向拜殿左方的暗处。

“那里会有什么呢？”

“谁知道呢……我来这岛的次数也是屈指可数，所以我想反倒是赤黑先生比较熟吧。”

“总之我们过去看看吧。啊，北代小姐你可不行。下宫先生，她就拜托给你了。”

见瑞子有一同前往的意思，言耶赶紧堵死她的念头，把之后的事情托付给了钦藏，然后催促着正声，从阶梯廊与游廊的交界处踏入了黑暗。

“刀城先生，一旦出现什么问题，你还挺能调解的嘛。”并肩而行的正声低语道，像是怕被身后的二人听见。

“嗯……大概是因为在种种场合有过种种遭遇吧。”

“还遇到过奇妙的案件吧？”

“算是吧。民间传承也常常涉及实际发生的案件和事故，或者是已认定确有其事的奇迹和怪异现象。这样一来，在深入挖掘背景的过程中，一直被掩埋的意想不到的新事实，会突然浮现在人们的眼前。其结果，有时啊，直到前一天为止还是当地人所共知的传说，不知不觉地，内容就突然来了个一百八十度的大转弯。”

“哦？好像很有趣啊。”

“坚持以旁观者的立场去看待那些事情的话，才会觉得有趣。

而且，如果新事实的明朗化引发了新的异象和案件，可就有趣不起来了。”

“刀城先生自然会漂亮地解决这些案子。”

“哪里哪里，根本不可能漂亮地解决啊。但不管怎么说，我毕竟是刨出老底的罪魁祸首，所以不得不进行善后工作。”

“原来如此。不过，刀城先生也会遭遇奇妙的解谜……”

正声突然闭上了嘴。从出现在灯光下的泥泞土道上，可辨认出人的足迹。

“是赤黑先生的吗？”

“几乎已经被雨水冲走，所以不太可能确认鞋子的形状和底纹了。”言耶细致地观察着足迹开始的地方，如是答道。

土道的右侧是岩场，左侧是草地。道路斜斜向右延伸，似乎通往岛的西北角。

“我走岩场，你走另一侧，我们一起看着足迹前进吧。”

“知道了。请小心脚下，注意别滑倒。”

按照言耶的指示，二人夹着土道，开始攀登斜坡。由于是要绕向建有拜殿的岩场西侧，他们迎面承受着由南而来的风雨，脚步也不得不屡屡放缓。即便如此，言耶还是注意着脚下，一步一步地向前行进。很快岩场就变得过于倾斜，在岩面上行走已十分困难。几乎在同时，草地的坡度也急剧地陡峭起来，果然不可能再走土道的两侧了。

“没办法了。上那边走吧，尽量和足迹保持距离。”

言耶避开足迹跃到正声身边。随后，他俩在并不宽阔的土道左端，像螃蟹一样横着走了起来。那模样想必很滑稽，但谁也没有心思发笑。前进的速度越发迟缓，不过没多久，他俩就突然来到了能望见海的地方。

“啊，足迹……”

“杂乱起来了。嗯？好像是朝岩场方向去了……”

言耶看了看土道右侧，发现岩面上有几个窟窿，似乎正适合手足并用地攀援上去。

“是从这里爬上去了？”

言耶话音未落，就又一次跳向了土道右侧。

“啊，这可不行，刀城先生！在这种状况下攀爬岩场，不管怎么说都太危险了。”

“但是，如果赤黑先生爬上去了……”

“话是这么说……啊，看，就在那里，足迹又开始了。”

言耶吃了一惊，从刚攀了几步的岩场下来，向正声所指的混乱足迹的前方望去。他明白了，料想曾攀爬过岩场的赤黑，多半是在下来的时候踩在了前方不远处的土道上，于是一度中断的足迹又继续了下去。

然而，向前延续的新足迹——

“喂……这是……”

言耶不禁语塞，在他手指的地方，留下一路印记的足迹中断在断崖边缘，就像是直接朝虚空迈出了脚步……

“啊……这是怎么回事？难道赤黑先生从这里……”

“坠海了吧。”

“怎么会……为什么？啊，刀城先生！这可不行！”

一眨眼的工夫，言耶已经回到表面有窟窿的岩场，像壁虎一样贴住岩石，毅然决然地开始了攀登。正声在下方又是担心又是抱怨，但言耶几乎充耳不闻，也是豁出去了。然而好不容易登到顶端，却发现那里只有可勉强立足的狭窄空间。先前的劲头有多足，此刻的沮丧就有多大。

“搞什么嘛，特意爬到这种地方来……”言耶完全搞不懂自己为什么要历经艰辛攀登到这里来，以至于不由自主地嘟哝了一句。

（难道只是看起来到过此处，其实不然？）

正声还在喋喋不休，于是言耶打算下去，就在他开始挪步时——

（啊，难不成……）

言耶在心中大声疾呼，随后在狭窄的空间上缓缓地站起身，把视线投向了某处的黑暗。

那里弥漫着浓重的夜色。言耶走过日本各地的山村，不止一次经历过真正的深夜之黑，自觉已能对无星暗夜的恐怖泰然处之。然而，在这四周环海、又有风雨侵袭的孤岛上，暗夜之黑的浓郁也许是他从未体验过的。

（不过，一定不会错。）

即便如此言耶也能确信，那拜殿就在他的视线前方。

谨慎起见，走出拜殿前他把两处篝火都熄了，因此并不能真的在前方的黑暗中，看到拜殿的高墙、内部的祭坛以及和室的一部分，但他对自己的想法抱有自信。方位应该也是正确的。

（换言之，赤黑先生曾在这里窥探过鸟人之仪？）

他这样问自己，很快就歪着头陷入了困惑。

（但他究竟为什么要窥探呢？）

况且，感觉这里到拜殿的距离非常远。也就是说，即使窥探无疑也只能粗略地了解仪式的情形而已。

“你在干什么？”

脚下突然传来话声，把言耶吓了一大跳。

“喂，喂……别这样吓人啊。我差点儿一脚踩空。”

“就因为刀城先生无视我的警告，硬要蛮干啊。”

“啊，不好意思。不过，有件事很奇怪。”

言耶对正声讲述了自己的想法，结果正声也打算爬上这个如猫额一般狭窄的空间。

“喂喂，不行啊，这么窄的地方怎么挤得下两个人。而且就算你上来，也什么都看不到，毫无意义。”

“是吗……”

正声似有不满。不过，也许是亲眼看到了言耶脚下狭窄的空间，明白对方说的没错吧，他中途停止了攀爬。

“没准赤黑先生不是在这里眺望拜殿，而是径直沿着岩场往前走了，所以才没有返回的足迹……”

“这么说，延续到断崖的足迹是伪装？”

“就那么点距离的话，也可能是他踩着自己的脚印倒退回来后，又爬上了这里。”

“呃……全程倒退的话，在那么泥泞的地方每个脚印都要踩准——这个思路可有点勉强，总会留下点痕迹吧。”

“而且不管雨下得多大，也未必能冲走这些痕迹。”

“可是这么一来，就变成了赤黑先生制造了自行跳海的假象，而事实上他正躲在某处。”

“这个么……”

“果真如此的话，他为什么非要做这种麻烦的事不可呢？”

沉默降临到两人之间。或许这是因为他们知道，虽然有各种各样的可能性可供探讨，但几乎没有一个靠谱的。

“不过呢……虽然现在光线太暗，很难下判断，但我还是认为，从这里去别处是不太可能的。”

“哦？”

“如果沿着岩场继续走，不是走到北面的断崖，就是走到建有拜殿的东北侧，要不就是走上东侧的阶梯廊。然而去了断崖也无济于事。同样地，他也进不了拜殿。即使要往东走，从你所处的位置可能看不到，向东去的那条路，前方不远处好像有一条宽阔的岩缝。”

“不像能跳过去的样子？”

“怎么说呢……因为岩石表面被雨淋湿了，又刮着风。而且在黑暗中，就算有灯也非常危险吧，所以应该很难。”

“那么，果然还是坠崖……”

“嗯。而且从目前的状况来看，无论如何都像是自杀。”

“不会吧……”

“走向断崖的足迹过于笔直了，所以很难认为是事故。话说回来，假如他是被谁推落的，罪犯应该会留下足迹吧。”

“可是，在这种时候、这种地方突然自杀的理由……”正声想说“我找不出来”，但又咽了回去。

“是不是有什么头绪了？”

“不，那个……不过，难不成……”

正声完全陷入了沉思，言耶俯视着他，说道：“总之我们先回集会所吧，这里再待下去也没用。”

言耶催促着正声爬下岩场，从来时的土道向下走去。直到离开泥泞之处，返回无须留心脚下的地方，言耶才开口问道：“我说，赤黑先生对于鵺敷神社来说，对于朱音巫女来说，是怎么一个人物呢？”

“嗯？啊，这个嘛，说起来就是所谓的幕后工作人员，或是万事通吧。神社事务性质的工作，姑且是由我担当。从这个意义上说，我的工作大多是在外抛头露面、给姐姐当当秘书，而他正相反。每天例行的清扫乃至木工，什么都能干，他才是神社的顶梁柱啊。因为心灵手巧，所以大部分杂事应该都是他一个人在处理。”

“也许我的问题听起来比较庸俗，赤黑先生平日里对待朱音小姐的态度，给人什么样的感觉？”

“这个么……”

“譬如说，像青年团的三位那样，作为男性对她抱有好感什么的。”见正声一时语塞，言耶向他道明了自己想问的事。

“怎么说好呢……我想他确实对姐姐抱有好感，但应该和那三位完全不同，或者说……”

“不是恋爱似的感情，而是崇拜之情吗？”

“是啊。看起来是尊敬、憧憬似的感情，而另一方面也有守护、庇护的味道……”

“原来如此。你的意思是，把赤黑先生对朱音小姐的感情说成亲子之情，或许要比男女之情来得贴切？”

“即使是这样，又和足迹的问题有什么关系呢？”

“说不定赤黑先生曾在那里悄悄守望朱音小姐举行鸟人之仪。然而仪式失败了。其结果，虽然我不清楚朱音小姐身上发生了什么，但她多半被卷入了非比寻常的事态。赤黑先生目睹一切后，陷入悲观的情绪而自杀了。”

“你是说——追随在姐姐之后？”

“我认为，这种说法可以毫不勉强地解释先前那个岩场的状况。”

“嗯……是我的说明让你产生了这样的想法。我非常理解，不过……”

当正声又一次闪烁其词时，两人已经回到了游廊。

“有什么不对劲吗？”言耶一边缓缓地向集会所走去，一边问道。

“嗯。如果刀城先生所说的事情当真发生了，我想赤黑先生多半也不会追随姐姐而死，还不如说他会给姐姐上供——不对，与其说上供，还不如说他会祭祀姐姐吧。”

“原来还可以有这样的思路啊。唔，这个算不上什么解释，反正你就是觉得，至少追随其后自杀是不可能的。”

“与其说他会为了姐姐的失败而悲观，还不如说，他啊——虽然我这么说不太好——我总觉得他会认真地做好善后事宜。”

“多谢，我非常明白了。”

“但这样一来，攀岩的形迹和悬崖边中断的足迹，可就完全成了不解之谜了……”正声向致谢的言耶轻轻点头，随即又转为一脸严肃。

“一旦自杀的可能性不复存在，就只剩下事故或他杀了。”

“但假如是事故，没有失足踩空的痕迹就很奇怪了，因为足迹显然是通到断崖为止的。而且如果设想为他杀，那么除了是谁干的、动机是什么、为什么罪犯没有留下足迹等问题，还有一个谜，即为什么要在那样的状况下。”

“关于这一点，我有一个假说。”

“是什么？”

“赤黑先生在守望鸟人之仪，这一点不变，但后面不一样。在仪式进行的过程中，有人侵入拜殿，妨碍了仪式或加害了朱音小姐。赤黑先生看到了整个过程，然后那人发现了他这个目击者的存在——如果是这样，会有什么结果呢？”

“杀人灭口？”

“很难想象他去那种地方会不带着灯。如果灯光被对方看到了，那么发觉有人正在窥探拜殿内部也不足为奇。”

“可是，要在赤黑先生离开岩场前，从拜殿出来走到那边的断崖……”

“嗯。不管是通向断崖的土道，还是断崖边缘的周围，都只有他自己的足迹。不过，说起来，本来就没有任何人能进入拜殿啊。”

“这么说他杀也不可能了？”

“除非是那人侵入密室状态下的拜殿后，不仅成功脱身，还不留任何足迹地走到了赤黑先生身边。”

两人沿游廊急急赶回集会所，此后的讨论没有多大进展。风雨已经平息，但总觉得天气完全不容乐观，也许随时就会再起变化。

打开集会所的门，只见围坐在外间围炉边的四人齐刷刷地看向了他俩。然而，只有瑞子牵挂赤黑的安危："没找到赤黑先生吗？"

"嗯。而且事实上，形势变得有点棘手……"

言耶一度很迷惘，不知该不该现在就对大家说实话。思考片刻，他认为应该说出一切，反过来听听众人的意见。在无路可走的西侧断崖看到了什么，从那里的状况和拜殿的情形来看，可以猜想出发生了什么——言耶把这些内容详细地陈述了一遍。

"情况都这样了，还不清楚发生了什么吗？"也许该说意外吧，率先开口的竟是辰之助。

"怎么清楚了？"言耶反问道。众人也用意味深长的目光注视着他。

"正如你所说，赤黑窥探了鸟人之仪。但是，仪式失败了。所以朱音巫女变成了鸟……鸟……鸟女，飞到赤黑那里，把他带到天上去啦。肯定是这样。"

"足迹持续到断崖边又是怎么……"

"不……不就是因为鸟女浮在半空，在断崖对面呼唤他吗？"行道只说了半句，辰之助便这样答道，像是在数落他怎么连这个都想不明白。

"原来如此，这倒是一种新的解释。"

言耶完全未加否定，正声近乎惊愕地盯视着他。不过，正声的目光很快就移向了余下的二人，来回打量起他们来："下宫先生和海部先生怎么想？"

然而，被点名的行道一脸茫然，只是看着钦藏，那模样就像是要把问题全都推给医生。

“相比之下，我们首先该做的是确认朱音巫女的安危吧？”而另一边，钦藏依旧面无表情地提出了合理至极的建议。

“确认什么的，可是小钦，我们究竟要怎么确认……”

“这两位彻底地搜索过拜殿内部，也没有人坠落到鬼之洗衣场的迹象。那接下来我们就只能搜索整个岛了，不是吗？”

“啊？现……现在就……”

“呆子，现在能行吗？光靠提灯的光搜索整个岛，偏偏还要在这种时候，这不等于是自……自杀行为吗?！”辰之助当即对行道的话表示反对。

“因为鸟女正在这里徘徊吗？”

“这个还用问吗？本来我就觉得，因为这次的事青年团……”

“我想，明天早上我们能齐心协力去搜索朱音小姐和赤黑先生就行。”言耶见辰之助死咬着行道不放，便添上被钦藏忽略的赤黑，提议道。

“现在也只能这样吧。”

“但这样一来，不就要把朱音巫女大人抛在雨里一整夜了吗？”

“你啊，还没明白过来吗？巫女大人已经变成鸟女了！”

“辰之助，你这么迷信我是没办法，但你也不该说这样的蠢话。”

“小钦说得对。不、不，我也不是不信小辰的话……但……但是呢……”

“你……你们都忘了巫女大人的警告吗？就在这个男人保管的信

里，不是写着……谨防空中鸟女吗？”

言耶看着用手指向自己的辰之助，观察三人各自不同的反应。不过除此之外，他还做了另一件事——朝正声丢了个眼色，示意他把放有人骨的箱子搬进里面的杂物间。因为他觉得辰之助要是知道了，又会一惊一乍。

言耶不慌不忙地等正声回来后，慢悠悠地介入了三人的对话：“对于明天日出后搜索全岛的计划，能否请辰之助先生代表青年团予以许可呢？”

“唔……这……这个事嘛，那什么，也没什么不可以的……”

“谢谢。”见辰之助似乎还想说点什么，言耶赶紧道谢，以封住他的嘴，随后他看着行道，“你希望现在就去找朱音小姐的心情我能理解，但在这样的黑夜和天气下，搜索是极为困难的，而且稍不留神就有可能发生二次伤害。”

“随着时间的推移，风雨好像也变得越来越大了。”正声恰到好处地从旁帮腔。

“所以行道先生，对明天早上再进行搜索一事，你能否给予理解呢？”

“好……好的……担心朱音巫女大人什么的，说起来也算是一种失敬吧……只是，我心里特别忐忑，所以……”

“好，那么关于朱音巫女的安危一事，姑且到此为止。”钦藏爽快的语声与行道的含糊其词形成了鲜明的对照，他目不转睛地直视着言耶的眼睛，开口道，“那么，接下来你打算做什么？你应该有点想法吧？”

“是的。现在刚好将近九点。就算是为了明早的任务，在这个时间睡觉也未免太早了。所以我想，是否能和各位一起讨论拜殿内发生了什么呢？”

“哈，侦探游戏吗？”钦藏似乎看不起这一套，失笑道。

相反，辰之助则面露胆怯之色：“前面我不是说过吗，巫女大人堕为鸟女了……”

“嗯，我也认为目前还不能断然否定这种设想，不过……”

“荒唐！对深陷迷信的渔夫和想象力丰富的小说家来说，也许可以这样，但出了浦，这种莫名其妙的鬼话还能通行于世吗？好好想想就能明白……”言耶话至中途，钦藏便插嘴否定道。

就在他如此数落辰之助的鸟女说不值一提的当口，啪萨啪萨啪萨啪萨啪萨——奇怪的声响从外面传来。这匪夷所思的声音在西侧的墙外由南向北移动着。

“刚……刚……刚才的……听到了吗？”辰之助猛然把脸转向钦藏，“那……那不就是鸟在扑腾翅膀吗？”

“说什么蠢话呢！那只是风……”

话音未落，啪萨啪萨啪萨啪萨啪萨——同样的声音再度响起，传进了众人的耳朵。

“是鸟……鸟……鸟女……那……那妖怪出……出现啦！”

“可……可是小辰……大鸟神也会发出……”同样是振翅声，看来行道打算往比较好的方向解释。

“你们俩都在说什么胡话呢？”对钦藏来说，两种说法似乎全无分别。

“但……但是，小钦，这……这可不是风……”

“那就是真的鸟吧。多半只是真的有影秃鹫在飞。”

“有一点我一直很在意，兀鹫应该不是夜行性鸟类吧？”言耶问道。

“影秃鹫比较特殊，在日落后也会活动一段时间。”正声答道。

“是吗？但要这么说的话，听现在的动静，几乎是擦着地面在飞呢，你们不觉得吗？”

言耶如此发问后，辰之助和行道用力点了点头，正声和瑞子也轻轻颔首，只有钦藏一动不动，但也没有出言否定。

“我去看看。”

或许是因为自然而然地变成了众人注视的目标，钦藏起身向外走去。

“喂！小钦……”

“随他去！本来嘛，就算这里需要医生，也不该把这种在东京惹出乱子的家伙接回来，这就是个错误。适合我们浦的，毕竟还是浮坪爷爷那样的……”

“事到如今，在这里说这些也无济于事……而且让他一个人出去，不要紧吗？”

行道一边责备辰之助，一边向言耶投去探询的目光。他在犹豫该不该立刻追出去。

就在这时——

“我去吧。”正声说道。话音刚落，他便提着灯奔出了门外。

“外出本身不就很危险吗？”

于是，这回轮到瑞子开始担心了。当然，这是因为出去的是正声吧。不过众人没等太长的时间，钦藏和正声就一起回来了。

“大鸟神也好，鸟女也好，影秃鹫也好，类似鸟的玩意儿一个都没看到，哪儿都没有，什么都没有。”一脸怃然的钦藏在围炉边坐下后，咬牙切齿地说。

“那是因为早就飞走啦。”辰之助虽然提出了异议，但怎么看都像是在对行道嘀咕，因此钦藏也就权当没听见。

“风渐渐大了，雨倒是忽大忽小的。”正声描述着外面的情况，同时又轻轻摇头，暗中向言耶传递出未见异常的信息。

“好了，我想问一下，我和正声君在监护拜殿时，各位都在干什么？”言耶环视众人，硬是没去追究那如鸟振翅一般的怪声。

“和两位在阶梯廊分开后，我和下宫先生回到了这里，当时间蛎先生和海部先生已经在围炉边坐着了。”由于其余三人沉默不语，瑞子怯生生地率先开了口。

“你们四人会合之后，赤黑先生才进来的？”

“是的。但他马上就进了里间，我想此后再也没有人见过他……”

“恐怕那家伙从里间的后门出去，走到了那个断崖的尽头吧。”

钦藏不看任何人的脸，只是对瑞子的发言做了补充，而言耶却大为震惊：“你说什么？里间也有出口吗？”

“刀城老师，刚到这里时，您没看见吗？”行道用难以置信的口吻问道。

言耶十分羞愧。当时他一心只想查看那个把朱音关起来的杂物间，没有注意到后门。

“在哪里呢？”

言耶打开间隔门中的一扇走进里间，跟在他后面的正声道：“就是右端杂物间边上的那个小门。”

听了正声的话，言耶抬眼看去，只见那门板造得和板壁近乎一体，不靠近查看就很难辨认出来。那时他光顾着注意最左端的杂物间，会看漏也是没办法的事吧。

（啊，但是鞋……）

这时，言耶发现了关键信息。他回到玄关的三和土处，只看到了六双鞋，唯独没有赤黑的鞋。换言之，赤黑回集会所时，已有从小门出去的打算，因此才悄悄地带着鞋进了里间。

“保险起见，我想问一下，赤黑先生消失在里间后，有人见到过他吗？不管是在哪里都可以。”他一一打听过去，然而所有人都摇头。

“是这样啊……然后按北代小姐的说法，间蛎先生和海部先生不久之后就移步去了里间，是吗？”

“是的，小辰和小钦因为青年团干部选举的事起了点摩擦。”

“这个是以前遗留下来的未决事宜吗？”

听言耶这么一问，行道察言观色似的看着那两位。

“那个和这次的事毫无关系。”辰之助怒视着钦藏，“这个问题已经被定为下次例会的议题，而钦藏先生却在那种场合、那种时候拿出来讲。”

“因为你看上去很害怕啊，我只是为了调节气氛才提供了这个话题。”

“你……你说什么？”看那架势，辰之助好像随时都会起身一把揪住钦藏。

“也就是说，是因为这样吵起来了，所以间蛎先生和海部先生才进了里间啊。”

言耶轻描淡写的口吻令辰之助脱口答了一句“是啊”，近乎失控的事态就这样被控制住了。

“在里间时，两位也一直在一起吗？”

“嗯……我在不停地安抚气咻咻的小辰。”

行道回答着言耶的问题，却听辰之助本人说道：“可你途中不是去了趟厕所，离开了一小会儿吗？”

“啊，这倒是……”

行道话音刚落，言耶便用咄咄逼人的口吻问道：“当时你是从玄关出去的吗？”

“嗯？啊，是的，因为后门没有鞋。”

“你走进外间时，那两位在吗？”

“啊，说起来小钦当时不在，我问了瑞子小姐，说是去井边了……”

“这是怎么回事？”言耶慌忙向瑞子发问。

“医生提议给你和正声先生送杯茶，但不巧的是水没了，所以他特意去井边打水……”

“所谓的井在哪里？”

“在集会所的南面。”对比彬彬有礼的瑞子，钦藏的态度颇显傲慢。

“也就是说，你们各自都有独处的时间？”言耶的表情就像在说“这下麻烦大了”。

“那么各位，你们单独行动的时间大约是几分钟？另外，是否还记得具体的时刻呢？”

对于这个问题，不但人人都说不知，辰之助和钦藏还难得地统一了意见，一起顶撞言耶道：“说起来，我们为什么非回答不可啊！”

“莫非你想说，是我们中的某个人把朱音巫女怎么了？”

“那样的话，独处时间最长、最可疑的就是赤黑吧？”

“对啊，那家伙好像爱慕朱音巫女，他肯定是趁巫女大人在仪式中孤身一人的时候，干了些什么。”

“本来嘛，别说进拜殿了，因为有你们两个在监护，我们连接近拜殿都做不到吧。但赤黑的话，没准知道什么秘诀。”

尽管接连受到辰之助和钦藏的攻击，但言耶毫不动摇：“我绝对没有遗忘赤黑先生。然而事实是，他和朱音小姐一样，也失踪了。虽然也可以认为这可能是一种伪装，但此时此刻只把怀疑的目光投到他一人身上，还为时尚早，不是吗？”说到这里，他再度把脸依次转向每一个人，“其实鸟人之仪开始前，各位也有独处的时间。晚餐时，先是间蛎先生外出，接着海部先生、下宫先生还有北代小姐也陆续离席了。那时留在集会所里的，除了朱音小姐和正声君，就只有赤黑先生了。”

“刀城先生的意思是，有人在仪式开始前做了某些准备，然后在仪式的过程中……”

“嗯。启动、利用、实施——我认为这个解释也行得通，但唯有赤黑先生可以排除在外。不过，他是仪式过程中不见踪影时间最长的人，所以就这一点而言，他和各位可以说没什么两样。”言耶接过正声的话茬，继续解释道。

“所谓的准备究竟是什么呢？能不能举个例子给我们听听？”

钦藏看向言耶，眼神极为尖锐且富有挑战意味。辰之助怒形于色，行道则一脸不安。瑞子垂着头，所以看不清她的表情。

“啊，这个嘛，我一点也不——完全不知道。”

言耶厚颜无耻的话语令三人一同哑口无言。连瑞子都抬起了头，张口结舌地盯着言耶。

“你、你、你、你……”

眼看辰之助就要勃然大怒，言耶对他一笑，以极为严肃的口吻说道：“所以刚才我也说了，我想在这里和各位一起思考，罪犯究竟是怎样让朱音小姐从那不可能出入的拜殿中消失的，抑或朱音小姐是怎样让自己消失的。各位意下如何？”

第十章 人类失踪的分类和方式

“那么，你打算怎么讨论？”

原以为钦藏一定会开口揶揄，没想到他却提了一个相当正经的问题，这令言耶有点吃惊。

“你所说的‘各位’，里面既有相信朱音巫女化作大鸟神或鸟女的，也有认为她是自己从拜殿脱身的，还有在想她已被什么人杀害的——如此这般，不管大家有没有把各自的观点说出口，总之是各不相同的吧。这样一群人，就算凑在一起集思广益，又能有什么效果呢？”

虽然，最终他好像还是想讥讽一番。不过，他的指摘十分正确，所以言耶也坦率地陈述了自己的想法：“首先我想现实、合理、合乎逻辑地展开思考，以此作为讨论的基调。”

“噢，听了这句话，我稍微安心了点。”

“请各位这样来理解——我不是要彻底否定大鸟神与鸟女的传承，而是为了让大家姑且站在相同的立场上。因为基础部分一旦有异，话题就无法进展下去了。”见辰之助似乎想开口抱怨，言耶为了封住他的嘴，不容置喙地说出了这番话。

然而，随后他又说道：“当然，我们也不能否定这样一种可能性，即发扬合理主义的精神、展开合乎逻辑的思考，结果却完全行不通。所以呢，届时就有必要导入别的设想。”

由于添加了这句话，这回轮到钦藏摆出意欲扬声抗议的架势了。不过，言耶也委婉地阻止了他：“讨论所有的可能性——我认为这种态度适合用来探究真理，不是吗？”

“嗯，行吧。那我们怎么探讨呢？”

钦藏带着无可奈何的妥协口吻，要求言耶进行详细说明。辰之助似乎在追加的那番话中得到了满足，没有插嘴干预的意思。而行道和瑞子好像只是在关注事情的发展动向。

“说起来，鸟人之仪究竟是怎样的仪式，具体内容是什么，我们全都一无所知。”

“那么究竟要怎么做……”

钦藏略显焦急地插进半句话，但言耶并没有理会他：“举个例子吧，朱音小姐暂时消失，原本也可能是从一开始就预定好的，乃仪式的结果。换言之，此观点认为，追求宗教上的效果表演一场奇迹，其实就是仪式的目的。从‘鵺敷神社的秘仪’这一特性来看，我觉得未必不是一种真知灼见。然而，一旦做起这样的假设来，就没个完了。如此一来，范围就会不断扩张，最终陷入假设复假设的僵局。譬如，某个以前就企图谋害朱音小姐的人知道仪式的目的，打算用在自己的计划里等。”

“可是刀城老师，”行道谨慎而又极为严肃地说道，“朱音巫女大人是否从一开始就打算失踪，难道不是非常重要的问题吗？这种事还是尽早搞清楚比较好……”

“嗯，正如海部先生所言。能搞清楚当然最好，但不凑巧的是，在目前的状况下，我们并没有办法确认这一点。怎么说呢，即使回浦请教鵺婆大人，也未必能得到期望中的回答。”

“我说，朱音巫女大人让你保管的那封信上不是写得很清楚吗？”辰之助咄咄逼人地说。

“那封信我想还是姑且搁置一旁吧，因为……”

“什么？那不是巫女大人亲笔书写的信吗?！那好，我就说白了吧，仪式失败了，巫女大人堕为了鸟女。”

“简而言之，就是一开始就把所有非现实的、不确定的因素排除在外，再做探讨是吧？”

钦藏干净利落地下了断语。行道也许是被说服了，不再多言，但辰之助似乎还不肯善罢甘休：“巫女大人留下的信，不就是千真万确的现实吗？哪里不确定了？”

然而，钦藏完全不予理会：“你想表达的意思我能理解，但是如果我们不进行这样的假设，又怎能探讨朱音巫女如何从拜殿消失这一关键问题呢？”

钦藏再次向言耶表示了不信任。

“言之有理。只是……对了，希望间蛎先生也能听一下。”辰之助因为被钦藏无视而恼火，言耶把脸转向他，开始讲述自己的想法，“也许是这样，也可能是那样，如此这般把各种状况一一列举出来的话，无论过多久都不会有进展。加之，如果把这么做的动机也考虑进来，就更麻烦了。也就是说，我们自然会得出以下结论——现在需要一种极具实事求是精神的思维方式。”

望着众人似懂非懂的表情，言耶继续道：“至于这种思维方式嘛，就是把拜殿理解为一个场，把出入场的朱音小姐——以及那位可能存在的第三人——合在一起视为一个棋子，看一看场和棋子的组合方式有哪几种。首先我想把这一点彻底搞明白。换言之，我的思路是，身为移动棋子的朱音小姐和那位第三人，曾在不动之场的拜殿出出进进。现阶段，我们姑且将只会变成胡乱臆测的解释撇到一边，只把注意力聚集在棋子入场或出场的物理现象上。在出入组合无一遗漏地得到确认后，再一一探讨，就能从中寻觅到一线光明吧。"

"很有意思。只要组合种类没有遗漏，那么不管事实上发生了什么，真相也必然包含在其中，这一点是不言自明的。"

钦藏言辞中透出少许钦佩，看来总算是把刀城言耶当作一个人，对他产生了兴趣。

"用这个手法应该可以非常合乎逻辑地逼近朱音小姐失踪之谜。"言耶补充道。

正声和瑞子向他投来的目光里包含着浓厚的兴趣，只有辰之助和行道像是听到了陌生的外语似的，一脸困惑。不过，即便如此辰之助也没说话，也许是因为他想再看看情况。

"那么，我们现在就开始探讨吧——思考一下在人类失踪的分类里，究竟有哪些组合。"

言耶悟到，不做具体说明、不出示实例就无法得到所有人的理解，于是他马上开始了说明。

"首先，被设为'场'的拜殿不仅不会动，而且还是独一无二的，所以先这么搁着；其次，被设为'棋'的人类不仅会移动，而且还有多种可能性，所以我们要思考其分类。总之，就是以棋子的分类为基础，对各个组合进行考察。

“于是，首先整体上可分为两大类。

“一、棋子只是朱音小姐一人。

“二、棋子并非只是朱音小姐一人，还有旁人在。

“然后，第二类又可分为三小类。

“二之甲、所谓的旁人是朱音小姐的协助者。

“二之乙、所谓的旁人不是朱音小姐的协助者。

“二之丙、所谓的旁人有两人，一个是朱音小姐的协助者，一个不是。

“项目分得太细不好，所以我们让二之甲、乙、丙各自独立，也就是说，

“二、棋子是朱音小姐和协助者。

“三、棋子是朱音小姐和非协助者。

“四、棋子是朱音小姐、协助者和非协助者。

“也就是说，把棋子的情况分成四大类，作为我们讨论的基础。”

言耶停顿了足够长的时间，以便众人充分理解这四个分类。

“所谓的非协助者，自然是指违背朱音巫女的意志，在仪式过程中接触她的人吧？”钦藏像是代表所有人似的问道。

“姑且不论非协助者目的为何，总之我们可以认为，此人从缠上执行鸟人之仪的朱音小姐那一刻起，就没打算做什么善意之事。因为朱音小姐肯定也没想到，此人会在仪式中前来接触自己。”

“可以把此人称为非协助者，不过关于其目的，应该可以做一定程度的猜测吧。”

“嗯。假设非协助者无视朱音小姐的意愿做了点什么，其结果造成了她的失踪，那么就有两种情况可供思考。一是非协助者诱拐了她，或是让她失去了知觉，或是剥夺了她的行动自由，并把她监禁在某处。另一种则是非协助者杀害了她，把她的遗体抛弃在某处。”

或许是因为话里的内容突然变得鲜活起来，所有人的脸上都露出了不安的表情。

“这么说……姐姐毕竟还是有被杀的可能性？”其中的正声竟毅然决然地说出了众人内心的忧虑。

“嗯。特别是在有非协助者的情形下，这是无法回避的解释之一。但我们不要忘了，这终究只是众多设想中的一种而已。”

“不止一种吧。因为协助者摇身一变成为非协助者，也是棋子可能有的一种组合啊。”钦藏的指摘一语中的，却又让人觉出了某种恶意。这莫非是他本人营造出的气氛所致？

“如你所言，而且我也认为应该追求尽善尽美，但在这之前，其实有必要重新探讨刚才的项目分类，虽然这分类是我自己搞出来的。”

“唔，我正想指出这一点呢。”

钦藏的表情有些傲慢，也不知这话是真是假。但言耶老老实实地接受了：“果然让你有这种感觉啊。根据刚才的从一到四的棋子分类来探讨‘棋子’与‘场’的组合形式虽然简单易行，但会使项目平白增加。其结果，恐怕会模糊朱音小姐失踪这一关键问题。”

“那到底该怎么办？”

“所以，我们不妨立足于棋子的组合形式，贯彻以朱音小姐为中心的原则，试着改变棋子的分类。”

言耶从包里取出笔记本，把话题推向更为实用的分类讨论，同时开始了记录。

“于是，就会变成这样。

“一、朱音→×拜殿＝她从一开始就没有进入拜殿。

“二、朱音→拜殿→朱音＝她进入拜殿后，用某种方法出去了。

“三、朱音→拜殿（藏）→朱音＝她进入拜殿后，临时藏（或被藏）在别人找不到的地方，门开了以后才出去。

“四、朱音→拜殿（藏）＝她进入拜殿后，长时间地藏（或被藏）在别人找不到的地方，至今状态未变。

“这就是以朱音小姐为中心思考得出的新四大类。”

言耶一边画简图，一边阐述朱音和拜殿的关系。

“啊，原来如此……就是进行这样的思考啊。”行道好像终于理解了何为“人类失踪的分类”，发出了赞叹声。

“拜殿这个场和朱音小姐这个棋子的组合形式只有这四种。这样一来，由于一切都以她为中心，我想探讨这些组合与其他要素的组合也会变得容易。”

“因为只要拿协助者和非协助者的棋子分别联系一到四就行了。”

“正是。好了，我们现在就来列举所有的组合形式。”

言耶回应了钦藏的补充后，正要继续说明，这时正声提出由他来担当记录者。这样言耶也能轻松一点，所以他欣然地接受了正声的好意。

“首先——

“一、朱音→×拜殿＝她从一开始就没有进入拜殿。

“在这种情况下，可以设想的可能性有以下四种。

“甲、她一个人独自完成。

“乙、协助者协助她完成。

“丙、她一个人独自完成，但非协助者利用了这一点。

“丁、协助者协助她完成，但非协助者利用了这一点。

“关于朱音小姐从一开始就没有进入拜殿这个分类，有意见的人……”

“不会有这种荒谬的事吧！”

言耶以为发言人必是钦藏无疑，所以被突然插话的辰之助吓了一跳，但他不动声色地问道：“为什么？”

“为什么？喂喂，我们不是好端端地把巫女大人送进拜殿了吗？”

“你只是好端端地把她送到了阶梯廊下端的门那里。”钦藏用嘲讽的语气说出了言耶心中浮现的想法。

“那……那……那又怎么样？一进那个像细长木箱一样的阶梯廊，巫女大人能去的地方不就只有拜殿吗？而且说到底，她进拜殿时你们不都真真切切地看着吗？还是说你们看巫女大人看入了迷，神思恍惚只顾着发呆了？”

“连拜殿前都没敢去的胆小鬼，现在居然大言不惭起来了。”

“谁……谁是胆小鬼？我……我说，你这家伙……”

行道一边拼命阻止两人争吵，一边求助似的望向言耶。于是言耶开始接连发问：“下宫先生，我想问问你，朱音巫女确实从阶梯廊的顶端，也就是拜殿门外进了拜殿吗？”

“嗯？啊，没错。你和正声君，还有瑞子小姐，应该都亲眼看见了吧？”

“是的。那么下一位，我要问问间蛎先生，在我们走上阶梯廊又回来的那段时间里，有人出入过下端的门吗？还有，你觉得有人能避开二位的耳目做成这种事吗？”

“你在说什么呀！真有那样的人，我们绝对会发觉，对吧？”说到最后，辰之助向行道征求同意，见后者大力点头，他的脸上露出了满足的表情。

“然后，把朱音小姐留在拜殿的时候，阶梯廊顶端的门前有我们在——包括赤黑先生一共五人，都看得很清楚，她确实留在里面了。所幸，当时阶梯廊下端的门前又有间蛎先生和海部先生坐镇，两位没有看到任何人出入过拜殿。换言之，朱音小姐独自一人也好，有协助者也好，分类一‘她从一开始就没有进入拜殿’都是不可能成立的。”

“没错，就是这样。”

钦藏向心满意足的辰之助投以轻蔑而又冰冷的目光，后者似乎浑然不觉，从而避免了争吵再度发生。

（哎呀哎呀，还真是一群叫人伤脑筋的家伙。）

言耶姑且让辰之助以为自己在无意中担当了监守重任。他在心中暗暗叹气，但还是决定继续这次的重要讨论：“因此，‘非协助者利用了这一点’的项目也不必考虑了。”

“所谓利用，就是你先前所说的诱拐、杀人等非协助者的行径吧？”

“是的。为了方便起见，现在我们不妨给非协助者可能对朱音小姐实施的行径安上名称，因为这对之后的探讨来说很有必要。换言之，我们可以这样设想，如果非协助者绑架了她，也许之后就是监禁；如果杀害了她，那么就会丢弃遗体。当然，也可能是绑架后正要监禁，却遭到抵抗而把她杀害了，所以我想姑且把绑架或杀害之类的行径称为‘行使’，把监禁或丢弃之类的行径称为‘处理’。啊，我知道这绝不是什么妥当的表述，不过……”

“我这边完全没问题。现在应当贯彻理性的思维展开讨论，不该再掺杂私人感情。为此，对分类项目的描述应该简洁，这是不言自明的道理。”

正声对表露关切之情的言耶摇摇头，虽说是在勉强硬撑，但仍然给出了公事公办的回应。

“明白了。你这么说，真是帮了我们的大忙。”

为了不辜负正声的一片心意，言耶竭力用淡然的口吻继续道：

“那么接下来——

“二、朱音→拜殿→朱音＝她进入拜殿后，用某种方法出去了。

“在这种情况下，可以设想以下六种可能。

“甲、她凭一己之力出去了。

“乙、协助者在拜殿外给予了协助。

“丙、协助者后来也进入拜殿，和她一起出去了。

“丁、进入拜殿的是协助者（朱音小姐的替身）。后来协助者凭一己之力出去了，或者是朱音小姐在拜殿外给予了协助。

“戊、非协助者侵入拜殿，和她一起出去后，实施了行使和处理。

“己、非协助者侵入拜殿，在殿中动手行使，行使完毕后把她带出拜殿，在殿外处理了。

“但严格来讲，甲、乙、丙有必要分别考虑其他可能性，即‘非协助者随后利用这一状况实施了行使和处理’。不过，仅观朱音小姐和拜殿的关系，那都是她离开拜殿后的事了，所以我打算姑且略过不谈。因为我还是想尽量避免增加项目个数。”

即便如此，大概是因为分类二比分类一“她从一开始就没有进入拜殿”复杂，众人都不加掩饰地露出了不知所措的表情。

“另外，虽然与分类一无关，但从分类二开始会增添新的条件。”

“什么条件？”

“出殿所需要的时间。无论在拜殿内拉动铃绳的人是朱音小姐、协助者还是非协助者，总之最后的那次铃声大作发生在七点二十九分。然后我们破坏殿门的时刻是七点四十分。也就是说，一切都得在十一分钟之内完成。在分类二及余下类别的探讨中，这十一分钟的时间将变得重要起来。”

“还真是的。不过，还有比这更重要的问题吧？”

“什么问题？”

“就是如果所谓的协助者或非协助者当真存在，那么此人是否就在我们中间。”

在众人一起对朱音的消失现象进行思考的情况下，钦藏提出的这个问题，从某种意义上说是相当棘手的。

“目前，我们也不能完全否定这样一种可能，即其实有不为我们所知的第九人，悄悄潜上了岛。如果躲进昔日的村落遗迹，想来还是可以抵御风雨的。”

“这么说倒也行。”

“特别是像分类二的丁项那样，如果协助者充当了朱音小姐的替身，那么我和北代小姐也就罢了，协助者还必须骗过正声君、青年团的三位和赤黑先生等熟识朱音小姐的人。”

“虽说戴着头巾，但不是相似到一定程度的话，肯定不行。”

“考虑到这个替身必须代替朱音小姐从拜殿出去，恐怕还得添加一个条件——此人具备朱音小姐所不具备的特殊技能。”

“这个第九人，是浦上的人还是外人……”钦藏自言自语似的说。

“怎么可能是浦上的人呢？”

见辰之助如此反应，言耶赶在他俩争执起来之前，反问道：“为什么？”

“除了和神社有关的人，没有哪个遭天谴的，会在盂兰盆节期间出海。”

“不是渔夫却拥有船只的人呢？”

“不是渔夫却有船？”辰之助似乎在专心思考这个问题，但很快就向行道转过脸去，见对方轻轻摇头后，他又说道，“据我所知，浦上没有这种家伙。就算有，也会被人发现，然后马上就会被人扯回来。”

“即使此人一心想要掳走朱音小姐吗？”

“你……你……你想说什么？”

“呃……因为我在想，浦上有没有和在座的青年团的三位一样爱慕朱音小姐的男性呢。如果存在，则此人完全有可能成为协助者。此外，就像俗话里说的那样，爱之深恨之切，男女之情看似单纯实则复杂，假设有个钻进牛角尖的人发起了某些行动，那么此人也完全可能成为非协助者。换言之，第九人的存在或许也不是荒唐无稽的……”

这时，钦藏突然笑了起来。由于太过突兀，众人都吓得一哆嗦，而最吃惊的似乎是辰之助。他用不可思议的目光看着医生的脸，好像忘了自己刚刚还吼过言耶。

“你的话很有趣。”钦藏又突然收起了笑容，“原来如此。那么我们，特别是青年团的三人，自然就是嫌疑人了。顺便说一句，我认为嫌疑人的范围原本应该是浦上的独身者——不，应该把有妻室的人也包含在内。但事件是在这个岛上发生的，所以只考虑我们三人也没问题吧。”

“因为不存在为了朱音小姐不惜在此期间出海，或和她的意愿无关、打算实施行使与处理的人，是吗？还是因为即便有这种人，出海本身也是不可能的呢？”

“两个因素都有，非要二选一的话，就是前者吧。”

“喂、喂、小钦——看你都说了些什么！”行道罕见地赶在辰之助怒喝之前，发出了不无狼狈的抗议。

“没关系。就算知道我们三个对朱音小姐抱有特别的感情，对他所说的在场与棋子的组合中探索真相，也不会带来任何助益。”

“话……话是这么说，可听起来就像我们三个当中的某一个对巫女大人做了什么……”

见行道用饱受伤害的目光看着自己，言耶有点着慌。

“啊，不，这下跑题了。明明眼下不该进行这种假设的，是我疏忽了，对不起。”言耶坦诚地向行道低下了头，“那么关于第九人的问题，答案就是浦上的人绝无可能。而外地人偶然上岛对朱音小姐做了些什么的想法，我总觉得概率未免太低了。”

言耶的话令钦藏连连点头：“第九人的存在应该可以排除。然后，协助者和非协助者的候选人就是我们三个和赤黑，假如这个没问题——”

“不，候选人的话，还得算上北代瑞子小姐。”

一时之间，钦藏显出无言以对的样子，但随即又若无其事地说道：“唔，你这种彻底站在客观角度展开讨论的姿态，怎么说呢，倒也值得赞赏，不过，难道我们不该从一开始就摒弃徒劳无益的思路吗？”

“是否徒劳无益，现阶段尚不能判断。也许她确实只是来参观鸟人之仪的外人，但是和各位一样，在仪式前和仪式过程中，她都有独处的时间段，所以不能只把她当作例外。”

“那么同是外人的你，也应该列入协助者和非协助者的候选名单吧？进而，考虑到赤黑是神社方面的人，与巫女是姐弟关系的正声有充分的理由，应该也被列入协助者的候选名单，不是吗？当然，如果再想象一些内幕出来，正声作为非协助者候选人的可能性也就呼之欲出了。”

钦藏如此出言不逊，但言耶并未显现怒意，只是淡然道：“嗯。本来嘛，我也会这么做的。但我听镇长说，只有正声君反对这次的鸟人之仪，因为担心姐姐朱音的身体。”

“喂喂，光有这种感情上的东西，压根儿就不成依据吧？”

“我的判断当然不是只靠心理层面的东西，物理层面上的依据也很充分。我和正声君上岛以来总是在一起，互相都能看见对方。虽然他偶尔也有离开我视野的时候，但至少从参观拜殿后在集会所共进晚餐开始到现在，他一直在我身边，这一点毫无疑问。朱音小姐进拜殿时、她自闭于拜殿后我们合力破门而入时以及在这段时间内，我俩始终形影不离。也就是说，不管事态如何变化，我和正声君都绝无可能成为协助者或非协助者。”

“……”

就连钦藏也显出不得不认可的样子，但他只是默默地把脸扭到一边，似乎不愿在态度或言辞上表示认可。

“还是快点回到最要紧的分类项目讨论上比较好吧？”正声催促道，像是为了拂去现场的尴尬气氛。

“哦哦，可不是吗。”言耶也特意用戏谑的口吻回应道，随后他再次环顾众人，“那我们继续，各位也别客气，请参与进来。因为这次讨论是为了请尽可能多的人开动脑筋，对任意列出的‘场与棋子’的组合进行鉴定，判断是否可能。”

辰之助和行道点点头，前者大大方方，后者老老实实。钦藏虽然未做任何表示，但事到如今似乎也没了唱反调的意思。瑞子看看正声又看看言耶，点头表示赞同。

不过，看起来到底是没人能马上开口。

“其实关于分类二‘她进入拜殿后，用某种方法出去了’，我个人认为可能性最大。”

言耶加上启发式的话语后，终于有人做出了反应。

“既然你都这么说了，那总该能揭示一两个从拜殿脱身的方法吧？”

可惜这只是钦藏发起的直接挑衅。但言耶决定向前看，这总比没反应强。

“是啊。如果朱音小姐是以制造宗教性质的奇迹为目的举行了鸟人之仪，那么甲项‘她凭一己之力出去了’，恐怕是最接近正确答案的。”

“那好，就从这个开始确认吧。”见言耶不为所动，钦藏没有吃惊，脸上反倒浮现出目空一切的笑容，“拜殿的门关着，内侧插着门闩。门闩是一根结实的木棒，并不是由碎木拼接而成的。阶梯廊下端的门也关着，外侧插着同样的门闩。门前有你和正声二人在监视。”

言耶和正声同时用力点头。

“可以这么说，关于向拜殿左右延伸的高墙，首先不可能从内侧攀上去。”

“如果利用东侧和室里搁着的箱阶，或许能爬上墙顶。但就算能站到墙顶上，也不可能从上面下来吧。外侧的墙脚下是极其陡峭的岩面，一直持续到下方的平地，所以即使准备了梯子，那梯子也必须具备惊人的长度。何况墙顶也好、岩场也好，都被雨淋湿了，容易滑倒。这种脱身方式伴随着巨大的危险，成功率又极低，不是吗？而且最重要的是，那个箱阶并没有移动过的痕迹。”

“什么嘛！你也不早说。”辰之助本已不知不觉地探出身来，倾听言耶的高论，此时则沮丧地发起了牢骚。

“剩下的就只有面海的断崖绝壁了。然而，不用我再次指出了吧，那里不适合脱身，压根儿不是高墙那点问题可比的。”钦藏如此断言道，没有人表示异议。

“保险起见，我先说一句，就以我和正声君查看下来的结果，断崖下的鬼之洗衣场上，哪儿都见不到像是朱音小姐的人影。”

“小辰，假如朱音巫女大人真的坠崖了，汹涌的海浪会把巫女大人卷走吗？”

“不会。就傍晚的那点浪，绝对不可能。”辰之助带着一脸自信，断然否定了行道的疑问。

“既然拜殿是这样的情况，那她究竟是怎么成功脱身的呢？”钦藏向言耶投以犀利的目光，像是要再度发起挑战。

“正声君请稍微来一下——”

然而，当事人言耶催正声过来后，竟把里外间的隔门往左右彻底拉开，然后一边和他耳语，一边向里间走去。

“喂，你们要去哪里？”

“回拜殿就太兴师动众了，所以我要借用一下杂物间的门。”

“借用？什么意思？”钦藏疑惑地问道，“难道你想说朱音巫女是从拜殿正门出来的？”

此时，言耶正站在左起第二个杂物间的门前。正声把脸探进了最右端的杂物间，向言耶招呼道：“只有这些东西，可以吗？”

言耶匆匆走到他身边，同样探出头窥视杂物间内部。只见里面有几张破碎的和纸[1]、沾着泥污的抹布、开裂的布片、没有边沿的砚

1　和纸：日本古已有之的纸，由黄瑞香、葡蟠、雁皮等植物纤维制成。——译者注

台、笔毛凌乱且尺寸各异的笔和装着墨与油的壶、小刀、尺、竹篾等。这堆小物品中混杂着数根细竹签，竹签被风筝线拦腰绕了无数圈，扎成了一束。

“你看能用吗？”

“多谢。可能短了点，不过又不是来真的，想必够用了。”

言耶解开缠在细竹签上的风筝线，用小刀割成两段，然后回到先前所站的杂物间之前。

“请你们把这扇门看作拜殿的门。现假设我们所站的这一边是拜殿内部，杂物间内则是拜殿外的阶梯廊。由于对开门和闩棒插入金属底座的门闩构造也基本相同，所以没问题。只是，把这边看作拜殿内部的话，杂物间的门就成了内开门，但其实拜殿的门是外开门。这里虽有差异，但毫无影响，所以请别在意。”

“这么说，她出了拜殿门，首先在走廊上把内侧的门闩插好，然后来到阶梯廊下端，穿过那扇外侧插着闩的门，最后还要在你们两个监视者面前堂而皇之地走过？哈！你想说，这种荒谬的事也是有可能的？如果可能……”

由于先前的问话被无视已成定局，钦藏显得怒气冲冲。他更为详尽地描述着当时的状况，语声变得粗暴起来。

“并非不可能。”

然而，言耶回答得非常干脆，令钦藏不得不闭上嘴，翻了个白眼。

“我说过，这个杂物间和拜殿的门打开的方向不一样。不过，其实还有一个不同点。”

“什么不同点？”钦藏当即插话道。

“是一样东西。要让安装在拜殿祭坛和阶梯廊出入口的铃各自鸣响，必须得有这样东西。”

“……”

“我的说法比较隐讳，其实就是壁上凿的两个洞。这是为了让系在两个铃上的细绳从左右门板的上方穿过。阶梯廊下端的门板上也有一样的洞。虽然我并没有确认过，但我想，走廊的左右壁上多半各有一根细绳通过。”

“嗯，正是如此。”建议朱音装铃的正声证实道，“为了让细绳不至于松松垮垮，壁上到处都钉着钉子，以托住绳子。从下面的门到拜殿的祭坛，以及从祭坛到下面的门，一共扯了两根绳。不过，进行这番作业的是赤黑先生。”

“多谢。如此一来，我想各位也都该理解了。”

虽然言耶这么说，可四人却只是露出了诧异的表情。连先前做补充说明的正声也不例外。

“朱音小姐姑且拔掉自己落下的闩，带着垫脚物来到了门外的走廊。”言耶拔出杂物间门上的闩，继续解释道，“把两根长线这样对折，对折处朝下，分别穿过门的左上角和右上角的小洞，垂在拜殿内部——要让对折处垂到比门闩的金属底座略高的地方。在走廊里，我们把手边的两对线头分别打结，形成一左一右两个大线圈。再把大线圈并合到门中央的位置，用图钉固定在地上。也许图钉吃不住闩棒的重量，需要别的重物搁在上面压一压。简而言之，从门的左右上角的洞分别拉到地面的两根双股线要呈V字形。然后人回到拜殿内，把垫脚物放归原处，再把闩棒两头分别套进线圈的对折处。”

言耶在正声的帮助下，当场演示给众人看。两人分别站在门的左右，用线吊起了杂物间的闩棒。

“杂物间的门别说洞了，四周连个缝隙也没有，所以我和正声用手举线，不过请各位这样理解——其实两根线头在门的另一侧，在外侧。而且拜殿门和这里不同，是外开门，所以即使像这样吊着闩棒，从门里出去也不困难。然后她只要猫着腰从闩棒下出门进入走廊，再关上门，把两根双股线从图钉下取出，慢慢地同时放松就可以了。没多久，等闩棒嵌入金属底座时，切断两个大线圈，双手各持一根线头往回拉，即可干干净净地把线收回。如此一来，她就能在门内侧插着闩的状态下从拜殿脱身。”

“喔，竟然有这样的方法……哎呀呀，真是叫人吃惊啊！”

辰之助用难以言喻的眼神看着言耶。看来继钦藏之后，他也终于对刀城言耶产生了人性层面的兴趣。

“不过呢，这才解决了一半吧？”与辰之助的反应形成对比，不，该说意料之中的是，钦藏则紧咬不放，“她必须走出外侧插着门闩的阶梯廊下端的门，还得不让监视门口的你俩发现，不是吗？”

“没错，正如你所言。然而这毕竟是不可能的。”

“你……你说什么？你……你说了老半天……”

“所以，她不是自己出来，而是叫我们进去。”

“啊？”正声的反应比谁都快，“叫我们……你是指那铃声吗？可是，不在里面拉铃的话……啊！”

“没错。在实施我刚才说明的小把戏之前，她悄悄来到走廊，留神别让铃响，放松从拜殿祭坛通往阶梯廊下端右门板的细绳，垂到手够得着的位置。这样一来，就算人在拜殿外，也就是在走廊里，也完全可以鸣响铃。”

“那疯了似的铃声，是为了引起我们的注意……”

“嗯。其结果就是能诱使我们拔掉下端的门闩。”

“可是，我们一旦登上阶梯，不就会发现拜殿门外的姐姐吗？”

“对啊！阶梯廊两侧的壁上只有采光用的格子窗，人绝对不可能从那里出入。”钦藏再次气势汹汹地说道。

“嗯。说起来，要是能从窗子出去，她就没必要特意让我们打开下面的门了。”

“这种事不用你一一指出，我们也明白！”

“不过，拿格子窗当落脚点往上爬，人就能贴到顶棚去。”

“你……你说什么？”

不等对方反驳说太荒谬，言耶就继续说道：“要彻底贴住恐怕很难，但应该可以爬到接近顶棚的地方。我和正声君进入阶梯廊时，太阳早就下山了。我们登阶梯只能依靠提灯光，还要注意脚下的情况，对我俩来说，头上是不折不扣的盲点。如果是在拜殿前的短廊中，也许还会注意到，但阶梯中途的话，基本上是察觉不到的吧。”

“听你这么一说还真是的，登阶梯时我只顾看脚下了。”

“然后，她让我们两个过去，确认我俩不会返回后，悄悄走下阶梯从打开的门出去，脱身就宣告成功了。为了祓禊，她一周前就上了岛，所以练习时间也充足。换言之，别说十一分钟了，也许用更短的时间就能办到。”

所有人都发出了语不成声的叹息，无言地表示钦佩，为言耶的解谜之举送上赞美的目光。就连钦藏也低叹一声，什么也没说。

“这方法虽然说得通，但事实上并未得到使用。”然而，言耶转眼就干脆利落地否定了自己的解释。

第十一章

夜更深 谜更深

“你……你……你……你说什么？”

滔滔不绝地解释了一大通，却又毫不犹豫地自我否定。辰之助盯视着言耶，仿佛在说“我完全没法理解你”。

“靠你刚才说的方法，就足以让巫女大人从拜殿脱身了呀？”

“看似如此，其实只是纸上谈兵。”

“你的意思是不可能做到？”钦藏显得兴致勃勃，与咋咋呼呼的辰之助形成了鲜明的对照。

“像这样用线吊起闩的两端，向门板上的金属底座放下去……”言耶一边解释，一边再次请正声协助，在杂物间门前做起了实际表演，“如果是这个门，闩棒确实可以毫无阻力地嵌进去。但这是因为经过长期使用，闩棒变细了。也就是说，这根木材的四角完全被磨圆了，所以只需用线吊着放下去，就能轻易嵌住。”

“对啊，在门板上开洞后，刀城先生不是怎么也拔不出门闩吗？就是因为闩棒牢牢地嵌在了金属底座里。”

“嗯。用单手拔也是原因之一，但我想就算是两只手，不用上相当的力气也是拔不出来的。”

“集会所还是建成时的原样吧，至于拜殿那边，看一下磨损情况，就知道反复维修过。”

“闩棒上棱角鲜明，如果不从上方用力向下压，是无法嵌进金属底座的。光用线吊着放下去，基本不可能做成我拔闩时的状态。人不在拜殿内侧使劲的话，要想把那闩棒嵌进去，可以说难如登天。”

众人表情呆滞，但不久辰之助就激动地嚷道：“你……你……你知道还……还要特意，让……让我们听这种毫无用处的说明！”

“原来如此，有趣有趣。”然而，只有钦藏面露微笑，再次表现出欲对言耶评头论足的态度。

“有趣？你也是，脑……脑子没问题吧？”

“要迅速说服一个整天叫着鸟女呀、大鸟神之类的深度迷信者，给出具体的脱身方法是最佳选择，哪怕只是纸上谈兵。他就是这么判断的。我也认为这个思路非常正确。”

令人吃惊的是，钦藏还拥护起言耶来了。

“那么，关于后面的五项也能进行同样的说明吧？”

然而，紧接着他又开始挑衅了，看来情况没有任何改善。

“我是想和各位一起一一探讨。”不过，言耶对他俩的言辞毫不介意，“但在继续讨论之前，我先确认一下，关于甲项‘她凭一己之力出去了’，谁还有意见吗？”

“从内侧翻墙出去不可能是吗？”瑞子开口问道。迄今为止她还不曾发表过意见。

“在没有着手点也没有落脚处的状态下，她如何能登上高墙的顶呢？这首先就是个问题。至少拜殿内部没有留下那样的痕迹。”

言耶回答后，瑞子也迅速做出了反应：“在绳子的一头缚上钩状物，朝高墙顶上扔去，让它挂住某处，这样是否可行呢？”

“不、不，就以我们所看到的拜殿顶部而言，我觉得不可行。因为就算能钩住瓦片，在爬绳途中瓦片也肯定会从顶上被掀下来。”

行道以近乎遗憾的语气否定了瑞子的设想，但她又继续问道：“西侧的墙连着飞翔岩，想要翻越那块巨岩是不可能的，但东墙只是在抵达断崖边缘的地方向内折去而已，不是吗？从那里的话，没准……”

“在那堵墙的外侧沿着崖边走吗？基本不可能。”言耶参观拜殿时做过确认，所以当即摇头，“那里才叫完全没有手脚能攀爬的地方呢。从这层意义而言，可以说比那断崖更像绝壁。”

“攀到那顶上去呢？”

“相比和室，那里没有向外突出的檐，也许攀爬时确实会相应地容易一些。虽说有点厚，也不过就是一堵墙嘛。可是，究竟要怎样才能爬到那上面去呢？”

“在墙的尽头，不是有个可以称之为断面的地方吗？”

“嗯，那里倒是有一定的宽度。”

“在那里竖起短梯，快登上顶部的时候，把梯子蹬下崖。如果是木制的小梯子，可能一掉到鬼之洗衣场就会变得七零八落，而且就算没有摔散架，在已经入夜的状况下，被人发现的风险应该也很小。如果再过上一晚，恐怕还会被波浪卷走，所以不会留下证据。”

“原来如此，这办法好像行得通。从沿着崖边的壁上，可以很容易地转到东侧墙的顶上。那么，从东侧墙上下来的方法呢？”

在言耶咄咄逼人地发问后，一直对答如流的瑞子有点语塞了：“呃……这个……我还没……”

“那堵墙不管从哪里，恐怕都不可能下得来。”正声冷冰冰地放言道，也不知这是否是因为对方是瑞子的缘故。

“是吗？我倒觉得这是最简便易行的方法。”这时辰之助接了茬。

“小辰，你是不是想到了什么？”

“如果存在协助者，那么此人从墙外向里侧扔一根长绳不就好了吗？巫女大人把那绳绕过和室的柱子再扔回去，沿着绳攀上屋顶。然后她荡着绳从墙以及岩场的斜面下来，之后只要拉动绳端，就能像这个爬格子的家伙刚才说的那样，顺利地收回绳索。”

“这个对应的正是乙项‘协助者在拜殿外给了她协助’。”

至少也称呼一声名字吧……“爬格子的家伙”边想边做出了回应。这时，钦藏从旁对辰之助耍起了贫嘴：“你倒也有些想法嘛，不过，这样一来，就必须准备一条很长、很牢固的绳索哦。”

“事先知道要用的话，这种东西要多少就能准备多少。”

“那好，我问你绳索藏哪儿了？别的不说，就说怎么往岛上带吧。而且，还要抱着绳索在墙下转来转去吗？”

“你只……只知道挑刺！那我问你，你有什么好点子？”

就在钦藏和辰之助开始拌嘴时，正声冷静地插话道：“虽然从墙上下来也是一个难题，但是在此之前，我认为有一项事实不可忽视，那就是我和刀城先生一直在监视。”

“对啊！刀城先生和正声君在阶梯廊下端的门前，分别面向东和西坐着，所以如果有人接近墙下，他俩一定会察觉嘛。”

行道边说边看着言耶的脸，而辰之助则立刻反驳道：“那么暗，能看到什么呀？”

“不，暗归暗，正声君还是清楚地看到了赤黑走向西端断崖的身影。虽然当时没认出是他，但至少能判断出有什么人往哪个方向去了。正声君，除了那个看似赤黑先生的人，你还见过别的而且还是朝高墙那边去的人吗？”

“除了他，我没见过其他人。那么刀城先生，东方也……”

“嗯，我什么都没看到。也就是说，没有任何人从阶梯廊的东西两侧走到拜殿的高墙下……”说到这里，言耶突然止住话头，显出凝神沉思的模样。

“怎么了？”

“唔……关于朱音小姐是如何登上墙顶的，我想刚才北代小姐的构想姑且可以解释这个问题。至于下墙的方法么，其实可能没那么困难。”

“咦？你说什么？那墙和从墙脚下延伸开去的岩场斜面，几乎就和断崖绝壁一个样，不是吗？”

“没错，如果是直接下去的话……”

“可是，还有别处可下吗？”

“如果沿着阶梯廊的顶下去呢？”

“你说什么?！”

“相比墙脚下的岩场，廊顶的斜度应该平缓得多吧。诚然，那阶梯也相当陡峭，但如果完全伏下身体，或四肢着地向后一点一点退下来的话……”

“好像可行啊——啊，但是那个铃怎么解释？就算目的不变，鸣铃是为了让我们从阶梯廊下的门前走开，但之后的行动可就完全不同了。在拜殿中鸣铃后，登上崖侧的墙顶，再从那儿移动到阶梯廊顶。也就是说，她必须从东墙的一端移动到另一端，还要赶在我们踏入拜殿之前，因为这样才能避免我们抬头往墙顶上看时被发现的危险。仅用十一分钟时间，真能做到这个程度吗……”

“铃的话，只要在阶梯廊顶鸣响就行。”

“……”

“对那个在拜殿外、阶梯廊里鸣铃的方法做个变通即可。只要在穿行于阶梯廊顶附近的细绳上，事先套上别的绳，再通过格子窗的空隙把它抛向廊顶，准备工作就完成了。在绳端缚上重物的话，很容易就能抛上廊顶，而且还不用担心细绳被风雨吹走。当然回收工作也是轻而易举。”

“对啊……用这种方法的话……”

“我说……”行道语声中含着歉意，打断了言耶和正声的热烈讨论，“我觉得刀城老师的构想很了不起，但是真这么做的话，恐怕总会有一两片瓦掉下来吧……”

“……”

“浦上的住宅几乎都是渔村特有的石置屋顶，这话当然也可以用在拜殿的屋顶上。人要在上面行走，恐怕没那么容易。特别是阶梯廊顶又很陡，我觉得压顶用的石头肯定会滑落下来。”

“况且，虽然和直接下墙比起来，斜度是大为和缓了，但考虑到是要在被雨淋湿的瓦上移动，阶梯廊顶这条路径也可以说是危险至极的。”就像在等候这一刻似的，钦藏也指出了一个重大问题。

“又变成纸上谈兵了呀。”言耶坦然放弃了自己的见解。

不过，这条思路的出发点中含有瑞子的构想。或许是因为这个缘故，瑞子罕见地以恋恋不舍的语气开口道："可是，说到脱身的方法，我总觉得现在的这个最靠谱……"

"你能这么说我很高兴，而且我也认为这个方法不是很勉强。"言耶对瑞子微微一笑后，露出了些许严峻的表情，"但是，仔细想想，走阶梯廊顶的方法毕竟还是太危险了。啊，所谓的危险是指蹭落石头之类的，担心自己失足坠落也是，还要考虑自己的身影被别人看见的可能性。"

"那么长的距离，又是在被雨淋湿的瓦上，而且还要避开石头往下走，很费时间吧。"正声与言耶一唱一和。

"嗯。始于集会所的阶梯廊绝非一直线，而是扭成了'く'字形。也就是说，随处都能看见阶梯廊顶和拜殿的墙顶。虽说一定程度上会因为黑暗而难以分辨，而且也能够预料到这段时期天气不会好，但是今夜未必就一定不会出月亮啊。更何况，不知道见证人会不会老老实实地待在集会所，才是最大问题之所在。没准除了我和正声君外，还有两个监守者正分头在东西墙下巡逻呢。"

"呃……话是这么说，但我想浦上的人一般都会在集会所里等着。"辰之助歪着头提出了反对意见。

"也许是这样，但这次神社方面允许我这样的陌生人参加。据说这是朱音小姐本人许可的，而且还特意让一个被公认为好奇心旺盛的小说家加入见证人的行列。此外，又有北代小姐的突然加入。朱音小姐给鵺婆大人留过话，说可以允许新的人来参加。换言之，她应该明白，在仪式举行的过程中，拜殿周围可能会有陌生人转悠。另外，事实上北代小姐给我们送过茶，像这种意料之外的打扰也未必不会出现。简而言之，我们可以认为，在执行有鵺敷神社秘仪之称的鸟人之仪时，朱音小姐不可能采用伴有以上种种风险的脱身方法。”

“原来如此。这就意味着拜殿南侧被全面否定了。由于墙是向东北和西北延伸而去的，所以东西两侧也包含在内。这么看来就只剩下北侧的海啰。”钦藏语带讥诮，好似要对言耶穷追猛打。

“不，还有西墙的崖边。”言耶当即开口反驳。

“你是说飞翔岩吗？那里才真的叫爬都没得爬吧。”

“假如协助者确实存在，你认为最有可能的是谁？”言耶用另一个问题回应了钦藏的强硬否定。

“这个么……怎么想都是赤黑吧。”

钦藏一脸茫然地说出了赤黑的名字。屋内众人似乎都赞同这一点。

“是啊。因为他从西端的崖上窥探拜殿这件事，基本不会有错吧。”

“但毫无疑问的是，光站在那里是什么也做不了的吧？”正声指出了最大的要点。

“虽然我还没有理清思路，不过我站在那里时，突然觉得可以画出一个正三角形。”

“是连接哪三个点？”

“我们所认为的赤黑先生站立过的地方、拜殿里的大鸟神之居和飞翔岩的喙。把这三点连起来不就是个三角形吗？”

“你的意思是，朱音巫女把飞翔岩的喙当作支点，利用绳索靠钟摆原理，从祭坛荡到了西面的岩场？”

钦藏一边用手指在空中描画三角形，一边向众人展示朱音移动的轨迹。见状，辰之助和行道也接连开了口。

“你说的是那条为了拉升人笼、从大鸟神的喙一直通到祭坛的绳索吗？”

“可那绳索不还好端端地穿在祭坛的滑车上吗？”

一个承认有可供使用的绳索，另一个则指出了不可能被使用的事实。

“而且呢，即使祭坛那边的绳索是断开的，我也很难想象她能完成这种人猿泰山式的动作。”

“但是小钦，巫女大人接受过苦修，这些苦修对女性来说简直难以想象，所以……”

“不、不，问题是有没有推进力。如果那三点能连接成正三角形，而绳索又和三角形的一条边等长的话，在物理上应该可以让她从祭坛移动到岩场。可是她究竟该怎么飞跃呢？那祭坛如此狭窄，就算全力飞奔，又怎能获得助跑力呢？”

“这绝对是不可能的。”辰之助喃喃自语似的否定道。行道也默默点头。

这时，正声说道：“况且刀城先生，正如海部先生所见，那根绳索确实还好端端地系在祭坛上。即便设想成姐姐另外准备了一根绳索，可如此一来，就必须把绳索套上喙的前端。然后，正如钦藏先生所言，最大的问题是拜殿内压根儿不存在能让姐姐像钟摆一样运动的力量。”

“本来嘛，就算想从祭坛蹦到岩场，也有西侧的高墙挡着。人只会一头撞上去，然后摔下来。”

“话虽如此……”听到钦藏指出的问题，言耶挠了挠头，似乎在为自己忽视了这个最大障碍而感到羞愧。

见言耶这副模样，钦藏像是来了劲头：“走另一边也是不可能的。即从祭坛跃向大海、绕过飞翔岩抵达岩场，这样反转过去。我们不妨把三角形顶点的飞翔岩的喙设为A，把祭坛设为右下角的B，把岩场设为左下角的C。如果是以A为支点在三角形的底边从右向左、也就是从B向C飞跃的话，我能理解。只要没有西侧的高墙，虽说还存在绳索和助跑这两大问题，但还是有可能的。可要向完全相反的方向跃去、绕一大圈的话，那就真的需要惊人的推进力了。就算成功地跳出去了，也顶多能堪堪越过飞翔岩吧。而且，搞不好在自以为越过的一瞬间，就会被那块大岩石撞到。”

钦藏再次用手指在空中画着三角形进行讲解，不由分说地为讨论打上了休止符。

“是啊，正如各位所言。从赤黑先生站立过的那个岩场，似乎可以去往飞翔岩，所以可能朱音小姐只要越过大岩石就行了。然而正如下宫先生所言，飞越‘大鸟神’的那一刻将会遭遇最大的危机。想在那里灵巧地绕过大岩石，恐怕是不可能的。”

言耶的语气中似乎带着遗憾，但表情却很明朗，这大概是因为每个人都开始参与讨论了。

“对于分类二的甲项‘她凭一己之力出去了’和乙项‘协助者在拜殿外给予了协助’，各位还有异议吗？”他在此稍作停顿后，续道，“那么，我们再来看丙项‘协助者随后也进入拜殿，和她一起出去了’，基于先前的讨论，我认为这一项太过荒谬了。”

“没有异议！”钦藏的发言得到了所有人的首肯。

“接下来的丁项——‘进入拜殿的是协助者（朱音小姐的替身）。后来协助者凭一己之力出去了。或者是朱音小姐在拜殿外给予了协助’——这个也一样，因为第九人的存在已被否定，所以没有讨论价值。换言之，不管朱音小姐是独自一人还是有协助者，都无法从拜殿脱身……”

“我说……”这时行道开了口，态度仍是那么拘谨。

“啊，请说。但凡有意见，就请直说，不要客气。无论什么时候都可以，请尽管发言。”

“我在想，说不定巫女大人是从崖边跃起……不、不，不是抓着绳，而是像大鸟神那样在空中飞翔……”

“啊？”言耶本人并未发觉，当他听到过于意外的事而感到异常可笑时，常会这样发出“啊”的一声。

“这是关于分类二的甲项和乙项的意见吗？”

“啊啊，抱歉，我该早点说的……”

“不、不，这个倒是一点儿也不要紧。不过，朱音小姐在空中飞翔是指？”

“呃……刀城老师说过，进拜殿时里面有影秃鹫。”

“嗯，确实，只有一只。”

“所以我突然想到——在船上眺望岛的时候，有更多的影秃鹫在飞呢。”

“我也看见了。”

“由此我想到了渔夫们的传言，说是巫女进行祓禊的期间，岛上也有影秃鹫盘旋，就像在守护祓禊一样。”

“嗯嗯，说起来这些天是有几个家伙说过这个话。”

“对吧，小辰？”

“可是，那又怎样？这一带栖息着那种鸟又不是什么稀罕事！”

“可是……巫女大人会不会是在很多影秃鹫的脚爪上系好牢固的绳子后，从崖边跃向了空中呢？”

“抓着那些鸟吗？”言耶下意识地确认道。

“对。所以我想会不会是这样呢——祭坛上的大量羽毛也不是为仪式撒的，而是从多达几十只的鸟身上脱落下来的。”

“为了掩盖这一点，才特地事先准备了鸟的羽毛、喙和脚爪？”

“没错。之所以会在祓禊期间看到鸟，是因为巫女在进行预演吧……”

“……”

不仅是言耶，其他人也都陷入了沉默。随后，集会所里响起了辰之助的大笑声：“哇哈哈哈！你……你……你的……脑……脑子……没……没问题吧？在……在影秃鹫的脚爪上系上绳……绳索？然……然后朱音巫女大人抓着绳索，飞向了天……天……天空？”

“所以说如果不是一只两只，而是有好几十只的话，那么庞大的鸟，就巫女大人一个人的话……”

“简直就像漫画一样嘛。”和大笑的辰之助相反，钦藏面露冷笑，嘟哝着抛出了这么一句话。行道立刻意气消沉地低下了头。

“那么，朱音小姐飞到空中后，会在哪里着陆呢？”

言耶问得认真，令行道再次仰起脸来：“在断崖的北方和西北方不是有一处群岛吗？影秃鹫群就栖息在那一带，所以我想就算让这些鸟随便飞，它们也会飞到那里去。”

“喂喂，你该不会真的打算认真探讨这么荒谬的构想吧？”

“方法确实离奇，但这种利用大鸟神本身的思路，我认为值得参考。况且就物理层面而言，我想也许有可能。”

“不是漫画，而是改小说了吗？即便如此，这也是无聊的侦探小说里用到的那种名曰诡计的玩意儿吧。好吧，小说的话也许可以这样，但在现实中恐怕是不可能的。”

“而且，那些影秃鹫虽说是栖息在浦上，但基本上都是野生的。”

“假如她驯养那些鸟，反复进行了行道所说的预演，那么没被人目击到可就太奇怪了。辰之助，你听说过这类传闻吗？”

“没听说过。如果有人看到了，准会闹翻天。”

“这个嘛，巫女大人也是偷偷……”行道只反驳到一半，原本就不大的语声越来越轻，终不可闻。多半是因为他自己也觉得牵强。

“本来嘛，我们参观完拜殿时，一只影秃鹫都没见到。从那以后，朱音巫女不是一直和你在一起吗？”钦藏对行道的话充耳不闻，转而向言耶确认道。

“是的。我一直在朱音小姐和正声君的身边。”

“而且赤黑当时也在集会所。换言之，她无法在事前做任何准备。那么，从她进入拜殿到你们进去为止，当中隔了多少分钟？”

“关上拜殿的门是在六点五十五分，我俩破门而入是在七点四十分，所以大约是四十五分钟。”

“在此期间她唤来几十只影秃鹫，给它们的脚一根一根地系上了绳？不，先得问问那么多绳索被藏在拜殿何处了？最重要的是，要是真用了这一招，你俩应该会听到鸟的振翅声和鸣叫声吧？”

“我听到了振翅声。”正声罕见地显露出少许对抗之意。

“而且鸣叫声我也听到了一点……”言耶一脸郑重地接道，像是在为正声助威。

“你们听到了‘嘎嘎嘎嘎、啪萨啪萨’这类巨大的骚动声？”

“不、不，没到那个程度……不过，风是从南方吹来的，所以声音也就飘向北方了吧。况且拜殿的墙可能也遮蔽了内部的声响……”

“你俩怎么回事啊？只是为了和我唱反调才这么说吗？”

钦藏开始显露怒意。辰之助则面露讥笑，兴趣盎然地看着他。

“好吧，不管那鸟是大鸟神的化身实体化后的产物，还是应仪式的需要而准备的，抑或只是误打误撞进入了拜殿，姑且先不做判断。总之，事实上拜殿里少说也有一只影秃鹫，所以听到振翅声和鸣叫声也没什么不可思议的。”

“是啊，那只鸟究竟为什么会在拜殿里呢……”

这时，言耶已恢复严肃的表情，彻底陷入了沉思。由此，钦藏被完全激怒了：“我说，你究竟想干吗？你该不会采用行道的意见，打算就这样讨论下去吧？要是这种愚蠢的……”

“啊？啊啊，不好意思。嗯，我不得不承认这毕竟是太脱离现实了。”

“这……这个还用说吗?!”

“不过，也许是以别的形式利用了影秃鹫。”

“此……此话怎讲？”

“刀城先生说的是拜殿里的那一只吧？”

言耶向发出询问的正声点点头，再次陈述了进入拜殿时目击到的景象：“当时，我看到飞起的影秃鹫脚上好像缠着什么东西。”

言耶话音刚落，行道便开始扫视众人。看他的表情，似乎是想说“那不就是悬挂朱音的绳子吗”？不过，他毕竟还是没说出口。

“我曾经想过，那会不会是细线呢？”

“不是绳索，而是细线啊……”行道下意识地看了言耶一眼。

“是的。如果是朱音小姐可以抓住的那种绳索，我应该马上能看出来。然而，并没有那么粗。”

“那究竟是什么细线呢？”

“我们所监护的阶梯廊下端的门上不是有铃吗？我想……应该是朱音小姐为了鸣响那铃，在拜殿中拉动的那根细线吧。”

“你想说那……那铃声不是姐姐，而是影秃鹫拉响的？”正声兴奋起来，那表情像是在说他终于理解了。

“现在我们不妨来回顾一下，从朱音小姐进拜殿到我俩破门而入，然后返回集会所的期间内发生的事和时间顺序。

“六点五十五分，关上拜殿的门。

“七点前，刀城和正声君以外的人开始返回集会所。

“七点过后，刀城连拉三次信号铃。朱音小姐有回应，铃响一声。

“七点零三分，监护工作开始。

“七点零六分，铃响一声。

“七点零八分，铃响一声。

“七点十分，铃响一声。

“可以认为在这个时间点，至少赤黑先生已经失踪，间蛎先生和海部先生已经进入集会所的里间。

“七点十六分，铃响二声。

“七点二十一分，铃响二声、三声、二声、一声。

“可以认为在这个时间前后，海部先生上厕所去了，下宫先生上井边打水去了。

“七点二十九分，铃声乱响。

“七点三十四分，刀城和正声君向拜殿攀登。

“可以认为在这个时间前后，北代小姐正端着茶走向拜殿。

“七点四十分，在门上开洞，进入拜殿。

“七点四十七分，北代小姐来到拜殿。

“七点五十三分，间蛎先生、下宫先生、海部先生和北代小姐来到拜殿。

“七点五十八分，刀城和正声君在阶梯廊下端与众人分开，前往西侧悬崖。

“八点二十六分，刀城和正声君返回集会所。

“到此为止。不过，除了开关拜殿门的时间和铃声响起的时间，别的时刻都不够准确，是我根据前后发生的事推测出来的。”

“唔，能把握得如此详细，已经足够了。”钦藏似乎在笔记本上记下了时间表，这时他抬起脸，用公事公办的口吻说，“那么，考虑到利用鸟的情况，当初我们认为只有十一分钟的脱身时间，其实是长达将近四十分钟啊。”

“可是刀城先生，开始的四次铃都只响了一声对吧？野生的影秃鹫能训练出这样的技巧来吗？”

“需要某种机关吧。”钦藏回应了正声的疑问。

“得有那种鸟拉一次绳就能喂一次饵的机关。”

“可是，哪儿都没发现这种奇妙的机关。如果有，就应该在祭坛上……总不至于那装置一完成任务，就会立刻掉进大鸟神的嘴吧？”

“怎么也无法想象有人会制作那么夸张的装置。”

“比起这家伙抓着鸟飞上天的构想来，这种方法倒是像样了一点，不过话又说回来，让鸟鸣铃毕竟不可能吧。”辰之助看着行道说道，脸上笑意尚存。

“可是小辰，刀城老师真切地看见影秃鹫的脚上缠着细线……”

“没准只是看错了，就算真是细线，也未必是铃绳啊。”

“刀城先生，你怎么看？”见言耶沉默不语，正声试探性地问道。

“听着各位的发言，我想起朱音小姐说过，从铃不再鸣响开始，也就是说从最后的铃声开始，至少在二十分钟之内不要进拜殿来。”

“嗯，是这样。”

“既然如此，也可以认为她打算在二十分钟内从拜殿脱身。”

“简而言之，就是鸟的机关完全没必要是吗？”

“喂喂，你自己提出的构想，又要自己否定了吗？”

“当然，加上鸟的机关就能赢得更多时间。但与其如此大费周折，还不如事先把二十分钟说成三十分钟甚至四十分钟了，对不对？”

“话虽如此……也许她是这么想的，如果时间花得太长，就配不上秘仪的称号了。”

“这回是下宫先生提出异议就像是为了和我唱反调了。”言耶恶作剧似的微微一笑，赶在钦藏发怒前说道，“此处让我在意的，是十八年前浮坪医生留下的对朱音小姐的问话记录。”

“你说什么？”钦藏好像对言耶的话产生了兴趣，以至于都忘了发怒。

“在那记录中，浮坪医生基于朱音小姐的证言写道，‘换言之，朱名巫女在仪式开始后的二十分钟左右内，就从拜殿中消失了’。”

“哦，是那句像纪要一样写在括号里的话啊。”

看来钦藏浏览过浮坪医院的前任院长浮坪重吉留下的记录。由于瑞子等人不了解情况，言耶为他们追加了一番说明。

“知道了两者都是二十分钟，我们该怎样看待这个情况呢？”辰之助看看言耶又看看钦藏，最后还是向言耶发问。

“也可能只是偶然，但我认为这种暗合不容忽视。”

“最有可能让人信服的解释嘛……”钦藏以微微含笑的表情看着辰之助和行道，“正如这位小说家最初说的那样，所谓鸟人之仪，是巫女为表演‘从密闭状态的拜殿中消失’这一奇迹而进行的宗教仪式，脱身时间需要二十分钟。其方法自然是由母亲传授给女儿。但她俩的不同点在于，朱名巫女利用仪式偷渡去了满洲，而朱音巫女则遭遇了某种预想之外的事态……”

“说什么蠢话呢？神圣的仪式里怎么可能有这种骗人的鬼把戏！”

“喂，嚷嚷着说两位巫女因为这神圣的仪式变成了鸟女，还为此惊恐万状的，又是哪个笨蛋啊？”

“你……你说什么?！”

“我说……最终是不是可以认为，就是朱音巫女本人鸣响了铃呢？”也许是厌烦了给两人打圆场，行道没有像之前那样进行仲裁，而是向言耶发问。

“是啊，至少最初的四次应该看成是她鸣响的。”

“那第五次的两声铃呢？”正声立刻追究道。

“嗯，也许可以把那一次也包括在内，因为我们也可以理解为她不小心多拉了一下。”

“那么第六次和响了很多声的第七次该怎么解释呢？”

言耶对侧头不解的正声说道：“只有这两次可能是影秃鹫所为。”

“啊？只有这两次利用了鸟的机关吗？”

“不，假如只是偶然，或者说是事故之类的……”

“这么说，是铃绳碰巧缠在了那只唯一在场的影秃鹫的腿上？”钦藏突然停止和辰之助拌嘴，加入了对话，仿佛在说这个解释他能接受。

“所以铃才会那样乱响啊……嗯？等一下。但是，那样的话，当时姐姐就已经……”

“嗯，理应认为她已经不在拜殿里，要么就是正在脱身，或是被非协助者‘行使’或‘处理’了。”

“时间问题该如何看待呢？”

“我想应该这么看。朱音小姐鸣铃是到第四次为止还是到第五次为止，两者之间会有六分钟的时间差异。因此从七点十分至十六分开始，到我俩破门的七点四十分为止，她是在那二十四至三十分钟的期间消失的。进而，假如第六次鸣铃是影秃鹫所为，且当时她已处于无法阻止的状态，那就意味着从第四、第五次的七点十分至十六分到第六次的二十一分——在这五至十一分钟里，拜殿内发生了非常严重的事。”

“这样的话，当时在集会所外间的我和瑞子小姐，就不可能是协助者或非协助者了。”

钦藏的语气中透着得意，然而言耶随即又道：“现在还不能这样断言。先前对时间表的说明，毕竟尚未脱离推测的范畴。此外，那关键的五至十一分钟里发生了什么，是针对朱音小姐本人来说的。所以协助者也好非协助者也好，可能都与此全然无关。”

“好吧，这样也行……不过，你对这次的讨论究竟有什么打算？从行道胡扯开始，我们一直在跑题，不是吗？”钦藏一脸怃然地损起人来。

“确实是。不、不，对影秃鹫和时间问题所做的研究，我觉得还是非常有意义的。行，我们继续。”言耶用“有意义”这一评语安抚完行道后，把视线落向了笔记本，“从现在开始，非协助者登场了。首先是戊项‘非协助者侵入拜殿，和她一起出去后，实施了行使和处理’。”

“特地进殿把朱音巫女带出来，这行为未免太无聊了吧？”

“是啊，首先我无法想象朱音小姐会老老实实地听从。”

“那就排除。下一项是……”

“已项，‘非协助者侵入拜殿，在殿中动手行使，行使完毕后把她带出拜殿，在殿外处理了’。”

“在这种情况下，所谓的‘行使’是……”

“是指剥夺朱音小姐的行动自由。生死则另当别论。”

“朱音巫女只在仪式进行的过程中才会落单，所以非协助者为了对她实施‘行使’而进入了拜殿，到此为止还说得通。但抱着失去行动自由的人外出什么的，这种脱身方式恐怕是难度最高的。这就意味着，它和之前的戊项没什么区别。”

“可是小钦，如果非协助者打算掳走朱音巫女大人，肯定会这么做啊。就算是以杀人为目的，也不希望遗体被人发现……”

“你听好了，我认为朱音巫女在岛上确实没有多少落单的时候。但是呢，也不会完全找不到机会，以至于非得做那么棘手的事不可吧。你看，又要侵入正在举行仪式的拜殿，又要把她扛出来。”

“唔，嗯，好吧……”

“如果是以杀害为目的，那么尸体一旦被发现，就意味着包括自身在内的岛上众人中有人将被疑为罪犯，所以想收拾干净可谓理所当然……”

“话虽如此，但问题在于，特意受苦受累，从出入困难的拜殿运出遗体并且藏起来——这种做法是否有其必然性。”言耶接住话头做完小结，在询问众人对分类二是否还有异议后，进入了下一项的讨论。

“接下来是——

“三、朱音→拜殿（藏）→朱音＝她进入拜殿后，临时藏（或被藏）在别人找不到的地方，门开了以后才出去。

“这个分类有以下三项。

“甲、她独自一人藏了起来，后来出去了。

“乙、协助者在拜殿外给予了协助。

“丙、协助者随后也进入拜殿，帮助她藏起来。然后自己也藏了起来，抑或先行外出。

“不过关于乙项和丙项，我总觉得难度实在太大。”

“协助者在拜殿外究竟能帮上什么忙呢？最多就是像赤黑那样，远远地守护仪式进行吧？”钦藏即刻陈述了自己的意见，“我也不太理解‘协助者进入拜殿’的这个丙项，或者说是有一种本末倒置的感觉吧。”

“嗯。朱音小姐得到某人的帮助，一开始先躲在某个可以藏身的地方——这个想法我觉得很有趣，但协助者自己该怎么办呢？”

“最简单的做法是趁门被打破、众人进殿的机会，巧妙地混入人群吧。然而事实上进殿的只有你们二位，后面的人又是聚在一起走向拜殿的。换言之，如果协助者曾协助朱音巫女躲在拜殿的某处，那这个家伙就是出入过拜殿的。既然能办到这一点，巫女还有什么躲藏的必要呢？一开始就用这种方法脱身即可。”

“这里完全不考虑非协助者的情况，真的可以吗？”行道颇感奇怪似的问道。

“在分类三里，朱音小姐是先在拜殿内藏身，门开了以后才出去。所以，如果存在非协助者……不，还是连同剩下的甲项‘她独自一人藏了起来，后来出去了’，和最后的分类四一起讨论比较好吧。因为分类三和分类四讨论的都是藏身拜殿的情况，从这层意义上说，两者基本相同。”

“这倒也是。”

“好了，最后一个分类——

“四、朱音→拜殿（藏）= 她进入拜殿后，长时间地藏（或被藏）在别人找不到的地方，至今状态未变。

“除了朱音小姐出殿与否的部分，这个分类的项目与分类三的甲项、乙项和丙项完全一样。只是，这里要追加一项——丁、非协助者侵入拜殿，在殿内实施行使和处理，最后独自离开。”

“和分类三一样，可以先把乙项和丙项去掉吧？”

“是啊。谁有异议吗？”言耶接受钦藏的判断，打算让众人表决。

“这个倒是没异议。”就在这时，行道微微歪着头，问道：“但是，这个丁项跟分类二的戊项和己项不是一回事吗？”

“不，有很大的区别。分类二的戊项和己项是不管朱音小姐生死，都要把她带出拜殿，让人感觉非常勉强。而分类四的丁项则是非协助者在拜殿内实施‘行使和处理’，所以有个好处，就是不会受任何人的妨碍。换言之，特意侵入拜殿的行为也有了意义。”

“可是刀城老师，如何出入拜殿固然也是个问题，但首先要问的是，殿中哪有巫女大人能藏身的地方……”

“如果是剥夺朱音小姐的行动自由、把她监禁起来，的确如你所言……”

“杀完人处理尸体的话，就没那么难了。”钦藏直言不讳地说，语气中不带丝毫情感。

“处……处理……小钦你……”

“行道先生，很遗憾，藏遗体的方法还是有的。”

“是……是什么样的？”

“我参观拜殿时，左侧和室的採物里还有剑，可破门而入时却不见了。那玩意儿不光能当杀人的凶器，感觉还能用来肢解人体。”

“你说什么？难……难不成……”

“是的，假如非协助者以某种方法杀害了朱音小姐，然后用那剑把遗体切成碎块，投入大鸟神的嘴……”

“根本不需要别的杀人方法，你自己不也说了吗，那剑本身就是很厉害的凶器。”

“是的。假设朱音小姐被杀害了，那么最有可能的杀人现场就是祭坛。换言之，那副人骨淋到的血是她的可能性将会增大。”

“问题是非协助者侵入拜殿的方法和从里面脱身的方法吧。”即使面对姐姐遇害和尸体处理这类血淋淋的话题，正声也毫无怯色，冷静地指出了要点。

“没错。如果存在非协助者，我认为分类四的丁项‘非协助者侵入拜殿，在殿内实施行使和处理，最后独自离开’的可能性最大。只是，要问最关键的手法……”

“嘿，难哪。”钦藏言辞冷淡，不过从那口气中可以听出，其实他也认为丁项最有可能，但就是想不出具体的方法，所以不知如何是好。

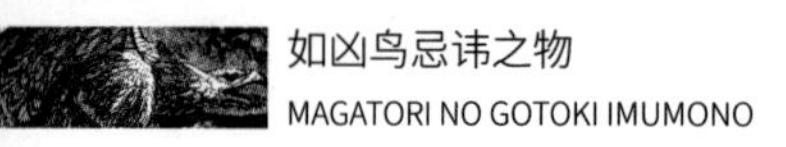

然而，辰之助对他俩的想法漠不关心：“如果无法解释罪犯怎样出入拜殿这个关键的问题，就算你说的情况最有可能，它也是错的。”

“这个么……”

“就算是错的，如果能整出点主意来，倒又另当别论。可什么都整不出来的话，思考本身就是浪费时间！”

“也是……”钦藏的语气如此别扭，想必是因为局面演变成了他在受辰之助的教诲。

“如此一来，就只剩下分类三和分类四的甲项，也就是姐姐躲在拜殿某处这个方法了。当然，两者在她后来是否外出这一点上有所不同。”正声对目前为止的讨论进行了总结。

“无论如何我们都必须去搜寻可以藏身的地方吗？”言耶嘟哝了一句，语气中竟早早地透出了绝望的味道。

“在讨论藏身地点之前，不妨先明确一下破门之后朱音巫女有没有出拜殿的机会吧，这样探讨起来是不是更快一些？”

“因为可以根据结果排除分类三的甲项是吗？”

钦藏的提案得到了言耶的认同，这时辰之助过来搭话了：“如果巫女大人真从拜殿出来了，那是在我们回集会所之后吗？”

“是啊。不过，我想明天就能确认是否真有其事了。因为离开拜殿时，我用带子在门外侧的拉手上打了结，还在两扇门板的接缝处贴了几个封条。”

“这么说，一旦通过门板上的洞从内侧切断带子，走进阶梯廊，那些封条就会马上破损？”钦藏似乎也有点佩服言耶了，那表情像是在说“你是啥时做的这些布置啊”。

“没错。而且打结方式很特殊，除了我，别人不可能结回原样。当然了，也不可能让封条恢复原样吧。”

“但是，在他们两个破门而入后不久，朱音巫女大人也有离开拜殿的机会啊。而且，这样也许更容易脱身呢。”

钦藏把脸转向辰之助，用手指着言耶和正声：“你是指在这两位搜索拜殿的期间寻找机会吧。”

“因为她能预见到，无论是谁都会直接冲向祭坛。”

“可事实并非如此。”言耶当即否认。

“并非如此？为什么可以这样断言？”

“因为破门而入后，我又把门关上，插好了闩棒。”

“这个在走廊里也能……”

“是的，我知道在走廊里也能插上门闩，所以就以插着闩棒的金属底座为基准，用铅笔画了线。一共有五六处吧。”

“那又怎样？你的意思是，放我们进去时，那些线没有丝毫错位吗？”

“正是。当然放各位进去后，我又沿着线把门闩重新插好了。”

“这么说，朱音巫女大人压根儿就没有出殿的机会喽？”

“是的。假如分类三的甲项有可能成立，那她一定是在我们回集会所后出来的，而且还会留下显眼的证据。”

“那好，锁定为三还是四就等明天再说吧。关于那关键的藏身地点，怎么讲？”钦藏边说边环视众人，看来他已经迅速转变了思路。

“在那种地方怎么藏身啊……”辰之助发出了一筹莫展的声音。

“记得刀城老师说过，从衣柜开始能查看的地方全都确认过了。”一旁的行道似乎正在回想放置在和室中的各种物品。

“大鸟神的嘴当然是太小了，即便是女性也进不去吧？”瑞子也低语道。

“我和刀城先生，可是把可能有空隙的场所都查看了一遍。”正声也早早做出断言，否定了所有的可能性。

“也许现在我们必须思考某种方法，某种甚至无法从‘躲藏’这类轻松的字眼中想象出来的方法。”

“你在说什么呀，小钦？”

“比如说，给祭坛脚下的柱子系上绳索，然后人吊在断崖绝壁处。”

“可是，刀城老师和正声君窥探过崖下……”

“他俩搜寻的是身着巫女装束的她。如果她利用保护色，比如说，用和断崖颜色相近的蓑衣把身体裹起来，那么在已入夜的情况下，可能就会看漏。”

“嘿嘿，那一定是个大蓑虫吧。”辰之助发出极为轻蔑的笑声，就像终于逮到了机会似的。

“你听好了，不做这种大胆的猜想就无法找到在拜殿里藏身的方法。我可是举了个连你这种脑子不好使的家伙都能理解的例子，在亲切地向你指明这一点呢。”

“要这么说，脑子好使的医生大人到目前为止又提出了什么了不起的观点啊？对别人的意见自以为是地大肆批判，也不见自己有什么高见……”

“并不是任何事情都可以想到就直接说出口的。”

“比什么都不说，不，比什么都说不出来，可要强很多呢。你啊，没有资格嘲笑行道的意见。”

“喂，你们两个都别太过分了，消停一下吧……”

行道面露无奈之色，从中说和。就在这时，瑞子交替打量着言耶和正声，说道：“如果朱音巫女从一开始就打算藏起来，让自己失踪，那我们是否可以这么想，她对拜殿的建筑动过手脚？”

“你觉得呢？正声君。”

“如果吩咐赤黑去做，也许很容易办到，但是……”

“还是不可能？”

“这幢建筑确实几经翻修，但是你看，基本上还很古老。应该说是神圣而又古老吧。”

“也就是说，制作那种新机关的话，不管怎样掩饰都会留下痕迹是吧？”

“可是，如果是很久以前就有的机关……”瑞子的话暗中涉及了朱慧与朱名。

“但是，如果拜殿一开始就有那种机关，两位巫女早就能不费吹灰之力地让仪式成功了，不是吗？”

“瑞子小姐，我认为你的设想很棒，可惜事实正如他所言。”钦藏轻巧地加入了对话，“鸟人之仪作为鵼敷神社的秘仪，被代代巫女流传下来。就像我刚才说的那样，我们完全可以认为，其中可能含有巫女自我隐身的方法和奇迹表演。但是，仅以过去巫女们举行仪式的先例来看，我们也能预想到，这件事并没有那么简单。”

“确实啊，巨大的蓑虫并不是那么容易就能做成的。”

不知悔改的辰之助从旁捣乱，但钦藏完全无视他的存在：“所以，瑞子小姐，说拜殿的建筑里有什么机关……”

“啊，难不成……”就在这时，言耶小声叫了起来。

“你怎……怎么了？”

“没什么……我只是意识到——最初进拜殿的时候，我看着左右铺有榻榻米的和室，非常吃惊。不过，因为形态过于奇异，虽然断定那空间是和室，但事实上，我也许并没有充分地意识到这一点。”

“噢……那么，充分认识到了以后，你觉得那里面会有什么玄机？”

“地板下面。”

言耶回答了钦藏的问题。瑞子闻言，脸上露出了诧异之色：“你的意思是，朱音巫女正躲在和室榻榻米的下面？”

“这个不调查是没法知道的，但和室有地板下的空间是非常自然的事。只是拜殿的榻榻米和其内侧的岩石地面几乎没有高低差，所以我下意识地断定榻榻米是直接铺在岩面上的。假如事实并非如此，那么地板下就是十分理想的藏身之所了。”

“怎么样？要不要现在就去确认？”正声半站起身，看着言耶，仿佛在寻求对方的指示。

“不，光靠灯火是无法进行充分调查的。还是等天亮吧。”

“可那里又不是忍者屋，而且朱音巫女大人怎么会藏到那种地方……”

和似乎还无法接受的辰之助一样，行道虽然没有明说，但也显露出不敢苟同的样子。这时，瑞子开口了：“那个……地板下有没有空间姑且不论，但要说朱音巫女钻到那里面去了，可有点难以想象……”

“为什么？”

“参观时我也跟在两位身后，把左右和室看了一遍。在我的记忆里，我觉得每张榻榻米上都搁着衣柜啊箱笼之类的东西。”

“啊……刀城先生，是那样没错。”

正声率先承认了这番指摘的正确性。接着行道也证实道：“我虽然不敢断言，但还记得墙边有一溜杂物，堆积如山。总觉得至少墙壁的下半部分是看不见的。”

“但并不是所有的榻榻米上都搁着东西吧？”言耶一边拼命回想和室内的情形，一边反驳道，“岩场一侧的榻榻米上就没有任何障碍物。”

“恐怕正如你所言。”

言耶得到了钦藏的肯定，所以想继续往下说，却又被钦藏打断了。

“不过，朱音巫女抬起榻榻米钻进地板后，真的能把榻榻米嵌回原位吗？而且还要齐整得让你们不会注意到？”

“这个么……”

“没有协助者的话，抬起榻榻米钻进地板下的空间，再把榻榻米复原，可就有点勉强了吧？就像为了插紧门闩，就必须有人在门内侧用力一样，榻榻米不也是如此吗？不仅需要人在地板下拉，还需要一个从榻榻米上方往下压的力量。”

“总之明天不去确认一下的话……”

“是的，就没法知道。不过，其实没什么可期待的吧。”

钦藏的话带着结论的意味，自此众人也都陷入了沉默。于是寂静瞬间造访了集会所。从拜殿回来后，一直有人在说话，因此这突如其来的静谧令人感到格外地寂寥，也格外地可怕。

集会所安静下来的同时，户外的声音灌入了众人耳中。风吹拂板壁时的低吟声，雨倾注于屋顶时的连击声，海上怒涛滚滚的轰鸣声……其中交杂着黑色凶鸟的振翅声……

“是鸟女……”辰之助嘀咕了一声。

“小辰，这是错觉啦。以为听到了什么，其实只是听错了。”

“不是……”辰之助对行道劝诫式的口吻显出焦灼之色，但否认的语声却很微弱。

“哪里不是了？”

“我说的不是外面的声音，而是鸟人之仪的事。”

“但是，巫女大人也许成了大鸟神……”

“那为什么没有旗？”

“这个么……”

“愚蠢。首先，升旗用的绳索断了，所以旗压根儿就不可能升起来吧。”钦藏当即全盘否定了这个脱离现实、包含着奇迹与迷信的解释，“本来嘛，又是大鸟神又是鸟女的，你们两个都好好想想自己说的……”

然而，辰之助以前所未有的严肃态度打断了他的话：“那个男人不是说过吗，考虑了所有的可能性之后，如果还是搞不明白，我们就必须接受鸟女这种解释。现在我们花了好几个小时，说这个也不对，那个也不对，结果还是什么都没搞清楚，不是吗？不、不，不管怎么说朱音巫女都不可能躲在地板下吧。鵼敷神社的巫女把自己藏起来什么的，这种思路本来就是错的。然后行道啊，你要认为朱音巫女成了大鸟神，你就认为去吧。但总之，不管怎么说，只有一点是确凿无疑的，那就是在这个岛、在拜殿里，发生了人脑无法理解的事。不就是这么回事吗？”

被辰之助称为“那个男人”的刀城言耶无言以对。钦藏也无法对这番出人意料的激烈言辞做出反驳。

“浮坪爷爷从前就说过，这岛上有鸟女。他说，鸟女正在岛上徘徊，寻找一度脱逃的朱音巫女大人……赤黑也一定是被牵连进去了。”辰之助环顾着众人，继续道，“明天早上，我打算在拜殿点起狼烟，召唤船来接人。谁想和我一起回去，我就带上谁。”

“可……可是小辰，为了搜寻巫女大人，明天我们要在岛上……”

“你……你是呆瓜吗？这……这么可怕的岛，岂能再多待一晚?！”

如今辰之助已明显流露出畏惧之色。然而，不久众人就会发现，他的担心绝非杞人忧天。

因为就在夜过天明时，间蛎辰之助的身影从鸟坯岛上消失了。

第十二章

第三人消失……

众人就鸟坯岛拜殿内人类消失的分类和方法，进行了一番讨论，但没能得出任何结果。讨论顺其自然地结束后，六人为就寝分成了两组。

房间分配如下：刀城言耶、鵜敷正声和北代瑞子睡集会所外间，间蛎辰之助、海部行道和下宫钦藏睡里间。

不过，钦藏想加入有瑞子在的一方——相比之下他似乎更讨厌和辰之助同处一室。但也许是考虑到三人一组的情况，只得作罢，所以他倒没怎么抱怨就进了里间。

围炉里的火种是弄灭了，但里外间的木板隔门却关得密不透风。这可是盂兰盆节期间的夜晚，就寝时别说隔门，就连正门和后门也一定要打开才行。然而这一晚却格外地寒意瘆人。事实上，就八月而言，气温确实稍微低了点，这也是原因之一。不过，这并不是唯一的原因。朱音和赤黑在不可思议的状况下消失了。虽说因人而异，但这奇怪的现象无疑沉重地压在了众人的心头上，使他们产生了非同寻常、无比强烈的不安感。

众人各自倒在分配到的薄褥子上，等待睡魔的到访。然而，睡魔毫无降临到任何人身上的迹象。不久，里间传来了辰之助和行道嘀嘀咕咕的交谈声。

“刀城先生……”这时正声低语道，仿佛一直在等待别人开口似的，“你还醒着吗？”

“嗯。好像怎么也睡不着的样子。”

“赤黑先生和我们分开时，不是说过一句奇怪的话吗？”

看来正声并不是因为睡不着才打算闲聊几句。言耶意识到这一点后，在睡铺上摆出了对话的姿势：“对啊，然后你立刻就去问他是什么意思了。”

“不，关于那句话，他没有给我任何解释……之后我一直很在意。现在我突然想到，也许他是在说《古事记》里记载的天之岩屋户。”

“天安河原……对啊，众神就是在那里聚首，商议怎么把自闭于天之岩屋户的天照大御神带出来的。”

“也就是说，赤黑先生把拜殿比喻为天之岩屋户，把姐姐比喻为天照大御神，把我们比喻为了众神，对不对？”

“等一下！我记得他是这么说的吧，宛如会聚在天安河原束手无策的众神……”

“是的。”

“如果……如果真如你所言，那么对这句话的解释就是，无论我们如何绞尽脑汁，也不可能把自闭于拜殿的朱音巫女弄出来。”

“嗯，恐怕是……”

“那么，和那套分类项目对应起来的话，不正是第四类的‘朱音→拜殿（藏）= 她进入拜殿后，长时间地藏（或被藏）在别人找不到的地方，至今状态未变’吗？”

“确实可以这样理解，所以刀城先生设想的地板下的空间，没准还是有可能的。”

“唔……坦率地说，我自己都开始认为那是不可能的了……但可以肯定的是，现在我们有必要打起十二分的精神，重新检查拜殿内部，包括地板下的空间。”

“我说……”就在这时，围炉的另一侧响起了瑞子拘谨的声音。

如果站在门口朝里看，围炉左侧是瑞子，右侧是言耶，而正声则睡在隔开里外间的木板门跟前。三人刚好构成了“门”的形状。不过正声让自己的头向着右侧，而且还朝言耶那边靠了过去，所以他俩的头几乎挨在一起。由此，室内形成了瑞子离他俩略远的格局。

“怎么了？如果刚才的话让你有所发现，请尽管告诉我们。”

单单把瑞子一人排斥在外了。言耶对此心怀愧疚，所以开口鼓励了她。但正声似乎对她的介入感到不快，只是沉默不语。

“没什么，只是听你们谈起《古事记》，总觉得怎么说呢……”也许是慑于正声的沉默，瑞子说话不太顺畅。

“你是想说，赤黑先生提及《古事记》，可能还有别的用意？”言耶抢话不光是为了方便她发言，也是因为对她的发现产生了纯粹的兴趣。

“是的……在《古事记》中，天之岩屋户的后面记有五谷起源[1]，接着就出现了八岐大蛇[2]。”

1 五谷起源：《古事记》记载，大气津比卖被须佐之男命所杀后体生五谷，头生蚕，双目生稻种，双耳生粟，鼻生小豆，阴生麦，臀生大豆云云。——译者注

2 八岐大蛇：因为天之岩屋户事件被流放的须佐之男命，到了出云的鸟发山（现名船通山），遇到一对老夫妇诉苦。于是他杀死危害此地的八岐大蛇，并从蛇尾取得草薙剑（天从云剑），献给了姐姐天照大御神。——译者注

“嗯，是这样。”

“在那个故事里，须佐之男命所去的地方，是出云国斐伊川上游的鸟发对吧？”

“鸟发……”

“他在那里遇到了足名椎和手名椎。这对老夫妇说，他俩曾经有过八个女儿，却有七个为八岐大蛇所食。当然，八岐大蛇有八个头。”

“八个女儿……八个头……”

“还有，杀死八岐大蛇的须佐之男命，从蛇尾中找到了草薙剑。”

“一柄剑……”

“听到两位的对话后，我突然联想起了这个故事，仅此而已……”

瑞子的语声越来越轻，终不可闻。想来是正声依旧保持沉默，使她退缩了。不过，她想表达的意思已经被充分传递出来。

“在鸟发这一地名中出现的鸟，十八年前和这次皆为八人的人数巧合，以及採物中曾经有过却已消失不见的一柄剑，也就是说，八岐大蛇的传说里可能有解开鸟人之仪秘密的钥匙？”

“不……我也没想得这么清楚……”

“只是，要说和鸟有关的话，《古事记》里还记载了高木大神从天上遣下的八咫乌，倭建命死于能烦野后所化的白鸟，以及像大雀命的名字那样和鸟有关的东西。”

“可不是吗……只是八岐大蛇的传说里还有八人这一人数上的巧合和草薙剑，所以让我多少有点在意……但仔细想想，毕竟还是无关吧……”

“唔……因为赤黑先生拿天之岩屋户来做比喻，所以就在《古事记》的其他记载里寻找和事件的相似点，尝试解释其中的含义——这个怎么说呢？我总觉得太牵强了一点。”

“唉……”先是被正声无视，继而又被言耶否定，瑞子在黑暗中叹了口气，似乎颇为沮丧。

“正声君怎么看？”言耶觉得瑞子可怜，脱口说出了这句话，但马上又后悔了。因为他意识到正声不可能认真作答，只会让她更受伤。

（一度以为两人互相走近了，其实还是有距离啊。）

正声果然一声不吭。不过，这沉默不是为了不理睬瑞子，而像是因为在专心致志地思考什么要紧事，使人感到沉静中含着紧张的气息。

（总不会是八岐大蛇和鵼敷神社有关系吧？）

兜离之浦和出云确实同在中国地区，但两者的共通之处实在太少了。这一带如果有蛇神或蛇附体的传承倒又另当别论，然而从某种意义上说，这里分明就是被鸟一统天下的地域。

在如此氛围下，就连言耶也不便提起话题，因此他只在脑海中进行了这番思考，并没有说出口。

“明天早上，你给我坐间蛎先生叫来的船回去！”围炉边响起了正声极为粗鲁的声音。

“是……是说我吗？”瑞子犹犹豫豫地问道，似乎确信对方指的是自己。

“可是正声君，搜索朱音小姐和赤黑先生的时候，哪怕多一个人也是好的吧？我想间蛎先生恐怕是很难挽留了，但如果连瑞子小姐也不在……”言耶不明白是什么让正声不痛快了，但还是想庇护瑞子。

“我去商量一下。”

正声显出少有的失礼之态，打断了言耶的话。紧接着，他就从睡铺中爬起来，打开隔门，走进了里间。

“都怪我多嘴……”

“不、不，没那回事……不过，可能你还是听他的话，回浦去比较好吧。”

“啊？为什么？”言耶的突然变卦让瑞子吃了一惊。

“呃……虽然搜索确实需要人手，但如果朱音小姐和赤黑先生被卷进了犯罪事件，那么我们的处境也就绝对谈不上安全了。”

“可我不能因为这个就一个人逃走……”

“并不是因为你是女性的缘故，我没有性别歧视的意思。”

“既然如此，我也要和大家一起……”

“虽然听着刺耳，但我还是要问，你有没有决心设想这样一种场景——就像十八年前的朱音小姐那样，岛上只剩下了你一个人。”

听言耶这么一问，瑞子紧紧地闭上了嘴。

“朱音小姐侥幸在鹳先生的指示下躲进了杂物间，好歹度过了危机。但这次未必会如此顺利。”

“可……可是，事态未必会发展到那个地步，而且一旦发生了，男人不也一样危险吗？”

“呃……话虽如此，但男人的话也许还能起来战斗。当然，很多女人可比不像样的男人强多了。只是恕我失礼，北代小姐看起来好像不是这样。”

“……”

“而且，尽管已经否定了，但如果‘八’这个人数真有寓意，那么很有可能最后剩下的人就是你。”

“不……不会吧……”

“只是在人数有寓意的情况下啦。好吧，就算不提这个，但有一点是毫无疑问的，你回了浦，我和正声君才能安心搜索这个岛。”

“怎……怎么会……”

“你想说正声君不是这样的？不、不，我认为，一旦发生紧急情况，他是会来保护你的。”

瑞子又一次闭上了嘴，看得出她对言耶的话感到震惊。言耶自认没有为了哄她同意回浦而撒无聊的谎。因为他真心觉得，一旦陷入危急事态，正声一定会庇护瑞子。

“我和间蛎先生说好了。”

就在这时，正声回来了。原本他一定会意识到，两人之间的气氛和自己去里间之前很不一样，但他似乎完全没有这份闲心。

“他说不管是谁，只要想回去就可以搭船。”这话中隐约透出了言耶也可以回浦的意思。

“知道了，谢谢。总之北代小姐会搭船，至于余下四人怎么办，就在明天船到来之前商量吧。”言耶认为现在最好别去刺激正声，所以只回应了这么一句。

外间的三人各自入眠，谁也没再开口。里间辰之助与行道的嘀咕声不知何时也停止了，集会所瞬时陷入了寂静。当然，要除去风雨声、波涛声，以及偶尔突然传来的凶鸟振翅般的声响……

鸟坯岛的夜色越来越深了。

“刀城老师，刀城老师！”

言耶醒转时，行道正站在他的枕边。他以为自己不管过多久都无法入眠，然而却好像在不知不觉中睡着了。

“你……你好……已经是早上了吗？”

“嗯，天眼看就要亮了。不过……小辰不见了！”

“啊……你说什么？”

瞬间过后，言耶一跃而起，越过开着的隔门向里间窥探。

“间蛎先生睡哪边？”

“和老师一样，睡在围炉右边。我在杂物间前，小钦在左边……”

正如行道所言，除了还在熟睡的钦藏，另外两个睡铺是空的。

“难道是比我们早一步去了拜殿？”言耶歪着头嘀咕道。

“可是，天都还没亮呢。小辰再怎么想去点狼烟，我也没法想象他会在天还没大亮的时候去拜殿，而且还是一个人。”行道出言反驳，像是在说“这绝对不可能”。

“那倒也是。”如今言耶已知道辰之助胆小，这无论如何都不像是他会采取的行动。

“啊！那鞋子呢？”这时言耶想起了赤黑的事，急忙奔向三和土，“六个人的鞋都在……”

“小辰的鞋是那双……”行道从后面跟上来，也确认了辰之助的鞋。

“怎么啦？”

身后传来了瑞子惊讶的声音。看来她是被两人的举动和对话吵醒的。

“应该是在这几十分钟内发生的事吧，间蛎先生经过你身边向玄关走去的时候，你有没有发觉？”

“没有。我觉得没有人从我身边经过……”

“我也没感觉到他经过的迹象。而且最重要的是，如果是从玄关出去的，鞋应该不见了才对。”

言耶自言自语似的嘀咕了一句，身子突然一僵，又奔进了里间。

“刀……刀城老师……你究竟怎么了？”

行道慌忙跟在他后面，瑞子也彻底起身，追向二人。

“果然……”言耶打开设置在集会所西侧里处的后门，让另外二人也能看到外面，“这应该是间蛎先生赤脚留下的足迹，看，从门口通向那里，一直延续到了岛的南方。”

“这……小辰他……他……赤着脚出去了？而且不是去拜殿所在的北方，相反是南面？”

“没有从北代小姐和我身边经过的迹象、正门处的鞋子还在、后门外还有赤脚留下的足迹，从这些情况来看，我们只能得出你所说的结论。赤黑先生应该是穿着鞋的，去的又是西北方向。而且，一夜的雨都没让足迹大致消失，也未免太奇怪了。而这赤脚的足迹却还很新。”

“说到南面的话，他倒是和我一起去过那边的厕所。”

“赤着脚去厕所吗？都急到了这个程度？”

“不、不，这个想法毕竟还是太荒谬了。”

“我们去看看吧。”

言耶没去唤醒还在睡觉的正声和钦藏，打算和行道二人去追踪足迹，但瑞子说她也要去。言耶刚开口劝她留下，又想到一旦争执起来会把那两位吵醒，只好无可奈何地带上了她。

“还没告诉小钦和正声君，这个不要紧吗？”

三人穿上雨衣，绕到集会所的西侧时，行道担忧地问道。今早虽然只下着小雨，但天气也完全算不上好。

“先不说下宫先生，正声君无论是精神方面还是身体方面都一定很疲惫了，所以还是让他多睡一会儿吧。而且五个人一拥而上地追过去也不太好，连三个人都嫌多啦。”

最后一句是挖苦瑞子，不过，言耶也觉得这样太幼稚了吧，只有这句话在说的时候压低了声音。

始于集会所后门的足迹绕到建筑物的南侧后，立刻直线向前而去。可见他是渡过了正好位于葫芦之细腰处的“桥”，踏入了岛的南半部分。

葫芦的细腰部分被称为“桥”，但其实并非为连接岛的南半部分与北半部分而架设的桥梁。此处像桥一样细长，延绵于其上的土壤和建造集会所的地方相同，从这层意义上说，只是普通地面而已。不过，由于它非常狭窄，且南北两端的边缘便是断崖绝壁，所以人们等间距地打上木桩，拉起了数重绳索。这类似扶手的东西从南北两头的崖边一路织向细腰的两侧，恰似桥的栏杆。

“看来昨晚的风果然还是很大。”

行道望着当扶手用的绳索，咕哝了一句。这恐怕是因为他看见绳上到处都挂着细小的木屑、破报纸以及碎布片。眼前的景象仿佛是在展示昨晚风的强劲。

“倒也不是受小辰的影响，只是，我总觉得昨晚的风中时不时传来大鸟振翅般的声响，怎么也睡不着。”

“足迹靠右，所以我们姑且跳到左侧追踪下去，尽量别贴近足迹。”

然而，言耶对行道的话充耳不闻，只顾催促二人赶快走。看来除了足迹，他对任何事物都视若无睹。

“啊！刀城老师，离足迹远一点可以，但太靠左的话就危险了，请小心啊。”即便如此，行道也不见生气的样子，反倒牵挂起言耶的安危来。

“是这边吧。”

赤脚的足迹过了桥，画着平缓的曲线向右去了。

“咦，这不是去厕所的路啊。”

过桥后立刻右转，一直走到悬崖边，就是厕所。然而，足迹虽然也是过桥右转，但开始拐弯的地点却在更前方。

“这是井吗？”

在足迹画出的曲线中段的左侧，几块矮石头堆成了一口正方形的井。言耶一边问，一边探头窥视井内。

“听说从建村的时候开始，这里就没多少水，大家为了饮用水的问题可是费尽了周折。”

“因为从浦上运水过来也很费劲吧？”

“小辰总不至于是来这里打水……”

“好像不是。因为足迹从井前经过，又往那边去了。”言耶指着足迹延伸的方向，“可是，那样走下去，前方什么也没有啊。”

他一边说，一边把视线投向更远的前方。一瞬间，他闭上了嘴。

眼前的赤脚足迹一路通往西侧的悬崖，然后突然消失了。简直就像辰之助从那里跳进了海……

“这……这究竟……是怎么回事？”

“两位请待在那里别动。”

言耶绕井前进，试着靠近悬崖的边缘。

足迹消失之处的四周曾经杂草丛生，但如今一切都化作了泥泞之海。再往南去的话，便进入了岩场，但怎么看都无法跳到那里去。而且最重要的是，这足迹是笔直通往崖边的，所以除了坠下前方的断崖绝壁，不可能再有别的去处了。

谨慎起见，言耶走上了岩场。只见坡度平缓的岩面由此延伸开去，不久即化为山体。在这岛之西南部的斜坡上，冲鸟村的废墟及其下方的广阔沙滩，映入了他的眼帘。从废村的上端到岛的东南部，覆盖着郁郁苍苍的广袤森林。

“和赤黑先生的情形完全一样。”言耶情不自禁地发出感叹，背脊上窜过了一股令人震颤的寒意。

他回到足迹消失的地点，战战兢兢地向崖下窥探，确定从此处直到下方遥远的海面，之间不存在任何遮挡物。

“刀城老师，难道小辰是从这里掉下去了……怎么会……”行道不安的语声在天光渐亮的鸟坯岛上微弱地响起，又倏地消失了。

“现在当然还不能断言，但是就以现状来看，只能这么认为。”

言耶仍然注视着地面，回答时头也没抬。他看到，以这足迹为中心、宽约四尺的左右两侧各有一道细痕，呈平行状态。

“这是什么？”

他靠近前去蹲下来观察，发现痕迹虽然极细，却插进了地面深处，好似曾经用直抵崖端的薄长板竖着插进去过。不过，板的长度充其量也就二尺。

“怎么了？是不是发现了什么？”行道不安地问，似乎是对言耶蹲着不动的模样感到了疑惑。

言耶断定已没有别的东西值得一看。他把奇妙的细痕深深印入眼底后，催促二人一起返回集会所。行道想知道辰之助的下落，言耶也一样。

三人回到集会所玄关时，遇到了正在游廊下转悠的钦藏。他质问三人去了哪里，言耶作为代表讲述了来龙去脉。正声似乎还完全处在熟睡之中。

只有口头说明似乎不能让钦藏满足——或曰相信，他独自一人追踪足迹去了。然而，钦藏很快就回来了，神色极为严峻：“赤黑消失的时候还可以说，他以某种形式介入了鸟人之仪，结果出了差错或是出于别的原因坠崖了。可辰之助他……这可有点匪夷所思了。”

“他还打算今天一早就上拜殿燃起狼烟，召唤接人的船以便回浦呢。”

“小辰为什么要在天还没亮的时候，一个人去那个什么也没有的悬崖边缘呢？”

男人们近乎惊恐地陷入了疑惑，这时瑞子怯生生地问道：“会不会是想上厕所却走错了方向，结果就坠崖了呢？”

“要这么说，我觉得厕所和足迹消失的地方可就离得有点远了。”

“确实。如果是走错，偏那么多可不太正常。”钦藏也赞同言耶的观点。

“比如说，会不会是醉了呢？”瑞子进一步询问行道。

“对小辰来说，睡前不喝酒是不可想象的……但昨晚毕竟还是不同，虽然他从包里拿出了酒瓶，但似乎忍住了没喝……所以，我觉得昨晚他没做过那种不检点的事。”

“总之我们先把正声叫起来，吃一顿像样的早饭吧。然后大家一起去找朱音小姐、赤黑先生和间蛎先生。”

言耶的提议得到了三人的首肯。随后，他们一起走进了集会所。

直到言耶在枕边唤人，正声都丝毫没有醒转的迹象。他睁开眼后，也没有立刻起身，显出一副半梦半醒的样子。

“间蛎先生人不见了。”

即便如此，言耶还是说出了足迹的事。原以为正声一定会一跃而起，不料这句话却带来了全然相反的效果。

“他所惧怕的事发生在他自己身上了呀。”正声低语过后，在褥子上把身体缩成了一团。

“所惧怕的事是指？”

精神上受到的冲击比外表看起来的更大，间蛎辰之助失踪的消息又令其雪上加霜，如今的正声似乎正处于这样的困境。

“他惧怕的是自己会不会被鸟女掳走。你们看，在空中谨防鸟女……这可是我姐姐朱音巫女的忠告啊。”

他一脸失魂落魄地说出这句话，即为明证。这在过去是难以想象的，言耶不由得吃了一惊。

第十三章 名为鸩的毒鸟

“这个情况非常糟糕！”去拜殿的途中，钦藏用粗鲁的语气向言耶搭话，似乎对现状深感不妙。

“是说正声吗？”

“是啊。也许你已经忘了，我好歹也是个医生。”

嘲讽式的态度一如既往，不过倒也正确地指出了正声的问题，于是言耶回应道：“最大的冲击自然是朱音小姐的失踪吧。”

“嗯。不过呢，如果只有她和赤黑两人失踪，正声还可以宽慰自己，其实这可能是鵺敷神社、鸟人之仪、朱音巫女的一场表演，只是自己不知情罢了。然而连辰之助都消失的话，事态就发生了突变。因为不管怎么说，对方都是个胆小至极、真心想从岛上逃走的男人啊。”

“确实，我们只能认为间蛎先生遇上了什么匪夷所思的事。”

“只能这么想了。”

顺带一提，早餐后众人经过商议，决定言耶和钦藏去岛的北侧，余下三人去岛的南侧进行调查。最初他们打算让气色不佳的正声独自留在集会所睡觉，岛的南半部分由行道和瑞子负责。

然而，瑞子说比起搜索来，她更想看护正声。这么一来行道就落单了。行道毕竟也不乐意一个人在岛上转悠吧，所以他希望和言耶等人共同行动。这时正声说他没问题——无视劝阻他的瑞子——表示可以参加，于是就分成了两人和三人的小组。言耶不幸与钦藏组成一队，是因为只有他俩说想上拜殿调查。

“不过，其实正声君在间蛎先生失踪前就开始有点古怪了——是从昨晚开始的。”

言耶讲述了就寝前的一幕后，钦藏显出沉思的模样。过了一会儿，他说道：“嗯。那个叫北代瑞子的女学生，你怎么看？你不觉得她有点蹊跷吗？”

钦藏用意味深长的目光看着言耶。

“你是说，正声君变得古怪原因在她？当然，他看上去确实很讨厌瑞子小姐。”

“而且，还不是单纯的莫名讨厌。恐怕里面是有什么原因的。”

“但是，她四天前才出现在兜离之浦，出入鵺敷神社也不过三天。就算当时发生了些什么，可正声一向善以待人，我无法理解他为何对瑞子小姐躲避到那个程度，或者说……”

“是啊，而且问题是对方正相反。看起来，她倒是对正声很有好感。”

“果然有这种感觉啊。”

“但是呢，在两人的短暂交往中，出现这种截然相反的态度也未免太奇怪了吧。”

“这和三人的陆续消失是否有关系呢？”

“这就不知道了……只是，考虑到我们如今所处的状况，哪怕能解决一个奇怪的问题也是好的。”

“我找个时机问问正声君。”如此回应后，言耶以一种看似漫不经心的态度问道，“对了，下宫先生为什么想回这里来呢？”

“……”

“‘也许朱音小姐在这里’莫非也是理由之一？”

“原来如此，还可以这样理解啊。”

前一个问话令钦藏面露恍然之色。听到后一句话时，他又苦笑起来。

“当然，朱音小姐是我从前就认识的故人，而且像她那样美丽聪慧又富有魅力的女性，我想并不是很多。不过呢，一旦在东京居住，也会有很多机会邂逅形形色色的、从另一种意义上说更为了不起的女性。你说是吧？”

“啊，我么……倒是不太回东京，因为基本上都在外地转悠。”

“哦。你啊，还真是个怪人……好啦，不说了。总之，如果我没回到这里来，恐怕也就不会对朱音小姐心生爱慕了。”

“这么说，你是回浦后才对朱音小姐……”

“嗯。而且，这个不得不回来的原因么，就是我在东京工作的医院里关于女性问题出了点岔子。”

“啊……是……是这样啊。”

言耶完全没想到钦藏会向自己坦陈这些事，心中非常焦虑。

“原来你没听辰之助说过啊。浦上的年轻人都知道，但只是流言，谁也不知道详情。不过，以我老爸为首的那帮老家伙，似乎都深信我是为了继承浮坪爷爷的事业，才特意从东京辞职回来的。”

“最终还是惠及了浦上的人们，不也挺好吗？”

听了言耶由衷的话语，钦藏夸张地皱起了眉头。

“所以能和朱音巫女重逢，对我来说实属侥幸。”他坦率地承认，只有这一点是好的。

“从回浦到现在，我也只对你说了这些。”

“因为面对外人时心情比较轻松？”

“不，不光是这个原因。看得出正声很信赖你，想必他也是不知不觉就着了刀城言耶这个人的道吧。”

“别这样把人说得像诈骗犯似的……”

言耶的话半是玩笑半是抗议，而钦藏只是凝视着他，戒备之态毕露无遗。

（这个人真麻烦……）

言耶在心里发着牢骚时，两人已经来到阶梯廊下端的门口。此后两人默默地登上阶梯，向拜殿的大门进发了。

“封条好像一点也没破损啊。”言耶先是调查结在门把手上的带子和贴在门缝上的封纸，得出了这样的结论。

“换言之，按分类四所说的那样，如果朱音巫女躲在拜殿某处——某个秘密的隐蔽场所，那么她现在也还一直藏着是吗？”

“是的。而且，基于昨夜的种种讨论重新加以审视的话，我再次感到，这个设想是最有可能的，它可以最简单地解开这个如何从拜殿消失的大谜团。”

“确实如此，不过你应该也很清楚，这个问题没那么简单。”

言耶割断带子撕破封条，打开门和钦藏先后进入拜殿，然后立刻在门内侧把竖在一边的闩棒插好。在此基础上，言耶又做了调节，使闩棒上的铅笔线与金属底座上的线再度吻合。如此这般，他又一次在门上做了手脚。这样一来，不管是谁悄悄地溜出去，他俩都能知道。

“现在怎么办？要把榻榻米掀开来看看吗？”昨晚钦藏对言耶的提议嗤之以鼻，但此时他刚进拜殿，似乎就被殿内的独特氛围吞没了，语气中并无揶揄之意。

“嗯。”

然而，尽管言耶给出了肯定的回答，但是当他再次切身感受到充斥于拜殿内部的异样空气时，他无比真切地认识到，巫女藏在地板下的设想有多无聊，简直就是哄小孩的玩意儿。

即便如此，他还是走进东侧的和室，随便挑了张榻榻米想往上掀。但是，光靠手毕竟不成。钦藏从西侧的和室取来枪，插入接缝处，才总算掀开了。

“喔……”

掀开的榻榻米下是一片片木板。它们被铺得整整齐齐，宛如预示着地板下确实存在空间。

“不……不会吧……”

“想不到真的有……”

他俩喃喃自语，简直不敢相信眼前的景象。

“这么看来，也许只有某处榻榻米的下面没铺木板，存在藏身的空间。”

言耶语带兴奋，他迅速站起身，开始巡视两个细长和室内的所有榻榻米。然而，当他为保险起见，取下一片木板时——

“啊……”

下面露出的无疑正是岩面。与两个和室内侧的广阔岩场完全相同的地面，也在这里出现了。

“一场空欢喜。”

钦藏恢复了讥诮的口吻。即便如此，当言耶开始检查所有可以翻转的榻榻米时，他还是勉为其难地搭了把手。然而，两人的努力终究只是徒劳一场。

不过，言耶只气馁了片刻，之后便精神饱满地调查起拜殿的各个角落来。连钦藏似乎都被他的意志力和行动力感染，开始用自己的方式努力协助他。

但是，两人的辛勤调查，最终还是换来了和翻转榻榻米一样的结果。

“这样的话，分类四的各项好像也不得不否决了。”最后当两人登上大鸟神之居时，钦藏一边张望崖下，一边说道。

“很遗憾，看起来是这样。”

说归说，言耶还是起劲儿地窥探着大鸟神的嘴，那里仍然有一种黏湿的滑腻感，让人觉得恶心。

“你这取之不尽的激情究竟是从哪儿来的？”

钦藏似乎不无钦佩但又惊愕不已。然而，言耶却置若罔闻：“我记得你曾经和间蛎先生讲起过，说是朱音小姐在镇上的医院接受过体检。”

“嗯？啊，没错……”

“请恕我失礼，这是因为浮坪医院没有充足的医疗设备吗？”

“这得看她需要做什么检查，需要做到什么程度了。如果是泛泛的一通体检，浮坪医院也没什么不行。”

“但是，她特意去了镇上的医院。”

“据我所知，她应该至少接受过三次体检。”

“你说什么？这是真的吗？”

“大约在一年前和半年前，还有为了祓禊而上岛的一周前。”

“朱音小姐有哪里不舒服吗？”

“不，没那回事。其实我也很在意这一点，所以就托人向医院的关系人打听体检结果。她的身体没有任何问题。”

“然而她却进行了多达三次的体检，应该把这理解成她在为鸟人之仪做准备吧。”

“只能这么认为吧。”

“朱音小姐对自己的身体状况如此担心、相传鵼敷神社巫女的修行堪称异常严酷、和巫女们关系亲密的男性都是修验系[1]的宗教人士——这种种要素，不禁让人联想起朱音小姐以一己之身挑战危险处境的姿容……”

“原来如此。也就是说，分类二‘朱音→拜殿→朱音＝她进入拜殿后，用某种方法出去了’顷刻间就成了最有希望的选项。”

“事实上发生了什么姑且不论，至少，巫女从拜殿消失这件事也许从一开始就是有意为之的。”

“表演宗教性质的奇迹吗……唔，感觉完全有可能啊。”

“不过，还有一种可能性，那就是某人利用了这一点。”

“所谓的某人，是指协助者、非协助者或朱音巫女本人吗？”

1　修验系：将日本传统的山岳信仰与佛教或道教等融合而成的宗教派系。修验者闭于山中，经过严酷的修行修得验力。——译者注

“嗯。对了，朱音小姐还有什么其他异常举动吗？”

“唔，想不出别的了……啊，对了！听那个医院的关系人说，她想知道哪里能学瑜伽。”

“瑜伽？”

见言耶大为吃惊，钦藏露出了兴趣盎然的表情：“你果然知道啊。”

“是的。瑜伽的起源尚不明了，但一般认为是发祥于印度，乃修行的一种。不过，虽说都是修行，但瑜伽从重视呼吸法的身体修行到以冥想法为主的精神修行，内容可谓多种多样。顺便说一句，在奈良时代，这种修行就以瑜伽为名，传到了日本。”

“好像是的。”

“但是，瑜伽这个名字在进入大正时代后才开始得到承认。有个叫中村天风的人，以‘心身统一道’的名义将其广为传播。不过，好像没能达到一般普及的程度……”

“喂，你这一通讲解到底是说给谁听的啊？”

钦藏愕然的语声，令言耶一下子回过神来。

“对……对不起！这就回到原来的话题。我是在想，朱音小姐对瑜伽感兴趣，原本是为了掌握冥想法吧。”

“不对吗？”

“嗯，说不定她是在追求身体的柔韧性。”

“呃……这就补强了先前的假说。”

“用这个视角再来看一次拜殿内部……”

“不过呢，”钦藏露出迷惑不解的表情，“我总觉得，如果一个人将要面临你这个假说中的状况，就不会和我们上岛后见到的朱音巫女一个样。”

听钦藏这么一说，言耶想到自己也有同样的感觉：“但是，这是因为她身为宗教者，达到了某种大彻大悟的境界吧。”

“好吧，就精神方面而言，这样解释也行。但在肉体层面上不太对劲。”

“不是那种敏锐精干的状态，是吗？”

“看看，连不是医生的你都感觉出来了。说得明白一点，在我看来她反倒是发胖了。当然我并不认为她在暴饮暴食。只是听正声说，不知从何时起她开始对食物精挑细选了，虽然绝对称不上挑剔……”

“其实，有件事一直让我觉得有点不对劲。”

“什么事？”

“朱音小姐明明应该还在祓禊期间，却在仪式前和我们共进晚餐。菜肴里甚至还有间蛎先生切好的鲜鱼。”

“听你这么一说，确实很奇怪啊。宗教上的祓禊原本是……”

“难……难不成！”

“干……干什么？吓了我一跳。”

“没什么，我突然想到了一件事……”

“什么事？”

“真的只是突然想到……”

“有那么难以启齿吗？”

“朱音小姐会不会是怀孕了？”

“啊？”

“如果是这样，也许这就是如今岛上发生的所有事情的起因。”

“可……可是，这样的话，那个医院的关系人应该会告诉我……”

“也可能是朱音小姐事先做好了封口工作，而且还暗示医院里的人可以对你坦率地说出其他方面的诊断结果，以隐瞒怀孕事实。因为她能预料到，如果去镇上的医院，就会引起浦上的人，尤其是你这位医生的注意。”

“我无法否定……”钦藏显出了少有的沮丧之色，但随即又露出讥诮的微笑，“可这样一来，你的假说也崩塌了。因为在怀孕状态下，她不可能选择那么危险的脱身方法。”

“就是啊……”

这回轮到言耶消沉了。不过，钦藏也迅速收起了笑容。因为在如坠五里雾中的感觉上，两人并无二致。

言耶陷入了冥思苦想，就在他不经意地把视线投向飞翔岩的一瞬间——

“等一下！人笼……”他只嘀咕了半句，便立刻走向坐落在祭坛西北角的两个滑车。

“那根粗绳压根儿就没断啊。”钦藏虽然诧异，但还是跟在了他身后。

“不，无关绳子，而是人笼本身。你看，人笼的下部不光有格子，还贴着横板不是吗？”

“这是为了加固底部吧。考虑到是给巫女乘坐用的，当然该这么处理。”

“嗯。只是，我想说横板的部分应该能藏人吧。”

“什……什么？可是，就那宽度……”

“被人从侧面看的话，当然很难躲藏。可那笼子悬挂在比我们高的地方。也就是说，从斜下方往上看，能成为藏身死角的空间会相应增大。而且朱音小姐不是对瑜伽感兴趣吗？我刚才也说过吧，瑜伽能让身体变得柔软。”

此后两人不再交谈，只是默默地合力把人笼放下。不过，其实无须两个大男人联手拉扯，笼子几乎不受阻碍，哧溜哧溜地滑到了祭坛上。

“怎么说呢，我并不认为朱音小姐在这笼内蜷缩了一整个晚上。”言耶探头看了看空荡荡的木板下方。

“人自己乘坐在笼内时，能不能把笼子升到大岩的喙那里呢？”钦藏指出了新的问题。

“这个滑车滑动性能良好，乘坐的人如果有一定的力气，我想也不是那么难的。”

“要不你试试？”

“不，免了。”

“好吧。那么，现在能否姑且说一句找到了临时藏身之所呢……”

“即便如此，如何从拜殿脱身依然是个大问题。”

沉默自然而然地降临在两人之间。虽说穿着雨衣，还下着小雨，但他俩并不介意在大鸟神之居被淋湿，只是长久地凝视着盂兰盆节的汹涌海面。这是进入拜殿以来，初次到访的寂静。

时光在沉默中流逝着。不久，言耶开口问道：“下宫先生，关于十八年前的事件，关于朱名巫女和城南民俗研究所六人的失踪，你是怎么想的？”

他的眼睛仍然望着波涛翻卷的海面。

“这个对这次的三人失踪有参考价值？”

反问言耶的钦藏也直视着前方。映入他眼中的究竟是乌云密布的天空，还是遥遥可见的兜离之浦，抑或是眼底的海面呢？无从知晓。

“这个不好说。因为我们无法从现状来判断朱名女士和朱音小姐消失的理由与方法是否相同。同样的话也可以用在城南民俗研究所的六人，以及赤黑先生和间蛎先生身上。”

“那你为什么要问我的想法？”

“因为我觉得你虽然是浦上的人，却是一个理性主义者。当然，我不清楚你本来就这样，还是因为职业的关系……”

“从前就是这样。我离开浦并不是因为想在什么大医院当医生，而是因为非常讨厌这个迷信深重的地方。”

然而，他却不得不返回被自己如此抛弃的故乡。言耶尽可能不去想象他的心境。

“正因为下宫先生是这样的人，所以我认为你会有自己的想法。”

“要说有也确实有，但不是什么新鲜事。我也认为，在浦上的一些人之间流传的谣言——朱名巫女和一个男性修验者偷渡去了满洲——就是真相吧，仅此而已。”

“换言之，就是她利用了鸟人之仪。”

“至于是用什么方法从拜殿、从鸟坯岛脱身的，这个别来问我，因为我也毫无头绪。”

“关于城南民俗研究所的六人呢？”

“……”

“说起来，他们来兜离之浦真的只是偶然吗？”

“啊，这个倒好像没错。虽然有传言说唐通副教授的故乡是福井，也是个渔夫镇，但我不觉得这和他的来访有什么关系。诚然，他本人踏上了民俗学的道路，从事的还是其中的渔村调查，但是，就这么说吧，我们顶多只能在‘是否是择业理由之一’‘是否是背景因素之一’等方面，找到其出身所带来的影响。”

“原来如此。简而言之，就是可以认为他们完全是被卷入其中的。如此想来，那六位成年男性遭遇了什么、消失去了何方……”

“啊，其实……对于他们几个，我有我自己的想法。”

“哦？真的吗？”

出人意料的回答令言耶把脸转向了同伴，但钦藏依然凝视着北方。

“你知道鸩毒这种东西吗？”他突然提起了不同寻常的话题。

“鸩毒……是指从世人皆称毒鸟的鸩身上采得的毒吗？用鸩羽浸过的酒，被称为鸩酒或酖，对不对？”

“喔，真不愧是特地到兜离之浦，还好事地要来参加鸟人之仪的古怪小说家啊。”

“承蒙夸奖……”

大概是觉得这回应不无讥讽之意，钦藏对言耶怒目而视。然而当他看到对方满不在乎的表情时，似乎有种一拳打进了棉花堆的感觉。

“行，算你厉害。唐代的《唐律疏议》记载了与毒药的使用和贩卖有关的刑罚，这个鸩毒也在里面出现过。大约是在七世纪中叶到八世纪中叶。不过，关于鸩，早在公元前的各种古籍中就有所提及，三世纪末还有捕获记录，可以说它的历史源远流长。”

“好像和孔雀相似，我没记错吧？据说嘴赤颈黑，身体五色，脚像鹤，爱吃蝮。在日本的《养老律令》之《贼盗律》中，与毒药有关的项目应该对其有所触及。”

“既然能解说得如此详尽，那么这种毒常被用作暗杀手段的事，你应该也知道吧？”

“嗯，相传中国有把鸩放入酒、把乌头或附子放入肉的方法。后者就是所谓的乌兜，你应该知道吧？”

“当然。不过仔细想想，鸩、乌头、乌兜全都和鸟有关，实在是意味深长啊。”

“这么说，难道鸩毒和鵺敷神社有什么关联……”

言耶支吾起来，似乎对此事感到难以置信。钦藏则向他缓缓点头。

“可……可是，这个名曰鸩的鸟，原本不是一种幻想吗？或者说毕竟只是传说中的鸟，不是吗？现代生物学并未证实世上存在有毒性的鸟类。所以，鸩应该是空想出来的生物。”

“鸩这种鸟存在与否，即使存在又是否具有毒性，这些都无关紧要。问题在于‘鵺敷神社拥有鸩毒’的传言。”

“你说什么？这是真……真的吗？”

“这个说法在出入神社的宗教人士之间流传，是无可争议的事实。鸩毒这种东西本身是否存在倒又另当别论。据说神社确实有和鸩毒效用相似的毒药。而且还听说一部分宗教人士的目的就是要把这种毒药搞到手。”

“把这种东西搞到手，究竟是想做什么？”

“与鵺敷神社有关的宗教人士，乍一看会以为都是些居无定所的乞食坊主[1]或在全国四处流浪的座头。然而，据说其实有时是一些政界或金融界的大人物在幕后操控。战前的话，那就是军部了……”

“原……原……原来有这样的背景啊。”

“不过，别说神社方面一点也不知道他们要把鸩毒用于何处了，多半连知道的兴趣也没有吧。而且我也不认为那帮稀奇古怪的家伙，会向神社挑明自己的真实身份。”

“那倒也是……”言耶一边附和一边想，这么说起来，下宫的父亲也提到过“神社和军方某部有联系”这样的传言。

“而且，我也只是从父亲那里听来的，父亲又是从爷爷那里听来的，所以知道这传言的人，如今在浦上也是屈指可数。”

“哦？把这么秘密的信息告诉我没问题吗？”言耶突然担心起来，同时又意识到了一个关键问题，慌忙说道，“啊，请等一下。因为你说的事太令人意外了，我差点忘了问，那鸩毒究竟是怎么……难……难不成，城南民俗研究所的六人是被毒杀的？”

从话题的进展状况来看，自会得到这个结果，但言耶毕竟很难在顷刻间接受。然而，钦藏又一次缓缓点头。

“目的究竟是什……什么呢？”

“那还用说？当然是为了保住鸟人之仪的秘密啊。”

“可朱名巫女不是和那个名叫伊吹末利作的男人偷渡去满洲了吗？既然如此，仪式也好什么都好，反正都没……”

1　乞食坊主：对僧人的一种蔑称。——译者注

“当然有关系。她企图利用鸟人之仪偷渡到满洲去，于是选择了城南民俗研究所的六人当证人。然而，如果她的尝试失败了，情况会怎样？”

“不仅鸟人之仪的秘密会暴露，和男人私奔的事也会曝光。”

“就是啊。所以她用类似鸩毒的药消灭了证人。当然，我不知道药是拜殿里本来就有的，还是她从神社拿过去的。”

“那遗体呢？多达六人的遗体呢？”

“喂喂，这边上一圈不都是海吗？如果有男人和她在一起，抛尸是很容易的。而且就算只有她一个，只要有大板车，在集会所和某个崖边之间跑几个来回也就完事了。从这层意义上说，辰之助的足迹消失的地点可能正合适。”

“因为岛的西侧有两股潮流，遗体基本不会被冲上岸是吗？”

“是啊。只要适当清除大板车的车辙痕迹，之后的雨自会帮她收拾残局，而大板车只要往废村一搁就行。”

“但是，朱音小姐的证词该怎么解释？”

言耶的指摘迫使钦藏闭上了嘴，虽然只是一瞬间。他的脸上露出了迄今为止从未显现过的苦恼表情：“她被关进杂物间应该是真的，因为事实上她就是在那里被发现的。”

“不是助手鹳先生，而是朱名女士试图只把女儿一人救出来吗？”

“不，我想正如朱音小姐的证词所言，那是鹳的作为。因为我觉得当时朱名巫女的精神状态也许已经不正常了。”

“此……此话怎讲？”

“不这么解释的话，她怎么可能做出毒杀六人的事呢？”

“你认为究竟是什么原因让她精神异常了？”

“也许是因为一切都被揭穿了，也许是鸟人之仪本身就有这样的危险。朱慧巫女的事情，你也听说了吧？”

“嗯。据说她仪式失败，昏迷了一段时间后就去世了……”

“可能朱名巫女刚得知仪式失败，就向唐通副教授坦陈了一切。如此这般麻痹对方后，给所有人下了毒。不过，唯独鸖发觉她形迹可疑。或者也可以这么想，他不愿意让朱音小姐听到成年人之间的丑事，于是把她塞进了里间的杂物间。”

“那……那么下宫先生，你是说朱音小姐在母亲毒杀六人的现场？”

“不妨根据当时的状况想象一下，里外间的隔门多半是关着的，所以我想她从杂物间门板上的节孔目击到母亲罪行的可能性很低。不过，她完全可以感觉到那种难以言喻的气氛吧。”

“那么她的证词……”

“我认为是半真半假。”

“此话怎讲？”

“你不觉得同时毒杀六人是非常困难的事吗？”

“嗯，因为大家未必会一齐服毒。”

“为了做成这件事，我想朱名巫女也下了点功夫吧。但是，也许有一两个人出了意外。”

“你的意思是，后来她采用了更直接的武力攻击，而这些又被杂物间里的朱音小姐听到了？”

“正是。”

“那……那么朱音小姐看到的透过节孔窥探杂物间内部的鸟女……”

“就是已脱离常轨的朱名巫女，她那发了狂的母亲啊。”

第十四章 探向暗黑深处

刀城言耶和下宫钦藏走进集会所大门时，正声等三人正在外间等候他俩归来。

“怎么样？有什么收获吗？”言耶心里想着也许不合时宜，但还是特意用明快的语声搭话道。然而，三人都阴沉着脸，只是摇头。

唯有行道可能是觉得不回答不好，开口道：“冲鸟村完全成了废墟，就住几天的话，倒也不是不可能，但我们没有找到相应的痕迹。”

“至于森林那边，本来就感觉里面基本不会有人。所以，要调查也是无从着手……”

接话的瑞子一副束手无策的样子，行道也立刻用力点头。只有正声一人精疲力竭似的垂着头。

不要紧吗——言耶差点想这么问，又忍住了。他总算醒悟，问这种答案昭然若揭的事有多蠢。

（朱音小姐出了什么事？赤黑先生和辰之助先生去了何处？要帮他，就必须彻底查清这些事，除此别无他法。）

无论真相多么富有悲剧性——这是言耶的想法。

“我们这边也差不多。”

钦藏把拜殿门的封条完好无损、调查了所有可以翻转的榻榻米、降下人笼检视、重新查探了拜殿内的各个角落等情况，条理分明地向三人做了陈述。不过，他没有说鸩毒的事和自己对十八年前的事件所做的解释，所以言耶在其后汇报情况时也姑且不表，打算看一下情况再做定夺。

言耶说的是他在从拜殿回集会所的途中，顺路拐到赤黑的足迹消失的西端断崖，对那里进行再调查后的结果。当时虽是雨天但还挺亮堂。不过，他的汇报转眼就结束了。言耶登上岩石后所了解到的事实无非是以下几点：从悬崖可以走到北面的飞翔岩旁，但到了那里就进退维谷了；东北方的拜殿完全无法接近；似乎可以往东走向阶梯廊下端的出入口，但毫无意义。

东面确实有言耶昨晚在黑暗中看到的岩缝。如果事先知道它的存在，就那宽度倒也跳得过去。不过，从赤黑可能站立的地点可以非常清晰地望见阶梯廊的出入口。换言之，赤黑一不留神就有被言耶等人发现的危险。要规避这个风险就必须熄灭灯火。但是，无论事先如何踩点，没有灯火是不可能在岩场上行走的。钦藏也同意这一见解。

换言之，结果不过是回到了最初的谜——从赤黑消失的情况来看，只能认为他是迈步从断崖走向了半空。

互相汇报完毕后，众人自然而然地闭上了嘴。没有人尝试对岛上发生的事进行新的解释，也没有人对今后的行动提出建议或挑起一个不痛不痒的话题。

“要不我们代替间蛎先生在拜殿点狼烟，怎么样？”言耶抱着给众人鼓劲的念头，依次打量四人的脸。

然而，此前总是为言耶帮腔的正声一直垂着头；爱嘲讽人但理应会接茬的钦藏又变回了原先的面无表情；行道和瑞子则只是露出一脸疑惑的表情。

过了一会儿，果然又是行道小心翼翼地开了口：“刀城先生，这个事没小辰在，可有点难办。即使我们点了烟，恐怕消息也不会顺利地传到浦上。”

“也许我们无法送出规定的信号，但只要焚烧起狼烟，不就会有人发现岛上发生异变了吗？”

“嗯……只是，在这三天里，我想浦上的人恐怕谁也不会朝鸟坯岛的方向看。”

“因为在举行鸟人之仪？”

“是的。正所谓不多事就不招灾嘛。”

“即使有人望向岛发现了狼烟，最终也会以为是仪式的烟吧。”钦藏插入了他俩的对话，点狼烟的方案就此退场。

较往常为早的午餐如守夜一般沉闷，言耶吃完后，决定去查看岛的南侧。他不认为自己会发现行道等人看漏的东西，但眼见无精打采的正声等人，他的脑海中还是闪过了一个念头：他们有可能出现重大疏漏。

言耶本以为钦藏一定会同行，结果他说累了，想留在集会所里。行道对言耶孤身前往表示担心，却似乎也不想再去废村和森林。正声以难以言喻的忧虑眼神看着他，但并未阻止。瑞子还是一副牵挂正声的样子，不过也许是对当事人的情绪有所顾虑，看得出她特意和正声保持着距离。

“那好，过一小时左右我就会回来。对了，正声君你来一下。”言耶装作没事人的样子，只向正声招招手。两人一起走出了集会所。

“我还是同行比较好吗？”正声恐怕是误解了被唤出门的原因，他跟在言耶身后，无精打采地问道。

“不、不。”言耶选在这个时候指出了昨晚的事。

“原来你注意到了……”正声脸上露出极为震惊又近乎狼狈的表情。

“话虽如此，我并不知道你和北代小姐之间有什么纠葛。”言耶继续道。

话音刚落，正声便突然显出浑身脱力的样子。随后他脸色严峻起来，陷入了短暂的沉思。

“其实我也不太确定。”

“也就是说，对她有一种模糊的类似疑虑的感觉？”

“嗯……她出入神社、从鵼婆大人那里打听各种各样的事，我总觉得这些举动中透着不自然。昨晚关于八岐大蛇的那些话也是如此。”

“怎么讲？”

“说不定她是为了探查十八年前的事件才到浦上来的。所以才想来参加鸟人之仪吧——我无论如何都会往这个方向去想。”

“原来如此。八岐大蛇的传说、带有鸟字的地名、‘八’这个人数、剑这种凶器……也就是说，你认为她企图通过指出这些共通点，把这次的事和十八年前的事联系起来，将话题引到过去的事件上去？”

“因为自上岛以来，几乎没有这样的机会。”

“赤黑先生好像也有同样的疑虑呢。”

“他……”

赤黑曾在码头上用意味深长的目光注视着瑞子。言耶说明此事后，正声终于显示出理解的表情。

“那你准备怎么办？”

“让我稍微想一下，可以吗？我想我迟早会直接去问她本人。”

听了正声大包大揽式的回答，言耶先是遣他回集会所，随后便向岛的南侧进发了。

途中，为谨慎起见，他去探了探搭建在集会所西侧的工具小屋，过桥顺路上了个厕所，然后再次调查了辰之助的足迹消失的地点。接着，他走下了通往冲鸟村的岩石斜面。由于造着石阶——顾名思义，就是姑且把岩石凿成了阶梯状——以及两侧的狭窄坡道，所以虽说是岩场，但往下走并不觉得特别艰难。其坡度和北方的岩场比起来，也较为平缓。这么看来，从此处到集会所走个来回恐怕也不会太辛苦。

他穿过岩场，在杂草丛生的土道上步行片刻后，便来到了鸟坯岛上唯一的海滨。沿着怒涛拍击的海岸线前进，很快左侧就现出了冲鸟村——过于粗陋以至于配不上这个称呼的一群小屋——紧贴在斜坡上的光景。

“这氛围还真像深山里的乡土温泉疗养所。而且够偏僻……”言耶自然而然地吐露了这样的感想。

（有人做伴又另当别论，可要一个人在这里过夜……）

只是想想，就觉得朱音也好赤黑也好，不管是谁，都不可能潜身在这村庄的废墟中。

（不，应该说，正因为如此，再也没有比这里更适合藏身的场所了。）

言耶对如此反向思考的自己叹了口气，迈步走进了村庄。

搜索废村并不困难。因为只要攀登斜坡时注意脚下，剩下的工作就只是查看各间小屋而已。而且，绝大多数人家都只是一室户，所以连特意进去调查的必要也没有。

即便如此，不走一圈看看言耶还是不放心。结果，他进出了所有小屋，把内部的各个角落也都查了个遍。

言耶断定废村已无值得一看的地方，打算接着去挑战从村子上方覆盖到岛之东侧的广袤森林。但正如瑞子所言，无法顺利进入。如今尚是草木极为繁茂的季节，且长期以来无人出入，所以完全处于人类难以接近的状态。氛围如此倒也罢了，无法踏入一步才是现实问题。

（十八年前的环境恐怕没这么糟糕，因为当时离村里无人居住还不到一年呢。）

然而，如今呈现在言耶眼前的，却是如人迹不至的秘境一般的景象。

（潜伏在这里也很困难啊。）

言耶再次眺望森林和村庄，心想莫非只能就此回集会所了吗？

（码头那里的奇妙细痕……）

就在这时，昨天上岛时言耶看到且一直非常在意的景象，浮现在了他的脑海中。

（现在的话，所有人都在集会所。）

原本言耶觉得擅自去调查之前，至少应该向正声打个招呼。但他瞬间就断定这并非上策。想必正声也是一无所知。不过，在目前的精神状态下，他多半会否决对神域之岛做进一步调查的行为。进而，迷信程度甚深的行道显然也会站在正声一边，大加反对。

想到这里的时候，言耶已经迈步走向了码头。他从来时的道路返回，渡桥后向集会所东侧的断崖进发。

沿着崖上凿出的石阶往下走，可比向上攀登危险得多。言耶屡屡感到脚下发软，他忍耐着，一步一步地走下来。总算下到底的时候，他安心地松了一口气，但真正的恐怖其实才刚开始。

他先是窥探刻着那道痕的岩场，确认其位置，然后攀登眼前的岩壁，爬到与那道痕齐平的高度，小心翼翼地向岩壁对面伸出左脚，用脚尖试探那道痕。

幸运的是，言耶平时就爱穿登山鞋。因为他常去日本各地转悠，在山、谷和崖的斜面，以及河滩等难以下脚的地方跋涉是家常便饭。

托鞋子的福，他好歹转到了那岩场的侧面，两只脚已经站在了细痕上。

“好了，这就出发吧！”

为了鼓舞自己，言耶特地说出了声。但是，由于脚下状况险恶，所以声音很轻……然后，他像蟹一样横着身子向岛的内侧走去。

像这次一样能让言耶感谢自己穿了登山鞋的先例，大概真的不曾有过。虽说他的双手如吸盘一般贴在岩石表面上，但支撑身体的只有脚下那道狭痕。如果鞋底的一部分不牢牢地踩在痕上，就会坠入波涛汹涌的大海。

言耶虽然不是旱鸭子，但游泳也称不上拿手。而且有一项事实是他最为憎恶的，那就是一旦坠海，自己将沉入渔夫们所忌惮的盂兰盆节期间的大海。

（如果那又黑又圆的家伙靠近我……）

光是这样想象，言耶就忍不住觉得那玩意儿已然轻飘飘地浮在他背后了。他险些下意识地回头，又慌忙抓紧了岩石表面。

脚底打滑坠海的现实恐惧和漂浮于海上的不明物体——这些基于想象的不安使言耶体会到了压倒性的恐怖。

（果然还是太轻率了吗？）

悔念无数次地从言耶心头掠过。每当掌心在濡湿的岩面上前移一次，脚在细痕上迈出一步，他都会陷入打道回府的渴望之中。然而，回过神来才发现，不知何时自己已深入到岛的内侧，抵达了弯曲的岸壁中部。进而，在左方的视野里，一个像是洞窟入口的小穴突兀地张着漆黑的嘴。

（原来这道痕是指向那洞穴的路标……）

在岛细腰处的桥上看不到位于崖下内凹处的小洞穴。当然，在与码头相连的石阶途中也无法窥见。换言之，除非沿着这道痕走，或乘船进入岛东部的凹陷处，否则谁也不会发现。考虑到洞穴大小，如果只是乘船从岛的东部经过，多半也很难注意到它的存在。

不久，言耶怀着“终于大功告成”的心情，到达了洞穴附近。这时，他已感到精疲力竭。沿途而来的那道痕高度在洞穴的半腰处，所以还需要付出最后的辛劳——走到其下的岩场。由于岩场极为狭窄，言耶在下去的同时，已让半个身体进入了洞穴。

（好了，现在的问题是这个洞穴有何玄机……）

看来只有真的进去查探一番才能明白。

（不会是什么受到特别祭祀的神圣场所吧。）

谨慎起见，言耶检查了洞穴周围的岩面和视线所及的内部区域。既没有挂注连绳[1]，也没有雕上鸟的神像。假如真有这些东西，想来他还是会犹豫要不要踏进这个洞穴。

（好像没问题。）

言耶姑且放下心来，从怀里取出了一个奇妙无比的卷轴式布筒。工匠们通常把锤子之类的工具，插进展开的布上附着的口袋，再整个儿卷起来收好。而言耶的布筒就与这类工具袋十分相似。

他解开系着的细带，把布摊开，只见里面整整齐齐地收纳着各种工具——从钢笔形的小电筒、蜡烛、硫黄火柴等照明用具，到小刀、锉刀、钳子以及细麻绳、钢丝、磁石等小物件，甚至还有细长的紧急备用巧克力。和他关系亲密的编辑们，都用“怪奇小说家的侦探七道具”这一多少有点自相矛盾的名字来称呼这个布卷。

言耶取出蜡烛和火柴，边挡风雨边点着了火。钢笔形小电筒更亮，而且能照到远处，但在这种大小仅供一个成年人勉强通行的洞穴里，用蜡烛正合适。况且他认为，现在需要自然火以调查空气的流动情况和有害程度。

洞穴的内部浮现在摇曳的火苗中，着实令人胆寒。周围全是岩盘，稍走几步后，被拂入的海水打湿的岩面倒也渐渐干燥起来，但潮湿感反而加剧了。随着步步深入，背后的潮声退向了远方，鞋底激荡起的回声取而代之，裹着极度的阴森感钻入了言耶的耳中。

（这洞穴究竟通往何处？）

1　注连绳：挂在神殿前表示禁止入内或新年挂在门前取意吉祥的稻草绳。——译者注

促使他迈步向前的，是其天生对一切怪异事物抱有的好奇心。好奇心差点杀死这位并不是猫的怪奇幻想作家，然而从言耶身上完全看不到吸取教训的迹象，可见他已是病入膏肓了。

但是，片刻之后，令如此天性的刀城言耶都感到困惑的状况，接二连三地出现了。

首先是隧道分出了两条岔道，左与右恰好呈一个Y字。言耶两条路都稍微进去探了探，但看不出有什么差异。他毫无根据地选择走右边，又遭遇了新的岔道。这次他选择了左边。倘若之后也如此右左右左地走下去，返程时倒着走就行了。

然而，进入新的隧道后没走几步，就有一股强烈的恶寒，从向前探出的右脚底突然蹿至颈部。脚下没有地面！隧道明明还在延续，但身前四尺远的地方却有一个宛如通向地狱底部的深洞，张着黑乎乎的大口。

（好……好……好危险……）

言耶收回震颤不止的右脚，在这虽处夏季却寒冷彻骨的地穴中流下了冷汗。

（可不能胡乱往前走啊。）

肯定还有类似的陷阱——是的，这地穴理应被视为陷阱吧。至于岔道的选择，虽然麻烦，但只要从分岔处向前走几步，劳神调查其间的状况，也许就够了。问题在于言耶是否记得住自己走过的路。现在只是二岔路，想象一下岔道变成三条以上的情况，就知道有多难了。他也考虑过使用细麻绳，但因为长度有限，早晚会用完；想刻上标记，可是在岩面上刻好像也不容易。

（怎么办好呢？）

言耶回到分岔点环顾四周，心想越是这种时候就越需要保持镇静。这时，侥幸的是——不，应该说是后知后觉吧——他看到了奇妙的东西。

（这是什么？难不成……）

右侧的岩壁上有一道浅线横着呈一字形划过，高度大致在岩壁的中央。

言耶连忙走进右侧的岔道确认，同样的线延伸到了此处。谨慎起见，他又回到有陷阱的左侧岔道看了看，那里什么也没有。

（这线果然是从码头通到洞穴来的那道痕的延续。）

那道痕抵达此洞穴时高度恰好在隧道的半腰处，而眼前的线也在相同的位置划过。如今想来，就能理解其中的偶合了。

（要查个明白，就只能沿着这条线再往前走一点。）

他认为自己的判断不会错，但目前还是必须慎重对待。

选定右边的路走了几步，又出现了岔道。言耶确认了线的有无，发现这次是拐进了左边的路。他小心地窥探了一下右侧的洞穴，在烛光照射的范围内，看不到任何异状。

（不、不，好不容易找到了“线”路标，所以还是应该向左走吧。）

如果走进右边的岔道掉入陷阱，一定会追悔莫及。

言耶下定决心，进入左边的洞穴后，此前相对笔直的隧道渐渐如蛇行一般弯曲起来。他勉强把握着自己前进的方位，但还是渐渐迷糊起来。没多久，随着新的二岔路乃至三岔路的逐一出现，尽管在那道线的指引下没有选错该走的路，但他已全然不知自己正走向岛的何处了。

一种难以言喻的不安感迅速包围了言耶。自己究竟在走向何方？前方会有什么？就算到了那里，又能否成功转回——这些恐惧和疑虑，接二连三地浮现在他的脑海中。

（这要是把线看丢了，光源也耗尽了……）

在隧道的黑暗中彷徨的自己一定会发狂——言耶被这想象吓得一哆嗦。

他感觉走了很长一段距离，这时眼前突然开阔起来。不过，因为只有蜡烛的光，所以顷刻之间，他也不知自己到了何处，只能勉强辨识出左右两侧的岩壁至少已不复存在。

（大概是到了一个像小广场一样的空间。）

由于一直以来的压迫感消失了，言耶产生了这样的想法。

言耶取出钢笔形小电筒，打开电门，并吹熄蜡烛，把它收入布筒。随后，他用电筒照亮了四周。

“这……这是……”他吓得失声惊呼起来。

鸟坯岛地底深处凿出的空旷之所、一个充斥着黑暗的世界，正向四面八方扩展开去。这片空间如此辽阔，以至于电筒的光无法充分照亮每个角落。

言耶瞠目结舌，呆呆伫立了片刻。不过，没多久他就用小电筒开始对洞穴进行观察和调查。

其结果，他总算摸清了以下事实：地面上林立着钟乳洞中常见的类似石笋的塔状岩，由于不得不在其间穿行，脚下极为难走；左右的开阔空间均如等腰三角形的同角一般，很快就封闭成了一个锐角；自己一路走来的那条隧道的对面，另有一个宽阔之极的洞穴，但里面的路越走越窄，最终会抵达一个椭圆形的空间；电筒的光只能照到稍高于顶部与左右岩壁之交界处的地方，包括中心在内的洞顶几乎都处于黑暗之中。而最让他吃惊的是，广场的中央地带有一个可谓天然蓄水池的小型地底湖，海水在里面不断地翻卷着，这景象实在是令人难以置信。甚至，湖水周围还存在着极其匪夷所思的东西。

（难不成这是……人用手一个一个堆积起来的……）

是的，简直就像冥河河滩一样，那里堆放着无数高低不一的积石塔。

（也许那些石塔是鵺敷神社的代代巫女出于某种情由，秘密埋葬她们的婴儿时建立的祭祀冢。）

刚想到这里，言耶的脊背上就窜过了一股恶寒。

（这个地区原本有过鸟翼风俗，因此巫女们以这种形式祭奠自己的婴儿也是极为自然的事，不过……）

他竭力想冷静思考，然而不巧的是，眼前的景象给人的感觉却只有厌憎与忌惮。

在黑暗的空洞中，地底湖盛满了翻卷的海水，奇形怪状的积石塔耸立于四周，宛如将湖团团围住一般。这样的组合构成了一个无比恐怖的画面，让人光是看一眼，就会双臂直起鸡皮疙瘩、背部似有冷水流淌。尤其是那些婴儿冢，层层叠叠，仿佛是用几年、几十年甚至几百年的时间肃然建造起来的，因此弥漫于此间的氛围实在是非比寻常。一时之间，言耶总觉得自己即将产生幻觉：在未谙世事时便夭折的大量幼儿的鬼魂，正在地底湖水的周围兜兜转转，无休止地嬉戏着。

会产生这种感觉，大概是因为石塔中既有塌了的，又有倒着的，也有彻底损坏的。也不知是亘古以来的自然风化所致，还是岛上屡屡发生的地震所为，抑或是出于别的理由。总之，那混沌无序的形态令言耶感到恐惧不堪。

（话说回来，这地方究竟是……）

其实言耶想转身就走，但还是勉强留了下来。虽然陷入了战栗之中，但与此同时，他那天生的好奇心又冒头了。

（如果这地方只是用来祭奠巫女们的婴儿，可能是有点小题大做了。）

即使洞窟和空洞本身是天然的产物，但还是能看出这里有一定程度的人工介入。既然如此，其中就必有原委。

（要不要调查一下湖水的周围呢？）

虽然感觉不佳，但言耶还是下定了决心，告诉自己不能就这样逃回去。

他留意着脚下，开始顺时针行走。这是为了避免被绊倒，更是因为担心损毁冢。经历了漫长岁月如今依然存在，而且偏偏又是婴儿冢，他衷心希望自己不会不小心把它们弄倒。

也许是托了这份小心谨慎的福，不久言耶发现地上掉着一件奇妙的物品。他战战兢兢地捡起来，拿电筒一照……

（这不是足袋[1]吗？）

1　足袋：日式短布袜，大脚趾与其他指趾间有分叉。一般由木绵布制成。穿草屐、木屐等日本传统履物时通常要穿上足袋。——译者注

足底部分脏兮兮的，但看得出原本是白色的，用于左脚。

（为什么会有这种东西……）

莫非是祭祀婴儿的巫女带来的？想归想，言耶却很难相信巫女会当场脱下足袋，而且还只脱一只。

（最主要的是，还很新呢……）

刚看出这一点，言耶就差点“啊”的一声叫出来。

（难……难不成是朱音小姐的？）

如果是她的足袋，也就能理解为什么只有脚底脏而其他部分尚可了。

（如果还有点别的什么……）

一时之间，言耶忘记了周围异样的气息，竟面露兴奋之色，开始了进一步探索。然而，这也没能持续多久。因为很快一种全新的恐怖感就在那里严阵以待了。

最初是从指尖传来的不适感。言耶把手搭上如石笋一般从地面生出的岩石时，产生了一种奇妙的感觉。是不是摸到了虫？一看却什么也没有。事实上那感触并不怎么清晰。言耶心道奇怪，但仍打算继续前进，当手撑到另一块岩石上时，他又有了那种奇妙的感觉。而且，这次指尖上留下了麻酥酥的感觉。他战战兢兢地拿电筒一照，原来指尖上粘着四五根长发，像是女性的……

言耶即刻像疯了似的猛甩手指，把头发抖落。但是，从指尖窜入背脊的震颤却无法止歇。

（刚才的头发难道也是朱音小姐的……？）

想到此处，这回他全身都立刻起了鸡皮疙瘩。

（镇……镇……镇静……）

言耶拼命安抚着自己：还什么都不知道呢。

（虽然讨厌，但那些头发必须再好好调查一次，不是吗？）

他冷静地做出思考，把电筒光照向周围的棒状岩石，却又焦躁不安起来，怀疑自己随时都会发现朱音那新鲜落地的人头正滚落在石塔与冢之间。他的脑海中充斥着这样的景象，两腿可耻地发软了。

不过，这份踌躇使他终于后知后觉地意识到，自己忽略了最重要的问题。

（等一下，假如足袋和头发是朱音小姐的，那它们为什么会在这里呢？）

产生疑问的瞬间，他也知道了答案。

（对啊！这空洞的上方是拜殿，而地底湖的上方一定就是大鸟神的嘴！）

换言之，眼前的湖水正是大鸟神的胃。当然大鸟神的嘴不会一直线地通到地底湖。仅考虑大鸟神之居位于断崖附近这一项事实，就能明白这食道一定是大幅度倾斜而下的。

言耶再次把钢笔形小电筒指向顶部。然而，光线被黑暗尽数吞噬，看来果真完全照不到那里。

不过，也许是那突如其来的想法刺激了言耶，几乎就在同时，他悟出了这个空洞的原形。

（这里就是大鸟神的体内。）

与一路走来的隧道隔空洞相望的洞穴是颈，尽头处的椭圆形空间是头。向左右展开的两个闭合锐角相当于双翼。抵达这里之前的道路则是长而又长的尾巴。

（朱音小姐说过，大鸟神有两张嘴，第二张嘴在背上。）

通过这一发现——或曰理解，言耶对头顶上就是大鸟神之嘴的思路又有了自信。

（但是，这样一来就意味着朱音小姐已经遇害，遗体被大卸八块，还和衣服一起被扔进了大鸟神的嘴。）

只有足袋和几根头发，物证还远远不够。但是，如果他没猜错的话，遗体和衣物的绝大部分肯定已被地底湖吞没，所以还能怎么办呢。

（现在只好去湖水周围搜一下，看看还有没有别的物品散落下来。）

言耶再次把手电照向地面，在石笋状的物体和婴儿冢之间走动起来。绕着大鸟的胃走过半圈时，他拾到了一条头巾。这回言耶可以断言，这确实是朱音戴过的头巾。幸好里面空无一物……

言耶虽然害怕不久会真的看到遗体的一部分，但还是走完了剩下的半圈。就在快回到出发点时，亮光中浮现出一个白晃晃的物体。他上前仔细一看，原来是骨头的一部分。

（是用于返魂术的人骨掉到这里来了？）

最初言耶如此判断，但很快又注意到了奇怪之处。要说是成年人的骨头，也未免太小了。难道是埋在婴儿冢里的骨头？想到这里，他不禁打了个寒战，但还是按下恐惧心仔细观察了一番。这怎么看都不像人类的骨头。

（是兽类吧……而且从大小来看，应该是狗或猫……）

可是，动物的骨头为什么会出现在这个空洞里呢？无论怎么想，都该把这看作是从大鸟神的嘴扔进来的东西，而不是动物在这里迷了路。而且还是在遥远的过去，以至于尸骸都已经白骨化了……那么，究竟有什么必要对狗或猫做这种事呢？

言耶彻底陷入了沉思，他的脑中突然回响起下宫德朗的声音。

“不过，浦上的孩子都管他叫猫男。”

想起赤黑的这个外号，又想起拜殿西侧和室里那个谜一样的箱子，他终于感到自己明白了那箱子的用途。

（那个像香资匣一样有格子盖儿的箱子，莫非是用来关猫的笼子？）

大概是赤黑在浦上抓到后，放入那个箱子的。后来言耶检查箱子内部时看到的棉絮似的东西，不就是缠在一起的猫毛吗？

（抓猫自然是因为返魂术要用。施行返魂术时，无论如何都需要用血来涂那副人骨，而且还得是新鲜的血……）

那时言耶在祭坛上对正声说，和甘油混合一下就能得到不会凝结的血液。其实不必那么麻烦，准备一两只活猫也足够了。

（不用说，我发现的应该就是十八年前朱名巫女在仪式上用过的那只猫的白骨。而朱音小姐用过的猫可能在湖水里——不对，等一下！）

此时言耶又意识到了一件非常重要的事，不禁愕然。

（如果涂在人骨上的是猫血，那就意味着朱音小姐没有遇害？抑或就算遇害了，也并未被大卸八块？对啊，如果肢解了尸体，就不会出那么多血。但是，把这项事实彻底掩盖起来恐怕是不可能的。）

言耶又一次回想起他和正声踏入拜殿内部时的情形。

（祭坛是拜殿里唯一有血迹的场所。而且血集中在貌似进行过返魂术的布上。但是，也很难据此就认为祭坛上混杂着朱音小姐和猫的血。雨下得再大，也不见得能冲走如此多的血液。那么，这究竟是怎么……）

他只觉脑中一片混乱。人骨上的血到底是朱音的还是猫的？结论不同，则据此推进思考的推理方向也会彻底改变。

言耶茫然失措地环视着四周的黑暗，又一次回到当初发现头发的地方，辛辛苦苦地收集了四根，把它们夹在怀纸[1]中。至于足袋和头巾，他早就深藏进了怀里。

谨慎起见，言耶又去地底湖搜索了一圈，确定没有看漏的地方后，便沿来时的地穴往回走。他一路追索左侧岩壁上的线，快速行进，在自觉只走了来路一半左右的距离时，出口处的光亮就跃入了眼帘。来路与归程的感觉不一样。

他长舒了一口气，走出洞穴。一瞬间，来路上的种种艰难险阻便已摆开架势等着他了。看来往返的差异感唯独对这个问题无能为力。明说了吧，言耶都想召唤船只来接自己了。不过，他又在心里呵斥自己：若在此处泄气会功亏一篑。最终，言耶迈步踏上那道痕，小心翼翼地向码头进发了。

果然，和在隧道里的时候不同，他没有陷入归程比来路短的错觉。倒不如说正好相反。回去时，他在精神上欠缺集中力，在身体上

1　怀纸：便于放入怀中携带的小型对折和纸。自平安时代起，怀纸就在贵族阶层中广为使用，现今也多在着和服时或和食宴中使用。——译者注

又很疲惫，沿岸壁而行比来时更为艰苦，只觉前方连绵不绝，永远都到不了尽头。

即便如此，他还是平安地越过了难关，之后便马不停蹄地攀登石阶，精疲力竭地回到了集会所附近。

（咦？刚才的那个是下宫先生？）

言耶正要进集会所，又猛然停住了脚步。因为他看到一个人影从游廊尽头消失在了阶梯廊的门后。由于距离较远，所以不敢确定，但看起来像是钦藏。

（为什么要去拜殿……）

其余三人可能正在集会所里。言耶心想要不去问他们吧，但犹豫片刻后，他决定还是问本人为好。

（里面明明已经彻底调查过了……）

言耶心中诧异，但还是决定去拜殿一趟。这也是因为他同时产生了某种极其不祥的预感……

走过游廊，登上阶梯廊，打开拜殿的门。

“下宫先生……”就在言耶张口呼唤的时候，他的身子僵住了。

因为拜殿里根本没有钦藏的踪影。当然，自从他走进阶梯廊的门，言耶就没见他出来过。

下宫钦藏理应进入了鸟坯岛的拜殿。然而，他和朱音巫女一样不知消失在了何方。

第十五章

第四人消失……

刀城言耶踏入拜殿，在三和土上怔立了半晌。

（下宫先生不在里面……没有人在里面……）

不久，言耶猛然回过神，迅速关上门，在内侧放下门闩，并慎重地调整了一番，好让闩棒上的铅笔线与金属底座重合。他麻利地完成早已习惯的贴封条工作后，开始检查拜殿的内部。

但是，在着手调查的同时，他又产生了难以形容的徒劳感。再怎么仔细地四处搜索，别说把钦藏找出来了，就连他失踪的线索也找不到吧。言耶萌生了这种近似灰心的情绪。此前他已毫无遗漏地对拜殿内部做了彻查，因此产生这种感觉也在所难免。

但他没有草草了事。不，相反他还提醒自己，要比以前检查得更细致。就这样，当言耶最终来到大鸟神之居时，巨大的疲劳感瞬间淹没了他。

（朱音小姐、赤黑先生、间蛎先生，然后这次是下宫先生消失了……）

登陆鸟坯岛的八人中，已有半数不见了。

（还会继续有人消失吗？）

说是调查，其实是在只有左侧供品坛和右侧大鸟神之嘴的祭坛上一边来回走动，一边如此自问。当然，他无法自答……

雨从早晨开始就下个不停，言耶伫立在断崖绝壁的祭坛一端，面对着乌云翻卷的天空与波涛起伏的海面交织一处的壮观风景，深深感到了自身的无力。

就在这时，传来了敲打拜殿门的声音。言耶急忙回到三和土。门外是正声在说话，于是他取下门闩让正声进来。

“因为我看到刀城先生了。”

一问才知，正声独自一人走到了赤黑消失的西端之崖。当时，钦藏匆匆出门赶赴拜殿，行道也去了岛的南侧，说是要再去搜索辰之助的下落。

如此一来，集会所里只剩下了正声和瑞子二人。由于气氛实在尴尬，所以正声丢下她一个人出来了。

“其实我也没什么特别要去的地方，于是就想到，自己还没在亮堂堂的大白天看过赤黑先生消失的地方……”

从那断崖回来的途中，他看到了言耶的身影，便一路走到拜殿来了。

“大家分散了可有点不妙啊。”

言耶皱着眉提出了忠告。不过，他更在意的毕竟还是钦藏的动向。也许行道是为了让正声和瑞子单独相处，才特意离开了集会所。至于钦藏这边，总觉得他是抱着某种目的来拜殿的。

“下宫先生去拜殿前没说点什么吗？”

“这个么……所有人说话都有意回避姐姐的事。当然赤黑先生和间蛎先生的事也是……”

“是吗。难道没有具体的言行吗？”

“啊、对了，虽然嘴上没说什么，但我感觉他调查过人骨上的血。”

“你……你说什么？”

“当时我还在想，下宫先生进了里间丁零当啷不知在忙什么呢。所以他离开集会所后，我就抱着也许是那么回事的念头，看了看收在杂物间里的棺材。发现果然有被人动过的痕迹。”

“箱内情况如何？”

“好像没有什么肉眼可见的变化，比如骨头少了、干掉的血被刮下来的痕迹之类的，不过……因为本来就是收捡起来的东西，我也说不准。”

“不，这样就行了。”

此时，言耶脑中只被一个疑问塞满了。

（下宫先生究竟从附着在人骨上的血迹中发现了什么呢？）

莫非就和言耶在地下空洞里所做的解释一样，他已认出人骨上的血是猫狗等兽类的血吗？身为医生，他能设法查明这一点也没什么好奇怪的。

（可他是怎么做的呢？不，更重要的是，他为什么会有这样的怀疑呢？）

言耶拥有线索，因为他在地底湖的四周找到了若干物证。但难以想象钦藏会掌握这类线索。谨慎起见，言耶询问了正声，但正声回答说，三人在一起的时候，没说过一句和事件有关的话。不过，钦藏几乎没有加入交谈，似乎在一心一意地思索着什么。

（其结果，他想到了什么并打算去调查人骨上的血吗？那么他究竟在思索什么呢？）

言耶竭尽全力，试图追索钦藏的思路，而正声则张望着拜殿内部，问道：“那刀城先生为什么……”

“会来这里”四个字未及出口，正声突然指着飞翔岩叫了起来：“快看那里，人笼不见了！”

“什么？”

言耶下意识地把视线移向“大鸟神”，这才后知后觉地发现，喙的前端没有悬挂任何东西。

“我真是太糊涂了。直到你提醒为止，我完全没有看到……”

“是你太累了。而且，就算人笼不见了，也不会马上给我们带来困扰。”

“不，其实……”

直到这时，言耶才终于对正声说了钦藏进入拜殿后消失的事。然而，正声听到第四人失踪的消息后，仅仅是默然地报以空洞的目光，仿佛已不能对此类现象做出任何反应了。

“下宫先生因为乘上人笼而坠海了吗？”即便如此，听完言耶的一席话，他还是语气虚弱地陈述了自己的意见。

“去确认一下吧。”

言耶催着正声一起折回祭坛后，小心翼翼地向崖下望去。一旁的正声也面露不安之色，凝视着鬼之洗衣场。

“看不到人笼碎片一样的东西。”

“嗯。飞翔岩位于鬼之洗衣场的西端，所以如果是从喙那里掉下去的话，也有可能会蹦到岩场以外的地方。但话虽如此，连人笼的一块碎片、绳索的一星半点都找不到，可就有点奇怪了。”

“怎么办？”

“我们回集会所吧，在这里待再久也无济于事。现在我们要做的，是阻止第五个失踪者出现。”

见正声有气无力地点头，言耶感到自己说了一句不着调的空话，顿时羞愧起来。就在十几分钟前，从某种意义上可以说，下宫钦藏是在自己的眼皮底下消失的……所以，不管说什么都不可能有说服力了。

从拜殿回集会所的一路上，两人始终一言不发。如果说正声的沉默源于精神上受到的打击，那言耶似乎是因为在专心思考。他陷入了沉思，以至于不再说话。

回到集会所时，行道和瑞子正要出发搜寻三位同伴。听他俩的说法，瑞子是一直没出门，行道则从厕所走到冲鸟村，继续搜索辰之助，直到片刻前才返回。

“那小钦人呢？你们二位又去拜殿了？”行道不无诧异地问。

言耶催促着行道，让他和其余二人在外间坐下。随后，他先把钦藏在无处可遁的拜殿内失踪一事，告诉了行道和瑞子。

“啊，连小钦也……”

行道当即脸色发白。这也难怪，因为总角之交的三人中，竟有两人在诡异的状况下失踪了。

“下宫先生走出集会所前，是说要去拜殿对吗？”

“嗯？啊啊，是的。他好像在里间忙碌着什么，然后突然就出去了……”

“当时他是什么模样？没再说点别的吗？”

“这个么……我劝他说，在这里待到老师回来比较好……但小钦好像听不进去，就那样走了。”

“那个……我……”这时，瑞子小心翼翼地插话道，“下宫先生走过我身边的时候，我听到他小声嘀咕了一句……”

“哦？只说给你一个人听吗？”言耶吃惊地向瑞子确认道。

“是的。那感觉就像说悄悄话一样……”

“他说了什么？”

“他说，他已经知道朱音巫女是怎样从拜殿脱身的。”

“什……什……什么？”言耶几乎凑到了瑞子的跟前，“请……请你把他……他的话准确地复述一遍。”

“好……好的。呃……我记得他是这么说的——朱音巫女为什么能从拜殿出去，这个谜终于解开啦。”

“能从拜殿出去……下宫先生确实使用了‘出去’这个词，是吗？”

“是……是的。”

言耶气势太盛，令瑞子怯生生地把身子向后稍稍退去。也许她已回想起渔船上发生过的事。

“唔……也就是说，他解开了分类二的手法，即‘朱音→拜殿→朱音＝她进入拜殿后，用某种方法出去了’。”

“可是，昨晚大家一起思考了那么久都没搞清楚……”

行道迷惑不解地歪下头，而四人中最不能接受这一点的是言耶。

（朱音巫女是怎么从可称之为密室的拜殿中脱身的呢……）

言耶险些就此陷入一个人的冥思。就在这时，他意识到还有一件重要的事没说，便急忙向三人讲述了岛上的地下空洞。

言耶的冒险经历似乎让萎靡不振的正声也大为震惊。

“大鸟神的嘴下面，竟然有那样的奇异世界……”正声的低语中透着兴奋，此前苍白的脸上微微泛起了红潮。

然而，当言耶逐一展示在地底湖周围收拣的物证，开始诉说人骨上的血是猫血还是朱音的血还难以定论时，正声又立刻恢复了原样。这大概是因为话题不可避免地变得鲜活起来，开始事关姐姐的生死了。

“喔……这岛上竟有这样的秘密，真是……”行道唯有单纯地表示震惊，但很快又露出恐惧的表情，“不过刀城先生，那本来就不是你该去的地方……所以我们也不该听到这种事……”

行道一个劲儿地担忧起来。惊叹之情一旦平息，他显然又陷入了对鸟坯岛的畏惧之念。

“我说，关于那头发……”

瑞子在倾听地下空洞之事的期间，似乎就恢复了冷静，她胆战心惊却又看着足袋、头巾和包在怀纸内的数根头发，脸上露出了有所发现似的表情。

“有疑点？”

“嗯。这头发恐怕不是自然脱落的，而是用刀具切断的……”

“你说什么？”言耶接过瑞子手中的怀纸，从那布卷中取出小型放大镜，再次观察那些头发。

“唔，确实看不见发根，而且一端较为尖锐，像是切口的样子。”

“这是朱音巫女大人自己剪的吧，作为鸟人之仪的一个环节。”

“如果是这样的话，我们没在拜殿里发现几根剪下来的头发，可就太奇怪了。”

“那就是非协助者……”

“切断了朱音小姐的头发？那也还是有一样的疑问，而且我觉得比起她自行切断来，飞散到四周的头发数量反而会更多。”

听言耶和行道交谈的瑞子提出了一个根本性的问题：“先别管是谁做的，我只想问为什么非得切断头发不可呢？”

然而，两人都无言以对。

“刀城老师，正声君……”这时，行道突然一正坐姿，随即以郑重其事的口吻说道，“我个人认为，朱音巫女大人化作了大鸟神。当时也许是出了什么差错，导致了各种各样的影响……不过，如果我们什么也不做，老老实实在集会所里待到明天早晨，我觉得应该会平安无事吧。只要不多管闲事，不做遭天谴的事，什么也不做的话——所以，我们不如就这样在集会所里待着，你们看行不行？”

“我觉得可以。”正声当即答道。从他的话中能感觉出他想阻止更多人失踪的愿望。

“我也没有异议。”

接着，言耶也同意了。行道脸上浮出了安心的表情。

不料，言耶又继续道：“只是，我虽然赞成守在集会所里，但什么也不做真的没问题吗？”

行道顿时不安起来：“是要像昨晚那样进行讨论吗？”

“怎么做先别管，总之我想的是，对于自身遭遇的现象，我们不该停止思考。”

“但是，刀城先生，”正声罕见地摆出反对言耶的姿态，“你说过，对所有的可能性进行合乎逻辑的讨论后，若是无法得到合理解释，那么我们就该把理性范围之外的解释也纳入视野……”

“嗯。只是我觉得还没到那个地步。”

“你的意思是，我们的讨论还不够充分？”

“比如说——我很抱歉这么说，北代小姐……”

“嗯？哦哦，怎么了？”瑞子讶然应道。突然被点名似乎把她吓了一跳。

“如果我说错了，还请你原谅。城南民俗研究所的副教授唐通西一氏，十八年前被认为在这岛上失踪了。其实他是你的亲人吧？”

“……”

言耶的话一瞬间令瑞子浑身僵硬。她迅速挪开原本朝向言耶的视线，随即低下了头。

行道可能是被吓呆了，脸上露出难以置信的表情。只有正声显出了若有所悟的样子，像是终于明白了什么。

“不，我并没有确凿的证据。只是，把鸟人之仪的信息告诉我的前辈——他叫阿武隈川——都是好不容易才知道有这个秘仪。我先说一句，前辈对地方上的奇怪仪礼和奇妙风俗的精通程度，简直令人震惊。连这等人物都费尽了周折，一介女生再怎么对扎根于乡土的民间信仰感兴趣，就真能轻易知晓秘仪的存在吗？对我来说，这首先就是匪夷所思的。”

“这个嘛，老师，纯属偶然也……”也许是顾念深深低垂着头的瑞子，行道犹犹豫豫地开口道。

“由于某些机缘得知了鸟人之仪的存在，这种可能性也不是没有。但是，除非是有意识地张网捕捉，否则事隔十八年再度举行仪式的消息是很难得到的吧。”

“唔……”

“想到这个回过头再看，我发现了一件有趣的事。”

“什么事？”

“昨天从码头搬行李时，不是发生了小小的纠纷吗？”

“嗯？啊，是的……因为比起人数来，需要搬运的行李实在太多了。”

“当时我听瑞子小姐说‘我也能多拿点’。”

“是这样。”

“然后，我们带着行李攀登崖间的石阶时，发生了地震。大家都迅速贴紧了岩壁，只有还没习惯的我和她呆立在原处。当时我向后回头，看到她两手都拿着行李，另有一些行李和披巾掉在她的后面。两手都已经没空了。而且，那披巾本来是用来从头卷到颈部的。因为在船里时，她就拿这披巾好好地弄了个真知子卷法[1]。然而，那时披巾连带着别的行李掉落在她身后。而且，披巾还不自然地皱成了一团。”

“这是怎么回事？”

“她应该是使用了头上搬运法。让卷在头上的披巾充当支撑行李的底座。”

1　真知子卷法是指日本电影《请问芳名》中，女主角真知子披巾包头的围法。——译者注

“啊……”

“据说北代小姐是京都鸭川人，走访兜离之浦这样的渔夫镇还是第一次。我认为她完全没有学习头上搬运法的底子。而另一方面我又得知，唐通氏出身于福井的渔夫镇，和此地类似。假如她是唐通氏的女儿，我们就可以设想成，十八年前的事件发生后，母女俩投奔了父亲的老家。”

“这么说她是在那里长大的？”

“头上搬运在濑户内很常见，在日本海那一边却十分少见。而福井就属于这屈指可数的地区之一。她可能在成长的过程中学会了头上搬运法。在崖的石阶上，她身后只有赤黑先生一人。赤黑先生几乎从不说话，想来是这种安心感让她不知不觉地使出了特技。”

“哦……可是，就凭这一点……”

“还有其他的。坐渔船来岛的途中，我和正声君聊天时，提到了阿武隈川前辈的名字。他的姓很怪异，任谁听了都会吃一惊。只是我又告诉正声君，他的名也很怪异，是一个‘乌’字。就在那时，北代小姐近乎唐突地出现了，像是要插入我们的对话。”

“啊，还真是的。”此前不言不语的正声轻轻嘀咕了一句。

“恐怕是她把我说的‘乌’误听为‘唐通’[1]了。也就是说，她以为有人在用本名唤她，不假思索地做出了反应。这么一想，我也就记起来了，最初用这个可视为假姓的‘北代’称呼她时，她的反应有些迟钝。当时我还以为她一定是在躲避我，不免有些沮丧，幸好事实

1　乌和唐通：日语中“乌”读作“KARASU”，“唐通”读作“KARATU”，两者发音相似。——译者注

并非如此。”言耶说完这番话，用鼓励似的目光看着瑞子。

“那么北代是母亲一方的姓吗？”

或许是因为行道的措辞也格外柔和，瑞子终于仰起了脸。

“不是的。母亲的娘家虽然在京都，但不是这个姓。所谓‘北代’，首先是取和城南民俗研究所的‘城’同音的‘代’字[1]，然后取和‘南’意思相反的‘北’字，再把‘代北’倒转成‘北代’。”她干脆表明了自己的身份。

“啊，原来如此，这个我没注意到。”言耶赞叹的同时，又显出了不甘心的样子。

“那么，北代小姐是想调查令尊的事，才到浦上来的吗？”行道以怜恤的口吻问道。

“是的……不过，在鵺敷神社的时候，虽然朱世巫女大人亲切地告诉了我很多事……可一到十八年前的事，我这边毕竟是不好开口，对方也很难作答，所以我几乎一无所知。”

“正声君对你那样的态度起了疑心。正因为他不知缘由，所以格外警惕。恐怕赤黑先生也是这样。”

言耶指出的事实，似乎让瑞子吃了一惊：“啊？赤黑先生也是吗……被正声先生怀疑，我倒也有所察觉。”

“想来他为了守护鵺敷神社、守护朱音小姐，一直瞪大了眼睛在监视——说不定还不止。”

“怎么讲？”

1　城和代，日语读音均为“SHIRO”。——译者注

“如果赤黑先生认为北代小姐——姑且就这样称呼吧——认为你是对神社和巫女有危害的人，那么你不小心使出头上搬运法的事，他至少应该会告诉朱音小姐和正声君。”

“我也这么想，但他只字未提。也就是说，赤黑先生不觉得她是个威胁？”正声诧异地歪着头。

“不，我想并非如此，因为他怀疑北代小姐的条件按说和你是一样的。”

“那究竟是为什么……？”

“只能认为，是某种我们不得而知的因素从中起了作用。”

“刀城先生已经看出……”

言耶做手势制止精神振奋的正声，用慢条斯理的口吻说道：“从现在开始我所做的解说，完全没有根据。刚才关于北代小姐的推测也差不多，但还算有点线索。而现在这个……”

“那也没关系，请说吧。”

不仅是行道，连瑞子也点头表示赞同正声的话。

“赤黑先生其实就是鹳先生吧。就是十八年前在这岛上失踪的城南研究所的鹳笃司先生。”

三人全都沉默不语，只是注视着言耶。他们的态度难以捉摸，既像是在等言耶继续往下说，又像是一时之间对他的话感到难以置信。

“这座岛的西侧有两股潮流，一旦被吞没，遗体基本不会浮上来。但在极少数的情况下，死者会被冲上亡出之滨。据说从神社后门的小路走下去就能抵达那个滨。”

“十八年前鹳某人从岛的西端之崖——正好是小辰足迹消失的那

一带——坠了海，不仅巧之又巧地漂流到了亡出之滨，而且人其实还没死，因此得以生还，是这样吗？”

行道兴奋起来，言耶以劝其冷静的态度说道：“应该是吧，但这只是我们的想象。接着往下说的话，那就是朱世巫女发现了他，把他悄悄带回了神社。只是他恢复了健康却失去了记忆。所以，朱世巫女送他去了别处，要么就是他自己出走的。接着发生了战争，而战后他就又回来了。”

“就像是出于动物的归巢本能吗？”

正声的补充说明令言耶大点其头：“我想朱世巫女也曾为此而困扰。但他还失忆着，神社又对他负有愧疚之心，所以就这样收留他做了用人。”

言耶的想象似乎让正声回忆起了很多事，他彻底陷入了沉思。

“这样一解释，朱世巫女为他取名赤黑也就能理解了。”

“怎么回事？”

“因为鹳这种鸟的特征就是，虽然一身白，但脚是赤色，羽毛的一部分是黑色的。”

“啊，原来如此。”

行道大感钦佩，他身边的正声则自言自语似的嘀咕道：“这下我觉得我能理解他对姐姐的态度了。恐怕他至少是对岛上的一切都毫无记忆了，但只有年幼的姐姐一直活在他脑海的某个角落里。重回浦上见到姐姐时，他一定是感觉到了什么。那种感觉没多久就化作了对姐姐的尊崇之心。”

“因为连朱音小姐的证词里都提到，只有鹳先生对她温柔体贴。

想必是当时的感情并未消失吧。”

“是啊……”

气氛奇妙地沉寂下来。这时，行道小心翼翼地开口道：“托刀城老师的福，我得知了种种意想不到的事。不过，这位小姐也好，赤黑先生也好，并不是恶意隐瞒真实身份，所以，怎么说呢……”

“嗯。只是，这样一来，这两位就都有像样的动机了。”

“不……不会吧！”

“我想赤黑先生确实对朱音小姐抱有特殊的感情。然而正是因此，有关岛的记忆恢复时，他究竟会做何感想，我们就不太好揣摩了。”

“这个嘛，赤黑先生要是恢复了记忆，会产生一种莫名的惊恐吧……但这位小姐还不至于那么……”

“也许不至于，但遗憾的是，她举止可疑却也是事实。”

“啊？”

“我和正声君进入拜殿后，没多久她就端着茶出现了，说是为了慰劳做监护工作的我俩。但我喝了一下茶，发现已经凉透了。从集会所到拜殿确实有相当的距离，但茶杯是有盖的。从里面的茶水完全凉掉这一点来看，只能认为她曾经绕道去了某处。”

瑞子为了回避行道困惑的目光，一度低下头去，但随即又扬起脸来：“事情是这样的，我端着茶走在游廊上时，看到有人向西而去。”

“那是赤黑先生？”言耶问。

瑞子点点头，又道：“虽然一开始我不知道……”

“你跟着那人，后来就发现是谁了？”

“是的……不过，我在他登坡道的地点前站住，等了一会儿。可他一直没回来，所以……”

“嗯。那里没有留下你的足迹，所以可以证明你跟在他身后，却没有走上那条道……”言耶的语气显得意犹未尽，似乎有什么事令他难以释怀。

“是不是还有别的疑点？”

“啊，不是你，而是关于赤黑先生的。从那个时间表来看，可以认为，从他离开集会所到你看见他的身影，足足过了二十多分钟。其间他人在哪里、做了些什么呢？”

“听你这么一说，确实很奇怪啊。”

“赤黑先生的样子可有怪异之处？”

“唔，因为天太黑……啊对了，他拿着一件奇怪的东西……”

“奇怪的东西？是什么？”

和气势十足的言耶相反，瑞子显得没什么自信：“也许是我看错了，他好像拿着绘画纸……”

“美术学校的学生用的那种？”

“是的……说起来，那东西可能挺大的，但他一直夹在腋下。”

刀城言耶的脸上先是露出莫名其妙的表情，随后那表情化作了满面微笑，但转眼间又换上了极为严肃的神态。他就此陷入了沉默。

薄暮时分的晦暗即将笼罩此时的鸟坯岛。鸟女跋扈的夜晚将再度到来。

第十六章

破晓　解谜

太阳完全西沉后，四人着手准备晚餐。昨晚承担了一半烹饪活的间蛎辰之助不在了，又有四人接连失踪，想到这现状，谁也没有精心制作菜肴的心情。于是众人只挑简单的饭菜做，然后默默地把食物往嘴里送。

饭后，言耶向三人打过招呼，把自己关进了里间。这当然是因为他要以他个人的方式，对那些不可思议的怪事进行思考，加以解释。

“请尽量不要外出。就算上厕所也得找人做伴，千万别一个人去。”嘱咐完毕后，言耶的身影便消失在了里间。

过了数小时。

言耶回到外间时，表情异常严峻，以至于三人在看到他的一瞬间，都倒抽了一口凉气。

“朱音小姐是怎样从拜殿脱身的——这个谜我解开了，不，是我觉得自己已经解开了。”

尽管言耶对措辞做了微妙的修正，但“解开”一词给三人带来了莫大的冲击。特别是正声，他的眼睛死死盯住了言耶。

“可能会比较麻烦，但我还是想顺着我的思考过程来解谜。不过，在这之前先解明十八年前发生的事才是正理吧。”

“啊！这……这么说，刀城老师连朱名巫女大人的事都搞清楚了？”

言耶转向兴奋的行道，面露困扰之色："不、不，离真相大白大概还远。因为可用于推理的素材，只有浮坪医生留下来的朱音小姐的问询记录副本……不过，我从下宫钦藏先生那里听到了非常有趣的意见。托他的福，我感觉我总算是逼近了真相。"

"请指教。"难以言喻的沉寂过后，正声像硬挤出来似的说道。

"十八年前朱名巫女的鸟人之仪是否成功，她是否与伊吹末利作氏偷渡去了满洲——关于这些问题，可以说没有丝毫线索能让我们做出断言，所以姑且搁置一边。"言耶依次观察三人，就此打开了话匣。

"不过，相比朱名巫女一方的举动之谜，城南民俗研究所的人们可能有过的行为，在某种程度上倒可以清晰地推测出来。我的意思是，他们应该是在策划如何揭穿鵺敷神社的秘仪吧。"

言耶的话令瑞子自然而然地垂下了头。因为策划的指使人不用说，就是她的父亲唐通酉一，这一点是不言自明的。

"关于这一点，朱音小姐的证词也能大致提供佐证。即使考虑到她当时才六岁，提供证词的能力有待商榷，但是，对城南民俗研究所众人的行为做出如此推断，应该也不算牵强。"

行道对始终低着头的瑞子显得有所顾虑，但还是点头表示了赞同。正声则目不转睛地盯视着言耶，仿佛在说这些都是明摆着的事实。

"我也是这么想的。"瑞子突然抬起了脸，"事实上，我在京都的大学通过中间人认识了中鸟镇的某位人士，我和这位人士联络过多次。当然，这是为了调查父亲的消息。进大学时，母亲才第一次把父亲的事都告诉了我。过去我只听说他是病故……”

“结果你查出了令尊来浦参加鸟人之仪的事？”

“不……”听了言耶的问话，瑞子懊悔似的摇了摇头，“那只是传入我耳中的若干流言之一，所以我最初并没有把它当回事。可是……”

“得知鸟人之仪时隔十八年将再度举行，你一时冲动就想来参加了？”

瑞子点头道：“我并没有什么想法，只是觉得如果错过这次机会，下一次仪式不知何时才会举行……”

“为什么你会认为令尊是想刺探鸟人之仪的秘密呢？”

“他亲自参加仪式……而且，考虑到我从母亲那里听说的父亲的人品——也许该说成性格吧，很久以前我就认为，父亲多半是自己引祸上身的。”

“是这样啊。尽管我不认识令尊，但和其女北代小姐做出了相同的判断，这让我备受鼓舞。”

言耶这么说，一半是为了抚慰瑞子。随后他声称是为了慎重起见，朗读了浮坪医生的记录副本。

“就以朱音巫女大人的证词来看……”热切倾听的行道还是有些顾忌瑞子，“我只能想到一种情况，那就是研究所众人的妨碍导致仪式失败，巫女大人堕为了鸟女，出于愤怒，她把所有人都掳到了某处……”

“是啊。姑且不论是不是鸟女所为，朱名巫女对秘仪被揭穿一事大为震怒，想让六人去死，这是完全可以想象的。而这方法也……”

接着，言耶披露了从钦藏处听来的鸩毒假说。

“我也在想，莫非是发生了和这假说相近的事。”他暗示城南民俗研究所的众人有可能是被毒杀的。

“正……正声君，鵺敷神社有这种……”行道吃了一惊，问道。

“有。”正声略显踌躇，但还是坦率地承认了。

“小钦到底是医生啊，竟然会有这样的想法……”行道想到钦藏不曾向自己和辰之助透露过，不由得感到一阵落寞，不过很快他好像又振作起来了，“原来刀城老师是想说，从拜殿脱身的朱名巫女大人用鸩毒收拾了城南民俗研究所的那些人。”

“不。”然而，言耶却当即否认。

“咦？可……可你刚才向我们讲述了小钦的假说，你自己也……”

“没错，我也认为下宫先生的说法是正确的。不过，使用鸩毒的多半不是朱名巫女。”

“那会是谁？”

“是朱音小姐。”

行道和瑞子显然打心眼里感到吃惊，但正声似乎已有心理准备。从他的神态中能感觉出，他在严肃地对待言耶的指摘。

“朱……朱音巫女大人，当时才六岁啊……”

“最重要的是，朱音小姐被关在杂物间里，不可能做这种事吧……”

“又……又或者是朱音巫女大人做出这种行为后，被朱名巫女大人藏匿在杂物间里了？”

“这样的话，我觉得一开始就是朱名巫女用了鸩毒。”

“这倒也是。”

言耶看着瑞子和行道互相交换意见，又道：“遗憾的是，我认为当时朱名巫女已经死了。”

“啊……”

“我说巫女一方举动成谜，这是真的。但是，观朱音小姐的言行，我只能如此解释。”

“这……这么说，仪式毕竟还是失败了？”

“是啊，不得不说是失败吧。当然，城南民俗研究所的人横加干涉可谓最大的原因。不过，看看朱慧巫女的例子我们也能明白，鸟人之仪本身就非常困难。”

“可……可是……这么一来，就更觉得光靠六岁的朱音巫女一个人，怎么也……”

“反了。正因为只剩下了朱音小姐一人，她才必须守护䲹敷神社以及母亲朱名巫女的名誉。是䲹敷神社的巫女之血激发了她。”

“只要有鸩毒，小孩也能收拾城南民俗研究所的那些人吧。”一直保持沉默的正声突然插话道，“处理遗体也是，如果用下宫先生所说的方法，小孩也能办到。虽然要费不少时间，但时间相当充足。只是这样一来，姐姐在插着门闩的杂物间被发现的事实，究竟该如何解释呢？”

“我也很在意这一点。”瑞子当即对正声表示赞同。

“换言之，姐姐是被关在外面插着门闩处于密闭状态的杂物间里，有完美的不在场证明。啊，又或者是……”正声像是突然想到了什么，兴奋起来，“她先收拾掉五个人，只留下鹳先生，请他把自己关进杂物间。然后鹳先生在一无所知的情况下，吃了姐姐准备的掺有鸩毒的饮料或食物……”

“这样的话，鹳先生的遗体应该会在集会所中被发现。至少也得在岛上的某处，否则就很奇怪了。”

“对啊……”

“而且，不被鹳先生察觉，先毒杀另外五个人，这恐怕不太可能。”

“啊……就是啊。”

“关于杂物间的问题……”行道指着里间，“刀城老师实际演示过怎样在拜殿外侧放下门闩，那么靠这个用线的方法行不行呢？”

“当时我也做过说明了，由于杂物间的门毫无缝隙，所以没法用那个线的把戏。”

“那就更……”行道摇着头，一副完全不能信服的样子。

“我想先问一下，为什么你认为凶手是朱音小姐呢？”瑞子从旁提出了理所当然的疑问。

而言耶则用确认式的口吻对正声说：“十八年前的那天，朱音小姐有生以来第一次登上了鸟坯岛。巫女的修行从七岁开始，当时她还只有六岁，所以自然也没进过拜殿。是这样吧？”

“我也认为是这样没错。”

“而且，由于鹳先生的密切关注，在朱名巫女举行完仪式后，她也没踏入过拜殿。也就是说，我们知道她完全没有进殿的机会。”

“嗯。因为姐姐接着就被他关进了杂物间。”

“然而，朱音小姐面对猪野村巡警的问题——要从拜殿出来，除了出正门走下阶梯廊，没有别的法子吗——她立刻就回答说‘根本没有别的法子'。"

"姐姐进过拜殿……"

"嗯。不过，她是何时进去的呢？研究所的人还在时，是绝对不可能的。但根据她的证词可知，大家还在的时候，她就被送进了杂物间。这里就产生了一个矛盾。"

"这……这么说，朱音巫女大人的话……"

"有可能全是编造的。"

"怎……怎么会……就算巫女大人再早熟，可一个只有六岁的小孩，怎么着也……"行道语气强烈，想做进一步的否定，但话到一半，言耶的视线已从他身上移开，再次转向了正声。

"你对我说过，朱音小姐从小就擅长创作。"

"嗯？"

"而且，鵺婆大人总是一个劲儿地给她讲鸟女之类的恐怖故事。"

"是……是的……"

"所以她企图用鸟女出没的谎话，来解释那场为守护鵺敷神社和母亲的名誉而进行的大屠杀。"

"……"

想来是因为无言以对吧，三人都保持着沉默。

"此处可视为是她对母亲的复杂心理在作怪。原本对神社而言，说成大鸟神的神罚可比说成鸟女行凶要好得多。"

"这倒是真的。"

"听正声君说，她一直试图把母亲作为鵺敷神社的巫女加以理想化，创造一个与现实中的朱名巫女不同，但对她来说足够理想的巫女形象。当着正声君的面我就不讳言了，根据这一事实恐怕可以推测出，朱名巫女是个有问题的母亲。当然了，这是因为她以巫女的职责为重吧。”

“是啊，结果姐姐也成了那样的母亲……所以只能说这就叫血脉相承。”

“朱音小姐沉溺于创作自己所追求的巫女形象，恐怕还是在仪式之后居多吧。由于对象已不存在，反而加大了理想化的进程。”

“你是说十八年前她还没那么沉迷吗？”

“嗯。相较而言，从鵺婆大人那里听来的鸟女故事对她的影响远为深刻。所以她情急之下就把一切都推给了鸟女。”

“就谎话而言，是不是也太精彩了点？”

“她有充足的时间编造故事。而且看着记录我发现，对于那些似乎已事先做过思考的意料中的问题，她应答很快；而对预想之外的问题，则常常应答迟缓。”

“关于‘研究所的人们遭遇了什么’这个对姐姐来说最为重要的问题，她在开口前的确停顿了一段时间。”

“虽说已经做了某种程度的准备，但也需要临场的随机应变吧。”

“喔，真不愧是朱音巫女大人……”

行道钦佩的点颇为诡异。而瑞子也许是牵挂余下的未解之谜，问道：“那么，究竟是谁在外面把杂物间的门闩插好的？”

“朱音小姐自己。”

“你说什么？”

行道毫不掩饰自己的震惊，正声和瑞子脸上浮现出完全不明就里的表情。言耶催促着他们，移步到里间的杂物间前。

“这里是实际发现朱音小姐的杂物间。正如昨夜做实验时确认过的那样，一旦关上门就不会留出任何缝隙。”

“所以，用线吊闩棒的招数对这个门是行不通的。”

“没错。不过，拜殿和杂物间的门另有一个巨大的不同点。”

“是什么？”

“拜殿是在外开门的内侧落闩，而杂物间是在外开门的外侧落闩。”

“想想门闩各自的作用，这不是理所当然的事吗？”

“的确如此。但朱音小姐利用了这一点。她先取下杂物间的闩棒，在两扇门板之间留出一道仅能供自身钻入的缝隙，也就是让两扇门板呈八字状态。接着，她搬了个台子之类的东西过来，站上去，把闩棒搁到门板的顶端。然后再收好台子，从门板中间的缝隙钻进去，慢慢关门。这时她必须注意的是，要让两扇门板同样闭合。也就是说，要在门板顶端消失的一瞬间，让闩棒沿着门板表面滑落，掉进原本用来插闩棒的金属底座。关门的行为即放落闩棒的动作，两者一气呵成，实在是非常精彩的诡计。”

“可是，真能那么顺利吗？”正声看着杂物间的门，问道。

“其实这个门和拜殿门还有一个不同点。不过，那不是构造上的差异，而是某物的状态有差异。”

“这个某物是指什么？”

“闩棒啊。拜殿的闩棒很新，所以四角齐全，插进底座需要人用力。但杂物间的闩棒比较旧，角都磨没了，棒身也变细了。所以，只要从底座上方掉下来，就完全可以嵌进去。”

“就算失败了，也有足够的时间重来……”

“对。如果发现她的渔夫喜之助在拔开门闩前仔细观察，也许会发现闩棒向左或右突出了少许。可以想象，掉落时的冲击力会造成一定程度的偏差。”

“巫女大人果然是个了不起的人啊……”行道又一次不合时宜地表露出钦佩之情。

“我也有同感，但当时朱音小姐毕竟只有六岁。她犯下了一个极为低级的错误。”

“什么错误？”

“她做证说，鸟女血红的眼珠透过杂物间门板的节孔窥探内部。在纠结怪物是否存在之前，首先要说的是，她身处漆黑的杂物间，不可能看清从有亮光的集会所那边窥来的眼珠的颜色。如果真有人从节孔那样的小缝隙里窥过来，这个动作本身就会挡住房间里的亮光。而且，鉴于杂物间内部漆黑一片，对窥探方来说，这种行为也是毫无意义的。”

“对啊……”

“不过，她的故事——尽管里面出现了鸟女这种怪物——竟让人产生了真实感，以至于没有一个成年人察觉出其中的纰漏。正如海部先生所言，她确实不是一般的孩子。”

言耶的话令行道面露满意之色。正声则以极为复杂的眼神注视着他。

“这次姐姐想举行鸟人之仪，是不是也有十八年前她自己制造的事件带来的影响？”

“我认为有。当然，某种传统观念无疑也在其中起了作用，那就是鵺敷神社的巫女要在二十四岁时直面鸟人之仪，这种观念延续自朱慧和朱名巫女。另外，她肯定还存有为母亲洗刷污名的想法。然后我相信，是狂热迷信的巫女之血真正激发了她的行动。但是，我想不管怎么说，在这些缘由的背后，都有着十八年前的事件投下的深重阴影。”

听了言耶的说明，行道脸色一变。也许是他终于后知后觉地意识到，朱音身为巫女是伟大的，但同时也在品尝身为巫女的苦恼。

“十八年前的事件果然和这次发生的难解之事也有关系，是吗？”瑞子显出思虑重重的样子，问道。

然而，言耶却催促三人说：“我们回外间吧。”

他率先从杂物间门前离去，等众人在第一天晚餐时自然决定的席位上各自落座后，才道：“至于这次的鸟人之仪和十八年前那次的关系，我想首先必须考察的是赤黑先生即鸛先生的存在。”

“是……是指他恢复了从前的记忆，想要复仇？”

“不，他对朱音小姐抱有特殊的感情，这应该是真的。所以他才要去看护仪式的进程。”

“从西端之崖的那个岩场上吗？”

听瑞子这么问，行道摇头说：“虽然从那里可以看到拜殿内部，但刀城老师不是说过吗，距离太远了看不清。小钦也对我说过同样的话，所以这是不可能的。”

“用肉眼恐怕很难，不过赤黑先生带着双筒望远镜。”

“他还带着那种东西？”

“对啊，我在船上见到了。他拿着双筒望远镜望向岛——不，我想他一定是在看祭坛上的朱音小姐。”

“其实我也看见了北代小姐看到的景象。拜殿内燃着篝火，虽然小，但如果有双筒望远镜，应该就能细致入微地把握仪式的进展状况。”

“唔，原来是这样……不过，说是看护，我想也只是单纯的观望，没什么大的作用……你们说呢？”

“只是到此为止的话，那的确如你所言。但赤黑先生另有真正的使命。”

“另有？是什么使命？”

“通知正声君应该何时进入拜殿的使命。”

正声和先前的瑞子一样，就此垂下了头。行道和瑞子都用错愕的目光盯视着他。

“这……这……这么说，正声君他……”

“为鸟人之仪提供了协助。”

“可……可是刀城先生……”

“是的，我说过他有不在场证明，应该做不了什么事。不过，他为仪式提供的协助仅此而已。换言之，除去自己担负的那部分任务，他也对仪式一无所知。”言耶对行道和瑞子的追究做出了回应。

这时，正声垂着头说道：“是这样啊……刀城先生一直都知道啊。”

“当然不是一开始就知道。晚是晚了点，我意识到这套机关，是在北代小姐说起赤黑先生带着绘画纸之后。”

“是……是我说的话让你……”

“嗯。如我刚才所解释的那样，赤黑先生能窥探到拜殿内的状况。但是，仪式顺利结束的消息是怎样传递给正声君的呢？这里又出现了新的谜。”

“是啊。”

“答案就是你看到的绘画纸。”

“那到底是什么东西？”

“风筝啦。过年时孩子们放的那种。”

“啊！”

“我们不是有过这样一个疑问吗，从离开集会所到去往西端之崖，其间赤黑先生在哪里、做了些什么。”

“空白的二十分钟……”

“他多半是在集会所西侧的工具小屋里做那个风筝。”

“他把风筝的材料藏在那里了吗？”

“不，说起材料啊，它们曾经赤裸裸地在我眼前出现过。”言耶苦笑着，用近乎懊恼的语气继续道，“我为了讲解可用在拜殿门上的把戏，请正声君寻找合适的绳线，当时在右端杂物间中找到的就是风筝线。而且，不仅有和纸、竹签等恰恰是做完风筝的骨架皮和蒙面后剩下的材料，还搁着防水用的油……我只能为自己的无知而感到羞愧了。想必他预先只在和纸上涂了油，然后拿去工具小屋晾干了吧。”

“把这风筝放上去，用作信号……”

“对。赤黑先生用双筒望远镜观察拜殿内的仪式进程，到了断定我们进入拜殿也没问题时，就放起风筝。暗夜中的白风筝是能够辨认出来的。还有，从他所在的岩场可以看到阶梯廊的出入口，因此反过来这边也能看到他。而且，我们监护的时候，正声君是面向西方在右侧门板前坐了下来。因为不那么做，就看不到充当信号的风筝。”

“光靠朱音小姐鸣铃不行吗？”

“我认为也足够了。只是他们又加了一层保险。对了对了，说到铃啊，当铃声开始乱响一气时，正声君肯定是吃了一惊，心想到底发生了什么。”

“这也难怪啊。”

“后来我解释说是铃绳偶然缠住了影秃鹫的脚吧，当时正声君的表情就像多年疑问一朝得解了似的。”

“因为好歹能解释通了。”

“但那时还处于未见风筝信号所以不可踏入拜殿的阶段。之后，他垂着头像是在沉思，又不时抬起头看看我的脸，不过那不是看我，而是在仰望我身后的西方岩场。最后，他一见到风筝就催我动身了。”

“可是，为什么要用风筝呢？发送信号的话，灯光不也足以完成任务吗？刀城先生坐在背朝西方的位置上，说明这是一开始就策划好的。用风筝的话，就像他自己被我目击到那样，一不小心就有被旁人看到的危险啊。”看来瑞子从根子上就无法认同，虽然在意正声的状态，但还是提出了自己的疑问。

“只为信号的话，确实不是非用风筝不可。但风筝另有真正的用途，而且是在充当信号之前。后来的信号无非是顺便利用了同一个风筝罢了。”

“真正的用途？”

“让标志着仪式成功的赤旗，飘扬在飞翔岩的顶上。”

“是……是这个用途？”

“本来嘛，旗子可以靠穿过滑车的绳索升起来，但那绳索断了，没在滑车上面。而且，用那么简单的方法就能升起来的旗子，也不好当作秘仪成功的标志。在没有鸟则无以让旗帜飞扬的地方升起赤旗，不是最有效果吗？”

“你的意思是，这件困难的活儿是在西侧山崖附近的岩场上干的？”

“无论如何这都是不可能的吧。在北侧能走到飞翔岩的旁边，所以赤黑先生肯定也走到了那附近。”

“可是，就算走到那里……”

“赤黑先生深受孩子们的欢迎不仅有天性方面的因素，还因为他十分擅长竹马、铁陀螺、拍洋画、放风筝、转陀螺等儿童游戏。而且，我们还知道他心灵手巧。”

“可是，用风筝做那种高难度的事……”

“世间有一种赌博方式，就是让放飞的风筝在空中像斗犬一样互相角逐，那些对风筝操纵自如的人被称为风师。凡是行家里手，都能使出惊人的技巧。所以我想，把旗挂上高处的滑车什么的，对技艺高超者来说没那么困难。”

“可是刀城老师……大鸟神的头上，没有那面旗帜啊。”

“从某种意义上说，这也许是本次鸟人之仪中出现的最大失败。”

“此话怎讲？”

“虽说昨晚也有一定程度的风雨，但这个时期的天气是可以预测的。所以为了不让旗飞走，赤黑先生应该加了足够的小心。换言之，我认为他很好地完成了自己的任务。”

“可是，为什么没有旗……”

“我想是发生了惊人的巧合吧。”

由于言耶的语气中包含着难以言喻的感慨，行道和瑞子不再说话。唯有正声像是好奇心占了上风：“所谓的巧合是什么？”

“昨晚，风是从南向北吹的。”

“这个时期大抵如此。”

“赤黑先生放手让已完成任务的风筝乘风而去。然而好巧不巧的是，风筝竟飘向飞翔岩顶，通过那里时缠上了刚刚扬起的赤旗，就这样把旗卷走了。”

“不会吧……”

“不是我撒谎——说得就像亲眼看见似的，事实上我真的看到了其中的一部分，只是一部分。”

意味深长的话语之后，言耶向三人讲述了自己进拜殿时目击到的奇妙物体：白色的一团，向北方的天空远离而去，其中有赤色的某物隐约可见。

“刀城先生看到的就是缠在一起飞走的白色风筝和赤旗？”正声茫然低语道。言耶朝他缓缓点头。

“我这话听起来像是在追根究底，正声君只提供那么点帮助，到底算怎么回事？”行道似乎无法理解这种纯属半吊子的协助方式。

“我们可以看到，正声君基本上是一个无神论者。这一点浦上的各位也从他平日的言行中了解到了吧。”

不仅是行道，连瑞子也对言耶的解释表示赞同。

“但是，他出生在鵼敷神社，对于父母双亡的他来说，鵼婆大人和朱音小姐是唯一的血亲。他当然是反对鸟人之仪的，却也充分理解朱音小姐的决心非同一般吧。所以我感觉，他是为了更安全地进行仪式，使仪式成功，才打算给予最低限度的协助。”

“我问我能不能帮上什么忙，姐姐说希望我当监护人。”正声喃喃地开口道，“之前我费尽口舌想阻止仪式。但是，我知道姐姐的决心绝对不会动摇，所以我就说了，既然如此那我就用自己的方式来帮助你吧……”

“于是你就提出了那个铃的方案。”

“嗯。虽然我不知道赤黑先生会用风筝升旗，但姐姐事先就告诉我了，风筝是允许进入拜殿的信号。所以我特意让刀城先生在阶梯廊的门前朝东坐，自己则朝西坐。”

“除了‘收到风筝信号后进入拜殿’这个约定外，关于仪式你还知道些什么？”

“一无所知……就算问姐姐，她也只是摇头……”

“说起来，就是因为仪式非常危险，会导致正声君担心并反对吧？”

“赤黑先生到底在用双筒望远镜确认什么呢？”

面对行道和瑞子的疑问，言耶慢条斯理地答道：“赤黑先生的任务既已明了，如今我觉得另有协助者的想法就有些勉强了。另外，关于非协助者，姑且不论其是否存在，至少我们能断定此人不可能出入拜殿，这个没问题吧？而根据下宫先生留下的那句话——‘朱音巫女为什么能从拜殿出去，这个谜终于解开啦’，我们可以认为，鸟人之仪符合分类二‘朱音→拜殿→朱音＝她进入拜殿后，用某种方法出去了’的甲项‘她凭一己之力出去了’。”

“小钦是怎样发现这个……”

“我不知道他的方法，他多半是重新调查了人骨上的血，认为那不是人血吧。如此一来，非协助者存在的情况下最具可能的分类四之丁项‘非协助者侵入拜殿，在殿内实施行使和处理，最后独自离开’就被排除了。因为这里所说的‘行使和处理’，除了分尸和抛入大鸟神之嘴外，不存在其他可能。”

一副洗耳恭听状的瑞子问道：“昨晚的讨论中最后剩下的方法——朱音小姐躲在拜殿内某处——也已经被排除了吧？因为怎么调查也根本找不到那种地方。”

“嗯。其结果，下宫先生发现了从拜殿脱身的方法。”

“是……是什么方法？”

“朱音小姐在仪式前非常注意自身的健康状况。她讲究饮食，力图把身体状态调理得万无一失。另外，还对瑜伽感兴趣……”

此处言耶对瑜伽做了一番说明。

“鵺敷神社的巫女修行的内容可谓严酷，由此我们可以推测这方法用到了身体本身。”

“而且是非常危险的……”瑞子不由自主似的皱起了眉。

“我想，在岛的地下洞窟里找到的头发、头巾、足袋等物，是支持‘使用自己的身体’这一解释的证据。”

“什么意思？”

“那些头发上有被切断的痕迹。我原以为一定是非协助者切断的，现在看来，应该是她自己事先切断的。”

“为……为什么？”

“为了剃发。头巾是用来掩盖光头的。”

“你的意思是，巫……巫女大人自己剃光了自己的头？”

“可是，朱音小姐为什么要这么做呢？”

“为了让自己身上没有任何多余的东西。所以，头巾也好，白衣也好，赤裤也好，足袋也好，全都被脱下扔进了大鸟神之嘴。如此一来，朱音小姐就成了全裸状态。”

“全……全……全……”看来那光景超出了行道的理解范围，实在不堪想象，所以他说不出口。

“然后她把全身都涂上了油。因为祭坛上滚着好几个空壶，还有刷子。”

“然……然后朱音小姐……”

“进入了大鸟神的嘴。”

“这……这么荒谬的事……怎……怎么可能……”

“在普通状态下恐怕不可能。但要是像我前面说明过的那样做好了准备，又当如何呢？大鸟神的嘴本来就处于湿滑状态，所以如果身体涂了油，阻力应该会更小。”

“但是，穴的尺寸……啊！难不成……”

“正是。恐怕朱音小姐是在自己卸去肩关节的状态下，通过那洞穴降到地下的。”

“……”

看来光是想象这壮烈的景象，行道和瑞子就说不出话来了。

“为什么只能在盂兰盆节期间举行鸟人之仪呢？理由之一是因为休渔所以氏子能当见证人。但这样的话，正月不也一样吗？至于季节导致的冷暖差异，朱音小姐已亲口断言说毫无关系。那么，要问此外还有什么差别，那就是气候了。我听说盂兰盆节前后基本都是雨天。而这一带据说正月不怎么下雪，但某些年份还是有过下雪记录的吧。如此一来，一边有大鸟神的嘴被积雪堵塞无法通过的危险；另一边则有雨水流入后容易在内部推进的好处。”

“……”

“可通过大鸟神之嘴进入的地下隧道中有很多岔道。鵺敷神社的巫女知道岔道各自通往何处，想来也不足为奇。里面说不定有隐藏的房间，或通往岛上某个不可思议之所的暗道。”

“……”

“为什么鵺婆大人从未举行过鸟人之仪，其秘密就在于此。因为病弱的朱世巫女怎么也不可能实施这样的方法。”

正声满脸痛苦之色，看起来就像在忍受肉体的疼痛。

“在我调查大鸟神的嘴时，正声君说，一不留神可能会掉下去，直陷到胸口。那时他当然不知道穴的真正用途，但这句不经意的话成了重大线索。”

即使这么说也不可能减缓正声的痛苦，但言耶仍一边窥探对方的神色，一边继续说道：“赤黑先生想通过双筒望远镜确认的是，朱音小姐有没有完全消失在大鸟神的嘴里。那时他升起的标志——赤旗已飘扬在飞翔岩顶。目送朱音小姐完全没入穴中后，这回他又放出了风筝信号。不料，之后竟发生了意外事故。任由风处置的风筝把旗带走了。”

“如果没有那个意外事故，鸟人之仪就算成功了是吗？”瑞子提出了关键问题。

“我想，光是巫女消失无踪，就足以成为一场宗教式的奇迹表演了。只是此地原本就有鸟女传说，而且十八年前的仪式上，虽说是朱音小姐自己种下的因，但鸟女出没的传说已在浦上流传开来。换言之，只是消失的话，心里还不够踏实。既然如此，那就把人所共知的赤旗作为标志，升到人手无法触及的地方去。朱音小姐就是这么想的吧。”

“升旗好像是一开始就有的规矩。”正声小声嘟哝了一句。

“原来如此。不过，因为这次没有绳索，所以按理能发挥出更大的效果。但结果却因为旗的问题让事态变复杂了。”

“此话怎讲？”

“本来鸟人之仪是成功了。那样的话，我想间蛎先生和海部先生会顺从地接受这一结果吧。”

“嗯，这是肯定的。”

“不过，下宫先生一定会抱着怀疑的态度。但是我想，就算是他也不会做出故意唱反调的无礼举动。”

“嗯。虽然小钦总是那样……但他怎么也不会因此就去胡乱顶撞朱音巫女大人。”

“换言之，本来鸟人之仪会可喜可贺地圆满结束。即使加入刀城言耶我这个余兴……”

“啊？这个刀城老师的余兴，是指什么呀？”

“想一下为什么选择我这样的外人当见证人，答案自然就出来了。”

“但这是刀城老师你自己要……”

“嗯。我和北代小姐一样，是自己请求参加的。但正如我先前所言，让好奇心旺盛的小说家加入，可以说是非常冒险的。神社为什么要冒这个险呢？”

“为什么？”

“想来是因为鵺敷神社调查了东城雅哉，也就是刀城言耶这个人，断定这个外人可以利用。”

“怎么个……利用法？”

“让鸟人之仪中的奇迹表演效果更佳。”

“呃……我不懂你的意思……”

言耶对困惑的瑞子苦笑道：“我啊，有一些怪癖。一是沉迷于怪谈。特别是对自己不知道的传说，往往就不顾场合、没命地扑过去——啊，这一点倒是无须对你说明的。”

也许是回想起了船上发生过的事情，言耶露出了局促不安的表情：“二是有时很想对怪异事件做出合理解释。然后是第三个——称之为癖好有点微妙吧——如果靠那个解释无法合理地解决问题，反而会屡屡陷入异象难以自拔。托了这三个怪癖的福，我常常是回过神来才发现，自己已把自己投进了怪异事件的漩涡。我这个人哪……”

“啊……可不是吗。”瑞子表示极为认同。

“也就是说，朱音小姐企图利用我为仪式追加一层保险，让一个浦外的陌生人来见证鸟人之仪的奇迹。”

“刀城先生被考验了……”

“倒不如说是被认定为解谜会失败。”言耶叹道，苦涩的笑容有些僵硬。

“朱音小姐当真想得如此深远吗？”瑞子微微侧头。不知她是想安慰言耶呢，还是因为无法接受言耶刚才的解释。

“据说鵜敷神社的情报网非常厉害，而且我已经知道神社调查过我。”

“哦？是这样吗？”

“不知为何正声君知道我以前遇到过奇妙的案件。我的确说过在种种地方有过种种遭遇，可他立刻和案件联系了起来，无论如何这都是不自然的吧。恐怕他是说漏了嘴。”

“不愧是刀城先生啊。”此时，正声的表情中隐约带着笑意。

“不，我也是刚刚才意识到的。不过，由此我也清楚地明白了，在集会所里，当我对海部先生讲述的海上怪谈表现出异样反应时，朱音小姐的态度中包含的意味。她是在确认刀城言耶是不是符合她期待的人物。”

“那么，允许我参加也是……”

“因为你不是浦上的人，而是外乡人。只有我的话大概也行，但如果另有人能从旁印证，那就最好不过了。”

“这倒也是。”

“让全员进入拜殿，也是为了事先向众人展示没有机关装置吧。本来岛的北半部分是圣域，后来缩小到拜殿区域内，没多久又缩小到只有祭坛了。即便如此，神域也是应该受保护的场所。然而，现在不仅是浦上的氏子，连陌生人都能进去，理应认为其中必有缘故。”

“一切都是为了仪式啊。”

“鸟人之仪成功了，连疑心颇重的小说家也认可了奇迹，浦上的人们再次认识到鵺敷神社的力量，淡薄了的信仰之心也虔诚起来——如此种种，一定是朱音小姐心中所描绘的仪式结果。”这时，言耶看了看行道，“十八年前举行仪式时，冲鸟村已在一年前消亡。虽说那是在战前，乃时局使然，但朱名巫女恐怕还是感觉到了鵺敷神社的衰退吧。然后我听下宫镇长说，这一次是选择了肩负着兜离之浦未来的男性当见证人。”

“啊，这个么……”

“接下来的话对海部先生很是失礼，还请你忍耐着听一听。事实上，被选中的三位是可谓浦上最凶暴的间蛎辰之助先生、惹出男女问题从东京逃回来的下宫钦藏先生和性格温顺因而有种种问题的——对不起——海部先生。而且没有一个是家中的长子。换言之，浦上对鵺敷神社的信仰心之淡薄，可以说比朱音小姐担忧的程度更甚，不是吗？”

“可悲的是，事实正是如此。”

“因此，朱音小姐试图借助这次的鸟人之仪，一鼓作气重振神社。为此甚至物色了外人来参加，然而也不知是福是祸，鸟女的威胁竟也掺和进来了……”

“我想……那么一来，就算是小钦也无法保持沉默。”

“这正是要害所在。海部先生打算相信宗教奇迹；间蛎先生惧怕鸟女这一怪物的存在；下宫先生怀疑是宗教性质的表演。三人的三种反应，决定了各自的幸与不幸。”

言耶的这番话，似乎让行道大为吃惊：“难……难……难不成……你想说……因为小辰和小钦不相信鸟人之仪的奇迹，所以消失了？”

言耶默默点头。这回是瑞子开了口：“是用什么方法让他俩消失的？”

“下宫先生是在拜殿里消失的。不过，凶手很难让他自己进大鸟神的嘴。然后，从我在阶梯廊目击他的身影到我去拜殿的时间来看，在此期间分尸并抛入穴中，也无论如何都办不到。”

“我感觉比朱音小姐那会儿的时间更少……”

“嗯。所以做法就是麻利地降下人笼，把下宫先生放进去，在祭坛这边切断绳索。然后把绳索的一端系在笼上，从崖头把笼推下去。这样一来，笼和人的重量就会使笼按钟摆原理向飞翔岩荡去。等笼到了飞翔岩附近，放开手头的绳索即可。笼和绳索会一起朝飞翔岩的另一面、朝鬼之洗衣场的外面、朝海面飞去。”

“所以人笼和绳索都不见了……但是这样的话，凶手自己就逃不掉了吧？”

“不，只要用昨晚我在这里说明的方法——贴在阶梯廊的顶棚上，避开之后进来的人，就能轻松解决。”

“啊！这么说，听过那番话的人……”

“小……小辰又是怎么回事呢？”

“间蛎先生这边含有相当多的想象成分，但我心里有一个大致的解释。他明明那么胆小，却有迹象显示他在天没亮时就出去了。根据这一事实，我展开了思考——拿什么才能让他采取这样的行动呢？结果我就想到莫非是朱音小姐的信。凶手可以趁众人都在外间的当口，把写着‘天亮前想和你单独相会，请你务必帮助我’之类的信，放进他包里。”

“确实，如果包里有那样一封信，就算是深夜小辰也会出去吧。”

“嗯。海部先生说过，他在就寝前一定会喝酒，所以有极大可能看到放在同一个包里的信。”

“如果事先埋伏好，把间蛎先生从崖上推下去……可是，那一带的周围只有间蛎先生的足迹，这究竟是……”

“我想信上多半写着这样的指示——我在厕所左边的临时小屋里等你。”

“临时小屋？可是，根本就没有那种小屋……”

瑞子看了看行道，像是在寻求他的同意，但言耶在行道做出回应前先开了口：“小屋当然是和间蛎先生一起，倒栽葱似的从崖上坠入了大海，没有留下痕迹。啊，印子还是留下来了。以他的足迹为中心，在左右两侧相距约四尺的地方各有一道细痕，呈平行状态。痕细到了极点，但入地甚深，像是拿薄长的板直抵崖头、竖着插入过地面。这痕迹正是支撑临时小屋的板造成的。”

“间蛎先生被诱往那个小屋……”

“这应该是个机关，他的体重一旦压上去，整个小屋就会崩塌。

制造那种小屋的自然是赤黑先生。我们知道他擅长木工活儿，而风筝的事也证明了他的手有多灵巧。”

“可是，这就意味着小屋是一开始就准备好的，不是吗？”

“恐怕是为了以防万一吧。虽然事先做过调查，但我的参加没准反而会招来恶果；此外，也有可能发生另有不速之客造成意外干扰的情况。于是为了不时之需，就事先准备了一个陷阱。当然，其实一个是不够用的……”

“难不成赤黑先生最先失踪，是因为他就是设下那陷阱的人……为了灭口，所以……”瑞子瞪大了眼睛，似乎感到难以置信。

这时，行道身子微微颤抖着问道：“刀城老师是说，朱音巫女大人……对小辰和小钦……做了这么狠毒的事？”

“很遗憾，”言耶分别打量二人，说道，“那是正声君所为。”

行道和瑞子不禁倒抽了一口冷气，他俩望向正声的同时，正声把脸霍然转向了言耶。

“怎么可能有如此荒谬的事……”

“不会吧……骗人……”

在两人绵弱无力的否定声中，正声深深叹了一口气：“看来姐姐太小瞧刀城言耶这个人了。”

“果真如此啊……”言耶似乎为当事人认可了自己的推理而感到悲伤。

“你是怎么知道的？”正声抢在眼看要扬声抗议的瑞子之前，直视着言耶问道。

“最初总觉得难以释怀的是，我俩走上监护岗位时，你对赤黑先生嘀咕的那句话所做出的反应。”

“宛如会聚在天安河原束手无策的众神……”

“我想这句话的解释和我们昨晚讨论的一样，而你去问话中的含义后回来时，声称他‘说了一些奇怪的话，意义不明，又毫无关联’。我理解成了那句话的含义‘和如今的状况无关’，但其实是指赤黑先生对你说的事情‘和他嘀咕的那句话无关’。”

“是的。”

“其实你后来说漏了嘴，说‘关于那句话，他没有给我任何解释’。既然如此，你为什么不把那‘毫无关联的奇怪的话’告诉我呢？”

“那是因为……他告诉我的是临时小屋的存在和用法……我不是想辩解什么，当时我真的完全不懂他在说什么。”

“嗯，我想是这样。昨晚你积极地参加了讨论就是证据。当时，你还不知道其实发生了什么。”

“……”

“所以你甚至制造了大鸟振翅的音效，来撞大运。而事实上，海部先生接受了大鸟神一说，间蛎先生却断定是鸟女，结果这番行为成了一把双刃剑。”

“什么？从集会所外传来的……”

“可是，当时正声君正和我们在一起啊。”

行道和瑞子相继叫道。

“在找到风筝材料的杂物间里，有一块满是泥巴的抹布。这表明有人赤脚从集会所的后门出去又回来了。”

“那是正声君……”

“是的。我俩回到集会所后，他为了把返魂术使用的人骨收入杂物间，进了里间。就是在那时，他外出做了手脚。”

“究竟是怎样的……”

“做法很简单，只须把几张展开的旧报纸贴到岛葫芦细腰处的栅栏柱和绳上即可，从南向北吹的风很快就会把报纸刮跑，这时，旧报纸会发出‘吧嗒吧嗒’的声音经过集会所西侧。不光是我，你们二位不也看到证据了吗——就是残留在绳上的报纸。之前执行监护任务时，坐着的木箱上铺的就是正声君给的旧报纸。他大胆地使用了这些报纸。”

“只凭脏抹布和旧报纸就断定是正声先生搞的鬼，可有点说不过去啊。”虽说语气显得没什么自信，但瑞子还是做出了反驳。

“是啊。也可以认为是别的人在更早的时候做了手脚。不过，当我们争执要不要立刻去搜索朱音小姐和赤黑先生时，从里间出来的正声君说‘随着时间的推移，风雨好像也变得越来越大了’。假如他和大家一样一直待在集会所，为什么能说出这种话来呢？”

“这……”

“正如刀城先生推理的一样。”正声坦然承认了，随后他不知为何凝视着瑞子，继续道，“我没怎么指望旧报纸的把戏能顺利做成，只是想为姐姐的奇迹表演做出贡献，哪怕一点点也好……”

“然而却适得其反，徒然让间蛎先生感到了惊恐。当然责任基本上在我，昨晚进行了那么深入的讨论，我却没能看破真相。结果间蛎先生认为朱音小姐堕为了鸟女。虽然不知他是否当真对此深信不疑，但至少他断定鸟人之仪是失败了。”

“所以小辰他……”

“可是，朱音小姐约他出去的那封信……”

“正声君一直在鵺敷神社担任她的秘书工作，代笔写信肯定是家常便饭的事。”

“但是，刀城老师！”行道罕见地厉声叫道，向言耶投以锐利的目光，“也许鵺敷神社、朱音巫女大人、鸟人之仪是很重要……但不管怎么说，小辰和小钦为此而死……不，是被杀死……这也太没道理了！”

“对赤黑先生也可以这么说……”瑞子接过行道的话，态度极为拘谨地补充道。

“对……对……对啊！问……问题就在这里！”

言耶突然大叫起来，兴奋溢于言表。不光是瑞子和行道，连正声好像也吓了一跳。

“我和他认识才两天，就觉得他是一个好青年。不，从刚见面开始，我就有这种感觉了。恐怕海部先生，还有北代小姐也对他有同样的好感吧。”

见二人当即点头，言耶把视线投向了其中的瑞子：“套一句老式的说法，北代小姐是对疑为杀父仇家的鵺敷神社成员，产生了这样的好感。仅从这一个事实，就能看出他品行极佳。”

这番说明听得瑞子也不禁低下了头。而凝视着她的正声，眼神中则透出了前所未有的温柔。

“正如海部先生所言，再有什么苦衷，可正声君真会杀人吗？如果是被认为有狂热信仰的鵺敷神社巫女，如果是朱音小姐，则又另当别论——啊，很抱歉我这么说。呃……关于鸟人之仪，他确实在自身思想和对外婆与姐姐的爱之间摇摆不定，这一点是肯定的。但我们不能因此就认为，只为守护神社和姐姐的名誉，他就会接二连三地去杀人，这动机实在太勉强了。”

行道和瑞子侧耳倾听着，仿佛不愿漏过一字一句。不可思议的是，连正声也表现出同样的态度。

“而且，在赤黑先生失踪的现场只有他本人的足迹。另外，在我们视其为失踪的时间段内，正声君一直和我在一起。换言之，他不仅拥有不在场证明，还没有去过现场的痕迹。好吧，关于后者，可以说谁都一样。”姑且做了预先声明后，言耶继续道，“然后，关于赤黑先生失踪时的状况，不管怎么思考，看起来都是他按自己的意愿从崖上跳了下去。那么，他为什么要这么做呢？马上能想到的解释是，他见朱音小姐因仪式失败而丧命，一时冲动就自杀了。但正声君否定了这个思路。他说要是那样的话，赤黑先生反倒会活下去，以供奉朱音小姐吧。况且，他还像模像样地升起风筝、发送了信号。也就是说，鸟人之仪是成功的。就算他在发送信号后，知道了风筝和赤旗的意外事故，那也没严重到要自杀的地步吧，反倒应该会设法升起新的旗。因此，赤黑先生自愿跳崖的看法，实在是很勉强。”

“我不明白你在说什么……”

“我的意思是，鉴于现场的状况只能认为是自杀。然而，他又没有自杀的动机。这对矛盾意味着什么呢？”

“意味着至少正声先生不是凶手吧。”

言耶抬起一只手，制止来势迅猛的瑞子：“北代小姐，正声君的状态出现变化是在何时，你应该很清楚吧？”

“嗯？这个……是从今天早上开始的吧。我觉得他好像非常疲乏，精神状况十分糟糕的样子。”

“是的。我认为确切地说，应该是昨晚就寝的时候吧。”

“就寝时？”

“就是那次交谈。正声君推测，赤黑先生谜一般的话语可能指向天照大御神自闭于天之岩户屋的传说，然后你关注起了八岐大蛇的传说和鸟人之仪的相似点。当时我指出，要这么说的话，《古事记》里还记载了高木大神从天上遣下的八咫乌、倭建命死于能烦野后所化的白鸟，以及像大雀命的名字那样和鸟有关的东西。”

“嗯，是有过这样的交谈。但刀城先生说了，赤黑先生想说的是天之岩户屋的事，与别的传说并无关联……”

“嗯，我说过那纯属牵强附会。只是我总觉得，交谈过后正声君的样子突然变得很奇怪。”

“这么说起来……”

“其实，最初我也认为，昨晚他的样子之所以奇怪起来，是因为北代小姐和他之间有什么不睦，下宫先生也如此担心。所以去地下空洞前，我向正声询问了昨晚的事，当时他极为震惊地说‘原来你注意到了……’，表情也近乎狼狈。而一旦得知话题与北代小姐有关后，他好像立刻又放心了。”

“不是因为我的缘故啊。”瑞子明白了这一点，很想欣喜一番吧，但现状如此，她不敢有此奢望。

“其实变得奇怪的人可能不止他一个。”

“哦？还有别人？”

“就是下宫先生。在我前往地下空洞的期间，他再次检查了人骨的血，声称‘朱音巫女为什么能从拜殿出去，这个谜终于解开啦’，随后就去了拜殿。他为什么会突然有此举动呢？”

“是因为刀城先生之前把昨晚的谈话告诉了下宫先生？但是，下宫先生未必会对我们的谈话产生反应。而且最主要的是，我不认为那时的交谈中含有什么重大内容……”瑞子用完全不明所以的语气感叹道。

“我这样推测是因为正声君已证实，下宫先生消失于拜殿之前，一直在检查人骨上的血。”言耶回应道。

“我是没看见，不过下宫先生好像确实在里间弄出了不少动静。既然如此，正声先生看到了，又有什么问题？”

“没什么问题。不过，他为什么能断言下宫先生检查的是人骨上的血呢？”

“这……”

“除非他在边上亲眼看到下宫先生刮取了沾在骨头上的血，否则不可能说出那样的话，不是吗？”

“不，那时正声先生一步都没走进过里间……是这样吧？”

瑞子突然征求行道的意见，后者虽感惊讶但仍表示了赞同：“刀城老师，这里究竟发生了什么……如果您不说得更让人容易理解一些，我们真的是完全搞不懂啊。”

“总之，虽然存在昨天晚上和今天下午这一时间差，但正声君和下宫先生都发现了鸟人之仪的秘密。”

“……”

行道和瑞子再度陷入无言以对的境地，身旁的正声一瞬间闭上了双眼，露出了认命般的表情。随后，他缓缓睁开双眼，凝视着言耶。那眼神像是在告诉众人，他已下定决心要看到最后一刻。

“如今我正在深刻反省，虽然已经太迟了……”

“您在反省什么？”

“反省自己没有对鸟人之仪本身做更深入的探索。在造访兜离之浦前，在听下宫镇长讲述时，以及在岛上和朱音小姐交谈时，我并没有想得太深。倒不如说，我只是打算搜集仪式相关的信息。然而，从仪式开始、从确认朱音小姐在拜殿消失的一瞬间开始，关于消失手法的问题就夺走了我全部的注意力。也许这就叫彻底着了朱音巫女的道。”

“但是，那些不就是关于鸟人之仪的探索吗？”

“不，我本该以更开阔的视野来把握仪式。譬如，在盂兰盆节和新年这两个机会里，为什么只在盂兰盆节期间举行鸟人之仪。我想过，除了季节冷暖之外，也有气候差异的因素。但是，差异不止这些。明明还有别的理由，却被我轻易地忽略了。”

“什么理由？”

“就是家船的存在啊。家船在盂兰盆节和新年都会回浦，但两者间有且只有一个巨大差别。朱音小姐说过，和新年不同，在盂兰盆节的那三天，所有渔民都不会出海。家船也必定会在盂兰盆节之前归来，过完节才走。”

“确实如此，但……”

“换言之，在盂兰盆节期间，没有任何人会接近鸟坯岛。”

“嗯，确实是这样。”

“岛上举行鸟人之仪时，兜离之浦的人当然会有意识地不去看岛吧，可家船上的人并没有如此虔诚的信仰。如果岛上拜殿的祭坛有什么异状，他们一定会睁大眼睛看的。”

“为避开这种该遭天谴的人，所以才在盂兰盆节的时候……”

“但是，再一想就会觉得奇怪。除非进入拜殿、站在祭坛上，否则根本无法注意到大鸟神之嘴的存在。既然如此，从海上的船中向上看，又能看见什么呢？”

“啊，对啊……”

“而且仪式总是在日落之后立刻开始。虽然确实准备了篝火，但由于火光微弱，从海上恐怕就更难看到了。”

“请等一下。”瑞子面露惊讶之色，“这样的话，朱音巫女进入大鸟神之嘴的解释……”

“就站不住脚了。”

“但是，刀城先生关于家船的想法，听起来也像是牵强附会啊。只在盂兰盆节举行仪式是因为雨雪等气候差异，我觉得还是这个解释比较有说服力。”

“嗯，如果只有这一点的话。”

“还有其他让你在意的点吗？”

“朱音小姐注意健康，一直在养精蓄锐，调理身体，这是确凿无疑的。然而，其结果是她竟然变胖了。”

“啊……”

“同为女性的北代小姐怎么看？”

“我不知道以前的朱音小姐什么样，所以无法判断……不过，她确实脸颊丰盈，整体给人一种柔软的感觉。”

“想一想穿越大鸟神之嘴的行为，不觉得实在是很矛盾吗？”

“说的也是啊……”瑞子无力地沉吟着，陷入了沉思。

“明明还在祓禊期间，可朱音小姐在仪式前的晚餐席上，也胃口很好地吃掉了所有为她准备的食物。”言耶又加了一层砝码。

“看到朱音巫女大人的这个样子，我和小辰不知有多高兴呢——啊，不，现在可不是沉溺于感慨的时候。”

行道的话虽然不合时宜，却流露出了他对朱音的真挚情感。言耶竟意外地因此而感到了些许慰藉。正声和瑞子好像也有同样的感受。

“在这本笔记上，”言耶看出大家放松了一点——虽然只是一点点，便又道，“我把最终难以释怀的事项，一条条地写了下来，现在来读给大家听。”

声明过后，言耶依次看着三人的脸，似在征求许可，然后他把目光落到了笔记上。

“疑点有以下二十一项。

“一、鸟人之仪究竟是什么，是为了什么而举行的？

“二、一年中有盂兰盆节和新年这两个举行仪式的机会，但为什么只在盂兰盆节时举行？

“三、明明可以预见到盂兰盆节期间天气的恶化，这不会给仪式带来影响吗？

“四、仪式在日落之后马上开始，其中含有什么深意呢？

“五、仪式所需时间至少要二十分钟，是指人能在这段时间内从拜殿消失、脱身到殿外吗？

“六、在朱慧巫女仪式失败时，为什么要秘密将她运回神社？另外，她究竟在害怕什么？而她未经医治而死，又是怎么回事？

“七、朱世巫女不举行仪式，只是因为体弱多病吗？

“八、朱音小姐非常注意健康，对饮食也很小心，一直在调整自己的身体状况，却长胖了，这是为什么？

“九、不仅是朱音小姐，朱名女士也在仪式前的祓禊期间照常用餐，这是为什么呢？

“十、她对瑜伽表现出兴趣，其中有何深意呢？

“十一、她剃光头发、脱掉衣服，变成全裸是为了什么？

“十二、她从拜殿脱身后，究竟藏在了哪里？

“十三、沾在人骨上的血是猫血吗？如果是，那么这是为了表演返魂术而准备的活猫之血吗？

“十四、从拜殿消失的影秃鹫标本和剑，散落在祭坛上的鸟喙、羽毛和脚爪，这些都意味着什么呢？

“十五、拜殿内的影秃鹫只是偶然误入的吗？

“十六、赤黑先生究竟出了什么事？

“十七、为什么正声君能断言下宫先生在检查的是人骨上的血？

“十八、正声君和下宫先生究竟是根据什么线索，发现鸟人之仪的秘密的呢？

“十九、十八年前朱音小姐的证词都是谎话吗？如果其中含有真实成分，那会是什么呢？

“二十、岛的地下洞窟中存有积石塔，这是否意味着巫女们代代延续着对婴儿亡灵的祭奠呢？

“二十一、鵜婆大人说‘鸟人之仪若不是姓鵜敷的人举行，就不成意义’，这句话该如何解释？

“完了。”

言耶读完笔记抬起头，只见热心倾听的行道一脸困惑之色：“我本以为，托刀城老师的福，大多数怪事都有了可以接受的解释，但听了这一番话……”

“其实大部分疑问的核心部分都还是谜。”

行道支吾着没说出口的结论，被瑞子朗声说了出来。当然，她的话中并无责备之意。很显然，她自己也很困惑。

“嗯，其中也包含已做出解释的项目，但是很遗憾，我们还拿不出确保解释无误的凭据。换言之，除非所有事件的核心部分全都水落石出，否则我们是无法证实的。”

“不是演绎法而是归纳法吗？”正声嘀咕了一句，随后他以一种毅然面对困难似的口吻说道，“刀城先生已经可以解释全部疑问了吧？”

言耶只是无力地点了点头。不过，也许是从正声的表情中读出了什么，他语声迟疑地开始了讲述：“这座鸟坯岛上发生了各种不可思议、令人疑惑、难以理解的事，为数众多。其中我无论如何也无法解开的，是关于朱音小姐自身的谜。”

“巫女大人的……什么谜？”

“即将举行鸟人之仪前的身心状态。”

“身心状态……”

“当然，她是宗教人士，在精神层面给人大彻大悟之感是不足为奇的。虽然就我个人而言，本以为她会处在一种更为敏锐、警觉的紧张感之中，但那如观音菩萨一般充满慈爱的感觉，也绝对谈不上不自然吧。”

“嗯，我倒觉得这正体现了巫女大人的伟大呢。”

“正如你所言。只是这么一来，就不可避免地和肉体层面的变化产生了矛盾。”

“关于这个，”瑞子似乎没什么自信，“会不会是偶然，或者是自然发胖呢？诚然，这种印象可能是和举行秘仪的巫女不太相称，但如果是抵达大彻大悟的境界后，精神层面上的游刃有余导致了这一点……这个想法怎么样？”

“我认为也有一定的道理……不过，倘若站在鵼敷神社的巫女这一立场，考虑到她即将面临鸟人之仪这一特殊仪式，我总觉得仪式前朱音小姐的身与心是矛盾的。”

“那么，究竟该怎么解释啊？”

“北代小姐提示了自然发胖的可能性。以此为基础再推进一步的话，我们可以设想另一种状况，那就是不得不自然地发胖。”

“这……”

“也就是怀孕。”

“啊！这种事……不管怎么说也……”

事实上朱音已经有了女儿朱里，然而看行道的反应，简直是想说朱音不可能怀孕。

“我把这个假设告诉下宫先生时，他和海部先生一样惊讶，不过看他的样子，似乎也无法完全否定。”

“这是当然，可是……”

“只是，这么一来，她无论如何都不能采用粗蛮的脱身手段。”

“是……是啊。那也太乱来了……”

“而且，下宫先生好像被我出人意料的假设扰乱了心神，没能想起一件事来。如果朱音小姐真的怀孕了，那么他在拜殿为她体检时就应该发觉了。”

“虽然小钦在东京有一些不好的传言，但他绝不是一个庸医啊。”

“不能说一定会发觉，但感觉可能性非常大。”

“那么，朱音小姐怀孕什么的……”

“是一种可能性极低的假说。”言耶接住了瑞子的话。

“这么说，感到朱音小姐胖了，只是我们的错觉……”

“也许吧，或是她有意让自己变胖的。”

“你说什么？这怎么……”

“可是，这究竟是为了什么呢？”

“为了让影秃鹫能吃掉自己。”

行道和瑞子张口结舌，死死盯视着言耶，随后战战兢兢地看向正声。而正声一听到言耶的话，就塌下肩膀、垂下了头。

“换言之，朱音巫女一步也没离开过拜殿。不仅如此，她甚至一直都在我们眼前。但她早已不再是我们所熟知的形态，因此没有一个人能认出她。”

“那……那……那么……”

“那……那……那个……”

行道和瑞子互相看着对方的脸。

“没错，那人骨就是朱音小姐。”

言耶下断言的同时，二人的目光移向了安置在里间的那口棺材。

“我在观察人骨上的血时，心想那是不是细心用刷子刷上去的呢。因为看起来不像是单纯地把血滴到白骨上。这个推测在某种意义上是正确的，因为骨头和血都属于同一个人……”

“正……正声君把那……”

“那时他当然什么都不知道。至少在和我一起踏入拜殿时，他应该还什么都没觉察到。然而讽刺的是，他无意中收集了朱音巫女的遗骨。其结果，是他把朱音巫女带出了拜殿。”

“原来这里没有协助者也没有非协助者，只有一个无意识的协助者啊。”

言耶朝怔怔低语的瑞子轻轻点头，再次打开了笔记：“从昨晚的分类项目来看，答案是第四类‘朱音→拜殿（藏）= 她进入拜殿后，长时间地藏（或被藏）在别人找不到的地方，至今状态未变’中的甲项‘她独自一人藏了起来’。不过，这个答案只对了一半，而且——倘若借用北代小姐的话——无意识的协助者其实有两人。”

“哦？”

“就是正声君和影秃鹫。当然，说成两人是有点奇怪。”

“原来是这个意思啊……”

“下宫先生多半是发现了这两种不自觉的协助者。其中影秃鹫只是凭本能行动，而正声君是因为他什么都不知道。另外，前者在朱音小姐的计划之中，后者则在计划之外。关于这一点，下宫先生曾用他一贯的讽刺口吻说道‘朱音巫女为什么能从拜殿出去，这个谜终于解开啦’。”

“但……但是，小钦他是怎么……”

“其实下宫先生并没有检查人骨上沾着的血，而是在观察骨头本身。”

“骨……骨头本身？”

“血是人类的还是动物的，有显微镜的话当能做出判断。但他的医药包里没有什么特别的器具。要是有那种东西，早在看到沾满血的人骨时，他就会拿出来吧。”

“可是刀城老师，就算小钦是医生，也不可能一看骨头就知道是不是巫女大人吧？”

“嗯，这个很难。不过，只靠肉眼也能从骨头上推断出若干事实。一是性别，还有一个就是年龄。”

“……”

“供返魂术用的人骨，来自从前就和鵺敷神社有亲密来往的德高望重的巫女。朱音小姐曾告诉我，她‘虽说上了年纪，但明明一直挺精神’。也就是说，根据从前就有来往和上了年纪这两个要素，可知那是一位高龄者。年事已高的人和二十四岁的人的骨头，应该存在可用肉眼辨别的差异。而我却只关注血的问题……”

“那位逝世的巫女大人的骨头……”

“多半是被扔进大鸟神的嘴里了。地下空洞祭祀的一部分积石塔，也许就是为供养遗骨提供者而存在的。”

“请等一下。”瑞子泫然欲泣，“正声先生是在中途发觉了这……这个令人难以置信的事实吗？”

“嗯。所以当他意识到下宫先生似乎有所察觉时，我想他是十分焦虑的。鉴于我可能会从海部先生或北代小姐嘴里得知医生调查棺材的事，他早一步告诉了我，而且特地声称下宫先生调查的是血，想把我的注意力从骨头上引开。这反而引起了我的怀疑。”

“那么，正声先生也是从人骨上……”

“不。他是外行，应该办不到。你是问了下宫先生才知道的吧？”

正声对言耶的话微微点头。

“正声君能想到鸟人之仪的秘密，是受了北代小姐所说的八岐大蛇故事的启发。”

“啊？从那故事的什么地方……”

“你拘泥于含有‘鸟’字的地名、‘八’这个人数和‘剑’这一武器，而正声君关注的却是大蛇食女这一行为。”

“啊……”

“当然，能得到启发的前提是，得像正声君那样阅读过各种宗教典籍，具备相应的知识。这就和朱慧巫女一样吧，她在西藏密教教义的影响下再创了鸟人之仪，想必就是在那个时候，她意识到了天葬。”

“就是因为这个呀……所以正声君才会从昨晚开始突然变得怪异起来。”瑞子终于显露了信服的口吻，但看向正声的视线中满是痛苦。

“从那一瞬间开始，动机产生了。关于朱音小姐做了什么，已知其真相的他，无论如何都想让这次的鸟人之仪成功。他发誓，哪怕把一直以来对宗教的整体看法、对鵜敷神社和浦上之人信仰心的复杂思绪都抛于脑后，也要守护朱音小姐身为巫女的名誉。他下定了决心，实施了犯罪。”

正声再次微微点头。

“小辰……小钦……”行道轻唤同伴的名字，面露难以言喻的表情注视着正声，随后他又把脸缓缓转向了言耶，“小钦也是从刀城老师这里听到了八岐大蛇的故事和之后正声君的奇怪表现，脑中浮出了那个可怕的构想，于是去调查人骨，结果发现了鸟人之仪的秘密。是这样吗？”

“虽然不清楚下宫先生的思路，但我认为大致是这样。可以说至少有一点是不会错的，那就是他再次细细观察人骨后，变得确信无疑了。”

“好吧，那么这个鸟人之仪究竟是怎么回事啊？”行道叹息道。他的模样更甚于一筹莫展，脸上竟露出了略带怯意的表情。

“关于最早的鸟人之仪，我听朱慧巫女吐露过一二。她说，兜离之浦曾因大枯渔陷入了严酷的饥馑，当时举行完那个仪式后，发生了奇迹。”

“持续枯渔的状况倒和现在的兜离之浦相似。”

“只是，有一个决定性的不同，现在并不会因此出现挨饿致死的人。”

“这倒是。”

“但是在过去，大枯渔会导致深重的饥荒。我去过各地，发现处处都有这样的传承——为了祛除饥饿地狱，德高望重的僧侣舍身成佛，拯救众生。也就是说，鸟人之仪原本是要把巫女自身作为牺牲品献给大鸟神，是为了献祭而举行的仪式。”

“竟……竟然那么可怕……”

“就算是这样，也不能说连朱音小姐也……”

行道和瑞子表露出怎么也无法接受的态度。

“是的……虽说各地还有残存的老传统，但如今的日本蒸蒸日上，人们都说现在早已不能称之为战后了，我也不相信会有这种事情发生。不过，我们可以这么想，是种种因素激发了朱音小姐——鵜敷神社在兜离之浦的特殊地位、神社的巫女这一立场、巫女代代相传的自我牺牲精神和狂热的信仰，还有朱慧巫女和朱名巫女举行过鸟人之仪的事实、两次仪式双双失败的不幸先例、她俩都是二十四岁的巧合、由此产生的强迫观念以及想为曾外祖母和母亲洗刷污名的心情，等等。”

“十八年前，鹳先生防备着不让朱音小姐看到拜殿内部，就是因为不想让她目睹天葬的惨状吗？”

“是的……当然，如果朱音小姐知道返魂术的实施意图，也许问题还不那么严重……”

“如果不知道，沾满鲜血的人骨会让她受到冲击吧。所以不想给她看。”

“相反，也有人硬是看到了最后。”

“啊……是赤黑先生吗？”

“他应该是在看完整个过程后，才给正声君发送了风筝信号。”

“那么他后来……”

“正因为仪式成功了，他才选择了死，为献身于鸟人之仪的朱音巫女殉葬。一定是的。”

“是这样啊……”

“这里绝对不存在矛盾。正声君发现鸟人之仪的秘密时，想必立刻就意识到在赤黑先生身上发生了什么。”

“亏他居然能凝视那样的场景……”

“可以想象，十八年前的情况也许更为悲惨。”

“什么意思？”

“朱音小姐有过这样的证词……拜殿门前的学生说着‘可怕的鸟……’和‘鸟在……’之类的话。那些自然是真话了。不过，最糟糕的情况是，这些人大声喧哗惊走了正在用餐的影秃鹫，天葬在极其不彻底的状态下结束了。我想这样的可能性也是完全存在的……”

“不……不会吧……”

“我想唐通先生就是因此而得知了鸟人之仪的秘密。”

“怎……怎么会这样……”瑞子以双手掩面。这或许是因为那过于残酷的景象浮现在了她的脑海中。

“我想，朱慧巫女恐怕是在更早的阶段就失败了。”言耶向唯一面对他的行道继续做着说明。

“更早的阶段是什么意思？”

“用採物的剑自刺，然后把这凶器丢入大鸟神的嘴，让自己的身体横躺在铺设于祭坛的布上，就这样静静地等待死亡的降临——就是指到此为止的一连串行为。”

“那么朱慧巫女大人她……”

“我想，她在自杀时恐怕是被恐惧所支配了。就在她仰望着盘旋于上空、等候她死亡的影秃鹫时……”

“也就是说……那……那时她已经用剑刺过自己了？”

“因为兀鹫只吃动物的尸体。”

“……”

“被抬回神社时，目击者说她脸上没有血色。其实那是因为大量失血吧。之所以没有请医生，也是因为一经诊断就会发现是刺伤。”

“朱音巫女大人……竟然也亲手对自己做了那样的事……”行道紧绷着脸，同时又露出了极为悲伤的眼神。他可能是又一次具体设想了朱音的行为。

“不过，朱音小姐好像不只是单纯地沿袭流传下来的仪式。她试图以她个人的方式加以某些改良。”

“哦？”

“朱音小姐并没有单纯地认为变胖就行。她很在意自身的健康，虽不奢侈却也十分注重食物的内容。”

“这话听起来有点奇怪啊。我倒觉得只管不停地吃就行了。当然，我想她是为了不让浦上的人察觉，仔细斟酌后才这么做的。”

“是啊，因为不能不自然地发胖吧。只是，她有必要对三餐的内容也那么挑剔吗？我想她挑剔的多半是食物的原材料。”

“那到底有没有这个必要呢？”

“有。想必她是在担心，如果自己的肉不好吃，鸟就不会把她全吃光。”

“你……”

“朱世巫女之所以不举行仪式，是因为她想到自己体弱多病，又持续服药，身子也是单薄无肉，非常不合影秃鹫的口味吧。”

行道用一只手掩着嘴，反胃似的移开了视线。即便如此，他还是奋起最后的勇气，将视线转回到言耶身上：“可……可是……在那区区二十分钟时间内，真的可以……”

“我以前阅读过西藏的天葬记录，据说大致只要十五分钟就能让一个成年人干干净净地变成骨头。”

“只……只要那么短的时间……”

“不过，恐怕会留下意外的痕迹。所以，仪式的举行要限定在盂兰盆节期间，这不仅是为了排除家船这样的目击者，也是为了利用这个时期必会阴雨连绵的气候特征。雨会把血迹等碍眼的残留物，冲洗到大鸟神的嘴或祭坛下，进而沿着倾斜的岩面向崖下流去。”

“巫女大人把头发剃光也是……”

“嗯，因为她考虑到头发毕竟是会剩下来的。衣服当然也是。”

“原来如此……”

“除了雨，风也被利用了。据说这个时期的风是从南向北吹的。换言之，就算拜殿内发出了一点声响，也几乎会被送到海那边去。在阶梯廊门前之类的地方，基本上听不见。”

“撒落在祭坛上的鸟喙、羽毛和脚爪呢？”

“是一种伪装，可使影秃鹫身上可能掉落的羽毛不那么醒目。此外，仪式开始的时间之所以设定在日落之后，是因为担心太阳未落时，人们会从浦上望见鸟群盘旋于岛之上空的景象。无论浦上的人多么忌讳望岛的行为，也不能冒险。这和担心家船是一个道理。”

“猫呢？如果说巫女大人成了那样，遗骨上的血也是巫女大人自己的，那么猫究竟有什么意义呢？”

“想必是需要猫来做预先演习。”

“天……天……天葬的……”

“我在地下空洞发现兽骨时，一开始还误以为是人骨。因为给人的感觉是那么新鲜。但是，如果那是因返魂术需要新鲜血液而使用的猫的骨头，现在就成了白骨也太奇怪了。即便设想巫女在祓禊期间进行了返魂术的演习，但一周时间是不会化为白骨的吧。”

“是啊。”

“于是，我想这莫非是十八年前的兽骨。但这样的话，尸骨应显得更陈旧才对。换言之，以下的解释是成立的——拜殿里发生过会让猫在数日内就化为白骨的事。”

“原来如此。”

“使用猫的目的我认为有两个：一个是为了参考，测试猫化为白骨需要几分钟；另一个则是为了让影秃鹫学到一项事实，即太阳一落山祭坛上就会备好尸肉。如果直接动真格的话，一旦鸟的聚集状况不理想，自然是无法从头再来的。”

“啊……”

“所以渔夫之间才有传言说，朱音小姐祓禊的数日间，影秃鹫就像守护她似的在岛的上空盘旋。”

“啊……”

“还有，关于朱音小姐表现出对瑜伽的兴趣……”言耶语声一顿，窥探了一下行道的模样。

“那是怎么回事？”

“唔，这不是一个让人心情舒畅的话题，所以也不用勉强听……”

“没……没关系……既然是朱音巫女大人做的事，见……见证人怎么能不闻不问呢！连小辰和小钦的那份我也得一并听了。”

行道显然是在硬撑，但言耶体谅他的心情，决定继续说下去：“事实上，在西藏进行天葬时，僧侣们会事先用劈刀把死者手足的关节部分切断。但是，朱音小姐无法分割自己的遗体。想必她是这么打算的——既然如此，那就至少先卸开自己的关节。当然，我不知道实际上有没有做到这个地步……”

听了言耶的说明，行道果然皱起了眉，一副眼看就要吐出来的样子。

“我说……”这时，模样怯弱已极的瑞子抬起了头，“鹣婆大人的那句低语‘鸟人之仪若不是姓鹣敷的人举行，就不成意义’，究竟是什么意思？”

“关于这个，其实曾令我困惑不已。”

“我总觉得她说的是极为理所当然的事。所谓姓鹣敷的人……”

“嗯，就是这里很奇妙。为什么不是姓鹣敷的巫女而是姓鹣敷的人呢？换言之，这就意味着正声君也能举行鸟人之仪。呃……当然了，只要有执行的意愿，也许谁都可以……当然，正声君应该不会去做。”

“也就是说，这里是指自称姓鹣敷的人吗？”

“对，我也这么想。可是，为什么不限定为巫女呢？”

“很奇妙啊。”

“思考之下，我意识到——是不是可以看作鵺敷这个姓本身就具有某种含义呢？”

“鵺敷这个姓……”

“在此基础上，我进一步思考了‘不成意义’这四个字的含义，结果我明白了。”说着，言耶打开笔记本，“据说鵺敷这个姓，原先记作‘鵺食’。拆分这个词，就变成了‘夜、为鸟所食’。”

“啊……”

“当然，‘夜，食鸟’也套得上。只是，如今我们知道了鸟人之仪的秘密，应该怎样理解已是一目了然的事。”

“鵺婆大人究竟为什么……”

“我不知道她对你说这句话的真实意图。也许只是不经意间发现了自己的姓中隐藏着的奇妙暗合，平日里便常常生出造化弄人之感吧。然后，我们也可以想象，她一直都在烦恼，烦恼自己这个未能举行鸟人之仪的巫女，是否有资格使用鵺敷这个姓。”

“我有一个感觉，相比历代的巫女大人，朱世巫女大人不仅是身体，在精神方面也比较脆弱。”

“好像是。恐怕这数月间，她长年以来隐藏于心的复杂情感，被孙女朱音执行鸟人之仪的坚决意念撼动了。在精神状态如此不稳定的时候，她会见了身为外人的北代小姐。面对北代小姐时，她的戒备心骤然一松，就在这一瞬间，迄今为止积聚的情绪都化为那句谜一般的话，脱口而出了吧。”

“外婆从前就时常……”正声突然开口道。只是，虽然他终于抬起了头，却不敢正视言耶和瑞子的眼睛，“冷不防地说，鵼敷这个姓真是太可怕了。”

“唔……原来是这样啊。”

言耶的回应仅此而已，但简短的话中包含着对正声的种种情意。不仅是当事人，就连行道和瑞子似乎也充分地感受到了。接着，行道以及瑞子想对正声说点什么却又吞吞吐吐。正声则终于直视着他俩的脸，摇了摇头。这也充分表明他们理解言耶的话外之意。

沉默一时弥漫在四人之间。

不久，刀城言耶用竭力克制着情感的口吻说道：“进入人不可能自由出入的空间——密室A——的人物B，没有出来；第三者C调查室内，发现B已消失。从A内部脱身绝无可能，空间内部也完全没有藏身之处，然而B消失了。这是因为在A内部，B变成了非人类，C没能辨认出那原来是B——这就是本次事件的真相。”

言耶的话仿佛是对这次惨剧的总结，仿佛一切都将在这一解释下告终。

“我对各位有个请求。”正声恭听完毕，缓缓矫正坐姿，郑重其事地开了口。他嘴里说着各位，视线前方却是言耶的脸。

“只要是我们力所能及的事，想必海部先生和北代小姐也都乐于效劳。”

行道和瑞子当即对言耶的回答大力点头。

“多谢。”正声向各人一一施礼，又道，“明天——不，已经是今天早晨了。如果接人的船来了，就你们三位回去吧。”

“……”

“啊？”

“这怎么行……”

三人显出了三种反应。言耶无言以对，行道毫不掩饰自己的震惊，瑞子则露出了悲壮的表情。

正声再次将视线一一扫过众人，最后锁定在言耶身上：“还请各位能默许我留在岛上。然后回浦之后，请把鸟人之仪虽圆满成功但我却杀了人的事广为渲染。希望各位检举我，说我是鸟坯岛连环杀人案的凶手，把一切都推到我的身上。拜托了！”

终　章

第五人消失……

天还没亮，讨论会就已结束。此后，四人便在集会所外间躺下了。刀城言耶建议大家在船来接人之前尽量多睡一会儿，但谁都睡不着。

讨论期间，正声再次承认了杀害二人的事实。他把模仿朱音笔迹的信偷偷放进间蛎辰之助的包里，诱他去临时小屋，使其坠崖而死；他看出下宫钦藏似乎发现了鸟人之仪的秘密，就尾随他去了拜殿——当时言耶的注意力被钦藏吸引，没有发觉正声——这才得知自己反被引诱的事实。钦藏要把仪式内容告诉浦上的人，两人争执起来。其间钦藏的头撞在祭坛上不再动弹，于是正声急中生智，利用人笼抛尸入海。

从这个意义上说，杀人和抛尸的诡计都不是正声自己设计的。前者只是把辰之助引向赤黑准备的陷阱；后者虽说是亲自动的手，但利用人笼做钟摆和在阶梯廊让过后来之人，都是言耶想到的方法。讽刺的是，这也许会成为侦探给罪犯提供诡计的案例之一。

不过谁都明白，要问正声的罪责是否因此而有所减轻，则又另当别论。或许正是因为这个缘故，他本人也提出要留在岛上。当然，其余三人都表示了反对。言耶甚至还劝说道，正因为事件是在极为特殊的状况下发生的，正声的动机中应该也有酌情量刑的充分余地。

然而，正声表示他并非出于自保之念，而是为了守护鵼敷神社和朱音的名誉，才想留在岛上。他编织的真相概要如下：

鸟人之仪成功了，但正声从前就对围着朱音转的青年团三人非常厌恶，便打算趁此机会送他们上西天。但他在杀害辰之助和钦藏后，被言耶看破，遂从崖上跳入了海中。

其余三人当然不能接受这种极为牵强的说辞。问正声赤黑的下落该怎么解释，结果他说谁也不会关心赤黑的失踪。诚然，相比辰之助和钦藏，可以预见兜离之浦的人们确实会如此反应吧。但是，这次和十八年前不同，警方的介入是不可避免的。

三人撇开正声合计下来，决定只说鸟人之仪好像成功了，别的什么也不提。换言之，就说赤黑、辰之助、钦藏三人不知何时突然消失不见了……

这种胡话能欺瞒到什么时候，每个人都心里没谱。但他们最终达成了一致意见，由言耶创作概要，三人统一口径。不过，最令人担忧的是，浦上的人会不会把三人的失踪和十八年前的事联系起来，对鵼敷神社、鸟人之仪和朱音巫女产生负面感情呢？

“我会大声疾呼，拼死维护朱音巫女大人的名誉！”行道以前所未有的严峻表情宣誓道。最终，三人认为以后的事只能听天由命了。

然而，正声还是固执己见地要留在岛上。言耶劝道，如果是出于罪恶感而留在岛上，还不如回浦为镇上尽力贡献了。可是怎么也无法改变正声的决心。

三人也十分清楚，留在岛上几乎意味着死亡，所以都想竭力打消他的念头。但最终他们被迫认识到：说服正声绝无可能，他的决心已不可动摇。结果，言耶等人只能尊重正声的意愿。

讨论结束后，众人精疲力竭地躺倒在外间，可是谁都睡不着。这时，耳边传来了正声的语声：“刀城先生，我想把姐姐的遗骨葬在大鸟神的嘴里。”

“嗯，行啊。”

“对了，姐姐留下的那句‘鸟人之仪，成功之际’的话中，‘巫女终将复返’究竟是什么意思呢？”

“不知道……莫非是为了守护鸟人之仪的秘密，硬是加入了这样的预告？要不就是原先的仪式中有此定规——在执行仪式的若干年后，会举行一个像是巫女归来的祭礼……”

“对啊，届时只要利用自己已长大的女儿，想必这样的表演也是有可能完成的。”

“小朱里变成孤儿了。”

片刻的沉寂之后。

“鹣婆大人还在，所以……”

“也不知朱世巫女能不能坚持到小朱里成年。本来就体弱多病的……”

“也许她会失去所有血亲，但神社里还有其他可以信赖的人。只要朱里不继承鸟人之仪，就不会有任何问题。”

“是吗……”

言耶的应答声隐没在黑暗之中时，淡淡的光线开始射入集会所的东窗。八月十五日的太阳即将升起。

言耶做着返程准备时，有钟鼓声隐隐传来。看来渔夫已在码头那边鸣响钟鼓，告知迎接者已到。

众人迈着沉重的步伐走出集会所。

“那么海部先生，不好意思，之后的事情就拜托了。”正声深深垂首，对行道说道。

“刀城先生，承蒙您照顾了。”在行道开口前，他又向言耶行了一礼。

“北代小姐——不，唐通瑞子小姐，我该如何向你赔罪呢……怎么说呢，母亲和姐姐的事……就是这样了。请你宽恕。”

接着，他向瑞子低下了头，比面对前二人的时候垂得更低。垂了良久。

“父亲的事不用再提了。”毅然决然地说出这句话后，瑞子的脸突然扭曲起来，“其……其实，我……我也想留在……”

“这里”二字未说出口，言耶就催着她，和行道一起向码头走去。

行道安抚为仅存三人而吃惊的渔夫，好说歹说之下，渔船总算是出发了。

就在船离开坐落在鸟坯岛葫芦细腰处的码头，绕过岛的东侧向北行进时。

“啊……”瑞子叫了起来。

言耶匆匆抬头仰望小岛，他的眼中映现出了一个身着巫女装束、伫立在拜殿祭坛上的身姿。

“是正声君？啊……难……难不成，是朱音小姐……”

然而，众人连查明疑问的时间也没有，眼看着祭坛、拜殿、鸟坯岛逐一远去。

刀城言耶的眼睛最后捕捉到的，是盘旋于岛之上空的巨大黑鸟群。

日系本格推理史上真正的无冕之王

至今仍名列豆瓣热门日系推理图书【TOP10】

时隔十年的四起杀人事件

面向所有读者的挑战书就此发起

只要发现1个事实，37个谜题都能迎刃而解！

第10届本格推理大奖
获奖作品

民俗派推理大师
三津田信三

首部加冕之作

S H I N Z O　M I T S U D A

如水魑沉没之物

[日] 三津田信三 著
张舟 译

多重反转的背后，
是长叹一声的悲悯情怀

将朴素民俗置于本格迷雾中